ጸጋይ ተኽለሚካኤል ገብረህይወት
(ኢንጅነር)

ሰላዪት ኣብ መቐለ

ቀዳማይ ሕታም

ነሓሰ 2021

“ሰላዩት ኣብ መቐለ”

(SPY IN MEKELE)

መሰል ደራሲ ብሕጊ ዝተሓለወ'ዩ።
ነዚ መጽሓፍ'ዚ፡ ብዘይ ፍቓድ ደራሲ ምትርጓም፡
ናብ ኣውድዮን ኤለክትሮኒክን ምቕያር ብሕጊ የሕትት።

Email - tsegayteclemicael@gmail.com
tsegaiteclemicael@gmail.com

ሓሳብ ንድፊ ገበር፡ ደራሲ
ንድፊ ገበር፡ ዳንኤል ሃብተማርያም

ብደራሲ ዝተደርሰን ዝተሓትመን መጻሕፍቲ

ንምንታይ? - 2016

ስርሒት በርሊን 1984 - 2017

ኤርትራ፡ ጉዕዞ ኣብ ተዘክሮታተይ (ደራሲ ኣሕመድ ጣህር ባዱሪ) - 2018

ኤርትሮ - ኢትዮጵያ፡ ከመጋረጃው በስተጀርባ (ኣምሓርኛ) - 2019

ኣብ ቀረባ እዋን

“ኣደ!?”

ISBN - 978-0-578-96450-8

ንእሙን ዓርከይ፡ ነባሪ ከተማ ብረመን፡ ጀርመናዊ ጠበቓ፡ ዲርክ ፎገልዛንግ (Lawyer Dirk Vogelsang) ምስጋና ይብጻሓዮ።

መበገሲ ትረኻ

ዓለም፡ ብኮቪድ-19 ተጠቒዓ ህዝቢ ኣብ ቤቱ ዝተወሸበሉ እዋን'ዩ። ንውሓት ናይቲ ውሸባ ንኽንደይ እዋን ምዃኑ ክፈለጥ ዝከኣል ኣይነበረን፣ ህዝቢ ኤርትራ'ውን ካብ ሚያዝያ 2020 ኣትሒዙ ከም ዓለሙ ኣብ ቤቱ ተወሸበ።

ሓደ ነገር ክገብር ወሰንኩ። ቡን ፈሊሑ ምስ ደቅና እናተዘናጋዕኩ "ኣደ!?" ዝርእስታ መጽሓፍ 18 ሚያዝያ ጀሚረ መወዳእታ ነሓሰ 2020 ጽሒፈ ወዳእኩዋ።

ሽዑ፡ ኩነታት ኢትዮጵያ ጽልግልግ ይብል፣ ኣብ ክልል ትግራይ ከበሮ ኲናት ይድስቕን ታቱላ ይንፋሕን ነበረ። ኣንፈቱ እናሻዕ እናተኸታተልኩ ብጆን ፐርኪንስ ተደሪሳ ብተስፋጋብር በርሀ ዝተተርጎመት "ኑዛዜታት ውሕሉል መብረስ ቍጠባ"፣ ብሚሸል ኮሎን/ ግሬዳር ላልየ ተጻሒፋ ብሩት ስምኦን ዝተተርጎመት "ዘራእቲ ዕግርግር"፣ "ዕልዋ" ብቶም ቾምስኪ ተደሪሳ ብማእከል ምርምርን ሰነዳን ዝተተርጎመት፡ ከምኡ'ውን *ስፓይ ካቻር* ብፒተር ራይትን ፓወል ግሪንግራስ፡ *ባይ ወይ ኦፍ ዲሰፕሽን* ብቪክቶር ኦስትሮቭስኪን ክለር ሆይን ዝተጻሕፉ መጻሕፍቲ ኣብ ዘንበብኩሉ፡ "ንምንታይ እዮም ሃገራውያን መራሕቲ ብምዕራባውያን ብፍላይ ድማ ብሕቡራት መንግስትታት ኣመሪካን ኣህጉራውያን ኮርፐረሽናትን ዝቕንጸሉ? ካብኡ ብዝተረፈ ካብ ስልጣን ዝዕለዉ?" ዝብል ሓሳብ ንኣእምሮይ በሓቶ።

ኣብ ዓለምና፡ ብዙሓት ሃገራውያን መራሕቲ ብምዕራባውያን ብፍላይ ብማእከላይ ወኪል ስለያ ኣመሪካ ከም ዝተቐንጸሉን ዝተዓልዉን ኣብ መጻሕፍቲ ታሪኽ ኣንቢበ'የ።

ካብቶም ውሩያትን ብዙሕ ዝተጻሕፈሎምን ንምጥቃስ፣

ኢራን፡ ብነዳዲ ኣዝያ ሃብታም ሃገር'ያ። ኾይኑ ግና፡ ብንግስነት ረዛ ሻህ ትመሓደር ናይ ውሑዳት ቤተ-ሰብን መቕርብን ሰበ ስልጣናትን ጥራይ ዘይኮነት ነይራ፡ ባህርያዊ ሃብታ ብትካላት ዓባይ ብርጣንያ (ኣንግሎ ኢራንያን ኦይል ካምፓኒ) ተባሒቱ ህዝባ ብድሕረትን ስእነትን ዝሳቐየላ ሃገር'ያ ነይራ። ኣብ ፈለማ ሓምሳታት፡ ቀዳማይ ሚኒስተር ሞሳድቕ ብምርጫ ህዝቢ ኣብ ስልጣን ምስ መጽአ፡ ብቕዳምነት ዝወሰዶ ስጉምቲ፡ ባህርያዊ ሃብቲ ሃገሩ ኣብ መዓላ ህዝቢ ክውዕል ምህጋር ነበረ፣ ሃገሮ ኸኣ። ዓባይ ብርጣንያ ተናወጸት፣ ምምሕዳር ዋሽንግቶን ሰንበደ፣ ማእከላይ ወኪል ስለያ ኣመሪካ ንሞሳድቕ ክዓሉ ተጓየየ። ሞሳድቕ ኣብ ነሓሰ 1953 ተዓለወ፣ ዘቤታዊ ማሕዩር ተበይንሉ ኣብ 1967 ዓረፈ።

ኣመሪካን ፓናማን፡ መትረብ ፓናማ ኣብ ዝተሰርሓሉ፡ እቲ መትረብ ዋንነት ኣመሪካ ምኽኑ ተፈራሪመን ነይረን። ካብቲ ገዚፍ እቶት፡ ህዝቢ ፓናማ ኣይረብሐን፣ ብኣንጻሩ'ኳ ድኣ ብስእነትን ድኽነትን ተሳቐየ። ኣብ 1953 ኦሞር ቶሪጆስ ብህዝቢ ተመሪጹ ፕረዚደንት እታ ሃገር ኾነ። ዋንነት መትረብ ፓናማ ናይ ህዝቢ ፓናማ ምኽኑ ኣፍለጠ፣ እቲ ውዕል ተሰረዘ፣ መትረብ ፓናማ ዋንነት ሃገረ ፓናማ ኾነ፣ ፕረዚደንት ኦሞር ቶሪጆስ ሓምለ 1981 ብሓደጋ ነፋሪት ተቐንጸለ፣ ኣመሪካ ድማ ኣብ 1989 ንፓናማ ወረረታ።

ኢንዶነዥያ፡ ብኣማኢት ዝቝጸሩ ደሴታት ዘለዋን ልዕሊ 350 ቛንቋታት ዝዝረበላን ሃገር'ያ። ካብ ሆላንድ ኣብ 1949 ናጽነታ ምስ ተጓናጸፈት፡ ሱካርኖ መራሒ መንግስቲ'ታ ሃገር ኾነ። እታ ሃገር፡ ሓድነት ህዝባ ንምድልዳል፡ ሓባራዊ ቛንቋ ኣተኣታተወ፣ ሓባራዊ መንነት ድማ ኣማዕበለ። ፕረዚደንት ሱካርኖ፡ ናብ ሕብረት ሶቭየት ዘድለወ መራሒ ሃገር ብምንባሩ ዋሽንግቶን ቅልውልው በለት፣ ካብ ስልጣኑ ክትዓልዎ ለይትን መዓልትን ጸዓረት፣ ኣብ 1965 ድማ ተዓለወ፣ ካብ ቅንጸላ ንስክላ ወጺኡ ተሰደደ።

ፕረዚደንት ቺለ ሳልቫዶር ኣየንደ፡ ብማእከላይ ወኪል ስለያ ኣመሪካ ተዓልዩ ኣብ ማሕዩር ዓረፈ። ፕረዚደንት ጓቴማላ ጉዝማን ንረብሓታት ዩናይትድ ፍሩት ካምፓኒ ብምቅዋሙ ተዓለወ። ፕረዚደንት ኤኳዶር ጃይሚ ሮልዶስ ባህርያዊ ሃብቲ ሃገሩ ኣሕሊፉ ብዘይምሃቡ ብሓደጋ ሄሊኮፕተር ግንቦት 1981 ተቐንጸለ።

ከምቲ ኣምባሳደር ሩስያ ኣብ ሊብያ፡ መንግስቲ ሊብያ፡ ንህዝቡ ዝገበረሉ ሰናይ ተግባር ድሕሪ ምዝርዛር፡ " . . . ክንድዚ ሓለፋታት ንዝገበረሉ መንግስቲ ዝዓሉ ህዝቢ ክህሉ ምሕሳብ ድንቁርና ጥራይ'ዩ" ዝበሎ፡ ፕረዚደንት ጋዳፊ ብምዕራባውያን ሃገራት ተዓልዩ ተቐንጸለ። ሃገረ ሊብያ ድማ ኣብ ክትወጾ ዘይኽኣለት ሓድሕድ ኲናት ተሸሚማ መንግስቲ ዘይብላ ሃገር ኾይና ተረፈት።

ፕረዚደንት ጆን ጋራንግ ናይ ደቡብ ሱዳንን ጆሴፍ ካቢላ ናይ ዲሞክራስያዊት ኮንጎን "ብሓደጋ" ሄሊኮፕተር ሂወቶም ስኢኖም ተባህለ። እቲኣ ብነዳዲ፡ እታ ካልእ ኸኣ ብኣልማዝን ካልኦት ብርቂ ማዕድናትን ሃብታማት እየን።

ኤርትራ፡ ሓይላ ህዝባ'ዩ፣ ካብ ሓያል ህዝቢ፡ ሓያል መሪሕነት ይፍጠር ዝብል ጽኑዕ እምነት ኣሎኒ። ብከም ነዳዲ፡ ጋዝ፡ ሃብቲ ባሕሪ፡ ወርቂ፡ ነሓስ፡ ዚንክን ፖታሽን ሃብታም፣ ኣብ ዞባ ቀይሕ ባሕርን ከልጅን ድማ ስትራተጂኣዊ ቦታ ዝተዓደለት'ያ።

ኤርትራ፡ ሓንቲ ካብተን ውሑዳት ሃገራት፡ ብመሬት፡ ኣየርን ባሕርን ዶባታ ዘነጸረት ሃገር'ያ። ትኽተሎ ስነ-ሓሳብ፡ ካብቲ ንሰላሳ ዓመት ዘካየደቶ መሪር ብረታዊ ቃልሲ ንናጽነት ዝነቐለ'ዩ። ሓንቲ ሃገር፡ ፖለቲካዊ ሕርያ፡ ቍጠባዊ ሓርነት፡ ወናኒት መደባታን ባህርያዊ ሃብታን ምስ ዘይትኸውን፡ ሃገር ክትከውን ኣይትኽእልን'ያ፣ ነዚ ንምርግጋጽ፡ ከቢድ መስዋእቲ ዝሓተት ምኽኑ ዝኣመነትን እትኣምንን ሃገር'ያ። መርኣያ ናይቱ፡ ብዶብ ተሳቢቡ ብኢትዮጵያ ዝተኣወጀላ ንህላወኣ ዝተፈታተነ መጠነ ሰፊሕ ኲናት 1998 - 2000 ብሓደ ወገን፡ ንዕስራ ዓመት ዝቐጸለ ተጻብኦን ሸርሒን ሕቡራት መንግስታት ኣመሪካ ድማ በቲ ካልእ በዲሃ ምስ ኢትዮጵያ ብምንጽጻር፡ ከምቲ ጀነራል ስብሃት ኤፍሬም ብ 2008፡ "ኤርትራ፡ ኣብ ወጋሕታ ሰዓት ሓሙሽተ እትርከብ ሃገር'ያ፡"

ዝበሎ፡ ሎሚ ብርግጽ፡ ብዅሉ እንተናኣ ወጋሕታ ንሰዓት ሽዱሽተ ሓሙሽተ ጐደል ምህላዋ ኣይጠራጠርን'የ።

ቶም ቾሚስኪ፡ ምዕራባውያን፡ ብፍላይ ሕቡራት መንግስታት ኣመሪካ፡ ካብ ዓባይን ሓያልን፡ ንእሽቶን ድኻን ሃገር ተፍርሐን ዝበሎ፡ ኤርትራ፡ ኣብ ፖለቲካ ቀርኒ ኣፍሪቃ ወሳኒ ግደ ዘለዋ ሃገር ከም ዝኾነት ኣሚነን ዝቕበልኦ እዋን ርሑቕ ከም ዘይኾነ እተኣማመን'ኳ እንተ ኾንኩ፡ ክሳዕ ሽው ግና ነዊሕ ጉዕዞ ይጽበያ ከም ዘሎ ኣይዝንግዕን። ነዚ ራእይ'ዚ ንምርግጋጽ፡ ልዕሊ'ዚ ሃኒጸቶ ዘላ፡ ሓያል መሪሕነት፡ ሰራዊት፡ መርበብ ስለያን ቍጠባን ከም እትሃንጽ ግና ፍጹም ኣይጠራጠርን።

ውሽባ ቀጸለ፡ ኣነ'ውን ካልኣይ መጽሓፍ ክጽሕፍ ብርዐይ ኣልዓልኩ።

መበገሲ ትረኻይ፡ ንምንታይ ሃገራውያን መራሕቲ ብምዕራባውያን ብፍላይ ኣመሪካ ዝዕለዉን ዝቕንጸሉን ምኽኑ ኣይትዘንግዑ። እቲ ኣብ ልዕሊኦም ዝካየድ ተጸብኦን ምስይጣንን ካብ ግዳማዊ ሓይልታት ጥራይ ዝመስሎም እንተለዉ ተጋግዮም ክብል እደፍር። እቲ ምንታይሲ፡ እቲ ዝኸፍኣን ኣዕናውን ንግዳማዊ ሓይልታት በሪ ዝኸፍትን ብደቂ ሃገር ዝካየድ ሽርሕን ክድዓትን ምኽኑ ጽኑዕ እምነት ስለ ዘለኒ።

እዛ “ሰላዩት ኣብ መቐለ” ኢለ ኣርኢሰያ ዘለኹ ንስለያን ፍቕሪን፣ ሽርሒን፡ ጵንዓትን፣ ክድዓትን ሃገራውነትን እተዘንቱ መጽሓፍ'ዚኣ እምበኣር፡ እቲ ብምዕራባውያን ብፍላይ ብምምሕዳር ዋሽንግቶንን ኮርፖረሽናትን ኣብ ልዕሊ እዘን ካብ ብዙሓት ውሑዳት ጠቒሰየን ዘለኹ ሃገራት ዝተፈጸመ ምዕላው መንግስትን ቅንጸላ መራሕቲ ሃገራትን፡ ኣብ ኤርትራ'ውን ኣይተፈተነን ኢለ ዝኣምን ብዘይ ምኽንያት፡ ኣብ ኲናትን ቤት ፍርድን ዝተሳዕሩ መሪሕነት ህዝባዊ ወያነ ሓርነት ትግራይን ምምሕዳር ዋሽንግቶንን ብዕሱባት ደቂ ወጻእን ሃገር ብዝኸድዑ ደቂ ሃገር ፈቲኖም ይኾኑ'ዮም ኢለ ብስእለ-ኣእምሮይ ዝቐረጽኩዎ ሽርሒ፡ ብመልክዕ ታሪኻዊ ልብ ወለድ ኣቕሪበዮ ኣለኹ።

ኣንባቢ፡ ብፍላይ መንእሰይ፡ መበገሲ ስእለ-ኣእምሮይ ክርዳእን ዝሓለፈን ዝመጽእን ምእንታን ክግንዘብን፡ መሪሕነት ህዝባዊ ወያነ ሓርነት ትግራይ፡ ምዕላው መንግስቲ፡ ማለት ምቕንጻል ሰበ ስልጣን ኤርትራ ናብ ዝብል ርቡጽ ሓሳብ ክወድቕ ዝደረኾ ዝወረዶ ታሪኻዊ ፍሽለት ብምኽኑ፡ ኣገደስቲ ዝበልኩዎም ፍጻሜታት ከም ኲናት እግሪ መኸል፡ ዓዲ በጊዖ፡ ዓሰብ፣ ብይን ኮምሽን ዶብ ኤርትራን ኢትዮጵያን፡ ምውጻእ ዓቃብ ሰላምን ዝተፈብረኸ ዶባዊ ምስሕሓብ ኤርትራን ጅቡቲን ብሓደ ወገን፡ ብምምሕዳር ዋሽንግቶን ዝተሰገደደ እገዳ ባይቶ ጸጥታ ሕቡራት ሃገራት 2009፡ ዝተፈብረኸ ክሲ ግህሰት ሰብኣዊ መሰላት 2016፡ ኣህጉራውያን ዘይመንግስታውያን ውድባትን ንሃገር ዝኸድዑ ደቂ ሃገርን ዘካየድዎ ዘመተ ምጽላም ሃገርናን ሰበ ስልጣናትናን ድማ በቲ ካልእ ሰነዳት ብምውካስ ኣስፈረ ኣለኹ።

ኣብ ተስፋ ኒውስ፡ ደሃይን ካልኦት ማሕበራዊ መራኸቢታትን ከይሰልከዩ ሓይለ ፖለቲካዊ ትንታነታትን ሓበሬታታትን ዝጸሓፉ ኤርትራውያን ጽሑፋቶም ከም መወከሲ ተጠቒመሎም ኣለኹ፣ ብዊኪሊክስ ዝሰሎኹ'ውን ከምኡ።

ቀንዲ ገጸ-ባህሪ ትግራዋይ ብምኽኑ ላህጃ ትግራይ ብመጠኑ ከልብሶ'ኳ እንተ ፈተንኩ፡ ጌጋታት ንዘይምፍጻምን ጌጋ መረዳእታ ንኸይህብን ብማለት ላህጃ ትግርኛ ኤርትራ ተጠቒመ ኣለኹ። ኣቈጻጽራ ሰዓት'ውን ብኣቈጻጽራ ኤርትራ ምኽኑ ኣንባቢ ክግንዘብ እላቦ።

ኣብቲ ሓቀኛ ታሪኻዊ ፍጻሜታት ተጠቒሶም ዘለዉ ኣስማት ውልቀ ሰባት ብሓፈሻ፡ ብፍላይ ንሃገር ዝኸድዑ ደቂ ሃገር ከምኡ'ውን ሰበ ስልጣን ኢትዮጵያ ነበር ከምቶም ብስእለ-ኣእምሮይ ዝቐረጽኩዎም ገጸ-ባህርያት ናይ ብርዒ ስም ሂበዮም ኣለኹ። እንተ እተን ኣብ ዝተፈላለየ እዋን ተጻባእቲ ኤርትራ ዝነበራን ዝነበሩን ሰበ ስልጣን ኣሜሪካ ሒዞሞ ዝነበሩ ሓላፍነት ጥራይ ጠጢሰ ሓለፈዮ ኣለኹ። ስለዚ፡ ኣስማት ኮነ ትካላት መንግስቲ ምስ ህልዋት ወይ ምስ ዝሓለፉ ምስ ዝመሳሰል፡ ናይ ነገር ወዝቢ ምዃኑ ኣንባቢ ክግንዘብ እምሕጸን።

ደራሲ

ዝኾነ ይኹን መራሒ ሃገር፡ ሃገር ክዮሕን ኣይክእልን'ዩ፣ ግና፡ ብዘይ መራሒ ሃገር፡ ርግጸኛ እየ፡ ሃገር ክትድሕን ከም ዘይትኽእል!

ምዕራፍ 1

ኣብ ሓንቲ ካብ ሓምሳ ስድራ ቤት ዘይበዝሓ ሰፈር ዝነበሩዋ፡ ካብ ደደቢት ኣዝያ ዘይትርሕቕ ንእሽቶ ዓዲ'የ ተወሊደ።

እታ ዓዲ፡ ከርፋሕ፡ ዓጸቦ ብቐጻሊ ዘጥቅዓ፡ ሓሪስካ ምህርቲ ዘይትሓፍሰሉን ቍሩብ ቍራብ እንት ረኪብ'ውን ምስ ተጋደልቲ ህዝባዊ ወያነ ሓርነት ትግራይ (ወያነ) ንፍርቂ እትማቐሎን ነበረት።

እኖይ፡ ኳል ዓሰርተው ሸውዓተ ዓመት ምስ መልኣት'ያ ለካቲት 1983 ናብ ህዝባዊ ወያነ ሓርነት ትግራይ (ህወሓት) ተሰሊፉ። ንዓይ ድቂ ዝሓዘትሉ ኳል 15፡ ብርሃን ናይዛ ዓለም ዘርኣየትኒ ድማ ኳል 16 ዓመት ነበረት። እንተ ወሓደ፡ ሽዱሽተ ወርሒ ኣጥብያትኒ'ያ ናብ በረኻ ወጺኣ። ስለዚ፡ ከም እኖ ኣይፈልጣን'የ፣ እንዳ ኣቦሓጎይ'ዮም እግሪ ኣትኪሎምኒ። ዕድመይ'ምበር፡ ብልክዕ ዝተወለድኩሉ ዕለትን ወርሕን ኣይፈልጦን'የ፣ ግንቦት 1982 ምዃኑ ግና ኣይጠራጠርን።

ኣቦሓጎይ፡ ሃብተሱስ ጊላይ፡ እኖሓጎይ ለተዝጊ ሓለፎም ይበሃሉ፣ ሽዱሽተ ውላድ ነበሩዎም። ካብዞም ሽዱሽተ፡ ኣርባዕተ ኣዋልድ ክልተ ኣወዳት ኾይኖም፡ እኖይ፡ ሳልሳይ መትሊ ቦኹሪ'ያ። ኣዝያ ጽብቕቲ፡ ውዕይትን ደፋርን ምንባራ ይዝንተወላ።

ሽም ኣቦይ፡ ናይ ኣቦሓጎይ ሃብተሱስ'ዩ ተዋሂቡኒ፣ ምኽንያቱ፡ እኖይ፡ ካብ መን ከም ዝፈረየትኒ ኵስቶ ክትብል ብዘይ ምኽኣላ።

ዘርይሁን ሃብተሱስ እባሃል። ኣብ 1984፡ ትግራይ ብዓጸቦ ተጠቒዓ ናብ ስደት ብግስ ክንብል፡ እኖይ ሃንደበት ናብ ዓድና መጺኣ ካብቶም "ኣቦይ-እኖይ" ዝብሎም ኣቦሓጎይን እኖሓጎይን መንጢላ ሒዛትኒ ናብ ደደቢት ክሻዕ ዝኸደትሉ እዋን፡ ስም ኣቦይ ኣየፈልጥን'የ ነይረ። ሽው ኣፍ ዘየውጻኣኹ ወዲ ክልተ ዓመት ኣቢለ'የ ነይረ። ድሕሪ'ታ መዓልቲ'ታኣ፡ ምስቶም እግሪ ዘትከሉኒ ኣቦሓጎይን እኖሓጎይን ኣይተረኣናን፣ ኣነ ኣብ ገድሊ፡ ንሳቶም ድማ ብዘመነ ዓጸቦ ናብ ሱዳን ክስደዱ ምስ ሰለስተ ደቆም ኣብ ጕዕዞ ሂወቶም ሓለፊት። ምዕባያን ምዕባይ ምዕባያን ንእኖይ ግና፡ ቅድሚኣ ናብ ገድሊ

ተሰሊፎም ኣኮይ ኣብ ግንቦት 1983 ኣብ መጥቃዕቲ ውሃ ምላሽ፡ ሓትኖይ ድማ ኣብ ነሓሰ 1984 ካብ ናይ ጽዕነት ማኪና እኽሊ ከተራግፍ ሓደጋ ወሪዱዋ ተሰዊኣም።

እቲ እዋን'ቲ፡ ህወሓት፡ ካብ ግብጽን ስዑዲ ዓረብን ሓገዝ ዘግነይሉ፡ ላዕለዎት ልኡኻት ንፋልማየም ናብ ወጻኢ ሃገራት ኸይዶም ዲፕሎማስያዊ ዝምድና ዘጣየሹሉን ድሕሪ ምልሶቶም ምስ ሻዕብያ ዝምድና ዝበተኹሉን ነበረ።

(ጠንቂ ምቁራጽ ዝምድና ክልቲኣን ውድባት፡ ኣብ'ቲ ኣብ ነሓሰ 2003 ካብ ሓይሊ ኣየር ኢትዮጵያ ተሳሒበ ንፍሉይ ስርሒታት ታዕሊምን ፖለቲካዊ ትምህርትን ዝወሰድኩሉ እዋን'ዩ መብርሂ ተዋሂቡና።)

ናብ ደደቢት ዝኸድኩሉ ወዲ ክልተ ዓመት ኣቢለ'የ ነይረ። እታ ከም እኖይ ዘይፈልጣ፡ ንዓይ ሓንቲ ሰበይቲ ዝነበረት፡ ንሓጺር እዋን ተኸናኺናትኒ፤ ነቶም ኣቦይን እኖይን ዝብሎም ኣቦሓጎይን እኖሓጎይን ናፊቐ ካብ ምብካይ ኣየዕረፍኩን። ድሕሪ ቀሩብ፡ ነቲ ኵነታት ለመድኩዎ፤ ነታ ካብ ስድራይ ዝመንዘዐትኒ ሰበይቲ ትም ኢለ ክሕቆፋ ጀመርኩ። ህጹጽ ኵነታት ስለ ዝተፈጥረ ግና ምስተን ኣብኡ ዝነበራ ሓራሳት ገዲፋትኒ ከደት።

ድሕሪ ከባቢ ሓደ ዓመት፡ ውላደይ ክርኢ ብምባል ናብቲ ዝነበርናዮ ቦታ መጽኣት'ሞ፡ ናብ ካልእ ቦታ ግዒዝና ጸናሕናያ። እቲ ዝነበርናዮ ቦታ ብሰብ ዘዕለቕለቐ'ዩ ነይሩ። ትግራይ፡ ብከቢድ ዓጸቦ ተጠቒዓ ብዙሕ ህዝቢ ናብ ወያነ (ህወሓት) ውሒዙ ኣብ ትግራይ ኣብ ፈቐዶ መዓስከር ካብ ኢድ ናብ ኣፍ ዘይበጽሕ ሓገዝ እናተዋህቦ ተዓቚቡ ዝነበረሉ'ዩ፤ ሰነ 1985።

እኖይ፡ ክትረኽበኒ ተጸገመት፤ ትሓቶ ሰብ'ውን ኣይነበራን። ዝነበራ ኣማራጺ ናብ ደደቢት ከይዳ ነቲ ዝወለደላ ምርካብ ነበረ።

እኖይ፡ ካብ መን ከም ዝፈረየትኒ ብምስጢ'ያ ሒዛቶ ነይራ። ኣብቲ ድቂ ዝሓዘትሉን ንዓይ ዝተገላገለትሉን በረኻ ዝወጽኣትሉን ካብ መን ከም ዝጠነሰት ኣይትፈልጥን'ያ ነይራ። ምኽንያቱ፡ ነቲ ሰብ ብቕድሚኡን ድሕሪኡን ርእያቶ ስለ ዘይትፈልጦ። ብሓጺሩ፡ ናይ ሓንቲ እዋን ርክብ'ያ ነይራ።

ናብ ሜዳ ተሰሊፋ፡ ታዕሊም ወዲኣ፡ ተኸሊጥ ክካየድ ሓደ ላዕለዋይ ሓላፊ ኣብ ሓደ ብርኺ ዝበለ ቦታ ኾይኑ መግለጺ ክህብ ተዓዘበት። ነብሰ ስጋኣ ኣንቀጥቀጠ፤ ልባ ኣንደጕዶጐት።

"ዋእ!" በለት ነተን ዘንፈጥፍጣ ዝነበራ ኣእዳዋ ኣብ ኣፉ ኣንቢራ። ፍርሂ ንሰውነታ ወረሮ።

እኖይ፡ ብመዐቀኒ ዕድመ ቈልዓ'ያ ነይራ፤ ዓሰርተው ሸውዓተ ዓመት ሽዓ'ያ መሊኣ። ሃንደራእ ኢላ ከይትዛረብ፡ ዕድሜኣን ባህሪ ገድሊን ኣይፈቐደላን። ተረበጸት፤ ንስሙ ድኣላ ኣብቲ ቦታ ነይራ'ምበር፡ ብሓሳብስ ናብታ ንዓይ ድቂ ዝሓዘትላ ንእሽቶ ቀጥቋጥ'ያ ተዓዚራ።

እቲ እዋን'ቲ፡ ተጋደልቲ ክዛመዱን ክወልዱን ፍቑድ'ኳ እንተነበረ፡ ኣብ ሓለፍቲ'ምበር ኣብ ተራ ተጋደልቲ ልሙድ ኣይነበረን።

ዓድና፡ ኣብ ከባቢ ደደቢት ዝተደኰነት ብምኳና ተጋደልቲ ብቐጻሊ'ዮም ዝመጽዋን ብኣ ዝሓልፉን ነይሮም። እቲ ህዝቢ ድማ ካብታ ዝነበረቶ ቀሩብ ቀራቦ ፈይ የብለሎም ነበረ።

ኣብታ እኖይ ንዓይ ድቂ ዝሓዘትሉ፡ ኣብ ገዛና ጸበል ብምንባሩ ስዋ ተጸሚቑን

እኽለ ማይ ተገይሩን ነበረ። ክልተ ሓለፍቲ፡ እግሪ መገዶም ናብ ገዛና ተኣለዩ። እኖይ ጋመ'ያ ተቜኒና። ስድራኣ ኣሕጽዮማ ብምንባሮም፡ ንመስከረም ክትምርዖ ተቜጺሩ ነበረ። ምዕባያ ሓብታ ድሮ ንበረኻ ወጺኣ ብምንባራ፡ ንሳ'ያ ዓባይ ናይቲ ገዛ። ስድራና፡ ሃንደበት ዓበይቲ ኣጋይሽ መጺኦሞም ስዋን እንጌራን ክትቕርበሎም ተዳሃይያ፣ ቐረበትሎም።

ሓደ ካብቶም ክልተ ሓለፍቲ ኣዒንቱ ናብ እኖይ ኣውደቐን፣ ክትመጽእን ክትከይድን ተዓዘባ።

ድሕሪ ቐትሪ፡ መሬት ዓይኒ ሕዝ ዘበለሉ'ዩ ነይሩ። እኖይ፡ ካብ ገዛ ወጺኣ ናብ ግዳም ክትከይድ ኣስተብሃለላ፣ ንሱ'ውን ክሽይን ኢሉ ብድድ ኢሉ ወጸ። ኣብቲ ድሕሪ ሑጓ ኾይኑ ናበይ ከም ትኸይድ ተኸታተላ።

እኖይ ንሽንቲ ማይ'ያ ወጺኣ፣ ኣብ ሓንቲ ከውሊ ኮፍ በለት፣ እቲ ሰብ ተኸተላ።

"ጓል ሃብተሱስ፡ ንዕስኪ ኣብዛ ከውሊ ሓበሬታ ክሓተኪ፡" በላ ክውል ኢሉ።

ኣብቲ እዋን፡ ተጋዳላይ እሞ ኸኣ ሓላፊ ክበሃል ከሎ ብጹእ ጌርካ ዝርኣየሉ ዝነበረ'ዩ። እኖይ'ውን ከም ማንም ተራ ህዝቢ፡ እሞ ኸኣ ጕርዞ ጓል፡ ካልእ ክትሓስብ ኣይትኽእልን'ያ፣ ተጋደልቲ ብጹኣት'ዮም ካብ ምባል ሓሊፉ።

ብዘይ ፍርሂ ናብኡ ቐረበት፣ ኣብ ትሕቲ እታ ቍጥቋጥ ኮፍ ክትብል ብኢዱ ኣመልከተላ።

ብዓል እኖይ፡ ደቂ ገጠር ብምኳነን ጥራይ እንተይኾነ፡ ብዓንዳ ርእሱ'ውን ኣብ ገጠር ሙታንቲ ፍሉጥ ኣይነበረን፡ ትወዲ ጓል ኣይነበረትን። እኖይ፡ ነዊሕ፡ ካብ ብርካ ውርድ ዝበለ ዝተኣልመ ጀለብያ'ያ ወድያ፣ ብኽልተ ኣእዳዋ ጀለብያኣ ኣርኒባ ኣብ ባይታ ኮፍ ክትብልን ጸል ኣቢሉ ኣብ ልዕሊኣ ክድይብን ሓደ ኾነ።

ብኸምዚ'የ እምበኣር ናብዛ ዓለም መጺአ፣ ብዓመጽ!

እኖይ፡ ከምቲ ዝበልኩዎ፡ ነቲ ሰብ ቅድሚኡ ርእያቶ ኣይትፈልጦን'ያ፣ ንገዛና'ውን ፋልማዩ'ዩ መጺኡ፣ ስሙ መን ከም ዝበሃል'ውን ኣይሓተተትን፣ ኣሕኒኹዋ ኣብ ውሻጠ ተኺርምያ ኮፍ በለት።

መስከረም ኾይኑ፡ ዝተቜጽረ መርዓ እዋኑ ኣኺሉ እኖሓጎይ ኣብ ምቕርራብ ተጸመደት።

ሓደ ምሸት፡ እኖይ ኣበይ ከም ዝኣተወት ተሸረበት፣ ተደልያ ተሳእነት። ስድራ ተጨነቑ፣ ዝብኢ በሊዕዋ ከይኸውን ሰግኡ። ከምዘይ ውጋሕ የለን፡ ኣቦሓጎይ ንወዲ ሓወ'ቡኡ ኣዳልየኒ ክብሎ ጋሕጋሕ ምድሪ ናብቲ ጎደቦ ዓዲ ኸደ፣ እኖይ ድማ ኣብ ንእዲ ኵድጭ ኢላ ጸንሓቶ፣ ኣይ ሓጐስ ኣይ ሕርቃን ኾነ።

"ኣንቲ ጓልዛ ጽልልቲ! ኣብዚ እንእኹ ስኣን ምባልሲ ለይትና ቀሊጥክያ ሓዲርኪ? ሕለፊ ንዕናይ!" ኢሉ ወስ'ኳ እንተበላ፡ ኣዝዩ ለዋህ ብምንባሩ በትሩ ካብ ዝባና መለሳ።

"ኣንታ ሃብተሱስ ሓወይ፡ ሓንሳብ ብርክኻ ስበርስኪ! ስዋ ቅድሕሉ፡" ኢሉ ወዲ ሓወ'ቡኡ ኣረጋገአ።

ዋንጫ ተዓዲሉ፡ ስዋ ተቐዲሑ፡ ናብ ወግዒ ዓዲደ-መጺድ ኣተዉ፣ ጕዳይ እኖይ ተረሰዐ።

"ኣንታ ሃብተሱስ ሓወይ መርዓ ድኣ ኣትዩና እንድዩ፣ እንታይ ድኣሉ ዝግበሮ?"

"ዋእ! ንስዋ ዝኸውን ይሰናኸታ ኣለዋ፡" በለ ኣቦሓጎይ ንኽፉእ ከይሃበ።

"ዋእ! ኣነሲ ቅድም ክንላዘብ ኢለ'የ።"

"ልዝብና ድኣ ወዲእና እንዲና! መጺኦም ዓሎም ይውሰዱ! የግዳስ ምስዚ ዝነበረ ክራማት እቲ እኽለ-ማይ ክከኣልዶ ኢልካዮ ኢኻ?"

"ኣንታ ንሱስ ደለየ ምኾነ፣ ግና . . ."

"እንታይ ግናኡ?"

"እዛ ዓልና ትማሊ ኣብዚኣ መጺኣ ኣይምርዖንየ ነቦይ ንገረለይ . . ."

"ኣነ ሃብተሱስዶ! እንታይ ኢኻ ትብል እንኣኻ?"

"ርግእ'ሞ በል።"

"ኣንታ እንታይ ክረግእ! ዘርግእዶ ነጊርካኒ ኢኻ! መርዓ ቈጺረሲ እዛ ሕንጫል ቈልዓ ክትኣቢ!"

ወዲ ሓወ'ብኡ እንታይ ከም ዝብል ጨነቖ፣ ዝደለየ ይኹን ኢሉ ክነግሮ ወሰነ።

"ዓል ውለድ ክይትቐስን! ዝበሃል'ኮ ትም ኢልካ ንስለ ብሂል ኣይኮነን ተባሂሉ! ዓል ዝገጥማ ስለ ዘይፍለጥ'ዩ።"

"ኣንታ እንታይ ኢኻ ጸግዒ ጸግዒ ትብል!"

"ኣነ፡ ኣወዳት ጥራይ'የ ወሊደ፣ ንሶም ብንሶም ድማ ሰለስተ። ዓል እንትህልወኒ እዚ ገዛይ ጭልምልም ምበለዶ መሰለካ?"

"እዛ ዓልካ ንወደይ ሃበኒ ድኣ ክይትብለኒ!" ኢሉ ኣቦሓጎይ ከምዛ ነዲሩ ክዛረብ ዘይጸነሐ ትዋሕ በለ።

ወዲ ሓወ'ብኡ መዋጽኦ ረኸበ።

"እወ ሃበኒ!"

"ሰዳ!"

"በል ዋላ ጥራሓ ትጽናሕ! ነዚ ባዕለይ ዘዕበኹዎ ወዲ ዘማይ ምሃብኩዋ!"

"እዋእ! ዓለይ ሕጋ ኣፍሪሳ ዝበለካ ኣሎ ድዩ?" ሓተተ ኣቦሓጎይ ብኽልተ ኣእዳዉ ኣብ በትሩ ተደጊፉ ኣዒንቲ ኣጨምቲሉ።

"እወ!"

"እንታይ!?"

"ሃብተሱስ ሓወይ! ዘይጽወር'ዩ ወሪዱና! ዓልና ትማል ምሸት ነዛ ብዓልቲ እንዳይ ጸገማ ነጊራ ምሉእ ለይቲ ብብኽያት ክትንኽነኽ'ያ ሓዲራ። እንቋዕ ድኣ ሃጽ ኢላ ናብ ካልእ ኣይጠፈኣት ወይ ነብሳ ኣየጥፈኣት'ምበር፡ እንታይ ክንብል ኮይንና።"

ኣቦሓጎይ፡ ንእኖይ ኣመና ፈትዋ ብምንባሩ፡ ምዝራብ ስኢኑ ጐረርኡ ዕግት በለ።

መርዓ ተቛረጸ። እኖይ፡ ሰብ ዝርእዮ ነብሳ እናሓፈሰ ኸደ፣ ካብ መን ምዃኑ ግና ምንጋር ኣቕበጸት።

እምበኣርከስ፡ እኖይ፡ ድሕሪ ኣስታት ሓደ ዓመት'ያ እቲ ዝዓመጻ፡ ንሱ፡ እቲ ኣብ በሪኽ ቦታ ኾይኑ ዝምድር ዝነበረ ሓላፊ ምዃኑ ዘለለየቶ።

እኖይ፡ ኣብቲ ዝገደፈትኒ ዝኸደት ደልያ ምስ ሰኣነትኒ ነቲ ብዓመጽ ዝወለደላ ሰብ ክትረክብ ናብ ደደቢት ከደት፣ ስም እቲ ዝወለደላ ድሕሪ'ታ መግለጺ ኣብ ኵርምታ ሒዛታ'ያ፣ መን ምዃኑ ትፈልጥ'ያ። ንኽትሓትት ኣይተጸገመትን። ሳላ ገድሊ፡ ሕፍረትን ከይብሉንን ኣወጊዳ እያ።

"ብጻይ ኣርኣያ ኣበይ ክረኽቦ እኽእል? ዝወሃብ መልእኽቲ ኣሎኒ!" ሓተተት ንሓደ ጎፍ ዝበላ ተጋዳላይ።

"ኣርኣያ?"

"ወዲ ሓጐስ!"

"መራሒ በጦሎኒ ድዩ?"

"እወ።"

"ተወጊኡ ኣብ ሕክምና'ዩ ዘሎ፣ ግና ኬድኪ ክትረኽብዮ ትኽእሊ ኢኺ፡" ኢሉ ቦታ ሕክምና ሓበራ።

እኖይ፡ ንወዲ ሓጐስ ረኸበቶ። መውጋእቱ ፎኲስ ኣብ ሰለፉ'ዩ።

"ሰላማት ወዲ ሓጐስ።"

"መርሓባ!"

※ ※ ※

ኣርኣያ ሓጐስ፡ ኣብ ዓዲ ቐይሕ ተወሊዱ ዝዓበየ፡ በቡኡ ትግራዋይ በዲኡ ኤርትራዊ'ዩ። ከም ማንም መንእሰይ፡ ኣዕናኺተይ ንሜዳ ኺይዶም ኢሉ ኣብ 1976 ናብ ተጋድሎ ሓርነት ኤርትራ ተሰለፈ። ኣብ ርብዳ-ባርካ ተዓሊሙ ኣብ ሓይልታት ተወዘዐ።

እቲ እዋን፡ ገድሊ ትግራይ ዘመነ ሕንፍሽፍሽ ሰጊሩ ብተዛማዲ ዝተረጋጋኣሉን ምስ ክልቲኣን ውድባት ኤርትራ ዝምድና ዝፈጠረሉን ብምንባሩ፡ ሚያዝያ 1978 ሓንቲ ሓይሊ ተሓሴ ድልድል ሩባ ስቲት ሰጊራ፡ ኣብ ከባቢ ሑመራ ዓሪዱ ንዝነበረ ጸላኢ ኣጥቂዓ ክትምለስ ብወዝቢ ምስ ሓንቲ ጋንታ ተጋድሎ ሓርነት ህዝቢ ትግራይ (ተሓህት) ተራኸበት።

ንሱ፡ ገድሊ ትግራይ ከም ዝተመስረተ ድኣሉ ሰሚዑ'ምበር፡ ነቶም ተጋደልቲ ብዓይኑ ርእዩዎም ኣይፈልጥን'ዩ ነይሩ። ነታ ካብ ዓሰርተ ዘይበዝሕ ብረት ዓጢቓ ዝነበረት ጋንታ ተጋድሎ ሓርነት ህዝቢ ትግራይ (ተሓህት) ክትሓልፍ ተሃኒኑ ጠመታ። ውሽጡ ድማ ሓደ ነገር ነገሮ፣ ኢትዮጵያዊ-ትግራዋይ'ምበር ኤርትራዊ ከም ዘይኾነ።

ሓይሊ ኣርኣያ ሓጐስ፡ ምሕዳራ ኣብ ከባቢ ዴዳ ላዕላይ ከተብሩኽ ተነግራ። ኣርኣያ ብረቱ ገዲፉ ለይቲ ናብ ትግራይ ሃተፈ፣ ኣብ ተጋድሎ ሓርነት ህዝቢ ትግራይ (ተሓህት) ተሰለፈ።

ገድሊ ትግራይ ካብ ድቂ ናብ ሕርሲ ካብ ሕርሲ ናብ እግሪ ተኸሊ በጺሑ ኣብ ሓምለ 1976 ብኣዋጅ "ማኒፌስቶ ትግራይ 68" ዕላማ ብረታዊ ቃልሱ ዘነጸረሉ'ዩ። 'ማኒፌስቶ ትግራይ 68'፡ ተሓህት፡ ካብቶም ዝተረፉ ኢትዮጵያውያን ኣሕዋቱ ተነጺሉ፡ ንትግራይ ሓራ ኣውጺኡ፡ መሬት ምዕራባዊ ቆላን ገማግም ባሕርን ኤርትራ ቈርሚሙ ኣፍደገ ባሕሪ ዘለዋ ዓባይ ትግራይ ክምስርት ይጋደል ምንባሩ ዝኣወጀሉን ዘረባ ኮልተፍተፍ ዝብል ወዲ ሰለስተ ዓመት ኾይኑን ነበረ። ኣርኣያ ሓጐስ ድማ ንእለቱ መራሒ ሓይሊ ኾነ።

ህዝባዊ ግንባር ሓርነት ኤርትራ፡ ነቲ ንተጋድሎ ሓርነት ህዝቢ ትግራይ ሰጊሩ ዝመጸ ሸሾ ሰራዊት ኢትዮጵያ ኣብ ዝተናወሐ ኲናት ንኽስዕሮ ብዝሓንጸጾ ወተሃደራዊ ስትራተጂ መሰረት፡ ካብ ሓራ ዘውጸኦም ዓድታትን ከተማታትን ኣብ ሕዳር 1978 ስትራተጂያዊ ምዝላቕ ገይሩ ኣብ ጎቦታት ሳሕል ዓረደ።

ተሓህት ግና ህላወኡ ኣብ ምልክት ሕቶ ኣተወ።

ኣብቲ እዋን'ቲ፡ ተጋድሎ ሓርነት ህዝቢ ትግራይ ኣይኾነንዶ ነቲ ብዛላንበሳ፡ ዓዲ ኳላን ኦምሓጀርን ናብ ኤርትራ ዝግስግስ ዝነበረ ዓሰርተታት ኣሽሓት ሰራዊት፡ ንሓንቲ

ጋንታ'ውን ከገጥም ዝኽእል ዓቕሚ ስለ ዘይነበሮ፡ ኣብ መወዳእታ 1980 ክልተ ሽሕ ዝኣኽሉ ሰራዊቱ ኣብ ሳሕል ክዕለሙ ንህዝባዊ ግንባር ተማሕጸነ፣ ከዱ ኸኣ። ሽዑ፡ ህዝባዊ ግንባር ሓርነት ኤርትራ ሓሙሽተ ወራራት ኣምኪኑ ቀጻልነቱ ኣረጋጊጹ ነበረ። ኣርኣያ ሓጐስ ድማ መራሒ ሓይሊ ኾይኑ ናብ ሳሕል ወረደ። ምስ ዋሕዚ መንእሰያት ትግራይ ናብ ደደቢት፡ ኣብ 1981 መራሒ በጦሎኒ ኾነ። እታ "መርሓባ!" ትብል ናይ እንቛዕ ብደሓን መጻእኻ ቃል ድማ፡ ኣብ ሜዳ ኤርትራ'ዩ ለሚዱዋ።

እምበኣርከስ፡ ኣርኣያ ሓጐስ፡ ካብ ሳሕል ምስ ተመልሰ፡ ኣብቲ ካብ መራሕቲ ሓይሊ ንላዕሊ ኣብ ደደቢት ዝተኻየደ ኣኼባ ተኻፊሉ ናብ ቦትኡ ክምለስ ከሎ'ዩ ምስ ካልኣይ ርእሱ እንዳ'ቦይ ሃብተሱስ ዝተኣልየ።

※ ※ ※

እኖይ፡ ንኣርኣያ ሓጐስ ርእይ ምስ ኣበለቶ እታ ቈጥቋጥ ቅጅል በለታ፣ ንኻልኢታት ተኲራ ጠመተቶ።

"ኢሂ ብጻይቲ፡ ድሓን ዲኺ?"

እኖይ ከመይ ኢላ ከም እትነግሮ ክትሓስብ ኣፉ ተለጒሙ ካብ ልሳና ቃል ምውጻእ ኣበያ።

"እንታይ ይመስለካ . . ." ኢላ ትም በለት።

ቃላት ኲልተፍተፍ ከተብሎም ዘስተብሃለ ኣርኣያ፣

"ብጻይቲ! ንዒ እተዊ!" በላ ቀዲሙዋ ናብቲ ብኣእማን ተነዲቑ ዝተሃደመ ህድሞ እናኣተወ።

እኖይ፡ እቲ ጒልቡት ነብሱ ኣብ ልዕሊኣ ክወድቃ ከሎ ተራእያ፣ ንብዓት ቋጸረት።

"ኣይኣቱን'የ!" በለቶ ከይተፈለጣ።

ኣርኣያ ኣብ ኣፍ ልዳት ደው ኢሉ ተኲሩ ጠመታ።

"ወድኻ ሒዘልካ መጺአ ኣለኹ!" በለቶ ኣዒንታ ኣብ ኣዒንቱ ተኺላ።

"ወድኻ!"

"እወ ወድኻ!" ኢላ ንብዓት ብኽልተ ምዕጉርታ ጀበብ በለ።

"ብጻይቲ! ምስ ካልእ ሰብ ኣጋጊየኪ ወይ ድማ እዚ ሜዳና ኣይተቐባበለክን ኣሎ፡" በላ ፍሽኽታ ኣሰንዩ ናብኣ እናቐረበ።

ክልተ ስጒምቲ ንድሕሪት ከይዳ ደው በለት።

ስጒሚ ኣይቀጸለን፣ ኣብ ዝነበሮ ደው በለ።

"ክትቀርበኒ ኣይደልን'የ! ኣድሓና ሃብተሱስ እባሃል! እታ ኣብ ገዛና ዝበላዕኻላ ጸሕሊ ሴርካ ዝወጻእኻላ ዕለት ክትዝክራ ተስፋ እገብር!"

"እንታይ!?"

ኣርኣያ፡ የማነ-ጸጋም ቊሊሕምሊሕ በለ፣ ኣብ ከባቢኡም ሰብ ከይህሉ።

"ዓማጺ! ጓል ዓሰርተው ሓሙሽተ ዓመት ዓሚጽካ ዝወለድካዮ ቈልዓ ኣብ መዓስከር ኣሎ! ስሙ ዘርይሁን ሃብተሱስ ይበሃል፣ ረኺብካ ኣዕብዮ!" ኢላቶ እናነበዐት ዕዝር በለት።

ኣርኣያ ርእሱ ብኽልተ ኣእዳዉ ሒዙ ቖዚዙ ተረረ፣ ናብቲ ህድሞ ኣትዩ ርእሱ ኣድኒኑ ኮፍ በለ፣ ተግባራቱ ተቐጂሎ።

ድሕሪ ቀኍሩብ እዋን፡ ኣብ መዓስከር ተደልየ ተረኽብኩ፣ እቲ ደልዩ ዝረኸበንን ናብ ደደቢት ዝወሰደንን ተጋዳላይ መን ምዃኑ ኣይፈልጦን'የ፣ ግና ከቢድ ጥምየት ስለ ዝነበረኒ ካብቲ ሒዝዎ ዝመጸ ቀኍራብ ሃበኒ'ሞ ትም ኢለ ተሓቘፈዮ ከድኩ። ሽው ሰለስተ ዓመተይ መሊአ ነበርኩ፣ ክብደተይ ድማ ትሕቲ ሓሙሽተ ኪሎ ግራም።

ኣብ ደደቢት፡ ብዙሓት ኣይኰኑ'ምበር፡ ቈልዑ ነይሮም'ዮም፣ ኣነ'ውን ምስኣቶም ተሓዊሰ በተን ኣብኡ ዝነበራ ተጋደልቲ እናተኣለኹ ካብ ሞት ንስክላ ወጺአ ዓበኹ።

እቲ ዝነበርናዮ ካብ ቦታ መሪሕነት ብዙሕ ዘይርሕቕ'ዩ ነይሩ። ኣቦይ ኣባል ማእከላይ ሽማግለን ሓላፊ ኤምዳድን ስለ ዝነበረ ቦትኡ ኣብ ደደቢት'ዩ ነይሩ፣ ክሳዕ መጋቢት 1988።

እቲ እዋን፡ ሻዕብያ ንእ'ዚ ናደው - *ናደው እዝ* - ዝደምሰሰሉን ከተማ ኣፍዓበት ዝተቛጻጸረሉን ምዃኑ'ዩ።

እቲ መስተንኽር ዓወት ተባሂሉ ብበሲል ደቪድሰን ዝተቐርጸ ዶኩመንታሪ ፊልም ውግእ ኣፍዓበት፡ ኣብ 2003 ኣብ ታዕሊም መዓስከር ራያ ምስ ኣተኹ'የ ርእየዮ።

ድሕሪ'ቲ ዓወት'ቲ፡ ዝምድና ክልቲኡ ውድባት ናብ ንቡር ብምምላሱ፡ ኣቦይ፡ ኮሚሳር ብርጌድ ኾይኑ ናብ ሰራዊት ተሳሓበ። ቅድሚ ምኻዱ ናባይ መጽአ፣ ሽው ወዲ ሸዱሽተ ዓመት ኾይነ ኣለኹ። ናብ ሓደ ልግስ ዝበለ ቦታ ወሲዱ፣

"ማንጁስ ከመይ ኣለኻ?"

"ድሓን፡" በልኩዎ ብታህዋኽ፡ ካብቲ ምስ ኣዕሩኽተይ ኩዑሶ ዝጻወተሉ ዝነበርኩ ህሞት ስለ ዝወሰደኒ።

"ኣዴኻ ክትርእየካ መጺኣዶ ትፈልጥ?"

"ናበይዶ ከይደን'የን?"

መብዛሕትና፡ እኖታትና እተን ዝከናኽናና'ምበይ ካልእ እኖ ከም ዘላትና ኣይንፈልጥን ኔርና፣ ንኽንፈልጥ ድማ ኣይተነገረናን።

"እሞ ሓደ ነገር ክጸውየካ'የ፡ ንኻልእ ሰብ ግን ከይትጸዊ!" በለኒ ጸጕሪ ርእሰይ እናሓሻሸየ።

ክኸይድ ተሃዊኸ ስለ ዝነበርኩ፡ ነቲ ዝብለኒ ዝነበረ ግምት ኣይሃብኩዎን።

"ኣነ ኣርኣያ ምዃኑ ስመይ ትፈልጥ እንዲኻ?"

ኣይፈለጥኩን ንምባል ርእሰይ ነውነውኩ፣ ሃመይን ቀልበይን ኣብቶም ኩዕሶ ዝጻወቱ ዝነበሩ ብጾተይ ስለ ዝነበረ።

"መን ድኣሉ ስመይ?"

"ወዲ ሓጐስ።"

ጊደ ሓቂ፡ ኣቦይ፡ ኣቦኻ'የ ኣይበለኒ ድኣ'ምበር፡ እናመጽአ ይርእየኒ ነበረ፣ ኣነ ግና ከም ማንም ክርእየና ኢሉ ዝመጽእ ተጋዳላይ ገይረ'የ ዝርእዮ ዝነበርኩ። ካልእ ዘረባ ኣይወሰኸን፣ ካብቲ ኮፍ ኢሉዎ ዝነበረ ደንጎላ ብድድ ኢሉ፣

"ኪድ በል ምስ ብጾትካ ተጻወት፡" ኢሉኒ ኸደ።

ድሕሪ ሰለስተ ዓመት፡ ኣብ ሓምለ 1991 ኣብ ኣዲስ ኣበባ ርኣኹዎ፣ ኣብ ሓደ ንኽትርእዮ ኣዝዩ ዝማርኽ ገዛ፣ መገዲ መዓርፎ ነፈርቲ ቦሌ።

እኖይ፡ ኣብ ውግእ ኣምቦ ኣብ ወርሒ ሚያዝያ 1991 ብኸቢድ ሰንኪላ'ያ ናብ

ኣዲስ ኣበባ ኣትያ። ኣብ ሆስፒታል ጥቁር ኣንበሳ ንኣስታት ኣርባዕተ ወርሒ ተሓኪማ ድሕሪ ምውጻእ ኣብ መሻሎኪያ ዝርከብ መዓስከር *ኣራተኛ ክፍለ ጦር* - ራብዓይ ክፍለ ጦር - እያ ትነብር ነይራ፣ መራሒት ጋንታ ብጺሓ ነይራ። ማህረምታ ኣብ ገጻ ብምንባሩ፡ መጥባሕቲ - *ፕላስቲክ ሳርጀሪ* - ተገይሩላ ክትዛረብ ኣዝያ ትጽገም ነበረት።

ሓደ መዓልቲ፡ ኣብ ግንቦት 1992፡ ሓንቲ ተጋዳሊት ቤተ-ሰቡ ነቦይ ናብ ገዛና መጽኣት'ሞ፡ ምስ ሰይተ'ቦይ ኣብ ዲቕ ዝበለ ቈይቍ ተጸሚደን ከለዋ ሃንደበት ናብቲ ሳሎን ኣተኹ።

"ኣሉ፡ ኵዑስና ናብቲ ናይ ጎረቤት ካንሸሎ ኣትያ ከምጽኣ'ዶ?" ክብል ነታ እኖኻ'ያ ዝተበሃልኩ ሰይተ'ቦይ ሓተትኹዋ።

ኣቦይ፡ ኣብ ሜዳ ተመርዕዩ ሓንቲ ጓል ወሊዱ'ዩ ናብ ኣዲስ ኣበባ ኣትዩ፣ ሰመረት ትበሃል። ንሰመረት ሓውተይ ብሽዱሽተ ዓመት'የ ዝዓብያ፣ ኣዝየ ድማ'የ ዝፈትዋ። ኣብቲ ካንሸሎ ምስኣ ክጻወት'የ ዝውዕል ነይረ።

ሰይተ'ቦይ፡ ኣለፈሽ ገብሩ'ያ ትበሃል፣ ከም ኣቦይ፡ 'ኣሉ' ኢለ'የ ዝጽውዓ። ልዕሊ ውላዳ'ያ ትከናኸነኒ፣ ኣዴኻ ስለ ዝተበሃልኩ ድማ እኖ ምርካበይ ኣዝየ ሕጉስ ነበርኩ።

ኣብቲ ቤተ-ሰብ ኣቦይ ዝመጻኣትሉ፡ ኣቦይ ስራሕ ተቐይሩ ናብ ክልል ኦሮምያ ከይዱ ነበረ። ኣብ ክልል ኦሮምያ ብውሽጢ ውሽጢ "ካብ ኢትዮጵያ ምንጻል" ዝብል ምንቅስቓስ ተላዒሉ ብምንባሩ ንዕኡ ንምህዳእ 'ኣግኣዚ' ዝተባህለ ሰራዊት መሪሑ'ዩ ከይዱ።

ኣዲስ ኣበባ፡ ካብ ወተሃደራዊ መንግስቲ ደርግ ነጻ ካብ ትወጽእ ክልተ ወርሒ ኣብ ዘይመላኣሉ እዋን፡ ኵሎም ውድባት ዝተሳተፍዎ ዋዕላ - ኮንፈረንስ - ኣብ ሓምለ 1991 ተወደበ።

ኣብቲ ዋዕላ፡ እታ ኣቓልቦ ዓለም ስሒባ ዝነበረት ናይቲ እዋን'ቲ ዝዓበየት ጋሻ ኢትዮጵያ፡ ብመራሒ መንግስታ ተወኪላ ነበረት። ንሳ ድማ ኤርትራ እያ።

ህወሓት/ኢህወደግ (ናይ ኢትዮጵያ ህዝቢ ወያናይ ደሞክራስያዊ ግንባር) ነቲ ኣብቲ ዋዕላ ክቐርብ ዝነበሮ ቅዋም ወይ ቻርተር ኣብ ሰንዓፈ ኣብ ዝተገበረ ርክብ ብኣላይነት ህዝባዊ ግንባር ሓርነት ኤርትራን ብምትሕብባር ግንባር ሓርነት ኦሮሞን ነቲ ንድፊ ወዲኡ ኣብቲ ዕለት'ቲ ድልዊ ገበሮ። ዋዕላ፡ ኣብ ወርሒ ሓምለ 1991 ተኻየደ። ቻርተር ተዘተየሉ፣ ብምሉእ ድምጺ ሓለፈ፣ ግብራዊ ክኸውን ተወሰነ። ኣቦ መንበር ህወሓት፡ ፕረዚደንት እታ ሃገር ኾይኑ ተመረጸ፣ ድሒሩ ድማ ቀዳማይ ሚኒስተር ኮነ።

ኣብቲ ዋዕላ፡ ንኵሎም ኢትዮጵያውያን መዛረቢ ኣርእስቲ ኾይኑ ዝነበረ ናይቲ ቻርተር ዓንቀጽ 39 ነበረ። እዚ ዓንቀጽ'ዚ፡ ሓደ ብሄር፡ ኣብ ውሽጢ ኢትዮጵያ ምንባር ኣይማእመኣንን ምስ ዝብል፡ ካብታ ሃገር ክንጸል ዘፍቅድ ነበረ። ብሓጺሩ፡ ትግራይ፡ ብመሰረት "ማኒፌስቶ ትግራይ 68" ካብ ኢትዮጵያ ክትንጸል ትኽእል'ያ ማለት'ዩ። ከመይሲ፡ ንህዝባዊ ወያነ ሓርነት ትግራይ ዘቃለሶ ዕላማ ንሱ ስለ ዝነበረ።

እምበኣርከስ፡ ኣቦይ፡ ድሕሪ'ዚ ዋዕላ'ዚ'ዩ ነቲ ኣብ ክልል ኦሮምያ ፈኺም ዝብል ዝነበረ ምልዕዓል ንምድቋስ ዝኸደ፣ ገይሩዎ ኸኣ።

እታ ምስ እኖይ ኣብ ቈይቍ ተጸሚዳ ዝነበረት ተጋዳሊት፣

"ዝወደይ፡ ንዓስኪ ክስዕመካ፡" በለትኒ። ከይደ ሰዓምኩዋ፣ ኵዕሶይ ከይትውሰደኒ ፈሪሀ ብምንባረይ ግና መንነታ ከይፈለጥኩ ግልብጥ ኢለ ወጻእኹ።

ድሕሪ ሓደ ሰሙን፡ ኣቦይ ሃንደበት መጽአ፣ ኣዝየ ተሓጕስኩ፣ ምኽንያቱ፡

ድሕሪ ቍሩብ እዋን፡ ኣብ መዓስከር ተደልየ ተረኺብኩ፣ እቲ ደልዩ ዝረኸበንን ናብ ደደቢት ዝወሰደንን ተጋዳላይ መን ምዃኑ ኣይፈልጦን'የ፣ ግና ከቢድ ጥምየት ስለ ዝነበረኒ ካብቲ ሒዝዎ ዝመጸ ቍራብ ሃበኒ'ሞ ትም ኢለ ተሓቑፈዮ ከድኩ። ሽው ሰለስተ ዓመተይ መሊአ ነበርኩ፣ ክብደተይ ድማ ትሕቲ ሓሙሽተ ኪሎ ግራም።

ኣብ ደደቢት፡ ብዙሓት ኣይኹኑ'ምበር፡ ቈልዑ ነይሮም'ዮም፣ ኣነ'ውን ምስኣቶም ተሓዊሰ በተን ኣብኡ ዝነበራ ተጋደልቲ እናተኣለኹ ካብ ሞት ንስክላ ወጺአ ዓበኹ።

እቲ ዝነበርናዮ ካብ ቦታ መሪሕነት ብዙሕ ዘይርሕቕ'ዩ ነይሩ። ኣቦይ ኣባል ማእከላይ ሽማግለን ሓላፊ ኤምዳድን ስለ ዝነበረ ቦትኡ ኣብ ደደቢት'ዩ ነይሩ፣ ክሳዕ መጋቢት 1988።

እቲ እዋን፡ ሻዕብያ ንእ'ዚ ናደው - *ናደው እዝ* - ዝደምሰሰሉን ከተማ ኣፍዓበት ዝተቛጻጸረሉን ምዃኑ'ዩ።

እቲ መስተንኽር ዓወት ተባሂሉ ብበሲል ደቪድሰን ዝተቐርጸ ዶኩመንታሪ ፊልም ውግእ ኣፍዓበት፡ ኣብ 2003 ኣብ ታዕሊም መዓስከር ራያ ምስ ኣተኹ'የ ርእየዮ።

ድሕሪ'ቲ ዓወት'ቲ፡ ዝምድና ክልቲኡ ውድባት ናብ ንቡር ብምምላሱ፡ ኣቦይ፡ ኮሚሳር ብርጌድ ኮይኑ ናብ ሰራዊት ተሳሓበ። ቅድሚ ምኻዱ ናባይ መጽአ፣ ሽው ወዲ ሽዱሽተ ዓመት ኮይነ ኣለኹ። ናብ ሓደ ልግስ ዝበለ ቦታ ወሲዱ፣

"ማንጁስ ከመይ ኣለኻ?"

"ድሓን፡" በልኩዎ ብታህዋኽ፡ ካብቲ ምስ ኣዕሩኽተይ ኩዑሶ ዝጻወተሉ ዝነበርኩ ህሞት ስለ ዝወሰደኒ።

"ኣዴኻ ክትርእየካ መጺኣዶ ትፈልጥ?"

"ናበይዶ ከይደን'የን?"

መብዛሕትና፡ እኖታትና እተን ዝከናኸናና'ምበይ ካልእ እኖ ከም ዘላትና ኣይንፈልጥን ኔርና፣ ንኽንፈልጥ ድማ ኣይተነገረናን።

"እሞ ሓደ ነገር ክጸውየካ'የ፡ ንኻልእ ሰብ ግን ከይትጸዊ!" በለኒ ጸጕሪ ርእሰይ እናሓሻሸየ።

ክኸይድ ተሃዊኸ ስለ ዝነበርኩ፡ ነቲ ዝብለኒ ዝነበረ ግምት ኣይሃብኩዎን።

"ኣነ ኣርኣያ ምዃኑ ስመይ ትፈልጥ እንዲኻ?"

ኣይፈለጥኩን ንምባል ርእሰይ ነውነውኩ፣ ሃመይን ቀልበይን ኣብቶም ኩዕሶ ዝጻወቱ ዝነበሩ ብጾተይ ስለ ዝነበረ።

"መን ድኣሉ ስመይ?"

"ወዲ ሓጐስ።"

ጊደ ሓቂ፡ ኣቦይ፡ ኣቦ'ኻ'የ ኣይበለኒ ድኣ'ምበር፡ እናመጽአ ይርእየኒ ነበረ፣ ኣነ ግና ከም ማንም ክርእየና ኢሉ ዝመጽእ ተጋዳላይ ገይረ'የ ዝርእዮ ዝነበርኩ። ካልእ ዘረባ ኣይወሰኸን፣ ካብቲ ኮፍ ኢሉዎ ዝነበረ ደንጎላ ብድድ ኢሉ፣

"ኪድ በል ምስ ብጾትካ ተጻወት፡" ኢሉኒ ኸደ።

ድሕሪ ሰለስተ ዓመት፡ ኣብ ሓምለ 1991 ኣብ ኣዲስ ኣበባ ርኣኹዎ፣ ኣብ ሓደ ንኽትርእዮ ኣዝዩ ዝማርኽ ገዛ፣ መገዲ መዓርፎ ነፈርቲ ቦሌ።

እኖይ፡ ኣብ ውግእ ኣምቦ ኣብ ወርሒ ሚያዝያ 1991 ብኸቢድ ሰንኪላ'ያ ናብ

ኣዲስ ኣበባ ኣትያ። ኣብ ሆስፒታል ጥቑር ኣንበሳ ንኣስታት ኣርባዕተ ወርሒ ተሓኪማ ድሕሪ ምውጻእ ኣብ መሻሎኪያ ዝርከብ መዓስከር *ኣራተኛ ክፍለ ጦር* - ራብዓይ ክፍለ ጦር - እያ ትነብር ነይራ፣ መራሒት ጋንታ በጺሓ ነይራ። ማህረምታ ኣብ ገጻ ብምንባሩ፡ መጥባሕቲ - *ፕላስቲክ ሳርጀሪ* - ተገይሩላ ክትዛረብ ኣዝያ ትጽገም ነበረት።

ሓደ መዓልቲ፡ ኣብ ግንቦት 1992፡ ሓንቲ ተጋዳሊት ቤተ-ሰቡ ነቦይ ናብ ገዛና መጽኣት'ሞ፡ ምስ ሰይተ'ቦይ ኣብ ዲቕ ዝበለ ቈይቍ ተጸሚደን ከለዋ ሃንደበት ናብቲ ሳሎን ኣተኹ።

"ኣሉ፡ ኵሉሶና ናብቲ ናይ ጎረቤት ካንሸሎ ኣትያ ከምጽኣ'ዶ?" ክብል ነታ እኖኻ'ያ ዝተበሃልኩ ሰይተ'ቦይ ሓተትኹዋ።

ኣቦይ፡ ኣብ ሜዳ ተመርዕዩ ሓንቲ ጓል ወሊዱ'ዩ ናብ ኣዲስ ኣበባ ኣትዩ፣ ሰመረት ትበሃል። ንሰመረት ሓውተይ ብሽዱሽተ ዓመት'የ ዝዓብያ፣ ኣዝየ ድማ'የ ዝፈትዋ። ኣብቲ ካንሸሎ ምስኣ ክጓየይ'የ ዘውዕል ነይረ።

ሰይተ'ቦይ፡ ኣለፈሽ ገብሩ'ያ ትበሃል፣ ከም ኣቦይ፡ 'ኣሉ' ኢለ'የ ዝጽውዓ። ልዕሊ ውላዳ'ያ ትከናኸነኒ፣ ኣዴኻ ስለ ዝተበሃልኩ ድማ እኖ ምርካበይ ኣዝየ ሕጉስ ነበርኩ።

ኣብቲ ቤተ-ሰብ ኣቦይ ዝመጻኣትሉ፡ ኣቦይ ስራሕ ተቐይሩ ናብ ክልል ኦሮምያ ከይዱ ነበረ። ኣብ ክልል ኦሮምያ ብውሽጢ ውሽጢ "ካብ ኢትዮጵያ ምንጻል" ዝብል ምንቅስቓስ ተላዒሉ ብምንባሩ ንዕኡ ንምህዳእ 'ኣግኣዚ' ዝተባህለ ሰራዊት መሪሑ'ዩ ከይዱ።

ኣዲስ ኣበባ፡ ካብ ወተሃደራዊ መንግስቲ ደርግ ነጻ ካብ ትወጽእ ክልተ ወርሒ ኣብ ዘይመላኣሉ እዋን፡ ኵሎም ውድባት ዝተሳተፍዎ ዋዕላ - ኮንፈረንስ - ኣብ ሓምለ 1991 ተወደበ።

ኣብቲ ዋዕላ፡ እታ ኣቓልቦ ዓለም ስሒባ ዝነበረት ናይቲ እዋን'ቲ ዝዓበየት ጋሻ ኢትዮጵያ፡ ብመራሒ መንግስታ ተወኪላ ነበረት። ንሳ ድማ ኤርትራ እያ።

ህወሓት/ኢህወደግ (ናይ ኢትዮጵያ ህዝቢ ወያናይ ደሞክራስያዊ ግንባር) ነቲ ኣብቲ ዋዕላ ክቐርብ ዝነበሮ ቅዋም ወይ ቻርተር ኣብ ሰንዓፈ ኣብ ዝተገበረ ርክብ ብኣላይነት ህዝባዊ ግንባር ሓርነት ኤርትራን ብምትሕብባር ግንባር ሓርነት ኦሮሞን ነቲ ንድፊ ወዲኡ ኣብቲ ዕለት'ቲ ድልዊ ገበሮ። ዋዕላ፡ ኣብ ወርሒ ሓምለ 1991 ተኻየደ። ቻርተር ተዘተየሉ፣ ብምሉእ ድምጺ ሓለፈ፣ ግብራዊ ክኸውን ተወሰነ። ኣቦ መንበር ህወሓት፡ ፕረዚደንት እታ ሃገር ኾይኑ ተመረጸ፣ ድሒሩ ድማ ቀዳማይ ሚኒስተር ኮነ።

ኣብቲ ዋዕላ፡ ንኵሎም ኢትዮጵያውያን መዛረቢ ኣርእስቲ ኾይኑ ዝነበረ ናይቲ ቻርተር ዓንቀጽ 39 ነበረ። እዚ ዓንቀጽ'ዚ፡ ሓደ ብሄር፡ ኣብ ውሽጢ ኢትዮጵያ ምንባር ኣይማእመኣንን ምስ ዝብል፡ ካብታ ሃገር ክንጸል ዘፍቅድ ነበረ። ብሓጺሩ፡ ትግራይ፡ ብመሰረት "ማኒፌስቶ ትግራይ 68" ካብ ኢትዮጵያ ክትንጸል ትኽእል'ያ ማለት'ዩ። ከመይሲ፡ ንህዝባዊ ወያነ ሓርነት ትግራይ ዘቃለሶ ዕላማ ንሱ ስለ ዝነበረ።

እምበኣርከስ፡ ኣቦይ፡ ድሕሪ'ዚ ዋዕላ'ዚ'ዩ ነቲ ኣብ ክልል ኦሮምያ ፈኺም ዝብል ዝነበረ ምልዕዓል ንምድቃስ ዝኸደ፣ ገይሩዎ ኸኣ።

እታ ምስ እኖይ ኣብ ቈይቍ ተጸሚዳ ዝነበረት ተጋዳሊት፣

"ዝወደይ፡ ንዓስኪ ክስዕመካ፡" በለትኒ። ከይደ ስዓምኩዋ፣ ኵዕሶይ ከይትውሰደኒ ፈሪሀ ብምንባረይ ግና መንነታ ከይፈለጥኩ ግልብጥ ኢለ ወጻእኹ።

ድሕሪ ሓደ ሰሙን፡ ኣቦይ ሃንደበት መጽአ፣ ኣዝየ ተሓጒሰኩ፣ ምኽንያቱ፡

ክንዛወር ኣብ ዝወስደና እዋን ዳርጋ ማኪና ምሉእ መጻወቲ'ዩ ዝገዝኣልና። ኣብ ሆቴል ግዮን ወይ ሂልቶን ወሲዱ ፒሳ የብልዓና። እንተ ኣብታ መዓልቲ'ቲኣ ግና ዘይኣመሉ ንሰይተ'ቦይ ዓው ኢሉ፣

"ከመይ ጌርኪ ከምኡ ትገብሪ? ኣነ ኣዲኡ ዝተሰወኣት መሲሉኒ'ዩ ከሳዕ ልቢ ዝገብር ንዓኺ ኣዴኻ ኢለዮ'ምበር ካብ ኣዲኡ ከሓብኦ ኢለ ኣይኾንኩን! እንተ ሓሰብክዮ'ኺ! ከመይ ኢለ ከምኡ እገብር!" ክብላ ሰማዕኩዎ። ሽሕ'ኳ እቲ ዘዛርቦም ዝነበረ እንተ ዘይተረዳእኩዎ፡ እንተ እቲ ዓውዓው ዝብልዎ ዝነበሩ ድዩ ዋላስ ክፈልጦ ዘይከኣልኩ ስምዒት ደሪኹኒ ፈራሀኩ።

ኣብ ሳልስቱ፡ ኣብ ካንሸሎ ኲዑሶ ሰኪዔት (*ባስኬት ቦል*) እናተጻወትኩ እንተለኹ እዩ።

"ዘርይሁን ወደይ፡ ንዓናይ ፒሳ በሊዕና ንምጻእ፡" ኢሉኒ ብእግርና ምስ ክልተ ዓጀብቱ ናብ ሆቴል ግዮን ከድና። ኣቦይ ጸጸኒሑ ኣዕሚቑ የስተንፍስ ነበረ። ሽጋራ ድማ ዕረፍቲ ኣይነበሮን፣ ነታ ሓንቲ የጥፍኣ ነታ ሓንቲ ይውልዓ።

ይዝከረኒ፡ 03 ሰነ 1992 ከባቢ ሰዓት ዓሰርተው ሓደ እዩ ነይሩ።

"ዘርይሁን ወደይ፡ ንማማኻ ማዕረ ክንደይ ትፈትዋ?"

ካብ በረኻ ናብ ኣዲስ ኣበባ ምስ ኣተና ሕውስውስ ኢሉኒ። ምስቲ ኣብ በረኻ ከም ደቂ ኣራዊት ዝዓበኹዎ፡ ሰቡ፡ ገዛውቱ፡ መካይኑ ምርዳእ ኣበየኒ። እሓልም'የ ዘለኹ ከይብል፡ ከምኡ ዝበለ ሕልሚ'ውን ክሓልም ኣይኽእልን'የ ነይረ። ምኽንያቱ፡ ዝረኣኻዮ ኢኻ ትሓልም'ምበር፡ ጥር ኢልካ ኣብ ፕላኔት ማርስ ከም ዘለኻ ክትሓልም ኣይከኣልን ስለ ዝኾነ። በቃ ተደናገርኩ፣ ኣብቲ ዝኣተኹዎ ገዛ፡ ገዛና ምዃኑ እዩ፡ ነቲ ክፍልታት ምሉእ መዓልቲ እናኣተኹ እናወጻእኹ ክርእዮን ኣብቲ ካንሸሎ ተሰቒለ ናብ ደገ ከቛምትን ወዓልኩ፣ ክለምዶ ድማ ኣዝዩ ብዙሕ እዋን ወሰደለይ።

"ንኣለፈሽይ ድኣ ካብ መጠን ንላዕሊ እፈትዋ፡" በልኩዎ ነቲ ኣብ ኣፈይ ዘእተኹዎ ፒሳ እናኣኮማሳዕኩ።

"ክልተ ኣዴታት እንተ ዝህልዋኻኸ?"

"ንኽልቲኣን እፈትወን!"

"እሞ ሓደ ክነግረካ ዝግበኣኒ ነገር ኣሎ። ገሊኦም ቈልዑ ሓንቲ ዝወለደቶምን ካልእ ዘዕበየቶምን እኖ ኣለዋኦም፣ ንስኻ ድማ ከምኡ ኢኻ፣ ካልእ እኖ ኣላትካ። ክትርእያ ምደለካዶ?"

"እወ።"

ኣብ ሜዳ፡ ብዙሓት ኣዴታት እየን ነይረናና። ስለዚ፡ እቲ ናይ ሜዳ ሂወት ብልክዕ ካብ ኣእምሮይ ተቐሪፉ ስለ ዘይወጸን ብዘይካ ካብ ገዛ ናብ ትምህርቲ ካብ ትምህርቲ ናብ ገዛ ካልእ ስለ ዘይፈልጥን፡ እቲ ሓንቲ እኖ ዝብል ኣምር ብዙሕ ይርዳኣኒ ኣይነበረን። ምኽንያቱ፡ ደቂ ዓርኩ ነቦይ ምስ ዝመጽኡ'ምበር፡ ኣብ ካንሸሎ ንበይነይ ምጽዋት'የ ዝፈልጥ፣ ብሓጺሩ ምስቲ ሕብረተ-ሰብ ኣይተጸንበርኩን።

ድሒረ ከም ዝተረዳእኩዎን ዝፈለጥኩዎን ስግኣት ዝፈጠሮ ስነ-ኣእምሮኣዊ ቅልውላው መሪሕነት ህወሓት'ዩ ኣነን ከምዚ ኸማይን ናብቲ ሕብረተሰብ ዘይተጸምበርና፣ ምኽንያቱ፡ "ህዝቢ ኢትዮጵያ፡ ብፍላይ ኣምሓራን ኦሮሞን፡ ተጋሩ ኣብ ስልጣን ምድያቦም ኣይከቐበልዎን'ዮም፣ ኣብ ልዕሌናን ደቅናን ጉድኣት ከውርዱ'ዮም!" ካብ ዝብል ኣተሓሳስባ ከይኾነ ኣይተርፍን'ዩ ገዛና'ውን ብወተሃደር ዝሕሎ ዝነበረ። ናብ

ትምህርቲ ክኸይድን ክምለስን ብመራሒ ማኪናየ ዝመላለስ። ወዲ ዓሰርተው ሽዱሽተ ዓመት ኾይነ ፍቓድ መምርሒ ማኪና ክሳዕ ዝሕዝ፡ ንሱ'ውን ካብ ሕጊ ወጻኢ፡ ብዙሓት ኣዕሩኽትን ቀረብትን ኣይነበሩንን፣ ብፍጥረተይ'ውን ብዙሕ ዓርኪ-መሓዛ ዝብል ሰብ ኣይነበርኩን።

ኣቦይ ጎቦ ጎቦ ገይሩ እኖ ከም ዘላትኒ እንትነገረኒ፣ ብዙሕ ኣይተደነቕኩን፣ ንኽርእያ ግና ፍቓደኛ ኮንኩ።

ይዝከረኒ፡ ኣቦይ፡ ኣብ ገጹ ዝንበብ ተርባጽ ነይሩዎ። ንወላዲት እኖይ ምስ ረኸብኩዋ'የ ተርባጹን ስክፍታኡን ክፈልጥ ክኢለ።

ከምቲ ኣቐዲመ ዝበልኩዎ፡ ኣቦይ፡ ኣብ ንኡስ ዕድሜኣ ሕጽይቲን ንመርዓ ዝተቐረበትን ጓል ዓሰርተው ሓሙሽተ ከላ'ዩ ንእኖይ ዓሚጹ ኣጥኒስዋ። እዛ ዝዓመጻ ጓል ኣንስተይቲ ምውላዳ ከይፈለጠ ከሎስ ድሓን፡ ኣብ መዓስከር ተዓቚባ ከም ዘለኹን ውላዱ ደልዩ ከዕቢ ምስ ነገረቶን ኣቦይ ኣለኺ ኢሉ ኣጣይቑ ከረኽባ ዘይምድላዩ፡ ክትስዋእ'ሞ እቲ ነገር ተደብዩ ንሓዋሩ ክተርፍ ዝብል ኣተሓሳስባ ዝነበሮ ኾይኑ ይስማዓኒ።

ፒሳ በሊዕና ምስ ወዳእና ናብ መዓስከር *ሓራተኛ ክፍለ ጦር* ተበገስና። ነታ ኵሉ ኣካላታ ብጠያይትን ስኰጆታታን ዝተበሳሰዐ፡ የማናይ ሸንኸ ገጻ ቈርበት ካብ ሰለፉ ተወሲዱ ፕላስቲክ መጥባሕቲ - *ፕላስቲክ ሳርጀሪ* - ዝተገበረላ፡ ጸጋመይቲ ዓይና ዝጠፈኣት፡ የማናይ ኢዳ ፈጺማ ዝሰንከለትን ሰልፈፍ እናበለት እትረግጽን ንኽትርእያ እተሕዝን ፍጥረት ምስ ርኣኹ ኣዝየ ሰንበድኩ፣ እኖይ ክብላ ተጸገምኩ። ምኽንያቱ፡ ከመዛዝን ዘይኽእል ወዲ ዓሰርተ ዓመት ቈልዓ'የ ነይረ፣ እሞ ኸኣ ኣብ ደደቢት ዝዓበኹ።

እኖይ፡ ሓቚፋትኒ ነብዐት፣ ትንፋስ ክሳዕ ዝሓጽራ በኸየት። ምስቲ ዝነበራ ከቢድ ስንኽልና ካልእ ሳዕቤን ከየኸትለላ ብጾታ ኣቢደን ኣባቢደን ትም ኣበላኣ። እንተ ኣነ ግና፡ እዚኣ ድያ እኖይ ኢለ ተጸየንኩዋ፣ ካልኣይ ግዜ ክሕቈፋ ፍቓደኛ ኣይነበርኩን፣ ካብኣ ረሓቕኩ። እቲ ኵነታትን ክቐርባ ዘይምድላየይን ክዝክሮ እንተለኹ፡ ሓዘነይ ወሰን እስእነሉ። ምኽንያቱ፡ ጎዲኣያ'የ፣ ነታ ካብ ትፈልጠኒ ዓመት ጥራይ ዝገበረት ሰይተ'ቦይ ፈትየ። ንሳ፡ ጥዕይትን ጽብቕትን ርኽብትን ስለ ዝነበረት።

እታ ናብ ገዛና ዝመጸት ቤተ-ሰብ፡ ኣሞይ ምኺና ድሒረ'የ ፈሊጠ። ካልእ እዋን፡ ናብ ገዛና መጽኣት'ሞ፡ ከዛውረካ ኢላ ሒዛትኒ ወጸት። ብዛዕባ እኖይ ኣዕለለትኒ፣ ኣዝያ ጅግና ምኺና ነገረትኒ።

ኣብ ደደቢት፡ ውግእ ክንጻወት እንተለና ከም'ቲ ካባና ዝሓየለ ወይ ንኹላትና ዘሕምቐና ባዕሉ ንነብሱ ጅግና ዝገብራ፡ ኣነ'ውን ንእኖይ በቲ ስእሊ ቀረጽኩዋ። ብዘይ ብእኡ ስንኽልና ጅግንነት ምኺኑ፡ ተጋዳላይ ንስለ ንዓና ከም ዝሰዋእ፡ ንጸላኢ ፈጥፈጥ ከም ዘብል ተነጊሩና ስለ ዝዓበና፡ ንእኖይ ኣድንቕኩዋ፣ ታሪኻ ክሰምዕ ተሃንጠኹ።

ኣብቲ እዋን'ቲ፡ ኣብ ቤት ትምህርቲ ኢንተርናሽናል ራብዓይ ክፍሊ'የ ዝማሃር ነይረ። ትግርኛ ምጽሓፍን ምንባብን ኣብ ሜዳ'የ ተማሂረ። ኣሞይ፡ ኣብ ጋዜጣ ወይን ዝወጽአ ጅግንነት ናይ ሓንቲ መራሒት ጋንታ ዝገልጽ ዓንቀጽ ከንብባ ሃበትኒ። ስእሊ ነይሩዋ፡ ግና ኣብ እዋን ንእስነታ ዝተሳእለቶ እዩ። ኣብ ትሕቲ እቲ ስእሊ ተጋዳሊት ኣድሓና ሃብተሱስ ተጻሒፉ ኣንበብኩ፣ ነሞይ ቍሊሕ በልኩዋ።

"እዛ ኣብ ስእሊ ዘላ ሰብ ትፈልጣዶ?"

"ኣይፈልጣን'የ፣ ስማ ግና ከም ናይ . . ." ኢለ እታ እኖይ ትብል ቃል ከውጽእ

ዓቐብ ኾነኒ።

"ቅድሚ ምስንካላ ዝተሳኣለቶ'ዩ፣ ኣድሓና እያ።"

ርእሰይ ናብ ጠረጴዛ ኣድኒነ ትም በልኩ።

"ዝርይሁን፡ እኖኻ'ያ።"

ከም ወዮ ብውሽጠይ ከድንቓ ዘይጸናሕኩ ትም በልኩ።

ኣሞይ ከይጭነቕ ተሰከፈት፣ ነቲ ወግዒ ናብ ትምህርቲ ከመይ ኣሎ ቀየረቶ። ኣነ ግና ንስሙ ድኣለይ ዝምልሰላ ነይረ'ምበር፡ እሰምዓስ ኣይነበርኩን፣ ናይ እኖይ ስንኽልና ኣጨነቐኒ።

ሃንደበት፣

"ገርግሽ፡ ንኣድሓና ክርእያ ደልየ፡" በልኩዋ ርእሰይ ናብ ባይታ ደፊአ።

"ክወስደካ ትደሊ?"

"እወ።"

"በል ጽባሕ ተቐሪብካ ጽንሓኒ መጺአ ክወስደካ'የ፡" ኢላ ናብ ገዛ ኣብጺሓትኒ ከደት።

ካብታ ዕለት እቲኣ፡ ንእኖይ፡ ናብቲ ኣብ ካዛንችስ ብመንግስቲ ዝተዋህባ ገዛ ብቐጻሊ እናከድኩ ምስኣ እውዕልን እሓድርን ነበርኩ።

እኖይ፡ ብዛዕባ'ቲ ዓሚጹ ዝወለደኒ ኣቦይ ክፉእ ተዛሪባ ኣይትፈልጥን፣ ኣልዒላቶ'ውን ኣይትፈልጥን። ወዲ ዓሰርተው ሽዱሽተ ዓመት ምስ ኮንኩ ግና እቲ ሓቂ ነገረትኒ፣ ተዓሚጻ ከም ዝወለደትኒ ኣዘንተወትለይ፣ ነቦይ ንምኽፉእ እንተይኾነስ፡ ኣነ ተመሳሳሊ በደል ኣብ ልዕሊ ጓል ኣንስተይቲ ከይፍጽም'ምበር።

እወ! እኖይ ድኣላ ክትርእዮ ዘይትደሊ ዝነበረት'ምበር፡ ኣቦይ፡ ኣዝዩ ይጣዓስን ይሓዝነላን ነበረ። ካብ መገሻ ሒዙዎ ዝመጽእ ኣስፔዛ ፍርቁ ንእኖይ ይሰደላ ነበረ። ብፍላይ ኣስመራ በጺሑ እንተ መጺኡ ኤሌክትሮኒካዊ ነገራት ማዕረና'ዩ ዘምጽኣላ ነይሩ።

እኖይ ናይ ሻምበል መዓርግ ነበራ፣ ኣብ ህይወታ ኣዝያ ትሳቐ ነበረት፣ ብዘይ መዐገሲ ቃንዛ ክትድቅስ ኣይትኽእልን ነበረት። ኣብ ለካቲት 1999 ድማ ዓረፈት።

※ ኣቦኻ ብቐጻሊ ናብ ኣስመራ ይመጽእ ነይሩ?

ኣቦይ፡ ኣዝዩ ተሪር ሰብ'ዩ ነይሩ። ፖለቲካዊ ኣጠማምታኡ ካብቶም ብቐጻሊ ናብ ገዛና ዝመጽኡ ዝነበሩ ሓለፍቲ ፍልይ ዝበለ'ዩ ነይሩ። ይዝከረኒ፡ ካብ መገሻ'ዩ መጺኡ፣ ኣብ ገዛ ጥርሙስ ዊስኪ ከፊቱ ጸጺኒሑ ኣብ ብርጭቆ እናቐድሐ ግልብጥ ግልብጥ የብሎ ነበረ። ኣለፈሽ ኣዝያ ተሻቐለት። ከተህድኦ እንተ በለት፡ ምህዳእ ኣበያ።

"እዚኦም'ኳ ሰብ ኣይኾኑን፡ ኣራዊት'ዮም! ንሓጐስ ገብረኣነንያ ይቐትሉ! እንታይ ኣቢሱ? በቲ ንሶም ዝደለይዎ ስለ ዘይኸደ? ንሓቂ ስለ ዝተሟጐተ? ትጋገዩ ኣለኹም ስለ ዝበለ? እዚኦም! ኣብ ሜዳ ከሎ'ኳ'ዮም ከጥፍእዎ ዝደናደኑ ነይሮም!" እናበለ ኣብ ሳሎን ናብዝን ናብትን ይብል'ሞ፡ ጸኒሑ፡ ናብ ካንሸሎ ወጺኡ ነቲ ቪላ ክኾሎ ይዝከረኒ።

ድሒረ ድኣ ክገልጸ'የ'ምበይ፡ ኣብቲ ኣብ ሰነ 2016 ኣብ ጀኔቫ ዝተኻየደ ሰላማዊ ሰልፊን ፈስቲቫላት ኤርትራን ከሲሊይ ናብ ኤውሮጳ ምስ ከድኩ፡ ኣብ ሽወደን፡ ካብ 1976 ክሳዕ 1991 ዝነበረ ዝምድና ሻዕብያን ወያነን ትገልጽ "ንምንታይ?" ዘርእስታ መጽሓፍ

ገዚአ ምስ ኣንበብኩ'የ ሓጐስ ገብረኣነንያ መን ምዃኑን ንምንታይ ከም ዝተቐንጸለን ዝፈለጥኩ። ኣቦይ ኣብ ካንሸሎ ናብትን ናብዝን ከብል ድማ ተዘከረኒ። ኣብታ መጽሓፍ፡ ሓጐስ ገብረኣነንያ ኣብ ጉዳይ ኤርትራን ኤርትራውያንን ኣማኻሪ ቀዳማይ ሚኒስተር ምንባሩን ኣብ ነሓሰ 1992 ከም ዝተቐንጸለን እያ ትገልጽ።

ልክዕ፣ ኣቦይ፡ ብቐጻሊ'ዩ ናብ ኣስመራ ዝኸይድ ነይሩ፣ ኣነ'ውን ኣርባዕተ ግዜ ምስኡ ከይደ'ለኹ። ምሕንባስ እኽእል ብምንባረይ፡ ባጽዕ ኣብ ንኸደሉ እዋን ናብ ገርጉሱም ኬድና ካብ ባሕሪ ኣይወጽእን'የ፣ ካብ ንግሆ ክሳዕ ካብ ባሕሪ ውጹ ንበሃል ካብ ምሕንባስ ኣየዕርፍን'የ ነይረ።

እታ ኣዝያ ዝመሰጠትንን ኣብ ሂወተይ ነጥበ መቐይሮ ዝብላን መገሻ ዓርቢ 8 ግንቦት 1998'ያ፣ መመረቕታ ሓይሊ ኣየር ኤርትራ ብወግዒ ዝተኻየደላ መዓልቲ'ያ ነይራ።

ንመራሒ ሃገረ ኤርትራ ፕረዚደንት ኢሳይያስ ኣፈወርቂ ንመጀመርያ እዋን ብቐረባ ዝርኣኹላ መዓልቲ እያ ነይራ፣ ኣዝየ ተመሰጥኩ።

※ ኣብ መዓስከር ራያ፡ ህወሓት ምስ ህዝባዊ ግንባር ዝነበሮ ዝምድና ከም ዝበተኸ ተነጊርኩም። ምቀኍራጽ ዝምድና፡ ፍልልይ ስነ-ሓሳብ ዘበገሶ ምንባሩ ድዩ ተገሊጹልኩም?

እታ ካብ 1976 ክሳዕ 1991 ስዉር ተጸብኦ መሪሕነት ህዝባዊ ወያነ ሓርነት ትግራይ ኣብ ልዕሊ ናጽነት ኤርትራ፡ ንምምስራት ዓባይ ትግራይ ዝትሕዝቶኣ "ንምንታይ? ዘርእስታ፡ ድሒራ፡ *"ኤርትሮ-ኢትዮጵያ፡ ከመጋረጃው በስተጀርባ* (ድሕሪ መጋረጃ ኢትዮ-ኤርትራ)" ብዝብል ኣርእስቲ ካብ ትግርኛ ናብ ቛንቋ ኣምሓርኛ ዝተተርጐመት መጽሓፍ ከም ዝገለጸቶ፣ ሓጐስ፡ ኣባል ማእከላይ ሽማግለ ህወሓት'ዩ ነይሩ። ነቲ ብመሪሕነት ህዝባዊ ወያነ ሓርነት ትግራይ (ህወሓት) ዝተዋህበ መግለጺ ልቡ ኣውዲቑ ኣይተቐበሎን፣ ብዝተፈላለየ መገዲ ተቓውሞኡ ይገልጽ ነበረ። ህወሓት፡ ምስ ህዝባዊ ግንባር ሓርነት ኤርትራ ዝነበሮ ዝምድና ዝበተኸሉ ምኽንያት ናይ ስነ-ሓሳብ ፍልልይ ነይሩና እንተበለ'ኳ፡ እቲ ሓቂ ግና ብኻልተ መገዲ ክግለጽ ዝከኣል ይመስለኒ።

ቀዳማይ፣ ህወሓት፡ ብዛዕባ ዝምድና ወጻኢ ኣፍልጦኡ ኣዝዩ ትሑትን እንታይ ከም ዝበሃልን ዝግበርን ኣይፈልጥን ነበረ። እቲ ወቕቲ'ቲ፡ ኣብ ትግራይ ከቢድ ዓጸቦ ዝወረደሉ'ዩ ነይሩ። ህወሓት፡ ካብ ለገስቲ ሃገራትን ትካላት ረድኤትን ህጹጽ ሓገዝ ንምንዳይ ተጓየየ፣ ካብ ክልተ ሃገራት ዓረብ ተስፋ ረኸበ። ካብ መሪሕነት፡ ክልተ ሰባት ንህወሓት ወኪሎም ናብ ሱዳን ኣምረሑ። ናብተን ሃገራት ኸይዶም እንታይ ከም ዝብሉን ነቲ ዘጋጠመ ዓጸቦ ብኸመይ ክገልጽዎ ከም ዝኽእሉን ተመኪሮ ዲፕሎማሲ ስለ ዘይነበሮም ተረበጹ። ስለ ዝኾነ ኸኣ'ዩ ናብ ቤ/ጽ ህዝባዊ ግንባር ሓርነት ኤርትራ ኣብ ካርቱም ዘምረሑ፣ ምኽሪ ንምንዳይ። ወኪል ህዝባዊ ግንባር ኣብ ሱዳንን ሓላፊ ቤ/ጽ ካርቱምን ምዉቕ ኣቀባብላ ገበሩሎም። ህሉው ኩነታት ሜዳ ኤርትራ፡ ምድምሳስ ኣብ ሰሜናዊ ምብራቕ ሳሕል ዓሪዱ ዝነበረ እ'ዚ ውቃው ብሓደ ወገን፡ ኣብ ልዕሊ ሰራዊት ኢትዮጵያ ዘኸተሎ ናይ ሞራል ውድቀት ድማ በቲ ካልእ ኣመልኪቶም ኣስፊሖም ኣዕለሉ። እቲ እዋን'ቲ፡ ኣብ ሓይሊ ኣየር ኣስመራ ኮማንዶ ህዝባዊ ግንባር 33 ነፈርቲ

ዘቃጸሉሉን ወተሃደራዊ መንግስቲ ኢትዮጵያ ናልኡ ዘይሩዎ ዝነበረሉን'ዩ፣ 21 ግንቦት 1984.

"ህወሓት ግና፡ ኣብ ዝሓለፈ ትሽዓተ ዓመታት ከጥቀስ ዝከኣል ውግእ ስለ ዘየካየደ፡ ተወከልቲ ህወሓት ብዛዕባ ንጥፈታት ውድቦም ክብልዎ ዝኽእሉ ነገር ኣይነበሮምን። ስለ ዝኾነ ድማ፣

"ብጾት፡ ናብ ሃገራት ዓረብ ጉብኝት ክነካይድ ልእግረ መገድና ምሳኻትኩም ክንዛተ ኢና መጺእና። ከም እትፈልጥዎ፡ እዙይ ንመጀመርያ እዋን ናይ ወጻኢ ዝምድና ነካይደሉ ኣጋጣሚ'ዩ። ልዓና ሓድሽን ቅድሚ ሕዚ ዘይተሞከርናሉን ስለ ዝኾነ፡ ንስኹም ኣብዚ መዳይ ተመኵሮ ስለ እንኣኹም ምኽሪ ክንእልሽ ኢና ተኣሊናኩም፡" በለ ነቲ ልኡኽ ዘማእከለ ኣቦ መንበር ህወሓት።

"'እዘን ዝጠቐስኩመን ሃገራት፡ 'ኩሉ ዘድልየኩም ነገር ክንህበኩም ድሉዋት ኢና። ህዝባዊ ግንባር ኣብ ሜዳ ኣቐሚሙዎ ዘሎ ናይ ሕክምና፡ ትምህርቲ፡ ጋራጅ፡ ጥሕኖ፡ ጽገናን ካልኦት ትካላትን፡ ንሕና ካብኡ ብዝበለጸ ንኽተቖሙ ዘድልየኩም ሓገዝ ከነማላኣልኩም ኢና፣ ረድኤት እኽሊ'ውን ብብዝሒ ክንህበኩም ኢና። እዚ ኩሉ ክንገብረልኩም ከለና ግና፡ ብወገንኩም ከተማልእዎ ዝግባእ ቅድመ-ኩነት ኣሎ። ንሱ ድማ፡ምስ ህዝባዊ ግንባር ዘለኩም ዝምድና ከተቋርጽዎ ይግባእ፡' ከም ዝብላኹም ርግጸኛታት ኢና። ኩነታት ብዕምቖት ገምጊምኩም ነቲ ካብዘን ሃገራት ዝቐርበልኩም ቅድመ-ኩነት እትህብዎ መልሰ ግብሪ እንታይ ክኸውን ከም ዘለዎ ንዓኻትኩም ይምልከት፡" ብምባል ወኪል ህዝባዊ ግንባር ኣብ ሱዳን እንተ ኣኣንፈተሎም'ኳ፡ ንጽባሒቱ ናብተን ዝጸወዓኦም ሃገራት ነቐሉ። ካብ ሓንቲ ሃገር ናብታ ካልእ ኣምርሑ። ከምቲ ዝተባህሎም ሓገዝን ረድኤትን ረኸቡ።

"ዓበይቲ መርሰደስ ናይ ጽዕነት ማካይን ዝርከበኦ ረድኤት ዝጸዓነት መርከብ ወደብ ፖርት ሱዳን ኣተወት። እተን ናይ ጽዕነት ማካይን ካብታ መርከብ ተመራሪሐን ወሪደን ብተርታ ደው በላ። ዝራገፍ እኽሊ ተጸዒነን ጉዕዘአን ጀመራ።

"እተን ማካይን ካብ ወደብ ፖርት ሱዳን ብከሰላ ኣቢለን ዶብ ኤርትራ ሰጊረን ግርማይካ ኣተዋ። ዝቕጽል ጉዕዞአን ብጴዳን ባድመን ኣቢለን ዶብ ኤርትራ ሰጊረን፡ ናብ ትግራይ ምእታው ነበረ። እዋኑ ሰነ-ነሓሰ 1984 ነበረ።

"ናብተን ክልተ ሃገራት ዓረብ ዑደት ዝገበረ ልኡኽ መሪሕነት ህወሓት ንግዚኡ ሓሰኻ ከብዲ ዝቐትል ሕሩጭን ገዚፍ መብጽዓን ብምርካቡ፡ ምስ ህዝባዊ ግንባር ዝምድናኡ ምስ ዝበትኽ፡ ዘድልዮ ሓገዝ ብዘይ ገደብ ዝረክብ ኾይኑ ተሰሚዕዎ፡ 'ምስ ሻዕብያ ናይ ስነ-ሓሳብን ስልቲ ኲናትን ፍልልይ ኣሎና፡' ብምባል ንምቁራጽ ዝምድና ዘቕረቦ መመኽነይታ ኣብ ሎሚ ኬንካ ክትርእዮ ከለኻ፡ ህወሓት ልዕሊ ዓቕሙ ተመጢጡ ምንባሩ ይበርሃልካ።

ካልኣይ፡ "መሪሕነት ህወሓት ካብ 1984 ኣትሒዙ ምስ ረድኤት ኣመሪካ (USAID) ዝምድና መስሪቱ ምንባሩ ባዕሎም እቶም ናይቲ እዋን ተጋደልቲ ዝገልጽዎ ሓቂ እዩ። ስለዚ፡ ካብቲ እዋን'ቲ ኣትሒዞም ገለ ክፋል ናይቲ መሪሕነት ኣብ መርበብ ስለያ ኣመሪካ ከም ዝተኸትቡ ጽንጽንታ'ውን ይስማዕ'ዩ። መርኣያ ናቱ፡ ሚያዝያ 1990 ኣቦ መንበር

ህወሓት/ኢህወደግ ምስ ኣባል ማእከላይ ወኪል ስለያ ኣመሪካ ዝነበረ ሓላፊ ራንድ ፋውንደሽን ኣብ ዋሽንግቶን ተራኺቡ ሰፊሕ ቃለ ምልልስ ምግባሩ እዩ። ነዝን ካልእን ብፍላይ ኸኣ ድሕሪ ኲናት 1998 - 2000 ነቲ ግሁድ ተጻብኦ ዋሽንግቶን ኣብ ልዕሊ መንግስቲ ኤርትራ ርኢኻ ንምብታኽ ዝምድና ዘብጽሐ ቅቡል ምኽንያት'ዩ ትብሎ ሃሰው ኢልካ ክትረክብ ኣዚኻ ትጽገም።

ኣብዚ ክይተጠቕሰ ክሕለፍ ዘይግባእ፡ ኣብ ልዕሊ ህዝቢ ትግራይ ዝተፈጸመ በደል እዩ። መሪሕነት ህወሓት፡ ነቲ ካብ ለገስቲ ሃገራት ኾነ ውድባት ብዓጸቦ ንዝተጎድአ ህዝቢ ዝተለገሰ ረዲኤት ኣብ ሱዳን ይሸጦ ምንባሩን ኣምሳያኡ ኣጽዋር ከም ዝገዘኦን ኣብቲ እዋን ተዋሳእቲ ናይቲ ጉዳይ ዝነበሩ ተጋደልቲ ዘቃለዕዎ ብሓደ ወገን፡ ቀዳማይ ሚኒስተር "እዚ ንሃገራዊ መረጻ (Election) 2010 ንምስንኻል ተባሂሉ ኾነ ኢልካ ዝተፈብረኸ ሕሶት'ዩ፡" ዝበሎ፡ ቢቢሲ ዘቃለሖን ግና ድሒሩ ይቕሬታ ዝሓተተሉን ድማ በቲ ካልእ ምስ እንዝክር፡ መሪሕነት ህወሓት፡ ናይ ኣማኢት ኣሽሓት ህልቂት ህዝቢ ትግራይ ተሓታቲ ከም ዝኾነ ንግንዘብ።

※ ሓጐስ ገብረኣነንያ ኣባል ማእከላይ ሽማግለ ህወሓት'ዩ ነይሩ። ምስ ኣቦኻ ድማ ጥቡቕ ዝምድና ነይሩዎ። ኲናት ምምጻኡ ዘይተርፍ ም኿ኑ ስለ ዘጠንቀቐን መሪሕነት ህወሓት ነቲ ኣብ ልዕሊ ኤርትራ ኣብ 1976 "ብማኒፌስቶ ትግራይ 68" ኣቢሉ ዝኣወጆ ኲናት ክስሕቦን ግዝኣታዊ መሬት ኤርትራ ከኽብር ስለ ዘጠንቀቐን ዝተማሕጸነን ድዩ ተቐንጺሉ?

እወ! ኣብ ሎሚ ኾይነ ክርእዮ እንተለኹ፡ መሪሕነት ህወሓት ከም ውድብ ምስርት ካብ ዝብል ኣትሒዞ ኣእምሮኡ ተጠቒሙሉ ኣይፈልጥን'ዩ፣ ከመይ ኢሉኸ ክጥቀመሉ? ስንኩል ኣእምሮ ኾይኑ እዩ'ኮ ተመስሪቱ። ንባዕሉ ኲናት 1998 - 2000 ጥጁእ ጥሙሕ ዝነበረ'ምበር፡ ምኽንያታዊ'ዩ ኢልካ ክትሓስብ ዝከኣል ኣይኾነን፣ መቐጸልታ ናይቲ ኣብ 1984 ኣብ መርበብ ስለያ ኣመሪካ ዝተዓሰቦ'ዩ ኢለ ጥራይ እየ ክገልጾ ዝኽእል።

※ ስለዚ፡ ሓጐስ ብሽርሒ ገለ ኣባላት መሪሕነት'ዩ ተቐንጺሉ?

ብዘይ ጥርጥር። ኣማኻሪ ቀዳማይ ሚኒስተር ኢትዮጵያ ኣብ ጉዳያት ኤርትራን ኤርትራውያን ኣብ ኢትዮጵያን ምንባሩ ዘይተዋሕጠሎም ካብቲ መዝነት ክእለ ላዕልን ታሕትን ዝበሉ ኣባላት መሪሕነት ነይሮም'ኳ'ዮም፣ ከመይ ኢሎም ድኣ'ሞ ደቂሶም ክሓድሩ፣ ክኣልይዎ ነይሩዎም።

※ ኣብ ምምራቕ ሓይሊ ኣየር ኤርትራ ምስ ኣቦኻ ናብ ኣስመራ መጺኻ ኔርካ። ንምንታይ'ያ እታ እዋን እቲኣ፡ ማለት 1998፡ ኣብ ሂወትካ ነጥበ መቐይሮ ኾይና?

ናብ ኣዲስ ኣበባ ምስ ተመለስና ሓይሊ ኣየር ክኣቱ ከም ዝደሊ ነቦይ ነገርኩዎ፣ ክጽለል ቀኑብ ተረፎ። ተማሂረ ኣብ ንግዲ ዓለም ክነጥፍ'ምበር ኣብ ፖለቲካ ከየድህብ ብቐጻሊ'ዩ ዝምዕደኒ ነይሩ። ከም ካልኦት ደቂ ሓለፍቲ ናብ ኣመሪካ፡ ካናዳን ዓዲ እንግሊዝን ኸይዶም ዝማሃሩ፡ ከምኦም ተማሂረ ክመጽእ'ዩ ዝምዕደኒ ነይሩ፣ ከመይሲ፡

ኣዝየ ብሉጽ ተማሃራይ ብምንባረይ። ኣነ ግና ኣቓበጽኩዎ፣ ፓይሎት ሓይሊ ኣየር ኢትዮጵያ ክኸውን መረጽኩ። ኲናት ኢትዮ - ኤርትራ ምስ ተወለዐ፡ ኣቦይ፡ ከምቶም ብዙሓት ደቂ ሓለፍቲ ናብ ዓዲ እንግሊዝ ዝኸዱ፡ ንዓይ'ውን ክሰደኒ ንሓደ ዓርኩ ተላበዎ፣ ኣነ ግና ሕልመይ ነፋሪት ምብራር ስለ ዝነበረ ኣቓበጽኩዎ። ኣብ ውግእ እግሪ መኸል 15 መጋቢት 1999 ኣብ ውግእ ሞይቱ። ኣነ ድማ ኣብ መበል ዓሰርተው ሸውዓተ ዓመተይ፡ ሓምለ 1999፡ ናብ ሓይሊ ኣየር ኢትዮጵያ ተጸንበርኩ። ሽው ካልኣይ ዙርያ ኲናት ኢትዮ - ኤርትራ ተኻይዱ ነይሩ።

※ እንታይ'ዩ ነይሩ መዓርጉ?

ኮሎኔል። ድሕሪ ኲናት እግሪ መኸል ግና ጅግና ተባሂሉ መዓርግ ብሪጋደር ጀነራል ተዋሂቡዎ።

(ህዝባዊ ወያነ ሓርነት ትግራይ ለካቲት 1975 ተመስሪቱ። መስረትቱ ;ዓሰርተው ሓደ ሰባት ከም ዝነበሩ'ዩ ዝዝንቶ። ሰለስተ ርብዒ ናይዞም መስረትቲ ኣብ ህዝባዊ ሓልታት ሓይልታት ኤርትራ እዮም ወተሃደራዊ ታዕሊም ወሲዶም። መብዛሕትኦም፡ ላዕለዎት መሪሕነት ናይቲ ውድብ ዝኾኑን ካብ ምውዳቕ ወተሃደራዊ መንግስቲ ኢትዮጵያ (ደርግ) ግንቦት 1991 ክሳዕ ካብ ስልጣን ዝተገለፉሉ መጋቢት 2018 ሰበ ስልጣን መንግስትን ወተሃደራውያን ኣዘዝትን ዝነበሩን'ዮም።)

ምዕራፍ 2

ኣስመራ
ግንቦት 2010

ፊሩዝ፡ ካብቲ ኣብ ፍራንክፈርት ዝርከብ ትካል ምኽርን ምድላውን ፕሮጀክት ላህ ማየር ስርሓ፡ ኣርባዕተ ሰሙን ዓመታዊ፡ ደሞዝ ዘይትኽፈለሉ ድማ ናይ ሸሞንተ ሰሙን ዕረፍቲ ወሲዳ ናብ መበቆል ዓዳ ኤርትራ መጽአት። ዕላማ መምጽኢኣ፡ ኣብ ሚኒስትሪ ዜና ኤርትራ ንሰለስተ ወርሒ ብምምሕዳር ፋይናንስ ኣስተምህሮ ክትህብ ብዝተገብረላ ዕድመ መሰረት ነበረ።

እቲ ቅንያት፡ ኤርትራ፡ መበል ዓሰርተው ትሽዓተ ዓመት ናጽነት ከተብዕል ትሸባሸብ ነበረት።

ፊሩዝ፡ ካብ ኤርትራዊ ኣቦን ሶማልያዊት ኣደን 15 መጋቢት 1982 ኣብ ወደብ ባርባራ ሶማል ተወሊዳ።

ኣቡኣ፡ ኣቦይ ስዒድ መኪ፡ ኣብቲ ምስ ወለዶም ተሰዲዶም ዝነብሩሉ ዝነበሩ ከተማ ደሴ፡ ካብ ወዲ ዓሰርተው ሓሙሽተ ዓመት ኣትሒዞም ካብ ዓሰብ ናብ ጅቡቲ፡ ካብ ጅቡቲ ናብ ዓሰብን ደሴን እናተመላለሱ ይነግዱ ብምንባሮም፡ ቋንቋታት ዓፋር፡ ዓረብ፡ ሶማልን ፈረንሳይን ዝመልኩ መንእሰይ ነበሩ።

ኣብ መጀመርያ 1970 እዩ። ብዙሓት ተጋደልቲ ካብ የመን ናብ ደቡብ ደንከል ብመርከብ ስጊሮም ምስ ኢትዮጵያ ተዋጊኦም ዝብል ወረ ኣብ እዝኖም በጽሐ። ድሕሪ ቊሩብ እዋን 'ኣብ ስድሖ ዔላ ቀዳማይ ወገን ህዝባዊ ሓይልታት ሓርነት ኤርትራ ዝበሃል ውድብ ተመስሪቱ፡' ዝብል ወረ ተናፈሰ። እቲን ከምኡን ዝበለ ወረታት ነቦይ ስዒድ ጸለዎም። ኣብ መበል 26 ዓመት ዕድመኦም፡ ኣብ መፋርቕ 1970 ናብ ተጋድሎ ሓርነት ኤርትራ ተሰለፉ።

ሜዳ ኤርትራ፡ ፖለቲካዊ ሒቕሒቕታ ኣጋጢሙዎ ሰለስተ ሓይልታት በብወገኑን

ካብ ተጋድሎ ሓርነት ኤርትራ ተነጺለን ውድብ ዘቘማሉን ብተሓኤ ከም ዘይምእዘዛ ዝኣወጀሉን እዩ ነይሩ። ኣቦይ ስዒድ፡ ፖለቲካዊ መንቋሕቛሕታ ኣይንበሮም እምበር፡ ብዝነበሮም ቅልጡፍ ናይ ምርዳእ ተውህቦን ኣብ ልዕሊ ናይ ኣዲኦም ቛንቋ ሳሆ፡ ጽቡቕ ምልከት ቛንቋታት ዓፈር፡ ኣምሓርኛ፡ ሶማልኛ፡ ዓረብኛን ፈረንሳይኛን ዝመልኩ ብምንባሮም ኣብ ተሓኤ፡ ካብቶም ሓያላት ካድረታት ከኾኑ ግዜ ኣይወሰደሎምን። ናይ መደረ ክእለቶም ዝድነቕ ነበረ። ሰባት ናይ ምእማን ፍሉይ ተውህቦኦም ዝሓገዞም ኣቦይ ስዒድ፡ ምስ መሪሕነት ቀዳመይቲን ካልኣይትን ክፍልታት ተሓኤ ጥቡቕ ቅርበት መስረቱ። ብፍላይ ናይታ ኣብ ዕልዋ ጉባኤ ኣዶብሓ፡ መስከረም 1969፡ ዓቢ ተራ ዝነበራ ጉጅለ እድሪስ ሓያል ካድር ኮኑ። ንእድሪስ፡ኣባል ገድላዊት ባይቶ ድማ፡ የማናይ ኢዱ ኾኑ።

ስለ ዝኾነ ድማ፡ ሜዳ ኤርትራ ሓደ ውድብ ጥራይ'ዩ ክጸውር ዝኽእል ካብ ዝብል ኣርኣእያ ኣብ ልዕሊተን ካብ ተሓኤ ዝተፈለያ ሰለስተ ሓይልታት ይሕንሕኑ ነበሩ። ካብቶም ኣብ መጥቃዕቲ ሓይሊ ውበል ዓቢ ግደ ዝነበሮም ካድረታት'ውን ሓደ ንሶም ነበሩ። እንተኾነ፡ ምቛም ህዝባዊ ሓይልታት ዝደረኸ ኵነታት ሜዳ ኤርትራ ክርድኡ ተመኲሮኦምን ፖለቲካዊ ብስለቶምን ዝፈቕደሎም ኣይነበረን። ከመይሲ፡ ናብ ሜዳ ኤርትራ ካብ ዝስለፉ ዓመትን ፈረቓን ጥራይ'ዮም ገይሮም ነይሮም። መደረኦም ስሚዒታውን ኣብ ሃይማኖትን ኣውራጃን ዝሰረተን ብምንባሩ፡ ነቲ ቅያዳ ኣል ዓማ ዘሳውሮ ዝነበረ ሓድሕድ ኲናት ቀንዲ መሳርሒ ካብ ዝነበሩ ካድረታት፡ ኣቦይ ስዒድ ጎሊሖም ይራኣዩ ነበሩ። ኣብቲ ኣብ ግንቦት 1972 ብቅያዳ ኣል ዓማ ኣብ ልዕሊ ሰለስቲኦን ሓይልታት ሓርነት ኤርትራ ዝተኣወጀ ሓድሓድ ኲናት፡ ኣብ ገረገር ሱዳን ኣብ ዝተኻየደ ክልተ ሳምንቲ ዝወሰደ መሪር ኲናት ብጽኑዕ ቈሲሎም ንሕክምና ናብ ሱዳን ተላእኩ። መውጋእቶም ከቢድ ብምንባሩ፡ ጸጋመይቲ ኢዶም ለመስት። ድሕሪ ቀኍሩብ እዋን ኣብ ዒራቕ፡ ኣብ 1976 ድማ ኣብ ሞቓዲሾ ኣብ ዝነበረ ቤ/ጽ ተሓኤ ተመደቡ።

ሶማል፡ ህዝባዊ ሓይልታትን ተሓኤን ቤ/ጽ ከፊተን ካብ ዝነጥፋለን ሃገራት ኣብ ሳልሳይ ደረጃ እትስራዕ ሃገር'ያ ነይራ። ህዝብን መንግስትን ሶማል ምቕሉል ኣርኣእያ ኣብ ልዕሊ ሰውራ ኤርትራ ዝነበሮ ብምኳኑ፡ ንጥፈታተን ብዘይ ዝኾነ ዕንቅፋት የካይዳ ነበራ። ኾይኑ ድማ፡ ኣብ ንሓድሕደን ንዘካይደኦ ስለያዊ ስርሓት፡ ከተማ ሞቓድሾን ወደብ ባርባራን መናሃርያኦን ገበራኦን።

ኣብ 1977፡ ህዝባዊ ሓይልታት ሓርነት ኤርትራ ቀዳማይ ውድባዊ ጉባኤ ከካይድ ይሸባሸብ ብምንባሩ፡ ተሓኤ፡ ነቲ ጉባኤ ንምትዕንቓፍ ኣብ ካርቱም፡ ከሰላ፡ ቃሮራ፡ ዓደን፡ በርበራን ሞቓድሾን ሰፊሕ ስለያዊ መርበብ ኣቐኒማ ሓያል ንጥፈታት ተካይድ ነበረት። ኣቦይ ስዒድ ድማ ነቲ ኣብ ሶማል ዝነበረ መርበብ ስለያ ብሓላፍነት ይመርሑዎ ነበሩ። ህዝባዊ ሓይልታት ግና፡ ክሳዕ ምቛም ክፍሊ ስለያ ህዝባዊ ግንባር "እንዳ 72"፡ ዝተጋነነ ስለያዊ ንጥፈት ነይሩዎ ክበሃል ዘድፍር ኣይነበረን።

ህዝባዊ ሓይልታት፡ ካብ ዝምስረት ኣትሒዙ ክሳዕ'ቲ ቀዳማይ ሓድሕድ ኲናት (ግንቦት 1972) ዝተወለዓሉ፡ ኣብ ሓይልታቱ ዳግመ ስርርዕ ከገብር ብሓደ ወገን፡ ድሕሪ ሓድሕድ ኲናት ኣብ 1973 ኣብ ውሽጡ ዘጋጠሞ ኣዕናዊ ምንቅስቓስ ከገትእን ነቲ ትንፋስ ዝኸልእ ምትህልላኽ ልኡኽ ጉዳያት ወጻኢ ክብድህን ድማ በቲ ካልእ ክሳዕ መወዳእታ 1973 ናይ ህላወ ቃልሲ የካይድ ነበረ። እቲ ኣብ መፋርቕ 1973 ኣብ ውሽጡ ዘጋጠሞ

ከቢድ ቅልስ ብፍላይ፡ ንህላውነቱን ቀጻልነቱን ተፈታቲንዎ ነበረ። እቲ ቅልስ፡ ንሜዳ ኤርትራ ካብ ዘመነ ክፍልታት ኣውጺኦም ብኸቢድ መስዋእቲ ናብ ሓድሽ መድረኽ፡ መድረኽ ክልተ ውድባት ኤርትራ ዘሰጋገሩን ንህዝቢ ኤርትራ ጭላንጭል ተስፋ ዝኾልዑን ብሓደ ወገን፡ ነቲ መሪር መድረኽ 60ታት (ዘመነ ክፍልታት) ዘይተመኩሩ ሓደስቲ ተጋደልቲ ድማ በቲ ካልእ ዝተፈጥረ ጎንጺ ንህዝባዊ ሓይልታት ናብ ፈታኒ መድረኽ ኣሰጋገሮ፣ እቲ መድረኽ'ውን ተሰግረ። ግናኸ፡ ካብ ዳግማይ ሓድሕድ ኲናት ኣይተናገፈን። ቅያዳ ኣል ዓማ መጠነ ሰፊሕ ኲናት ኣብ ልዕሊኡ ከፈተ፣ ሓድሕድ ኲናት 1974። ኣብ መወዳእታ፡ ተሓኤ፡ ብውሽጣዊ ምብልላዓት ብሓደ ወገን፡ ኣብ 1981 ምስ ህዝባዊ ግንባር ሓርነት ኤርትራ ኣብ ዝተኻየደ ሳልሳይ ሓድሕድ ኲናት ድማ በቲ ካልእ ካብ ሜዳ ኤርትራ ተሓግሒጋ ወጸት።

ነቦይ ስዒድ፡ ምውጻእ ተሓኤ ካብ ሜዳ ኤርትራ ከቢድ ሞራላውን ስነ ኣእምሮኣውን ውድቀት ኣስዓበሎም፣ ከሳዕ ገለ ጉጅለታት ተሓኤ፡ ብፍላይ ጉጅለ እድሪስ፡ ንጳውዒት ራስ ገዝ ተቐቢሉ ምስ ደርግ ክላፈን ምጅማሩ፡ ንህዝባዊ ግንባር ብሓያል ጽልኢ ይርእይዎን ኣንጻሩ ኣብ ሶማልን የመንን ቀይዲ በተኽ ጐስጓስ የካይዱን ነበሩ ።

ኣቦይ ስዒድ፡ ንጳውዒት ራስ ገዝ ብትሪ ተቓወሙዎ፣ ንጉጅለ እድሪስ ከዓብዎ፣ ነቲ ህዝባዊ ግንባር ምስ ሰራዊት ኢትዮጵያ ዘካይዶ ዝነበረ ውግኣት ድማ ኣቓልቦ ገበርሉ።

ኣብ መጋቢት 1984 እዩ። ህዝባዊ ግንባር ሓርነት ኤርትራ ንሻድሻይ ወራር መኪቱ፡ ሰላሕታ ኣምኪኑ፡ ነቲ ደርግ ድሕሪ እ'ዚ ናደው ኣሎኒ ኢሉ ዝንየተሉ ዝነበረ እ'ዚ ውቃው -ውቃው እዝ- ኣብ ውሽጢ 48 ሰዓት ካብ መላእ ሰሜናዊ ምብራቕ ሳሕል ሓግሒጉ ጸሪጉ ወደብ ማርሳ ተኽላይ ኣብ ትሕቲ ቁጽጽሩ ኣእትዩ መውጽኢ ኣፍደገ ባሕሪ ረኸበ። ኣቦይ ስዒድ፡ በቲ ዓወት ተሰራሰሩ፣ ዓው ኣይበሉ ድኣ'ምበር ንህዝባዊ ግንባር ብምድንጋጽ ዓይኒ ክርእይዎ ጀመሩ።

ኣቦይ ስዒድ፡ ኣብ 1986 ምስ ስድራኦም ካብ ሶማል ናብ ጀርመን ተሰደዱ። ዑቕባ ሓቲቶም ናብራኦም ኣብ ከተማ ፍራንክፈርት ክመርሑ ጀመሩ። ምስቶም ናብ ፈቐዶ ሃገራት ኤውሮጳ ዝተሰደዱ መራሕቲ ናይተን ኣብ ዓሰርተ ዝተመቓቐላ ጉጅለታት ተሓኤ፡ ብፍላይ ኣቦ መንበር ሰውራዊ ባይቶ ነበር ዝምድና ፈጠሩ፣ ግና ሓደ ሕርኽርኽ ዝብሎም ነገር ነበረ። እተን ጉጅለታት፡ እንትርፎ ናይ ጥፍኣት ታቱላ ምንፋሕ ካልእ ቁም-ነገር ዘይብለን፡ ወገሐ ጸበሐ ህዝባዊ ግንባር ክጠፍእ ኣለዎ ካብ ምባል ሓሊፈን ዝፈየደኦ ከም ዘይነበረን ኣስተብሃሉ።

መጋቢት 1988 ህዝባዊ ግንባር ነቲ ዝተራቐቐ ኣጽዋርን 18 ሽሕ ምኩር ሰራዊትን ዝነበሮ እ'ዚ ናደው - ናደው እዝ - ነበረ ያ ነበረ ገይሩ ደምሰሶ፣ ኣቦይ ስዒድ፡ ብሓመድ ድብ ናደው ጸባ ሰተዩ፣ ሓጎሶም ምጽዋር ስኣንዎ፣ ሃገሮም ናጽነት ረኺባ መሬት ዓደቦኦም ክረግጹ ሃረር በሉ። ድሕሪ'ቲ መስተንኽር ዓወት፡ ኣብ ከተማ ቦን ምስ ዝነበረ ቤ/ጽ ህዝባዊ ግንባር ክራኸቡ ወሰኑ፣ ተራኸቡ ኸኣ። ርክቦም ስቱርን ሚስጥራውን ክኸውን ተረዳድኡ። ምስ መራሕቲ ጉጅለታት ተሓኤ እናተራኸቡ ስቱር ሓበሬታ ናብ ህዝባዊ ግንባር ከመሓላልፉ ጀመሩ። እ'ዚ መከት - መከት እዝ - ተደምሲሱ እቲ ብዕብየቱ ኣብ ትሕተ - ስሃራ ኣብ ካልኣይ ደረጃ ዝስራዕ ሓይሊ ባሕሪ ኢትዮጵያ ተሃሚኹ ወደባዊት ከተማ ምጽዋዕ 10

ለካቲት 1990 ሓራ ወጸት። ስርሒት ፈንቅል ተልእኾኡ ዛዘመ፣ ሓይሊ ባሕሪ ኢትዮጵያ ኣብ መበል 36 ዓመት ዕድሚኡ ግብኣተ መሬቱ ተፈጸመ።

ኣቦይ ስዒድ፡ ነዊሕ ዓመታት ዘቐመጥዎ ሚስጢራዊ ሰነዳት መራሕቲ ጕጅለታት ተሓኤ ንኽፍሊ ስለያ ህዝባዊ ግንባር እንዳ 72 ብስቱር መገዲ ኣረኪቦዎ። ንጡፍ ኣባል ክፍሊ ስለያ ወጻኢ ህዝባዊ ግንባር ድማ ኾኑ።

24 ግንቦት 1991፡ ኤርትራ፡ ካብ ጐበጣ ኢትዮጵያ ሓራ ወጺኣ ግዝያዊ መንግስቲ ኣወጀት። ኣቦይ ስዒድ፡ ዘይከም ካልእ፡ ናብ ትውልዲ ዓዶም ነጻ ኾይኖም ክኸዱ ኣይኸኣሉን። ምኽንያቱ፡ ክፍሊ ስለያ፡ ካብቶም ዓቢ እምነት ዘንብረሎም ብዙሓት ኣባላቱ ሓደ ብምንባሮም፡ ብስቱር መገዲ ናብ ሃገሮም ከም ዝኣትዉ ገበረ። ነቶም ኣብቲ መሪር ኩናት ሓድሕድ ገረገር ሱዳን ዘተዋግኡዎም ኣሕዋቶም መሪሕነት ህዝባዊ ግንባር ረኺቡዎም፣ ኩሉ ዝሓለፈ ህይወት ተራእይዎም ዝርንዝሕ ነብው። ድሕሪ ክልተ ሰሙን፡ ከምታ ዝመጽኡዋ ብስቱር ናብ ስድራ ቤቶም፡ ናብ ፍራንክፈርት ፡ ተመልሱ።

ፌሩዝ፡ ሕሳስ ልደ ገዝኦም'ያ። ኣብ ትምህርታ ኣዝያ ንፍዕቲ፡ ሳሆ ብመጠኑ ሶማልኛ ብግቡእ ትመልኽ ነበረት። ኣቡኣ፡ ዘይከምቶም ወገሐ ጸበሐ ንደቆም ቅርሕንቲን ትሕተ ሃገራውነትን ዝምህሩ፡ ንሰለስቲኦም ደቆም፡ ሃገሮም ክፈትዉን ብኤርትራውነቶም ክኾርዑን ኰስኲሶም'ዮም ኣዕብዮሞም። ፌሩዝ ድማ ውጽኢት ናይቲ ኣተዓባብያ'ቲ'ያ፣ ሃገራ እተፍቅር በላሕ ጓል ኣንስተይቲ።

ኣቦይ ስዒድ፡ ተቓዋማይ'የ ኢሎም ናብ ፌስቲቫል ህዝባዊ ግንባር ጀርመን ኣይኺዱ'ምበር፡ ንደቆምሲ ዓመት መጽአ ይሰድዎም ነበሩ። ኾይኑ ድማ፡ ካብ ገዝኦም፡ ፌሩዝ ሓያል ሃገራዊ ስምዒት ኣጥረየት። ኣብ መበል ዓሰርተው ሽዱሽተ ዓመት ዕድመኣ ኣባል መንእሰያት ህዝባዊ ግንባር ኮነት፣ ብሓያል ንጥፈት ድማ ትዋሳእ ነበረት።

እቲ እዋን፡ መንግስቲ ኢትዮጵያ ዶብ ኣሳቢቡ ኣብ ልዕሊ ኤርትራ መጠነ ሰፊሕ ኩናት ዝኣወጀሉ'ዩ። ፌሩዝ፡ ኣብቲ ዝካየድ ዝነበረ ናይ ክተት ንጥፈታት ብሓያል ወኒ ክትሳተፍ ጀመረት። ማዕረ ናብ ሳዋ ወሪዳ ወተሃደራዊ ታዕሊም ወሲዳ ኣንጻር ወራር ኢትዮጵያ ክትከትት ነቡኣ ትውትውቶም ነበረት። ኣቦይ ስዒድ ድማ ብኩርዓት፡ "ክተርክብሉ ኢኺ፡ ትምህርትኺ ጥራይ ንፍዒ" ብምባል ይምዕድዋ ነበሩ።

ፌሩዝ፡ ቁመታ 176 ሰንቲ ሜተር፡ ጸጉሪ ርእሳ ሓጺር፡ ስፍሕ ዝበለ ግንባር፡ ፍሩያት ኣዒንቲ፡ ረጒድ ከንፈር፡ ምጥንቲ ኣፍንጫ፡ ኸደረይቲ፡ ጽቡቕ ዝተቐርጸ ዳናጉ፡ በላሕን ተዋዛይትን እያ። ኣብ መበል 23 ዓመት ዕድመኣ ብፋይናንስ ብማስትሬት ዲግሪ ተመሪቃ ትምህርታ ወዲኣ ምስ ሃገራ ኤርትራ ንምልላይ ንመጀመርያ እዋን ኣብ 2005 ንሓደ ወርሒ ከደት። ሃገራ ንምርኣይ ጥራይ ግና ኣይኾነትን ከይዳ፣ ብሓደ መንግስታዊ ትካል ጀርመን ብዝተገበረላ ምወላ፡ ትካላዊ ኣሰራርሓ ባንክታት ኤርትራ ከተጽንዕን ምስ ባንክታት ኤርትራ ክግበሩ ዝኽእሉ ምትሕግጋዛት ንምድህሳስን'ውን ነበረ። እታ ሓንቲ ወርሒ ከመይ ኢላ ከም ዝተወደአት ከይተፈለጣ ናብ ጀርመን ተመልሰት። ኣብ ካልኣይ ወርሓ ድማ ኣብ ትካል ምኽርን ምድላውን ፕሮጀክት ላህ ማየር ስራሕ ተቖጸረት።

ህዝባዊ ግንባር ካብቶም ዝምክሓሎም ብዙሓት ኣባላት ውዳበታት መንእሰያት ሓንቲ፡ ፌሩዝ'ያ። ምልከት ቛንቛ፡ ኣብ ስነ ጽሑፍ ዝነበራ ክእለት ከምኡ'ውን ኣፍልጦኣ ብዛዕባ ዓለማዊ ፖለቲካን ቀ'ጠባን ዝድነቕ ነበረ። ንሳ፡ ነቲ ብተሓባበርቲ ህወሓት ዝኾኑ ኤርትራውያን፡ ወጸእተኛታት ጋዜጠኛታትን ኣህጉራውያን ዘይመንግስታውያን

ውድባትን ምስሊ ኤርትራን መንግስታን ንምድዋን ዝወጽእ ዝነበረ መግለጺታትን ጽሑፋትን ዝብድህ ኣብ ማሕበራዊ መራኸቢታት ተስፋ ኒውስን ደሃይን ብተውጽኦም ዝነበረት ትንታነታት ኣድናቖት ዘትረፈት መንእሰይ ነበረት። ብፍላይ ካብ 2008 ኣትሒዙ ንኤርትራ ንምድሃኽ በተን ሰለስተ ወይዘራዝር ማለት ጸሓፊት ጉዳያት ወጻኢ ኣመሪካ ወይዘሮ ኦዴለሳ፡ ወኪል መንግስቲ ኣመሪካ ኣብ ባይቶ ጸጥታ ኤዛንን ተሓጋጋዚት ጸሓፊት ኣብ ጉዳያት ቀርኒ ኣፍሪቃ ጃኒን ዝእለም ዝነበረ ሸርሒ ብሓደ ወገን፡ ብኣህጉራውያን ዘይመንግስታውያን ውድባት ተዓሲቦም ኣገልገልቲ ህወሓት ዝኾኑ ኤርትራውያን ዝካየድ ዝነበረ ምትእኽኻባትን ዋዕላታትን ጐስጓስን ድማ በቲ ካልእ ንምቅላዑ ካብ ዝነጥፉ ዝነበሩ መንእሰያት፡ ፌሩዝ፡ ጎሊሓ ትረአ ነበረት።

እምበኣርከስ፡ እዛ ንሃገራ ተወፍያ እትሰርሕ ጓል 28 ዓመት መንእሰይ፡ ብሚኒስትሪ ዜና ብዝተገበረላ ጸውዒት መሰረት'ያ 21 ግንቦት 2010 ናብ ኤርትራ ንኻልኣይ እዋን ዝመጸት።

※ ※ ※

ሰኑይ 21 ሰነ 2010

ፌሩዝ፡ መዓልቲ ናጽነት ኣብዒላ፡ ብሃገራዊ ማሕበር መንእሰያትን ተማሃሮን ኤርትራ (ሃማመተኤ) ዝተወደበ መደብ ዙራ ንሃገርካ፡ ኣብ ዕደና ቢሻ፡ ባጽዕ፡ ዳህላክን ድፋዓት ናቕፋን ዑደት ኣካይዳ ስራሕ ክትጅምር ናብ ሚኒስትሪ ዜና ኣምረሐት። ግዝያዊ ተጸዋዒ ሚኒስተር ዜና ተቐበላ፣ መደባታን እትህቦ ትምህርትን ኣስፊሓ መብርሂ ሂባቶ፡ ስራሕ ጀመረት።

ኣብ ሰሙኑ፡ ፌሩዝ ካብ ስርሓ ብሰለስተ ኣባላት ጸጥታ ተወስደት። እታ ካብ ውሽጢ ሃገር ደቂቕ ሓበሬታ ትረክብ ዝነበረት ድሕረ ገጽ ዓወተ ዳት ኮም፡ ማእሰርቲ ፌሩዝ ኣብ ዓምዳ ዘስፈረት ቀዳመይቲ ማሕበራዊ ሜድያ ኮነት።

ፌሩዝ፡ ኣብ ሸላ ኣተወት፣ እቲ ዘጋጠማ ምርዳእ ኣብይዋ ኣዕለበጠት፣ እንታይ ገይረ ኢላ ክትሓትት ማዕጾ ደጕዶገት፣ ግና ዝሰምዓ ኣእዛን ኣይረኸበትን። ንግሆ ሓንቲ ባንን ሻህን፡ ምሳሕ ዝቐጸራ ዓደስ ዘለዋ ብማይ ዝተቓጠነት ጸብሕን ክልተ ባንን፡ ኣጋ ምሸት ድማ ካብኡ ዘይሓይሽ ተዋህባ፣ ኣይበለዐትን፣ ተጸየነቶ። ሰለስተ መዓልቲ እዚ ጌርኪ ዝብል ሰብ ኣይተረኽበን። ምብላዕን ምስታይን ኣበየት፣ ከመይ ኢሉኽ እቲ ኣብ ዕምራ ርእያቶ ዘይትፈልጥ ምግቢ ካብ ጎሮሮኣ ክወርደላ፣ ማሰነት።

ኣብ ራብዓይ መዓልቲ ማዕጾ ሸላ ተራሕወ፣ ሓደ ጕልቡት ሰብ፣ "ውጽኢ!" በላ ብዝድህል ቃና።

ፌሩዝ፡ ሕልናኣ ዓሪቡ'ዩ፣ ምንቕ ከይበለት ብደዋ ዓይኒ ዓይኑ ጠመተቶ።

"እንታይ ድየ ዝበለኪ ዘለኹ! ውጽኢ'ኳ'የ ዝበለኪ ዘለኹ!"

"ድልየትካ ግበር'ምበር፡ ዝኣበስኩዎ ከይፈለጥኩ ኣይወጽእን እየ!" መለሰት ብእንግሊዘኛ።

ብጽፍዒት ኣላዲዱ፡ ብኢዳ ጎቲቱ ካብቲ ሸላ ኣውጽኣ።

ፈሩዝ ተደናገረት፣ ተደፊኣ ኣብ ሓደ ክፍሊ ኣተወት። ኣብ ቅድሚ ሓደ ጠረጴዛ ዝነበረ ሰድያ ኮፍ ክትብል ተነገራ፣ ነቲ ጸላዕላዕ ዝብላ ዝነበረ ምዕጉርታ እናደረዘት ኮፍ በለት።

እቲ ጉልቡትን ድሃሊ ድምጺ ዝነበሮን መርማሪ ተኲሩ ዓይኒ ዓይና ጠመታ።

"መን ኢኺ ስምኪ?"

"I don't speak tigrigna (ትግርኛ ኣይኽእልን'የ)።"

"ስምኪ'የ ዝብለኪ ዘለኹ!!"

"I don't . . ." ክትብልን ብጽፍዒት ከላድዳን ሓደ ኾነ።

ካብ ኮፍ ዝበለቶ ናብ ባይታ ጸሕ በለት፣ ኣይተሰአትን።

መርማሪ ናብኣ ቐረበ።

"ተስኢ!!" በላ ብእንግሊዘኛ ዓይኑ ኣንጕልሒጡ።

ፈሩዝ ገጻ እናደረዘት ተሰተ፣ ንብዓት ሰዓራ።

"ስምኪ!"

"ፈሩዝ።"

"ስም ኣቦኺ?"

"ስዒድ ዓሊ መኪ!"

"ጓል ከዳዕ! ኣቦኺ ከዳዕ ምኺኑ ትፈልጢ ዲኺ?"

ፈሩዝ ነገራት ክርዳኣ ግዜ ኣይወሰደላን። ምኽንያቱ፡ ኣቡኣ፡ ኣቦይ ስዒድ፡ ካብቶም ምስ መራሕቲ ተጋድሎ ሓርነት ኤርትራ ሰውራዊ ባይቶ፡ ማእከላይ ባይቶ፡ ሃገራዊ ባይቶ. . . ዝባሃሉ መጋበርያ ህወሓት ጥቡቕ ናይ ስራሕ ዝምድና ዘለዎም ሓደ ምኻኖም ኣዐርያ ትፈልጥ'ያ።

"እሞ ጓል ስዒድ ስለ ዝኾንኩ ፈታዊት ሃገረይን ህዝበይን ክኸውን ኣይኽእልን ድየ? ኣቦይ ኣቦይ'ዩ፡ ኣነ ድማ ፈሩዝ!" በለት ብውሽጣ።

መርማሪ፡ ምልከት ቛንቋ እንግሊዘኛኡ፡ እንግሊዛዊ ወይ ኣመሪካዊ'ምበር ኣብቲ ክፍሊ ምርመራ ዝሰርሕ ኤርትራዊ'ዩ ክትብሎ ዘድፍር ኣይነበረን።

"ናይ መን ልኡኽ ኢኺ? ኢትዮጵያ?"

"ኣይኾንኩን! ኣነ ኣባል ውዳበታት መንእሰያት ህዝባዊ ግንባር እየ፡ ሰላላዩት መንግስቲ ኢትዮጵያ ኣይኾንኩን!"

ማህረምቲ ተኸተላ።

"ኣነ፡ መንግስቲ ኢትዮጵያ ይኹን ጀርመን ወይ ሲኣይኤይ ዝለኣኸኒ ኣይኾንኩን። ንሃገረይ ከገልግል ዝመጻእኩ'የ፡" ካብ ምባል ሓሊፋ ክትብሎ ትኽእል ኣይነበራን።

ከቢድን ፈታንን ምርመራን ማህረምትን ንኽልተ ሰሙን ብዘይ ዕረፍቲ ተኻየደላ። ፈሩዝ ነብሳ ወደአት፣ ቈርበታ ተቐላለጠ፣ መልክዓ ተደወነ።

ኣብቲ ተዓምጺጻ ደቂሳትሉ ዝነበረት ባይታ፡ ብሕልማ ቀ'ርሲ በሊዓ ነቡኣን ኣዲኣን ስዒማ፡ ሓጺር ጎናን ነዊሕ ታኬት ጫማን ወድያ ናብ ማኪናኣ ኣትያ ደርፊ ትግርኛ ወሊዓ ናብ ስርሓ ክትከይድ፡ እታ ብእልፊ ወረቓቕትን ብኮሚሽን ዶብ ኤርትራን ኢትዮጵያን ዝተዋህበ ብይን ዘርኢ ዝተፈላለየ ካርታ ኤርትራ ዝተመላኸዐትን መዳቕሶኣ፣ ኣቡኣ፡ 'ፈሩዝ ጓለይ፡ ሽሕ'ኳ ኣብ ዝተፈላለየ መስመር ንሃሉ፡ ከመይ ከም ዝኾርዓልኪ ትፈልጢ ዲኺ? ፈታዊት ሃገራን ህዝባን ወራሲት ረኺበ' ክብሉዋን ብጾታ

እናተራኣይዋን ዘይከምተን ዝሓለፉ ክልተ ሳምንቲ ኣብታ ለይቲ'ቲኣ ጥዑም ድቃስ ጸቒጡዋ ሓደረ።

21 ሰነ 2010 ወጋሕታ ሰዓት ሽዱሽተ ከም ልሙድ ማዕጾ ሸላ ፌሩዝ ተኸፈተ። ሕጂ'ኸ እንታይ ኮን ኸገብሩኒን ክሓቱንን'ዮም ብምባል ነቲ ማዕጾ ዝኸፈተ ሰብ በተን ዓዝዒዘን ዝነበራ ኣዒንታ ጠመተቶ፣ ቅድሚኡ ርእያቶ ዘይትፈልጥ ሰብ ነበረ።

"ወይዘሪት ፌሩዝ፡" በላ ብእንግሊዘኛ ፍሽኽ ኢሉ።

ኣይመለሰትን፣ ዘመልስ'ውን ኣይነበራን።

ናብኣ ቀሪቡ ብምናታ ሒዙ ከተሰኣ ኢዱ ሰደደ፣ ከይሕዛ ንኢዱ ነዝ ኣበለቶ።

"ፌሩዝ ካብዚ ከውጽኣኪ'የ መጺአ። ምርመራኺ ወዲእኺ ኢኺ።"

"እንታይ ስለ ዝኣበስኩ ተኣሲረን ተቐጥቂጠን ክፈልጥ እደሊ'የ።"

"ናብቲ ትሓትሉ ቦታ ክወስደኪ'የ መጺአ።"

ፌሩዝ፡ ካብቲ ብርካ ሰይራ ኮፍ ኢላቶ ዝነበረት ባይታ ምንቕ ኣይበለትን።

※ ※ ※

ኣቦይ ስዒድ፡ ዓሎም ኣብ ትሕቲ ቀይዲ ከም ዝኣተወት ንእለቱ ወረ በጽሖም። ብማሕበራዊ መራኸቢታት ብሰፊሑ ተዘርገሐ። ዓበይቲ ማዕከናት ዜና ዓለም ሰባር ዜና (Breaking news) ኢለን ኣጋወሐኦ። ብህወሓት ዝምወላ ናይ ኤርትራውያን ማሕበራዊ መራኸቢታት ዉዑይ ወረ ረኸባ። ተጣበቕቲ መሰል ኤርትራውያን ዝብላ ውድባት "ፌሩዝ ትፈታሕ!" እናበላ ጫቝጫቕ በላ። ሰላማዊ ሰልፊ ተወደበን ተኻየደን። ኣቦይ ስዒድ፡ ኣብ ዝተፈላለያ ማዕከናት ዜና ቃለ-መሕትት ተገብረሎም። ማዕከናት ዜና ኢትዮጵያ ንመንግስቲ ኤርትራ ብግህሰት ሰብኣዊ መሰላት ከሰሰኦ። ኣምንስቲ ኢንተርናሽናልን ሂዩማን ራይትስ ዎችን ተግባር መንግስቲ ኤርትራ ክኹንንን ፌሩዝ ብህጹጽ ክትፍታሕን ኣጠንቀቓ። ቤ/ጽ ኤምባሲ ጀርመን ኣስመራ፡ ዜጋይ ተኣሲራትኒ ብምባል ከፍትሓ ላዕልን ታሕትን በለ፣ ዝሰምዓ ኣእዛን ግና ኣይተረኸባን።

ኣብ መላእ ዓለም ዝርከቡ ኣባላት መንእሰያት ህዝባዊ ግንባር ተደናገሩ፣ ምእማኑ ተሸገሩ። እታ ንጥፍቲ፡ በላሕ፡ ውፍይቲ ኣባሎም ዝተዓሰበት ሰላዪት ኢሎም ክኣምኑ ተሸገሩ።

ቤ/ጽ ኤምባሲ ሃገረ ኤርትራ ኣብ በርሊን ተሌፎን ብዝድውሉ ኣፍቀርቲ ፌሩዝ ተናወጸ፣ ክብሎ ዝኽእል ስለ ዘይነበሮ መልሲ ካብ ምሃብ ተቘጠበ።

እቲ እዋን፡ ኣብ ኤውሮጳን ሕቡራት መንግስታት ኣመሪካን ፈስቲቫል ኤርትራ ዝካየደሉ ዝነበረ እዩ። ጉዳይ ፌሩዝ ድማ ርሱን መዛረቢ ኣርእስቲ ኮነ።

ኣቦይ ስዒድ፡ ናብ ኩለን ውድባት ተጣበቕቲ ሰብኣዊ መሰላት ደብዳቤታት ለኣኹ፣ ንዓሎም ክጣበቑላ ተማሕጸኑ። መራሕቲ ናይተን ኣብ ዓሰርተ ዝተንዛዘያ ጉጅለታት ተሓኤ ብሓደ ወገን፡ ኣብ መንበር ክፍለየሱስ ዑመርን ኣብ 80ታት ኣብ ማሕበር ረድኤት ኤርትራ ዝነጥፍ ዝነበረ ካብ መስረትቲ National Endouvement of Democracy (NED) ተባሂሉ ዝንገረሉ ጴጥሮስ ወልደገርጊሽን ድማ በቲ ካልእ ነታ "ለፍላፊት ውላድ ሻዕብያ!" እናበሉ ኣብ ፈቕድኡ ዝዝልፉዋን ኣነዋሪ ቃላት ዝድርብዩላን ዝነበሩ፡ "ኣይበልናንዶ! ሻዕብያ ውላዱ ዝበልዕ ሓርገጽ'ዩ!" እናበሉ ጉዳይ ፌሩዝ ኣብ

ፈቓዶ ኣኼባታት መውጺኢ ኣፎም ገበሩዎ። ኣብ ዓባይ ብሪጣንያ መስራቲት East & Horn Africa Human Right Defenders (EHAHRD) ኤሊዛ ምራጭ፡ ኣብ ሽወደን Eritrean Movement for Democracy and Human Rights (EMDHR) ሄርሞንን ሳሌምን ብዙሩምተን ስሓቓ።

መስራቲ Europe External Policy Adviser (EEPA)ሆላንዳዊት ወይዘሮ ማርያን ንሳ ዝዓሰበቶም ምሁራት ኤርትራውያንን እታ ኣብ ማሕበራዊ መራኸቢታት ትብድሆም "ውላድ ሻዕብያ" ዝብልዋ ፌሩዝ፡ ኣብ ልዕሊኣ ተፈጺሙ ዝበሉዎ ግፍዒ ሓንጢጦም ኣብ ገጻት ማሕበራዊ መራኸቢታት ከውጽኡን ኣብ ፓልቶክ ክምድሩን ዝተፈብረኸ ጸብጻብ ናብ ዓሰብቶም ከብጽሑን ተጓየዩ።

እዋኑ፡ ኣብ ልዕሊ ኤርትራ ዘይፍትሓዊ ብይን እገዳ 1907/2009 ዝተበየነሉ'ዩ ነይሩ።

ጉዳይ ፌሩዝ ድማ፡ ግርም መራገዲ ኾነ።

ምዕራፍ 3

※ ናብ ወጻኢ ሃገር ምኻድ ኣቢኻ፣ ኣቦኻ ኣብ ኲናት እግሪ መኸል ሞይቱ፣ ከመይ ኢልካ ድኣ ኣብ ሓይሊ ኣየር ኢትዮጵያ ተኸቲብካ?

ጀነራል ኣበራ ብቐጻሊ'ዩ ናብ ገዛና ዝመጽእ ነይሩ፣ ኣዛዚ ሓይሊ ኣየር ኢትዮጵያ'ዩ። ኣለፈሽ፡ ኣብ ሓይሊ ኣየር ክኣቱ ከም ዝደለኹ ነገረቶ፣ ኣየማትኣን፣ ንእለቱ ከም ዝኣቱ ገበረ፣ ብዘይ ፈተና።

ኣብ ሓይሊ ኣየር ኢትዮጵያ መብዛሕትኦም ሓለፍቲ ተጋሩ'ዮም ነይሮም። ካብቶም ብዙሓት ሓለፍቲ ሻለቃ ኣብርሃለይ፡ ናይ ጸጥታ፣ ሻለቃ በላይ፡ ናይ ኦፐረሽን፣ ኮ/ል ተመልሶ፡ ናይ ምሕደራን ፋይናንስን ክጥቀሱ ይከኣል። ኩሎም ተጋደልቲ ህወሓት ዝነበሩ'ዮም፣ ምስ ኣቦይ ድማ ናይ ቐረባ ኣዕሩኽ ።

ናብ ደብረ ዘይት ምስ ከድኩ ብቐጥታ ናብ ኮሎኔል ተመልሶ ሓላፊ ምሕደራን ፋይናንስን'የ ከይደ። ንሱ : ሓንሳብ ጎንደሬ፡ ጸኒሑ ትግራዋይ ዝብል ቅልውላው መንነት ዘጥቅዖ፡ ተመሳሲሉ እንጀርሑ ዝምእርር ብዓል ክልተ ማንካ'ዩ። ህወሓት፡ ንኢትዮጵያ ኣብ ዘርኢ ሰረት ብዝገበረ ክልላት ምስ መቓቐላ፡ ኣብ ምዕራብ በጌምድር ዝርከብ መሬት ጠገዴ፡ ወልቃይትን ሑመራን ናብታ ኣብ 1976 ብሕልሙ ዝቐረጻ ዓባይ ትግራይ ጸንበረን'ሞ፡ ኮሎኔል ተመልሶ ናብ መን ከም ዘብል ኣንፈቱ ሰሓተ፣ መበቆሉ ጎንደር ስለ ዝኾነ። ካብኡ ዝተበገሰ'ዩ'ምበኣር፡ ካብ ኣምሓርኛ፡ ትግሓርኛ ምዝራብ ዘቐድም ዝነበረ።

ኣብ ምዕራብን ሰሜናዊ ምዕራብን ሓውሲ ትግርኛ ኤርትራ ዝዛረቡ'ምበር፣ ሰሜናዊ ምብራቕ፡ ደቡብን ምብራቕን ትግራይ ሕውስዋስ ኣምሓርኛን ትግርኛን ማለት ትግሓርኛ'ዩ ዝዝረብ።

ሻለቃ በላይ፡ ከምቶም ካብ ሜዳ መጺኦም ኣብ ሓይሊ ኣየር ኢትዮጵያ ዝተመደቡ'ሞ፡ ከምቲ ምምራሕ ማኪና ብኽንደይ ጉነጽ ዝተማሃርዎ፡ 'ግድን ምብራር

ኣየር ክንማሃር ኣሎና' እናበሉ ዝሃወጹ ንሱ'ውን ካብ መን ሓሚቐ ብምባል ንጀነራል ኣበራ ኮፍ ምባል ከለአ፣ ቤተ ሰቡ ስለ ዝኾነ። ቀኒዕዎ ድማ ናብቲ ብግዜ ደርግ *የጀግኖች ኣምባ፡* ብናቶም ግዜ፡ ማለት ብወያነ፡ ምክልኻል ክፍሊ ኢንጂነሪንግ ዝተሰምየ ቤት ትምህርቲ በረራ ኣየር ኣተወ። ዕድመኡን ደረጃ ትምህርቱን ይፈቕደሉ ብዘይምንባሩ ግና ኣይቐነየን፣ ፈተና ተረፈ። ከምቶም ዝተረፉ ብጾቱ ካብ ትምህርቲ በረራ ኣየር ሓንሳብን ንሓዋሩን ተባረረ።

ሻለቃ ኣብራሃለይ፡ ሓላፊ ክፍሊ ጸጥታ ሓይሊ ኣየር ኾይኑ፡ ካብ ማእከላይ ደረጃ ዘይሓልፍ ትምህርቲ ዝነበሮ እዩ። ብጭካነኡ ዝተፈልጠ ሻለቃ ኣብራሃለይ፡ ንሓይሊ ኣየር ካብ ተወለድቲ ካልኦት ብሄር ኣጽርይዎ ጥራይ ዘይኾነ፣ ብዙሓት ምሩጻት ኣብረርቲ ሚግ፡ ሰኾይ፡ ጀትን ሄሊኮፕተርን ኣብ ካርሸሊ ዳጕኑ ዘጥፈአን ሃገር ገዲፎም ከም ዝስደዱ ዝገበረን ሰብ ምኳኑ'ዩ ዝንገረሉ።

እምበኣርከስ፡ ድሕሪ ንኮሎኔል ተመልሶ ምርካበይ ብቐጥታ ናብ ሻለቃ ኣብራሃለይ'የ ከይደ፣ "ከመይ ኣለኻ ወዲ ሓወይ?" ኢሉ ካብ መንበሩ ተሲኡ ተቐበለኒ፣ ኣዝዩ ክብረት ተሰመዓኒ።

"ጽቡቕ ባባ ኣብርሃለይ።"

"ኣብዚ ቀጽሪ ምስ ኣተኻ እታ ባባ ትብል ኣይትሰርሕን'ያ፣ ሓለፍቲ ብማዕርጎም'ዮም ዝጽውዑ፡" በለኒ ኲርዕርዕ ኢሉ።

"ሕራይ ሻለቓ ኣብራሃለይ፡" በልኩዎ ፍሽኽ ኢለ።

"ኣብ ሓይሊ ኣየር ክትጽምበር ምኳንካ ጀነራል ኣበራ ደዊሉለይ ነይሩ፣ ኣዝየ ድማ እሕጕስ፣ ምኽንያቱ፡ ንሕና ተጋሩ ካብ ኲሉ ተገሊልና ዝጸናሕና ብምኳንና ነቲ ብሓይልና ዘምጻእናዮ ስልጣን ብልክዕ ክንጥቀመሉ ኣሎና። ኣብ ኲሉ ጽፍሕታት ተጋሩ ክንመልእ ኣሎና፣ ብፍላይ ኣብ ሓይሊ ኣየር። መን ይፈልጥ፡ ሓደ መዓልቲ ሓይሊ ኣየር ትግራይ ንምስርት ንኸውን! ግና መጀመርያ ንተጻባእትና ክንስዕሮም ኣሎና፡" ኢሉ ነታ ካብ ኣፉ ዘይፈልያ ሽጋራ ኣብ መጥፍኢ ሽጋራ ኣጥፊኡ ሓዳስ ወለዐ።

"ተጻባእትና?"

"እወ! ሻዕብያ፣ ንዕኦም ከየጥፋእና ረዲና ኣብ ስልጣን ኮፍ ኣይክንብል ኢና።"

ኣለፈሽ፡ ኲናት ኢትዮ-ኤርትራ ካብ ዝውላዕ ኣትሒዙ ዘረባኣ ብዛዕባ ሻዕብያ ጥራይ ነበረ። ብፍላይ ኣቦይ ኣዛዚ ሰራዊት ኾይኑ ኣብ መጀመርያ ኲናት ዛላምበሳ ቀሊል መውጋእቲ ኣጋጢሙዎ ብሄሊኮፕተር ንሕክምና ናብ ኣዲስ ኣበባ ምስ መጽአ ትብሎ'ን ትሕዞን ኣይትፈልጥን ነበረት። "ኤርትራውያን ካብ ኢትዮጵያ ክስጎጉ ኣለዎም!" ካብ ምባል ድማ ኣየዕረፈትን። ኣብ ገድሊ፡ ኣጋር ሓኪም'ያ ነይራ፣ ብዙሕ ምህሮ'ውን ኣይነበራን። ሞት ኣቦይ ኣዝዩ'ዩ ጎዲኡዋ። ካብኡ ዝተበገሰ ከይኾነ ኣይተርፍን'ዩ ነቲ ኣቦይ "ሓይሊ ኣየር ኣይትኣትውን ኢኻ" ኢሉ ዝኸልከለኒ ከተእትወኒ ድሕር ዘይበለት፣ እቲ ምንታይሲ፡ ሕነ ሞት ኣቦይ ክፈዲ።

ይዝከረኒ ኣቦይ ናብ ዓዲ እንግሊዝ ክኸይድ እናነበዐ ለሚኑኒ፣ ኣቕቢጸዮ።

ናብ ሓይሊ ኣየር ክኸተብ ምስ ከድኩ ምስ ሻለቃ ኣብራሃለይ ነዊሕ ኣዋጊዕና። ኣብ ትምህርቲ ሓይሊ ኣየር ካብ ጎነይ ከምዘይፍለ ቃል ኣተወለይ።

ብኸምዚ ኣገባብ እየ'ምበኣር ናብቲ ካብ ዋና ቤ/ጽ እ'ዚ ሓይሊ ኣየር ኢትዮጵያ 3 - 4 ኪሎ ሜተር ርሒቑ ናብ ዝርከብ ቤት ትምህርቲ በረራ ኣየር ዝኣተኹ። ኣብ

ስልጠናን በረራን ስኳድሮን ተመዲበ ድሕሪ ክልተ ዓመት ብደረጃ ኮርፖራል ተመሪቐ ንተወሳኺ ትምህርቲ ናብ ሩስያ ከድኩ። ብምብራር ስኾይ 27ን ሚግ 29ን ንሓደ ዓመት ሰልጢነ ብሌተናንነት መዓርግ ተመሪቐ መጋቢት 2003 ናብ ኢትዮጵያ ተመሊስ።

ካብ ሞስኮ ምስ ተመለስኩ ንስድራይ ሰለስተ መዓልቲ ጥራይ'የ ርእየዮም። ሰመረት ሓውተይ International School (ቤት ትምህርቲ ኢንተርናሽናል) እያ ትማሃር ነይራ፣ ጓል ዓሰርተው ሓሙሽተ ዓመት እኽልቲ ጓል ኾይና ድማ ነበረት። ርእየ ከይጸገብኩዋ ብህጹጽ ናብ ትግራይ ክኸይድ ተነገረኒ። እታ ሻለቃ ኣብርሃለይ፣ "መን ይፈልጥ ሓደ መዓልቲ ሓይሊ ኣየር ትግራይ ንምስርት ንኸውን፡" ዝበለኒ ኣብ ኣእምሮይ ቅጅል በለትኒ፣ ተሓጐስኩ።

ካብ ሜዳ፡ ናብ መቐለ ከይተኣለኹ ብቐጥታ ናብ ኣዲስ ኣበባ'የ ኣምርሐ፣ መቐለ ብተለብኸዥን'የ ተላልየያ። ስለዚ፡ ፉልማየይ'የ ርእየያ።

ካብ መዓርፎ ነፈርቲ ጀነራል ተዓረ'ዩ ተቐቢሉኒ፣ ካብ ማኪና ከይወረድኩ ኣብታ ከተማ ኣዛዊሩ ናብ ሓደ ቪላ ወሰደኒ።

መቐለ ምስ ኣተኹ ብልቢ ሰንበድኩ፣ ድሕርትን ብወተሃደራት ዘዕለቕለቕትን፡ ፈቐድኡ ቤት መስተን እንዳ ዳንኬራን፡ ምንዝርና ኣስፋሕፊሑ ኣብ ፈቐዶ ኲርናዕ ነብሰን ዝሸጣ ደቂ ኣንስትዮን ኣፍ ኣውጺኡ ዝባላዕ ድኽነትን ዝርኣየላ ከተማ ኾይና ረኺብኩዋ።

ድሕሪ ቍሩብ ደቓይቕ፡ ቅድሚ'ታ መዓልቲ'ቲኣ ርእየዮ ዘይፈልጥ ሰብ ናብቲ ዝነበርኩዎ ሳሎን ኣተወ።

"ዘርይሁን፡ እንቋዕ ብደሓን መጻእኻ፣ ብኣኻ ኣዚና ኢና ንኾርዕ!" ኢሉ ኣብ ደረቱ ኣልገቡ ሰዓመኒ።

ኣይጸንሐን፡ ምግብን መስተን ዝሓዛ ሰለስተ ደቂ ኣንስትዮ ኣተዋ። ምስቲ ጋሻ ብሓባር እናተመገብና ኣብ ዝተፈላለየ ጉዳያት ዘለኒ ኣርኣእያ እናተቐባበሉ ሓተቱኒ።

ወዲ ዕስራን ሓደን ዓመት፡ ፖለቲካ ዘይርዳእ መንእሰይ'የ። ብዘይ ተጉለባን ፍርህን ድማ ገለጽኩሎም።

※ ካብቲ ዝሓተቱኻ ንኣብነት?"

"ብዛዕባ ሻዕብያ እንታይ ትፈልጥ?" ትብል ነበረት። እኖሓጎይ ፍርቂ ጎና ኤርትራዊት ምኺና ኣብ ኲናት ኢትዮ-ኤርትራ እያ ፈሊጠ። እኖሓጎይ፡ ሓዳራ ኣብ ዓዲ ቀይሕ ስለ ዝነበረ መጺኣትና ኣይትፈልጥን'ያ። ሽዑ ግና ካብቲ ዝነበረቶ ተፈናቒላ ናብ ትግራይ ኣተወት'ሞ፡ ደቂ ሓወ'ብኡ ነቦይ ናብ ኣዲስ ኣበባ ናብ ጓላ - ኣሞይ ምኺና'ያ - ሰደድዋ። ኣብቲ እዋን'ቲ፡ ኣቦይ ከቲቱ'ዩ ነይሩ። ኾይኑ ድማ፡ እኖሓጎይ፡ ብኖኣ ኤርትራዊት ብምኺና ጥራይ ምስ ሰብኣይ ጓላ ናብ ኤርትራ ተሰጐገት።

ኣሞይ ትዕበ፡ እታ ሰብኣያ ናብ ኤርትራ ዝተሰጎጓ ሓብቲ'ቦይ፡ ብንግሁኡ ናብ ገዛና መጺኣ ዝርንዝሕ እናነበዐት ክትሕግዛ ንኣለፈሽ ለመነታ። ኣለፈሽ ግና፡ ፈቲነ ምኺን ኣብዩኒ ድኣላ ትብል'ምበር፡ ኣብ ልዕሊ ኤርትራውያን ዝነበራ ቅርሑን ጽልኢ ኣብ ግምት ኣእቲኻ፡ ግዲ ዝገበረት ኣይመስለንን፣ ከም ብዙሓት መሰልታ።

ኣቦይ፡ ኣብ ኲናት ኢትዮ-ኤርትራ ኣብ ዛላምበሳ ተወጊኡ ኣብ ሆስፒታል ጥቁር ኣንበሳ ተሓኪሙ ወጺኡ ክርእየና ምስ መጽአ'ዩ ኣዲኡን ሰብኣይ ሓብቱን ከም ዝተሰጐጉ ፈሊጡ።

ይዝከረኒ፡ ብድድ ኢሉ ተሲኡ ከይተዛረበ ካብ ገዛ ከወጽእ።

ኣነን ኣለፈሽን ቀኑሉውልው ክንብል ሓደርና። ኣቦይ ንግሆ ከባቢ ሰዓት ሸሞንተ ስልኪ ደዊሉ ናብ ግንባር ይኸይድ ከም ዘሎ ንኣለፈሽ ነገራ፣ ብድሕሪኡ ሬስኡ ኣይረኸብናን።

ድሒረ ከም ዝፈለጥኩዎ፡ ኣቦይ፡ ኣብ ልዕሊ ኤርትራን መሪሕነታን ካብ ሓጐስ ገብረኣነንያ ብዘይፍለ መገዲ ኣዝዩ እወታዊ ኣርኣእያ ዝነበሮ'ዩ ነይሩ። ኲናት ኢትዮ-ኤርትራ ይድግፎ ነይሩ ዝብል እምንቶ የብለይን፣ ግና ወተሃደር ስለ ዝኾነ ግድን ትእዛዝ ከኽብር ናብቲ ኲናት ከም ዝኣተወ ኣይጠራጠርን'የ። ኣብ ልዕሊ ኤርትራ ዝነበሮ እወታዊ ኣርኣእያ ዓዲ ኣዲኡ ስለ ዝኾነ እንተይኾነስ፡ ደላዪ ፍትሒ ስለ ዝነበረ ኾይኑ ይይስማዓኒ።

ስለዚ፡ መበገሲ ሕቶታት ስማቸው ኣሰፋው ንሱ'ዩ ክኸውን ዝኽእል፣ ከመይሲ፡ ብሓደ ወገን ንጣር ኤርትራዊ መበቆለይ፡ በቲ ካልእ ድማ ምስጓግ እኖሓጎይ ኣብ ምልከት ሕቶ ኣእትዩኒ ነይሩ ማለት'ዩ።

ብወያነ ስነ-ሓሳብ ተመልሚለ (Indoctrinate ኾይነ) ዝዓበኹ ብምኽንያን ከም ማንም ኢትዮጵያዊ፡ ኢትዮጵያ ተወሪራ ዝብል እምነት ስለ ዝነበረኒን ኣብ ልዕሊ ሻዕብያ ፍጹም ኣሉታዊ ኣርኣእያ'ዩ ነይሩኒ።

※ እቲ ዝረኸበካ ሰብ መን'ዩ?

ሓላፊ *ደህንነት*!

※ ኣቐዲምካ ትፈልጦ ነርካ ዲኻ?

ኣይፈልጦን'የ።

※ መን'ዩ ይበሃል?

ስማቸው ኣሰፋው!

※ ኣብ ዝኾነ ይኹን ወግዓዊ ኣኼባ ኾነ ጽምብል ተራእዩ ኣይፈልጥን'ዩዶ ኣይኾነን ድኣ ዝበሃል?

ድሓር'የ ከምኡ ምኺኑ ፈሊጠ። ኣብታ መዓልቲ እቲኣ ግና ብመደብ'ዩ ናብ መቐለ መጺኡ።

※ እንታይ'ዩ ነይሩ እቲ መደብ?

ብሚስጢር ክረኽበኒ፣ እቲ ርክብ ኣብ ኣዲስ ኣበባ ዘይትገብረ፡ ማንም ሰብ ክፈልጠኒ ስለ ዘይተደልየ'ዩ።

※ ንምንታይ?

ኣብ ሎሚ ኾይነ ክርእዮ እንተለኹ፡ ንነዊሕ ዝዓለመ መደብ ምንባሩ ከይዲ ናይ ጉዕዞይ ንባዕሉ ዝምስክር'ዩ።

※ ንም'ኧኑ ስማቸው ኣሰፋው መን'ዩ?

ስማቸው ኣሰፋው፡ ተማሃራይ ዩኒቨርሲቲ ኣዲስ ኣበባ ዝነበረ ምስ ምምስራት ተጋድሎ ሓርነት ህዝቢ ትግራይ ናብ ሜዳ ዝወጽአ'ዩ። ምስ ምቛም መንግስቲ ህወሓት፡ ኣብ ደህንነት ምክትል ክፍለ ተወልደመድህን'ዩ ነይሩ። ድሕሪ ቅትለት ክፍለ ተወልደመድህን 2002፡ ሓላፊ ደህንነት ኾይኑ ብቀዳማይ ሚኒስተር ዝተሰምየ ትግራዋይ'ዩ። ማእከላይ ቁመት፡ ቀይሕ፡ ፉሩያት ኣዒንቲን ብዓል ነዊሕ ጉብጥ ዝበለ ኣፍንጫን'ዩ።

ኣምባሳደር ኣመሪካ ኣብ ኢትዮጵያ ኢሉዎ ተባሂሉ ኣብ ሰነ 2009 ብመገዲ ዊኪሊክስ ዝተቓለሐ ምጥቃስ፡ ንባህሪ ስማቸው ኣሰፋው ብልክዕ ዝገልጽ እዩ። "ንሱ :" ይብል እቲ ኣምባሳደር፡ "ሓደ ካብቶም ኣኽረርቲ ኣባላት ማእከላይ ሽማግለ ህወሓትን ኢህወደግን ኾይኑ፡ ምስ ወጻእተኛታት ክዛረብ ዘይፈቱ፣ ውሑዳት ሰባት ጥራይ ዝፈልጥዎ፣ ብመሳርሕቱ ዘይፍቶ፣ ውሳነታቱ ኣቐዲሙ ምስ ኣባላት ዘይዛተን በይናዊ ውሳነ ዘዘውትርን፣ ኣዝዩ ዉዕይን ነዳርን ካብ ም'ኧኑ ዝተላዕለ፡ መሳርሕቱ፡ እንታይ ከም ዝሓስብ ክግምቱ ኣዝዮም ከም ዝሽገሩን ባዕሉ ቀዳማይ ሚኒስተር ይኹን መሪሕነት ኢህወደግ ምስኡ ክረዳድኡ ከም ዝጽገሙን ብዙሓት ሰንከትቲ ሃንዛ (Steak makers) ገሊጾሙለይ። ኣብቲ ንሰለስተ ዓመት ኣብ ኢትዮጵያ ኣምባሳደር ኾይነ ዝጸናሕኩሉ እዋን፡ ክልተ ግዜ ጥራይ ክረኽቦ ዕድል ረኺበ፣ ካልኦት ኣምባሳደራት ግና ነታ ሓንሳብ'ውን እንተኾነ ዕድል ከም ዘይረኸቡን ንዑደት ዝመጽኡ ኣባላት ሃገራዊ ድሕነት ሕቡራት መንግስታት ኣመሪካ እውን እንተኾኑ፡ ክረኽቡዎ ኣይኸኣሉን፡" ብምባል'ዩ ንስማቸው ገሊጽዎ። እወ! ስማቸው ከም ደቂ ሕድርትና'ዩ፡ ኩሉ እዋን ኣብ ኩሉ ቦታ ጽላሎቱ ኣይፍለየካን'ዩ።

ምዕራፍ 4

ዱባይ
ሓሙስ 11 መጋቢት 2010
ሰዓት 17፡00

ኤርትራ፡ ነቲ ኣብ ልዕሊኣ ዝተበየነ ዘይሕጋዊ እገዳ ቤት ምኽሪ ባይቶ ጸጥታ ዘይፍትሓውነቱ ንምብራህ ጽዑቕ ዲፕሎማሲያዊ ጐስጓስ ከተካይድ ናብ ዝተፈላለያ ሃገራት ልኡኻት ሰደደት። ሓንቲ ካብተን ሃገራት፡ ሕቡራት ኣሚራት ዓረብ እያ።

ብኽልተ ሰበ ስልጣን ኤርትራ ዝተመርሐ ላዕለዋይ ልኡኽ ኣብ ዱባይ ኣብ ሆቴል ኣዕረፈ።

ሰዓት ሓሙሽተ ድሕሪ ቐትሪ'ዩ። እቲ ልኡኽ ካብቲ ምስ ሰበ-ስልጣን እታ ሃገር ዘካየዶ ርክብ ንቕኑብ ሰዓታት ከዕርፍ ናብ ሆቴሉ ተመልሰ ።

ኣስመላሽ ገብረኣምላኽ፡ ኣብ ዱባይ ዝቕመጥ ዕዉት ኤርትራዊ ነጋዳይ'ዩ። ኣብ 1997 ብዙሓት ነጋዶን ኣባላት 09ን ብብልሽውና ተቈማጢያም ተባሂሉ ኣብ ዝተኣሰሩሉ፡ ንሱ'ውን ኣይተናሕፈን፡ ክልተ ዓመት ተኣሲሩ ነጻ ተለቒቑ። ኣብ 2000 ናብ ዱባይ ብምኻድ ካብን ናብን ኣንጎላ፡ ጁባ፡ ዩጋንዳን ካልኦት ሃገራትን ሰደድ ብምልኣኽ ገዚፍ ርእሰማል ዘኻዕበተ ነጋዳይ'ዩ።

ኣሕመድ ዜን፡ ኣባል ወኪል ሃገራዊ ድሕነት ኤርትራ'ዩ፣ ኣብ ዱባይ'ዩ መደቡ። ናብቲ ብዓል ሓሙሽተ ኮኾብ ሆቴል ከይዱ ኣብ ሓደ ኵርናዕ ኮፍ ኢሉ ነታ ዝኣዘዛ ሻሂ እናሰተየ ከሎ፡ ልኡኽ ኤርትራ ከም ማንም ጋሻ ክኣትዉ ርእይዎም ብምግራም ርእሱ ነውነወ። ድሕሪ ቀኑብ ደቓይቕ፡ ሓደ መንእሰይ ሞባይሉ ኣዋዲዱ ናብ ሰበ ስልጣን ኤርትራ ገጹ ክስእል ኣስተብሃለ፣ ትኩር ኢሉ ጠሙቶ፣ ካልኣይ ግዜ ስእሊ ከልዕል ኣስተብሃለ፣ ካብ መንበሩ ተሲኡ ናብቶም ሰበ ስልጣን ብምኻድ፣

"ክትኣትዉ ከለኹም መቺም፡ የማነ ጸጋም ቀሊሕ ኣይትብሉን ኢኹም፡" በሎም።

“ዋእ ወዲ ዜን! በየን ጸኒሕካ?” እናበሉ ብመንኰብ ሰላምታ ተለዋወጡ።

ኣሕመድ ዜን ናብ ድሕሪኡ ቍሊሕ በለ፣ ንኣስመላሽ ርኣየ። “መጻእኹ!” ኢሉ ብምኻድ፡ “ሓንሳብ ምስዞም ኣሕዋት ስኣለና፡” ኢሉ ሒዙዎ ተመልሰ ።

ኣስመላሽ፡ ዕላል ሒዙ'ምበር ነቶም ሰበ ስልጣን ስላም ክብሎምሲ ይሓስብ ነይሩ'ዩ፣ ንጀማል ንዓናይ ክፋልጠካ ኢሉ ብሓባር ኸደ። ንኣሕመድ ዜን ድማ ምስቶም ሰበ ስልጣን ስኣሊ ኣልዓሎ።

“በል፡ መን ስኢሉኩም እንተ ተባሂልኩስ መን ክብል? ንዑ ንኽልቴኹም ምስኦም ክስእለኩም፡” ኢሉ ሓንቲ ስእሊ ኣልዒሉ፡ ነቲ ነቶም ሰበ ስልጣን ዝሰኣሎም መንእሰይ ኣከታቲሉ ሰኣሎ። “በሉ የቐንየልና፡” ብምባል ንኣስመላሽን ጀማልን ምስ ልኡኽ ኤርትራ ገዲፍዎም ናብ መኰፈሊኡ ኸደ። ድሕሪ ቍሩብ እዋን ናብ መእንገዲ ኣጋይሽ ክይዱ መንነት ናይቲ መንእሰይ ሓተተ።

ካብ ኢትዮጵያ ዝመጸን ኣብቲ ሆቴል ኣዕሪፉ ከም ዘሎን ተነገሮ።

ኣሕመድ ዜን ተጠራጠረ። ብህጹጽ ናብ ቆንስል ሃገረ ኤርትራ ዱባይ ደወለ፣ ላዕለዋይ ልኡኽ ብህጹጽ ካብቲ ሆቴል ክወጽእ ሓበረ።

ተጸዋዒ ቆንስል ኤርትራ ኣብ ዱባይ ናብቲ ሆቴል ደበኽ በለ። እቲ ልኡኽ ናብ መዕረፊ ክፍሉ ክኸይድ ኣብ ሊፍት ክኣቱ ኣርከቦ፣ ሰላምታ ተለዋወጡ።

ኣሕመድ ዜን፡ ነቲ ኣብ ፊቱ ኮፍ ኢሉ ዝነበረ መንእሰይ ይከታተል፣ እቲ መንእሰይ እቲ ዝኸውን ይዕዘብ፣ ክልቲኦም ሰበ ስልጣን ድማ ብቆንስል ተመሪሖም ካብቲ ሆቴል ወጺኦም ከዱ።

※ ※ ※

ኣስመራ
ቤ/ጽ ወኪል ሃገራዊ ድሕነት ኤርትራ (ወ.ሃ.ድ.ኤ)
ሓሙስ 11 መጋቢት 2010
ሰዓት 17:48

ኮሎኔል ርእሶም ሃብተስላሰ ወረቓቕቲ ገናጺሉ እናንበበ ከሎ ስልኪ ጭር በለት። ልዓት ኣልዒሉ፡ “ሃሎው፡” በለ።

“ኣሕመድ ዜን'የ፡ ከመይ ቀኒኻ ውዲ ጉዕሽ?”

“ኣሕመድ ዜን ድኣ ምድዋል ትፈልጥ ዲኻ! ከመይ ኣለኻ?”

“ኣንታ እዚ ዘለናዮ ስብ ኣየዘክርን'ዩ፡ ህውቱት ዓዲ'ዩ። በል፡ ሕጂ ኢመይል ጌረልካ ኣለኹ፡ ርኣያ'ሞ መልስኻ ብህጹጽ እጽብ ኣለኹ!” ኢሉ ካልእ ከይመለአ ተሌፎን ዓጸዋ።

ኮሎኔል ርእሶም ሓላፊ ስለያ ወጻኢ'ዩ። ነታ ዝተባህለቶ መልእኽቲ ክርኢ ኢመይል ከፈተ። ሓጻር መልእኽቲ ኣምቢቡ ነተን ስእልታት ተኩሩ ተዓዘበን። ደጋጊሙ ርኣየን፣ ናብ ፕሪንተር ሰዲዱ ኣብ ወረቐት ሓተመን።

“እንታይ ድኣለይ ዝርኢ ዘለኹ?” እናበለ ነተን ስእልታት ሒዙ ርእሱ እናነውነወ ናብ ጀነራል ኣብራሃም ኣምረሐ፣

"ኣብራሃም፡ ኣሕመድ ዜን ዝሰደደልና መልእኽቲ ርአየን!" ኢሉ ኣቐበሎ።

ጀነራል ከም ኮሎኔል ተኲሩ ተዓዘበን።

"ብዓል መን ድኣሎም እዚኦም?"

"እዚ ብጸጋም ዘሎ ኣስመላሽ'ዩ እዚ ሓደ ግና ኣይንፈልጦን ኢና።"

"እሞ ንሰምከ ትም ኢሎም ድዮም ዝሳኣሉ? እሱሽ እንታይ'ዩ?"

"ካብ ኣሕመድ ዜን ዝተላእኸት ናይ ጽሑፍ መልእኽቲ፡" ኢሉ ነታ ወረቐት ኣቐበሎ።

"ርእሶም! ኣስመላሽ ምስታ ናይ ሎሚ ምሸት ነፋሪት ጥብ ከም ዝብል ግበሩ! እቲ ልኡኽ ድማ ካብቲ ሆቴል ከወጽእ ሓብሮም!"

"ናብ ቤ/ጽ ቆንስያዊ ጕዳያት ኸይዶም ኣለዉ።"

"ናብቲ ሆቴል ከይምለሱ ኣጠንቅቖም!" ኢሉ ንኻልኢታት ትም በለ'ሞ፡ ልዓት ተሌፎን ኣልዒሉ ባዕሉ ናብ ቤ/ጽ ቆንስላዊ ጕዳያት ኤርትራ ዱባይ ደወለ።

ኮሎኔል ርእሶም ናብ ቤት ጽሕፈቱ ተመሊሱ ናብ ኣሕመድ ዜን ደወለ።

"ስምዓኒ ኣሕመድ፡ ንኣስመላሽ ረኺብካ በዛ ናይ ሎሚ ምሸት ነፋሪት ናብ ኣስመራ ከም ዝነጥብ ግበር! እንታይ ከም ዝገበርካ ደውለለይ ክጽበየካ'የ!"

"ኣበይ ኢልና ክንረኽቦ!"

"እንዳ ሰይጣን ኣቲኻ ርኸቦ!!"

"በልስኪ ክፍትን'የ። ብዝኾነ ክድውለልካ'የ፡" ኢሉ ሞባይሉ ዓጸዋ።

ኣሕመድ ዜን ካብቲ ሆቴል ኣይወጸን'ዩ ነይሩ፣ ነቲ መንእሰይ ክከታተል። ኣስመላሽን ጀማልን ካብቲ ሆቴል ምስ ወጹ እቲ መንእሰይ ናብ መዳቕሶ ክፍሉ ክኸይድ ኣሕመድ ይዕዘቦ ነበረ። ሓንቲ ሓሳብ ድማ መጽኣቶ፣ ናብ ቤ/ጽ ቆንስላዊ ጕዳያት ኤርትራ ክድውል።

"ሃለው ኣልጋነሽ፡ ኣሕመድ ዜን'የ።"

"ወዲ ዜን፡ ኣለኻ ዲኻ ድኣ? ጠፊእካ!"

"መገሻ በዚሑ! ስምዕኒ ኣልጋነሽ፡ ናይ ኣስመላሽ ገብረኣምላኽ ቍጽሪ ሞባይሉ ክትረኽብለይ ምኽኣልኪዶ?"

"ኣስመላሽ! እስኪ ጽናሕ ክርእየልካ።"

"ብህጹጽ ስራሕ እደልዮ ስለ ዘለኹ ረኺብኪ ደውልለይ፡" ኢሉ ሞባይሉ ዓጸዋ።

ድሕሪ ቍሩብ ደቓይቕ፡ ኣልጋነሽ ሞባይል ቍጽሪ ኣስመላሽ ገብረኣምላኽ ረኺባ ደዊላ ሃበቶ።

ኣሕመድ ዜን ናብ ኣስመላሽ ደዊሉ ብህጹጽ ክረኽቦ ከም ዝደለየን ናብቲ ንሱ ዘለዎ ከመጾ ከም ዝኽእልን ነገሮ።

ኣስመላሽ ግር በሎ፣ ምስ ጀማል ስለ ዝነበረ እንታይ ከም ዝገብር ጠፈኦ።

"ድሕሪ ዓሰርተ ደቒቕ ክድውለልካ'የ፡" ብምባል ተሌፎን ዓጸዋ።

ኣስመላሽን ጀማልን ብሓባር ክድረሩ'ዮም ዝኸዱ ነይሮም። ይኹን'ምበር፡ እታ ብህጹጽ ትብል ናይ ኣሕመድ ለበዋ ከበደቶ። ኣመኽንዩ ንጀማል ከፋንዎ ነይሩዎ፣ ተፋንዎ ኸኣ። ናብ ኣሕመድ ደዊሉ ኣብቲ ዝነበሮ ከባቢ ተቛጸሩ።

ድሕሪ ሓጺር ዕላል፣

"ኣስመላሽ! ብህጹጽ ጕዳይ ምስዛ ሎሚ ምሸት ናብ ኣስመራ እትበርር ነፋሪት

ክትከይድ ከም ዘለካ ካብ ቤ/ጽ ቀንስላዊ ጉዳያት ሓበሬታ መጺኣትና ኣላ'ሞ፡ ክትብገስ ኢኻ።"

"እንታይ ተረኺቡ!?"

"ኣነ'ኳ ኣይፈለጥኩን፡ እታ መልእኽቲ ኾይኑዋ ከምኣ'ያ ትብል፡" ኢሉ ክምስ በለ። ኣስመላሽ ግና ዘስሕቕ ኣይነበሮን፣ ገጹ ኣዕቲቡ፣

"እዋእ! ትም ኢልካ ተበገስ ይበሃል ድዩ?"

"እሞ እንታይ ክብል'የ። ብዝኾነ ኣብ መገዲ ኣየር ኤርትራ ኣብ ቀዳማይ ደረጃ ቦታ ክሕዘልካ'የ። ኣብ ቤ/ጽካ ንራኸብ፣ ባዕለይ ናብ መዓርፎ ነፈርቲ ከብጻሓካ ተቐሪበካ ጽንሓኒ፡" ኢሉዎ ብድድ ኢሉ ኸደ።

ኣስመላሽ፡ እንታይ ከም ዝብል ጨነቖ። ቊንቊኛ ናይቲ መልእኽቲ ምርዳእ ኣብዩዎ ማኪና ኣበጊሱ ናብ ቤት ጽሕፈቱ ኣምረሐ። "ኣንታ እዚኦም ገለ'ኳ የምጽኡለይ! ይዳጉኑኒ'ኳ!" እናበለ ክሓስብ ከይተፈለጠ ኣብ ቤት ጽሕፈቱ በጽሐ። እተን ሰዓታት እንታይ እዋነን ከም ዝኣኸላ ከይተፈለጠ ኣሕመድ ዜን ጠበቐ በለ፣ ናብ መዓርፎ ነፈርቲ ኣብጺሑ ተፋነዎ።

ምዕራፍ 5

ኣስመራ
ቤ/ጽ ስለያ ወጻኢ
ዓርቢ 12 መጋቢት 2010
ወጋሕታ ሰዓት 03፡30

መገዲ ኣየር ኤርትራ ካብ ዱባይ ወጋሕታ ሰዓት 03፡30 እያ ናብ ኣስመራ ኣትያ። ኣስመላሽ ካብ ነፋሪት ውርድ ምስ በለ ሓደ ሰብ፡ "ኣቶ ኣስመላሽ ተኸተለኒ!" ኢሉ መሪሕዎ ናብታ ኣብ ውሽጢ ቀጽሪ መዓርፎ ነፈርቲ ተዓሺጋ ዝነበረት ማኪና ኣትዩ ናብ ቤ/ጽ ሃገራዊ ድሕነት ኣምረሐ።

ኣስመላሽ፡ ኣብ ሓሳቡ ብዙሕ እንተታት እናተመላለሶ ኣብቲ ቦታ በጺሑ ናብ ሓደ ክፍሊ ተወሰደ።

"ኣስመላሽ፡ እንቋዕ ብደሓን መጻእኻ! ዘይትተርፍ ስራሕ ኾይናትና'ያ ኣብዚይ እዋኑን ብዚይ ንቡር መገድን ጸዊዕናካ፡" በሎ ኮሎኔል ርእሶም ናይ ኢድ ሰላምታ እናሃበ።

"ናይ ድሓን ይኹን እምበር፡ ምንም ኣይኾነን፡" ኢሉ ናብቲ ኮሎኔል ርእሶም ዘመልከተሉ ሰድያ ኮፍ በለ። እንተኾነ ግና ኣብራኹ ኣንፈጥፈጠን ምእዛዝ ኣበዮኦ።

"ድኻም ክህልወካ ይኽእል'ዩ፡ ግና ተጻወረና፡" ኢሉ ምስቶም ኣብቲ ክፍሊ ዝነበሩ ክልተ ሰባት ኣፋለጦ። ነቲ ሓደ ኣዐርዩ ይፈልጦ'ዩ፣ ብብልሽውና ምስ ተኣስረ ንሱ'ዩ መርማሪኡ ነይሩ። 'ናይ ብሓቂ በሊሕ፡' ሰብ ብምባል ኩሉ ግዜ'ዩ ዘሞግሶ።

"ኣስመላሽ፡ ብዚይ ንቡር መገዲ ክንጽዋዓካ ሰንቢድካ ክትከውን ትኽእል ኢኻ።"

"ክበሃል ይከኣል'ዩ።"

"ኣብ ዱባይ ጀነራል ትሬዲንግ ትካል ኣለካ። እንታይ ኢኻ ትነግድ?"

"ካብ ምግቢ ኣትሒዝካ ክሳዕ ኤሌክትሮኒክን መቀያየሪ ኣቑሑት ማካይንን።"

"ናብ'የኖት ሃገራት?"

"ኣንጎላ፡ ጁባ፡ ዩጋንዳ፡ ህንዲ ዝኣመሰላ ሃገራት።"

"ኢትዮጵያ?"

ኣስመላሽ ንኻልኢታት ትም በለ።

"ፈጺመ!"

"ንምንታይ?" ሓተተ ኮሎኔል ርእሶም ፍሽኽ ኢሉ።

"ኣብ ንግዲ ዓለም ጸላኢን ፈታዊን ዝበሃል የለን፣ ስራሕ ስለ ዝኾነ። ናብ ኢትዮጵያ ክንግድ'ውን ኣይምተጸገምኩን፣ ምስ መራሕቲ ወያነ ኣይቆማጣዕን'የ።"

"ማለት?" ሓተተ ሜጀር ጸጉ።

"ምስኦም ክሰርሕ ፍቓደኛ ኣይኰንኩን!"

"ነጋዳይ፡ ደምን ዶብን የብሉን'ዩ ይበሃል፡" ምስ በሎ ትዋሕ ኢሉ ሰሓቐ።

1982'ዩ። ኣስመላሽ፡ ኣብ መበል 16 ዓመቱ ትምህርቲ ኣቋሪጹ ድሕሪ ሞት ኣቡኡ ስድራኡ ክዕንግል ብኣድጊ ገይሩ ኣብ ኣስመራ ማይ ክሸይጥ ውዒሉ ናብ ገዝኡ (ናብ ዓመጺ) ይምለስ ነበረ። ብኸምዚ ዘዋህለሎ ገንዘብ፡ ካብ ገጠር እንቋቑሖ እና ገዚኡ ንድኳናት ኣስመራ ምክፍፋል ስራሑይ ኢሉ ተተሓሓዞ። ካብኡ ሓሊፉ ነቶም ኣብ መዓስከር ዝነበሩ ወተሃደራት ኢትዮጵያ ዓማዊሉ ገበሮም። ምስ ኣዛዚ'ቲ መዓስከር'ውን ሌላ ፈጠረ።

ሓደ መዓልቲ፡ ሻምበል ንገዝኡ ዝኸውን ብዝሕ ዝበለ እንቋቑሖ ከምጽኣሉ ተወከሶ'ሞ፡ ኣስመላሽ ሓምሳ ዝኸውን ሒዙሉ ኸደ። ሻምበል ኣብ ገዛ ኣይነበረን፣ ሰራሕተኛ'ያ ተቐቢላቶ፣ ገንዘብ'ውን ኣይነበራን። ኣስመላሽ ዘህውኽ ከምዘይብሉ ገሊጹ ክኸይድ ብግስ ብዝበለ፡ ሻምበል ምስ ዓጀብቱ መጽአ። ሓደ ወተሃደር ካብ ማኪና ነጢሩ ወሪዱ ነቲ ክኸይድ ዝተበገሰ ኣስመላሽ ብረት ኣቕኒዑ፡ "ደው በል!" በሎ። ኣስመላሽ ብየማናይ ኢዱ መትሓዚ እንቋቑሖ ሒዙ ጸጋማይ ኢዱ ንላዕሊ ሓፍ ኣበለ። ወተሃደር ቀረቦ።

"እንታይ ዝኾንካ ኢኻ?"

"ሻምበል . . . "

"ወተሃደር ናብዚ ኣምጽኣዩ!" በለ ሻምበል።

ኣስመላሽ ኢድ ነሲኡ ቐረበ።

ናብ ገዛ ክኣቱ ዓደሞ፣ ኣስመላሽ እታ ዝሓሰባ ሰመረትሉ፣ ኣተወ።

ድሕሪ ሓጺር ዘረባ፣

"ሻምበል፡ ደፊሩ ድኣ ኣይትበሉኒ'ምበር፡ ካብ ናብ ኣዲስ ኣበባ ምነገድኩ ነይረ፣ ግና ናይ ይሕለፍ ወረቐት ክረክብ ኣይከኣልኩን።"

"ወንበዴ ዲኻ?"

"ኣይኾንኩን!"

"ንምንታይ ድኣ ኣብዮሙኻ?"

ኣስመላሽ፡ መን ከምዝኣበዩን ከም ዝተሃላለኾን ገለጸሉ።

"እሞ ቡን ከተምጽእ ተስፋ እገብር። ናብ ስድራይ ዝሰዶ ንብረት ኣሎ'ሞ ክትማላኣለይ ኢኻ። በል ኪድ፡ ጽባሕ ናብ ቤት ጽሕፈተይ ምጽኣኒ!" ኢሉ ብፍሽኽታ ኣፋነዎ።

ኣስመላሽ፡ ካብ ታሕጓስ ዝተላዕለ እቲ ናይ እንቋቑሖ ገንዘብ ከይወሰዶ ኸደ።

ከምቲ ዝተባህሎ፡ ንጽባሒቱ ናብቲ ቤ/ጽ ከይዱ ሓንቲ ዕሽግቲ ደብዳበ ተወሃቢዩ። ብኸምዚ መገዲ ድማ ካብ ናብ ኣዲስ ኣበባ ንግዲ ጀመረ። እቲ ንግዲ ግና ምስ ፈተሸትን ስራሕተኛ ጉምሩክን እናተማቐልካ ዝስራሕ ነበረ፣ ክመልኮ ድማ ግዜ ኣይወሰደሉን። ብሓደ እዋን ተተኮሰ፣ ናብራ ስድራኡ ኣመሓየሸ።

ኣብ ራብዓይ ዓመቱ ኤርትራ ናጽነታ ተጓናጸፈት። እቲ ምዩቕ እናበልካ ዝስራሕ ዝነበረ ኣፍ ልብኻ ነፊሕካ ኾነ። ዕዳጋታት ትግራይ፡ ጎጃም፡ በጌምድር፡ ወሎን ኣዲስ ኣበባን ብኣቑሑት ኤርትራውያን ነጋዶ ኣዕለቕለቐ። ዊስኪታትን ካልእ ኣልኮላዊ መስተን ብኮንትሮባንዳ ናብ ኢትዮጵያ ተሰጋገረ። ኣስመላሽን መሰልቱን ዘይተኣደነ ሃብቲ ኣጥረዩ። ግና፡ ናይ ግዜ ሕቶ'ዩ ነይሩ'ምበር፡ ኣብ ትሕቲ ቀይዲ ምእታዎም ኣይተረፈን፣ ተቐየዱ።

ንሱ : ሽሕ'ኳ ካብ ናብ ኢትዮጵያ ይነግድ እንተ ነበረ፡ ኣብ ስራሕ ኮንትሮባንዳ ብዙሕ ኣይሰጠመን። ስለ ዝኾነ ድማ እዩ፡ ዘይ ከም ካልኦት፡ ክልተ ዓመት ተኣሲሩ ነጻ ዝተለቀ።

እምበኣርከስ፡ ጸጉ፡ "ነጋዳይ፡ ዶብን ደምን የብሉን!" ዝበሎ ኣብ ምርመራ ይደጋግማ ስለ ዝነበረን ብገለ መዳዩ ሓቅነት ዘለዎ ስለ ዝኾነን'ዩ ንኣስመላሽ ኣስሒቑዎ።

"ኣይመስለንን፡ ሓደ ሓደ እዋን ባዕሉ እቲ ስርዓት ከምኡ ከም ትኸውን'ዩ ዝገብረካ፣ ማለተይ ቁጽጽር እንተ ላሕሊሑ። ብዘይ ብኡ፡ ብዙሓት ነጋዶ እንተሃልዮም፡ ውድድር ስለ ዘሎ መኽሰብካ ከተጽብብ ትግደድ ኢኻ፣ እንተዘይኾነ ግና ከም ሞኖፖል ትሕዞ'ሞ ድልየትካ ትገብር፣ ክሳዕ ምብዕላግ'ውን ትበጽሕ።"

"ስለዚ ምስ ኢትዮጵያ ዝኾነ ይኹን ንግዳዊ ርክብ የብልካን?"

"የብለይን።"

ኮሎኔል ርእሶም ሓንቲ ስእሊ ክርእያ ኣቐበሎ።

ኣስመላሽ ርእዩዋ ሰንበደ። ስንባደኡ ክኸውሎ ኣይከኣለን፣ ኣብ ገጹ ተራእየ።

"ሰንቢድካ!"

"እዋእ! ዘየሰንብድ'ኮ ኣይኾነን!"

"እንታይ ኼንካ ሰንቢድካ?"

ኣስመላሽ ንኻልኢታት ትም በለ፣ ኣብቲ ክፍሊ ስቕታ ሰፈነ።

"እዚ ብወዝቢ ዝተሳኣልናዮ ስእሊ ናብዚ ምብጽሑ ገሪሙኒ!"

"እንታይ ማለት'ዩ ብወዝቢ?"

ኣስመላሽ ብኸመይ ምስቶም ክልተ ሰበ-ስልጣን ኤርትራ ከም ዝተሳእሉ ኣብራሃሎም።

"መን'ዮም ኣብቲ ስእሊ ዘለዉ?"

ንኽልቲኦም፡ ብፍላይ ንሓላፊ ቍጠባዊ ጉዳያት፡ ብቐረባ ስለ ዝፈልጦ፡ ገለጸሎም።

"እዚ ራብዓይከ?"

"ጀማል ነስረዲን ይበሃል። ኣብ ኢትዮጵያ'ዩ ዝነብር፣ ነጋዳይ'ዩ።"

"ኣበይ ትፋለጡ?"

ኣስመላሽ ነገራት ክሰቅሮ ጀመረ፣ ምስ ጀማል ኣበይን ብኸመይን ከም ዝተፋለጡ ገለጸ።

“ኣብ ዓዲ እንግሊዝ?” ሓተተ ኮሎኔል።

“እወ፡ ሓዳሩ ኣብ ሎንዶን'ዩ!”

“ኣብ ሶማል'ውን ነይሩ ዲኻ ዝበልካ?”

“እወ፡ ምስ ሓወ'ብኡ!”

“መን ይበሃል እቲ ሓወ'ብኡ?”

“ስዒድ።”

ኮሎኔል ርእሶምን እቶም ክልተ ብጾቱን ተጠማመቱ።

“ርክብኩም ማዕረ ክንደይ እዩ?”

“ብወዝቢ ኢና ተፋሊጥና፡ ኣብ ሎንዶን። ጀማል፡ ኤርትራዊ ኣብ ጥቓኡ ክቐርቦን ክቕርብን ኣይደልን'ዩ! ንኹሉ ሻዕብያ እዩ ዝብሎ። ገለ ፍርሂ ኣለዎ፡ ስም ሻዕብያ እንተ ጸዊዕካ'ዩ ገጹ ዝቀያየር። ኾይኑ ኸኣ፡ ድሕሪ ነዊሕ እዋን'ዩ ክኣምነንን ክቐርበንን ክኢሉ።”

“ብምንታይ'ዩ ኣሚኑካ?”

“ኣብ ንግዲ ዓለም ፖለቲካ ዓንቃጺ'ዩ፣ ብፍላይ ኣብ ኣፍሪቃ። ስለዚ፡ ስራሕካ ጥራይ ክትገብር'ዩ ዝምረጽ። ኣነ ድማ ብዛዕባ ኤርትራ ይኹን ኢትዮጵያ ኣልዒለሉ ኣይፈልጥን'የ፣ ንሱ'ውን ከምኡ። ሓደ መዓልቲ ግና ኣብ ልዕሊ ሻዕብያ ዘለዎ ጽልኢ ኣተንባሃለይ፣ ክስምዕ ከም ዘይደሊ ኣጠንቀቕኩዎ። ካብታ ዕለት'ቲኣ ኣነ ብዛዕባ ወያነ ንሱ ድማ ብዛዕባ ሻዕብያ ኣልዒልና ተዘራሪብና ኣይንፈልጥን ኢና።”

“ተላፊንኩም ኣብ ኢትዮጵያ ክትሰርሑ ግና ሓቲቱካዶ ይፈልጥ?”

“ትማሊ ዝተራኸብና፡ ብዛዕብኡ ክንዘራረብ'ዩ።”

“እሞ?”

“ኣነ ምስ ወያነ ክሰርሕ ሕልናይ ኣይገብረለይን'ዩ፣ ድልየት'ውን የብለይን።”

ኮሎኔል ርእሶም እታ ካልኣይቲ ስእሊ ንኣስመላሽ ኣቐበሎ፣ ተኲሩ ጠመታ። ዋላ ሓደ ነገር ኣይበሎቶን። ሓደ መንእሰይ ንበይኑ ኮፍ ኢሉ ዝስተ ኣዚዙ ጥራይ'ያ ተመልከት።

“መን'ዩ?” በለ ኣስመላሽ ንሰለስቲኦም በብተራ እናጠመተ።

“መን ምዃኑ ንስኻ ንገረና።”

“ኣይፈልጦን'የ!”

“እስኪ ብልክዕ ርኣዮ!”

ኣስመላሽ ነቲ መንእሰይ ርእይዎ ኣይፈልጥን'ዩ። ኤርትራዊ ይኹን ኢትዮጵያዊ ወይ'ውን ወዲ ካልእ ሃገር ኰስቶ ክብሎ ኣይከኣለን።

“ፈጺመ ርእየዮ ኣይፈልጥንየ።”

ኮሎኔል ርእሶም ሰዓቱ ርኣየ።

“ኣስመላሽ፡ ብጣዕሚ ኢና ነመስግን። ሓደ ኣጥቢቕና ክነጠንቅቐካ ዘለና ጉዳይ ኣሎ። ናብዚ ምምጻእካ ይኹን፡ እዚ ዝሓተትናካ ንማንም ሰብ፡ ዋላ ንብዓልቲ ቤትካ ከይትነግር። ሓበሬታ ምስ ተሰሎኽ፡ ብሕጊ ተሓታቲ ክትከውን ኢኻ፣ ኣብ ዘለኻ ሃሊኻ። ንሱ ጥራይ ዘይኮነ፡ ንሃገር ኣብ ሓደጋ ከም ዘእተኻ ተቖጺሩ ብኽድዓት ሃገር ክትሕተት ኢኻ። ሕጂ ምስታ ናይ ሰዓት ሸውዓተ ነፋሪት ናብ ዱባይ ክትምለስ ኢኻ። ኣብኡ ሓደ ናይ ርክብ መስመር ክንገብረልካ ኢና። ‘ቤንሁር’ ክብለካ'ዩ፡ ንስኻ ድማ

'መንሱራ' በሎ። ምሳና ክትሰርሕ ኢልና ኣይኮናን፡ ግና እዚ ዘለናዮ እዋን ኣዝዩ ተኣፋፊ ስለ ዝኾነ ሓበሬታ ምስ እንደሊ ብመስመርና ጌርና ክንረኽበካ ብምባል'ዩ። ንጀማል ከም ቀደምካ ቕረቦ፣ የቐንየልና፡" ኢሉ ከፋንዎ ብድድ በለ። እቲ ዘምጽኦ ናብ መዓርፎ ነፈርቲ ኣብጺሑ ኣሳፈሮ።

ኣስመላሽ፡ ኣብ ዝተፈላለየ እዋን ምስ ኮርፐረሽን ንግዲ ቀይሕ ባሕሪ ኾነ ምክልኻል ኣብ እታው ሃለኽቲ ነገራትን ጎማ ማኪናን ይተሓባበር ብምንባሩ ንህጹጽ ጉዳይ ናብ ኣስመራ ይጽዋዕ እንተ ነበረ፡ ኣይከምታ መዓልቲ እቲኣን። ኣብ ነፋሪት ምስ ተሳፈረ ፍኹስ'ኳ እንተበሎ፡ "ዘይሓሰብካዮ ርኽብሲ ኣይመርገም ኣይምርቓ" እናበለ ከሓስብ ብድኻም ተኻኢሉ ግምስስ በለ።

ሰዓት 13፡00

ኮሎኔል ርእሶም፡ ሰለስተ ሰዓት ደቂሱ ተሰአ። ንወዱ ካብ ቤት ትምህርቲ ከምጽእ ምስ ተበገሰ፣

"ርእሶም፡ ህጹጽ ጉዳይ ኣሎና፡" ክብል ሜጀር ጸጉ ደወለሉ።

ኮሎኔል ርእሶም፡ ብዓልቲ ቤቱ ንቖድም ንዕኡ ናብ ስራሕ ከተብጽሖ ነጊሩ ምሳሕ ከይበለዐ ናብ ቤት ጽሕፈቱ ኣምረሐ።

"ከመይ ውዒልና?"

"እዚ ሰብ፡ ጀማል ማለተይ'የ፡ የማናይ ኢድ ወያነ እንድ'ዩ!" ኢሉ ኮሎኔል ገና ኣብ መንበሩ ኮፍ ከይበለ ከሎ ሜጀር ጸጉ ዝርዝር ሓበሬታ ብጽሑፍ ኣቐበሎ።

"ጀማል ነስረዲን፡ ኣብ ኣዲስ ኣበባን መቐለን ዝቕመጥ፡ መብዛሕትኡ ወፍርታቱ ምስ ሓለፍቲ ወያነ ብምልፋን ዘካይድ ኤርትራዊ'ዩ። ኣብ መጀመርያ 1993 ካብ ዓዲ እንግሊዝ ናብ ኢትዮጵያ ብምኻድ ኣብ እታው መቀያየሪ ኣቕሑት ማካይን ክነጥፍ ጀመረ። ብዘይካኡ፡ ዓበይቲ ናይ ጽዕነት ማካይን እናምጽአ ንትካላት ህወሓት ክሸይጥ፡ ምስ ሓለፍቲ ተላፊኑ ኢይሸኮ ዝተባህላ ስርሓት ጥልያን ናይ ጽዕነት ማካይን ብብዝሒ ከእትውን ብፍላይ ምስ በላቸው ረዳኢ ክተዓራረኽን ዝኸኣለ ህርኩት ነጋዳይ'ዩ። ኲናት ኤርትሮ - ኢትዮጵያ ተወሊዑ ኤርትራውያንን ኢትዮጵያውያን ኤርትራዊ መበቆልን 'ዓይኒ ሕብርኹም ደስ ኣይበለናን' ተባሂሎም ኣብ ቅድሚ ቤ/ጽ ሕብረት ኣፍሪቃን ተጣበቕቲ ሰብኣዊ መሰላትን ብጅምላ ክስጎጉ ከለዉ፡ ጀማል ቤተ ሰቡ ክርኢ ኣብ ዓዲ እንግሊዝ'ዩ ነይሩ፣ ካብ ምስጓግ ድማ ንስክላ ደሓነ። መላፍንቱ ገንዘቦም ተኣሲሩዎም ጫቕጫቕ በሉ። ድሕሪ ብይን ኮምሽን ዶብ ኤርትራን ኢትዮጵያን ግና ናብ ኣዲስ ኣበባ ተመልሰ ፤ 2003።

"ጀማል፡ ብዜግነት ኤርትራዊ - እንግሊዛዊ'ዩ። ናብ ኣዲስ ኣበባ ምስ ተመልሰ ገለ ካብ መላፍንቱ ካብ ፈጻሚትን ማእከላይን ኮሚቴ ህወሓት ተባሪሮም ዓዲ ውዒል ኾይኖም ነበሩ። ይኹን'ምበር፡ ዓበይቲ ናይ ጽዕነት ማካይን፡ ጎማን መቀያየሪ ኣቕሑትን ኣብ ኣዲስ ኣበባን ትግራይን ይንግድ ብምንባሩ፡ ገንዘቦም ኣይጠለምምን፣ መለስሎም። ብልግሱ ዘይፈልጦ ሰብ ኣይነበረን፣ ብሓቂ ኣዝዩ ለጋስን ንዝተሸገረ ዝረድእን ቦቕቧቕ'ዩ።

“ሓንቲ ኣበር ግና ኣላቶ፣ ሻዕብያ ዝብል ቃል ምስ ዝሰምዕ ጉብ ጉብ'ዩ ዘብሎ።

“ኣቡኡ ኣቦይ ነስረዲን፡ ኣብ ደሴ ተወሊዶም ዝዓበዩ ኤርትራዊ እዮም። ቛንቋኦም ኣምሓርኛ'ዩ። ንዕኦም፡ ኤርትራ፡ ከምተን ካልኦት ክፍለ ሃገር ኢትዮጵያ ኾይና'ያ ትስመዖም። ንሶም፡ ኣብ ደሴ ብሓፈሻ ኣብ ክፍለ ሃገር ወሎ ብሃብቶም ዝና ዘትረፉ ነበሩ። ሃጼይ ሃይለስላሴ ተዓልዩ ወተሃደራዊ መንግስቲ ደርግ ኣብ ስልጣን ምስ መጽአ፡ ንብረቶም ተሃጊሩ፡ ዝናን ክብረቶምን ወዲቑ ብ 1981 ብጓሂ ዓረፉ። ጀማል ድማ ናብ ሶማል ተሰዲዱ እንዳ ሓወ'ብኡ፡ ኣቦይ ስዒድ ዓሊ መኪ ኣተወ።

“ጀማል፡ ከም ኣቡኡ፡ ኤርትራ ንዕኡ ኣይንታዩን ነበረት፣ ከሳዕ ናብ እንዳ'ቦይ ስዒድ፡ ናብ ሶማል ዝኸይድ። ወዲ ዓሰርተው ሸውዓተ ዓመት ጀማል ብዘይካ ኣምሓርኛ፡ ቛንቋ ኣዲኡ ሳሆ ኣይሰምዕን ነበረ። ኣብ ሶማል ብሓገዝ ኣቦይ ስዒድ ኣብ ትምህርቲ ኣተወ፣ ኣዝዩ ንፉዕን በሊሕን ብምንባሩ፡ ማትሪክ ሓሊፉ፡ ኣብ ዩኒቨርሲቲ ሶማል ሜካኒካል ኢንጂነሪንግ ክጽንዕ ጀመረ። ስድራ ኣቦይ ስዒድ ናብ ጀርመን ቅድሚ ምስዳዳ ኣብ ዓዲ እንግሊዝ ማህደረ ትምህርቲ ረኺቡ ነሓሰ 1985 ኸደ። 1989 ብሜካኒካል ኢንጂነሪንግ ብማስትረይት ዲግሪ ተመረቐ። ከሳዕ 1993 ድማ ኣብ ዝተፈላለያ ካምፓኒታት ተቖጺሩ ይሰርሕ ነበረ።

“ጀማል፡ ቀንዲ ጸላኢኡ ሻዕብያ እዩ። ሓደ ካብቲ ምስ ላዕለዎት ሓለፍቲ ህወሓት ዘሰማምዖ'ውን ንሱ ክይኾነ ኣይተርፍን'ዩ፡” ብምባል ካብ ሜጀር ጸጉ ዝተዋህቦ ሓበሬታ ኣንቢቡ ወደአ።

ኮሎኔል ርእሶም ንኻልኢታት ትም ኢሉ ጸኒሑ፣

“ሰዓት 15:30 ኣኼባ ኣብዚኣ፡” ኢሉ ብድድ ብምባል ናብ ጀነራል ኣብራሃም፡ ሓላፊ ቤ/ጽ ወኪል ሃገራዊ ድሕነት ኤርትራ፡ ኣምረሐ።

ድሕሪ ነዊሕ ዘተ፡ እቶም ክልተ ሰባት፡ ጀማልን እቲ መንእሰይን ምስ መንግስቲ ህወሓት ዘለዎም ምትእስሳርን ኣብ ስለያ ዝሰርሑ ምኽኖምን ዘይምኽኖምን ደቂቕ ብደቂቕ ክጽናዕ ኣብ ምርድዳእ በጽሑ። ንዕኡ እትከታተል ሓንቲ ጉጅለ ክትቀውም ጀነራል ኣብራሃም መምርሒ ሂቡ ኣፋነዎ።

ምዕራፍ 6

ኣስመራ
ኣልፋሮማዮ
ጐደና 175-1
ረቡዕ 24 መጋቢት 2010

ኮሎኔል ርእሶም፡ ሓንቲ ሰለስተ ዝኣባላታ ጉጅለ ኣቖመ። ነታ ጉጅለ ሜጀር ጸጉ በራኺ ወልደንኪኤል ከማእከላ፡ ስርሓ እንታይ ምዃኑ፡ መዓልታዊ ጸብጻብ ከቕርበሉን ካብ ቤ/ጽ ሃገራዊ ድሕነት ወጻኢ ቤ/ጽ ክኸፍቱን መምርሒ ሂቡ ኣፋነዎም።

ኣብ ኣልፋሮማዮ፡ ኣብ ከባቢ ባር ኣኩላ፡ ነቲ ስራሕ ዝበቅዕ ሓደ ቪላ ተረኸበ። ሜጀር ጸጉ ከይዱ ርኣየ። ዘድሊ ናይ ቤ/ጽ ኣቑሑትን ኮምፒተራትን ተዋደደሉ። እቲ ስራሕ ኣዝዩ ህጹጽ ብምንባሩ፡ ኣዝዩ ስሉጥ መርበብ ኢንተርነት ኣተዎ። ሜጀር ጸጉ ሓንቲ ጽሓፊት፡ ሓደ ክኢላ ኮምፒተርን ቴክኖሎጂ ሓበሬታን (IT) ክወሃቦ ንኮሎኔል ርእሶም ጠለብ ኣቕረበሉ፣ ተወሃቦ ኸኣ።

ኣቦይ ስዒድ፡ ካብ 1988 ኣትሒዞም ምስ ክፍሊ ስለያ ህዝባዊ ግንባር ይሰርሑ ብምንባሮም፡ ኦርኒኮም ሓደ ብሓደ ክጽናዕን ኣብቲ ተመዲቡ ዘሎ ተልእኾ ብኸመይ ከም ዝዋስኡ ክእምም ንሜጀር ጸጉ መምርሒ ተወሃቦ። ምስ ኣቦይ ስዒድ ቅርበት ኣለዎም ዝበሃሉ ናይ ቐረባ ቤተ-ሰብ ከይተረፈ ሓደ ብሓደ ተጸንዑ፣ ዝርዝር ሓበሬታ ንኮሎኔል ርእሶም ቀረበሉ። ጀማል ድማ ወዲ ሓዎም ኾይኑ ተረኸበ።

ኮሎኔል ርእሶም፡ ንስለያዊ ስርሓት ኣቦይ ስዒድ በብሓደ ተመልከቶ። ብዛዕባ ጀማል ዝተረኸበ ሓበሬታ ግና ንኣቓልብኡ ስሓቦ።

ጀማል መን ምዃኑ፣ ኣብ ምንታይ ንጥፈታት ተዋፊሩ ይሰርሕን ምስ መን ይራኸብን ብኣቦይ ስዒድ ከም እተጻሕፈት ተመልከት ናይ ጽሑፍ ሓበሬታ ረኸበ።

ጀማል፡ ምስ ሓደ መንሱር ዝተባህለ ላዕለዋይ መሪሕነት ተሓኤ ዝነበረ፡ ድሕሪ

ምብትታና፡ 'ጅሃድ ኣል እስላሚያ ኤርትራያ' ዝብል ስም ዝለበሰ ብሰልፊ እስላማዊ ግንባር ሱዳን ዝምወል ጉጅለ ዝመስረተ እስማዒል ሙስጠፋ ዝተባህለ ሰብ ኣብ ለንዶን ተፋለጠ። ጀማል፡ ካብ ኣየናይ ብዘየገድስ፡ ብስም ሃይማኖት ዝፍጸም ግብረ - ሽበራዊ ተግባራት ዘውግዝ እንተ ነበረ'ኳ፡ ብድፍኢት እስማዒል ሙስጠፋ ጭሕሙ ከንውሕን ኣብ ልዕሊ ኣመንቲ ካልእ ሃይማኖት ዘይእሩም ዘለፋታት ከስምዕን ጀመረ። ብሰንኩ ድማ ምስ ኣቦይ ስዒድ ምቅዳው ሰኣነ፣ ዝምድናኡ በተኸ።

ኣብ ነሓሰ 1990 እዩ። መንሱር፡ 'ጅሃድ ኣል እስላምያ ኤርትርያ' ናብ ኤርትራ ሰሊኹ ብምእታው ኣብ ከተማ ኣቑርደት ኣብ ዝበዓል ዝኸሪ መበል 29 ዓመት ምምስራት ብረታዊ ቃልሲ ህዝቢ ኤርትራ ነቲ ህዝቢ ዘሸብር ስርሒት ከካይድ ምዃኑ ምስ ነገሮ፡ ጀማል ነቲ ግብረ - ሽበራዊ ሓሳብ ብትሪ ተቓወሞ፣ ክረዳድኡ ኣብ ዘይኽእሉሉ ደረጃ ድማ በጽሑ። ሕሉፍ ሓሊፉ'ውን፡ እዚ ምስ ዝገብር ንፖሊስ ዓዲ እንግሊዝ ክሕብር ምዃኑ ኣፈራረሖ፣ ዝምድናኦም ተቛረጸ፣ ጀማል ናብ ቀልቡ ተመልሰ።

ኮሎኔል ርእሶም፡ እታ ኣቦይ ስዒድ ንወዲ ሓዎም ኣመልኪቶም ዝሰደድዋ መልእኽቲ ሓደ ነገር ኣመተትሉ፣ ጀማል፡ ኣብ ከምኡ ዝኣመሰለ ግብረ - ሽበራዊ ስርሓት ኢዱ ከመልስ ከም ዘይደልን ብድሕሪኡ'ውን ከም ዘይመለሰን። ግና፡ "ንምንታይ ኣብ ልዕሊ ሻዕብያ ክንድቲ ጽልኢ?" ዝብል ክምለስ ዝነበሮ ሕቶ ነበረ። እቶም እንኮ ነዚ ክምልሱ ዝኽእሉ ሰብ ኣቦይ ስዒድ ነበሩ። ስለዚ፡ ሓደ ሰብ ናብ ኣቦይ ስዒድ ናብ ጀርመን ክላኣኽ ነይሩዎ፣ ሜጀር ጸጉ። ድሕሪ ሰለስተ መዓልቲ ኸኣ ናብ ፍራንክፈርት በረረ።

ጀማል፡ ዝኾነ ይኹን መበገሲ ኣይነበሮን፣ እንትርፎ እቲ ሻዕብያ ናይ ክርስትያን ውድብ'ዩ እናተባህለ ብኣቦይ ስዒድን ኣብ ስደት ዝርከቡ ላዕለዎት ሓለፍቲ ተሓኤ ነበር ዝተነግሮን፡ ደርግ፡ 'ሻዕብያ ንኢትዮጵያ ክበታትን'ዩ ዝዋጋእ ዘሎ!' ዝብሎ ዝነበረን እንተ ዘይኾይኑ፡ ብዛዕባ ኤርትራን ሻዕብያን ኣፍልጦ ከምዘይብሉ ኣቦይ ስዒድ ኣብቲ ኣብ ከተማ ዳርምሽታት ዝርከብ ስቱር ገዛ (safe house) ኣብ ዝተራኸቡሉ ንሜጀር ጸጉ ኣስፊሖም ገለጹሉ። ንሱ ጥራይ ግና ኣይነበረን። ጀማል፡ ኣብ ጥቅምቲ 1992 ዓዲ ኣቡኡ ክርኢ ናብ ኤርትራ ምስ ኣተወ ብጥርጣረ ኣብ ትሕቲ ቀይዲ ኣትዩ ምንባሩ ሓበሬታ ሃብዎ።

ሓደ ምዕራፍ ተዓጽወ፣ ጀማል፡ ምስ ሰበ ስልጣን ህወሓት እንትርፎ ንግዲ ካልእ ዘተኣሳስር የብሉን ኣብ ዝብል መደምደምታ ተበጺሑ ፣ ሜጀር ጸጉ ድማ ናብ ኣስመራ ተመልሰ ።

ኮሎኔል ርእሶም ብምሉእ ልቡ ንጀማል ኣይኣመኖን፣ ተጠራጠረ። ምስቲ ኣብ ስእሊ ዝርኣዮ መንእሰይ ዝምድና ከይህልዎም ጠርጠረ፣ ኣሕመድ ዜን ክከታተሎ መምርሒ ሃበ። ካብቲ ዝሓሰቦ ኣይወጸን፣ ድሕሪ ሰለስተ ሰሙን፡ ጀማል፡ ምስቲ መንእሰይ ኣብ ዱባይ ብሓባር ክድረሩ ተራእዩ።

ምዕራፍ 7

※ ኣብ ሩስያ ብምብራር ስኾይ 27 ን ሚግ 29 ን ሰልጢንካ። ናብ ኢትዮጵያ መዓስ ተመሊስ ኢኻ ዝበልካ?

ኣብ መጋቢት 2003። ድሕሪ ሰለስተ መዓልቲ ካብ ኣዲስ ኣበባ ናብ መቐለ ብምኻድ ምስ ስማቸው ኣሰፋው ተጋኒና።

ብዛዕባ ሻዕብያ እንታይ ከም ዝፈልጥ ሓተተኒ። ከምቲ ዝበልኩዎ፡ ብሓደ ወገነይ ማለት ብእኖሓጎይ ኤርትራዊ መበቆል ከም ዘለኒ ፈሊጠ'ኳ እንተ ነበርኩ፡ ካብ ብንእሽቶይ ማለት ካብ ደደቢት ጀሚሩ ኣብ ልዕሊ ሻዕብያ ጽልእን ቅርሕንትን ከም ዘጥሪ ኾይነ ዝዓበኹ ብምኳነይ፡ ሽዑ'ውን ኣርኣእያይ ብኡ መጠን'ዩ ነይሩ፣ ኣዝዩ ኣሉታዊ። ካብ ዝፍለጠኒ፡ ከምቲ ኣብ ሃገራት ዓረብ ቈልዓ ኣብ ትምህርቲ ፈተና እንተ ተረፈ "እስራኤል'ኳ'ያ ኣትሪፋቶ" ይብሉ ዝበሃል፡ ንዓና'ውን ኩሉ ጸገማትና ምስ ሻዕብያ ዝተኣሳሰረ ምኳኑ'ዩ ተነጊሩና። ኣምሓራ ሰላማዊ ሰልፊ እንተ ገይሮም፡ ሻዕብያ ደፋፊእዎም፣ ኦሮሞ እንተ ተቓዊሞም ሻዕብያ ኣጆኹም ኢሉዎም፣ ኣብ ኦጋዴን ተኹሲ እንተ ተሰሚዑ ሻዕብያ ኣዕጢቑዎም፣ ኮታስ ምስ ሻዕብያ ዘይተኣሳሰር ጉዳይ ኢትዮጵያ ኣይነበረን፣ የለን ድማ። ብፍላይ ንሕና ተጋሩ ክልተ ዓበይቲ ጸላእቲ ኣለውና ተባሂልና ኢና ተኹስኪስና፣ ሻዕብያን ኣምሓራን። ስለዚ፡ ብኸምዚ ሰረተ-እምነት ዝዓበኹን ዝተመልመልኩን ስለ ዝኾንኩ፡ ኣይኾነንዶ ምስጓጉ ኤርትራውያን ከጕህየኒ፡ ናይ እኖሓጎይ'ውን ኣይንታየይን ነበረ፣ ጽቡቕ ገበሩ በልኩ።

እምበኣርከስ፡ ካብ ከምዚ ኣርኣእያ ዘለዎ ሰብ ስማቸው እንታይ ይጽበ ነይሩ? እወ! ኣብ ልዕሊ ሻዕብያ ክገልጾ ዘይኽእል ጽልኢ'ዩ ነይሩኒ፣ ብኸምኡ ስለ ዝተኾስኮስኩ።

ኣብ መመረቕታ ሓይሊ ኣየር ኤርትራ ምስ ኣቦይ ናብ ኣስመራ ኣብ ዝመጸኣኹሉ እዋን ወዲ ዓሰርተው ሓሙሽተ ዓመት'የ ነይረ። ይዝከረኒ፡ ድሕሪ ምረቓ ምስቶም ኣብቲ ጽምብል ዝተኻፈሉ ሰበ ስልጣን ትግራይ፡ ናብ ባጽዕ ወሪድና። ኣብ ገርጉሱም፡ ኣብቲ

ጽላል ዝተዘርገሐ መኰፈሊ ኢና ኔርና። ዕላሎም፡ ትግራይ ኣፍደገ ባሕሪ ክህልዋ ከም ዝግባእ'ዩ ነይሩ። እቲ ወግዒ መሲጡኒ እዝነይ ተኺለ ክሰምዕ ዘስተብሃለ ኣቦይ 'ንዓናይ ንሓምብስ;' ኢሉ ብኢደይ ሒዙ ወሰደኒ።

ኣቦይ፡ ዕላሎም ባህ ኣይበሎን፣ ኣዝዩ ተረቢጹ ነበረ፣ ሓሙሽተ ደቒቕ ኣይሓምበስናን፡ ንውጻእ በለኒ።

"እዋእ! ሕዚ ኣቲናስ ከይሓምበስና ክንወጽእ?"

"እንታይ'መሲሉካ፡ ሓደ ሓደ እዋን ሰባት ዝዛረብዎ ኣይፈልጡን እየም፡ ብፍላይ ኣብ ቅድሚ ቈልዑ።"

"እንታይዶ ኢሎም'ዮም?"

"ሓንቲ ዝሕልቲ ቢራ እንታይ ትብለኒ፣ ንሰኻ ድማ ኮካኮላ?" ኢሉ ንሕቶይ ጐስዩ እናሰሓቐ ናብቲ ክፉት ኣዳራሽ ሒዙኒ ኸደ፣ ሓደ ሰዓት ንበይንና ኣብኡ ኮፍ በልና። ብዘይ ዕረፍቲ ነታ ሓንቲ ኣጥፊኡ ነታ ካልእ ሽጋራ ወሊዑ የትክኽ ነበረ። ሕዚ ተመሊሰ ክሓስቦ እንተለኹ፡ ምስ ሰበ ስልጣን ትግራይን ማእከላይ መንግስትን ዘየቃዱ ነገር ከም ዝነበሮ'ዩ። ብኡ ምኽንያት ከይኾነ'ውን ኣይክተርፍን'ዩ ብመዓርግ ካብ መዛንኡ ኣዝዩ ዝተሓተ ዝነበረ፣ ኮሎኔል።

ከምኡ ኮይኑ ግና፡ ኣቦይ፡ ብባህሪኡ ብንእሽቶ እንጀራ ዝዓግብ ሰብ'ዩ ነይሩ፣ ከቝረምርም ሰሚዐዮ ኣይፈልጥን'የ። ኣለፈሽ ግና፡ ኣቦይ ሜጀር ጀነራል ዝግበኦ፡ ካብ ማንም ሰብ ንላዕሊ ዕላማ ህወሓት ከዐውት ዝጎየየ ተባዕ ተጋዳላይ፡ ንጌጋ ብዘይ ሌላ ጉሌላ ዝነቅፍን ዘለዎ ዝህብ ለጋስ ምንባሩን'ያ ትገልጾ። እወ፡ ኣቦይ ኣዝዩ ለጋስ'ዩ ነይሩ፣ ካብ ማኪና ወሪዱ'ዩ ንለማኖ ናይ ጁብኡ ጓሕጒሑ ዝቶኩብ። ንምንታይ ኲስቶ ይብደል ብምባል ንኻልኦት ክሓልፈሎም'ምበር፡ ከምዚ ኾይነ ኢሉ ክዛረብ ሰሚዐዮ ኣይፈልጥን'የ።

ስማቸው ንጣር መበቆለይ ኣብ ግምት ኣእትዩ ብዛዕባ ሻዕብያ ምስ ሓተተኒ፡ ካብቲ ኣብ ማዕከናት ዜና ዝሰማዕኹዎን ኣብ ሓይሊ ኣየር ዝንገረና ዝነበረን ንላዕሊ ብዛዕባ ሻዕብያ ክብሎ ዝኽእል ኣይነበረንን።

ድሕሪ ኣብ ሓይሊ ኣየር ደብረዘይት ምምራቕና፡ ንዓና ንተጋሩ ጥራይ ኣብ መቐለ ዕጹው ግብጃ ተገይሩልና ነይሩ። ኣብቲ ግብጃ፡ ሚኒስተር ጉዳያት ወጻኢ፡ ሓለቓ ስታፍ ምክልኻል ኢትዮጵያ፡ ኣዛዚ ሓይሊ ኣየርን ካልኦትን ተኻፊሎም ነይሮም። ሓለቓ ስታፍ ምክልኻል ኢትዮጵያ ጀነራል ዮሱፍ ኣገዳስነት ህላወ ተጋሩ ኣብ ሓይሊ ኣየርን ክዋሃቦም ዘለዎ ሓለፋታትን መደረ። ኣዛዚ ሓይሊ ኣየር ጀነራል ኣበራ፡ ተራ ሓይሊ ኣየር ኣብ ኲናት ኢትዮ-ኤርትራ ብፍላይ ኣበርክቶ ተጋሩ ኣብረርቲ ነፈርቲ ውግእ መብርሂ ሃበና። ብተጋሩ ጥራይ ዝምራሕ መደበር ሓይሊ ኣየር ኣብ ትግራይ ክቐውም፡ ንሕና ድማ ኣብ ምቛሙ ዓቢ እጃም ክህልወና ምዃኑ ኣተስፈወና። ኣብ ዝሓጸረ እዋን እተን ኣብ ደብረዘይቲ ዝርከባ ነፈርቲ ውግእ ናብ መቐለ ክመጻ ምዃነን ገለጸልና፣ ኣዝየ ተሓጐስኩ፣ ትግራይ ናይ ገዛእ ርእሳ ሓይሊ ኣየር ክህልዋ ተሃንጠኹ። ክሊ ኣየር ትግራይ፡ ሰኾይ፡ ሚግን ሄሊኮፕተራትን ክበረአ ተራእየኒ። ስለዚ፡ ነዚ ሰረተ-እምነት ሒዘ'የ ናብ ሩስያ ከይደ። ንስማቸው ድማ ነቲ ዕላማ ከተግብር ተጊህ ከም ዝሰርሕ ቃል ኣተኹሉ።

ስማቸው፡ ብዙሕ ኣይተዛረበን፡ ኣይሓተተን፣ ሰዓቱ ርእዩ ኣመስጊኑኒ ብድድ ኢሉ ኸደ።

ድሕሪ ክልተ መዓልቲ ንታዕሊም ናብ ሓደ ካብ መቐለ ኣስታት 110 ኪሎ ሜተር

ኣቢሉ ኣብ ዝርከብ ጭው ዝበለ በረኻ ተወሰድኩ።

እቲ ቦታ ኣብ መንጎ ከተማታት ማይጨውን ኮረምን'ዩ። ኣሸንጌ ሃይቅ (ቀላይ ኣሰንጌ) ዝርከበሉ ከባቢ'ዩ። ትግራይ ነቲ ከባቢ ቅድሚ ኣብ ክልላ ምጥራራ ናይ ኣውራጃ ወሎ ዝነበረ ኾይኑ ደቂ ራያ ዝቕመጥትሉ'ዩ።

እቲ ዝነበርናዮ ኣካባቢ ዓድታት ኣይነበሮን፡ ጭው ዝበለ ዱር እዩ። ንዓሰርተው ሽዱሽተ ሰባት በብውልቅና ናብኡ ወሰዱና። ኣነ'የ ድሕሪ ኩሎም ናብኡ ከይደ። ኣብቲ ቦታ፡ ዓሰርተ ብእምኒ ተነዲቑ ልዕሊኡ ዝተሃደመ ህድሞታት፡ ክልተ ብኣዕኑድ እተሰርሐ ሰፋሕቲ ክፍልታት፡ መመገቢ ኣዳራሽን ሓደ ገፊሕ ክሽነን ነበረ። ኣብተን ኣርባዕተ ህድሞ፡ ኣብ ነብሲ ወከፈን፡ ኣርባዕተ ሰባት ንድቅስ። ኣብታ ሓሙሻይቲ ሓሙሽተ መማህራን፣ ኣብታ ሻድሻይቲ ሓላፊ መዓስከር፣ እታ ሻውዓይቲ መኽዘን፣ ሻሙነይቲ መዳቕሶ ኣሳሰይቲ፣ ታሽዓይቲ መዘናግዕን ዶኩመንታሪ ፊልምን ዝርኣየላ፣ ዓስረይቲ ቤት ጽሕፈት ሓላፊ እየን። ኣብ ሓደ ብኣግራብ ዝተሸፈነ ቦታ ዓሰርተ ነናይ ዕስራ ፊስቶ መዕቐሪ ማይ - *ታንከር* -ይርከብ። እቲ መዕቐሪ ማይ ንሓድሕዱ ብትቦታት ተኣሳሲሩ ናብ ክሽነ ይኹን ናብ መሕጸቢ ነብስን ዓይኒ ምድርን ብትቦታት ይኸይድ። ድምጺ ብጭራሽ ዘይትስማዕ ናይ 25 ኪሎ ዋት ጀነሬተር ነቲ መዓስከር ለይትን መዓልትን ተብርሆ። ብሓጺሩ፡ እቲ መዓስከር፡ ኩሉ ዘማለአ ነበረ።

ናብቲ ቦታ ንኸትኣቱ ሰለስተ ኬላታት ትሓልፍ። ኣብታ ኣብ መንጎ ክልተ ዓበይቲ ኣእዋም ዝቔመት ናይ መጀመርያ ኬላ ብኽልተ ሸነኽ ዓበይቲ ጎቦታት ኣሎ። ሰለስተ ካላሽን ዝዓጠቑ ሓለውቲ ክህልዉ ከለዉ፡ ብዘይካ እቲ ሒዙና ዝመጸ፡ ሓላፊ ምዃኑ'ዩ፡ ኣነን እቲ መራሒ ማኪናን ብዘይካ ሙታንቲ ኩሉ ክዳውንትና ኣውጺእና ተፈተሽና፣ ገረመኒ። ኣብታ ካልኣይቲ'ውን ብተማሳሳሊ ተፈተሽና፣ ኣብታ ሳልሰይቲ ድማ ሰዓትና ከይተረፈ ዘለና ንብረት ኣረከብና። ህወሓት፡ ሕቡእ መዓርፎ ነፈርቲ ሰሪሑ ኣሎ ኢለ ሓሰብኩ።

መራሒ ማኪና፡ ኣብታ ሳልሰይቲ ኬላ ተረፈ፣ ኣነን እቲ ምሳይ ዝመጸን ብእግርና ኣስታት 600 ሜተር ተጓዒዝና ኣብተን ህድሞታት በጻሕና፣ ብቐጥታ ድማ ናብ ሓንቲ ህድሞ ኣተና። እታ ህድሞ ቤ/ጽ ምዃና'ያ፣ ብስርዓት ዝተፈርነሸት እያ። ንእለቱ ዝብላዕ መጻና። ኣዝየ ጠምየ ስለ ዝነበርኩ፡ ሃርገፍገፍ እናበልኩ በላዕኩ። ድሕሪ ቍሩብ ደቓይቕ፡ ሓደ ዝወሰደኒ ሰብ ብራድዮ ርክብ ተጸወዐ።

"ኬድካ ኣዕርፍ፣ ድሕሪ ሓደ ሰዓት ሓደ ሰብ ክጽውዓካ'ዩ። ብዘይ ፍቓድን መምርሕን ካብታ ህድሞ ምውጻእ ኣይፍቀድን'ዩ፣ ናብ ካልእ ህድሞ'ውን እንተኾነ። ስምካ ሓሰን ዓሊ ከዲር'ዩ፣ ኣይትረስዕ፣ እዚ መንነት ወረቐትካ'ዩ። ስምካ ኣጽናዕዮ፣ ብጌጋ'ውን ይኹን ናይ ብሓቂ ስምካ ምስ ትነግር ካብዚ መዓስከር ንዘልኣለም ኣይክትወጽእን ኢኻ፡" ብምባል እቲ ካብ መቐለ ክሻብ ኣብቲ ቦታ ንበጽሕ ሓንቲ ቃል'ውን ትኹን በጨቕ ዘየበለ፡ ድምጹ ሰማዕኩዎ፣ ጎርናዕ ደሃሊ ድምጺ።

ኣብታ ህድሞ ሰለስተ ሰባት ጸንሑኒ፣ ከካብ ወተሃደራዊ ዓራቶም ብድድ ኢሎም ሰላም በሉኒ። ሕልሚ ሓይሊ ኣየር ትግራይ ካብ ውሽጠይ ክበንን ተፈለጠኒ።

※ እቲ ካብ መቐለ ሒዙካ ዝኸደ ሰብ፡ መን ይበሃል?

ዓብደልቃድር።

※ ናይ ሓቂ ስሙ ድዩ?

ኣይኮነን! ኩሕላይ ኣረጋዊ'ዩ ዝበሃል።

※ ኣብቲ ከባቢ መዓስከር፡ ሰብ ኣይንቀሳቐስን ድዩ?

ኣብቲ ከባቢ ዓድታት ዝባሃላ የለዋን፣ ኣዝየን ርሒቐን'የን ዝርከባ። ስለዚ ናብኡ ገጹ ተወስ ዝብል ሰብ ኣይርከብን'ዩ።

※ ኣጋጢሙ ይፈልጥዶ?

እወ።

※ እንታይ ገበርኩሞ?

ኣሕቒቕናዮ።

※ ቀጽል።

ካብ መቐለ ተበጊስና ኣስታት 93 ኪሎሜተር ተጓዒዝና ንማይጨው ንየማን ገዲፍና ናይ ሓመድ ጽርግያ ሒዝና ኣብ ሓደ ዱር በጺሕና። ዝኣተናሉ እዋን ከባቢ ፍርቂ መዓልቲ'ዩ። ናይቲ ብቕድሚኡ ምሸት ዘምሰኹዎን ሰዓት ሽዱሽተ ወጋሕታ ዝተሳእኹዎን ደኺመ ብምንባረይ ጎቦ ከኸውን ፈተንኩ፣ ንስሙ ድኣለይ ኣዒንተይ ሰም ኣቢለ'ምበር፡ ድቃስ በየን ኣቢሉ ከመጸኒ፣ ደንጽዩኒ። ድቃስ ሸለብ ከብለንን እታ ሰዓት ኣሻቦኣ ኣኺላ፡ "ሓሰን ዓሊ ከዲር!" ዝብል ጸዊዒት ኣሰንቢዱኒ ብር ክብልን ሓደ ኾነ።

ኣብ ኢዱ ፋይል ዝሓዘ ኣብ ክሊ ዕድመ 37 ዝበጽሕ ብዓል ድልዱል ሰውነት፡ ኮንጎ ጫማን ቀጠልያ ኮምፕላስዮኒን ዝወደየ ሰብ ኣብ ቅድመይ ደው ኢሉ ርኣኹ። ካብታ ጎድና ሓደ ሜትሮ ዘይትኸውን ወተሃደራዊ ዓራት ብሓውሲ ብዕጋገ "ኣቤት!!" ኢለ ሰንቢደ ተሳእኩ፣ እቶም ካልኦት'ውን ስሞም ተጸዊዖም ብድድ በሉ።

"ሓሰን ምራሕ! ሰለስቴኹም ብወተሃደራዊ መስርዕ ተኸተሉዎ!" ኢሉ መሪሑና ናብ ሓደ ኣብ ትሕቲ ኦም ብስርዓት ዝተቐርጸ ሽዱሽተ መኰፈሊ ዝርከቦ ቦታ ወሰደና። እቶም ከማይ ኣብ ክሊ 21 ዓመት ዝርከቡ መንእሰያት፡ ወተሃደራት ምዃኖም ካብ ኣሳጕማኦም ይፍለጡ ነበሩ።

"ደውውው በል!!!"

ኩላትና እግርና ብወተሃደራዊ ኣቃውማ መሬት ብሓይሊ ሃሪምና ደው በልና።

"ኣብዘለኻዮ፡ ንየማ. . .ን ዙር!!!"

ሕዚ'ውን ብወተሃደራዊ መስርዕ ናብ የማን ዞርና።

"ዕ. . . ረፍቲ!!" በለና'ሞ ኩላትና ኣእጋርና ሰላሳ ሰንቲ ሜተር ኣጋሕሺንና ክልተ ኣእዳውና ናብ ድሕሪት ኣጣሚርና ደው በልና።

ብዘይካይ፡ እቶም ዝተረፉ ሓንቲ መዓልቲ ኣቐዲሞም'ዮም ናብቲ ቦታ መጺኦም፣

ኣቢሉ ኣብ ዝርከብ ጭው ዝበለ በረኻ ተወሲድኩ።

እቲ ቦታ ኣብ መንገ ከተማታት ማይጨውን ኮረምን'ዩ። ኣሸንጌ ሃይቅ (ቀላይ ኣሰንጌ) ዝርከበሉ ከባቢ'ዩ። ትግራይ ነቲ ከባቢ ቅድሚ ኣብ ክልላ ምጥራራ ናይ ኣውራጃ ወሎ ዝነበረ ኾይኑ ደቂ ራያ ዝቕመጥሉ'ዩ።

እቲ ዝነበርናዮ ኣካባቢ ዓድታት ኣይነበሮን፡ ጭው ዝበለ ዱር እዩ። ንዓሰርተው ሽዱሽተ ሰባት በብውልቅና ናብኡ ወሰዱና። ኣነ'የ ድሕሪ ኩሎም ናብኡ ከይደ። ኣብቲ ቦታ፡ ዓሰርተ ብእምኒ ተነዲቑ ልዕሊኡ ዝተሃደመ ህድሞታት፡ ክልተ ብኣዕኑድ እተሰርሐ ሰፋሕቲ ክፍልታት፡ መመገቢ ኣዳራሽን ሓደ ገፊሕ ክሽነን ነበረ። ኣብተን ኣርባዕተ ህድሞ፡ ኣብ ነብሲ ወከፈን፡ ኣርባዕተ ሰባት ንድቅስ። ኣብታ ሓሙሽይቲ ሓሙሽተ መማህራን፣ ኣብታ ሻድሽይቲ ሓላፊ መዓስከር፣ እታ ሻውዓይቲ መኽዘን፣ ሻሙነይቲ መዳቕሶ ኣሳሰይቲ፣ ታሽዓይቲ መዘናግዕን ዶኩመንታሪ ፊልምን ዝርኣየላ፣ ዓስረይቲ ቤት ጽሕፈት ሓላፊ እየን። ኣብ ሓደ ብኣግራብ ዝተሸፈነ ቦታ ዓሰርተ ነናይ ዕስራ ፊስቶ መዕቖሪ ማይ - *ታንከር* -ይርከብ። እቲ መዕቖሪ ማይ ንሓድሕዱ ብትቦታት ተኣሳሲሩ ናብ ክሽነ ይኹን ናብ መሕጸቢ ነብስን ዓይኒ ምድርን ብትቦታት ይኸይድ። ድምጻ ብጭራሽ ዘይትስማዕ ናይ 25 ኪሎ ዋት ጀነሬተር ነቲ መዓስከር ለይትን መዓልትን ተብርሆ። ብሓጺሩ፡ እቲ መዓስከር፡ ኩሉ ዘማለአ ነበረ።

ናብቲ ቦታ ንኸትኣቱ ሰለስተ ኬላታት ትሓልፍ። ኣብታ ኣብ መንገ ክልተ ዓበይቲ ኣእዋም ዝቑመት ናይ መጀመርያ ኬላ ብኽልተ ሽነኽ ዓበይቲ ጎቦታት ኣሎ። ሰለስተ ካላሽን ዝዓጠቑ ሓለውቲ ከህልዉ ከለዉ፡ ብዘይካ እቲ ሒዙና ዝመጸ፡ ሓላፊ ምኳኑ'ዩ፡ ኣነን እቲ መራሒ ማኪናን ብዘይካ ሙታንቲ ኩሉ ክዳውንትና ኣውጺእና ተፈተሽና፣ ገረመኒ። ኣብታ ካልኣይቲ'ውን ብተማሳሳሊ ተፈተሽና፣ ኣብታ ሳልሰይቲ ድማ ሰዓትና ከይተረፈ ዘለና ንብረት ኣረከብና። ህወሓት፡ ሕቡእ መዓርፎ ነፈርቲ ሰሪሑ ኣሎ ኢለ ሓሰብኩ።

መራሒ ማኪና፡ ኣብታ ሳልሰይቲ ኬላ ተረፈ፣ ኣነን እቲ ምሳይ ዝመጸን ብእግርና ኣስታት 600 ሜተር ተጓዒዝና ኣብተን ህድሞታት በጻሕና፣ ብቐጥታ ድማ ናብ ሓንቲ ህድሞ ኣተና። እታ ህድሞ ቤ/ጽ ምኳና'ያ፣ ብስርዓት ዝተፈርነሸት እያ። ንእለቱ ዝብላዕ መጻና። ኣዝየ ጠምየ ስለ ዝነበርኩ፡ ሃርገፍገፍ እናበልኩ በላዕኩ። ድሕሪ ቍሩብ ደቓይቕ፡ ሓደ ዝወሰደኒ ሰብ ብራድዮ ርክብ ተጸወዐ።

"ኬድካ ኣዕርፍ፣ ድሕሪ ሓደ ሰዓት ሓደ ሰብ ክጽውዓካ'ዩ። ብዘይ ፍቓድን መምርሕን ካብታ ህድሞ ምውጻእ ኣይፍቀድን'ዩ፣ ናብ ካልእ ህድሞ'ውን እንተኾነ። ስምካ ሓሰን ዓሊ ከዲር'ዩ፣ ኣይትረስዕ፣ እዚ መንነት ወረቐትካ'ዩ። ስምካ ኣጽናዕዮ፣ ብጌጋ'ውን ይኹን ናይ ብሓቂ ስምካ ምስ ትነግር ካብዚ መዓስከር ንዘልኣለም ኣይክትወጽእን ኢኻ፡" ብምባል እቲ ካብ መቐለ ክሻብ ኣብቲ ቦታ ንበጽሕ ሓንቲ ቃል'ውን ትኹን በጨቕ ዘየበለ፡ ድምጹ ሰማዕኩዎ፣ ጎርናዕ ደሃሊ ድምጺ።

ኣብታ ህድሞ ሰለስተ ሰባት ጸንሑኒ፣ ከካብ ወተሃደራዊ ዓራቶም ብድድ ኢሎም ሰላም በሉኒ። ሕልሚ ሓይሊ ኣየር ትግራይ ካብ ውሽጠይ ከበንን ተፈለጠኒ።

※ እቲ ካብ መቐለ ሒዙካ ዝኸደ ሰብ፡ መን ይበሃል?

ዓብደልቃድር።

※ ናይ ሓቂ ስሙ ድዩ?

ኣይኮነን! ኩሕላይ ኣረጋዊ'ዩ ዝበሃል።

※ ኣብቲ ከባቢ መዓስከር፡ ሰብ ኣይንቀሳቐስን ድዩ?

ኣብቲ ከባቢ ዓድታት ዝባሃላ የለዋን፣ ኣዝየን ርሒቐን'የን ዝርከባ። ስለዚ ናብኡ ገጹ ተወስ ዝብል ሰብ ኣይርከብን'ዩ።

※ ኣጋጢሙ ይፈልጥዶ?

እወ።

※ እንታይ ገበርኩሞ?

ኣሕቐቕናዮ።

※ ቀጽል።

ካብ መቐለ ተበጊስና ኣስታት 93 ኪሎሜተር ተጓዒዝና ንማይጨው ንየማን ገዲፍና ናይ ሓመድ ጽርግያ ሒዝና ኣብ ሓደ ዱር በጻሕና። ዝኣተናሉ እዋን ከባቢ ፍርቂ መዓልቲ'ዩ። ናይቲ ብቕድሚኡ ምሸት ዘምሰኹዎን ሰዓት ሸዱሽተ ወጋሕታ ዝተሳእኹዎን ደኺመ ብምንባረይ ጎቦ ክኸውን ፈተንኩ፣ ንስሙ ድኣለይ ኣዒንተይ ሰም ኣቢለ'ምበር፡ ድቃስ በየን ኣቢሉ ክመጸኒ፣ ደንጽዩኒ። ድቃስ ሸለብ ከብለንን እታ ሰዓት ኣሻቦኣ ኣኺላ፡ "ሓሰን ዓሊ ከዲር!" ዝብል ጸዊዒት ኣሰንቢዱኒ ብር ክብልን ሓደ ኮነ።

ኣብ ኢዱ ፋይል ዝሓዘ ኣብ ክሊ ዕድመ 37 ዝበጽሕ ብዓል ድልዱል ሰውነት፡ ኮንጎ ጫማን ቀጠልያ ኮምፕላሰዮኒን ዝወደየ ሰብ ኣብ ቅድመይ ደው ኢሉ ርኣኹ። ካብታ ጎድና ሓደ ሜትሮ ዘይትኸውን ወተሃደራዊ ዓራት ብሓውሲ ብዕጋገ "ኣቤት!!" ኢለ ሰንቢደ ተሳእኩ፣ እቶም ካልኦት'ውን ስሞም ተጸዊዖም ብድድ በሉ።

"ሓሰን ምራሕ! ሰለስቴኹም ብወተሃደራዊ መስርዕ ተኸተሉዎ!" ኢሉ መሪሑና ናብ ሓደ ኣብ ትሕቲ ኦም ብስርዓት ዝተቐርጸ ሸዱሽተ መኰፈሊ ዝርከቦ ቦታ ወሰደና። እቶም ከማይ ኣብ ክሊ 21 ዓመት ዝርከቡ መንእሰያት፡ ወተሃደራት ምዃኖም ካብ ኣሳጕማኦም ይፍለጡ ነበሩ።

"ደውውው በል!!!"

ኵላትና እግርና ብወተሃደራዊ ኣቃውማ መሬት ብሓይሊ ሃሪምና ደው በልና።

"ኣብዘለኻዮ፡ ንየማ. . .ን ዙር!!!"

ሕዚ'ውን ብወተሃደራዊ መስርዕ ናብ የማን ዞርና።

"ዕ. . . ረፍቲ!!" በለና'ሞ ኵላትና ኣእጋርና ሰላሳ ሰንቲ ሜትር ኣጋሕሺንና ክልተ ኣእዳውና ናብ ድሕሪት ኣጣሚርና ደው በልና።

ብዘይካይ፡ እቶም ዝተረፉ ሓንቲ መዓልቲ ኣቐዲሞም'ዮም ናብቲ ቦታ መጺኦም፡

ኮላትና ንሓድሕድና ዘይንፋለጥ መንእሰያት ኢና።

እቶም ካልኦት'ውን በብሓሙሽተ ተጸምበሩና። ገጽና ናብ ምዕራብ ጌርና ደው በልና። ኣብ ቅድሜና፡ እቶም ንነብሲ ወከፍ ጉጅለ መሪሖም ዘምጽኡና ከማና ኣእጋሮም ኣጋሕሺኖም ሕቔኦም ሂቦምና ደው በሉ። ድሕሪ ቍሩብ ደቓይቕ፡ እቲ ናብቲ ቦታ ዘምጸኣኒ ብሓደ ሰብ ተሰንዩ መጽኣና። ለከስ፡ ንሱ'ዩ ሓላፊ ናይቲ መዓስከር።

ዓብደል ቃድር ማለት ኩሕላይ ኣረጋዊ። ስሙ ኩሕላይ ኣረጋዊ ምዃኑ ድሒረ'የ ፈሊጠ።

ኣብ መወዳእታ 2007 ብስራሕ ምኽንያት ናብ መቐለ ከድኩ'ሞ፡ ዓብደልቃድር ኣብ ቢሮ ምሕደራ ጸጥታ ትግራይ ብወዝቢ ናብቲ ዝነበርኩዎ ክፍሊ ኣተወ። ገረኪዳን፡ ሓላፊ'ቲ ቢሮ፣

"ምስ ኩሕላይ ኣረጋዊ ትፋለጡ ዲኹም?" ክብል ሓተተኒ፣ ከም ዘይፈልጦ ነገርኩዎ። ንሱ'ውን ከምዘይንፋለጥ ኣተንቢሁ ሰላም ኢሉኒ ግልብጥ ኢሉ ወጸ። ብኸምዚ መገዲ ድማ ስሙ ፈለጥኩዎ። ድሕሪ ስለስተ መዓልቲ ኩሕላይ ካብ መቐለ ኣርባዕተ ኪሎ ሜተር ውጽእ ኣብ ዝበለ ቦታ ኣብ ማኪና ተቐቲሉ ተረኺበ።

ክሳብ እዛ እዋን'ዚኣ ቀታሊኡ ኣይተፈልጠን። ኮይኑ ግና፡ ኣብ ሰሙኑ ማለት ዓሰርተው ክልተ ከየሕለፈ፡ ብዓልቲ ቤቱን ክልተ ደቁን ናብ ኣዲስ ኣበባ ተወሲዶም ኣብ ከባቢ ገዛውትና ገዛ፡ ንመናበሪኦም ዝኸውን ድማ ኣብ ከባቢ መስቀል ሓደባባይ ትካልን ተውሃቦም።

※ እንታይ ትነግድ ነይራ?

መቀያየሪ ኣቕሑት ማኪይን።

※ ምስኻ ዝተኣሳሰር ነገር ነይሩዎ ድዩ?

ኣይነበሮን። ድሒረ ከም ዝፈለጥኩዎ፡ ኩሕላይ ስርሑ ኣብ ደህንነት ኾይኑ፡ ሓላፊ ክፍሊ ስለያ ወጻኢ'ዩ ነይሩ። ዝበዝሐ መነባብርኡ ኣብ ኣዲስ ኣበባ'ዩ። ብዓልቲ ቤቱ፡ ሓረጉ፡ ሓላፊ ፋይናንስ ትግራይ ተወሺሙዋ ምንባሩ ብሰፊሑ'ዩ ዝዕለል። ካብ'ቲ ናብ ኣዲስ ኣበባ ንኸትግዕዝ ዝተገበረሉ ቀንዲ ምኽንያት'ውን ንሱ'ዩ ነይሩ።

※ እቲ ዝነበርኩም ቦታ ወተሃደራዊ መዓስከር ድዩ?

ኣይኾነን። እቲ መዓስከር ኸምዚ ከማና ዝበሉ ክሰልጥኑሉ ተባሂሉ ብስቱር ዝቔመ'ዩ። ስለ ዝኾነ ድማ፡ ብጥብቂ'ዩ ዝሕሎ። እቶም ናይቲ ኬላ ሓለውቲ'ውን እንተኾነ ብዛዕብኡ ዝፈልጥዎ ኣይነበሮምን።

※ ኣብቲ መዓስከር ቅድሜኹም ዝተዓለሙ ነይሮም ዶ?

ቀዳሞት ተዓላም ንሕና ኢና።

※ ቀጽል።

ዓብደልቃድር፡ ኲሕላይ ማለት'ዩ፡ ብድሕሬና መጺኡ ካብ የማን ናብ ጸጋም ኳሊሉ ንኹላትና በብተራ ጠሚቱ ናብ ቅድሜና ከይዱ ደው በለ። እንታይ'ዩ ዝካየድ ዘሎ ኢለ ተገረምኩ፣ እቶም ካልኦት'ውን ከምኡ እመስለኒ።

"ምናልባት ኣብቲ ዝነበርኩም መዓስከራት ዘለኹም ኳይኑ ከይስመዓኩም፣ እዚ ናይ ሞት መዓስከር'ዩ! ኣይፋለይን ክኸይድ ምስ ትብሉ፡ ካብዚ፡ ሬሳኹም ጥራይ'ዩ ዝወጽእ! ኣነ'ውን ከማኹም፣ ካባኹም ስለ ዘይበልጽ! ኣብዚ፡ ሓደ ኣካል ሓደ ተምሳል ኢና! ሓደ ኣፍንጭኡ እንተ ተሰርሲሩ ኩላትና ኢና ነህንጥስ! ስለዚ፡ ነታ ሞት'ውን ብሓባር ኢና ንኸዳ!"

ቍንቍኛ ዘረብኡ ምርዳእ ኣበየኒ፣ "ስኳድ ነብስ ቅትለት ኢና መስለኒ፡" በልኩ።

"ኣብዚ መዓስከር፡ ታዕሊም ኢና ከነካይድ፣ ቅድሚኡ ግና ሕጊ መዓስከር ክብራሃልኩም። ኣይዕለምን'የ ዝብል እንተ'ሎ፡ ቅድሚ ምጅማርና ከፍልጥ ኣለዎ። ግና ኣብ ጋህሲ'ዩ ንዘላኣለም ክዕርፍ፣ ተረሺኑ። ክልቲኡ ወየ'ዩ! ስለዚ፡ ዝወሃበካ ኣሜን ኢልካ ክትቅበልን ካብዚ ምስ ወጻእኻ ግቡእካ ብዘይ ዝኾነ ይኹን እንተን ግናን ክተተግብርን ኣለካ። ነታ ተፍቅራ ብዓልቲ ቤትካን ደቅኻን'ውን ቅተል እንተተባሂልካ፡ ክትቀትል ጥራይ እዩ ዘለካ። ምኽንያቱ፡ ምእንታን ዝበዝሐ ክነብር፡ ንስኻን ስድራኻን ገንሸል ክትኮኑ ኣለኩም።

"ህወሓት፡ ኣሽሓት መንእሰያት ከፊሉ'ዩ ኣብዚ በጺሑ። ነዚ ስልጣን ክምንጥል ዝደሊ ሰብ፡ ጐጅለ፡ ውድብ ወይ ብሄር ምስ ዝህሉ፡ ደም ከፊሉ ጥራይ'ዩ ከረጋግጾ ዘለዎ። ስለዚ፡ ከምኡ ንኽይሓስብ ካብ ሕጂ ክንዳሎ ኣሎና፣ ዝሓስብ፡ ብኣግኡ ክጠፍእ ኣለዎ። 'ውሕጅ ሻዕብያ ዘምጸኦም' ድዮም ዝብሉና፡ ተልእኾና ነቲ ውሕጅ ምድራቕ'ዩ። እቲ ውሕጅ ዝብልዎ ሻዕብያ ካብ ኾነ፡ ሻዕብያ ክጠፍእ ኣለዎ።

"ክትፈልጥዎ ዘለኩም፡ ካብ ክንደይ ኣሽሓት ብሉጻት ተጋሩ ተመሪጽኩም ኢኹም ናብዚ መዓስከር መጺኹም፣ ምኽንያቱ፡ ዓንድን ዋልታን ተጋሩ ስለ ዝኾንኩም። ኣብ ደደቢት ተወሊድኩም ዋልታ ህወሓት ዝነበርኩም ኢኹም፡" ኢሉ ፍሽኽ በለ። ኣስናኑ ሽው ምስ ርኣኹወን ብድሕሪኡ ባዕኻኻት ድየን ጻዓዱ ርእየየን ኣይፈልጥን'የ፣ ኩሉ ግዜ ምስ ተጸወገ'ዩ።

"ቀንዲ ዒላማና ሻዕብያ እዩ፣ ምኽንያቱ፡ ንሱ ምስ ዘይህሉ፡ ካልኦት ማይ ዝደረቖም ዓሳ'ዮም ዝኾኑ። ስለዚ፡ ንስለ ዕላማ ህወሓት ተጊህኩም ምእንታን ክትዕለሙ፡ ዝደለኹሞ ክመጸልኩም ክትእዝዙ ትኽእሉ ኢኹም፣ ጠበቕ ክብለልኩም'ዩ። እዚ ወድሓንኩም!" ኢሉና ብግስ በለሞ'ሞ፡ ኣነ ኢደይ ዊጥ ኣበልኩ፣ ገሪሙዎ ጠመተኒ።

"ሓንቲ ሕቶ ነይራትኒ!"

"እንታይ'ዩ?"

"ጓል ኣንስተይቲ ይፍቀድ ድዩ?" ክብሎን እቶም ኣብ ምንታይ ኢና ኣቲና ኢሎም ተሸቚሪሮምን ፈሪሆምን ዝነበሩ ብስሓቕ ትዋሕ ክብሉን ሓደ ኾነ።

"እወ ይፍቀድ'ዩ፣ ግና ዕጫኻ፡ ዕጫ ተባዕታይ ሳርየት'ዩ ክኸውን፡" ኢሉኒ ተዓዘረ።

ጽርየት ትግርኛኡ ዝድነቕ'ዩ፣ ትግራዋይ ክትብሎ ዝከኣል ኣይኾነን፣ ትግሓርኛ

ዝብልዎ ኣይሞልቀን'ዩ።

ኲሕላይ ኣረጋዊ፡ ከም ማንም ላዕለዎት መሪሕነት ህወሓት ስሙ ካብ ዳዊት ናብ ኲሕላይ ዝብል መጽኣውዒ ዝቐየረ'ዩ።

ከምኡ ዝገብሩ ዝነበሩ ወየንቲ ክባሃሉ እንተይኾነ ካልእ ከኸውን ኣኽልንዩ። ንኣብነት ሳሞራ፡ ሴኩቱረ ገለ ድማ ዝስውኡ ስለ ዘይመስሎም ናይ ዝተሰወአ ብጻዮም ስም ንነብሶም ኣልቢሶማ። ንብስሄር ቀዳማይ ሚኒስተር'ውን እንተኾነ፡ ናይ ክርስትና ማለት ኣቡኡን ኣዲኡን ኣብ ጥምቀቱ ዘውጽኡሉ ስም ኣይኾነን።

(ኲሕላይ (ዳዊት)፡ ኣብ ኣስመራ ተወሊዱ ዝዓበየ ወዲ ዓቢ ዓዲ'ዩ፣ ቀንዲ ስሙ ዳዊት'ዩ። ስድራኡ፡ ኣብ ኣስመራ ፡ ምቕማጦም ኣብ ዕዳጋ ዓርቢ'ዩ ነይሩ። ኣቡኡ፡ ኣቦይ ኣረጋዊ፡ ኣብ ንኡስ ዕድሜኦም'ዮም ናብ ኤርትራ ተሰዲዶም፣ ኣብ ስርሓት ሚነዋለ ድማ ይነጥፉ ነበሩ። ካብ ሕጡብ ምቕባል ክሳዕ ነዳቓይን ተኖኮ ሃራማይን ኣብኡ'ዮም ተማሂሮም፣ ፈኖ ነዳቓይ ኸኣ ኾኑ። ድሕሪ ክልተ ዓመት ናብ ዓዶም ኺይዶም ተመርዕዮም ናብ ኣስመራ ተመለሱ። ኣብ እዋን መቕዘፍቲ ህዝቢ ኣስመራ ጥሪ 1975፡ ኣብ ምእሳርን ምሕቓቕን ፍሉጣት ነጋዶ ኢድ ነይሩዎም ብዝብል ሓበሬታ ካብ ተጋድሎ ሓርነት ኤርትራ መጠንቀቕታ እንተ መጸም'ውን፡ ካብ ተግባራቶም ግና ኣይተቐጠቡን። ብኣንጻሩ፡ ብረት ጸላኢ ዓጢቖም ምስ ዓፋኝ ጓድ ብምትሕብባር መንእሰያትን ፍሉጣት ነጋዶን የቕትሉ ነበሩ። ኣብ 1977፡ ድሕሪ ምቕንጻል ኣባል ዓፋኝ ጓድ ሻምበል ሙሉጌታ፡ ንዕኣም'ውን ጥይት ሰውራ ኤርትራ ኣረኻኸበትሎም፣ ተቐንጸሉ።

ኲሕላይ፡ ራብዓይ መትሊ'ዩ። ኣብ 1981 ኣብ ህወሓት ተሰሊፉ፣ ኣብ ክፍሊ ጸጥታ ስለ ዝነበረ ህወሓት ናብ ኣዲስ ኣበባ ምስ ኣተወ ኣብ ደህንነት ዝላዓለ ቦታ ተዋሂቡ። ካብ 1997 ክሳዕ መፋርቕ 1998 ኣብ ኤምባሲ ኢትዮጵያ ናይ ንግድ ኣታሼ (ተጸዋዒ) ኾይኑ ናብ ኤርትራ ብምምጻእ፡ ስዉር ውዳበታት ተጋሩ ዝመርሕ ዝነበረ ናይ ስለያ ሰብ'ዩ።)

ድሕሪ መቕተልቲ ክፍለ ገብረመድህን፡ ኲሕላይ ካብ ስራሕ ደስኪሉ ናብ ስድራኡ ናብ መቐለ ኸደ። ስማቸው ኣሰፋው ግና ናብቲ ዝነበሮ ሓላፍነት መለሰ፣ ኣብ ደህንነት፡ ሓላፊ ስልጠና ድማ ኾነ።

እምበኣርከስ፡ "ዕጫኻ፡ ዕጫ ተባዕታይ ሳርየት'ዩ ክኸውን" ዝበለኒ፡ ኣንስተይቲ ሳርየት ድሕሪ ስራ ነቲ ዝሰረሩ ሳርየት ጎቢጣ ስለ ትበልዖ፡ ኣነ'ውን ዕጫይ ሞት ከም ዝኸውን ንምሕባር'ዩ።

ኣብ ቦታ ታዕሊም ኲሉ ነገር'ዩ ተዳልዩ። መወሳወሲ ኣካል፡ ሽዱሽተ ሜትሮ ቁመት 70 ሰንቲ ሜተር ሰንጣቒት ቱቦታት፡ ልዕሊ ሰለስተ ሜትሮ መናድቕ፡ ዕቛር ማይ፡ ጆቕጃቕ መሬት፡ ኣብ ነወሕቲ ኦም ዝተኣሰረ ኣግማድ፡ ንጨመተ ዝኸውን ምስሊ ዝተፈላለዩ ሰባት ሓደ ካብኦም ስእሊ መራሒ ሃገረ ኤርትራ፡ ክልተ ንኣሽቱ ክልተ ላንድ ክሩዘር ክልተ ማክ ወተሃደራዊ ማካይን ኮታስ ኣብ ታዕሊም ንሓደ ኮማንዶ ዘድልይዎ ነገራት ኲሉ ተዳልዩ ነበረ። ኣብታ መዓልቲ እቲኣ፡ ክሳዕ ሰዓት ሓሙሽተ ድሕሪ ቐትሪ ምውስዋስ ኣካላት ጌርና ጥዓሞት ክንበልዕ ናብቲ መመገቢ ኣዳራሽ ኣተና።

ኣብቲ መዓስከር ኣብ ማንም መዓስከር ዘይርከብ ዝተማልአ ክሽነ'ዩ ነይሩና።

እተን ኣርባዕተ ክሸንቲ፡ ኣብ ዓበይቲ ሆቴላት ዝሰርሓ ብኮንትራት ዝመጻ'የን። እቲ ክሽነ ካባና ምሕድግ ኢሉ'ዩ ተሰሪሑ፣ ንዓና ብዝኾነ ይኹን ተኣምር ክርእያና ኣይኽእላን'የን። ኣብ ቍርሲ፡ ምሳሕ፡ ጥዓሞት ይኹን ድራር ንዓና ዘሳስዩ ሰለስተ ካብ ክፍሊ ጸጥታ ዝመጽኡ ተጋሩ'ዮም። እታ ነቲ መዓስከር እትሕሉ 36 ኣባላት ዝነበርዋ ጋንታ'ውን ካብ ክፍሊ ጸጥታ'ያ መጺኣ፣ መሕደሪኣን ክሽነኣን ግና ናይ በይና'ዩ።

ብሉጽ ምግብታት'ዩ ዝቐረበልና። ጸባ፡ ርግኣን ብራሕን ከም ምስታይና'ዩ። ኣኣብ ክፍልና ተለቭዥን ኣሎና። ከምቲ ኣብቲ መዓስከር ተተኺሉ ዝነበረ ዲሽን ፊነወ ዲ.ኤስ.ቲቪ.ን ኣብ ኣዲስ ኣበባ ኣብ መንበሪ ገዛና'ውን ነይሩና'ዩ። ንዓይ ሓድሽ ነገር ኣይነበረን፣ እንተ ነቶም ካልኦት ግና ብርቂ ነገር ነበረ።

ቀዳም ምሸት፡ ቢራ፡ ዊስኪን ካልእ መስተን ይቐረበልና። ኣነ፡ ናይቲ ኣብ ሞስኮ ዝነበርኩዎ ቮድካ'የ ዝሰቲ። እቶም ሰለስተ ኣሳሰይቲ ንዓና ከሳስዩ ወጋሕ'ያ ትብሎም፣ ሙዚቃ ወሊዕና ከሳዕ ወዲቕና ተኣሪና ናብ መዳቕሶና ንውሰድ ንስዕስዕን ንሰቲን። ኣብቲ ካልእ እዋን ግና፡ እቶም ኣሳሰይቲ ካብ ሰዓት 19፡00 ንንዮው ካብ መዳቕሶ ክፍሎም ክወጹ ኣይፍቀደሎምን ነበረ። ቐትሪ'ውን እንተኾነ ብዘይካ ንዓና ከሳስዩን ናብ ክሽነ ክኸዱን'ምበር፡ ካብ ክፍሎም ክወጹ ኣይፍቀደሎም'ዩ። ኣብ ነብሲ ወከፍ ክፍሊ፡ ረፍሪጂረተር ኣሎ፣ ብዝተፈላለየ ጁሟቕ፡ ጸባ፡ ርግኣ፡ ብራሕን ማይን ቅጽጽ ምስ በለ'ዩ። ድሒረ ከም ዝፈለጥኩዎ፡ ኣብቲ መዓስከር ብድሕሬና ኣርባዕተ ዙርያ ታዕሊም'ዩ ተኻይዱ። ኣብ ራብዓይ ዙር ታዕሊም፡ እቶም ሰለስተ ኣሳሰይቲ ከም ዝተቐንጸሉ ሰሚዐ።

እዚ ዝኸውን ዘሎ፡ ሓደ ካብቶም ሰለስተ ብጽኑዕ ሓሚሙ ናብ መቐለ ናብ ሆስፒታል ምስ ተወሰደ፡ ኣብ ትግራይ ተወሊዱ ዝዓበየ ኤርትራዊ ምዃኑ ተረጋገጸ። እቲ ጉዳይ፡ እናኣ ብወረ ሰሚዓ ክትርእዮ ምስ መጽኣት'ዩ ተቓሊዑ። ካብ ሆስፒታል ተወሲዱ ድማ ብዝተኻየደሉ መርመራ ዓሪፉ። እቶም ክልተ'ውን ይፈልጡ ነይሮም ተባሂሎም ኣብ መዓስከር ተቐንጸሉ።

ድሕሪ መክሰስ (ጥዓሞት) ምብላዕና ምስቲ መዓስከር ኣላለዩና። ንጽባሒቱ ታዕሊም ክንጅምር ምዃንና ነጊሮም ናብቲ መምሃሪ ኣዳራሽ ኣተና። እቲ ኣዳራሽ ኵሉ ዘማለአ'ዩ። ብሸነኽ የማን መጽሓፊ ዘለዎ ሰድያታት፡ ሰሌዳ፡ ፕሮጀክተርን ተለቭዥንን።

ድሕሪ ቍሩብ ደቓይቕ፡ ኩሕላይ ናብቲ ኣዳራሽ ኣተወ፣ ብድድ ኢልና ወተሃደራዊ ሰላምታ ሂብና ኮፍ በሉ ክሳዕ ንበሃል ደው በልና። ንዅላትና ኣቃውማና ርእዩ ኮፍ ክንብል ትእዛዝ ሃበና።

"ደጊመ እንቋዕ ብዳሓን መጻእኹም። ካብ ጽባሕ ወጋሕታ ሰዓት 5 ታዕሊም ክትጅምሩ ኢኹም። ሓሙሽተ ዓለምቲ ኣለዉኹም። ብርሃን፡ በሽር፡ ኣስመሮም፡ ዓንዶምን ዮኑስን። ብዘይካ እቲ ንቡር ወተሃደራዊ ታዕሊም ማለት ስርሒት ኮማንዶ፡ ክልሰ ሓሳባውን ፖለቲካውን ኣስተምህሮታት ክወሃበኹም'ዩ። ከምቲ ኣቐዲመ ዝበልኩኹም፡ ፍሉይ ስርሒታት ክተተግብሩ ተመሪጽኩም ዝመጻእኹም ብምዃንኩም፡ ዕድለኛታት ኢኹም። ነቲ ዝወሃበኩም ታዕሊምን ኣስተምህሮታትን ብኽፉት ኣእምሮን ብሓያል መንፈስን ክትከታተልዎ ይግባእ! ንስለ ድሕነት ትግራይ!" ብምባል ኵላትና ብድድ ኢልና የማናይ ኢድና ንማሕላ ሓፍ ከነብል ኣዘዘና።

"ኣነ፡ ናይዚ ፍሉይ ታዕሊም ኣባል፡ ንትግራይን ንስለ ትግራይን ክሓልፍ፣ ኣብ ዝተመደብኩዎ ስራሕ ብቐንዕናን ሓያል መንፈስን ክሰርሕ፣ ዝተኣዘዝኩዎ ከተግብር፣

ዝርኣኹዎን ዝሰማዕኩዎን ከይዛረብ፣ ማሕላይ ምስ ዝጠልም ናይ ሞት ፍርዲ ክቕበል ድልዊ ምዃነይ ብስም ስዉኣት ተጋሩ እምሕል!" ብምባል ገሌና ንብዓት እናሰዓረና ሚሒልና።

እቲ ናይ ታዕሊም ቦታ ንኣርባዕተ ጉጅለታት ብሓደ እዋን ከዐልም ዝኽእል'ዩ። ነብሲ ወከፍ ጉጅለ ናታ ናይ መዐለሚ ቦታን ዒላማን ኣለዋ። ታዕሊም፡ ኣብ ሓደ እዋን ሓደ ዓይነት ይዋሃብ። መንደቕ ምሕኳር፡ ብገመድ ተንጠልጢልካ ምድያብ፡ ብትሕቲ ትሪኮላታ ምሕላፍ፡ ብውሽጢ ትቦ ሓሊፍካ ምውጻእ፡ ዝተፈላለያ ማካይን እናተሸከርከራ ከለዋ ዘሊልካ ምውራድን ጨመተን። እዚ እናተኻየደ፡ ኣእምሮኣዊ ዕጥቂ ማለት ታሪኽ ኣቋውማ ሕብረተሰብ ኢትዮጵያ፡ ፖሊሲን ባህሪ መራሕቲ ጐረባብቲ ሃገራትን ብፍላይ ንኤርትራ ዝምልከት ካብ ኣዲስ ኣበባን መቐለን ብዝመጽኡ ላዕለዎት መራሕነት ህወሓትን ካድረታትን ከልተ እዋን ኣስተምህሮ ተዋሂቡና። ኣብቲ ዝተወሃበና ኣስተምህሮ ላዕለዋይ ኢድ ዝነበሮ፡ ብዛዕባ እንታይነት ሰበ ስልጣን ኤርትራ'ዩ።

ከምቲ ዝበልክዎ እቲ ዝነበርናዮ ኣካባቢ ኣብ መንጎ ማይጨውን ኮረምን ዝረከብ በረኻ'ዩ። ብኣርባዕተ ላንድ ክሩዘር ናብ ኮረም ተወሲድና ኣብ ሓደ ስቱር ኣዳራሽ ሰሚናር ተዋሂቡና፣ ከመይሲ፡ ኣብቲ ከባቢ መዓስከር ምህላዉ ክፍለጥ ስለ ዘይተደልየ። እቶም ሰሚናር ዝህቡ እንታይነትና ኣይፈልጡን'ዮም፣ ሰሚናር ምክያዶም እምበር ንምንታይ ዕላማ ዝፈልጥዎ ኣይነበሮምን። ክልተ ወርሒ ክልስ ሓሳባውን ግብራው ታዕሊምን ዝተፈላለየ ኤርትራ ሓዘል ኣስተምህሮን ወሲድና፡ ብዘይ ዝኾነ ይኹን መመረቕታ ከከም ኣማጻጻኣና ሻሕ በልና። ማለት ብዘይካይ፡ እቶም ካልኦት ናብ ናይ ስራሕ ቦታኦም ተመሊሶም ኣብ ጸጥታ ተመደቡ። ኣነ ግና፡ ካብ መቐለ ብቐጥታ ናብ ኣዲስ ኣበባ ተመለስኩ፣ ኣብ ከባቢ ልደታ ኣብ ሆቴል ከዕርፍ ተወሰድኩ።

ካብ መዓርፎ ነፈርቲ ቦሌ ሓደ ሰብ ተቐቢሉኒ። ዝኾነ ሓበሬታ ኣይሃበንን፣ ጥራይ ናብቲ ሆቴል ኣብጺሑ "ንስራሕ ክሻዕ ትጽዋዕ ኣብዚ ጽናሕ" ኢሉ ዕስራ ሽሕ ብር ሂቡኒ ኸደ። ንምሸቱ ናብ ከተማ ወጺአ ክዳውንትን ካልእን ገዛእኩ፣ ምኽንያቱ፡ ዝልበስ ክዳን ኣይነበረንን።

※ ኣብቲ ሆቴል ብስም መን ኣቲኻ?

በቲ ሓድሽ መንነተይ፣ ሓሰን ዓሊ ከዲር። ንጽባሒቱ፡ ሓደ ሰብ ናብቲ ሆቴል መጺኡ ረኺበኒ፣ ድሕሪ ቍሩብ እዋን ሓደ ሰብ ክመጽኣንን ዘድሊ መምርሒ ክህበንን ምዃኑ ነጊሩኒ ኸደ። ከምቲ ዝበሎ ድማ እቲ ሰብ መጽአ። ዓብደላ ይበሃል። ብህጹጽ ናብ ሱዳን ክኸይድ ክኸይድ፡ ኣብ ካርቱም ዝቕበለኒ ሰብ ከም ዘሎ ፓስፖርትን ኣየር ቲኬትን ሂቡ ነተን ኣብ ኢደይ ዝተረፋ ገንዘብ ወሲዱ ኸደ። ኣነ ድማ ንጽባሒቱ ናብ ካርቱም ነቐልኩ።

※ ኣብ ካርቱም መን ተቐቢሉካ? ናበይከ ኬድካ?

ኣብ ታዕሊም እንተለና፡ 1997 ኣብ ልዕሊ ፕረዚደንት ምስሪ ሁስኒ ሙባረክ ኣብ ኣዲስ ኣበባ ዝተፈጸመ ፈተነ ቅትለትን ኣብ ልዕሊ መራሒ መንግስቲ ኤርትራ ተወጢኑ ዝነበረ ግና ዝፈሸለን ውዲት ደቂቕ ብደቂቕ ትንታነ ተዋሂቡና ነይሩ። መራሕቲ ሱዳን፡

ብፍላይ ሰልፊ እስላማዊ ግንባር ሱዳን ኣብ ልዕሊ ክልቲኦም መራሕቲ ዘይወጽእ ጽልኢ ከም ዝነበሮም፡ ንኤርትራ ናብ እስላማዊት ሃገር ኣብ ምቕያራ ሰበ ስልጣን ኤርትራ ዓቢ ዕንቅፋት ከም ዝኾኑዎም፡ ብሓፈሻ፡ ህዝባዊ ግንባር ክበታተንን ብሱዳን ዝዝወር መንግስቲ ኣብ ስልጣን ክመጽእን ከም ዝተጻዕረ ተገሊጹልና።

ኣብ ኲናት ኢትዮ-ኤርትራ'ውን ከምኡ። ህዝባዊ ግንባር ተዳኺሙ'ምበር፡ ኣይተኣልየን'ዩ ዝብል እቲ ዝተዋህበና ትንታነ። መሪሕነት ትግራይ፡ ነዚ ኵዉን ከይገበረ ኣብ ስልጣን ናይ ምቕጻል ዕድሉ ኣብ ምልክት ሕቶ ዝኣቱ ምኧኑን ተኽእሎ ምምስራት ሪፖብሊክ ትግራይ ጸቢብ ከም ዝኸውንን ተገሊጹልና። "ኣብዚ ነካይዶ ዘለና ቃልሲ፡ ሸሕ'ኳ ብዙሓት ሃገራት ብፍላይ ምምሕዳር ዋሽንግቶን ይተሓባበረና እንተሎ፡ ነቲ ኣብ ዘ ሄግ ዝተዋህበ ብይን ኮሚሽን ዶብ ኤርትራን ኢትዮጵያን ግና ንድሕሪት ክመልስዎ ኣይኽኣሉን። ወኪል መንግስቲ ኣመሪካ ኣብ ቤት ምኽሪ ባይቶ ጸጥታ ወይዘሮ ኤዛን፡ ነቲ ካብ ተሓጋጋዚት ጸሓፊት ጉዳያት ወጻኢ ኣመሪካ ኣብ ጉዳያት ቀርኒ ኣፍሪቃ ወይዘሮ ጃኒ ነቲ ብይን ናብ ረብሓ ኢትዮጵያ ክቕይሮ ዝተዋህበ መምርሒ ምቕባል ምእባዩ ከም ሓደ ፍሽለት ክቑጸር ይካኣል፡" ተባሂሉ ተነጊሩና። ስለዚ፡ ምስ ስቴት ደፓርትመንት፡ ብፍላይ ምስ ወኪል ኣመሪካ ኣብ ባይቶ ጸጥታን ተሓጋጋዚት ጸሓፊት ኣብ ጉዳያት ቀርኒ ኣፍሪቃን ብሓባር ንመንግስቲ ኤርትራ ንምዕላው ይሰራሕ ከም ዘሎን ኣንጻር'ቲ መንግስቲ ምስ ዝኾኑ ሓይልታት፡ መልክዖምን ስሞምን ዕላማኦምን ብዘየገድስ ክንተሓባበር ምኧንናን ተገሊጹልና፣ ሓንቲ ካብተን ሃገራት ሱዳን'ያ። ስለ ዝኾነ ድማ'ዩ ናብ ካርቱም ተላኢኸ።

ኣብ ካርቱም መዓርፎ ነፈርቲ ኣብ ክፍሊ ጸጥታ ዝሰርሕ ጣርቕ ዝበሃል ብዓል ሜጀር መዓርግ ተቐቢሉኒ። ናበይን ንምንታይን እኸይድ ከም ዝነበርኩ ዝፈልጦ ነገር ኣይነበረንን። ትእዛዝ ከኽብር ጥራይ'ዩ ሓላፍነተይ። ኣይትሕተት ስለ ዝተበሃልኩ፡ እቲ ዝኸውን ክርኢ ብትዕግስቲ ተጸበኹ። እቲ ዝኸድናዮ መገዲ ኣዝዩ ነዊሕ'ዩ። ናብ ኣብ ምዕራብ ኡምዱሩማን ዝርከብ መዓስከር እንድራባ'የ ተወሲደ። ኣብቲ መዓስከር ብዙሓት ተዓላሞ ነይሮም። ክሰግዱ ጸንሑና፣ ካብ ማኪና ወሪድና ተጸምበርናዮም።

ኣነውን ክሰግድ ነይሩኒ፣ ስመይኮ ሓሰን ዓሊ ከዲር'ዩ። ንምስልምና ሃይማኖት ዝምልከት ኣስተምህሮ ተዋሂቡኒ'ዩ፣ ከመይ ኢለ ከም ዝጽልይን ዝሰግድን ኣብ መዓስከር ራያ ተማሂረ'የ። ናብ ሱዳን ዝከድኩ ድማ ብዝበለጸ ኣስላማይ ንምኧን'ዩ። እቲ መዓስከር፡ ብዙሓት ወጻእተኛታት ሙጃሂዲን ዝተዓለምሉን ከም ኣርጀንቲናዊ ግብረ-ሽበራዊ ካርሎስ ዝርከብዎ ምንባሩ ኣንቢበ ነይረ'የ። ኣብ ኤርትራ ዝተታሕዘ ሱዳናዊ ኣብ ዝሃቦ ቃለ እምነት'ውን ብሰፊሑ ገሊጽዎ'ዩ። ኾይኑ ድማ፡ ልክዕ ኣብታ ኣብቲ መዓስከር ዝኣተኹላ ህሞት'ቲኣ'የ ተልእኾይ እንታይ ምኧኑ ተሰዊጡኒ፣ ሱዳናውያን ዘይከኣልዎ ኣነ ከተግብር፣ ቅንጸላ። ግና ንመን?

ድሕሪ ምጉዝዛይ ህወሓት፡ ኣብ ኣዲስ ኣበባ ቅንጅት ብዝብል ስም ዝቔመ ሰልፊ ህቡብነት እናጥረየን ናብ መላእ ኢትዮጵያ ብፍላይ ኣብ ክልል ኣምሓራን ኦሮሞን ሰፊሕ ተሰማዕነት እናረኸበን ይኸይድ ብምንባሩ፡ መንግስቲ ህወሓት ኣብ ስግኣት ወደቐ። ግንባር ሓርነት ኦሮሞ ናብ ኤርትራ ግዒዙን ተቓወምቲ ዝባሃሉ ውድባት ኣብ ኤርትራ ይተኣኻኸቡን ታዕሊም ይወስዱን ብምንባሮም፡ ምስቲ ናይ ኤርትራ ሓይሊ ተራቢሑ ንትግራይ ዓቢ ስግኣት ፈጢሩላ። ስለዚ፡ ግድን ሰባት ኣስሉኸካ እንታይ ይግበርን ይውጠንን ምንባሩ ክስለይ ነይሩዎ፣ እንተ ተኻኢሉ ኸኣ ላዕለዎት ኣካላት

ናይተን ውድባት ምቕንጻል። እቲ ዝዓበየ ስግኣት ግና ቅንጅት'ዩ ነይሩ፣ ንዕኡ ንምድኻም ኣሎ ዝበሃል ኣማራጽታት ኣብ ጠረጴዛ ተነብረ፣ እንኮላይ ቅንጻላ። ኣይነገረኒ'ምበር፡ ነዚ ቅንጻላ ከካይድ ዝኽእል ብቑዕ ሰብ ኣነ'የ ነይረ። ስለዚ፡ ንተወሳኺ ታዕሊም ናብ ሱዳን ከኸይድ ነይሩኒ፣ ምስ ሙጃሂዲን ተዓሊመ ድሕሪ ሰለስተ ወርሒ ናብ ኣዲስ ኣበባ ተመለስኩ። ካብ መዓርፎ ነፈርቲ ቦሌ ብቪኣይፒ ወጺአ ብቐጥታ ናብ ሆቴል ሻራቶን ተወሰድኩ። ኣብ ቀዳማይ ደረጃ መዳቕስ ክፍሊ ኣትየ ድማ ሓድሽ መንነትን ፓስፖርትን ሕሳብ ባንክን ተዋሃበኒ።

ናብ ሓይሊ ኣየር ናይ ምምላስ ህንጡይነተይ ብኡኡ ኣኽተመ፣ ኣባል ሚኒስትሪ ደህንነት ኮንኩ፣ ኣብ ክፍሊ ፍሉይ ስርሒታት ተመደብኩ፣ ሓድሽ ስመይ ኣኽሊሉ ዮሃንስ ዘርኣይ ኮነ፣ ጉልባብ ስራሐይ ድማ ነጋዳይ ።

ኣብ ሆቴል ሻራቶን እንተለኹ ሓደ ምሳይ ብልፍንቲ ክሰርሕ ዝደሊ ሰብ "ሓበሬታ ረኺበ፡" ኢሉ መጺኡ ተላለየኒ። ዕድመይ ርእዩ ሰጋእ ከይበለ ግና ኣይተረፈን፣ ወዲ ዕስራን ክልተን ዓመት'የ ነይረ፣ ተጠራጠረ። ኣብ ቻይና ይኹና ዱባይ ዝርከባ ትካላት መፍረ ጎማ ማኪና ከጽንዐን ተዋሂቡኒ ኣብታ ሰሙን ንዕኡ ክሽድምድድ'የ ቀንየ። ሳላ ኢንተርነት ዝተሳእነ ነገር ኣይነበረን። ምስ ሓንቲ ትካል ኣብ ቻይና ናይ ንኣሽቱን ዓበይትን ማካይን ክልተ ሽሕ ጽምዲ ጎማ ተዋዓዒለ ነበርኩ። እቲ መላፍንተይ ክኸውን ዝሓተተኒ ሰብ ሃብታም ነጋዳይ'ዩ፣ ጎማ ማኪና ከምጽእ ፍቓድ ዋኒን ይወሃበኒ ኢሉ ረብሪቡ ዝገደፎ ሰብ'ዩ፣ ጌትነት ሃብታሙ ይበሃል። ጌትነት ምስ ብዙሓት ውሩያት ፖለቲከኛታት፡ ምሁራት፡ ሃብታማት ነጋዶ ምትእስሳር ዝነበሮን ኣብ ፖለቲካ ኢዱ ዘይመልስን የዋህ መሰል ሰብ'ዩ ነይሩ።

ኣብ ክፍለይ ኾይነ'የ መጽሓፍ ዘንብብ ነይረ፣ ናይ ውሽጢ ተሌፎን ደወለት፣

"ሃለው!"

"ካብ ርሰፕሽን ጸሃይነሽ እየ። ኣቶ ኣኽሊሉ፡ ኣብ ታሕቲ ጋሻ ይጽበይኹም ኣለዉ።"

"የቐንየለይ ጸሃይነሽ፣ መጻእኩ!" ኢለ ስዓተይ ርኣኹ።

ጌትነት ልክዕ ኣብ ሰዓቱ'ዩ መጺኡ፣ ናብ ታሕቲ ወረድኩ'ሞ ብውዕዉዕ መንፈስ ሰላምታ ተለዋዊጥና ገለ ነገር ክንለክፍ ናብቲ ደረጅኡ ዝሓለወ ቤት ብልዒ ወሰድኩዎ፣ ሎብስተር ኣዚዝና ናብ ወግዒ ኣተና።

"ይገርም'ዩ! ኣነ ዝተጸበኹዎ ብዕድመ ድፍእ ዘበለ፡ ዘጋጠመኒ ኣብ ክሊ ዕስራ ዘሎ በሊሕ መንእሰይ፡" ኢሉ ካር ካር በለ።

ኣነ'ውን ስሓቕኩ፣ ሽሕ'ኳ ንዕኡ ዝምልከት ምስ ስእሉ ሓበሬታ እንተነበረኒ ብዛዕብኡ ዝነበረኒ ትጽቢት ኣዕለልኩዎ። ቅድሚ ሕዚ ጎማታት ከም ዘምጻእኩ ብምሉኡ ምክልኻል ከም ዝወሰዶ ዕለትን መዓልትን ኣሰንየ ነገርኩዎ። ዶኩሜንትታት፡ ዝተተምየነ ቅብሊታትን ናብ ባንክ ዝተመሓላለፈ ገንዘብን ኣርኣኹዎ፣ ጌትነት ዓገበ።

እቲ እዋን'ቲ፡ ተጋሩ፡ ንብረት ዝተሶጉ ኤርትራውያንን ኢትዮጵያውያን መበቆል ኤርትራን መንዚዖም ዝሃብተሙን ነቲ ናይ ወጻኢ ዝምድናታቶም ዝቐጸልዎን ብዙሓት ነበሩ። ምዕዳል ፍቓድ ንግድ ኣብ ኢድ ተጋሩ ስለ ዝነበረ፡ ንትካላት ኤርትራውያን ብስሞም ኽገብሩዎ ኣይኣገምምን። ስለዚ፡ ምስ ተጋሩ ተላፊንካ ምስራሕ ከም ፋሽን ዓምቢቡ ብምንባሩ'ዩ እምበኣር፡ ጌትነት፡ ምሳይ ክላፈን መሪጹ። ኣብ ወፍሪን እታውን

30 ብ 70 ተሳማማዕና። ብኡ መጠን ኣነ 70% ንሱ ድማ 30% ክፍሊት ክንከፍል ተዋዓዓልና። ድሕሪ ሸውዓተ መዓልቲ ኣብ ወረቐት ክታምና ከነስፍር ተቛጺርና ተፈላለና።

ሓበሬታ ናብ ክፍሊ ጸጥታ ኣመሓላለፍኩ፣ ንእለቱ መንበሪ ገዛ፡ ትካልን ፍቓድ ንግድን ተዋሂቡኒ፣ ድሕሪ ሸዱሽተ መዓልቲ ውዱእ ስነደ መጺኒ፣ ምስ ጌትነት ተፈራረምና። ትራንስኣክሽን ብስመይ ተመሓላለፈ፣ ድሕሪ ሳልስቲ ናብ ቻይና ከድኩ።

※ እቲ ትራንስኣክሽን ክንደይ ነይሩ?

500 ሽሕ ዶላር።

※ ብኸመይ ተኸፊሉ?

ብኽፍሊ ጸጥታ፣ ብስመይ።

※ እቲ ጎማታት ኣትዩዶ?

ድሕሪ ሓደ ወርሒ ናብ ወደብ ጅቡቲ ኣተወ። ካብኡ ኣብ ባቡር ተጻዒኑ ኣብ ኣዲስ ኣበባ ኣብ ናይ ጌትነት መኽዘን ከም ዝኣቱ ገበርኩ። ጌትነት ኣብ ልዕለይ እምነት ኣጥረየ፣ እቲ ክብጻሕ ዝተደልየ ዕላማ ተወቕዐ። ምስ ፖለቲከኛታት ቅንጅትን ብውሽጢ ውሽጢ ንህወሓት ክዓልዉ ዝሓስቡ ሃብታማት ኣምሓሩን ጉራጌን ተፋለጥኩ። ኣነን ጌትነትን ዘይንፈላለ ኣዕሩኽ ኮንና።

ጌትነት፡ ካብ ርኹባት ስድራ ቤት ዝውለድ ወዲ 34 ዓመት መንእሰይ'ዩ። ህርኩትን ኣዝዩ ሓደገኛን ኸኣ ነበረ።

እቲ ጎማታት ምክልኻል ተቐበለና፣ ሓደ ሚልዮን ዶላር ከፈለና። ኩሉ ደህንነት'ዩ ኣዋዲድዎ፣ በታ ኣብ መገዲ ቦሌ ብስመይ ዝተኸፍተት ትካል። እንተ ናተይ ስራሕ ግና ምስ ጌትነት ምፍርራምን ምሸት ብቐጻሊ ምስኡ ምምሳይን'ዩ፣ ከሳዕ ዕላማ ስማቸው ሽቱኡ ዝሃርም።

ድሕሪ ክልተ ወርሒ፡ ካብ ቤ/ጽ ጸጥታ ሓደ መልእኽቲ መጺኒ፣ ምስ ጌትነት ኣብ ሓንቲ ንሶም ዝሓበሩኒ ኣብ *መገናኛ ሃያ ሁለት* ዝተባህለ ኣካባቢ ትርከብ ቤት ብልዒ ክኸይድ። ንጌትነት ተቛጸርኩዎ፣ መጺኡ ወሰደኒ። ኣብቲ ከባቢ መሬት ተዓዲሉዎ ብዓል ሸሞንተ ደርቢ ህንጻ የስርሕ ነበረ፣ እግሪ መገድና ንዕኡ ርኢና ናብታ ዝተሓበረትኒ ቤት ብልዒ ክንኸይድ ኢና ተበጊስና፣ ሰዓት ሸሞንተ ምሸት ነበረ። ዝብላዕ ኣዚዝና ክልተ ኩላሶ ኣይኩሉስናን፡ ጥያይቲ ኣብ ልዕሌና ዘነበ። ጌትነት ብኣርባዕተ ጥይት ተቐተለ፣ ኣነ ንስክላ ወጻእኹ። እዚ ዝኸውን ዘሎ፡ ኣለማየህ ስዩም ድሕሪ ምቕንጻሉ ኣብ ሳልሳይ መዓልቱ'ዩ።

※ ኣለማየሁ ስዩም?

ኣብቲ ዓሰርተው ክልተ ዓመት፡ ህወሓት፡ ኣብ ፖለቲካ ኣድሂቡ'ዩ ዝሰርሕ ነይሩ። ቀኅጠባ ግና ክቈጻጸር ኣይከኣለን፣ እንተርፎ ገለ ሰበ ስልጣናቱ። ተጋሩ ድማ ተወጊንና ብምባል ካብ ምዕዝምዛም ኣየዕረፉን ብፍላይ ተጋደልቲ ህወሓት። ኣዲስ ኣበባ፡ ኣብ ትሕቲ ቀኅጽጽር ነጋዶ ኣምሓሩን ጉራጌን'ያ ነይራ፣ ዘይተኣደነ ሃብቲ ኣጥርዮም ነበሩ። ስማቸው ኣሰፋው፡ ነዚ ሓይሊ ሚዛን ንምቕያርን ተጋሩ ተቛረፍቲ ናይቲ ሃብቲ ዝኾኑሉ መገዲን'ዩ ዘጣጥሕ ነይሩ። ሓላፊ ደህንነት ምስ ኾነ፡ ብዙሓት ሃብታማት ኣበይ ከም ዝኣተዉ ከይተፈልጡ ምጥፋእ ጀሚሮም ነበሩ። ለከስ፡ ጌትነት ንዓይ ኣይነገረንን'ምበር፡ ዳርጋ ሓደ ርብዒ እታው ጎማታት ማካይን ንሱ'ዩ ዝቆጻጸሮ፣ ምስ ካልኦት ብምልፋን። ስለዚ፡ ተጋሩ ክቛጻጸርዎ እንተኾይኖም፡ ጌትነት ክእለ ነይሩዎ፣ ነዚ ድማ ኣነ'የ ከመቻቸወሎም ተመዲበ። ጌትነት ብዘይካ ኣብ ዓበይቲን ፍሉጣትን ሆቴላት፡ ብተኣምር'ውን ኣብ ካልእ ቦታ ምስ ማንም ሰብ ኣይቛጸርን'ዩ፣ ኣዝዩ ጥንቁቕ'ዩ፣ ንዓይ ግና ኣመነኒ።

ሓደ እዋን ብሓባር ክንቆርስ ኣብ ሆቴል ሻራቶን ተቛጸርና። ኣብቲ እዋን'ቲ፡ ኣብ መገዲ ቦሌ ገዛ ተዋሂቡኒ እነብር ነበርኩ። ሓንቲ መዓልቲ'ምበር፡ መጺኡ ኣይፈልጥን'ዩ፣ ንሱ'ውን ንኸርእዮ ኢለ ማኪና ተባላሸያትኒ ብምባል'የ ጸዊዐዮ፣ ብመደብ።

ኣብ ቈጸራና ከም ወትሩ ኣብ ሰዓቱ መጸኒ፣ ኣዝየ ኣንጸርጺረ ከም ዝነበርኩ ኣብ ገጸይ ኣርኣኹዎ፣ እንታይ ተረኺቡ ኢሉ ሓተተኒ፣ ክዛረብ ከም ዘይደሊ ነገርኩዎ። ርብዒ ሊትሮ ቮድካ'የ ኣዚዘ ነይረ። ከም ዝወዳእኩዋ ዝሕብር ናይ ኣራንቺ ቅራፍ ኣብ ጠረጴዛ ነበረ፣ ሓንቲ'ምበር እቲ ዝተረፈ ክዕየየን'የ። ኣዝየ ዝተባሳጨኹ ብምምሳል ኸኣ፣

"ይቕሬታ ጌቱ! ሓንሳብ ዓይኒ ምድሪ ክበጽሕ፡" ኢለ ሓውሲ ሰንከልከል እናበልኩ ከድኩ። ድሕሪ ዓሰርተ ደቒቕ ካብ ዓይኒ ምድሪ ተመለስኩ። ጌትነት ገጹ ተቐያይሩ ጸናሓኒ።

"ኣኽሊሉ እንታይ'ዩ ኣጋጢሙካ?"

"ጌቱ፡" በልኩዎ ክምስ ኢለ፣ "ኣነ ብዛዕባ ውልቃዊ ህይወተይ ክዛረብ ኣይፈቱን'የ፣ ኣነን ንስኻን ቢዝነስ'ዩ ኣራኺቡና። ንዓኻ ዝፈትወካን ዝኣምነካን'ኮ ብዛዕባ ውልቃዊ ህይወትካ ስለ ዘይትዛረብን ንዓይ'ውን ስለ ዘይትሓተንን'ዩ።"

"መዓስ ኢና ድኣ'ሞ ተኣማሚንና ክንዘራረብ? ብሕታዊ ጸገም ዘይብሉ ድማ የለን፣ ክንተኣማመን ጥራይ ኢና ዘይከኣልና ዘለና።"

"ጌቱ! ኣነ ሰብ ኣይኣምንን'የ፣ ቢዝነስ እንካን ሃባ'ዩ። ብሕታዊ ህይወትና ግና ብገንዘብ ዝግዛእን ዝሸረፍን ኣይኾነን፣ ስለዚ ግደፈኒ!" ኢለ ሽጋራ ኣውጺአ ወላዕኩ።

ጌትነት ሽጋራ ክስሕብ ርእዩኒ ኣይፈልጥን'ዩ።

"እዋእ! ካብ መዓስ ድኣልካ ሽጋራ ትስሕብ?"

"ተመሊሰያ!"

"ኣኽሊሉ፡ ኣነ ክፈትሖ ዝኽእል እንተኾይኑ ክተሓባበረካ ንገረኒ።"

"ሰብ ክቕትል'የ እንተ ኢለካ ትተሓባበረኒ ማለት ድዩ?" ኢለ ጓሂ ዝዓሰሎ ዝመስል ክምስታ ኣርኣኹዎ።

"ኣድላዪ እንተኾይኑ!"

ኣብቲ ዝነበርናዮ ጠረጴዛ፡ ዝረሳዕኩዋ ተመሲለ ሓንቲ ጽሑፍ ገዲፈ'የ ናብ ዓይኒ ምድሪ ከይደ። እታ ጽሑፍ ኣቦይን ሓወይን ከመይ ኢሎም ከም ዝተቐትሉን

ቀታሊኦምን እትሕብር'ያ ነይራ። ጌትነት ከም ዝርእያ ገይረ ድማ'የ ኣንቢረያ ከይደ። ዝተተምነየት ጽሑፍ'ያ፣ ቀተልቲ ንሱ ዝፈልጦም ሰበ ስልጣን ህወሓት'ዮም፣ ግና ካብ ስልጣን ዝተኣልዩ። እታ ጽሑፍ ጥብቂ ሚስጢር ዝብል ማሕተም ነበራ።

ነታ ወረቐትን ጋዜጣን ምእንታን ግዜ ረኺቡ ክርእየን ድሕሪ ዓሰርተ ደቓይቕ ካብ ዓይኒ ምድሪ ተመለስኩ። እታ ጋዜጣ፡ ምንባሩ ኣብ ኣመሪካ ዝኾነ ዮሃንስ ዘርኣይ ምስ ወዱ ብዘይተፈልጡ ሰባት ከም ዝተቐትሉ ትሕብር ነበረት። ንጌትነት ቅድሚ ምፍላጠይ ኣርባዕተ ሰሙን ተተምይና ዝወጽኣት'ያ፣ ብደህንነት።

"ይቕሬታ ጌቱ! ሓንቲ ቮድካ ኣዝዘለይ!" ኢለ ነታ ወረቐት ኣልዒለ ኣብ ቦርሳይ ኣእትየ ብድድ በልኩ፣ ደጊመ ሽጋራ ለኹሰ ናብትን ናብዝን በልኩ፣ ጌትነት ተሲኡ ብምናተይ ሒዙ፣

"ስምዓኒ! ኣብ ኣዲስ ኣበባ ብገንዘብ ዘይኸውን ነገር የለን። እንታይ ኢኻ ኼንካ?" በለኒ ከምዛ ነቲ ወረቓቕቲ ዘይርኣየ ።

"ጌቱ፡ ማዕረ ክንደይ ክኣምነካ ከም ዘለኒ ኣይፈልጥን'የ። ኣነ፡ ኣነ . . ." ኢለ ንብዓት ሰዓረኒ። "እዚኦም . . ." ኢለ ትም በልኩ።

"እዚኦም ትብሎም ዘለኻ መን እዮም. . . " ኢሉ ከይወደአ እታ ቮድካ መጺኣ ግልብጥ ኣቢለያ ብድድ በልኩ።

ሕሳብ ከፊሉ ኣብ ማኪና ክኣቱ ክብል ኣርከበኒ።

"ከምዚ ኢልካ ማኪና ኣይትዝውርን ኢኻ! ኣነ ከብጻሓካ'የ! ናበይ ከብጻሓካ?"

"ፒያሳ፡ ሆቴል እቴጌ ጣይቱ።"

ጌትነት ተደናገረ፣ ኣቦይን ሓወይን ኣብኡ'ዮም ተቐቲሎም ዝብል ጽሑፍ ኣንቢቡ ስለ ዝነበረ።

"ስምዓኒ ገዛ'የ ዘብጽሓካ፣ ኣብ ሓደጋ ከይትወድቕ!"

"ድሕሪ ኣቦይን ሓወይን!" ኢለ ካር ካር በልኩ።

"እንታይ?"

"ጌቱ፡ እዞም . . ." ኢለ ትም በልኩ።

ንጌትነት ናብቲ መፈንጥራ ኣእተኹዎ፣ ምእንታይ ዝኾነ ከገብር ድልው ኾነ። ከመይሲ፡ ትምዩን ናይ 1.5 ሚልዮን ዶላር ንግዳዊ ውዕል ኣምጺአ ከም ዘለኹ ኣቐዲምና ተዘራሪብና ስለ ዝነበርና። ስለዚ፡ ሓደ ሰብ ክእለ ነይሩዎ። ንሱ ድማ ኣለማዮህ ስዩም እዩ። ብዙሕ ሚስጥራት ክፍሊ ጸጥታ ዝፈልጥ'ዩ፣ ብፍላይ ብዛዕባ ስማቸው ኣሰፋው። ኣዝዩ ጥንቁቕ፡ ኣብ ወግዓዊ ቦታታት ዘይረአ፣ ካብ ክልተ ሰለስተ መዓልቲ ንላዕሊ ኣብ ኣዲስ ኣበባ ኮፍ ዘይብል፣ መነባብርኡ ኣብ ወጻኢ ሃገር ዝኾነ ኢትዮጵያዊ - ኖርወጃዊ። ንስኡን ስማቸውን ኣብ እታው ንግዲ ዘይቲ ብልዒ ናይ ሓባር ወፍሪ ነይሩዎም። ድሕሪ ቅትለት ክፍለ ገብረመድህን ግና፡ ናብ ኖርወይ ተመሊሱ ድሕሪ ዓመት'ዩ ናብ ኣዲስ ኣበባ መጺኡ ነቲ ንግዳዊ ስራሕ ቀጺሉዎ፣ ብዘይ ስማቸው። ስማቸው ናይ ተወጊኑ ስምዒት ኣቕርሓኖ፣ ምስ ካልእ ትግራዋይ ነጋዳይ ተላፊኑ ንእታው ዘይቲ ብልዒ ፈተኖ፣ ከቢድ ክሳራ ኣጋጢሙዎ ስሓበ። ኣብ ልዕሊ ኣለማየህ ቂምታ ቋጸረ። እቲ ቀንዲ ምኽንያት ግና፡ ጥልመት ኣለማየህ ኣይነበረን። ቅድሚ ክፍለ ገብረመድህን ምቕንጻሉ፡ ስማቸው ኣሰፋው፡ ንዕዳጋ ዘይቲ ንምብሓት ብውሑዱ ሰለስተ ሰባት ካብ ጽርግያ ክኣሊ ነይሩዎ፣ ኣለየ ኸኣ፣ ኣቕንጺሉ። ኣለማየህ ድማ ይፈልጥ እዩ፣ ስለዚ ክእለ ነይሩዎ።

ጌትነት፡ ኣብ ቅትለት ኣቦይን ሓወይን ቀንዲ ተሓታቲ ኣለማዮህ ስዩም ምዃኑ ኣብታ ጽሑፍ ኣንቢቡ'ዩ። ብቐረባ ይፈልጦ'ዩ፣ ክልቲኦም ድልዱል ንግዳዊ ዝምድና ነይሩዎም'ዩ። ስለዚ፡ ንጌትነት ናብቲ ረሳሕ ጸወታ ከእትዎ ነይሩኒ፣ ኣተወ ኸኣ፣ ንስለ'ታ ናይ 1.5 ሚልየን ዶላር ንግዲ (ቢዝነስ)። ኣለማዮህ ተቐትለ፣ ኣብ ሳልስቱ ጌትነት ተኣለየ። ስማቸው ብሓንቲ ወንጭፍ ሰለስተ ኣዕዋፍ ሃሪሙ ኣውደቐ። እታው ዘይቲ ብልዕን ጎማ ማኪናን ኣብ ኢዱ ኣተወ፣ ኣነ ድማ ፋልማይ ስራሕ ስለያን ቅንጸላን ሓለፍኩ።

※ ንኣለማዮህ ስዩም መን ኣቕቲሉዎ?

ጌትነት።

※ ሽያጥ ጎማ ማካይን ናብ መን ኣተወ? ንዓኻ ድዩ ተዋሂቡካ?

እቲ ገንዘብ ኣብ ፍሉይ ሕሳብ ባንክ'ዩ ነይሩ፣ ደህንነት ድማ ወሰዶ።

※ ኣብ መዓስከር እንድራባ ዝወሰድካዮ ስልጠና እንታይ'ዩ ነይሩ?

ነቲ ኣብ መዓስከር ራያ ብክልሰ ሓሳብን ግብርን ዝተማሃርናዮ ደጊመዮ። ኣስልጣኒና ሊብያሳዊ'ዩ ነይሩ።

ኣብ መዓስከር ራያ እንተለና ፈተነ ቅትለት ፕረዚደንት ምስሪ ንምንታይ ከም ዝፈሸለ ብዕምቆት ተማያይጥናሉ ኔርና። ሓደ ካብቲ ጉድለት እቲ ሱዳናዊ ካፕተን ኣብ ኤርትራ ምስ ተታሕዘ ኣብቲ ዝሃቦ ቃል ምስክርነት ገሊጽዎ'ዩ። ኾይኑ ኸኣ፡ ከመይ ጌርካ ግብረ-ሽበራዊ ስርሓት ተካይድ ብኣፍጋኒስታናውያን፡ ምስራውያን፡ ፍልስጤማውያን ዝካየዱ ግብረ-ሽበራ ኣብነት እናጠቐሱ ስልጠና ሂቦምና። ከመይ ጌርካ ትቕንጽል፡ ትጨውን ተዕኑን ብኣጽንዖት በብጕጅለ ዘቲና። ነዚ ኣመልኪቱ፡ እቲ ሱዳናዊ ንስርሒት ግብረ-ሽበራ ብኸመይ ከም ዝተኻየደ ገሊጽዎ ኣብ ቃል ምስክርነቱ ገሊጽዎ ነይሩ።

ንሱ፡ ኣብቲ ናይ ኣዲስ ኣበባ ፈተነ ቅትለት ጌጋ ተፈጺሙ'ዩ ዝበል፣ እቲ ፈተነ ብእኩብ ማለት ብልዕሊ ሓሙሽተ ግብረ-ሽበራውያን ክፍጸም ስለ ዝተፈተነ ፈሺሉ እዩ ዝብል። ካብኡ ተበጊሶም፡ ወጠንቲ ግብረ-ሽበራ፡ ተልእኾ ብውልቀ ስርሒት ክኸውን መደቡ። ኣብቲ ንሱ ክግበር ይከኣል'ዩ ዝበሎ ስርሒት ድማ ፈተነ ኣካይዱ።

ስኑዕ ቅንጸላ ፕረዚደንት ሱዳን ምክያድ።

እቲ ሱዳናዊ፡ ኣብ ክፍሊ ጸጥታ ብዝነበሮ ስራሕ፡ "እቲ ዝቐረበን ንምቕንጻሉ ዝቐለለን ሰብ፡ እቲ ፕረዚደንት'ዩ፡" ዝብል እምነት'ዩ ነይሩዎ። ናብ ስራሕ ዝኸደሉን ካብ ስራሕ ናብ ቤተ መንግስቲ ዝኣትወሉን ኣዳቒቑ ይፈልጥ'ዩ። ኣበይ ኾይኑ ነቲ ስርሒት ክፍጽሞ ከም ዝኽእል ኣጽኒዑ፣ እታ ምቕእቲ ዝበላ ህንጻ መረጸ። ካብኣ፡ እቲ ፕረዚደንት ናብ ማኪና ክኣቱን ክወርድን ብንጹር ኢኻ ትርእዮ። እቲ ርሕቐት ኣስታት 900 ሜትሮ ብምንባሩ ነቲ ርሕቐት እትበቅዕ ስናይፐር ተዋህቦ። ካፕተን ኣብ ቦታ ተኹሲ ብሓደ ብርኩ ኣብ ባይታ ኣደልዲሉ ተምበርኪኹ ብረቱ ኣማዓራረየ።

እቲ ፕረዚደንት ኵሉ ግዜ ሰዓት 08:25 ወይ 08:30 እውን ድማ 08:35 እዩ ናብ ስራሕ ዝነቅል። ኣብ ሰዓቱ ካብቲ ቤተ መንግስቲ ወጸአ። መራሒ ማኪና ሰላምታ

ሂቡ ማዕጾ ኸፈተሉ። ልክዕ ኣብዛ ህሞት'ዚኣ እዩ ነቲ ፕረዚደንት ከቕንጽሎ መዲቡ። ነቲ ፈተነ ዝከታተል ንዝነበረ ኣሰልጣኒ ኣርኣዮ፣ እቲ ስርሒት ዑዉት ምዃኑ ኣመነ። “እቲ ጸብጻብ ንኽፍሊ ጸጥታ ተወሃበ። ንኸምዚ ዝኣመሰለ ስርሒት ወይ ናይ መወዳእታ ግብራዊ ፈተና ካርሎስ'ዩ ዝከታተሎ። ከኣምን ኣይከኣለን፣ ከይዱ ክዕዘቦ ወሰነ። ድሕሪ ቐትሪ ሰዓት ሰለስተ ፕረዚደንት ናብ ቤተ መንግስቲ ዝምለሰሉ'ዩ፣ ኣብኡ ኾይንና ተጸበናዮ፣ መጽአ። ካርሎስ ጸጋመይቲ ዓሚቱ የማነይቲ ዓይኑ ኣብ ስናይፐር ኣንቢሩ ተዓዘበ፣ እቲ ዝበልኩዎ ልክዕ ኾነ፣ ካርሎስ ዘይተጸበዮ ኮኖ፣ ኣዝዩ ተሓጎሰ፡” ይብል እቲ ሱዳናዊ ካፐተን።

※ ድሕሪ ቅንጸላ ጌትነት፡ ናበይ ኬድካ?

እቲ ቅንጸላ ብህጹጽ ክትግበር ስለ ዝነበሮ፡ ኩሉ ነገር ብኽፍሊ ጸጥታ ተዋዲዱ'ዩ ተዋሂቡኒ፣ ኣነ ምጽንዑ ጥራይ'ዩ ዘድልየኒ ነይሩ። ዝርዝራቱ ንጹርን ንምሓዙ ዘየጸግምን ኾይኑ'ዩ ተዳልዩ። ጌትነት ምስ ተቐንጸለ ኣብ ትሕቲ ቀይዲ'የ ኣትየ። ሰለስተ መዓልቲ ናይ ፖሊስ ምርመራ ተኻይድለይ ብዋሕስ ተለቒቐ ብቕጥታ ናብ ገዛይ ከድኩ። ነብሰይ ተሓጺበ ክዳውንተይ ቀይረ ውጽእ ክብልን ስልኪ ክትድውልን ሓደ ኾነ፣ “ሰዓት 14:30 ኣብ ፊት ቤት ትምህርቲ ሊሴ ገብረማርያም ዘሎ ትካላት መሸጣ ሳንዱቕ ሬሳ ዝርከብ ኣብ ደገ ዘሎ እንዳ ሻሂ ሓደ ሰብ ክረኽበካ'ዩ” ዝብል መልእኽቲ ተነገረኒ። ሓንቲ ካብተን እንዳ ሻሂ መሪጸ ሻሂ ኣዚዘ ኮፍ በልኩ። ሓደ ሰብ ካብ ማኪና ወሪዱ ናባይ መጺኡ ከምዛ ንፋለጥ ምዉቕ ሰላምታ ሂቡ ሓንቲ ዕሽግቲ ደብዳበ ኣረኪቡኒ ኣዐርየ ክርእዮ ዕድል ከይሃበኒ ናብታ ኣብ ዘይግቡእ ቦታ - ጒደና ቸርቸል - ደው ኣቢሉዋ ዝነበረ ላንድ ክሩዘር ኣትዩ ተመርቀፈ። ።

※ እንታይ ነይሩ ትሕዝቶኣ?

ሓድሽ መንነት ወረቐት።

※ ብካልእ ስም?

ብሓቀኛ ስመይ፣ ዘርይሁን ኣርኣያ ሓጐስ።

※ ናብ ሓይሊ ኣየር ተመሊስካ?

እወ።

※ መን ተቐቢሉካ?

ሓላፊ ክፍሊ ጸጥታ ሓይሊ ኣየር ሻለቃ ኣብራሃለይ።

※ ኣበይ ኔርካ ኢሉ ኣይሓተተካን?

ከይትሓቶ ዝብል መምርሒ ተዋሂቡዎ ነይሩ ይመስለኒ።

※ ኣብ ምንታይ ተመዲብካ?

ኣብ ጸጥታ።

※ እንታይ'ዩ ነይሩ ስራሕካ?

ስራሕ ኣይነበረንን፣ ንሻለቃ ኣብራሃለይ ዓይኒ ዓይኑ ክርእየ እውዕል ነይረ። ኣብ ካልኣይ ሰሙነይ ግና ምስ ሰለስተ ርእሰይ ኣብ ካርሸሊ ተደርበኹ። ዝተኻየደለይ ምርመራ ኲብሊልካን ሰባት ከተእድም ሓሲብካን'ዩ ዝብል። እቶም ምሳይ ዝተኣስሩ፡ እቲ ሓደ ተወላዲ ኣምሓራ እቲ ካልኣይ ወላይታ ኾይኖም፡ ኣብ ሞስኮ ኣብ ትምህርቲ ምሳይ ዝነበሩ'ዮም። እቲ ኣብ ልዕለይን እቶም ክልተ ብጾተይን ዝተኻየደ ምርመራን መግረፍትን ጭካነ ዝመልአ'ዩ ነይሩ። ክልተ ወርሒ ምስ ተኣሰርኩ ናብ ኣዛዚ ሓይሊ ኣየር ጀነራል ኣበራ ቀሪበ ተረፈትኩ፣ ብዘይ ንሕስያ ኣብ ጕልጕል ተደርበኹ።

ካብ ደብረ ዘይት ናብ ኣዲስ ኣበባ ዘኸይድ ገንዘብ ኣይነበረንን። ሓደ ዝፈልጠኒ ሰብ ብእግረይ ናብ እንዳ ኣውቶቡስ ከዝግም ረኺበኒ'ሞ፡ ሰንቢዱ ናብ ሓደ ቤት ሻሂ ወሲዱ ብሓባር ቍርሲ በላዕና። ዘጋጠመኒ ሓተተኒ፣ ምኹብላለይ ነገርኩዎ። ኣብ ውትህድርና ምኹብላል ዘረሸን ምኺኑን ዕድል ከም ዝገበርኩን ኣጸናኒዑ ናብ ኣዲስ ኣበባ መኸዲ ገንዘብ ሂቡ ተፋንዩኒ ኸደ። ድሕሪ ቍሩብ ደቃይቕ፡ ኣብቲ ዝነበርናዮ ቤት ሻሂ ተሓጺጺበ ናብ መደበር ኣውቶቡስ ብምኻድ ናብ ኣዲስ ኣበባ ተመለስኩ። ብቐጥታ ናብቲ ናይ ቦሌ ገዛይ ድማ ከድኩ፣ ካልእ ሰብ ኣትይዎ ጸንሓኒ፣ ንብረተይ'ውን ኣይረኸብኩን። ናብ ኣለፈሽ ከምኡ ኢለ ክኸይድ ኣይመረጽኩን፣ ናብ ሓደ ዓርከይ ከድኩ። ነጋዳይ እዩ፣ ኣብ ቦሌ መድሃኒኣለም ኣብ ፊት ጂራ ፍዮሪ ሰፊሕ ቡቲክ ኣለዎ። ምስ ርኣየኒ ሰንቢዱ ካብቲ ቡቲክ ብምናተይ ሒዙ ኣውጽኣኒ። ኣብ በርገር ትብሃል ፋስት ፉድ ኣድረረኒ። ዘጋጠመኒ ነገረ፡ ከም ዝተረፈትኩን መሕደሪ ከም ዘይብለይን ነገርኩዎ'ሞ ምስኡ ክቕኒ ከም ዝኽእል ነጊሩ ናብ ገዝኡ ወሰደኒ።

ንጽባሒቱ፡ ከባቢ ሰዓት ዓሰርተ፡ ዓርከይ ሃፍ እናበለ ናብ ገዛ መጽአ፣ ነውኒዉ ኣበራበረኒ። ነቲ ሒዙዎ ዝመጸ ጋዜጣ ኣብ ዓራት ደርበየለይ። ባዕጊገ ስለ ዝነበርኩ፣ "ድሓን ዲኻ?" ጥራይ በልኩዎ።

"ርኣዮ ብዛዕባኻ እንታይ ተጻሒፉ ከም ዘሎ! ሓቂ ድዩ?" ሓተተኒ ብተርባጽ።

ዝግ ኢለ ነቲ ጽሑፍ ኣንበብኩዎ፣ ገሪሙኒ ርእሰይ ነውነውኩ።

"ሓቂ ድዩ?" ደገመ ኣዒንቱ ኣፍጢጡ።

"እወ፣ ምስ ኣሕሉቕይ ክሰማማዕ ኣይከኣልኩን፣ ኲብሊለ፡ ተታሒዘ፡ ተኣሲረ፡ ተረፊተ።"

ለከስ እቲ ኣብ መገዲ ዝረኸበኒ ልኡኽ ክፍሊ ጸጥታ'ዩ ነይሩ። ዘድሊ ሓበሬታ ወሲዱ ምስ ስእለይ ኣብ ጋዜጣ ሪፖርተር ከም ዝወጽእ ዝገበሩ ንሳቶም'ዮም።

ዓርከይ ኣዝዩ ሓዘነ፣ ንሓይሊ ኣየር ከዓቦ።

ድሕሪ ክልተ ሰሙን፡ ንኣለፈሽ ናብ ስርሓ ከድኩዋ። ብብሩህ ገጽ

ኣይተቐበለትንን፣ ሓበሬታ በጺሑዋ ስለ ዝነበረ። ብዘይ ብእኡ፡ እቲ ብዛዕባይ ኣብ ጋዜጣ ዝወጽአ ኣንቢባቶ ነይራ'ያ።

※ ምእሳርካ መን'ዩ ሓቢሩዋ?

ጀነራል ኣበራ።

※ እንታይ'ዩ ኢሉዋ?

ኰብሊሉ!

※ ኣሚናቶ?

ኣሚናቶ እወ! ምኽንያቱ፡ ናብ መቐለ ምስ ከድኩ ኰብሊሉ ተባሂሉ ገዛና ገላቢጦም ፈቲሸሞ'ዮም። ሓቢኣትኒ ከይትህሉ'ውን ተሓቲታ ነይራ'ያ። እዚ ዝኸውን ዘሎ ካብ ሞስኮ ምስ ተመለስኩ ኣብ ካልኣይ ስሙነይ'ዩ፣ ሽው ኣብ ታዕሊም ኣለኹ። ካልእ ይትረፍሲ፡ ቁንጣሮ ኤርትራዊ ደም ስለ ዘለኒ ናብ ኤርትራ ስዲዑ ተባሂሉ'ውን ተነጊሩዋ ነይሩ። ምስቲ ኣቦይ ኣብ ኲናት ምሟቱ፡ ምስቲ ኣብ ልዕሊ ኤርትራውያን ዝነበራ ክርሑን ጽልኢ ነዛ ነዒንታ ክትርእየኒ ጸለኣትኒ። ቃል ንቓሉ፡ "ከዳዕ ኣብ ገዛይ ክኣትወኒ ኣይደልን'የ!" ብምባል ገጻ መሊሳ ኣፋነወትኒ።

ይኹን እምበር፡ ገዛ'ቦይ ምእታው ክትክልክለኒ ኣይትኽእልን'ያ ኢለ ናብ ገዛና ከድኩ። ስመረት ሓውተይ ርእያትኒ ኣእወየት፣ ሓቝፋትኒ በኸየት። ነብሰይ ጸምልዩ'ዩ ነይሩ፡ ኣዝያ ሰንበደት፣ ብኢደይ ሒዛ ናብ ገዛ ኣእተወትኒ። ኣለፈሽ፡ ከዳዕ ኣብ ገዛኣ ክኣትዋ ከም ዘይትደሊ ነጊረ ክኸይድ ተበገስኩ።

"እንታይ? ውሽማኣ ከተእቱ ዘይሓፈረትሲ ኣብ ገዛ'ቦና ምእታው ኽትክልክለካ? መን ኾይና? ምሳኻ ክወጽእ እንተኾይነ እወ!" ኢላ ክኣቱ እናነበዐት ለመነትኒ፣ "ሕራይ" በልኩዋ። ናብ መዳቕሶ ኽፍለይ ከይደ ንቑሩብ ደቃይቕ ኣዕሪፈ ተሳእኩ። ስመረት'ያ ኣተሲኣትኒ፣ ኣለፈሽ ስለ ዝመጸት።

ድሕሪ ነዊሕ ጭቕጭቕ ኣደን ጓልን፡ ናብ ገዛይ ከምለስ ተረዳድኣ፣ ናብ ገዛይ ተመለስኩ፡ ብዘይ ስራሕ ክልተ ወርሒ ኮፍ በልኩ።

※ ብምንታይ ትናበር ኔርካ?

ካብ ሱዳን ምስ ተመለስኩ ኣብ ባንክ ኣንበሳ ቍጽሪ ሕሳብ ተኸፊቱለይ ነይሩ። ሓደ መዓልቲ እታ ሕሳብ ባንክ ምህላዋን ዘይምህላዋን ክሓትት ናብቲ ባንክ ከድኩ'ሞ፡ እታ ቍጽሪ ሕሳብ ከም ዘላ ተነገረኒ፣ ግና በየናይ ሽም ኮን ትህሉ ትኸውን ኢለ ኣሰላሰልኩ፣ ምኽንያቱ ሽው ብኣኽሊሉ'የ ዝጽዋዕ ነይረ።

ድሕሪ ክልተ ወርሒ ኣቢለ ናብቲ ባንክ ከድኩ። ባንክ ኣንበሳ ናይ ህወሓት'ዩ። ሓደ ኣብቲ ባንክ ዝሰርሕ ሰብ ትዝ በለኒ፣ ኣብ ደደቢት ምሳና ዝነበረ'ዩ፣ መተዓብዩቲ

ኢና። ኣብ ዩኒቨርሲቲ ኣዲስ ኣበባ ተማሂሩ ኣብ ክፍሊ ፋይናንስ ናይቲ ባንክ'ዩ ዝሰርሕ፣ ናብኡ ከድኩ'ሞ ሕሳብ ክርእየለይ ሓተትኩዎ። ድሕሪ ኣርባዕተ ዓመት'ዩ ዝርእየኒ ዘሎ። ሓይሊ ኣየር ምህላወይ ይፈልጥ'ዩ፣ ግና ከም ዝተረፈትኩ ኣይፈለጠን። ቍጽሪ ሕሳበይ ብቓለይ ክሕዞ ተነጊሩኒ ብምንባሩ ነገርኩዎ'ሞ ልዕሊ ሰለስተ ሚእቲ ሽሕ ብር ከም ዘለኒ ነገረኒ።

"ክርእዮ ምኽኣልኩዶ?" በልኩዎ ብስም መን ምህላዉ ንኽፈልጥ። በቲ ልክዕ ስመይ፡ ዘርይሁን ኣርኣያ ሓጐስ ነበረ።

ኣስደመመኒ።

ድሒረ ከም ዝፈለጥኩዎ፡ እቲ ባንክ ኣብ ትሕቲ ምሉእ ቍጽጽር ደህንነት ምንባሩ'ዩ። ስለዚ፡ ስመይ ክቕይርዎ ዘጸግም ኣይነበረን፣ ቀየርዎ ድማ። እቲ ጸገም፡ ገንዘብ ከውጽኣሉ ዝኽእል ቸክ ወይ ደብተር ኣይነበረንን። ነቲ ሰብ ቸክ ይኹን ደብተር ኣብ መገሻ ከም ዝጠፍኣኒ ነገርኩዎ፣ ቸክ ኣስሪሑ ሒዙለይ መጽአ። ንእለቱ 10 ሽሕ ብር ኣውጻእኩ፣ ንፈተነ።

ካብቲ ባንክ ወጺአ ናብ ዓርከይ ናብ ቦሌ መድሃኔኣለም ከድኩ። ኣብቲ ከባቢ ትካል ከኽፍት ክተሓባበረኒ ተማሕጸንኩዎ። ኣብተን ዝቖጸላ ኣርባዕተ ሓሙሽተ መዓልቲ ሰለስተ ኣርባዕተ ትካላት ርኣና፣ ግና ካብአን ዋላ ሓንቲ ትብርሃኒ ኣይረኸብኩን።

ኣብታ ሓምሻይቲ መዓልቲ፡ ሓደ ደላላይ'የ ዝብል ሰብ ደወለለይ፣ ተቛጺርና ተራኸብና። ስልኪ ቍጽረይ ካብ ዓርከይ ከም ዝረኸቦ'ዩ ነጊሩኒ። እቲ ሰብ መልክዑ ኣይሓደሰንን፣ ኣብ ገለ እፈልጦ ነይረ'የ።

ኣብ ታዕሊም ሰባት ብኽመይ ከም ነለልዮም ተማሂርና ኢና። ኣብ ኣካላቶም ፍሉይ ነገር ከነስተብህልን ኣብ ኣእምሮና ክንቐርጾን ከም ዘለና ብቐጻሊ ኣስተምህሮ ተዋሂቡና ነይሩ። ብፍላይ ግና፡ ድምጺ ሰባት ብኽመይ ከነስተብህልን ኣየናይ ናይ መን ምዃኑ ኣብ ኣእምሮና ክንቐርጾን ኣብ ቴፕ ዝተመልአ ብናይ ዝተፈላለዩ ሰባት ድምጺ ሰልጠና ተዋሂቡና'ዩ።

እንትኾን ግና፡ እቲ ሰብ ክመጸለይ ኣይከኣለን። ድሕሪ ቍሩብ ወግዒ ነቲ ክርእየኒ ዝደለየ ትካል ክንርእዮ ከድና፣ ካብ እንዳ ዓርከይ ካብ ክልተ ሚእቲ ሜተር ዘይርሕቕ'ዩ። ንዕዳጋ ኣዝዩ ቁልፊ ቦታ'ዩ፣ እታ ትካል 30 ሜተር ትርብዒት ኾይና 12 ሜተር ትርብዒት መዛንያን ነበራ፣ ፈተኹዋ፣ ተሰማማዕኹ። ናብ ዋና ብምኻድ ዕርቡን ኣትሒዘ ድሕሪ ሰለስተ መዓልቲ ተፈራረምና። ልክዕ ኣብዛ ህሞት'ዚኣ'የ ነቲ ሰብ ዘኪረዮ። ብጸጋም'ዩ ዝጽሕፍ። ኣተሓሕዛ ፒሮኡ ፍሉይ'ዩ። ኣብ የማናይ ገጹ ኣብ ጥቓ ዓይኑ ኣብ ደደቢት ጭዓ ዝሓንጠጦ ስንብራት ኣላቶ።

እቲ ሰብ ልኡኽ ደህንነት ነበረ።

እቲ ትካል ብስማቸው'ዩ ተዋሂቡኒ፣ ካብ እግረይ ኣይተፈለየን። ኣበይ እውዕል፡ ምስ መን እራኸብ፡ መዓልታዊ ጸብጻብ ይበጽሖ ነይሩ።

እታ ሓንቲ ክሰርሓ ዝኽእል ስራሕ መሸጣ ክዳውንቲ'ያ፣ ቡቲክ ከፈትኩ። ዘድሊ ኣቕሑት ኣዳልየ ፍቓድ ንግዲ ኣውጺአ ካብ ዱባይ ክዳውንቲ ከምጽእ ፓስፖርት ከውጽእ ነይሩኒ። ናብ ክፍሊ ኢሚግረሽን ከይደ ኣመልከትኩ፣ ናይ ንግሆ ዘመልከትኩ ድሕሪ ቐትሪ ተዋሂቡኒ። ስማቸው ኣሰፋው ደድሕሪ ጽላሎተይ ይኸይድ ምንባሩ ኣዕርየ ፈለጥኩ።

ዘድሊ ክዳውንትን ጫማታትን ገዚአ ብኣየር ካርጎ ናብ ኣዲስ ኣበባ ሰደድኩዎ። ኣብ ሓምሻይ መዓልቱ ኣትዩ ናብ ግምሩክ መዓርፎ ነፈርቲ ከድኩ። ኣቑሑተይ ከይተፈተሸን ግብሪ ንይስሙላ ከፈለን ኣውጻእኹዎ።

ሰንበት ንግሆ'ዩ። ትካል ምስ ከፈትኩ ኣብ ሳልሳይ ሰሙኑ ሓደ ቅድሚ ሽዑ ርእየዮ ዘይፈልጥ ሰብ ናብ ገዛና መጺኡ ብስራሕ እድለ ከም ዘለኹ ሓቢሩ ምስኡ ክብገስ ነገረኒ፣ ብዘይ ሕቶ ተበገስኩ። *ፍል ውሃ* በጺሕና ናብ ሓንቲ ጸባብ ክፍሊ ኣእትዩኒ ኣብ ደገ ተረፈ። ስማቸው ብድድ ኢሉ ሰላም በለኒ፣ ኣይተደነቕኩን፣ ምኽንያቱ ካብ ግምተይ ወጻኢ ስለ ዘይነበረ። ኣብ ርክብና ክልተ ሓረግ ጥራይ እዩ ተዛሪቡ። "ኣብ ስራሕካ ተመሊስካ ኣለኻ፣ ኣብ ተድልየና ኣዋን ከነፍልጠካ ኢና!" በቃ ኾይኑዋ። እዚ ዝኸውን ዘሎ ካብ ማእሰርቲ ምስ ወጻእኹ ኣብ ራብዓይ ወርሐይ'ዩ። ኮይኑ ግና ንእለቱ ናብ ስራሕ ኣይተመለስኩ። ድሕሪ ክልተ ወርሒ፡ ማለት ኣብ ነሓሰ 2004 ንታዕሊም ናብ መቐለ ከወርድ ተሓበርኩ። ሓደ ሰብ ኣብ መዓርፎ ነፈርቲ ተቐቢሉ ናብ ከባቢ ደደቢት ብማኪና ወሰደኒ። ኣብኡ'ውን ምስጡር መዓስከር ጸናሓኒ። ዘይከም ኣብ ራያ፡ እቲ ቦታ ጽሙእ፡ ቃልቃል ትብል ጸሓይ፡ ጎቦታት ዝመልኦን ምቾት ዘይነበሮን'ዩ። እቲ ታዕሊም ጎቦ ምድያብ ጎቦ ምውራድ'ዩ። ምስቲ ዝናብን ጨፈቕፈቕን ክሻዕ ትሓልኽ ኢኻ ትድይብን ትወርድን። እዚ ክብል እንተለኹ ብዘይካ እቲ ናይ ኮማንዶ ታዕሊም ማለተይ'ዩ። ሓደ ካብ ዓለምትና ብዛዕባ ሻድሻይ ወራር ብቐጻሊ'ዩ ዘዘንትወልና ነይሩ። ንጎቦታት ሳሕል ከገልጾ ከሎ ንምእማኑ ንጽገም ነበርና።

"በሉ መን ይፈልጥ፡ ሓደ መዓልቲ፡ ህወሓት ኣብ ሳሕል ይድርብየኩም ይኸውን፣ ተለማሚድኩም እንትጸንሑ ዝሓሸ'ዩ። እንተይኾነ እቶም ገያጻት እምባታት ሳሕል ከየሰንብድኹም፡" ይብለና ነበረ። ካብኡ ብምብጋስ፡ "ዳግማይ ኲናት ክውላዕ'ዩ፡" ኢለ ሓሳብኩ። ምኽንያቱ፡ እቲ እዋን፡ ኢትዮጵያ፡ ምስ ኮሚሽን ዶብ ኤርትራን ኢትዮጵያን ብጉዳይ ባድመ ዝተፋጠጠትሉ ብምባሩ። እቲ ኮሚሽን፡ ባድመ ልኣላዊ ግዝኣት ኤርትራ'ዩ ዝብል ብይን'ዩ ሂቡ። ከምኡ ኾይኑ ከብቅዕ፡ መንግስቲ ኢትዮጵያ ብፍላይ ድማ ሚኒስተር ጉዳያት ወጻኢ ንህዝቢ ኢትዮጵያን ማሕበረ-ሰብ ዓለምን ዓይኒ ዘውጽኣ ሕሶት ብምሕሳዉ ከቢድ ወቐሳ እንተ ወረዶ'ኳ፡ ነቲ ናይ መወዳእታን ቀያድን ኢሉ ዝተቐበሎ ብይን ኣይቅበልን'የ ኢሉ ብዘይ ሕንከት ኣንገርገረ። ማሕበረ-ሰብ ዓለም፡ ብፍላይ ድማ ኣውሓስቲ ሰላም ዓይኖም ዓሚቶ፡ እዝኖም ደፊኑ።

ታዕሊም ወዳእና፣ ብቐጥታ ናብ መዓርፎ ነፈርቲ መቐለ ተወሲደ ናብ ኣዲስ ኣበባ በረርኩ። ዝተወሃበኒ ስራሕ ብዘይምንባሩ ናብ ናይ ብሕተይ ስራሕ ተመለስኩ።

ኣብ ሳልስቱ ኣብ ቦሌ መድሃኒኣለም ክልተ መዳቕሶ ዘለዎ ገዛ ተዋሃበኒ። ድሕሪ ሓደ ወርሒ፡ እቲ ትካል ማለት ቡቲክ ንስድራይ ክገድፈሎም ተነገረኒ፣ ፍቓድ ንግዲ፡ ብሰመረት ሓውተይ ገበርኩዎ።

እቲ እዋን፡ መንግስቲ ህወሓት ሃገራዊ ምርጫ ንምግባር ዝሸባሸበሉን ቅንጅት ናብ ዝለዓለ መድረኽ በጺሑ ኣስጋእነቱ ዝተገምገመሉ'ዩ ነይሩ። ስለዚ፡ ላዕለዎት መራሕቲ'ቲ ሰልፊ እንታይ ይገብሩ? ኣበይ ይኣትዉ? ምስ መን ይራኸቡ? ናበይ ይገሹ? ብደቂቕ ክጽናዕ መደብ ወጸ፣ ኣነ ድማ ኣብቲ ስራሕ ስለያ ተመደብኩ። ነዚ ጉልባብ ዝኾነኒ ኣብ ጥቓ ቤት ጽሕፈት ሜጋ ኢንተርፕራይዝ ዝርከብ ህንጻ፡ ትካል ተዋሃበኒ። ኣብ ንግዲ ኮምፒተርን መቐያየሪ ኣቕሑትን ክነጥፍ ጀመርኩ፣ እኹል ገንዘብ ተሰላዓለይ።

300 ሽሕ ዶላር።

ኣብ ናይ ፈለማ እግረይ 100 ኮምፒተር ብኣየር ካርጎ ኣምጺአ ብዘይ ቀረጽ ኣእተኹወን። ካብተን ኣብ ዕዳጋ ዝነበራ ብሓደ ሲሶ ዝሓሰራ ብምንባረን ሻማ ሻማ ክብሉወን ግዜ ኣይወሰደሎምን፣ ተፈላጥነት ድማ ረኺብኩ። ይኹን እምበር፡ ዕላማይ ከመይ ኢለ ኣብ ሕምብርቲ ቅንጅት እኣቱ ስለ ዝነበረ፡ ኣብ ሆቴል ሻራቶን ናይ መላለዩ ኮክቴል ኣዳለኹ። ዝርዝር ኣስማት ናይቶም ተዓደምቲ ካብ ክፍሊ ጸጥታ'ዩ ተወሃበኒ። ብመገዲ ሆቴል ሻራቶን ነቶም ኣገደስቲ ዝባሃሉ መራሕቲ ስልፍታት፡ ህቡባት ውልቀ ሰባትን ዓበይቲ ነጋዶን ከም ዝዕደሙ ገበረኩ። ኣብ ውሽጢ ሰለስተ ሰሙን 100 ኮምፒተር ከምጽእ ስለ ዝነበረኒ ድማ ናብ ዱባይ ከድኩ። ሓደ ኣባል ቤ/ጽ ኤምባሲ ኢትዮጵያ ተቐበለኒ። ዝተሓበረኒ ነገር ስለ ዘይነበረ ተጠራጠርኩ፣ ናብ ማኪና ተሳፊረ ናብ ኤምባሲ ኢትዮጵያ ተወሰድኩ። ሓንቲ ደብዳበ ተዋሃበትኒ፣ 100 ላፕቶፕ ተዳልየናለይ ከም ዘለዋ ትሕብር ነበረት። ድሒረ ከም ዝፈለጥኩዎ፡ እቲ ኣምባሳደር መን ምዃነይን እንታይ ከም ዝሰርሕን ኣይፈልጥን ነበረ፣ ነጋዳይ ምዃነይ ጥራይ'ዩ ዝፈልጥ። እተን ላፕቶፓት ንስራሕ እምበር ንካልእ ኣይመሰሎን። 100 ኮምፒተርን 100 ላፕቶፕን ኣብ ኣየር ካርጎ ኣጽዒነ ኣብ ሻሙናይ መዓልተይ ተመለስኩ። ኣብ ሆቴል ሻራቶን ኣብ ግፍሕ ዝበለ ኣዳራሽ ናይ መላለዪ ኮክቴል ተዳለወ፣ ዕላማይ ሃረምኩ፣ ቅንጅት ቀስ ኢልካ ብዝኸፈል 15 ላፕቶፕን 25 ኮምፒተርን ክወስድ ተፈራረምና። ናብ ቤት ጽሕፈቶም ሰተት ኢለ ኣተኹ፣ ምስ ላዕለዎት ሓለፍቲ ክራኸብን ምኽርታት ኽልግስን ጀመርኩ፣ ቈጺረ ብዘስርሖም ክኢላታት ዳታ ፕሮሰሲንግ ብነጻ ከም ዝምሃሩ ገበርኩ።

እዚ ኹሉ ቅድሚ ምዃኑ፡ ማለት ናይ ኮክቴል ግብዣ ቅድሚ ምድላወይ ቍሩብ ሳምንታት፡ ደህንነት፡ ንታሪኽ ህይወተይን ንጥፈታተይን ብፍላይ ንእታው ኮምፒተር ብዝምልከት ምስ ጋዜጣ ሪፖርተር ቃለ ምልልስ ኽገብር መደብ ሰርዓለይ። ኣብቲ ቃለ መጠይቕ፡ ተኣሲረ ከም ዝተረፈትኩን ኣብ ልዕሊ መንግስቲ ዘለኒ ተቓውሞን ኣስፊሐ ገሊጸ ነበርኩ። እቲ ቃለ መጠይቕ ንጕልባብ ዝተገብረ ነበረ፣ ብደህንነት።

ኣብ ታዕሊም፡ ሓቅን ሕሶትን ተዛማዲ ምዃነን ኢና ተማሂርና። መርበብ ስለያ እስራኤል (*ሞሳድ*) ብኸመይ ከም ዝሰርሐ ትገልጽ ብቪክቶር ኦስትሮቭስኪን ክለር ሆይን ዝተደርሰት *ባይ ወይ ኦፍ ዲሰብሽን* (By way of deception) ትብል መጽሓፍ ከም መወከሲ ተማሂርናያ። ሽቶኻ ክትሃርም፡ ክልስ ሓሳብ ማከያቨሊ ትጥቀም፣ ትሑሱ፣ ትቕንጽል። ስለዚ፡ ዕላማና ከይስሓትና ኣብ ዝኾነ ስራሕ ባዕልና ክንውስን ከም ዘለና ተነጊሩና። ስለዚ፡ እቲ ነገር ክሓባብኦ ኣይፈተንኩን። ድሕሪ'ቲ ናይ መላለዩ ኮክቴል፡ ሓደ ምሸት ምስ ሓደ ኣባል ላዕለዋይ መሪሕነት ቅንጅት ንድራር ተቛጸርና።

እቲ ዘገርም፡ ቅንጅት፡ ተጋሩ ኣባላት ኣይነበሩዎን፣ ከመይሲ፡ እቲ ሰልፊ ንገዛእ ዓርሱ ካብ ዘርኣዊ ኣድልዎን ኣተሓሳስባን ዝተናገፈ ስለ ዘይነበረ። ስለዚ፡ ንተጋሩ ዝገለለ'ዩ ነይሩ ክብሃል ይከኣል።

ካብ ናይ ቈጸራ ሰዓት ዓሰርተ ደቒቕ ኣቐዲመ ኣብቲ ቦታ በጺሐኩ። ኣብ ወግዒና፡ ናብ ሓይሊ ኣየር ብድልየተይ ከም ዝተጸምበርኩ፡ ኣብ ሩስያ ከም ዝተማሃርኩ፡ ምስ ሓለፍቲ ምርድዳእ ስኢነ ከም ዝኾብለልኩን ዝተኣሰርኩን ዝተጠረዝኩን ብግልጺ ኣውጋዕኩዎ፣ ትግራውነተይ'ውን ኣይሓባእኹሉን። ኣበየናይ ስልፊ ኣባል ክኸውን ከም ዝመርጽ ሓተተኒ። ኣብ ኢትዮጵያውነት ከም ዝኣምንን ብኣርኣእያ ደሞክራስያዊ

ሰልፊ ኢትዮጵያ (ኢዴፓ) ከም ዝሰማማዕን ኣተምባህኩሉ። ምኽንያት ሓተተኒ። ምስቲ ደሞክራስያዊ ሰልፊ ኢትዮጵያ (ኢዴፓ) ኣብ ጉዳይ ኤርትራን ዓሰብን ዘለዎ ኣርኣእያ ከም ዝሰማማዕ ገለጽኩሉ። ይኹን እምበር፡ ኣባል ቅንጅት'ምበር ኣባሉ ክኸውን ከም ዘይመርጽ ኣረጋገጽኩሉ።

"እቲ ምስ ጋዜጣ ዝገበርካዮ ቃለ ምልልስ ርእዮ ነይረ። ይግረምካ፡ ወያነ ኣዲስ ኣበባ እትው ካብ ዝብል ኣትሒዙ ኣብ ኤርትራ ረፈረንደን ከየካይድ፡ እንተ ኾነ ድማ፡ ብዓሰብ ኣፍደገ ባሕሪ ክህልወና ካብ ምኪታዕ ኣየዕረፍኩን። ድሕሪ ቀሩብ እዋን ናብ ኣንባቢ ትቐርብ "ሓርነት ዘይፈልጥ፡ ተጋድሎ ንሓርነት" ዘርእስታ ብሓደ ካብቶም መስረትቲ ሰልፊ ቅንጅት ዝተጻሕፈት ንድፊ-መጽሓፍ ምስ ኣንበብኩ፡ እቲ ንኤርትራ ኣመልኪታ ኣቕሪባቶ ዘላ ትሕዝቶ ምስ ናይቲ ደራሲ ኣተሓሳስባ ዝሰማምዑ ገለ ሓለፍቲ ወያነ ተዘራሪብናሉ ኔርና። ስለዚ፡ ምሳኻ ኣብ ሓደ ሓዲድ ኢና ዘለና፡" በለኒ፣ ኣነ'ውን ተሰማማዕኹ። እታ መጽሓፍ ኣብ ጥሪ 2005 ቀሩብ ኣዋርሕ ቅድሚ ሃገራዊ መረጻ ተሓቲማ ወጸአት።

ኣባል ቅንጅት ኰንኩ። 30 ሽሕ ዶላር ወፈኹሎም። ሚስጥራውያን ኣባላቶም፡ መደባቶምን ደብዳቤታቶምን ብዘይ ሽግር ካብ ደህንነት ብዝተዋሃቡኒ ክኢላታት ቴክኖሎጂ ሓበሬታ (*ኢንፎርመሽን ቴክኖሎጂ*) ዘቑጼ ክወስድ ከኣልኩ።

※ መርገጺ ቅንጅት ኣብ ልዕሊ ሉኣላውነት ኤርትራ እንታይ ድዩ ነይሩ?

ብደረጃ ሰልፊ ወግዓዊ መርገጺ ኣይንበሮ'ምበር፡ ዝበዝሑ ኣባላት መሪሕነት፡ ሕልሚ ኣፍደገ ባሕሪ ድቃስ ዝኸለኦም፡ ኣብ ብዙሕ ኣጋጣሚታት ኢህወደግ ብፍላይ ህወሓት ናጽነት ኤርትራ ምቕባሉ ኣትሪሮም ዝተቓወሙን ዝቃወሙን ምንባሮም ውልቃዊ ታሪኾም ንባዕሉ ምስክር'ዩ። ሓደ ኣባሎም ዝነበረን ድሕሪ ሃገራዊ ምርጫ 2005 ላዕለዋይ መሪሕነት ኣርበኛች ኾይኑ ንበረኻ ዝወጽአን ዕርቂ ኢትዮ-ኤርትራ ምስ ተኻየደ ኣብ ነሓሰ 2018 ምስ ተለቪዥን ኤልሲ ዝሃቦ ቃለ መሕትት ከም ኣብነት ክንወስድ ንኽእል። ኣብቲ ዝገበሮ ቃለ መሕትት፡ "ወያነ፡ ነቲ ረፈረንድም ብህጹጽ ኣብ ሓደ ዓመት እንተዘየካይዶ ነይሩ፡ እሞ ናይ ሓሙሽተ ዓመት ጋግ ነይሩዎ እትነብርን ኣብ ኖርማል ኩነታት ተኻይዱ እንተኸውንን፡ ህዝቢ ኤርትራ፡ ምስቲ ምስ ህዝቢ ኢትዮጵያ ዝነበሮ ሓፈሻዊ ምትእስሳር ብ 99 ሚእታዊት ንናጽነት ዘድምጽ ህዝቢ ኣይምተረኸበን ነይሩ" ዝበሎ ብሓደ ወገን፡ ንኣፍደገ ባሕሪ ኣመልኪቱ ኣብታ "ወለዶ ከይደናገር ንሕና'ውን ንዛረብ" ዘርእስታ ኣብ 2019 ዘውጸኣ መጽሓፉ ኣስፊሩዎ ዘሎ ድማ በቲ ካልእ ምስ እንዕዘብ፡ ሻዕብያ፡ ከምቲ ንወያነ ኣብ ዝባኑ ሓንጊሩ ካብ ደደቢት ናብ ቤተ መንግስቲ ኣዲስ ኣበባ ዘእተዎ እሞ ዝጠለሞ፡ ንዕኡ'ውን ሓዚሉ ከእትዎ'ሞ ክጠልሞ ከም ዝሓሰበ ባዕሉ እቲ መጽሓፉ ዝዛረብ ኾይኑ ይይስማዓኒ፣ ምኽንያቱ፡ ካብ ሕልሚ ኣፍደገ ባሕሪ ገና ስለ ዘይተናገፈ። ብሓፈሻ፡ መሪሕነት ቅንጅት፡ ካብቲ ናይቲ ሰብ'ቲ ኣተሓሳስባ ዝተፈልየ ኣተሓሳስባ ነይሩዎ ዝብል እምነት የብለይን፣ ሎሚ'ውን።

ከም ዝፍለጥ፡ እዚ ሰብ፡ ኣብታ "ሓርነት ዘይፈልጥ፡ ተጋድሎ ንሓርነት" ዘርእስታ መጽሓፉ ዕላምኡ ኣነጺሩ'ዩ፣ ናጻነት ኤርትራ ከምዘይተወሓጠሉ። እዚ ዝኸውን ዘሎ ኣብ ጥሪ 2005 እዩ። ቀሩብ ኣዋርሕ ቅድሚ ሃገራዊ መረጻ ምኳኑ'ዩ።

300 ሽሕ ዶላር።

ኣብ ናይ ፈለማ እግረይ 100 ኮምፒተር ብኣየር ካርጎ ኣምጺኣ ብዘይ ቀረጽ ኣእተኹወን። ካብተን ኣብ ዕዳጋ ዝነበራ ብሓደ ሲሶ ዝሓሰራ ብምንባረን ሻማ ሻማ ክብሉወን ግዜ ኣይወሰደሎምን፣ ተፈላጥነት ድማ ረኸብኩ። ይኹን እምበር፣ ዕላማይ ከመይ ኢለ ኣብ ሕምብርቲ ቅንጀት እእቱ ስለ ዝነበረ፣ ኣብ ሆቴል ሻራቶን ናይ መላለዪ ኮክቴል ኣዳለኹ። ዝርዝር ኣስማት ናይቶም ተዓደምቲ ካብ ክፍሊ ጸጥታ'ዩ ተወሃበኒ። ብመገዲ ሆቴል ሻራቶን ነቶም ኣገደስቲ ዝባሃሉ መራሕቲ ስልፍታት፣ ህቡባት ውልቀ ሰባትን ዓበይቲ ነጋዶን ከም ዝዕደሙ ገበረኩ። ኣብ ውሽጢ ሰለስተ ሰሙን 100 ኮምፒተር ከምጽእ ስለ ዝነበረኒ ድማ ናብ ዱባይ ከድኩ። ሓደ ኣባል ቤ/ጽ ኤምባሲ ኢትዮጵያ ተቐበለኒ። ዝተሓበረኒ ነገር ስለ ዘይነበረ ተጠራጢርኩ፣ ናብ ማኪና ተሳፊረ ናብ ኤምባሲ ኢትዮጵያ ተወሰድኩ። ሓንቲ ደብዳበ ተዋሃበትኒ፣ 100 ላፕቶፕ ተዳልየናለይ ከም ዘለዎ ትሕብር ነበረት። ድሓረ ከም ዝፈለጥኩዎ፣ እቲ ኣምባሳደር መን ምኽነይን እንታይ ከም ዝሰርሐን ኣይፈልጥን ነበረ፣ ነጋዳይ ምኽነይ ጥራይ'የ ዝፈልጥ። እተን ላፕቶፓት ንስራሕ እምበር ንካልእ ኣይመሰሎን። 100 ኮምፒተርን 100 ላፕቶፕን ኣብ ኣየር ካርጎ ኣጽዒነ ኣብ ሻሙናይ መዓልተይ ተመለስኩ። ኣብ ሆቴል ሻራቶን ኣብ ግፍሕ ዝበለ ኣዳራሽ ናይ መላለዪ ኮክቴል ተዳለወ፣ ዕላማይ ሃረምኩ፣ ቅንጀት ቀስ ኢልካ ብዝኸፈል 15 ላፕቶፕን 25 ኮምፒተርን ከወስድ ተፈራረምና። ናብ ቤት ጽሕፈቶም ሰተት ኢለ ኣተኹ፣ ምስ ላዕለዎት ሓለፍቲ ክራኸብን ምኽርታት ኽልግስን ጀመርኩ፣ �Eጸረ ብኣስራሓም ክኢላታት ዳታ ፐሮሰሲንግ ብነጸ ከም ዝምሃሩ ገበርኩ።

እዚ ኹሉ ቅድሚ ምኽኑ፣ ማለት ናይ ኮክቴል ግብዝ ቅድሚ ምድላወይ ቀኑብ ሳምንታት፣ ደህንነት፣ ንታሪኽ ህይወተይን ንጥፈታተይን ብፍላይ ንኢታው ኮምፒተር ብዝምልከት ምስ ጋዜጣ ሪፖርተር ቃል ምልልስ ኽገብር መደብ ሰርዓለይ። ኣብቲ ቃል መጠይቕ፣ ተኣሲረ ከም ዝተረፈትኩን ኣብ ልዕል። መንግስቲ ዘለነ ተቓውሞ'ን ኣስፈሐ ገሊጸ ነበርኩ። እቲ ቃል መጠይቕ ንጉልባብ ዝተገብረ ነበረ፣ ብይህንነት።

ኣብ ታዕሊም፣ ሓቅን ሕሶትን ተዛማዲ ምኽነን ኢና ተማሃርና። መርበብ ስለያ እስራኤል (ሞሳድ) ብኸመይ ከም ዝሰርሕ ትገልጽ ብቪክቶር ኦስትሮቭስኪን ክለር ሆይን ዝተደርሰት ባይ ወይ ኦፍ ዲሰብሽን (By way of deception) ትብል መጽሓፍ ከም መወከሲ ተማሂርናይ። ሹቶኽ ክትሃርም፣ ክልሰ ሓሳብ ማክያቨል ትጥቀም፣ ትሑሱ፣ ትቐንጽል፣ ስለዚ፣ ዕላማና ከይስሓትና ኣብ ዝኾነ ስራሕ ባዕልና ክንዉስን ከም ዘለና ተነጊሩና፣ ስለዚ፣ እቲ ነገር ክሓብእ ኣይፈተንኩን፣ ድሕሪ'ቲ ናይ መላለዪ ኮክቴል፣ ሓደ ምሽት ምስ ሓደ ኣባል ላዕለዋይ መራሕነት ቅንጀት ንድራር ተቓጸርና።

እቲ ዘገርም፣ ቅንጀት፣ ተጋሩ ኣባላት ኣይነበሩዋን፣ ከመይሲ፣ እቲ ሰልፊ ንገዛእ ዓርሱ ካብ ዘርዓዊ ኣድልዎን ኣተሓሳስባን ዝተናገፈ ስለ ዘይነበረ፣ ስለዚ፣ ንተጋሩ ዝገለለ'የ ነይሩ ክብሃል ይኽኣል።

ካብ ናይ ቧጸራ ሰዓት ዓሰርተ ደቂቕ ኣቐዲመ ኣብቲ ቦታ በጺሐኩ። ኣብ ወግዒና፣ ናብ ሓይሊ ኣየር ብድልየተይ ከም ዝተጸምበርኩ፣ ኣብ ሩስያ ከም ዝተማሃርኩ፣ ምስ ሓለፍቲ ምርድዳእ ስኢነ ከም ዝኾብለለልኩን ዝተኣስርኩን ዝተጠረጠኩን ብግልጺ ኣውጋኩዎ፣ ትግራውነተይ'ውን ኣይሓባእኹሎን። ኣበየናይ ስልፊ ኣባል ክኸውን ከም ዝመርጽ ሓተተኒ፣ ኣብ ኢትዮጵያውነት ከም ዝኣምንን ብኣርኣኣያ ደሞክራስያዊ

ሰልፊ ኢትዮጵያ (ኢዴፓ) ከም ዝሰማማዕን ኣተምባህኩሉ። ምኽንያት ሓተተኒ። ምስቲ ደሞክራስያዊ ሰልፊ ኢትዮጵያ (ኢዴፓ) ኣብ ጉዳይ ኤርትራን ዓሰብን ዘለዎ ኣርኣእያ ከም ዝሰማማዕ ገለጽኩሉ። ይኹን እምበር፡ ኣባል ቅንጅት'ምበር ኣባሉ ከኸውን ከም ዘይመርጽ ኣረጋገጽኩሉ።

"እቲ ምስ ጋዜጣ ዝገበርካዮ ቃለ ምልልስ ርእዮ ነይረ። ይግረምካ፡ ወያነ ኣዲስ ኣበባ እትው ካብ ዝብል ኣትሒዙ ኣብ ኤርትራ ረፈረንደን ከየካይድ፡ እንተ ኾነ ድማ፡ ብዓሰብ ኣፍደገ ባሕሪ ክህልወና ካብ ምክታዕ ኣየዕረፍኩን። ድሕሪ ቍሩብ እዋን ናብ ኣንባቢ ትቐርብ "ሓርነት ዘይፈልጥ፡ ተጋድሎ ንሓርነት" ዘርእስታ ብሓደ ካብቶም መስረትቲ ሰልፊ ቅንጅት ዝተጻሕፈት ንድፊ-መጽሓፍ ምስ ኣንበብኩ፡ እቲ ንኤርትራ ኣመልኪታ ኣቕሪባቶ ዘላ ትሕዝቶ ምስ ናይቲ ደራሲ ኣተሓሳስባ ዝሰማማዕ ገለ ሓለፍቲ ወያነ ተዘራሪብናሉ ኔርና። ስለዚ፡ ምሳኻ ኣብ ሓደ ሓዲድ ኢና ዘለና፡" በለኒ፣ ኣነ'ውን ተሰማማዕኹ። እታ መጽሓፍ ኣብ ጥሪ 2005 ቍሩብ ኣዋርሕ ቅድሚ ሃገራዊ መረጻ ተሓቲማ ወጺኣት።

ኣባል ቅንጅት ኰንኩ። 30 ሽሕ ዶላር ወፈኹሎም። ሚስጥራውያን ኣባላቶም፡ መደባቶምን ደብዳቤታቶምን ብዘይ ሽግር ካብ ደህንነት ብዝተዋሃቡኒ ክኢላታት ቴክኖሎጂ ሓበሬታ (*ኢንፎርመሽን ቴክኖሎጂ*) ዘቕሩቘ ክወስድ ከኣልኩ።

※ መርገጺ ቅንጅት ኣብ ልዕሊ ሉኣላውነት ኤርትራ እንታይ ድዩ ነይሩ?

ብደረጃ ሰልፊ ወግዓዊ መርገጺ ኣይንበሮ'ምበር፡ ዝበዝሑ ኣባላት መሪሕነት፡ ሕልሚ ኣፍደገ ባሕሪ ድቃስ ዝኸለኦም፡ ኣብ ብዙሕ ኣጋጣሚታት ኢህወደግ ብፍላይ ህወሓት ናጽነት ኤርትራ ምቕባሉ ኣትሪሮም ዝተቓወሙን ዝቃወሙን ምንባሮም ውልቃዊ ታሪኾም ንባዕሉ ምስክር'ዩ። ሓደ ኣባሎም ዝነበረን ድሕሪ ሃገራዊ ምርጫ 2005 ላዕለዋይ መሪሕነት ኣርበኞች ኾይኑ ንበረኻ ዝወጽኣን ዕርቂ ኢትዮ-ኤርትራ ምስ ተኻየደ ኣብ ነሓሰ 2018 ምስ ተለብዥን ኤልሲ ዝሃቦ ቃለ መሕትት ከም ኣብነት ክንወስድ ንኽእል። ኣብቲ ዝገበሮ ቃለ መሕትት፡ "ወያነ፡ ነቲ ረፈረንድም ብህጹጽ ኣብ ሓደ ዓመት እንተዘየካይዶ ነይሩ፡ እሞ ናይ ሓሙሽተ ዓመት ጋግ ነይሩዎ እትነብርን ኣብ ኖርማል ኩነታት ተኻይዱ እንተኸውንን፡ ህዝቢ ኤርትራ፡ ምስቲ ምስ ህዝቢ ኢትዮጵያ ዝነበሮ ሓፈሻዊ ምትእስሳር ብ 99 ሚእታዊት ንናጽነት ዘድምጽ ህዝቢ ኣይምተረኽበን ነይሩ" ዝበሎ ብሓደ ወገን፡ ንኣፍደገ ባሕሪ ኣመልኪቱ ኣብታ "ወለዶ ክይደናገር ንሕና'ውን ንዛረብ" ዘርእስታ ኣብ 2019 ዘውጸኣ መጽሓፉ ኣስፊሩዎ ዘሎ ድማ በቲ ካልእ ምስ እንዕዘብ፡ ሻዕብያ፡ ከምቲ ንወያነ ኣብ ዝባኑ ሓንጊሩ ካብ ደደቢት ናብ ቤተ መንግስቲ ኣዲስ ኣበባ ዘእተዎ እሞ ዝጠለሞ፡ ንዕኡ'ውን ሓዚሉ ከእትዎ'ሞ ክጠልሞ ከም ዝሓሰበ ባዕሉ እቲ መጽሓፉ ዝዛረብ ኾይኑ ይይስማዓኒ፣ ምኽንያቱ፡ ካብ ሕልሚ ኣፍደገ ባሕሪ ገና ስለ ዘይተናገፈ። ብሓፈሻ፡ መሪሕነት ቅንጅት፡ ካብቲ ናይቲ ሰብ'ቲ ኣተሓሳስባ ዝተፈልየ ኣተሓሳስባ ነይሩዎ ዝብል እምነት የብለይን፣ ሎሚ'ውን።

ከም ዝፍለጥ፡ እዚ ሰብ፡ ኣብታ "ሓርነት ዘይፈልጥ፡ ተጋድሎ ንሓርነት" ዘርእስታ መጽሓፉ ዕላምኡ ኣነጺሩ'ዩ፣ ናጽነት ኤርትራ ከምዘይተወሓጠሉ። እዚ ዝኸውን ዘሎ ኣብ ጥሪ 2005 እዩ። ቍሩብ ኣዋርሕ ቅድሚ ሃገራዊ መረጻ ምኳኑ'ዩ።

እታ "ወለዶ ከይደናገር ንሕና'ውን ንዛረብ" ዘርእስታ መጽሓፉ እንተ ዘይተጋግየ ኣብ መፋርቕ 2019 እያ ተሓቲማ። ንሱ፡ "ጉዳይ ኣፍደገ ባሕሪ ሓደ መዓልቦ እንተ ዘይተረኺቡዎ፡ ናይ ግዜ ሕቶ'ምበር፡ ንኣከባቢና ናብ ካልእ ህውከት ከእትዎ ምኺኑ ልዕሊ ሚእቲ ሚእታዊት ርግጸኛ ኴንካ ምዝራብ ዝከኣል'ዩ። ኢትዮጵያ ትኣክል ታሪኻዊት ሃገር ማንም ዝእቲ ሓይልታት ጠፍጢፎም ጠፋጢፎም ብዝሰርሕወን ሃገራት ካብ ቐረባ ርሕቕት ናብ ኣፍደገ ባሕሪ ከም ዘይትቐርብ ተገይራ ተኣሲራትሉ ዘላ ገመድ ንምብታኽ ዝተፈላለየ ስጉምትታት ዝወስድ ትውልዲ ምምጻኡ ኣይክተርፍን'ዩ። ተስፋና፡ እቶም (ዝውሰዱ) ስጉምቲታት ንናይ ክልቲኣን ሃገራት ድኻ ህዝቢ ንካልእ ዙርያ ህልቂት ዝዕድም ከይኸውን እዩ፡" ክብል ዝጸሓፎ ትማሊ ኣይኾነን፡ ሎሚ ኣብ እዋን ክልቲኣን ሃገራት መሪር ኲናት ኣካይደን ቤት ፍርዲ ከይደን ጉዳየን ብሕጊ ደምዲመን ዕስራ ዓመት ኣይ ናይ ሰላም ኣይ ናይ ኲናት ሂወት ኣሕሊፈን ዝምድናአን ናብ ንቡር መሊሰን ብሓባር ዝሰርሓሉ ዘለዋ ብምኺኑ ድማ ይድንጽወካ። ኣብዚ እዋን፡ እቲ ሰብ፡ መራሒ መንግስቲ እንተ ዝኸውን እንታይ ክገብር ምኸኣለ ኢልካ'ውን ክትሓስብ ትግደድ። ናይ ወላዲኡ ሕልሚ ጓህዲ ክገብር ምፈተነዶ?

እዚ፡ ብኢድ ህዝብን መንግስትን ኤርትራ ዝበልዐ፣ ኣብ ጐዳናታት ኣስመራ ብእግሩ ዝተዛወረ፣ ኣብ ሆቴላትን ቤት ብልዕን ኣስመራ ኣትዩ ማኪያቶ ዝሰተየን ፒሳ ዘስተማቐረን፣ ናብ ወደባዊት ከተማ ምጽዋዕ ከይዱ ዝሓንበሰን ምቀኑር ዓሳ ቀይሕ ባሕሪ ዝበለዐን፣ ምስ ሰበ ስልጣን ኤርትራ ዝተሰዓዓመን ዝዘተየን'ዩ እምበኣር ገና ብሕማም ኣፍደገ ባሕሪ ዝሳቐ ዘሎ። ንምኺኑ፡ ኣብ ምድሪ ቤቱ ተኣጕዱዎ ዘሎ ሓዊ ከጥፍእ ብቕዓት ዘይብሉ ምኺኑ መዓስ ኮን ክስወጦ'ዩ? እታ ሃገረይ ዝበላ ኢትዮጵያ፡ ብግልጺ ንምዝራብ፡ ብህዝቢ ኤርትራ ኣብ ክልተ ኲናት ከም ዝተሳዓረት መዓስ ኮን ክስዎጦ'ዩ? ከምኡ'ውን ብጾቱ። ከምዚ ክብል እንተለኹ ንነብሰይ ሓራ ንምውጻእ ኣይኮንኩን፡ እቲ ሓቂ ንሱ ስለ ዝኾነ'ምበር።

ኮይኑ ድማ፡ እቲ ኣብ ውሽጢ ቅንጅት ኣትየ ዘካይዶ ዝነበርኩ ስለያ ብመገዲ ጽሓፊተይ ናብ ስማቸው ይመሓላለፍ ነበረ። ጽሓፊተይ ኣባል ክፍሊ ጸጥታ'ያ፣ ብመደብ ድማ'ያ ተዋሂባትኒ። ብመገዳ መልእኽቲ ከተሓላለፍ። ድሒረ ከም ዝሰማዕኩዎ ግና፡ ንሻዕብያ ሚስጢር ኣሕሊፍኪ ሂብኪ ተባሂላ ተኣሲራ።

※ ኣብ ምውዳቕ ቅንጂት ዓቢ ጊደ ተጻዊትካ ክበሃል ይካኣልዶ?

እወ! ብዘይ ጥርጥር! ቅንጅት ክሳዕ ተረኺሚሹ ዝወድቕ ኣብ ውሽጢ ከርሱ ነይረ። ንሱ፡ ስልጣን ከመይ ኢሉ ከም ዝሕዝ እምበር፡ ሚስጢራቱስ እናዘረወ'ዩ ዝኸይድ ነይሩ፣ እዚ ኸኣ ተመክሮ ካብ ዘይምህላው'ዩ። ህወሓት ግና፡ ምስቲ ናይ ሻዕብያ ኣይዳረግ'ምበር፡ ኣብ ሜዳ ዘማዕበሎ ናይ ጸጥታን ስለያን ስርሓት ነይርዎ'ዩ። ድሕሪ ስልጣን ምሓዙ ድማ፡ ምስ ዝተፈላለያ ትካላት ስለያ ዝምድና ፈጢሩ ብዙሓት ክኢላታት ኣሰልጢኑ። ኣብቲ 2002 ስዉር ስርሓት ዘካይድ *የኢትዮጵያ መረጃ መረብ ደህንነትን ኤጀንሲ -ኢንሰን-* (ወኪል መርበብ ሓበሬታ ድሕነት ኢትዮጵያ) እውን ኣቖሙ'ዩ።

※ ካልኦት መሳርሕቲ ነይሮምኻዶ?

ንሱዳን ዝከድኩ ቀንዲ ምኽንያት፡ ውልቀ ስለያ ንኽማሃር'ዩ። ብሓደ ሰብ ዝግበር ስለያ፡ ኣዝዩ ኣድማዒ ከም ዝኾውን እምነት ኣሎኒ። ግብረ-ሽበራውያን ዝጥቀሙሉ ሜላ'ዩ፣ ካርሎስ ንባዕሉ ሓደ ኣብነት'ዩ። ስለዚ፡ ኣነ ኾነ እቶም ምሳይ ኣብ ታዕሊም ራያን ደደቢትን ዝነበሩ ውልቀ ንጥፈታት ኢና ነካይድ። ኲላትና ድማ ብቕጥታ ይኹን ብተዘዋዋሪ ተጸዋዕነትና ንስማቸው ኣሰፋው ነበረ።

※ ምስቶም ኣብ ራያ ምሳኻ ዝተዓለሙ ተራኺብካዶ ትፈልጥ?

ሓደ መዓልትን ምስ ሓደ ሰብን። ለካቲት 2010 ናብ ዱባይ ምስ ከድኩ ኣብቲ ዝነበርኩዎ ሆቴል ምስ ሓደ ሰብ ብሃንደበት ተራኺብና፣ ኣነ ከም ዘይርኣኹዎ ክሓልፍ ፈተንኩ፣ ንሱ ግና ብምናተይ ሒዙ፣

"ድሕሪ ዓሰርተው ሓሙሽተ ደቒቕ ኣብ ባር ክጽበየካ'የ፡" ኢሉኒ ኸደ።

ክረኽቦ ኣይመረጽኩን፣ ግና፡ ገለ ንዓይ ዝወሃብ ሓበሬታ ክህልዎ ይኽእል'ዩ ብምባል ኣብ ቈጸራይ ከድኩዎ። እቲ ሆቴል ብዓል ሓሙሽተ ኮኾብ ብምዃኑ ኣልኮላዊ መስተ ፍቑድ'ዩ፣ ቮድካ ኣዚዝና ወግዒ ሓዝና። ካብ ከመይ ኣለኻ ዘይሓልፍ ወግዒ ኣዋጊዕና ናብ ሓበሬታ ምልውዋጥ ኣተና። ምኽንያቱ፡ ኣነን ንሱን ኣብ ሓንቲ ጒጅለ ኢና ተዓሊምና። ካብታ ዝነበርናያ ጒጅለ ክልተ፡ ካብታ ካልኣይቲ ክልተ ካብ ሳልሰይቲ ድማ ሓደ ሰብ ብጠቕላሊ ሓሙሽተ ኣባላት ከም ዝተቐንጸሉ ነገረኒ፣ ሰንበድኩ። እቶም ናብ ወጻኢ ዝሰድዑ ክልተ ብመርዚ፡ እቶም ሰለስተ ድማ ኣብ ውሽጢ ሃገር ብጥይት ዝተቐንጸሉ'ዮም። እቲ ዝበሎ ፍጻመ ሓቂ እዩ፣ ንሓደ ኣባል ራብዓይቲ ጒጅለ ክቕንጽል መምርሒ ምስ ተዋሃበኒ'የ ኣረጋጊጸ፣ ሻድሻይ ምዃኑ'ዩ።

እቲ ክቕንጽሎ ዝነበረኒ ሰብ ስርሑ ቅንጸላ'ዩ ነይሩ፣ ኣብ ዝተወሰነ እዋን ግና ስነ ኣእምሮኣዊ ጭንቀት ኣስዒቡሉ፣ ስለዚ፡ ክእለ ነይሩዎ። ተጋኒና ምስ ኣውጋዕና ነቶም ሰለስተ ኣባላት ባዕሉ ከም ዝቐንጸሎም ነጊሩኒ፣ ንዕኡ ድማ ባዕለይ ኣልየዮ።

እቲ ኣብ ዱባይ ዝረኸብኩዎ ድማ ኣብ ታሕሳስ 2011 ናብ ሶማል ንፍሉይ ስርሒት እንትኸደ ተቐቲሉ።

※ ድሕሪ ቅንጅት ኣብ ምንታይ ተመዲብካ?

ምርጫ ካብ ትጽቢት ህወሓት ወጻኢ ኾነ፣ ኣብ ኣዲስ ኣበባ ምሉእ ብምሉእ ተሳዓረ። ኣብ ውሽጢ መሪሕነት ህወሓት ምስንባድ ተፈጠረ። ደህንነት፡ ስማቸው ኣሰፋው ማለት'ዩ፡ ፖለቲከኛታት ክኣስርን ክሕቅቕን ተራእየ። ኣነ'ውን ንይስሙላ ተኣሰርኩ። ድሕሪ ወርሒ ተፈቲሐ ኣብ ምጽጻይ ኣባላት ቅንጅት ተዋፈርኩ። እዚ፡ ክሳዕ ርብዒ ናይ 2006 ተኻይዱ ኢትዮጵያ ንሶማል ክትወራ ኣብ ምድላው ኣተወት፣ ኣብ ክልል ሶማል ተላኣኽኩ። ኣብ ክልል ሶማል ምስቲ መንግስቲ ሶማል (እስላማዊ ኣብያተ ፍርዲ) ዝተሓባበሩን ዝደናገጹን ሰባት ንምሕቓቕን ነቲ ወራር መገዲ ምጽራግን ነበረ።

እቲ ናይ ቅንጸላ ሓበሬታ ኸኣ ካብ ማእከላይ ቤ/ጽሕፈት'ዩ ዝወሃበኒ፣ ንኹስቶ እለዮ እባሃል፡ እኣልዮ።

እቶም ክቕንጸሉ ዝነበሮም ዕስራን ሰለስተን ሰባት'ዮም። ሰለስተ ካብኣቶም ካብ ሶማል እናተበገሱ ንመንግስቲ ሶማል ስለያዊ ስርሓት ዘካይዱ ዝነበሩ ሶማላውያን፣ ክልተ

ኦሮሞ ሓደ ድማ ኢትዮጵያዊ ሶማል። ብፍላይ እዞም ሰባት ምስ ደህንነት ዝሰርሑ፡ ድርብ ስለያ ማለት ምሳናን ምስ መንግስቲ ሶማልን ይሰርሑ ተባሂሎም ዝተጠርጠሩ'ዮም ነይሮም። ነቲ ቀንዲ ኣብ ማኪና ብዘጻወድኩዎ ፈንጂ፡ ነቲ ትግራወይቲ ውሽማ ዝነበረቶ ኣብ ገዛኣ ብገመድ ሓኒቐ፡ መብዛሕትኦም ግና ሳይለንሰር ዘለዎ ሽጉጥ ገይረ ቀንጺለዮም። እቶም ዝተረፉ ናይ ቅንጅትን ኦነግን ኣባላት እዮም። እዚ ዝኸውን ዘሎ ክሻብ መፋርቕ 2007'ዩ። ብድሕሪ'ዚ ናብ ኣዲስ ኣበባ ተሳሒበ።

እቲ እዋን፡ መንግስቲ ህወሓት፡ በቲ ብኤርትራ በቲ ብሶማል ተዋጢሩሉ ዝነበረ እዩ። ኢትዮጵያ፡ ብውክልና ኣመሪካ ንሶማል ምስ ወረረት ካብ ኤርትራ መጥቃዕቲ ከይመጾ ኣዝያ ሰጊኣ ነበረት። ዋላ'ውን ዓቃብ ሰላም እንተነበረ፡ እቲ ስግኣት ኣብ ቦቱኡ'ዩ ነይሩ። ከመይሲ፡ "ኣልሸባብ፡ ርእሱ ኣብ ኤርትራ ጭራኡ ኣብ ሞቓዲሾ'ዩ ዘሎ። ንሕና ድማ ጭራኡ እናከርተፍና ናብ ዶብ ኤርትራ ከነብጽሖ ኢና፣ ሽው ሻዕብያ እንታይ ከም ዝገብር ክንርእዮ ኢና፡" ብምባል ነብስሄር ቀዳማይ ሚኒስተር ኣብ ባይቶ ኢትዮጵያ ዘስመዖ መደረ ናይቲ ስግኣት ልክዕ መግለጺ'ዩ። እቲ ምንታይሲ፡ ኢትዮጵያ፡ ነቲ ብኮሚሽን ዶብ ዝተዋህበ ብይን፡ 'ንቕድም ዘተ፡ ድሓር ምምልካት' ብምባል ነቲ ጉዳይ ሸንኮለል ከተብሎ ብምሕጋያ፡ ካብ ኤርትራ መጥቃዕቲ ክመጸኒ'ዩ ዝብል ስግኣት ክሓድራ ንቡር ስለ ነበረ።

※ ዓቃብ ሰላም ከሎ?

ዓቃብ ሰላም! ሰላም ዓቂቡ ድዩ? ብናተይ ርድኢት፡ ኤርትራ ንኩናት ስለ ዘይተበገሰትን ዕላማኣ ንጹር ስለ ዝነበረን'ምበር፡ መንግስቲ ኣመሪካ፡ ሕብረት ኤውሮጳን ካልኦትን ነቲ ኢትዮጵያ ተቖርቦ ዝነበረት ምስምስ ከሳስዩን ንኤርትራ ክድህኩን ዶ ኣይኾነን ላዕልን ታሕትን ዝብሉ ነይሮም? ቀንዲ መሳርሒኦም ድማ ዓቃብ ሰላም'ዩ ነይሩ። እቲ ዕላማ፡ ኤርትራ፡ ዓቕሊ ኣጽቢባ ናብ ኩናት ክትኣቱ'ዩ ነይሩ። መግለጺ ነብስሄር ቀዳማይ ሚኒስተርን ጉዳያት ወጻኢን ንጎድኒ ገዲፍካ፡ ዝሰዓረ ይፍርም ድዩ ኢልካ ክትሓስብ ትግደድ? ኢትዮጵያ፡ ኣብ ኩናት ዓሰብ ምስ ተሳዓረት ኣብ ራብዓይ መዓልቱ (13 ሰነ) ስምምዕ ምቁራጽ ተኹሲ ከም ዝፈረመት ብሱሩ'ዩ ተረሲዑ።

ነብስሄር ቀዳማይ ሚኒስተር፡ "ኤርትራ፡ ካብተን 24 ክፍላተ ሰራዊት 20 ደምሲስናየን እተን 2 ድማ ፍጹም ተቓሲለን'የን፣ ተሪፉዋ ዘሎ ክልተ ክፍላተ ሰራዊት ጥራይ'ዩ፡" ኣይበለን ድዩ? ሚኒስተር ጉዳያት ወጻኢ ኢትዮጵያ፡ "ኤርትራ፡ ካብ ዓቕማ ንላዕሊ ሰራዊትን ኣጽዋርን ዓጢቓ ስለ ዘላ፡ ማሕበረ-ሰብ ዓለም ዕጥቃ ከተጉድል ከገድዳ ኣለዎ፡" ብምባል ናብ ማሕበረ-ሰብ ዓለም ኣይተጣረዐን ድዩ? ንምንታይ? ሓይሊን ብቕዓትን ኤርትራ ኣብ ቦትኡ ስለ ዝነበረዶ ኣይኮን? ካብኡ ብምብጋስዶ ኣይኾኑን እቶም ምንም ዘየውሓሱ ግና ኣውሓስቲ ዝተባህሉ ብፍላይ መንግስቲ ኣመሪካ፡ ኤርትራ፡ ዝኣዘዝናያ ኣይትገብርን'ያ! ናይ ጽቡቕ ሕማቕ ኣርኣያ'ያ! ወተሃደራዊ ዓቕማ ክዳኸም ኣለዎ! ክትንጸል ኣለዋ! ብቑጠባ ክትዳሃኽ ኣለዋ! እቲ ፕረዚደንትን ህግደፍን ካብ ስልጣን ክእለዩ ኣለዎም! ወዘተ እናበሉ ኤርትራ ንኸይትቐስን ሰለም ዘየበሉ፣ ንሕና'ውን ከምኦም።

ስለዚ፡ ዓቃብ ሰላም ድኣ እንታይ ሰላም ዓቂቡ፡ ኣዋቒዑ'ምበር!

ኣፍሪቃዊት - ኣመሪካዊት ጽሓፊት ጉዳያት ወጻኢ ኣመሪካ ቊሩብ ሳምንታት

ካብ ስልጣን ቅድሚ ምውራዳ ኣብ 2008፡ "ኣብዚ ዞባ ዓቢ (ቀርኒን ማእከላይን ኣፍሪቃ) ጸገም ኾይኑና ዘሎ፡ ኤርትራ፡ ኣብ ዝኸድናዮ ሃገር ወይ ቅድሜና ወይ ድሕሬና ኣብኡ ኣላ፣ ንኣብነት፡ ማእከላይ ኣፍሪቃ። ንሕና ብኡም (ብመንግስቲ ኤርትራ) ጌርና ክንሰርሕ ንደሊ ኢና፡ ግና ኣቅቢጸሙና፣ ኣዝዮም ነቓጻት'ዮም፡" ዝበለቶ'ኮ ካብ ባዶ ተበጊሳ ኣይኾነትን። ኣብ ተመሳሳሊ እዋን'ውን፡ እታ ኲርዳድ ሓጺር ጸጕሪ ርእሳ፡ ኸደረይቲ፡ ረጓድ ኣፍሪቃዊት - ኣመሪካዊት ተሓጋጋዚት ጸሓፊት ኣብ ጒዳያት ቀርኒ ኣፍሪቃ፡ "ንሕና ንመንግስቲ ኤርትራ ብቑጠባ ክንሓንቕ ዘይገበርናዮን ኣብ ዘይኣተናዮን ጐዳጒዲ የለን። ቤት ጽሕፈቶም ከይተረፈ ፈቲሽና፣ ግና እታ መፈልፈሊት ገንዘቦም ክንረኽባ ኣይከኣልናን፣ እዞም ሰባት'ዚኦም ኣዝዮም ረቀቕቲ'ዮም፡" ብምባል ዝሃበቶ ምስክርነት'ኳ ንጽንዓትን ተወፋይነትን ህዝብን መንግስትን ኤርትራ'ዩ ዝገልጽ። ስለዚ፡ ዓቃብ ሰላም ድኣ እንታይ ስላም ዓቂቡ፣ ኤርትራ'ምበር፣ ብሓይላ። ንኸምስል ኢለ ኣይኾንኩን፡ ህልዊ ኩነታት ኢትዮጵያን ህወሓትን ዝምስክሮ ሓቂ ስለ ዝኾነ'ምበር።

ስለዚ፡ ተጻብኦ መንግስቲ ኣመሪካ፡ ካብዚ ንላዕሊ ክግለጽ ኣይከኣልን'ዩ። ቀንዲ መሳርሒ ናይዚ ተጻብኦታት ድማ፡ ዘይትኩስ ግና ብረት ተሓንጊጡ ዝሕሉ፡ ኣብ ዝኸደ ከይዱ ከም ኣንበጣ ዝረኸቦ ዝሕይኽ "ዓቃብ ሰላም" እዩ ነይሩ። እዚ ተልእኾኡ ካብ ምንዋሕ ንላዕሊ ክሓስብ ዘይኽእልን ስቅያት ኣህዛብ ዘይስወጦን ዓቃብ ሰላም'ዚ፡ ብዘይካ ኤርትራ፡ ካብ ሃገራ ዝሰጎጐት ሃገር የላን፣ ምኽንያቱ፡ እተን ሃገራት ሃገራዊ መንግስቲ የብለንን፣ ተላኣኣኺ'ምበር። ስግኣት ኢትዮጵያ'ምበኣር፡ ካብቲ ኤርትራ ዘለዋ ሓይልን ጽኑዕ መርገጽን ዝብገስ'ዩ።

※ ኣብ 2008 ተሓጋጋዚት ጸሓፊት ጒዳያት ወጻኢ ሕቡራት መንግስታት ኣመሪካ ኣብ ጒዳያት ቀርኒ ኣፍሪቃ ቊሩብ ሳምንታት ቅድሚ ካብ ስልጣን ምውራዳ ዶብ ከይሕንጸጽ ንቐዳማይ ሚኒስተር ኣጠንቂቓቶ'ዩ ዝበሃል?

'ኣብ 2003፡ ዶብ ኤርትራን ኢትዮጵያን ኣብ ባይታ ብሽኻል ክምልከት ኲሉ ምቕርራባት ተወዲኡ ነበረ። ኾይኑ ግና፡ ምምልካት ዶብ ንረብሓ ኢትዮጵያ ከም ዘይኾነን ክምልከት ከምዘይብሉን ንቀዳማይ ሚኒስተር ነጊረዮ፣ ምምልካት ዶብ ድማ ኣብ ዕጹው ማዕጾ በጽሐ፡' ብምባል ዝተኣመነቶ ኣንቢበ ነይረ።

ነቲ ኑዛዜ፡ ወኪል መንግስቲ ኣመሪካ ኣብ ባይቶ ጸጥታ ሕቡራት ሃገራት ሚስተር ኮልት፣

" 'ለካቲት 2005 እታ ወይዘሮ ነቲ ብኮሚሽን ዶብ ኤርትራን ኢትዮጵያን ዝተዋህበ ናይ መወዳእታን ቀያድን ብይን ናብ ረብሓ ኢትዮጵያ ክግልብጦ መምርሒ ሃበትኒ፣ ኣነ ግና ዝከኣል ኣይኾነን ብምባል ነጸግኩዎ፡' ብምባል ነቲ ኣብ ዑጹው ማዕጾ ዝተኻየደ ዝርርብ ከም ዘቃለዖ'ውን ርእየ ኣለኹ።

እታ ወይዘሮ ብሱሩ ተጻባኢት መንግስቲ ኤርትራ'ያ ነይራ። ሕሉፍ ሓሊፉ'ውን፡ ምስ ወኪል ባይቶ ጸጥታ ኣብ ኤርትራን ኢትዮጵያን ዝነበረ ኣብ ኣዲስ ኣበባ ኣብ ሰነ 2006 ኣብ ዝተራኸበትሉ እዋን፡ 'ምምልካት ዶብ ንኢትዮጵያ ዘርብሕ ክኸውን ምእንታን፡ ዘተ (*ዲያሎግ*) ከይተገብረ ክምልከት የብሉን፡' ዝበለቶ ብሓደ ወገን፡ ስቴት ደፓርትመንት፡ ምምልካት ዶብ ንኸይትግበር ዓንቂጽዎ ዘሎ 'ንርሑቕ ዝጠመተ (*ፖሊሲ*) እዩ' ዝብል መርገጺኡ ኣብ ነሓሰ 2009 ካብ ቤ/ጽ ኤምባሲ ኣመሪካ ኣብ ጀርመን ሰሊኹ ዝወጽአ

ሓበሬታ ኣብ ግምት ምስ ዝኣቱ ድማ በቲ ካልእ፡ ንሳ ኮነት ምምሕዳር ዋሽንግቶን ከምኡ ኽገብሩ ዝተገደደሉ ምኽንያት እንታይ ኮን ይኸውን ነይሩ ኢልና ምስ ንሓትት፡ ንገጽ ቀዳማይ ሚኒስተር ኢትዮጵያ ንምድሓን ብሓደ ወገን፡ ነታ ብኲናት ዘይተጻዕደትን ኣብ መጋባእያ ቤት ፍርዲ ዝሰዓረትን ኤርትራ ንምቕጻዕ ድማ በቲ ካልእ ከም ዝነበረ ከይዲ 20 ዓመት እኹል መረጋገጺ'ዩ።

ብዛዕባ እቲ ከይዲ ብወገነይ ብዙሕ ዝበሃል እንተሃለወኒ'ኳ፡ ንዓቃብ ሰላም ኣብ ኤርትራን ኢትዮጵያን ኣመልኪቱ ኣብ ዊኪሊክስ ዘውጽእ ሓበሬታታት ምምልካት ኣኻሊ መስለኒ።

ኤርትራ፡ ዓቃብ ሰላም፡ ዝጸደፉ መካይኑ ኣልዒሉን ዝተሰብራ ኮምፒተራቱ ከየትረፈ ኣኻኺቡን ካብ ሃገራ ከም ዝወጽእ ዝገበረት እንኮ ሃገር'ያ እንተ በልኩ ካብ ሓቂ ዝረሓቐ ኣይመስለንን።

ዓቃብ ሰላም፡ ኣብ ዝኸዶ ሃገር ዘጠፋፍእ፡ ትሕቲ ዕድመ ደቂ ኣንስትዮ ዝዕምጽ፡ ምንዝርናን ብልሽውናን ዘስፋሕፍሕ ምኳኑ'ኮ ባዕሉ ውድብ ሕቡራት ሃገራት ዝእመነሉ ጉዳይ'ዩ። ኤርትራ'ውን ነዚ ግዕዙይ ኣካይድኡ ተመኲራትሉ'ያ፣ ግና ዘይከምተን ርኹምሻት ሃገራት፡ ድልዱል ብርኪ ስለ ዘለዋ፡ ብዝመጾ ኣፋንያቶ። እቲ ከበሮ ዝድሰቐሉ ዝነበረን ኢትዮጵያ ንኤርትራ ውሕጥ ከተብላ'ያ ዝተባሃለሉን ኲናት ኣይመጽኣን። ንምንታይ? ብርኪ ስለ ዘይነበረና። እምበኣርከስ፡ መበገሲ ከቢድ ፍርሂ መንግስቲ ኢትዮጵያ ንሱ'ዩ ነይሩ፣ ፖለቲካውን ወተሃደራውን ሓይሊ ኤርትራ።

※ መንግስቲ ህወሓት፡ ብውክልና ንሶማል ወሪሩዋ?

እወ!

ድሕሪ ውድቀት መንግስቲ ስያድ ባሬ፡ እታ ሃገር ናብ ሓድሕድ ኲናት'ያ ተሸሚማ። ኣብ 1992፡ ኤርትራ፡ ንምርግጋእ ሶማል ዓቃብ ሰላም ክትልእኽ ድልውቲ ምኳና ገለጸት። እንተኾነ ግና፡ ምምሕዳር ዋሽንግቶን ይኹን ውድብ ሕቡራት ሃገራት ኣይተቐበሉን። ብኣንጻሩ፡ ገና ልኣላዊ ሃገር ከይተባህለት ከላ ማዕቀብ ኣንበረላ፣ ማዕቀብ 733/ 1992 ከምኡ'ውን 751/1992። ይኹን'ምበር፡ ውሳነ ህዝቢ (ረፈረንደም) ኣካይዳ ልኣላዊት ሃገር ምኳና ምስ ኣወጀት፡ ኣብ ሶማል ሰላም ክሰፍንን ዕርቀ ሰላም ክወርድን ጸዓረት። ምኽንያቱ፡ ኣብ እዋን ብረታዊ ቃልሲ፡ ህዝብን መንግስትን ሶማል ንህዝቢ ኤርትራን ሰውራ ኤርትራን ብዓል ውዕለታኡ'ዩ ነይሩ፣ መንግስቲ ኤርትራ ድማ ንህዝቢ ሶማል ኣይጠለሞን።

ብኣንጻሩ፡ መሪሕነት ህወሓት፡ ነታ ኣብ እዋን ብረታዊ ቃልሲ ጽላል ኾይና ፓስፖርት ዘበርከተትሉ ሃገረ ሶማል ከዲዑ ነቲ ዘጋጠማ ሓድሕድ ኲናት ነዳዲ ከዓወሉ።

ድሕሪ ልዕሊ ናይ ዓሰርተው ኣርባዕተ ዓመት ሓድሓድ ምንቓት፡ መሻይኽ ኣብ መስጊድ እናተራኸቡ ክዝትዩን ፍታሕ ክናድዩን ጀመሩ፣ ኣብ ሓደ መረዳእታ ድማ በጽሑ፣ እቲ ምውድዳብ "ሓይልታት ኪዳን እስላማዊ ኣብያተ ፍርዲ" ተሰየመ፣ ህዝቢ ሶማል ሰዓቦ፡ ሓድሽ መንግስቲ ድማ ቖመ። ኣመሪካ፡ እታ "እስላም" ትብል ኣምር ከብዳ ሓቖና፣ ኣንጻሩ ተላዓለት። እንተኾነ ግና፡ ከምቲ *ዘ ኮሎራዶ ፕሮግረሲቭ ጀውሽ ኒውስ*

'ብሓፈሻ፡ ኣብ ሶማልያ፡ ሊበራላዊ መጋባእያ እስላም ተዳኺሙ፡ ኣብ ቐረባ መጻኢ ሓያል ጸረ ኣመሪካ ኣጀንዳ ዘለዎ ኣዝዩ ኣኽራሪ ወተሃደራዊ እስላማዊ ጕጅለ ክትክኦ ምዃኑ ዘይተርፍ'ዩ፣ ስግኣት ኤርትራ'ውን ንሱ'ዩ' ዝበሎ፡ ኤርትራ፡ ቅድሚ ዝኣገረ፡ ማሕበረ-ሰብ ዓለም ንሓይልታት ኪዳን እስላማዊ ኣብያተ ፍርዲ ደገፉ ክህብን ሶማል ናብ ሃገራዊ ጥምረት ክመልሳ ዘኽእል ንኩሎም ሰንከትቲ ሃንዛ (steak mmakers) ሶማልያ ዘሳትፍ መሰጋገሪ መንግስቲ ክቐውምን'ያ ጽዒታ። ምዕራባዊ ዓለም ብፍላይ ዋሽንግቶን ንድምጺ ኤርትራ ዝሰምዕ እዝኒ ካብ ጊሓቱ ስለ ዘይተዓደለ ግና፡ ጎስዩዎ ሓሊፉ።

ስለዚ፡ ኣመሪካ፡ ህወሓት ከምቲ ትደልዮ ገይሩ ኣብ ሶማል እንተ ኣገልጊሉዋ ግንያ ክትህቦ ምዃኑ መብጸዓ ኣተወትሉ፣ ንኤርትራ ምድሃኽ። ከምቲ ብዙሓት ተንተንቲ ፖለቲካ ቀርኒ ኣፍሪቃ ዝብልዎ፡ ኢትዮጵያ፡ ኣብቲ ኤርትራ ዘዳለወትላ ታኼላ ተሸመመት። ተደፊኡ ዝኣተወ ሰራዊት ኣደዳ ሞትን መቑሰልትን ኾነ፣ መንግስቲ ህወሓት መዋጽኦ ሰኣነ፣ ብወሃቢት ቃሉ ኣቢሉ 'ኢትዮጵያዊ ኢትዮጵያዊ ዝሸትት ሬሳ ኣሎ ድዩ?' ብምባል መቕዘፍቲ ሰራዊቱ ከሓደ። ከም ውጺኢቱ ድማ፡ ከምቲ *ዘ ኮሎራዶ ፕሮግረሲቭ ጂዊሽ ኒውስ* ዝበሎን ኤርትራ ዝተነበየቶን፡ ፖሊሲ ዋሽንግቶንን ወራር ኢትዮጵያን ንኣል-ሸባብ ፈጠረ።

ምምሕዳር ዋሽንግቶን ብኣል-ሸባብ ኣይቀሰነን፣ ብዘይ ሕንከት፡ 'ኤርትራ ንኣል-ሸባብ ተዕጥቕ ኣላ፡' ክብል ከሰሰ።

ኤርትራ፡ ሕብረት ኣፍሪቃን ዞባዊ ውድብ ኢጋድን፡ ሶማል፡ ብኣባል ኢጋድ ዝኾነት ሃገር ክትውረር ትም ኢሉ ምርኣዩ ኣስደመማ፣ ኣባል እዞም ውድባት ክትከውን ሕልናኣ ኣይተቐበሎን ጥራይ ዘይኾነ፡ ካብቲ ባዕላ መርሓ ጐደና ዝሃበቶ ኢጋድ ኣባልነታ ኣደስከለት።

ኩነታት ቀርኒ ኣፍሪቃ ኣብ ከምዚ ህሞት ከሎ'ዩ እምበኣር፡ ኮሚሽን ዶብ ኤርትራን ኢትዮጵያን 'ስራሐይ ወዲአ'የ፡' ኢሉ ፋይል ዝዓጸወ። ጸወታ ፖለቲካ ቼስ ዝመለኸት ኤርትራ ዓቃብ ሰላም ክወጸላ ሓተተት። መንግስቲ ህወሓት፡ ነቲ ኤርትራ ካብ መሬተይ ይውጻኣለይ ዝበለቶ ዓቃብ ሰላም ናብ መሬቱ ከእቱ ላዕልን ታሕትን ተጓየየ፣ ግና ኣይቀነዖን፣ ዓቃብ ሰላም በቲ ዝመጾ ናብቲ ዝመጾ ተመልሰ። ስለዚ፡ እቲ ኣብ ኤርትራን ሶማልን ዘጋጠመና ፍሽለት፡ ነዚ ድሕሪ ዕስራን ሽውዓተን ዓመት ዘጋጠመና ውድቀት መሰረት ዘንጸፈ'ዩ ነይሩ ክበሃል ይከኣል።

※ መንግስቲ ህወሓት ንምንታይ ነቲ ዓቃብ ሰላም ናብ መሬቱ ከእትዎ ላዕልን ታሕትን ኢሉ?

ብኽልተ ምኽንያታት። ቀዳማይ፡ ጉዳይ ኤርትራን ኢትዮጵያን ኣይተወደአን ንምባል፣ እቲ ኻልኣይን ቀንድን ግና፡ ኤርትራ፡ ብይን ኮሚሽን ዶብ ኤርትራን ኢትዮጵያን 'ግዝኣታዊ መሬት ኤርትራ' ኢሉ ዝመስከረላ ባድመን ከባቢኣን ካብ ጐበጣ ሓራ ከተውጽእ ውግእ ከይትኽፍተሉ ዕርዲ ክኾኖ።

※ ካብ ክልል ሶማል ናበይ ኣቢልካ?

ከሻዕ ሓድሽ ዕማም ዝወሃበኒ ናብ ናይ ግለይ ስራሐይ ተመሊሰ።

※ ንኽንደይ እዋን ጸኒሕኻ?

ኮሚሽን ዶብ ኤርትራን ኢትዮጵያን፡ እቲ ብይን፡ ዘይቅየርን ቀያድን ምዃኑ ንማሕበረ-ሰብ ዓለም ኣፍሊጡ፡ ዶብ ክልቲኣን ሃገራት ብማንዛ ምምልካት (*ቨርቾዋል ዴ ማርከሽን*) ሓንጺጹ፡ ስርሑ ዛዚሙ፡ ቤት ጽሕፈቱ ዓጽዩ ሰነዳቱ ንቤት ምኽሪ ባይቶ ጸጥታ ሕቡራት ሃገራት ክሻዕ ዘረከበሉ እዋን ጸኒሐ።

※ እንታይ ማለት'ዩ?

ኩናት 2000 - ንሰኹም ሳልሳይ ወራር ወያነ ዲኹም ትብልዎ - ንሚዛን ሓይሊ ክልቲኣን ሃገራት ኣነጺሩ'ዩ። እታ ብማሕበረ-ሰብ ዓለም ብፍላይ ሃገራት ኣፍሪቃ ሓያል ሃገር ተባሂላ ዝንገረላ ኢትዮጵያን ደገፍታን ኣብ ባይታን ቤት ፍርድን ፍጹም ስዕረት ኣጋጢሞም። ኣምባሳደር ኣመሪካ ኣብ ኢትዮጵያ፡ ኢትዮጵያ፡ ስዕረታ ክትቅበል ነጊሩዋ'ዩ ዝበሃል። "ንሕና፡" በለ እቲ ኣምባሳደር፣ "ኤርትራ ልኣላዊት ሃገር ኾይና ዲፕሎማሲያዊ ዝምድና እንተንእዋ'ውን፡ ናጽነታ ምሉእ ብምሉእ ኣይተወሓጠልናን'ዩ ነይሩ። ድሕሪ እቲ ዓቢ ትጽቢት ዘንበርናሉ ኩናት፡ ሉኣላውነት ኤርትራ ክንኣምን ተገዲድና ኣሎና፣ ምኽንያቱ፡ ኣብ ባይታ ፍጹም ስዕረት ስለ ዝወረደኩምን ወተሃደራዊ ብቕዓት ኤርትራ ስለ ዝተገንዘብናን፡" ክብል ሂቡዎ ዝበሃል ስቱር መግለጺ፡ መንግስቲ ኣመሪካ ንባዕሉ ብኤርትራ ቅሳነት ከም ዘይነበሮን ዘይብሉን ዘመልክት ክንሱ፡ መንግስቲ ህወሓት ድኣ'ሞ ከመይ ኢሉ'ዩ ልዋም ለይቲ ክሓድር።

ስለዚ፡ ኣብ ኣዲስ ኣበባ ዝርከብ ቤ/ጽ ወኪል ኤርትራ ኣብ ውድብ ሓድነት ኣፍሪቃ ብጽኑዕ ክስለይ ነይርዎ። ሓደ ካብቲ ዝተዋሃበኒ ተልእኾ፡ ምስዚ ቤ/ጽ ዝምድና ዘለዎም ሰባት ምስላይን ሓበሬታ ምእካብን ነበረ። እታ ንዕኡ ትከታተል ዝነበረት ጉጅለ ብኣይ ክትምእከል ተነገረ። ኣብ ከባቢ'ቲ ኤምባሲ ቤ/ጽ ከፈትና። መዓልታዊ ጸብጻብ ይዋሃበኒ፣ ናብ ማእኸላይ ቤ/ጽ ደህንነት ጠረጴዛ ኤርትራ እሰድድ። ነቲ ኣምባሳደርን መሳርሕቱን ብዝተፈላለየ መገዲ ነጨንቖም፣ ኣብ ዝኸድዎ ዕንቅፋት ንፈጥረሎም። ብፍላይ ምስ ወከልቲ ሃገራት ኣፍሪቃን ሃገራት ዓረብን እንተተጋንዩም፡ ሓበሬታ ንምርካብ ዘይተኣደነ ገንዘብ ነውጽእ። ተሌፎን፡ ኢመይል፡ መሰንጀርን ካልእን ንጠልፎን ን 24 ሰዓታት ንከታተሎን።

ኣብቲ እዋን'ቲ፡ ወዲ 25 ዓመትን ድልዱል ተመክሮ ስለያን ቅንጸላን ዝነበረንን'የ ነይረ። ብኡ መጠን ድማ ኣብ ክፍሊ ስለያ ወጻኢ ሓላፊ ናይ ሓንቲ ሓሙሽተ ዝኣባላታ ሚስጢራዊት ጉጅለ ስለያን ቅንጸላን ኮንኩ።

※ ስለዚ ናብ ቤ/ጽ ደህንነት ተሳሒብካ?

ኣይፋለይን። ናብ ስለያ ካብ ዝምደብ ናብ ቤ/ጽ ደህንነት ኣትየ ኣይፈልጥን'የ። ኩሉ ተልእኾ ብዝተመስጠረ መገዲ'ዩ ዝወሃበኒ፣ ካብ ስማቸው ኣሰፋው። እቶም ከምዚ ከማይ'ውን ከምኡ።

※ እታ ትመርሓ ዝነበርካ ጉጅለ ስለያን ቅንጸላን ብዘይካ ንወኪል ኤርትራ ምስላይ ካልእ ንጥፈታት ተካይድዶ ነይራ?

ኣብ መፋርቕ 2008፡ እታ ጉጅለ፡ ካብ ኣብ ልዕሊ ቤ/ጽ ወኪል ኤርትራ ዝካየድ ስለያዊ ንጥፈታት ናብ ምውዳብ ዜጋታት ኤርትራ ኣድሃበት። እቶም ኤርትራውያን፡ ካብ ወጻኢ ሃገር ብፍላይ ኤውሮጳ ናብ ኢትዮጵያ ዝመጽኡን ኣብ ኣዲስ ኣበባን መቐለን ዝቕመጡን ተረፍ መረፍ ተጋድሎ ሓርነት ኤርትራ'ዮም ነይሮም። ብመሰረት ሓበሬታ ቤ/ጽ ደህንነት፡ ገለ ካብዞም ሰባት፡ ኣብ እዋን ኲናት ኢትዮ-ኤርትራ ብፍላይ ኣብ እዋን ኲናት 30 መዓልቲ ማለት ካብ ግንቦት ክሳዕ ሰነ 2000 ዝተኻየደ ኲናት ምስ ሰራዊት ኢትዮጵያ ናብ ሰንዓፈ፡ ቶኾምብያ፡ ሻምብቆን ባረንቱን ዝኣተዉን መተካእታ መንግስቲ ኤርትራ ክኾኑ ዝተዓሰቡን'ዮም ነይሮም። ብፍላይ መራሕቲ ደምሓኤ፡ ኣብ ሰንዓፈን ካልእ ቦታታትን ሓያለ ግፍዕታት ኣብ ልዕሊ ህዝቢ እቲ ከባቢ ዝፈጸሙ'ዮም ክበሃል ሰሚዐ ኣለኹ።

እቲ ዘገርም፡ ደምሓኤ፡ ሓደ ካብቶም ፍንጫላት ተሓኤ ኾይኑ፡ ድሕሪ ናጽነት ኤርትራ፡ መሪሕነት ህወሓት ኣብ ውሽጢ መሬት ትግራይ ክዕስክር ዘፍቀደሉ'ዩ። ነቲ ካብ ደደቢት ሓንጊሩ ናብ ቤተ መንግስቲ ኣዲስ ኣበባ ዘእተዎ ህዝባዊ ግንባር ሓርነት ኤርትራ መፈራርሒን መባድልትን ክኾኖ'ዩ ሓሳቡ ነይሩ፣ ንሕና ድማ በትሪ የዕቲርና ስረ ከነዕጥቆ መምርሒ ተዋሂቡና።

ዕላማ ምውዳብ ኤርትራውያን፡ ነቲ ብመንግስቲ ኣመሪካ ኣብ ልዕሊ ኤርትራ ዝበጋገስ ዝነበረ ውጥን እገዳ ንምርዳኡን ብተቓወምቲ መንግስቲ ኤርትራ ከም ዝተደገፈ ብሰላማዊ ሰልፊ ንምድራውን ነበረ። ነዞም ከም መሳርሒ ዝሓረናዮም ኤርትራውያን ዝውዕል ብርክት ዝበለ ባጀት ካብ ቤ/ጽ ደህንነት ተሰላዓልና። ቀዳማይ ዒላማ ዝገበርናዮ ድማ ዕደና ወርቂ ቢሻ ነበረ።

ኤርትራ፡ ቀጥጠባኣ ክርመስ ምእንታን ዕደና ወርቂ ቢሻ ክሰናኸል ነይርዎ። ኣብዚ መዳይ፡ ንሕና ንበይንና ኣይኾንና ንሰርሕ ኔርና፣ ስቴት ደፓርትመንት ማለት ተሓጋጋዚት ጸሓፊት ጉዳያት ወጻኢ ሕቡራት መንግስታት ኣመሪካ ኣብ ጉዳያት ቀርኒ ኣፍሪቃ፡ ኣምንስቲ ኢንተርናሽናልን ሂዩማን ራይትስ ዎችን ብሓያል ንጥፈት ይዋስኡ ከም ዝነበሩ ባዕላ ተሓጋጋዚት ጸሓፊት ኣብ ጉዳያት ኣፍሪቃ ዝተኣመነትሉ ጉዳይ ይኹን'ምበር፡ ብመገዲ ቤ/ጽ ደህንነት'ውን ይሕበረና ነይሩ'ዩ።

እዚ፡ ነቲ ኣብ ኒጀር ዝተኻየደ ዕልዋ መንግስቲ የዘኻኽረኒ፣ ዕደና ዩራንዮም። ዩራንዩም፡ ንመመንጨዊ ኤለክሪካዊ ጽዓት ዝውዕል ኾይኑ፡ ሓደ ካብቲ ንዓለምና ኣስጊእዋ ዘሎ ንመስርሒ ኑክለሳዊ ኣጽዋር ዝውዕል ባእታ'ውን'ዩ። ነዚ ባህርያዊ ሃብቲ'ዚ ንምብሓት፡ ካብቲ ንባህርያዊ ሃብቲ ነዳዲ ንምብሓት ኣብ መንጎ ሓያላት ሃገራት ዝግበር ቍርቍስ ብዘይፍለ መገዲ'ዩ ውድድር ዝካየደሉ።

ውዕል ኲዕታ ማዕድን ዩራንዮም ኒጀር ንልዕሊ ኣርባዓ ዓመት ብፈረንሳዊት ኩባንያ ተባሒቱ ድሕሪ ምጽናሕ፡ ኣብ 2007 መንግስቲ ኒጀር ነቲ ውዕል ሰሪዙ ንቻይናዊት ኩባንያ ሃባ። ኣብ መጀመርያ 2010 ድማ፡ መራሒ መንግስቲ ኒጀር፡ ፈረንሳ ብዝዓሰበቶም ወተሃደራት ተዓልዩ ተባህለ።

ኤርትራ'ውን መትከላዊ ኣካይዳኣ ብኣህጉራውያን ኩባንያታት ብሕማቕ ዓይኒ ካብ ዝጥመታ ሃገራት ሓንቲ ገይሩዋ ከም ዘሎ ኣይጠራጠርን'የ፣ ንኣብነት ዕደና ወርቂ ቢሻ።

※ ንምንታይ?

እቲ ዝገርም፡ ሓደ ካብቲ መሪሕነት ህወሓት ኸገብሩዎ ዘይኽእሉን ዓርሰ ምትሓት ዘሕድረሎምን ጉዳይ እንትነብር፡ ዓርሰ ተኣማንነትን መትከልን ጽንዓትን ህዝብን መንግስቲን ኤርትራ'ዩ ዝብል እምነት ኣለኒ። ዕደና ወርቂ ቢሻ ኣብ መንጎ መሪሕነት ህወሓት ዓቢ መዛረቢ ኣርእስቲ'ዩ ነይሩ፣ ኣብ እንወስዶ ዝነበርና ስልጠና'ውን። ኤርትራ፡ ባህርያዊ ሃብታ ኣሕሊፉ ኣይሃበትን፣ ኣብ ማንም ሃገራት ኣፍሪቃ ዘይተገብረ፡ ኣብቲ ዕደና 40 ሚእታዊ ብርኪ ትውንን። ብዘይካ ንፍሉይ ክእለት ወጻእተኛታት ክቖጻሩ፡ ኩሉ ሞያዊ ስርሓት ብደቂ ሃገር'ዩ ዝካየድ። ኣካባብያዊ ብከላ፡ ኣብ ቀዳማይ ደረጃ ተሰሪሁ ይስርሓሉ። ዘይከም ካልኦት ሃገራት፡ ብልሽውና ኣብ ጥቓኡ ዘይቐርብ ንሃገራት ኣፍሪቃ ኣርኣያ ዝኾነ ፕሮጀክት ምዃኑ ዝምስክረሉ ክንሱ፡ "ኣብ ዕደና ቢሻ፡ ጊላነት ኣሎ" ኢልካ ምኽሳስ፡ ንተርባጽ ኣመሪካን ምዕራባውያን ሃገራትን ኮርፖረሽናትን ዝምስክር ኾይኑ ይስማዓኒ። እዚ ሕማቕ ናይ ጽቡቕ ኣብነት ዝብልዎ ኣብ ዕደና ፖታሽ'ውን ተደጊሙ። ኤርትራ፡ 50 ሚእታዊት ብጽሒት ክህልዋ ምፍርራማ ንምዕራባውያን ብፍላይ ንኣህጉራውያን ኩባንያታትን ኮርፖረሽናትን ቅሳነት ዝኸልእ ምዃኑ ኣይጠራጠርን'የ።

ኤርትራ፡ ዘባ ቀርኒ ኣፍሪቃ ሓባራዊ ዕዳጋ ክምስርትን ልኡላውነቱ ኣብ ዋጋ ዕዳጋ ከየእተወ ተገልጋሊ ባህርያዊ ሃብቱ ክኸውናን'ያ ትምዕድን ትቃለስን ዝብል እምነት ኣለኒ።

ኣብ 60ታት፡ ኣብ መንጎ ሰለስተ ሃገራት ቀርኒ ኣፍሪቃ ተመስሪቱ ዝነበረ ነጻ ዕዳጋ ጽቡቕ ኣብነት'ዩ። ኬንያ፡ ዩጋንዳን ታንዛንያን ነጻ ልውውጥ ዕዳጋ ክህልወን ፖሊሲ ኣርቒቐን ኣወጀ። ኣመሪካን ምዕራባውያንን ብፍላይ ዓባይ ብሪጣንያን ኣብቲ ከባቢ ዝነበረን ረብሓ ከይሰናኸለን ከቢድ ፍርሂ ኣተወን። ስለዚ፡ ንመራሕቲ እዘን ሰለስተ ሃገራት ክዓልዋ ተበገሳ፣ ዩጋንዳ ድማ ግዳይ ኮነት። ኣብ 1971 ኣብ ልዕሊ መራሒ ሃገረ ዩጋንዳ ዕልዋ መንግስቲ ተኻየደ፣ ኢዲ ኣማኢን ዳዳ ኣብ ኮረሻ ስልጣን ደየበ። ዩጋንዳ ኣብ ዲቕ ዝበለ ሓድሕድ ኲናት ከም ትጥሕል ተገበረ፣ ነጻ ልውውጥ ዕዳጋ ስሉስ ሃገራት ተረኺመሸ።

ከምቲ ዝበልኩዎ፡ ኤርትራ'ውን ኣብ መንጎ ሃገራት ቀርኒ ኣፍሪቃ ምውህሃድ ፖሊሲን ምምስራት ነጻ ዕዳጋን'ያ ትጉስጉስ። ግብራዊ ዝኸውን ግና፡ ኣብዚ ዞባ'ዚ ሰላም ምስ ዝሰፍንን ምትእትታው ምዕራባውያን ሃገራት ምስ ዘብቕዕን ብልሽውና ተሚሒቑ ምስ ዝእለይን ምዃኑ'ያ ትኣምን። ከም መርኣያ ናቱ ድማ፡ ነቲ ንምክልኻል ምድረበዳነትን ኣንበጣን (ኢጋድ) ተባሂሉ ዝቖመ ምትእኽኻብ ሃገራት ቀርኒ ኣፍሪቃ ናብ ፖለቲካውን ቍጠባውን ምትሕብባር ዝብል ሰፍሕ ዝበለ ዕላማታት ናብ ዘለዎ ዞባዊ ውድብ ዳግም ከም ዝውደብ ዝገበረት'ያ። ነዚ ራእይ፡ ሓደ ብዓል ስልጣን ኤርትራ ኣብ 2008 ኣብ ዝገበሮ ቃለ መሕትት ብንጹርን ዘየሻሙ መገድን፡ "ኤርትራ ማእከል ስሕበት ፖለቲካ ቀርኒ ኣፍሪቃ እያ" ክብል ገሊጽዎ'ዩ። እዚ ማለት፡ ይሕጸር ይንዋሕ፡ ሃገራት ኣፍሪቃ ብፍላይ ቀርኒ ኣፍሪቃ፡ ነቲ ሓራ መስመርን ቍጠባዊ ሓርነትን ዝብል ሰረተ-እምነት ኤርትራ ክርዕመኦ ምዃነን ዘጠራጥር ኣይመስለንን። ኤርትራ፡ እዚ ጽኑዕ እምነት ስለ ዘለዋ፡ በቲ ኣብ ልዕሊኣ ዝሸረብ መሰናኸላት ካብ ሃዲድ ራእያ

ኣየንደልሃጸትን። መሪሕነት ህወሓት፡ ብሓፈሻ ኢትዮጵያውያን ሊሂቃን - *Elit* - ካብ ድቃሰም ዘባህርሮም ነገር እንተሎ ኸኣ፡ ራእይ ኤርትራ ክውን ከይኸውን'ዩ።

ስለዚ፡ መሪሕነት ህወሓት፡ ኣመሪካን ምዕራባያን ሃገራትን'ውን ኣብ ኤርትራ ዕልዋ መንግስቲ ክሻዕ ምክያድ ዝደናደናሉ ምኽንያት ንሱ'ዩ ዝብል እምነት ኣሎኒ።

※ ራእይ ኤርትራ ንኢትዮጵያ'ውን ዘርብሕዶ ኣይኾነን?

ንመሪሕነት ህወሓትን ኢትዮጵያውያን ሊሂቃንን ኣይኾነን! ብኣንጻሩ'ኳ ድኣ! ስግኣት ልሂቃን ኢትዮጵያ ብሓፈሻ፡ ብፍላይ ድማ መሪሕነት ህወሓት፡ 'ኤርትራ ሰላም ረኺባ ዑቑር ባህርያዊ ሃብታ ተጠቒማ ደርማስ ቀኒጠባ እንትምስርት፡ ዘይድፈር ኣጋር ሰራዊት፡ ሓይሊ ኣየርን ባሕርን ክትሃንጽ እያ፡' ዝብል'ዩ።

ብመሰረት ሓበሬታ ናይ ዝተፈላለዩ ወገናት፡ ኤርትራ፡ ብባህርያዊ ጸጋ ዝተዓደለት ሃገር'ያ። ወርቂ፡ ነሓስ፡ ዚንኪ፡ ሓጺን፡ ፖታሽ፡ ነዳዲ፡ ጋዝ፡ መመስርሒ ቸሜንቶ፡ መመስርሒ ሽትሮ፡ ሑጻ፡ እምኒ፡ ዓሳ ውሑድ ካብቲ ብዙሕ ክጥቀስ ይከኣል። ልዕሊ ኩሉ ግና ኣፍደገ ባሕርን ስትራተጂያዊ ኣቀማምጥኣን ዓርሱ ዝኸኣለ ዘይጽንቀቕ ባህርያዊ ሃብታ'ዩ ክብል እኽእል።

እዚ ኾይኑ ከብቅዕ፡ ሓደ ካብቲ ንብዙሓት ብሰደድ ፖታሽ ዝፍለጣ ሃገራት ኣብ ስግኣት ሸሚሙወን ዘሎ ጉዳይ ባህርያዊ ሃብቲ ፖታሽ ኤርትራ ኮይኑ ይስማዓኒ። ሓንቲ ካብተን ሃገራት፡ ሃገረ ካናዳ'ያ። ካናዳ፡ ብሰደድ ፖታሽ ኣብ ዓለም ኣብ ቀዳማይ እንተይኾነ ኣብ ካልኣይ ደረጃ እትስራዕ ሃገር'ያ። ነዚ ባህርያዊ ሃብቲ'ዚ ንምዕዳን ክሻዕ ሰለስተ ሽሕ ሜተር ትሕቲ መሬት ኵዒታ ተውጽእ ይበሃል። ካብ ቦታ ዕደና ልዕሊ 800 ኪሎ ሜተር ኣጎዓዒዛ ድማ ንሰደድ ትልእኽ።

ብኣንጻሩ፡ ኤርትራ፡ ኣብ ዘባ ደቡባዊ ቀይሕ ባሕሪ ኣብ ሓደ ንእሽቶ ቃጽያ ኣብ 16 ሜተር ዝዑቈቱ 25 ሚእታዊት ትሕዝቶ ዘለዎ 1.25 ቢልየን ሜትሪክ ቶን ዘይተጻረየ ሓመድ ፖታሽ ከም ዘሎ ይፍለጥ። ኪኢላታት ናይታ ነቲ ዳህሳስ ዘካየደት ኩባንያ ከም ዘረጋገጽዎ፡ ኤርትራ፡ ልዕሊ 270 ሚሊዮን ሜትሪክ ቶን ዝተጻረየ ብሉጽ ፖታሽ ከተምርት ተኽእሎ ከም ዘለዋ'ዮም ዝገልጹ። ንምዕዳን ዘድሊ ርእሰማል ገዚፍ ኣይኾነን። ዘይከም ናይ ካናዳን ሩስያን፡ ፖታሽ ኤርትራ፡ ኣብ ምምስርሑ ውሑድ ጽዓት'ዩ ዘሕልኽ። ካብ ቦታ ዕደና ናብ ኣፍደገ ባሕሪ ዘለዎ ርሕቐት 70 ኪሎ ሜተር ይበጽሕ። ንሱ ጥራይ እንተይኾነ፡ ነተን ብብዝሒ ህዝቢ ኣብ ቀዳማይን ካልኣይን ደረጃ ዝስራዓ ቻይናን ህንድን ዝቐረበት'ያ። ብኡ መጠን ድማ ወጻኢታት መጎዓዝያ ዝሓሰረ'ዩ።

ስለዚ፡ ሃገረ ካናዳ ከቢድ ስግኣት ከስማዓ ግድንት'ዩ። ርግኣት ኤርትራ ንረብሓኣ እንተይኾነ ትፈልጥ'ያ። ስለ ዝኾነ ድማ፡ ብቤት ምኽሪ ባይቶ ጸጥታ ሕቡራት ሃገራት ኣብ ልዕሊ ኤርትራ ጸኒዑ ዝነበረ እገዳ ክለዓል ካብተን ዘይደገፋ ሃገራት'ያ ኢልካ ክትሓስብ ኩውንነታዊ ጥራይ እንተይኾነስ፡ ኣይትደልን'ያ ነይራ ክበሃል ዝካኣል መስለኒ። ሕሉፍ ሓሊፋ'ውን "ኣብ ሓርነታዊ ቃልሲ ዝተኻፈለ ሰብ ግብረ-ሽበራዊ'ዩ፡ " ብዝብል ጉጉይ ውሳነ፡ ሚኒስተር ጉዳያት ወጻኢ ሃገረ ኤርትራ ናብ ሃገራ ከይኣቱ ከልኪላቶ ይበሃል'ዩ፣ እቲ ዘገርም ግና፡ ነብስሄር ቀዳማይ ሚኒስተር ኢትዮጵያ ናብ

ሃገራ ክኣቱ ፈቒዳ፣ ድርብ ዕያር? መሪሕነት ህወሓት ድማ ነዚ መዝሚዙ ምስ ሃገረ ካናዳ ድልዱል ዝምድና ፈጢሩ ነበረ።

ነዳዲ'ውን ሓደ ካብቲ ምስ ጎረቤት ሃገር ስዑዲ ዓረብ ንመጻኢ ክጎራፍጣ ዝኽእል ባህርያዊ ሃብቲ ክይኾነ ኣክተርፍን'ዩ ዝብሉ ተንተንቲ ፖለቲካ ዞባ ከሊ.ጅ ኣለዉ።

ኤርትራ፡ ብኩባንያ ኣናዳርኮ ተሓጊዛ ኣብ ከባቢ 900 ሜትር ዝዕምቖቱ ነዳዲ ከም ዝረኸበትን ኣብ 1998 ብወግዒ ከም ዘመረቐትን ይንገር። እቲ እዋን'ቲ፡ ኲናት ኢትዮ-ኤርትራ ዝተወልዓሉን፡ እቲ ኩባንያ፡ ኢትዮጵያ ብዘካየደቶ ታህዲድ ተዳሂሉ ድዩ ወይስ ብግጉይ ቅማረ ካብ ኤርትራ ብኢደ ዋኒኑ ዝወጸአሉ'ዩ ነይሩ። ከምኡ ይኹን እምበር፡ ኤርትራ፡ ነቲ ባህርያዊ ሃብቲ ከተውጽእ ዝተሃወኸት ኣይትመስልን፣ ብኸልተ ምኽንያታት። ሓደ፡ ምስ ኢትዮጵያ ዘጋጠመ ኲናት እንትኸውን፡ እቲ ካልኣይን ቀንዲን ግና ከምቲ ኣብ ዕደና ወርቂ ኣብ ነዳዲ'ውን ዝኣክል ካፒታል ኣዋህሊላ ዝተወሰነ ብርኪ ክህልዋ ዝዓለመት ኮይኑ ይሰማዓኒ። እዚ'ውን ካብቲ ብኣህጉራውያን ኩባንያታት ብፍላይ ናይ ኣመሪካ ብሓደ ወገን፡ ብሱዑዲ ዓረብ ድማ በቲ ካልእ ከም ስግኣት ከጠምታ ዘሎ ተኽእሎ፡ ኣቃሊልካ ዝረአ ኣይመስለንን። ምስቲ መራሒ ሃገረ ኤርትራ "ባህርያዊ ሃብቲ መርገም ክኸውን ይኽእል'ዩ" ዝበሎ፡ እተን ብነዳዲ ዝተዓደላ ሃገራት፡ ህዝበን ዝወርዶ ዘሎ መቕዘፍቲ፡ ምዝንባልን ስደትን ርኢኻ፡ ኤርትራ፡ ብቕዳምነት ንቑሕ ሕብረተሰብ ብፍላይ መንእሰይ ሃኒጻ ባህርያዊ ሃብታ ባዕላ ከተውጽእን ጐይታ ቍጠባዊ ፖሊሲኣ ክትከውንን ትጋደል ዘላ ሃገር'ያ ተባሂላ ክትግለጽ'ውን ዝከኣል ይመስለኒ።

እምበኣርከስ፡ መሪሕነት ህወሓት ይኹን ሊሂቃን ኢትዮጵያውያን ነዚ ናይ ጽቡቕ ሕማቕ ኣብነት ጉዕዞ'ዚ ንምስንኻል እዮም ሰለም ከየበሉ ዝሓድሩ ዘለዉ። ኣነን ብጾተይን ድማ ንዕደና ወርቂ ቢሻ ንምስንኻል፡ "ኣብ ዕደና ቢሻ ባርነት ይካየድ ኣሎ፡" ብምባል ብኤርትራውያ ዝካየድ ሰላማዊ ሰልፊ ኣብ ምውዳብ ተዋፊርና።

እቲ ምንታይሲ፡ ሃገራት፡ ብተፈጥሮአን ኣዝየን ቀናኣት እየን። ብፍላይ ኢትዮጵያ ኣብ ልዕሊ ኤርትራ።

ምዕራፍ 8

ኣስመራ
ቤ/ጽ ስለያ ወጻኢ
ሰኑይ 5 ሚያዝያ 2010
ሰዓት 08:30

ብሓላፊ ቤ/ጽ ወኪል ሃገራዊ ድሕነት ኤርትራ ጀነራል ኣብራሃም ዝተጸወዐ ኣኼባ ሰለስተ ኣካላት ክፍሊ ስለያ ወጻኢ ተረኺቢን ነበሩ። ኣጀንዳ'ቲ ኣኼባ፡ ናብ ደምበ ተቓወምቲ ተባሂሉ ዝጽዋዕ ምትእኽኻብ ሰሊኾም ዝኣተዉ ኣባላት ሃገራዊ ድሕነት ንምዝታይን ጸብጻብ ስራሖም ንምስማዕን ሓደስቲ ክስለኹን ነበረ። እተን ክፍልታት፡ ብኮሎኔል ርእሶም ዝምእከላ ጠረጴዛ ኢትዮጵያ፡ ኤውሮጳን ኣመሪካን ነበራ።

ኮሚሽን ዶብ ኤርትራን ኢትዮጵያን፡ 'ዶብ ኤርትራን ኢትዮጵያን ብማንዛ ምምልካት (*ቨርችዋል ደማርከሽን*) ሓንሳብን ንሓዋሩን ተሓንጺጹ'ዩ። እዚ ዶብ፡ ሕጋውን ዝኾነ ኣካል ክቕይሮ ይኹን ከመሓይሾ ዘይኽእልን'ዩ፡" ብምባል ነቲ ንኣስታት ሽዱሽተ ዓመት ዘትከሮ ዓሎቕ መንግስቲ ኢትዮጵያን ኣሳሰይቱን መደምደምታ ገበረሉ፣ ተልእኾኡ ፈጺሙ ኩሉ ሰነዳቱ ንሕቡራት ሃገራት ከም ዘረከበ ኣፍሊጡ ቤት ጽሕፈቱ ዓጸወ፣ መፋርቕ 2007።

ኾይኑ ኸኣ፡ ጉዳይ ዶብ መደምደምታ ተገይሩሉ ከብቅዕ፡ እቲ ኣብ ዝኣተዎ ሃገር ጽቡቕ ስም ዘየትረፈ ዓቃብ ሰላም ተልእኾኡ ብምብቃዑ ካብ ኤርትራ ክወጽእ ተነገሮ፣ ሓንገደ። እቲ ዝነበሮ ኣማራጺ ተመቕሊሉ ክኸይድ እንተ ነበረ'ኳ፡ ብዘይ ኣፍልጦ መንግስቲ ኤርትራ ተሽከርከርቱ ኣልዒሉ ብዓዲ ኺላ - መረብ ናብ ኢትዮጵያ ክሰግር ጀመረ።

መንግስቲ ኤርትራ ገታኢ ስጉምቲ ወሰደ። ኣብ 2008 በቲ ዝመጾ ክወጽእ ኣገደዶ፣ ብወደብ ምጽዋዕ። ምዕራባውያን ሃገራት፡ መንግስቲ ኤርትራ ኣቐዲሙ

ልዕሊ ክልተ ሚእቲ ዜጋታት ምዕራብ ኣባላት እቲ ዓቃብ ሰላም ኣብ ውሽጢ 48 ሰዓት ካብ ሃገሩ ዘውጻኦም ቅድል በለን። ነቲ ስጉምቲ፡ ምውጻእ ዓቃብ ሰላም ተወሲኹዎ ዘሰንበዶን ምዕራባውያን ሃገራት፡ ኣመሪካን ውድብ ሕቡራት ሃገራትን፡ ኤርትራ፡ ናይ ጽቡቕ ሕማቕ ኣርኣያ ክትከውን'ያ ካብ ዝብል ስግኣት፡ ምስላ ንምድዋንን ብቑጠባ ንምሕናቓን ተጓየዩ። ስጉምቲ ንምውሳድ ምስምሳት ሃሰው በሉ። ድሕሪ ኣገልግሎት ወደብ፡ ቀንዲ ምንጪ እቶት ቍጠባኣ ክራይ ወተሃደራዊ መዓስከር ሓያላት ሃገራት ዝኾነት ጅቡቲ መጋበርያ ክትከውን ተሓጸየት።

ጉዳይ ዶብ ኤርትራን ጅቡቲን ዝብል ጥጅእ ድማ ተጠጀአ።

እቲ ጥጅእ ብማይ ተዘሊሉ ክጹሞቕ ነይሩዎ፣ ተዘሊሉ ድማ መጽሞቒ ሞኽባዕቲ ተቐረበ።

መራሒ ሃገር ጅቡቲ ናብታ መሓዛ ኤርትራ ዝበላ ሃገር ስልኪ ደወለ። 'ኤርትራ ዶብ ሃገረይ ጥሒሳ ወሪራትኒ' ክብል ተጣረዐ።

ንጉስ ቀጠር ዱበላ ኮኖ። እቲ ጉዳይ ክሓትት ደወለ። ዕላማ እቲ ጽምቋ ኣቐዲማ ዝፈለጠት ኤርትራ፡ ኣብ ባይታ ከጸሪ ዝደሊ ኣካል ሃንጎፋይ ኢላ ክትቕበሎ ቅርብቲ ምዃና ኣረጋገጸት። ማዕከናት ዜና ስኤንኤን፡ ቢቢሲን ኢትዮጵያን፡ 'ኤርትራ ንጅቡቲ ወሪራታ' ብምባል ንእለቱ ዝተቐናበረ ዜና ኣጋዋሓ። ቤት ምኽሪ ባይቶ ጸጥታ ነቲ ብዘይ ኣፍልጦኡ ዘይተሃንደሰ ግጭት ኣብ ባይታ ከየጻረየ፡ ኤርትራ፡ ካብ ግዝኣታዊ መሬታ ዝኾነ ራስ ዱሜራን ደሴት ዱሜራን ኣብ ሓጺር እዋን ክትወጽእ ውሳነ 1862 ኣሕለፈ። ድሕሪ ቍሩብ እዋን ድማ ብድፍኢት ኣመሪካ ማዕቀብ 1844/2008 ኣብ ልዕሊ ኤርትራ በየነ።

ተንተንቲ ፖለቲካ ቀርኒ ኣፍሪቃ፣

"ጎቦ ሙሳ ዓሊ ንሰለስተ ሃገራት ዘዳውብ ጎቦ'ዩ፣ ኤርትራ፡ ኢትዮጵያን ጅቡቲን። ካብተን ሃገራት ኣብቲ ጎቦ ሓኹራ ኣጽዋር ኽትተክልን ወተሃደራዊ መዓስከር ከተቑምን ኣይትኽእልን'ያ፣ ንሰለስቲኤን ስለ ዝብጸሐን። እቲ ጎቦ፡ ልዕሊ 2000 ሜተር ብራኽ ካብ ጽፍሒ ባሕሪ ዘለዎ ኣዝዩ ስትራተጂያዊ ኾይኑ፡ ንወደብ ዓሰብን ጅቡቲን ብሓደ ወገን፡ ንመጻብቦ ባብኤል መንደብ ድማ በቲ ካልእ ንምቁጽጻር ዘኽእል'ዩ። ሓደ መድፍዕ፡ በቲ መጻብቦ ዝሓልፉ መራኽብ ተወስ ከም ዘይብላ ክገብረን ይኽእል'ዩ።

"መንግስቲ ኣዲስ ኣበባን ደገፍቱን ኣብ ዓሰብ ዝወረዶም ሰፍ ዘይብል ክሳራ ብሓደ ወገን፡ ዶብ ኤርትራ ኣብ ኣስታት 81 ኪሎ ሜተር ምዃኑ ዘነጸረ ኮሚሽን ዶብ ኤርትራን ኢትዮጵያን ድቃስ ስለ ዝኸለኦም ድማ በቲ ካልእ፡ ነቲ ጎቦ ንምቁጽጻር ተሸባሸቡ። ንሰራዊት ጅቡቲ ከይሰዱ፡ በየናይ ሓይሉ ክድይቦ፣ ናይ ኢትዮጵያ፡ ሰነ 2000 ኣብ ኲናት ዓሰብ ተፈቲኑ ተረኺሚሹ፣ ዕሱባት ከይሰዱ፡ ዋዕሮ ምስ ደቃ ሰተት ኣይከተብሎምን'ያ። ኾይኑ ኸኣ፡ ንሰራዊት ኢትዮጵያ ካብ ምልኣኽ ዝሓይሽ ኣማራጺ ሰኣኑ።

"መዓልትን ሰዓትን ተቐጺሩ ሰራዊት ኢትዮጵያ ተበገሰ። ኣብ እግሪ'ቲ ጎቦ በጺሑ የማነ ጸጋም ጠሚቱ ነግ ፈረግ እናበለ ምስ ኣጽዋራቱ ሓኾረ። ግና ኣይጠዓሞን፣ በምባታት መዳፍዕ ምኽልኻል ሓይልታት ኤርትራ ተቐበሎ። ሰዓታት ኣብ ዘይመልእ ተኹሲ፡ ዓሰርተታት ሰራዊት ኢትዮጵያ ረገፈ፣ ኣጽዋራቱ ተሓምሸሸ፣ ኳዕናን ጎቦ ሙሳ ዓሊ ክብሩ ከም ዘይድፈር ተረጋገጸ። እምበኣርከስ፡ እቲ ፍሽለት'ቲ ከይኾነ ኣይክተርፍን'ዩ ስቴት ደፓርትመንት፡ ብፍላይ እታ ኣፍሪቃዊት - ኣመሪካዊት ተሓጋጋዚት ጸሓፊት ኣብ

ጒዳያት ቀርኒ ኣፍሪቃ ካልእ ግጭት ከተሳውር ዝተጓየየት፣ ዶባዊ ምስሕሓብ ኤርትሮ - ጅቡቲ!" ክብሉ ነቲ ዘይምኹኑይ ዶባዊ ግጭት ትንታነኦም ዝሃቡሉ።

ደጊም፡ ንኤርትራ ብኲናት ንምብርካኽ ካብ ዘይተኻእለ፡ ካብ ማሕበረ-ሰብ ዓለም ንምንጻላ ሓድሽ ምህዞ ከማሃዝ ነይሩዎ፣ ጒዳይ ኣልሸባብን ዝተሃንደሰ ዶባዊ ምስሕሓብ ኤርትሮ-ጅቡቲን ከም ምኽንያት ፈጢርካ እገዳ ምብያን።

ጅቡቲ፡ ብተሓጋጋዚ ምክትል ጸሓፊ ጒዳያት ወጻኢ ኣመሪካ ተነዲፉ ዝተዋህባ ክሲ ብመገዲ ወኪላ ኣብ ውድብ ሕቡራት ሃገራት ኣቕረበት።

ኣብቲ እዋን'ቲ'ዩ እምባኣር፡ ዘምዘም፡ ኣብተን ንውጥን እገዳ ዘሳውራን ዘራጉዳን ዝነበራ ብኤርትራውያን ዝቖማ ጒጅለታት ንምስላይ ብሚስጢር ናብ ውሽጠን ከም ትኣቱ ዝተገብረ። ካብ ውዳቤታት ህዝባዊ ግንባር ምውጻኣ ዝተሓጎሰ ኣብ ሜዳ ሓኪም ዝነበረ ድሕሪ ናጽነት ኣብ ኣሜሪካ ዑቕባ ዝሓተተ ዶክተር ኣስመሮም ኸሰተ ናብ ኣመሪካ ዓደማ፣ ምስ ኣባል ማሕበር ረድኤት ኤርትራ ነበረ ጴጥሮስ ወልደገርጊሽን ካልኦት ጸለውቲ ዝበሃሉ ሰባትን ኣራኸባ፣ ብመገዶም ድማ ምስ ኣብ ኤውሮጳ ዝርከቡ መሰልቶም።

እቲ ኣብ ቤ/ጽ ወኪል ሃገራዊ ድሕነት ኤርትራ ዝካየድ ዝነበረ ኣኼባ ጠረጴዛታት እምበኣር፡ ንኽምዚ ተልእኾ ኣብ ኩለን ሃገራት ዝተመደቡ ኣባላት ሃገራዊ ድሕነት ንምግምጋምን ኣብ ዱባይ ኣብ ሓደ ሆቴል ዝተራእየ ተርእዮ ንምዝታይን ነበረ።

ኣብ ሓደ መደምደምታ ድማ ተበጽሐ፣ ሓንቲ ብኣገባብ ዝተመልመለት ሰላዪት ናብ ኤውሮጳን ኢትዮጵያን ኣስሊኹካ ምትእስሳር ናይተን ብህወሓት እናተመወላ ወገሐ ጸበሐ ብኤርትራውያን ዝጭጨሓ ጒጅለታት ብደቂቕ ምጽናዕ ብሓደ ወገን፡ እቲ መንነቱ ዘይተፈልጠ ኣብ ዱባይ ንሰበ ስልጣን ኤርትራ ኣብ ዘዕረፉሉ ሆቴል ክስእል ዝተራእየ ኣክሊሉ ዮሃንስ ዘርኣይ ድማ ብካልእ ምድላይ ዝብል ነበረ።

ድሕሪ'ቲ ኣኼባ፡ ኮሎኔል ርእሶም፡ ፋይላት ናይቶም ውፉያት ተባሂሎም ኣብ ፍሉይ መዝገብ ዝሰፈሩ ኣባላት መንእሰያት በብሓደ ተመልከተ።

ፌሩዝ ስዒድ ዓሊ መኪ፡ ዕድመ 28፡ ደረጃ ትምህርቲ ማስትረይት ብፋይናንስ፡ ውፍይቲ፡ ዝብሉ ኣንቢቡ ወሰነ።

ምዕራፍ 9

※ ካብ ወጻኢ ሃገር ናብ ኢትዮጵያ ዝመጽኡ ኤርትራውያን ነይሮም ኢልካ፣ እነ ብዓል መን'ዮም ነይሮም?

መብዛሕትኦም ተጋድሎ ሓርነት ኤርትራ ዝብሉ ግና ሓንቲ ኣበርክቶ ዘይገብሩ'ዮም። ኣበርክቶ ክብል እንተለኹ ብመጠን ትጽቢት መንግስቲ ኢትዮጵያ ማለተይ'ዩ። ህወሓት፡ ድሕሪ ረፈረንዱም ሓደ መዓልቲ ክጠቕሙኒ'ዮም ኢሉ ዝሓቖፎም እንተ ነይሮም፡ እዞም ብስም ተጋድሎ ሓርነት ኤርትራ ዝንቀሳቐሱ ኣብ ዓሰርተ ጉጅለታት ዝተመታተሩን ብትኳቦ ህወሓት ዝናበሩን ጉጅለታት'ዮም። ዓቕሚ ድኣሉ ዘይነበሮም'ምበር፡ ዝበልናዮም ኽገብሩ ድልዋት'ዮም ነይሮም። ኣብ ልዕሊ ኤርትራ እገዳ ንምጽናዕ ይጠቕሙ'ዮም ዝተባህሉ ሓበሬታ በዞም ሰባት'ዚም እዩ ዝእከብን ዝዳሎን ነይሩ። በቲ ካልእ ድማ፡ መንእሰያት ኤርትራ ካብ ሃገሮም ዘቑቕካ ምውጻእ ኽካኣል ኣስገርቲ ምምልማልን ምስ ኣብ ውሽጢ ኤርትራ ዘለዉ መስመር ምኽፋትን ይተሓባበሩና ነይሮም። እቲ ኣዚና ተዓዊትናሉ ንብሎ ስራሕ ድማ ንሱ'ዩ፣ ፍልሰት መንእሰያት ኤርትራ። ኣብዚ ስርሓት'ዚ፡ ኤርትራውያን መሰል ብዙሓት ተጋሩ ኣዋፈርና። እቲ ስብኣውነትን ሕልናን ዝጎደሎ ስራሕ ኣብ ሱዳን ብንጥፈት ተታሓሓዝናዮ፣ ኣብ ህዝቢ ኤርትራ ቅሉውላው ንምፍጣር ሰባት ጨዊና ገንዘብ ከም ዝኸፍሉ ጌርና፣ ናብ ሊብያን ሲናይን ኣስጊርና። ናውቲ ከብዲ ከም ኩሊትን ጸላም ከብድን መንእሰያት ከም ዝሸየጥ ጌርና። እቲ ስራሕ ድማ ብኣይ ይምራሕ ነበረ፣ ክሻዕ ናብ ጁባ ደቡብ ሱዳን ዝኸድኩሉ እዋን።

እቲ እዋን፡ ደቡብ ሱዳን፡ ብመሰረት ውዕል ነፋሻ ኣስታት ሽዱሽተ ብልዮን ዶላር ተዋሂቡዋ ካብ ዓባይ ሱዳን ተፈልያ ልኣላዊት ሃገር ክትከውን ረፈረንደም ንምክያድ ትሸባሸበሉ ዝነበረ'ዩ። ብዙሓት ኤርትራውያን ስራሕ ክኽፍቱ ከም ዝኸዱ ኣረጋጊጽና። ኣብዚ መዳይ፡ መንግስቲ ኤርትራ ኢድ ኣለዎን የብሉን ንምስላይ ናብኡ ክኽይድ ተሓበረኒ፣ ናይ ኤርትራ መንነት ወረቐት ድማ ተዳለወለይ።

ነዚ ንምግባር፡ ናብ ትግራይ ናይ ዝሰገሩ ኤርትራውያን መንነት ወረቐት ንእከቦ፣ ብፍላይ ሞያ ዘለዎም ምስ ዝኾኑ። በቲ መገዲ ተጋሩ ናብ ብዙሓት ሃገራት ኤውሮጳ ከም ዝኸዱን ብስም ኤርትራዊ ዑቕባ ከም ዝሓቱን ይግበር። እተን ዝቕበለኦም ሃገራት ኤርትራውያን ምዃኖም'የን ዝፈልጣ፣ ኣብ ዘካይድዎ ናይ ተቓውሞ ሰልፊ ደገፈን ኣይፍለዮምን እዩ። ንኣብነት ኣብ ከም ናይ ሽወደን፡ ጀርመን፡ ሆላንድ፡ ዓባይ ብርጣንያን ኣመሪካን ዝካየድ ዓመታዊ ፈስቲቫል ህውከት ይፈጥሩን ኣንጻር'ቲ ፈስቲቫል ናይ ተቓውሞ ሰልፊ የካይዱን ናብቲ ፈስቲቫል ንዝመጽኡ ኤርትራውያን የፈራርሁን። ኤርትራውያን ኣይነበሩን ማለት ግና ኣይኮነን፣ ውሑዳት ነይሮም'ዮም። ኣብቲ ፈለማ እቲ ጐነጽ ብኤርትራውያን መሰል ተጋሩ ይካየድ እንተ ነበረ'ኳ፡ ተቓወምቲ ኢና ዝብሉ ኤርትራውያን ክሰዕብዎ ግዜ ኣይወሰደን።

※ ኣብ ጁባ ከመይ ዝበለ ንጥፈት ኢኹም ተካይዱ ኔርኩም?

ኤርትራውያን ኣዝዮም ሓያላት ነጋዶ'ዮም። ኣብ ዝኣተዉዎ ሃገር ዕዉታትን ኣብ ዝሓጸረ እዋን ዕዳጋ ክቈጻጸሩን ኣይጽገሙን'ዮም። ንሱ ጥራይ ኣይኮነን፣ ምስ ሃገሮም ዘለዎም ምትእስሳርን ውዳበን ከምቲ ነብስሄር ቀዳማይ ሚኒስተር፡ ". . . ኣዝዩ ሽጊሩና ዘሎ ሻዕብያ እንተይኮነ፡ ህዝቢ ኤርትራ'ዩ። ህዝቢ ኤርትራ ምስ ሻዕብያ ኢድን ጓንትን'ዩ፡" ኢሉዎ ዝበሃል፡ ኣብ ኩሉ ስርሓትና ዋላ'ውን ኣብቲ ኣብ ትግራይ ዝርከብ መዓስከራት ስደተኛታት ዓቢ ብድሆ ዝኾነና፡ ንሻዕብያ ካብ ህዝቢ ክንንጽሎ ዘይምኽኣልና'ዩ። ስለዚ፡ ከምቲ ተሓጋጋዚት ጸሓፊት ኣብ ጒዳያት ቀርኒ ኣፍሪቃ ዝበለቶ፡ ሓይሊ ሻዕብያ ብፍላይ ቍጠባዊ ሓይሉ ምስ ህዝቢ ብዘለዎ ምትእስሳር ስለ ዝግለጽ፡ እቶም ኣብ ጁባ ዝካየዱ ወፍርታት ናይ ሻዕብያ እንተይኮኑ እንትኾይኖም ድማ ንምሕናቑ ንነጥፍ ኔርና። ክሻዕ መጀመርያ 2009 ድማ ኣብኡ ነይረ። ግና፡ ማይ ዓሚኹና ተረፍና።

※ ንስለያዊ ስራሓትኩም ብኸመይ ተካይድዎ ኔርኩም?

ምስ ሓደ ደቡብ ሱዳናዊ ብምልፋን ካብ ቻይና ኣብ እታው ኤለክትሮኒክ ብፍላይ ሞባይል እነጥፍ ኔይረ። በቲ ስራሕ ምስ ብዙሓት ኤርትራውያን ተላለኹ። ምሳይ ዝሰርሑ'ውን ነይሮም፣ ሓበሬታ ካብኦም'ዩ ዝርከብ ነይሩ። ንኣብነት፡ "እዞም ምስ ሻዕብያ ብምትሕብባር ዝሰርሑ ዘለዉ ዕዳጋ'ምበር ተቛጻጺሮሞ፣ እስከ መን እንታይ ከም ዘምጽእ ተጸናጸኑ?" ትብል ቀላል ትመስል ግና ንኹሉ ሓበሬታ ትምልስ ሕቶ ሰው ኣብለሎም'ሞ፡ ኣብ ዕዳጋ መን ምስ መን እንታይ ኣምጺኡ፡ ሆቴላት ብመን ይውነኑን ካብ ዩጋንዳ ዝኣትዋ ማካይን ናይ መን ምዃነን ምስ ሰበ ስልጣን እቲ ሃገር ዘለዎም ምትእስሳራትን ጽጹይ ሓበሬታ ንረክብ፣ የርብሕ'ዩ ዝበልናዮ ግና ኣይረኸብናን። ከመይሲ፡ ምምሕዳር ስቴት ደፓርትመንት ማለት ተሓጋጋዚት ጸሓፊት ኣብ ጒዳያት ቀርኒ ኣፍሪቃ ዘይረኸበትሲ ንሕና ክንረክብ!

※ ካብ ጁባ ናብ በልጁም ኬድካ። ተልእኾኻ እንታይ'ዩ ነይሩ?

ከምቲ ኣቐዲመ ዝበልኩዎ፡ ካብ 2008 ኣትሒዙ ምምሕዳር ዋሽንግቶን ኣብ ልዕሊ ኤርትራ ቀጣባዊ እገዳ ክካይድ ኣብ ምሽብሻብ'ዩ ነይሩ። ነዚ ንምግባር ኣብቲ ከይዲ ዝዋስኡ ኤርትራውያን ምውዳብ ኣገዳሲ'ዩ ነይሩ። ቤ/ጽ ደህንነት ድማ ብንጥፈት ተተሓሓዘ።

ኣብ ኤውሮጳ ነቲ ውዳበ ዘገልግል መርበብ ኣቑምና። እቲ ንጥፈት፡ ኣብ ዓባይ ብሪጣንያ፡ ሆላንድ፡ ኖርወይ፡ ሽወደን ዝኣመሰላ ሃገራት ዝርከቡ ኤርትራውያንን ኣብ ባይቶ ሕብረት ኤውሮጳ ብዝርከቡ ፖለቲከኛታት፡ ጋዜጠኛታት፡ ወከልቲ ዘይመንግስታዊ ትካላትን ምሁራትን ብሓደ ወገን፡ ኣምንስቲ ኢንተርናሽናል፡ ሂዩማን ራይትስ ዎች፡ ጉጅለ ኣህጉራዊ ቅልውላው - *ኢንተርናሽናል ክራይስስ ግሩፕ*- ዝኣመሰላ ድማ በቲ ካልእ ዝካየድ ነበረ። ሓደ ካብቲ ናተይ ስራሕ፡ ነተን ኣብተን ሃገራት ዝርከብ ኤምባሲ ኢትዮጵያ ዝኸውን ሓበሬታ ምቕራም ነበረ፣ ብመገዲ ደህንነት ከም ዝበጽሖም ድማ ይግበር።

ኣብ በልጁም ኣምባሳደር ኢትዮጵያ ነበር ብርሃኑ ወልደክርስቶስን ኣማኻሪ ነብስሄር ቀዳማይ ሚኒስተር ነበር ፕሮፈሰር ውብእሸትን ዝኣመሰሉ ፖለቲከኛታት ምስ ፍሉጣት ኤርትራውያን ምሁራት ከም ክኢላ ንድፊ ቅዋም ዶክተር በረኸተኣብ፡ ሓኪም ዶክተር ኣስመሮም ኸስተን ኣባል ማሕበር ረድኤት ኤርትራ ነበር ጴጥሮስ ወልደገርጊሽን ኣብ ከተማታት ጃፓን ተጋንዮም ድሕሪ ምዝታይ፡ ምስ መንግስቲ ህወሓት ተላፊኖም ክሰርሑ ቀኑብነቶም ኣረጋገጹ። ጴጥሮስ ወልደገርጊሽ፡ ክፍለየሱስ ዑመር፡ ዶክተር በረኸተኣብን ካልኦት ልሉያት ሰባትን ኣብ ዝተፈላለየ ከተማታት ኤውሮጳን ኣመሪካን ኤርትራውያን ወዲቦም ብምንባሮም፡ ኣነ'ውን ኤርትራዊ ተመሲለ ንጥፈታቶም ንምስላይ ነበረ ናብ በልጅዩም ዝከድኩ።

ክልተ ሰሙን ቅድሚ ውሳነ እገዳ ቤት ምኽሪ ባይቶ ጸጥታ ሕቡራት ሃገራት ኣብ ልዕሊ ኤርትራ፡ ኣብ በልጁም ከተማ ብራስለስ ሓደ ዋዕላ ተወደበ። እቲ ዋዕላ፡ ብኣማኻሪት ወጻኢ ፖሊሲ ኤውሮጳ ሆላንዳዊት ወይዘሮ ማርያ ዝእለ ትካል'ዩ ተወዲቡ። ኣብዚ ዋዕላ'ዚ፡ ኤርትራውያን፡ ፖለቲከኛታት፡ ዲፕሎማሰኛታት፡ ጋዜጠኛታት፡ ወከልቲ ተጣበቕቲ ሰብኣዊ መሰላት፡ ሓለፍቲ ኣህጉራውያን ትካላት ረዲኤት፡ ውልቀ ሰባትን ኣምባሳደር ብርሃኑ ወልደክርስቶስን ተሳቲፎም ነበሩ።

እምበኣርከስ፡ ልክዕ ድሕሪ ክልተ ሰሙን ናይቲ ዋዕላ'ቲ፡ 23 ታሕሳስ 2009 ብጸቕጢ ወኪል መንግስቲ ኣመሪካ ኣብ ቤት ምኽሪ ባይቶ ጸጥታ፡ ቤት ምኽሪ ባይቶ ጸጥታ ውድብ ሕቡራት ሃገራት ኣብ ልዕሊ ኤርትራ ብይን እገዳ 1907/2009 ኣሕለፈ። ኣነ ድማ 14 ጥሪ 2010 ናብ ኣዲስ ኣበባ ተመስኩ።

ምዕራፍ 10

ኣዲስ ኣበባ
ቅድመ ብይን እገዳ 1907/2009
መስከረም 2009

ክልቲኦን ወይዘራዝር፡ ወኪል መንግስቲ ኣመሪካ ኣብ ቤት ምኽሪ ባይቶ ጸጥታ ሕቡራት ሃገራት ወይዘሮ ኤዛንን ተሓጋጋዚት ጸሓፊት ጉዳያት ወጻኢ ኣመሪካ ኣብ ጉዳያት ቀርኒ ኣፍሪቃ ወይዘሮ ጃኒን ከምኡ'ውን ተሓጋጋዚ ምክትል ጸሓፊ ጉዳያት ወጻኢ ኣመሪካ ነቲ ኣብ ልዕሊ ኤርትራ እገዳ ከሕልፍ ይኽእል'ዩ ዝበልዎ ዝተዋደደ መስርሕ ምስ ቀዳማይ ሚኒስተር ኢትዮጵያ ንምምይያጥ በብወገኖም ናብ ኣዲስ ኣበባ ተመላለሱ።

ተሓጋጋዚት ጸሓፊት ኣብ ጉዳያት ቀርኒ ኣፍሪቃ ወይዘሮ ጃኒ ኣብቲ ኣብ ሚያዝያ 2008 ምስ ቀዳማይ ሚኒስተር ኢትዮጵያ ዘካየደቶ ርክብ፡ "እቲ ብቐዳምነት ክግበር ዘለዎ፡ ኤርትራውያን፡ ምስ ሃገሮም ዘለዎም ርክብ ምብታኽ ክኸውን ኣለዎ። ኤርትራ፡ ሓደ ካብቶም መትንታት ምንጪ ኣታዊኣ ኣብ ወጻኢ ሃገር ዝነብር ህዝባ ዝኸፍሎ ካብ እቶቱ 2% ብምዃኑ፡ ዘይሕጋዊ ክፍሊት ተባሂሉ ብቕጽበት ደው ዝብለሉ መገዲ ይጣጣሕ ኣሎ። እዚ መስርሕ'ዚ፡ ብዝተፈላለየ ኣገባባት'ዩ ዝካየድ። ሓደ ካብኡ፡ ኹለን መሓዙት ሃገራት በብወገነን መስርሕ ምቁጽጻር ከማዕብላን ሕሳብ ባንክ ናይቲ ኣብ ሃገራተን ዝርከብ ኤምባሲ ኤርትራ ብጥብቂ ክከታተላን ኣተሓሳሲብናየን ኣሎና። ክፍሊት 2%፡ ኣብቲ ብቤት ምኽሪ ባይቶ ጸጥታ ብይን ክዋሃበሉ ተወጢኑ ዘሎ እገዳ፡ ዘይሕጋዊ ተባሂሉ ክሰፍር ምስ ኣባላት ሃገራት ኢጋድ ተረዳዲእናሉ ኣሎና። በዚ ኣገባብ ድማ ርክብ ህዝብን መንግስትን ይብተኽ። ኣብቲ ምስ ተጸዋዒ ጅቡቲ ኣብ ሕቡራት ሃገራት ዝገበርናዮ ርክብ፡ ንመስርሕ እገዳ፡ ትግባረኡን ናይ ኣተፈጻጽማ ስልቱን ተዘራሪብናሉ ኣሎና፡" ብምባል መብርሂ ሃቢቶ።

ኣብ ኣባላት ሃገራት ኢጋድን ሓድነት ኣፍሪቃን ዝኻየደ ጐስጓስ፡ ብወገን ተሓጋጋዚት ጸሓፊት ኣብ ጉዳያት ቀርኒ ኣፍሪቃ ወኢዘሮ ጃኒ ጥራይ ኣይኾነን ዝካየድ ነይሩ። እታ ምዕርግቲ ወይዘሮ ኤዛን ወኪል መንግስቲ ኣመሪካ ኣብ ቤት ምኽሪ ባይቶ ጸጥታ'ውን ኣብ መስከረም 2009 ናብ ኣዲስ ኣበባ ብምኻድ ነቲ ኣብ ነሓሰ ኣብ ኒውዮርክ ዝተኻየደ ኣኼባ ኣመልኪታ፣

"ውጥን እገዳ፡ ተበግሶ ኣባላት ሃገራት ኢጋድ ከም ዝኸውን ንምግባሩ ኲሉ መስርሕ ተጻፊፉ ኣሎ። ቅቡል ምኳኑ እቶም መራሕቲ ብዘይ ጥርጥር ኣረጋጊጾሙልና ኣለዉ። ስለዚ፡ ምእንታን ነቲ ኣብ ባይታ እንፈጥሮ ኲነት ዘንጸባርቕ ኾይኑ ክቐርብ፡ ብቐዳምነት ኣብ መንጎ ኤርትራን ጅቡቲን ዘሎ ወጥሪ ከም ዝኸርር፡ ናይ ሶማል ድማ ከም ዝገፍሕ ክንገብር ኢና። ነቲ ብኣላይነት ኢጋድ ዝቐርብ እማመ ሚኒስተር ጉዳያት ወጻኢ ኡጋንዳ ናብ ቤት ምኽሪ ባይቶ ጸጥታ ከቕርቦ ተሰማሚዕና ኣሎና፡" ብምባል ልቢ ቀዳማይ ሚኒስተር ብታሕጓስ ዝፈንጨሐ ውጥን ገለጸትሉ፣ ኤርትራ ክትምብርከኽ ኣብ ቅድሚኡ ቅጅል በሎ።

"ብወገን ምምሕዳር ዋሽንግቶን ዝውሰድ ዘሎ ሰናይ ስጉምቲ ከይሞገስናዮ ክንሓልፍ ኣይግባእን። እቲ ናይ ሶማል ኲነታት ዝበልክዮ ብዙሕ ዘሰክፍ ኣይኾነን፡ ምስ ግዜ ባዕሉ ክባላላዕ'ዩ። ጸጊሙና ዘሎ ናይ ኤርትራ'ዩ፡" በለ ገጹ ኣዕትብ ኣቢሉ።

"ኤርትራ ነቲ እገዳ ክትጸወሮ ኣይትኽእልን'ያ፣ በየናይ ቀ'ጠባኣ። ምኽንያቱ፡ እዚ ናይ እገዳ መስርሕ ንበይኑ ተነጺሉ ዝረአ ኣይኾነን፡ ምስ ውሳነ ባይቶ ጸጥታ 1844/2008 ከም ዝተኣሳሰር ንምግባሩ ሓደ መእሰሪ ፈትሊ ኣሎና፣ ብይን ማዕቀብ 733/1992 ከምኡ'ውን 751/1992። ከመይሲ፡ ኤርትራ፡ ረፈረንደም ኣካይዳ ከም ልኣላዊት ሃገር ተፈላጥነት ቅድሚ ምርካባ ኣብ ጉዳይ ሶማል መርገጺኣ ዘነጸረትን ክሳዕ ሎሚ ዘይተቐየረን ብምኳኑ ዓቢ ብድሆ ኾይኑና ይርከብ። ነዚ ክንሰግሮ እንተኾይና፡ ኣብ ልዕሊ ኤርትራ ጽኑዕ እገዳ ክብየን ኣለዎ። ምኽንያቱ፡ ኣብ ትሕቲ ኣለያ መንግስትኹም ኣብ ሶማል ሰላምን ምርግጋእን ክሰፍን ብሓደ ወገን፡ ኣብ ኤርትራ ዝህልወና ዘላቕን ነባርን ምቁጽጻርን ነቲ ኣብ ቀርኒ ኣፍሪቃ ክህልወና ንሕልኖ ዘለና ቀዋሚ ስትራተጂያዊ ረብሓታት ክምልሰልናን ድማ በቲ ካልእ፡ እዚ ነካይዶ ዘለና ኣንጻር ኤርትራ ዝቐነዐ ዲፕሎማስያዊ ከይዲ ሓጋዚ'ዩ።"

"እዚ ከይዲ ኣገዳስን ዕምቆት ዘድልዮን እንተኾነ'ኳ፡ ኣብ ኣባላት ሃገራት ባይቶ ጸጥታ ምውልዋልን ዘለቕመለቕን ከይኸሰት ጥንቃቐ ከድል'ዩ። መንግስቲ ፈረንሳ ኣብ ልዕሊ ጅቡቲ ዘለዎ ጽልዋ ክንጥቀመሉን ኣብቲ ጉዳይ ዘለዎ መርገጺ ብኣግኡ ምፍታሽን ኣገዳሲ'ዩ። ስለዚ፡ ፈረንሳ፡ ኣብ ምሕላፍ እቲ እገዳ ድምጾም እንታይ ክኸውን ከም ዝኽእል ካብ ሕጂ ክንጸር ይግባእ። እንተ መርገጺ ሃገራት ኣፍሪቃ ግና ከይዲ መስርሕ እገዳ ብኢጋድ ተወዲኡ ክሳዕ ዝቐረበ ዘሸግር ኣይኾነን። እወታዊ ምላሽ ከም ዝህልዎ ድማ ኣይንጠራጠርን ኢና። ዝያዳ ክጽቀጠሉ ዘለዎ ጉዳይ፡ እዚ እገዳ'ዚ፡ ንኤርትራ ኣብ ዲፕሎማሲ ምንጻል፡ ኣብ ባንክታት ዘለዋ ገንዘብ ምድስካል፡ ሰበ ስልጣን መንግስቲ መገሻኦም ምድራትን ኣብ ወጻኢ ዘሎ ኤርትራዊ ምስ ህዝብን መንግስትን ዘለዎ ርክብ ምብታኽን ክኸውን ኣለዎ። ስለዚ፡ ኣመሪካ ንዘለዋ ክብርን ሓይልን ጸብለልታን ተጠቒማ ኣብዚ ጉዳይ ሓገዛ ከተዕብየልና ንጽበ። ነቲ ብወገንኩም ቐሪቡ ዘሎ ንድፊ እገዳ ድማ ብዘይ ዝኾነ ርእይቶን ዕቃበን ንቕበሎ ኢና፡" ብምባል ቀዳማይ ሚኒስተር ኣብ ልዕሊታ መልክዐኛ ወይዘሮ ዘለዎ ኣድናቖት ብምግላጽ ካብ ቤት ጽሕፈቱ ኣፋነዋ።

በዚ ከየብቀዐ፡ እቲ ዝተሃንደሰ ዶባዊ ግጭት ኤርትራን ጅቡቲን'ውን ምስቲ ብማይ ተዘሊሉ ዝጽሞቕ ዝነበረ ጥጅእ ክዝለል ነይሩዎ። ኣብ ሕዳር 2009ን ዓሰርተ መዓልቲ ድሕሪ ዋዕላ ብራስለስን ተሓጋጋዚ ምክትል ጸሓፊ ጉዳያት ወጻኢ ኣመሪካ ንቀዳማይ ሚኒስተር ጅቡቲ ረኸቦ። ንቲ ብመንግስቲ ጅቡቲ ኣብ ቤት ምኽሪ ባይቶ ጸጥታ ዝቐርብ ክሲ ኣብ ልዕሊ ኤርትራ ምሉእ ትሕዝቶ ንድፊ ኣረከቦ። እቲ ውዱእ ንድፊ ብመገዲ ወኪል መንግስቲ ጅቡቲ ኣብ ሕቡራት ሃገራት ክቐርብ ድማ ተረዳድኡ።

እቲ ተሓጋጋዚ ምክትል ጸሓፊ ጉዳያት ወጻኢ ኣመሪካ ካብ ዝልልየሉ ባህርታቱ ሓደ፡ "ኣመሪካ ዝበለቶ ክትገብሩ ኣለኩም" ዝብል ጸቕጢ ኣካይዳ'ዩ ይብሉ ፖለቲከኛታት ኣፍሪቃ። እቲ ጸቕጢ ባህርያቱ ኣብ ፖለቲካ ጥራይ ግና ኣይኮነን፣ ክብርታት ሕብረተሰብ ኣፍሪቃ ዘራኽሱ ዉጉዝ ስነ-ምግባር ከተኣታቱ ጸቕጢ ካብ ዝገበሩ ፖለቲከኛታት ኣመሪካ ሓደ ተባሂሉ'ውን ይጥቀስ'ዩ። ንሱ፡ ሃገራት ኣፍሪቃ ግብረ - ሰዶምነት ብሕጊ ከፍቅዳ ንከም ኡጋንዳን ኢትዮጵያን ዝኣመሰላ ሃገራት ተሪር ጸቕጢ ዝገበረ ፖለቲከኛ'ዩ ዝብሃል። ስለ ዝኾነ ድማ፡ ነቲ ክትቕበልዎ ኣለኩም ዝበሎ ሕጊ ግብረ - ሰዶምነት ንመራሕቲ እተን ሃገራት ዘቕረበን ንትግባረኡ ዘስገደደን'ዩ፡" ብምባል ብዙሓት ኡጋንዳውያን ዝኸሰዎ ብዓል ስልጣን ምዃኑ'ውን'ዩ ዝንገረሉ፣ ተሓጋጋዚ ምክትል ጸሓፊ ጉዳያት ወጻኢ ኣመሪካ።

※ ※ ※

በልጅዩም
ብራስለስ
9 ታሕሳስ 2009

ድሕሪ ሰለስተ ወርሒ ናይቲ ኣብ መንጎ ቀዳማይ ሚኒስተር ኢትዮጵያን ወኪል መንግስቲ ኣመሪካ ኣብ ቤት ምኽሪ ባይቶ ጸጥታ ወይዘሮ ሌዛንን ዝተኻየደ ርክብ፡ ሆላንዳዊት ወይዘሮ ማርያ "ንመሰል ህዝቢ ኤርትራ ዝጣበቕ'የ፡" ብምባል ኣብ ብራስለስ ዋዕላ ከተኣንግድ ኣብ ምሽብሳብ እንከላ'ዩ ካፕተን ዘርይሁን ናብ ቤልጁም ከተማ ብራስለስ ኣትዩ።

"ወይዘሮ ማርያ፡ ካብቶም ኣማኸርቲ ፖሊሲ ወጻኢ ኤውሮጳ ተባሂሎም ዝፍለጡ ምሁራት ሓንቲ ኾይና፡ ሓላፊት ናይ'ቲ ብ 2003 ዝተመስረተ ኣማኻሪ ወጻኢ ፖሊሲ ኤውሮጳ ዝተሰምየ ዘይመንግስታዊ ትካል'ያ። እዚ ብዝተፈላለዩ ጒጅለታት ሰብ ንዋይ ዝምወል፡ ምስ ከም ብዓል ባይቶ ኤውሮጳ፡ ኣምንስቲ ኢንተርናሽናል፡ ኢንተርናሽናል ክራይስስ ግሩፕ፡ ሂዩማን ራይትስ ዎች፡ ናይ ረዲኤት ማሕበራት፡ ካሪታስን ኣክሽን ኣይድን ዝኣመሰላ ዘይመንግስታዊ ውድባት ኢድን ጓንትን ብምዃን ንምስሊ ኤርትራ ንምድዋን ዝሰርሕ ምዃኑ ደህንነት ኣዳቒቑ ይፈልጥ ነይሩ'ዩ፡" ክብል ካፕተን ዘርይሁን ይገልጽ።

ወይዘሮ ማርያ፡ ምስ ኣባል ማሕበር ረድኤት ኤርትራ ነበር ጴጥሮስ ወልደገርጊሽን ኣቦ መንበር ተሓኤ ሰውራዊ ባይቶ ነበር ክፍለየሱስ ዑመርን ኣብ ብራስለስ ተራኺባ

ድሕሪ ምዝታይ እያ ነቲ ብ 9 ታሕሳስ 2009 ንዋዕላ ብራስለስ ወዲባ። ኣብቲ ዋዕላ'ቲ፡ ኣምባሳደር ኢትዮጵያ ብርሃኑ ወልደክርስቶስ ከምኡ'ውን ኣብ 90'ታት ኣብ ኤርትራ ኣምባሳደር ሕቡራት መንግስታት ኣመሪካ ዝነበረ ዝርከቡዎም ወኪል ኮሚሽን ኤውሮጳ፡ ዳይረክተር ጀነራል ረድኤት ኤውሮጳ፡ ወኪል ማእከል ኦስሎ ንሰላምን መሰል ወዲ ኣዳምን፡ ኣብ ስቴት ደፓርትመንት ሓላፊ ቤ/ጽ ጉዳያት ቀርኒ ኣፍሪቃ፡ ኣባላት ባይቶ ኤውሮጳ፡ ጃን ዶነል፡ ማርክ ፐላይትን ብርክት ዝበሉ ኤርትራውያንን ተዓዲሞም ነበሩ፣ ካፒተን ዘርይሁን ድማ ሓሙሽተ መዓልቲ ኣቐዲሙ ናብ ብራስለስ ኣተወ፣ ንምስላይ።

ሓደ መዓልቲ ቅድሚ እቲ ዋዕላ፡ ኣምባሳደር ብርሃኑ ወልደክርስቶስ ነቶም ኣብቲ ዋዕላ ዝሳተፉ ብመንግስቲ ህወሓት ዝምወሉ ኤርትራውያን ፍሉይ ኣኼባ ከም ዝገበረሎም ድሕሪ ምግላጽ፡ እቲ ብሓላፊት ኣማኻሪ ወጻኢ ፖሊሲ ኤውሮጳ ወይዘሮ ማርያ ኣዳላውነት ዝተኻየደ ዋዕላን ዘሕለፎ ውሳኔታትን፡ ነቲ ብድፍኢት ወኪል መንግስቲ ኣመሪካ ኣብ ቤት ምኽሪ ባይቶ ጸጥታ ሕቡራት ሃገራት ኣብ ልዕሊ ኤርትራ ክብየን ዝተወጠነ እገዳ ከም መራጎዲ ሰነድ ኾይኑ ከም ዝቐረበ'ዩ ካፕተን ዘርይሁን ዘብርሀ።

ምዕራፍ 11

※ ጥሪ 2010 ካብ ብራስለስ ናብ ኣዲስ ኣበባ ተመሊስካ። ምስ ስማቸው ኣሰፋው ተራኺብካዶ?

ከምቲ ዝበልኩዎ፡ ኣነ ብዝተመስጠረ መገዲ'ዩ ትእዛዝን ሓበሬታን ዝዋሃበኒ፣ ብሓደ ሰብን ብጽሑፍን። ዝኾነ ተልእኾ ምስ ተዋሃበኒ ነቲ ተልእኾ ዘምጻኣለይ ሰብ ካልኣይ ግዜ ኣይርእዮን እየ። ሓድሽ ተልእኾ ብሓድሽ ሰብ'ዩ ዝወሃበኒ።

ድሕሪ ብራስለስ ሓደ ተልእኾ ተዋሂቡኒ ናብ ዱባይ ከድኩ። እዚ ዝኸውን ዘሎ 28 ጥሪ 2010 እዩ። እቲ መደብ፡ ኤርትራ፡ ብቐጠባ ክንሓንቃ'ዩ። ነዚ ንምግባር ብቐዳምነት እቶም ኣብ ደገ ርእሰማል ዘዋፈሩ ኤርትራውያን እንብዓል መን ምዃኖምን ምስ ሻዕብያ ዘለዎም ዝምድናን ምጽናዕ ነበረ። መዋፈሪት ማእከል ኤርትራውያን ዱባይ ምዃና ፈሊጥና ኔርና። ኣብቲ ፋልማይ እግረይ ከም ርኹብ ነጋዳይ ኾይነ ኣብ ብዓል ሓሙሽተ ኮኾብ ሆቴል ኣተኹ። ኣብቲ ሆቴል ሃብታማት ኤርትራውያን ነጋዶ ከም ዝኣትዉ ካብ ደህንነት ሓበሬታ ተዋሂቡኒ ነይሩ፣ ናይ ገለ ውሑዳት ኣስማት'ውን ከምኡ። ኣነ ትግሓርኛ እንተይኾነስ ትግርኛ ዝዛረብ ብምኧነይ ትግራዋይ ዝብለኒ ሰብ ኣይነበረን፣ ንባዕሎም ተጋሩ'ውን እንተኾኑ፡ ኤርትራዊ'ምበር ትግራዋይ ኣይመስሎምን'የ። ስለ ዝኾነ ድማ፡ ምስ ኤርትራውያን ክቐርብ ጸገም ኣይነበረንን።

ኣብቲ ሆቴል ክልተ ኤርትራውያን ነጋዶ ረኺብኩ፣ ሰላም ኢለዮም ሓሊፈ ናብ መዕረፊ ኽፍለይ ከድኩ። ኣጋ ምሸት ኣብ ከተማ ክዛወር ካብ ሆቴል እናወጻእኹ እንተለኹ ምስ ሓደ ካብቶም ክልተ ኣብ ሊፍት ተራኺብና። ሰላምታ ተለዋወጥና፣ ስሙ ነገረኒ። ኣነ'ውን ኣኸሊሉ ኢለ ተፋለጥኩዎ። ናብ ባር እኸይድ እንተለኹ ሓተተኒ፣ ምስኡ ናብቲ ባር ከድና። ሓንቲ ጥርሙስ ቮድካ ኣዚዝና ክልተ ሩስያውያን ኣዋልድ ክጽንበራና ሓተታና'ሞ ፍቃደኛ ኾይኑ ምሳና ኮፍ በላ። ወግዒና ብዛዕባ ደቀ ኣንስትዮ'ዩ ነይሩ። ኣብ መንጎ፡ ኣብ ሞባይል ተደወለኒ'ሞ ይቕሬታ ሓቲተ ክዛረብ ካብኦም ፍንትት በልኩ። ዘረባይ ወዲኣ ክምለስ እንተለኹ እንታይ ከም ዝብሎ ሓሰብኩ፣ እቲ ወግዒ ናብ

ናይ ቢዝነስ ወግዒ ክቐይሮ መደብኩ።

"እንታይ ድኣ ደንጒኻ? ድሓን ዲኻ?"

"ኣቕሒት ካብ ቻይና ናብ ኢትዮጵያ ዝላኣኽ ስለ ዘለኒ እታ መርከብ ሎሚ ድሕሪ ቐትሪ ተበጊሳ ክብሉ እዮም ካብታ ካምፓኒ ደዊሎምለይ።"

"እንታይ ዲኻ ትነግድ?"

"ናይ ህንጻ ማሺነሪ፡ ዓበይቲ ማካይንን መቀያየሪ ኣቕሑትን ዝኣመሰለ።"

ክልቲኣን ሩስያውያን ነታ ጥርሙስ እናተቐባበላ ሓንሳብ ኣየጽናሓኣን፡ ኣንቀጸኣ፣ ካልኣይቲ ጥርሙስ ኣዘዝኩ።

"ኤርትራዊ ኴንካስ ከመይ ኢልካ ተኣማሚንካ ገንዘብ ኣብኡ ተዋፍር፡ ማለተይ ኣብ ኢትዮጵያ። ሓደ መዓልቲ ወያነ ክልኽሙኳካ'ዩ። እዚኦም . . . " ኢሉ ርእሱ ነውነወ።

"ኣነ'ውን ዘይብል ኣይኾንኩን፣ ግና ገንዘበይ ኣብዚን ኣብ ዓዲ እንግሊዝን'የ ዘቐምጦ። ብዘይ ብእኡ ብገንዘቦም'የ ዝሰርሕ።"

"ከመይ ማለት?"

"ኣብ ኣዲስ ኣበባ ስርሓት ህንጻ ሰማይ'ዩ ተተኩሱ። ወያነ፡ ምርጫ 2005 ምሂሩዎ'ዩ። ኣብ ኢትዮጵያ፡ ብዘይካ ላዕለዎት ሓለፍቲን ቤተ ሰቦምን ትግራዋይ ከም ዘይረበሐ ሸው'ዩ ተሰዊጥዎ። ድሕሪ'ቲ ምርጫ፡ ንተጋሩ ሓለፋታት እናሃበ ብፍላይ ንስርሓት ህንጻ ኣዲስ ኣበባ ኣብ ኢዱ የእትዎ ኣሎ። ተጋሩ ግና እቲ ንጥፈታት ንግዲ መጀምርታኦም ኾይኑ ነቲ ስራሕ ክመልኩዎ ተጸጊሞም ኣለዉ፣ ኣነ ድማ ሕግዝ ኣብሎም!" ኢለ ካር ካር በልኩ። ብኸምዚ ዝጀመርናዩ ወግዒ ንግዲ፡ መን ኣበይ እንታይ ከም ዝገብር ኣውግዓኒ፣ ኣብ ሞባይል ቀረጽኩዎ። ኣብ መዳቐሶይ ከይደ ድማ ሓደ ብሓደ ኣብ ጽሑፍ ኣስፈርኩዎ። ብኸምዚ መገዲ ድማ ምስ ሃብታማት ኤርትራውያን ነጋዶ ክላለ ክኣልኩ።

ኮይኑ ግና፡ እቶም ኣብ ውሽጢ ኢትዮጵያ ዘለዉ እምበር፡ እቶም ኣብ ደገ ዝነበሩ ርእሰማል ኣብ ኢትዮጵያ ከውፍሩ ኣይደልዩን'ዮም። ኣብ ልዕሊ ህወሓት ከቢድ ጽልኢ'ዩ ነይሩዎም።

ተልእኾ ዱባይ ንምፍጻም ክሻዕ መፋርቕ ሚያዝያ ኣብኡ ጸናሕኩ። ሰለስተ ግዜ ናብ ኣዲስ ኣበባ ንሓጺር እዋን ከይደ፣ ሓበሬታ ክእክብ ኣብ ዱባይ ካብቲ ሓደ ናብቲ ካልእ ብዓል ሓሙሽተ ኮኾብ ሆቴል እናቐያየርኩ'የ እተን ሰለስተ ወርሒ ኣሕሊፈየን።

ናብ ዱባይ ምስ ከድኩ ኣብ ሓሙሻይ ሰሙነይ ማለት 4 መጋቢት፡ ኣብቲ ዝነበርኩዎ ሆቴል፡ ስድራ ቤቱ ኣብ ሎንዶን ንሱ ግና ኣብ ኣዲስ ኣበባ ዝቕመጥ ኤርትራዊ ተፋለጥኩ፣ ኣብ ኢትዮጵያ ንግዳዊ ንጥፈት ከም ዘካይድ ኣውግዓኒ። ዳርጋ ንኹሎም ላዕለዎት ሓለፍቲ ህወሓት ዝፈልጦምን ጽቡቕ ዝምድና ከም ዘለዎን ነገረኒ።

ጀማል ነስረዲን ይበሃል። ነቲ ካብኡ ዘግነኽዎ ሓበሬታ ብምስጡር ኣገባብ ብቐጥታ ናብ ስማቸው ሰደድኩዎ።

ጀማል፡ ምስ ላዕለዎት ሓለፍቲ ህወሓት ብፍላይ ኣብ መቐለ ዝነበሩ ጥቡቕ ዕርክነት'ዩ ነይሩዎ።

ድሒረ ከም ዝፈለጥኩዎ፡ ንሱ፡ ንደህንነት ኣዝዩ'ዩ ዘገድሶ። ምኽንያቱ፡ ብዙሕ ሚስጢራት መሪሕነት ህወሓት'ዩ ዝፈልጥ። ምስኡ ብዘይ ተጐላባ ኢዮም ዘዕልሉ፣ ማዕረ ንመራሒ ሃገረ ኤርትራ ከነቕትሎ ኢና'ዮም ዝብሉዎ።

ስለዚ፡ እዚ ኣዝዩ ተነቃፊ ፍጥረት'ዚ ክስለይ ነይሩዎ፣ ነቲ ተልእኾ ከሳልጥ ድማ

ተነገረኒ። ኣብ ሰሙኑ፡ ኣብታ ዘዕረፍኩላ ሆቴል ኳሊቲ ኢን ርኣኹዎ። ንበይኑ ኣይነበረን፡ ምስ ሓደ ኤርትራዊ ነጋዳይ'ዩ ነይሩ፣ ተቛጺሮም ስለ ዝነበሩ ካባይ ኣብ ዘይርሕቕ ቦታ ኮፍ ኢሎም የውግዑ ነበሩ። ኣብታ ህሞት'ቲኣ ክልተ ሰበ ስልጣን ኤርትራ ናብቲ ሆቴል ኣትዮም ኣብ ፊተይ ኮፍ ክብሉ ርኣኹዎም። ድሕሪ ቍሩብ እዋን ኣዳህሊለ ሰለስተ ግዜ ስኣልኩዎም። ኣጋጣሚ ሓደ ንዕኦም ዝፈልጥ ሰብ መጺኡ ምስኦም ክሳኣል ርኣኹዎ፣ ንብዓል ጀማል'ውን ምስቶም ሰበ ስልጣን ብምባይሉ ሰኣሎም። ኣነ'ውን፡ ኣዘንጊዐ ነታ ጀማል ዝነበራ ህሞት ብቪድዮ ቀረጽኩዋ። እቲ ስእልታትን ቪድዮን ብኢመይል ናብ ኣዲስ ኣበባ ለኣኽኩዋ፣ ኣብ ቤ/ጽ ደህንነት ከቢድ ሻቕሎት ተፈጠረ። "ጀማል፡ ምስ ሰበ ስልጣን ኤርትራ!" ዘይሕሰብ ተባህለ።

ከይወዓልኩ ከይሓደርኩ ምስታ ትቕጽል ነፋሪት ናብ ኣዲስ ኣበባ ክመጽእ ተነገረኒ። ንጽባሒቱ ቅድሚ ቐትሪ መዓርፎ ነፈርቲ ቦሌ ኣተኹ፣ ሓደ መንነት ወረቐት ደህንነት ዝሓዘ ሰብ ተቐበለኒ። ናበይ ይወስደኒ ከም ዘሎ ሓተትኩዎ። "ብስራሕ ተደለኻ ኣለኻ፡" ካብ ምባል ሓሊፉ ዝበሎ ኣይነበሮን። መኪሲኮ ኣደባባይ ሓሊፍና ኣብ ከባቢ *ጦር ሃይሎች* በጺሕና'ሞ፡ ናብ ሓደ ጽምው ዝበለ ቦታ ወሰደኒ። ሓንቲ ማኪና ሕቖኣ ሂባ ኣብ ቅድሜና፡ እታ ካልኣይቲ ድማ ሓደ ዕስራ ሜትሮ ርሕቕ ኢላ ገጻ ናባና ጌይራ ደው ኢለን ነበራ። ወሪደ ናብታ ሕቖኣ ሂባትና ዝነበረት ማኪና ብድሕሪት ክስቀል ነገረኒ፣ ከድኩ ኸኣ። ኣብታ ማኪና ስማቸው ኣሰፋው ነበረ። መራሒ ማኪናኡ ወሪዱ ፍንትት ኢሉ ደው በለ።

"ከመይ መጺእኻ?"

"ጽቡቕ።"

"እቲ ዝሰደድካልና ሓበሬታ ኣዝዩ ኣተሓሳሲቡና፣ ከምኡ ኣይተጸበናን። ጀማል ክእለ ኣለዎ፣ ናትካ ስራሕ'ዩ በለኒ ርግእ ኢሉ።"

ንስማቸው ንኻልኣይ እዋን'የ ኣግንየዮ፣ እቲ ጉዳይ ተኣፋፊ እንተይኸውን፡ ብኣካል ኣይምረኸበንን።

"ምእላዩ ኣድላዪ ኣይመስለንን፣ ንቕድም ብዓል ክልተ ገጽ ሰላዪ ከይኸውን ነረጋግጽ። ምናልባት'ውን ንዓና ዘርብሕ ክኸውን ይኽእል'ዩ። ስለዚ፡ ብኸመይ ከም ዝፈልጦም? ምስቲ ምስኡ ዝነበረ ሰብ ዝምድናኡ እንታይ ምዃኑ? ነቲ ዝሰኣሎም ሰብ ይፈልጦ ድዩ ኣይፈልጦን? ዝኣመስሉ ሕቶታት እንትምለሱልና ንብዙሕ ነገር ሓጋዚ ምኾነ። እንተ ኣሊናዮ ግና እቲ ክሳራ ዘይጽገን ክሳራ ክኸውን ይኽእል'ዩ።"

ስማቸው፡ ፍሽክታ ዘይፈልጥ ሰብ'ዩ ክበሃል'የ ዝሰምዕ። ሽው ግና ፍሽኽ ኢሉ ጠመተኒ። ነታ ኣብ ሰለፈይ ኣንቢረያ ዝነበርኩ ኢደይ ሒዙ፣ "ጽቡቕ ኣለኻ። ሓደ ሓያል ሰላዪ ከም ዝመልመልና እፈልጥ እንተኾንኩ'ኳ፡ ኣይ ከም ሎምን። በሊሕ ኢኻ፣ ኣብ ስለያ ድማ በለሕትን ወሰንትን ሰባት'ዮም ዘድልዩና። እምበኣርከስ፡ ሓደ ወርሒ ክህበካ'የ፣ ዘድልየካ ሕተት ክዋሃበካ፣ ዋላ ሚልዮናት ዶላራት። ኣብ ማንም ቦታ ከይተራኣኻ ምስዛ ሎሚ ትበርር ነፋሪት ናብ ዱባይ ተመለስ። ጽፉፍ ስራሕ ድማ እጽበ፡ " ኢሉ ኣፋነወኒ።

ካብ ማኪና ወሪደ ናበይ ከም ዘብል ጠፍኣኒ። ናብ ጽርግያ *ጦር ሃይሎች* ከይደ ኮንትራት ታክሲ ሓዝኩ። ኣብ ሞባይለይ ነፋሪት መገዲ ኣየር ኢትዮጵያ ትበረሉ ሰዓት ርኣኹ፣ ድሕሪ ሽዱሽተ ሰዓት'ያ ትበርር። ስለዚ፡ ናብ ካዛንችስ ከይደ ኣብ ሓንቲ *ላዝማሪ ቤት* ኣተኹ። ጥረ ስጋን ሜስን ኣዚዘ ተዘናጋዕኩ። ድሕሪ ኣርባዕተ ሰዓት ናብ መዓርፎ

ነፈርቲ ቦሌ ከይደ ናብ ዱባይ ተመለስኩ።

ናይ ሓንቲ መዓልቲ መገሻ ብምንባሩ፡ መፍትሕ ሆቴል ኣየረከብኩን። ምሸት ከባቢ ሰዓት ዓሰርተው ሓደን ኣርባዓን ሓሙሽተን ኣቢለየ'ኣትየ። ናብ መዕረፊ ክፍለይ ከይደ ተሓጻጺበ ናብቲ ባር ከድኩ። ጀማል ንበይኑ ኣግነኸዎ። ዊስኪ'ዩ ኣዚዙ፣ ጥምየት ሃለፍ ኣቢሉኒ ስለ ዝነበረ ዝብላዕ ኣዚዘ እናውገዕና በሊዕና ምስ ኣብቃዕና ሰዓቱ ርእየ፣ ሕሳብ ክኸፍል ነታ ኣሳሳይት ብኢዱ ኣመልከተላ።

"እንታይ ድኣ ተሃዊኽካ?"

"ናብ ዓዲ ጥልያን ክገይሽ'የ። ድሕሪ ዓሰርተ መዓልቲ ክምለስ'የ።"

"ኣነ'ውን ናብ ቻይና ክኸይድ ስለ ዝኾንኩ ብልክዕ መዓስ ኢኻ ትምለስ?"

ጀማል ከም ካልኦት ነጋዶ እንተይኾነስ፡ ግሉጽነት ነይርዎ፣ ዓርሰ ምትእምማን ድማ ንበይኑ'ዩ።

ዝምለሰሉ መዓልቲ ነገረኒ።

"ጽቡቕ'ምበር፡ ኣነ'ውን ጽባሕ ከይደ ቅድሜኻ ሰለስተ መዓልቲ ክምለስ'የ። ካብ መዓርፎ ነፈርቲ እንተ ዝቕበለካ ደስ ምበለኒ።"

"ጽቡቕ፡" ኢሉ ሕሳብ ክኸፍል ወስ በለ፣ ብኢዱ ሒዘ፡ "ኣነ ክኸፍሎ'የ፡" ኢለ ተፋነኹዎ።

※ ካብ ዓዲ ጥልያን ክሳዕ ዝምለስ እንታይ ጌርካ?

እቲ ምስ ጀማል ኣብቲ ስእሊ ዝነበረ ሰብ መን ምዃኑ ከጻሪ ነይሩኒ። ዱባይ ገፊሕ ብምዃኑ ንመን ከም ዝሓትት ሓሰብኩ። ኤርትራውያን ብብዝሒ ኣብ ከባቢ ድኳን ዓባስ ከም ዝርከቡ ሓበሬታ ስለ ዝነበረኒ ናብኡ ከድኩ። ቅድሚ ምኻደይ ግና፡ ነታ ናይቲ ሰብ ስእሊ ካብቶም ሰበ ስልጣን ኤርትራ ፈልየ ቆሪጸ ኣብ ሞባይለይ ሓዝኩዋ። ኣብቲ ከባቢ ብዙሓት ኤርትራውያ ጸንሑኒ፣ ገሊኦም ኣቐሚጦም ኣብ ባኮታት ዝዕሽጉ፡ ገሊኦም ኣብ ድኳን ዓባስ ንብረት ዝገዝኡ፡ እቶም ዝተረፉ ድማ ኣብቲ ከባቢ ዘወንወን ዝብሉ።

ንብረት ዝገዝእ ተመሲለ ናብ ድኳን ዓባስ ኣተኹ፣ ሓደ ትግርኛ ዝዛረብ ዓረብ - ኢራናዊ ምዃኑ ድሓር'የ ፈሊጠ - እንታይ ከም ዝደሊ ሓተተኒ። በቲ ጽሩይ ትግርኛኡ እናተገረምኩ ዋጋታት ክሓትት ከም ዝመጻእኩ ነገርኩዎ።

ሓደ ሰብ፡ ዝተገዝአ ናይ ምግቢ ዓይነት ኣብ ቅብሊት እናመለአ ቀኒሊሕ በለኒ፣ ብርእሰይ ሰላም በልኩዎ።

"ክሕግዘካ?" ኢሉ ብድድ በለ።

"ዋጋታት ክፈልጥ'የ ደልየ።"

"ፋልማይካ ዲኻ ናብ ዱባይ መጺእኻ?"

"ኣይኾንኩን፣ ግና ናብዚ መጺአ ኣይፈልጥን'የ።"

"እንታይ ኢኻ ትነግድ? ዘድልየካ ንገረኒ ክሕብረካ።"

"ናይ ህንጻ ማሺነርታትን መቀያየሪ ኣቑሑትን'የ ዝነግድ።"

ምስ ስምኦን ብኸምዚ ዝበልኩዎ ኢና ተፋሊጥና። ሻሂ ንስተ በልኩዎ'ሞ ነታ ሒዙዋ ዝነበረ ወዲኡ ከም ዝምለሰኒ ነገረኒ። ኣብ ደገ ሽጋራ እናኣትከኽኩ ተጸበኹዎ፣ ወዲኡ መጸኒ። ፍርጅ ምራር ኣበይ ምዃኑ ሓተትኩዎ፣ ከም ዘይፈልጥ። ርሑቕ ከም ዘይኮነ ነገረኒ'ሞ ግዜ እንተለዎ ክጋብዞ ሓተትኩዎ። ስምኦን ኣየዕጠጠየን፣ ሕራይ በለ።

ምሸት ከባቢ ሰዓት ዓሰርተው ሓደ'ዩ ነይሩ። በታ ዝተኻረኹዋ ማኪና ተተሓሒዝና ናብ ፍርጅ ምራር ኬድና ናብ ሓንቲ ኣብ ከባቢ መሸጣ ኣርትፊሻል ጸጉሪ ርእሲን ኮስመቲክስን ሙሴ ትርከብ እንዳ ሹሻ ኣተና። ኣርባዕተ ሓጺር ቀሚሽ ዝለበሳ ደቂ ኣንስትዮ'የን ዘሳስያ፣ ኲለን ድማ ኢትዮጵያውያን።

ሓንቲ ሹሻ ናብ ክልቴና ኣዚዝና ወግዒ ሓዝና።

ኣብ ኢትዮጵያ ከም ዝነብርን ማሺነርታት ከም ዘእቱን መነባብሮይ ርኹብ ምኧነይን ኣዕለልኩዎ። ከምዛ ነዊሕ ንፋለጥ ኣዚና ተዋሃሂድና። ናይ ልቡ ኣውግዓኒ፣ ምኖቱ ናብ ሽወደን ክኸይድ ምኧኑን ሓንቲ ጓል ሓወ'ብኡ ትብጸሖ ከትወስዶ ከም ዝተመርዓወቶን ነገረኒ። እናውግዓኒ ከሎ ገለ ከም ዝደለኹ ነታ ኣብ ሞባይለይ ዝነበረት ስእሊ ናይቲ ዝደልዮ ዝነበርኩ ሰብ ከፈትኩዋ፣ ስምኦን ነታ ስእሊ ርኣያ።

"እዚ ሰብ ድኣ ትፈልጦ ዲኻ!?"

ተገሪሙ ሓተተኒ።

"ኣይፈልጦን'የ። ብኣጋጣሚ ምስ ሓደ ዝፈትዎ ዘመደይ፡ የለን ሞይቱ'ዩ፡ ዝተሳእላ ስእሊ'ያ። ሎሚ ጽባሕ ክድምስሳ እናበልኩ ረሲዔያ፡" ኢለ ኣብ ቅድሚ ዓይኑ ደምሰስኩዋ።

"ኣዝዩ ሃብታም'ዩ፣ ለጋስ ድማ። ነዛ ኲላ ኤርትራዊ ንሱ'ዩ ስራሕ ኣእትይዋ።"

"እዋእ! መን ይበሃል?"

"ኣስመላሽ ገብረኣምላኽ።"

"ኣብ ዱባይ ድዩ ዝነብር?"

"እወ፡ ኣብ ከባቢ ዱባይ ሞል'ዩ ትካሉ። ሓንቲ መዓልቲ ከይደ'ዮ ነይረ፣ ኣለካ ኣይኾነን፡ ስራሕ ደልየ!"

"እሞ ስራሕ ረኺቡልካዶ?"

"ናብ ኣስመራ ከይዱ ኢሎሙኒ፣ ብድሕሪኡ ግና ከይደን ርእየዮን ኣይፈልጥን'የ፡" እናበለ ታሪኽ ሂወቱን ናይ ኣስመላሽ ኣድራሻ ኣበይ ምኧኑን ናብ ሽወደን ናይ ምኻድ ሕልሙን ካልእን ከነውግዕ ኣምሲና ናብቲ ዝድቅሰሉ ገዛ ኣብጺሐ ሓገዝ ክኾነካ ኢለ ሰለስተ ሚእቲ ዶላር ሂበዮ ናብ ሆቴለይ ኣምራሕኩ።

ንኣስመላሽ ገብረኣምላኽ ምስላይ ከቢድ'ዩ። በቲ ሓደ፡ እቲ ትካሉ ዝርከበሉ ቦታ፡ በቲ ካልእ ድማ ኣብ ዱባይ ኮፍ ኣይብልን'ዩ፣ ካብ ሃገር ናብ ሃገር'ዩ ዝገይሽ። ሰለስተ ግዜ ከይደ ስኣንኩዎ፣ ቍጽሪ ተሌፎነይ ገዲፈሉ ኣይደወለለይን። ስለዚ፡ ነቲ ኣብ ሆቴል ኳሊቲ ኢን ዝተላለኹዎ ሬድዋን ዓብደልዓዚዝ ከናድዮ ነይሩኒ።

ሬድዋን፡ ቤተ-ሰብ ናይቲ ኣብ ሃገራት ምዕራብ ኣፍሪቃ ዝነብር ሃብታም ኤርትራዊ እዩ። ናብ ዱባይ ኣብ ዝመጸሉ እዋን ሆቴል እናቐያየረ'ዩ ዝሓድር። ጀማል ምስ ኸደ ኣብ ሰሙኑ ደልየ ኣብ ሓደ ሆቴል ኣግኒኸዎ። ምሸት ብሓባር ከነምሲ ተቛጺርና ተፈላለና።

ሬድዋን፡ ኣዝዩ ዉዑይን ርቡጽን'ዩ፣ ንሓደ ወግዒ ጀሚሩ ኣይውድኦን'ዩ፣ ብዘይ ሩስያዊት ሰበይቲ ኣይሓድርን'ዩ።

ኣብ ቈጸራና ተራኺብና ነዊሕ ኣውግዓና።

"ኣነ ካብዘም ብዙሓት ነጋዶ ንኣስመላሽ'የ ዘድንቖ። ዕጉስ፡ ክሕግዝ ብሃሊ፡ ለጋስ፡ ብዛዕባ ፖለቲካ ዘይግደስ፡" ክብሎን ትዋሕ ክብልን ሓደ ኾነ።

"እንታይ ዄንካ ድኣ ትስሕቕ?"

"መን ድኣሉ ከምኡ ኢሉካ! ምስ 09 ርከብ እንተይነብሮ ድኣ ንሕና ሓሙሽተ ዓመት ተኣሲርና ንብረትናን ሃብትናን ክህገር ንሱ ዓመት ድዩ ክልተ ዓመት ተኣሲሩ ዶ ኣይኮነን ወጺኡ! ንብረቱን ገንዘቡን ኣይተወርሰን! መሳርሕቶም ስለ ዝኾነ። መን ድዩ ንምክልኻል ንብረት ዘምጽኣሉ?" ብምባል ኣሎ ዝበሃል ሓበሬታ ሃበኒ። ተመሳጊንና ንሱ ምስታ ሩስያዊት መተሓድርቱ ኣነ ድማ ንበይነይ ናብ መዳቕሶይ ከድኩ። ንኣስመላሽ ዝምልከት ሓበሬታ ድማ ንዕለቱ ናብ ደህንነት ሰደድኩ።

ጀማል ኩሉ ነገሩ ከምዞም ኤውሮጳውያን'ዩ፣ ቈጸራ ዘኽብርን ግሉጽነት ዘለዎን። ኣብታ ዝበለኒ መዓልቲ ካብ መዓርፎ ነፈርቲ ተቐቢለ ኣበየናይ ሆቴል ከም ዘዕርፍ ሓተትኩዎ፣ ኳሊቲ ኢን በለኒ። ቅድሚ ምምጽኡ ሆቴል ክቕይር ስለ ዝነበረኒ፡ ናብቲ ዝነበርኩዎ ክኣቱ ሓተትኩዎ፣ ሕራይ በለኒ።

ካብ ዓዲ ጥልያን ዓሰርተ ኣርባዓተ ኣይሸኮ ናይ ጽዕነት ማካይን ኣዚዙ ናብ ጅቡቲ ከም ዝሰደደ ነገረኒ።

"ኣነስ ነዛ ጅቡቲ ዝብልዋ ዓዲ ፈጺመ ዘይኣምና። ወየ ድኣ ሰላም ተሳኢኑ'ምበር፡ ንኢትዮጵያ ካብ ዓሰብን ባጽዕን ዝሕሻ ወደብ የለን።"

"ሻዕብያ ከሎ?"

"ንሻዕብያ ብዙሕ ኣይትፈትዎምን ኢኻ?"

"ሃገራውያን ምዃኖም ኣዝየ'የ ዘድንቆም፣ ንዓይ ግና ክወሃሃዱኒ ኣይከኣሉን፡" ብምባል ኣብ ዓዲ እንግሊዝ ኣብ ጅሃድ ኣትዩ ምንባሩ፡ ብሰንኩ ድማ ምስቶም ኣዝዩ ዝፈትዎምን ናብዚ ደረጃ ዘብጸሕዎን ሓወ'ብኡ ከም ዝተባእሰ፣ ይቕሬ በለለይ ኢሉ ከም ዝተዓርቐ ኣውግዓኒ። ሓወብኡ ምስቶም ንሕና ኢና መሪሕነት ተጋድሎ ሓርነት ዝብሉ ጉጅለታት ብሓባር ከም ዝሰርሑ ኣተንብሃለይ።

"ንምንታይ ኢኻ ትንዕቆም?"

"ቁም ነገር ዘለዎም ሰባት ኣይኮኑን፣ ክልፍልፉ'ዮም ዝውዕሉ። ናይ ገዛእ ረብሕኦም ዘቐድሙ'ምበር፡ ሃገር ኣይንታዮምን'ያ። ኣይሰርሑ ኣየስርሑ ዘርምዘርሞ ዝተረፉን ብሓገዝ ናይታ ዝነብሩላ ሃገር - እንዳ'ደይ ኣሙተ'ዮም ዝብልዎ - ዝናበሩን ህኩያት'ዮም። እዚኦም ሃገር ክመርሑ ኣይኮነን፡ ሓዳሮም ክኣልዩ ዘይኽእሉ ፍቱሓት'ዮም።"

"ሓወ'ቦኻ'ውን?"

"ሓወ'ቦይ ኣዝዩ ረዚን ሰብ'ዩ፣ ዘምጽኦ ዝፈልጥ ኣዝየ ዝፈትዎ ኣቦ'ዩ።"

"ሻዕብያኸ?"

"ሃገራውያን፡ ውልቃዊ ረብሓ ዘይፈልጡ፡ ነቓጻትን ነካሳትን።"

"ግና ዝበደሉኻ ኢኻ ትመስል?"

"ከምቲ ግቡእ ናተይ ጥፍኣት'ዩ፡ ግና ሽለል ክብሉኒ ምተገበአ፣ ነታ ዘይፈልጣ ዓደይ ክርኢ ኢለ ብምኻደይ፡" ኢሉ ዝን በለ።

"እንታይ ኢኻ በዲልካ?"

"ከምቲ ዝበልኩኻ፡ ኣብ ዓዲ እንግሊዝ ከለኹ ኣብ ጅሃድ ኣትየ ነይረ፡ ቀልጢፈ ግና ገዲፈዮ። ናጽነት ምስ ተረኽበ ንኤርትራ ክፋለጣ ምስ ከድኩ ኣብ ሳልሳይ መዓልተይ ኣሲሮምኒ። ክልተ ሰሙን መርሚሮም ድማ በታ ዝመጻእኩዋ ኣፋንዉኒ። በርጊገ ንጽባሒቱ ናብ ዓዲ እንግሊዝ ተመሊሰ። ካልኣይ ግዜ ኤርትራ ክይርእያ ምሒለ።"

“ብናትካ ጥፍኣት!”

“እወ።”

“ኣብቲ ሆቴል ድኣ ከምይ ኢልካ ምስኦም ተሳኢልካ።”

“ንኣስመላሽ ከኣብየ ኣይከኣልኩን፡” እናበለ ከውጋዓኒ ኣምሰየ።

ኣብ ማሕበረ-ሰብ ስለያ፡ “ሰብ ኣይትእመን፡ ከማኻን ካባኻን ንላዕሊ ክኸውን ስለ ዝኽእል” ዝብል ብሂል ኣሎ። ኣይፈልጥን'የ፡ ንጀማል ግና ብልቢ ኣመንኩዎን ከም ሰብ ፈተኹዎን።

ንሱ ንጽባሒቱ፡ ኣነ ድማ ድሕሪ ቑሩብ እዋን ናብ ኣዲስ ኣበባ ተመለስኩ።

※ ንስማቸው ብኣካል ረኺብካዮዶ ዋላስ ጸብጻብ ሰዲድካሉ?

ከም ኣመሉ ኣብ ጽሙው ዝበለን ኣብ ማኪናን ረኸበኒ። ጀማል ንጹህ ሰብ ምዃኑ ኣእመንኩዎ፣ ብስራሑይ ይተኣማመን ብምንባሩ ምስኡ ተላፊነ ከሰርሕ መገዲ ከጣጥሓለይ ምዃኑ ነጊሩ ተፋንዩኒ ኸደ። ከምቲ ዝበሎ፡ ኣብ ውሽጢ ሰለስተ መዓልቲ ደህንነት ኩሉ ነገር ኣዳለወለይ።

※ እንታይ'ዩ ኣዳልዩልካ?

ምስቲ ዝነበረኒ ናይ ኮምፒተር እታው፡ ንህንጻዊ ስርሓት ዘገልግሉ ማሺነርታትን ንሕርሻ ዝኸውን ዱኸዕን ዝንግደሉ ፍቓድ ንግዲ፣ ካብ ኣየኖት ትካላት ቻይና፡ ዱባይን ህንድን ክረኽቦ ከም ዝኽእልን ኣድራሻታት ናይተን ትካላትን ተዳለወለይ።

※ እሞ ምስ ጀማል ተላፊንካዶ?

ንበይነይ ክሰርሕ'የ መሪጸ፣ ምኽንያቱ፡ ንጀማል ንዕርክነት ስለ ዝተመነኹዎ፣ ኣዝየ ድማ ፈተኹዎ፣ ኣረ እንተ ገይሹስ እናፍቖ ነይረ።

ምዕራፍ 12

ደሴት ደሰ
ሰሉስ 29 ሰነ 2010

ኮሎኔል ርእሶም ንፌሩዝ ካብ ማእሰርቲ ከውጽኣ'ዩ ከይዱ፣ ንሳ ግና ክትኣምን ኣይኽኣለትን።

"ነዛ ኩሉ ነገረይ ዝኾነት ሃገረይ ክእለተይ ከካፍል ዝመጸእኹ ክንስይ፡ ብዘይ ውዓልኩዎ ኣብ ካርሸሊ ዳጒንኩም ከተብቅዑ፡ ከመይ ኢለ'የ ክኣምነኩም?" ኢላ ምትሳእ ኣበየት።

"ፌሩዝ፡ ሓቕኺ ኢኺ፣ ብስም መንግስቲ ኤርትራ ይቕሬታ እሓትት፣ ክትቅበልዮ ድማ ተስፋ እገብር። ዝመጸና ሓበሬታ ኣጋግዩና፣ ገሊጽና ክንነግረኪ ቅሩባት ኢና። ናብ መራሒ መንግስቲ ከነቕርበኪ'ውን ድሉዋት ኢና፣ ደጊመ ብስም መንግስቲ ኤርትራ ይቕሬታ እሓትት። እቲ ምርጫ ናባኺ ንገድፎ፡" በላ ብሕዙን መንፈስ ከምኡ ኣብ ባይታ ሮፋዕ ኢሉ።

ፌሩዝ ተደናገረት፣ ትብሎ'ውን ኣይነበራን፣ ተነኽነኸት። ኮሎኔል ርእሶም ብኽያታ ክትውድእ ተጸበያ። ድሕሪ ዕስራ ደቒቕ ብድድ በለት፣ ንኮሎኔል ድማ ተኩራ ጠመተቶ።

"ኣነ ናብ ፕረዚደንት ዘእቱ ጒዳይ የብለይን፣ ግዚኡ ከጥፍኣሉ ኣይደልን'የ። ልዕሊ'ቲ ዝተሰብረ ልበይ፡ ሃገረይ ስለ ትዓቢ፡ ይቕሬታኹም ተቐቢለዮ ኣለኹ፡" ኢላ ነታ ሽላ ብኹሉ መኣዝና ተመልኪታታ ወጸት።

ኣብ ደገ ጸባ ትመስል ጻዕዳ ላንድ ክሩዘር ማኪና ትጽበያ ነበረት፣ ናብቲ ንዓኣ መቐበሊ ተባሂሉ ዝተዳለወ ቪላ ወሰደታ። ኮሎኔል፡ ነብሳ ተሓጺጺባ ክዳውንታ ክትቅይር ባኞ ኣርኣያ።

ፌሩዝ፡ ብዙሑል ማይ ነብሳ ክትሕጸብ ቡምባ ከፈተት፣ ኩሉ ነብሳ ቀጭ ቀጭ

ኣበላ። እታ ሽላ ተራእያታ ብኽያት ስዓራ፣ ተነኽነኸት። ምስ ተረጋገአት፡ ካብ ባኞ ወጺኣ ካብቲ ኮሎኔል ኣብ መዳቕሶ ዘንበረላ ባልጃ ቱታ ለቢሳ ተመለስቶ። ካብ ሆቴል ኣስመራ ፓላስ ቍርሲ ተኣዚዙ ኣብ ጠረጴዛ ተቐሪቡ ነበረ። ኮሎኔል ንቍርሲ ናብቲ ጠረጴዛ ኣመልከተላ'ሞ፡ ነታ ኣዝያ ትፈትዋ ኦምለት ርእያ ፍሽኽ ኢላ ኮፍ በለት።

ፌሩዝ፡ ሞርታዴላ፡ ፎርማጆ፡ ኮሚደረ፡ ሽጉርትን ጉዕበርበረን ዘለዎ ዝተጠብሰ እንቛቑሖ - *ኦምለት* - ክትፈቱ ጉዳም'ያ፣ ብፍቅሪ'ያ ትበልዖ። እንተ ሽው ግና፡ ክልተ ኩላሶ ምስ በለዐት ንብዓት ስዓራ፣ ኣይከኣለትን።

ኮሎኔል ትም ኢሉ ርኣያ፣ ክወጸላ።

ድሕሪ ቍሩብ ደቓይቕ፡ ብዘይ ዝኾነ ዘረባ ትም ኢላ ቍርሲ ክትበልዕ ጀመረት፣ ነታ ኦምለት ግና ኣይወደአታን፣ ኣፋሪቓ ገደፈታ።

"ሓንሳብ ንበይነይ ክኸውን እኽእል ድየ?"

"እው፡ ክገድፈኪ እየ። መን ምኽንይን ንምንታይ ናብዚ ከም ዘምጻእኩኽን ክነግረኪ። ኮሎኔል ርእሶም ሃብተስላሰ እባሃል፣ ኣብ ሃገራዊ ድሕነት'የ ዝሰርሕ። ንዝተወሰነ እዋን ንበይንኺ ኣይክገድፈክን ኢየ፣ ድሕሪ ሓደ ሰዓት ናብ ተዕርፍሉ ቦታ ክወስደኪ ኢየ፣ ናብ ደሴት ደሰ። እታ ደሴት፡ ብመርከብ ናብ ዳህላክ ክትኸዲ ከለኺ ርኢኺያ ኣለኺ፣ ስእልታት'ውን ኣለኪ። ኣብኡ ዋላ ጥራይ ዝባንኪ ክትሕምብሲ ክንገድፈኪ ኢና፣ ናብ ተብልዮ ስለ ዘይብልኪ፡" ኢሉ ፍሽኽ በለ።

ከም ዝተሰማመዐት ርእሳ ንላዕልን ታሕትን ነውነወት።

"ኣብ ማኪና ከዕርፍ እንተ ኢልኪ ግና ክንብገስ ንኽእል ኢና።"

ፌሩዝ ንኻልኢታት ሓሰበት፣ "ክንብገስ ንኽእል ኢና፡" ኢላ ብድድ በለት። ናብ መዳቕሶ ከይዳ ባልጃ ከፊታ ዘድልያ ጠራኒፋ ተመልሰት።

"ኩሉ ዘድልየኪ ኣዳሊናልኪ ኣሎና፣ ዝግዛእ ነገር ኣየድልየክን'ዩ። ስለዚ ንበገስ፡ " ኢሉ ብድድ ኢሉ ወጹ።

ማኪና ባዕሉ ኮሎኔል'ዩ ዝመርሓ። ፌሩዝ፡ ድርፎ ከይበጽሑ ድቃስ ወሰዳ። ማኪና ደው ኣቢሉ ነቲ ሰድያ በጥ ከብለላ ፈጺማ ኣይሰማዓቶን፣ ቅድሚ ፍርቂ መዓልቲ ብድቅስታ ኣብ ምጽዋዕ በጽሑ።

ኣብ ሆቴል ገርጉሱም ኣብ ሓንቲ ኣጒዶ ኣተዉ። ኣብቲ ደንደስ ባሕሪ ኮፍ ክትብል ከም ትደሊ ነገረቶ'ሞ፡ ርቕቕ ዝበለ ክዳን ለቢሳ ብሓባር ከዱ። ኣብ ሑጻ ኮፍ ኢላ ጸጸኒሓ ትንብዕ ነበረት። ኮሎኔል ትም ኢሉ ርኣያ፣ ደኺማ ክሳዕ ትገድፎ።

ኮሎኔል ሞባይሉ ደወለት፣ ካብ ፌሩዝ ፍንትት ኢሉ ተዛሪቡ ዓጸዋ።

"ፌሩዝ ክንብገስ ቅርብቲ ዲኺ?"

ቅርብቲ ምኻና ርእሳ ነውነወት። መፍትሕ ኣረኪቦም ኣብ ግራር ናብ ዝርከብ ሓይሊ ባሕሪ ኤርትራ ኣምርሑ። ፈጣን መርከብ ክትወስዶም ተዳልያ ጸናሓቶም፣ መራሒኣ ሰላምታ ሂቡ ክኣትዉ ኣመልከተሎም። ካብ ማኪና ንበረት ወሪዱ ተጻዒኑ፣ መርከብ ተበገሰት።

ኣስታት ሓደ ሰዓት ተጓዒዞም ሰዓት ሰለስተን ፈረቓን ድሕሪ ቐትሪ ኣብታ ደሴት በጽሑ። ኣርባዕተ ንሓለዋ ዝተመደቡን ሓደ ሓኪምን ኣባላት ሓይሊ ባሕሪ ተቐበሉዎም። ናብቲ ንዕኦም ተባሂሉ ዝተዳለወ መዕረፊ ወሰድዎም። ኮሎኔል ንመዕረፊኣ ዝኸውን ክፍሊ ክትመርጽ ካብቲ ህድሞታትን ኣጓዱን ሓተታ፣ ኣጒዶ መረጸት።

እታ ኣጕዶ ኩሉ ዘማለአት ነበረት፣ ኣየር ኮንዲሽነር፡ ተለቭዥን፡ ፍሪጅን ሻወርን። ፌሩዝ ኣካላታ ቀጨጭ እናበላ ነብሳ ተሓጺባ ሓደ ሰዓትን ፈረቓን ኣዕሪፋ ተበራበረት። ነዊሕ ቀሚሽ ወድያ ናብ ገምገም ባሕሪ ኣምረሐት።

ደሴት ደስ፡ ሓንቲ ካብተን ልዕሊ 200 ዝኾና ደሴታት ኤርትራ'ያ። ገማግም ባሕራ ብጻዕዳ ሑጻ ዝተሸፈነ፡ ከም ኩለን ደሴታት ኤርትራ፡ ማያ፡ ዘይተበከለ ብምዃኑ፡ ምሕንባስ ንዘይኽእል'ውን ንኽሕምብስ ዘወናውን'ዩ።

ኮሎኔል ርእሶም ናብቲ ዝነበረቶ ክኸዳ ኣይመረጸን፣ ባዕላ ክትመጾ ገደፋ። ኣብ ሓንቲ ኩርባ ኮፍ ኢሉ፣ "*ሩዝቨልትስ ሰክረት ዎር አጌይንስት ዎርልድ ዎር ቱ* - ሚስጥራዊ ኲናት ሩዝቨልትን ካልኣይ ኲናት ዓለምን -" ዘርእስታ መጽሓፍ የንብብ ነበረ።

ፌሩዝ፡ ኣማዕድያ ርእያቶ ነይራ'ያ፣ ምስ ነብሳ ክትዛረብ ስለ ዝመረጸት፡ ኣይኸደቶን። ጽሓይ ናብ ምዕራባ ግና፡ ኮሎኔል ናብኣ ቅርብ ኢሉ፣

"ፌሩዝ ኣዕሪፍኪዶ?" ሓተታ።

"እወ፡" ኢላ ገጹ ንኸይትርኢ ናብ ስግር ባሕሪ ኣማዕደወት።

"እሞ ቍሩብ ሓበሬታ ክህበኪ ፍቐድለይ። ክሳዕ ኣጸቢቕኪ ተዕርፍን ነብስኺ ዝምለስን ኣብዚ ክንቅንይ ኢና፣ ዝኣዘዝክዮ ካብ ባጽዕ ክመጸልኪ ይኻኣል'ዩ። ሓደ ኣጋር ሓኪም ኣብዚ ምሳና ኣሎ፡ ዘድሊ ክንክን ክገብረልኪ'ዩ። ክተዕርፊ ኢለ'ምበር፡ ክመጽኣኪ ሓቲቱኒ ነይሩ'ዩ። ቅርብቲ ዲኺ?"

"ሕራይ፡" ኢላ ቍሊሕ ከይበለቶ ናብ ኣጕዶኣ ኣምረሐት።

ሓኪም ተኸቲሉዋ ኣተወ። ነቲ ሕልፍ ኢሉ ማይ መሰል ሒዙ ቈርበታ ኣልኮሆል ገይሩ ሓጺቡ ጸራሪጉ ኲነታታ ዘስግእ ከም ዘይኾነ ኣብ ሓጺር እዋን ብፍላይ ኣብቲ ማይ ጨው ምስ ኣተወት ቅምርር ክብል ምዃኑ ነጊሩዋ ኸደ።

ኮሎኔል ናብቲ ገምገም ባሕሪ ከይዱ ኮፍ በለ። ሓደ ካብቶም ኣብ ሓለዋ ዝተመደቡ ወታሃደራት ሓይሊ ባሕሪ ኣዕሚው ኣብ ረርእሲ ኣንቢሩ፡ ንሓድሕደን ተመሳቒለን ኣብ ጫፈን ዝተላሕማ ክልተ ሓጻውን ብኽልተ ሸንኽ ተኸለ። ክርቢት ሸርጢጡ ወረቐት ኣቃጺሉ ነቲ ኣዕሚው ለኰሶ። ኣብ ቅጥን ዝበለ ዘንጊ ዝተሰኮዐ ዓሳ ቱና ኣብ መንጎ'ተን ክልተ ዝተመሳቐላ ሓጻውን ኣንቢሩዎ ኸደ።

ፌሩዝ፡ ሃልሃልታ ሓዊ ርእያ ካብ ኣጕዶ ወጺኣ ናብ ኮሎኔል ኣምሪሓ ቀሚሻ ኣርኒባ ኣብቲ ጻዕዳ ሑጻ ኣርፎወት። እቲ ሃልሃልታ ማረኻ፣ ንዮስኣብ ዓርካ ናፊቓ ኣሕነቕነቐት።

"ፌሩዝ፡ ንሎሚ ድኣለይ ምግብና ዝወጽእ'ምበር፡ ካብ ጽባሕሲ ከምቲ ኣብ ጀርመን በሊዕኩም ስቲኹም ነናትኩም ትኸፍሉ፡ ነናትና ኢና ክንሰርሕ፡" ኢሉ ፍሽኽ በላ፣ ፌሩዝ ኣዒንታ ንብዓት ቋጺሩ ብምንባሩ ክሳዳ ከይጠወየት ክምስ በለት።

ኮሎኔል፡ ነቲ ኣብ ሃልሃልታ ሓዊ ዝነበረ ዓሳ እናኣዘረ ይጠብሶ ነበረ።

ፌሩዝ፡ ነታ በረድ ዝሓዘት መዝሓሊት ከፊታ ረኣየታ፣ ሓንቲ ቀያሕ፡ ሓንቲ ጻዕዳ ነቢትን ቢራታትን ጸነሓ።

"ነታ ጻዕዳ ነቢት ክኸፍታ እኽእል ድየ?"

"እወ! ንዓይ ድማ ሓንቲ ቢራ እንተ ትህብኒ ደስ ምበለኒ።"

ፌሩዝ ንቐድም ነታ ጥርሙስ ቢራ ከፊታ ንኮሎኔል ኣቐበለቶ፣ ንነብሳ ድማ ካብታ ጻዕዳ ነቢት ኣብ ብርጭቆ ቀዲሓ ንጥዕና ከይበለት ጕልጠመት።

"እዋእ፡ *ፕሮስት* (ንጥዕና) ከይበልኪ!"

ፌሩዝ፡ ኣግርሞት ብዝመስል ርእሳ ነውኒዋ ትም በለት።

ብሸነኽ ምዕራብ ዝረአ ዝነበረ ቀይሕ ባና ጸሓይ ማሪኹዋ፡ ብሓሳብ ኣርሒቓ ገሸት። ቅድሚ ዓመት ምስ የስኣብ ኣብ ሞናኮ - ስፓኛ ዘሕለፈቶ ናይ ዕረፍቲ ግዜኦም ተራእይዋ ፍሽኽ በለት።

ኮሎነል፡ እናሻዕ ሰሪቑ እናጠመታ ነቲ ዓሳ ጠቢሱ ወደአ።

"ፈሩዝ፡" ክብላን ኣብ ሓሳብ ጥሒላ ብምንባራ ክትስንብድን ሓደ ኾነ።

"ይቕሬታ! ምሳይ ኣለኺ ኢለ'የ፣ ኣሰንቢደኪ?"

"ምንም ኣይኾነን።"

"እሞ እዚ ዓሳ በጃኹም ሓሪረ ካብዚ ሓዊ ኣውጹኡኒ ይብል ኣሎ'ሞ ብያቲዶ ከተቐብልኒ!"

ፈሩዝ፡ ብዘይ መልሲ ብድድ ኢላ ኣቐበለቶ። ካብቲ ዓሳ ብኻራ ቈሪጹ ኣብ ብያቲኣ ኣንበረላ፣ ኢዳ እናተመሽሎቐት ክትበልዕ ጀመረት።

"ኣብ ሃልሃልታ ዕንጨይቲ ዝተጠብሰ ዓሳ ኣዝየ'የ ዝፈቱ። ብ '92 ንትምህርቲ ናብ እስራኤል ምስ ከድና፡ ኣብቲ ናይ መላለዪ ግብጃታት ኣብ ደንደስ ባሕሪ ባርቢኩው ወይ ኣብ ሃልሃልታ ዝተጠብሰ ዓሳ ይዳሎ'ሞ፡ ናይቲ ሓንቲ ወስ ካልኣይቲ ሃሰስ ሳልሰይቲ መሰስ ዝነበረ ህይወት ገድሊ ግዲ ኾይኑ፡ ኣነን ብጾተይን ከይተፈለጠና ብሃታሃታ ስጉድ ስጉድ ነብሎ። ዝግ ኢልና ምብላዕ ክንለምድ ኣርባዕተ ሓሙሽተ መዓልቲ ወሰደልና። ኣብ ሜዳ፡ ብማይን ጨውን ዝተፈትፈተ ቦጅቦጅ ንብሎ መሸላ ወዲ ዓኸር ኢና ንበልዕ ኔርና፣ ንሱ'ውን ዝሰኣነሉ እዋን ነይሩ'ዩ። ካብ ሜዳ ናብ ኣስመራ ምስ ኣተና፡ ሻዕብያ፡ 'ንኣርባዕተ ዓመት ስራሕ ብዘይ ደሞዝ' ዝብል መምርሒ ኣውጺኡ ንወርሒ 50 ቅርሺ ናይ ሻሂ ይወሃበና ነይሩ። ተጋዳላይ፡ ህዝባዊ ግንባር ናጽነት እምበር፡ ገንዘብ ሒዙ ከም ዘይመጽአ ይፈልጥ ስለ ዝነበረ፡ ነታ 50 ብር ዓባይ ነገር ቈጸራ። ኾይኑ ኸኣ፡ ምስቲ ኹሉ ንቕሓትና፡ እቶም ገንዘብ ንፈልጥ ተገሪምና፣ እቶም ከይፈለጡ ንሜዳ ዝወጹ ግና መጀመርያ ብዙሕ ኾይኑ ተሰመዮም፣ ኣብ ሳልስቲ ልቕምጽ ምስ ኣበሉዋ ግና ማኣዲ ገድሊ ተዘኪሩዎም ጥርቀም በሉ፡" ምስ በላ ካር ካር በለት።

"ከተዕልለሉ ጥዑም'ዩ፣ ሽዑ ግና እቶም በርጌስ ቢራ ቀዲሖም ወጃዕጃዕ ክብሉ ክትርኢ ከቢድ'ዩ ነይሩ። ሎሚ ግብሮ እንተ ዝብሉኒ ኣይሕሱን'የ፡ ኣይምገበርኩዎን፣ በዚኣ ገይረ ምሳኪ ናብ ዓዲ እንግሊዝ ምስ ሰቶኽኩ ነይረ፡" ኢሉ ክምስ በለ።

"ኣነ ድማ ንፖሊስ ዓዲ እንግሊዝ መረከብኩኻ ነይረ፡" ኢላ ካር ካር እናበለት፡ "ከመይ ጌርኩም ድኣ ኪኢልኩሞ?" ሓተተቶ ከም ዎዮ ተዓቢሳ ዘይወዓለት።

"ዕላማ!" ኢሉ ዓይኒ ዓይና እናጠመተ፣ "ፈሩዝ፡ ዕላማ ዕጥቂ'ዩ፡ ካብ ብረት ዝተረረ ዕጥቂ፡" ኢሉ ክምስ በላ።

"ማለት?" ሓተተት ኣብ ኢዳ ዝሓዘቶ ስጋ መሸሊቑዋ ንኣእዳዋ ኡፍ እናበለት።

"ወዲ ሰብ'ኮ ንዕላማ'ዩ ዝመውት፣ ወራሪ ወይ ጎባጢ ክሳዕ ዘይኾነ። ካብ ባርነት፡ መግዛእትን ጐበጣን ንምውጻእ ትገብሮ ቃልሲ ዕላማ'ዩ፣ ንስለ'ሱ ትስንኽል፡ ንሰለ'ሱ ትስዋእ። ብዙሓት ንሓርነት ዝተቓለሳ ውድባት ነይረን'የን'ም፡ ናይ ሻዕብያ ግና ፍሉይ'ዩ!" በላ እናኣኳማሰዐ።

"ንምንታይ?"

"ሻዕብያ ሰብ'ዩ ቀይሩ። ስነ ጥበበኛ ዘይነበረ ስነ ጥበበኛ፡ ሞተር ፈቲሑ ዘይኾነስ ርእዩ ዘይፈልጥ ከፊትሕ፡ ሓጺን ቀጥቂጡ ዘይፈልጥ ክቕጥቅጥ፡ መድፍዕ ርእዩ ዘይፈልጥ

መድፍዕ ከጽግን፡ ታንክ እንታይ ምኧና ዘፈልጥ ምዝዋር ከም ዝኽእል'ዩ ገይሩ፣ ብዘይ ኣፈላላይ። ልዕሊ ኩሉ ግና፡ ኣተሓሳስባ ሰብ'ዩ ቀይሩን ሃኒጹን፣ ምኽንያቱ፡ ኣጽዋር ዘይኾነ፡ ሰብ ሓይሊ ምኧኑ ይኣምን ስለ ዝነበረ።

"ካብዚኣ ክውስኽኪዶ?"

"ባዕለይ ክወስድ'የ።"

"ጀርመናውያን ጥዑም ከይበልኩም ኣይትበልዑን ኢኹም'ዩ ዝበሃል!"

"ሓቅኻ! ጥዑም!" ኢላ ርእሳ የማነ ጸጋም እናነውነወት ክምስ በለት።

"ኢትዮጵያ፡ ዘይፈተነቶ ኣጽዋር ኣይነበረን። ኑክሌር ቦምብ ነይሩዋ እንተ ዝኸውን'ውን፡ ካብ ምጥቃም ድሕር ኣምበይ ምበለትን። ህዝባዊ ግንባር ግና ሓንቲ ዕጥቂ ጥራይ'ያ ነይራቶ፣ ሰብ፣ ንዕላማ ዝሰዋእ ሰብ። ኣብ ሜዳ፡ ንጸላኢ ብብረት ክትቃለሶ ቀሊል'ዩ፣ ከምኡ ብረት ዓጢቕካ ስለ ዘለኻ። ስለያዊ ንጥፈታት ዘካይዱ ዝነበሩ ግና እንተ ተታሒዞም ከቢድን ፈታንን ዕጫ'ዩ ዝጽበዮም። ዘይጽወር ይጻወሩ፣ ተጻዊሮም ይሓልፉ፣ ንስለ ዕላማ፡" ኢሉ ሓንቲ ብጸይቶም ኣብ ማእሰርቲ ማርያም ግንቢ ዘሕለፈቶ ኣሰቃቒ ምርመራ ዘኪሩ ዝን በለ።

ፌሩዝ ተመሲጣ ትሰምዖ ነበረት። ካብቲ ዓሳ ቑሪጻ ኣብ ብያትኡ ገበረትሉ'ሞ፣ "ብላዕ'ባ!" ኢላ ፍሽኽ በለቶ።

"ኣብ ናይ ገድሊ ህይወተይ ብዙሕ መሪር መስዋእቲ ርእየ'የ። ሰባት ብቦምብ ኣካላቶም ተቐራሪጹ ብብሓደ ኣራርየ ዝቐበርኩሉ እዋን ነይሩ'ዩ፣ ከዝክሮ ከለኹ እብህርር፣ እብህርር ጥራይ ዘይኾነ ለይቲ እእዊ። ንዓይ ጥራይ ኣይኾነን ከምኡ ዝበለ ኣሰቃቒ ኩናት ኣብ ሕልመይ መጺኡ ዝርኣየኒ፣ ንብጾትና'ውን ከምኡ። ናይታ ካብ ማእሰርቲ ሓዝሓዝ ወጺኣ ዝመጸትና ጓል ኣንስተይቲ ግና . . ." ኢሉ ይቕሬታ ሓቲቱ ሽጋራ ወለዐ።

ዛንታ እታ ብጸይቶም ክዘንትወላ ሓተተቶ፣ ዘይተነግረ ታሪኽ ጓል ኣንስተይቲ ኤርትራ ስለ ዝኾነ።

"እታ ብጸይቲ ኣብ ከተማ ኣስመራ ሰላዩት ሻዕብያ ኾይና ትሰርሕ ዝነበረት'ያ። ሓደ መዓልቲ ኣብ ኢድ ስለያ ኢትዮጵያ ወደቐት'ሞ፡ ተኣሰረት። ማርያም ግንቢ፡ ክፍሊ መጥፍኢ ሓዊ - *ፒምፖሪ* - ሓሊፍካ ኣብ ጎድኒ ገዳም መድሃኔኣለም ፊት ቤተ መዘክር ኤርትራ እዩ ዝርከብ። ኣብ እዋን ወተሃደራዊ መንግስቲ ደርግ፡ ኣሰቃቒ ቤት ማእሰርቲ'ዩ ነይሩ፣ እታ ብጸይቲ ኣብኡ ተዳጕነት። ኣሰቃቒ መግረፍትን ምርመራን ተኻየደላ፣ ኣይገበርኩን ኢላ ኣሉ በለት። ኣብ ልዕሊኣ ዝፍጽምዎ ግፍዒታት እናኸፍኣ ኸደ። ቁርበት ስጋኣ ተመላሊጡ ስጋኣ ሓሰኸ። ኣብ በላሕቲ ኮረትን መሳምርን ዝመልኦ ባይታ ኣደቂሶም ኣካላታ ደም እናነዝዐ ሓደ ገዚፍ ሰብ ኣብ ከብዳ፡ እቲ ካልእ ድማ ኣብ ኣፍልባ ኮፍ በልዋ። እቲ ኣሰቃቒ ምርመራ በዚ ኣየብቀዐን፣ ብርሕማ ሓጺን ኣእትዮም ብጭካነ ኣኾስዋ፣ ደም ጃሕ ጃሕ በለ።"

ፌሩዝ፡ ነብሳ ቅዝሕ ኢሉዋ ሰለፉ ኣመሳቐለት። ነቲ ትሰምዖ ዝነበረት ምእማኑ ተጸገመት፣ ንብዓት ብኽልተ ምዕጉርታ ወሓዘ።

ኮሎኔል፡ ርእሱ ናብ ባይታ ኣድኒኑ፣ "እቲ ጭካነ መወዳእታ ኣይነበሮን። ኣተንሲኦም ኣብቲ መሳምርን በሊሕ ኮረታትን ኣእጋራ ደም እናነዝዐ ክትከይድ ኣገደድዋ። ቃንዛ በርቲዕዋ ደው ምስ እትብል፡ እቲ ሓደ እግራ ይረግጻ እቲ ካልእ ብሓይሊ ይስሕባ።

"ብኡ ኣየብቀዐን። ሓላፊ ናይቲ ቤት ማእሰርቲ ቀጽሪ 8 ኣሲሮም ምርመራ ከካይዱላ ኣዘዘ። ነቲ ሓደገኛ ምርመራ ብጽንዓት ሰጊራ ክትመውት ወሰነት። ከም ሰብ ዋላ ሓንቲ ዝተረፋ ኣይነበረን። ካብ ሕርማ ብዝፈሰሰ ደም ሰውነታ ጨቅዩ ንኽልቲኡ ኣእጋራ ናብ ክልተ መኣዝን ገቲሮም ጠልጠል ኣቢሎም ገረፉዋ። ሰውነታ ናብ ክልተ ክምቀል ቀኑብ ክሳዕ ዝተርፎ ለይትን መዓልትን ተሰቂላ ኣሕለፈቶ። ኣብ ከምቲ ኩነታት፡ ሞት፡ እቲ ዝበለጸን ዝተመርጸን ምርጫ እዩ። እታ ብጸይቲ ግና፡ ነቲ ፍጡር ወዲ ኣዳም ከጸወሮ እኽእል'ዩ ኢልካ ክትኣምኖ ዘጸግም መሪር መርገፍቲ ተጸዊራ ኣብ ቃላ ጸኒዐት፣ ንስለ ዕላማ። ከምኣ ንጣር ድኣለን ብህይወት ተሪፈን'ምበር፡ መብዛሕተአን ብዝወረደን ኣሰቃቒ ምርመራ ተሰውአን'የን።

"ድሕሪ ናይ ሓደ ዓመት ሕሱም ምርመራ፡ ተፈሪዳ ካብ ማርያም ግንቢ ናብ ቤት ማእሰርቲ ሓዝሓዝ ሰገረት። ማእሰርታ ወዲኣ ምስ ወጸት ንምሸቱ ፈዳይን ህዝባዊ ግንባር ንሜዳ ኣውጽኡዋ። እዚ ውሑድ ካብቲ ብዙሕ ታሪኽ ጽንዓት ደቂ ኣንስትዮ ኤርትራ'ዩ። በዚ ተመኩሮ'ዚ ንሳ ጥራይ ኣይኾነትን፡ ብዙሓት ደቀንስትዮ ሓሊፈን'የን። ኣይተዘንተወለንን'ምበር ክሳዕ ሎሚ በቲ ዝወረደን ኣሰቃቒ መግረፍቲ ዝሰንከላን ዝቕንዘዋን'ውን ኣለዋ። ንምንታይ እዚ ኹሉ? ንስለ ዕላማ!" ኢሉ ተኩሩ ዓይኒ ዓይና ጠመታ።

ፌሩዝ ኣይከኣለትን ንብዓታ ብኽልቲኡ ምዕጉርታ ወሓዘ።

ኮሎኔል ርእሶም፡ ኣብ ገድሊ፡ ደቂ ኣንስትዮ ዘካየደኦ ቃልሲ ኣንጻአ ባህሪ፡ ንኽትኣምኖ ዘጸግም መሪር ኩነታትን እቲ ገንዘብ ኣልቦ ጥዑም ሂወት ሜዳን ከዕልላ ሓንሳብ ክትነብዕ ጸኒሓ ክትስሕቕን ክትግረምን ክሳዕ ፍርቂ ለይቲ ኣዕሊሎም ነናብ መዳቕሶኦም ኣተዉ።

※ ※ ※

ረቡዕ 30 ሰነ

ፌሩዝ፡ እታ ኮሎኔል ርእሶም ዘዘንተውላ ብጸይቶም እናተራኣየታ ሓንሳብ እናባህረረት ጸኒሓ ድቃስ ሽሉብ እናበላ ወጋሕታ ንሰዓት ሽዱሽተ ርብዒ ጎደል ተበራበረት። ነቲ ዝተፈላለዩ ዉቁባት ዓሳታት ዘለዎ ንኽትርእዮ ባህታ ዝፈጥረልካ ጽሩይ ማይ ቀይሕ ባሕሪ ክትርኢ ንግዳም ወጸት፣ ዓባይ ደማቕ ቀያሕ ጸሓይ ብሸነኽ ምብራቕ ክትበርቕ ርእያ ነቲ ጸጥታ ዝዓሰሎ ሃዋሁው ናይታ ደሴት ከተስተማቕር ኣብ ሓንቲ ኩርባ ኮፍ በለት።

ድሕሪ ሓደ ሰዓት፡ "ፌሩዝ ከመይ ሓዲርኪ?" ኢሉ ሓኪም ናብኣ ቐረበ።

"ከመይ?" በለቶ በቲ ጸያፍ መልሓሳ።

ፌሩዝ፡ ኣሸንኳይዶ ትግርኛ፡ ቛንቋ ኣዲኣ ሳሆ ኣይትኽእልን'ያ። መረዳድኢ ቛንቋኣ እንግሊዘኛ'ዩ።

"እሞ ሓንሳብዶ ንውሽጢ ክንኣቱ፡" ኢሉዋ ቀቅድሚኡ እናጐመት ናብ መዳቕሶ ኣጒዶኣ ኣተወት። ቀሚሻ ቀሊዓ ብሽብዳ ኣብቲ ዓራት ጎቦ ኮነት። ዝባና፡ ኣስላፉን ዳናጉኣን መድሃኒት ለኽዩ፡ "ድሕሪ ክልተ ሰዓት ብኣልኮሆል ክሓጻጽበልኪ'የ፣ ክሳዕ ሽዑ ግና ናብ ባሕሪ ኣይትእተዊ፡" ኢሉዋ ኸደ።

ሓደ ካብቶም ኣብ ሓለዋ ዝተመደቡ ኣባላት ሓይሊ ባሕሪ ኣብ ኣጒዶ ቀ'ርሲ ተዳልዩ ከም ዘሎ ነገራ፣ ብድድ ኢላ ከደት።

ከሰልፉ ኢሉ ወስ በለ።

"ድሃን ድሃን፡ ባለይ፡" ኢላ ፍሽኽ በለቶ፣ ንበይና ገዲፉዋ ኸደ።

"ፌሩዝ ከመይ ሓዲርኪ? ኣብዛ ምቅርቲ ቀ'ርሲዶ ኣርኪበኪ!"

"ዝጽውዑኻ መሲሉኒ'የ ትም ኢለ፣ ሻሂ ክቀድሓልካ?"

"ኣይፋልክን፡ ቡን ይሕሸኒ፡" ኢሉ ዳርጋ ብዘይ ዘረባ ቆሪሶም ወድኡ።

"እሞ እዛ ደሴት ናይ በይንኺ እያ፣ ነባሮ የብላን። ናብ ድልየትኪ ክትንቀሳቐሲ ትኽእሊ ኢኺ፣ ምስ ትደልይኒ ኣብቲ ጽላል ኣለኹ፡" ኢሉዋ ናብቲ ኣብ ገምገም ባሕሪ ተዘርጊሑ ዝነበረ ዣንጥላ ከይዱ ናይ ላዕሊ ማልያኡ ኣውጺኡ ክሕምብስ ናብ ባሕሪ ኣተወ።

ፌሩዝ፡ ሰለይ እናበለት ነታ ደሴት ክትዞራ ተበገሰት። ካብ ጫፍ ናብ ጫፍ ሰለስተ ግዜ ዘይራ ካብቲ ኮሎኔል ካብ ባሕሪ ወጺኡ ዓሪፍሉ ዝነበረ ዕስራ ሜትሮ ፍንትት ኢላ ዝነበረት ዣንጥላ ከተጽልል ኣብ ሑጻ ኮፍ በለት። ኣብቲ ጸጥታ ዝዓሰሎ ህሞት፡ ማዕዶ ባሕሪ እናርኣየት ብሓሳብ ኣርሒቓ ከደት። ሓኪም፡ ልክዕ ኣብ ሰዓቱ መጺኡ ናብ ኣጒዶኣ ክትመጽእ ተዳሃያ። ግድን ኾይኑዋ'ምበር፡ ክትትስእ ኣምበይ ምፈተወትን። ተሲኣ ናብ ኣጒዶኣ ኣተወት። ዘድሊ ሕክምና ገይሩ፣

"እዚ ባሕሪ ጨዋም'ዩ፣ ማርማር ከብለኪ'ዩ። እንተ ኸኢልክዮ ግና ጽቡቕ'ዩ፡ ከይነወሐ ክትሕምብሲ ትኽእሊ ኢኺ፡" ኢሉ ሰዓት ኣርባዕተ ከም ዝመጻ ነጊሩ ተፋንይዋ ኸደ።

ፌሩዝ፡ ነቲ ማይ ባሕሪ ክትፍትኖ ደለየት፣ ካልእ እዋን እንተ ዝኸውን ክዳና ኣውጺኣ ቀጢን መሐንበሲ *ቢኪኒ* (ኮስትሞን ረጅን) ወድያ ክትሕምብስ ምከደት፣ ሽዑ ግና ቈርበት ዝባናን ሰለፉን ነድሪ ገይሩ ብምንባሩ፡ ብላዕሊ ኣብ ብርካ ዝበጽሕ ረቂቕ ሓጺር ማልያ ወድያ ቀስ ኢላ ናብቲ ማይ ኣተወት። ኣይከኣለትን፣ ሰለፉ ማር ማር ኣበላ። ሰዓት ሓደ ኾይኑ ምሳሕ ተቐሪቡ ክሳዕ ትጽዋዕ፡ ካብ ጽላል ናብ ባሕሪ እናተመላለሰት ቁስላ ምስቲ ጨዋም ማይ ተጸሚማ ኣለማመደቶ።

ፌሩዝ ድልዱል ምሳሕ በሊዓ ናብ ኣጒዶኣ ከይዳ ሓደ ሰዓት ቀም ኣቢላ ሰዓት ሰለስተ ተሰኣት።

ድሕሪ ኣርባዕተ ሰሙን ምኳኑ'ዩ ዜና ዓለም ክትሰምዕ፣ ተለቭዥን ወሊዓ ዜና ተኸታተለት። ቢቢሲ'ያ ከፊታ፣ ዜና ካብ ትህብ ዓሰርተ ደቒቕ ሓሊፉ ነበረ። *ኒውስ ባር* እናተኸታተለት ከተንብብ ጀመረት፣ "ጒዳይ ኤርትራዊት ወይዘሮ መኪ ምዓልቦ ኣይረኸበን። 'መንግስቲ ኤርትራ ብኢ - ሰብኣዊ ኣተሓሕዛ ኣብ ቀይዲ ሒዙዋ ከም ዘሎ ፈሊጥና ኣሎና' ክብል ሂዩማን ራይትስ ዎች ኣፍሊጡ፡" ዝብል ኣንበበት'ሞ፡ ንብዓት ብኽልተ መዓጓንርታ ኮረር በለ፣ ናብ ብርካ ተደፊኣ ፊቕ በለት። ሓኪም ከም ዝመጻ ፈሊጣ ግና ናብ ባኞ ከይዳ ገጻ ተሓጻጺባ መጽሓፍ ሒዛ ኣብ ዓራት ኮፍ በለት። ንስሙ

ድኣላ ነቲ ፊደል ተንብቦ ነይራ'ምበር፡ ውሽጣስ ተረቢጹ ድኣ ነበረ።

ሕክምናዊ ክንክን ተገይሩላ ሰዓት ኣርባዕተን ፈረቓን ብእግራ ዘወን ክትብል ካብ ኣጕዶኣ ውጽእ ምስ በለት፡ ናብኣ ገጹ ዝስጉም መንእሰይ ርእያ ደው በለት።

“ፌሩዝ፡ ኣብቲ ኣጕዶ ቡን ኣዳሊና ኣሎና፡” ኢሉ መሪሑዋ ኣተወ።

ብባህላዊ ኣገባብ ናውቲ ቡን ተቐሪቡ፡ እቲ መንእሰይ ኣብ መንከሽከሽ ቡን ሻሕሻሕ ኣቢሉ ቀልዩ ንኸተሽትቶ ኣቕረበላ።

“የከንየለይ፡” ኢላ ፍሽኽ በለት።

“ብልምዲ ቡን ሰበይቲ እያ ተፍልሕ፣ መንእሰያትና ግና ነቲ ልምዲ ሰይረሞ'ዮም፡ ” በላ ኮሎኔል ክምስ ኢሉ ናብቲ ብብኽያት ዝዓዝዓዘ ኣዒንታ እናጠመተ።

“ኣነ'ውን ገሪሙኒ'ዩ፡ ወዲ ክፍልሕ ርእየ ስለ ዘይፈልጥ።”

“ሻዕብያ፡ ሓደ ካብቲ ብዙሕ ኣብ ኣእምሮና ዘስፈሮ ብሉጻት ባህሊን ክብርታታን፡ ‘ጓል ኣንስተይቲ ትዋጋእ፡ ወዲ ተባዕታይ እንጀራ ይስንከት!’ ዝብል'ዩ፣ እቲ ክብርታት ኸኣ'ዩ ኣዐዊቱና።”

“ሎሚኸ?”

“ባሕሪ ሕብረተሰብ ውሒጡና።”

“ክኸውን ኣይነበሮን።”

“ወዲ ተባዕታይ ኣብ ክሽነ ኣይእቶ'ምበር፡ ሳዋ ነቲ ክብርታት ከም ዘውረሰቶ ግና ርግጸኛታት ኢና። ንሳዋ ኣመልኪትኪ ዝጸሓፍክያ ዓንቀጽ ካብተን ኣዝየ ዘድንቐን ዓንቀጻትኪ ሓንቲ እያ።”

ፌሩዝ፡ ተኲራ ክትጥምቶ ከም ዘይጸነሓት ክምስ ኢላ ናብ ባይታ ድንን በለት። ኮሎኔል ትርጉሙ ኣይሳሓቶን፣ ብዙሕ ክዛረብ ኣይመረጸን፣ ጠሚትዋ ትም በለ።

ፌሩዝ፡ እቲ ኣብ *ነውሰ ባር* ዘንበበቶ ቅጅል በላ፣ “ይቕሬታ!” ኢላ ናብ ግዳም ወጺኣ ነተን ንብዓት ዝቛጸራ ኣዒንታ ሓቢሳ ተመለሰት።

ቡን ክሳዕ በረካ ተሰትየ፡ ፌሩዝ ናብ ጎቦኣ ኮሎኔል ድማ ናብ ባሕሩ ከዱ።

ኣማስዩ፡ ሓደ መንእሰይ ናይ ዓሳ *ባር ቢኩው* ኣዳለወሎም፣ ምስ ተደረሩ፡ ፌሩዝ፡ ኣዒንታ ክጠልማእ ስለ ዝደለየ “ክድቅስ፡” ብምባል ሰዓት 22፡30 ናብ ኣጕዶኣ ኣምረሐት። ድቃስ ግና ቀልጢፉ ክወስዳ ኣይከኣለን፣ እቲ ዝሰመዐቶ ዜና ንኣእምሮኣ ብሒቱዎ።

※ ※ ※

ሓሙስ 1 ነሓሰ 2010

ፌሩዝ፡ ብእዋኑ ስለ ዝደቀሰት፡ ወጋሕታ ሰዓት 05፡30 ተበራበረት። ናብታ ደሴት ካብ ትመጽእ ሳልሳይ መዓልታ ምኧኑ'ዩ። ነብሳ ተሓጺባ ነዊሕ ቀሚሽ ወድያ ናብ ግዳም ወጸት። ነቲ ድሮ ተሲኡ ኣብ ባሕሪ ዝሕምብስ ዝነበረ ኮሎኔል ርእሳም ኢዳ ኣወዝዊዛ ሰላም ኢላ ነብሳ ከተንቀሳቕስ ተበገሰት፣ ኣብ ዲቕ ዝበለ ሓሳብ ድማ ጠሓለት።

“እዞም ሰባት፡ እምበርዶ ብልቦም'ዮም ጥርጣሬ ኣሕዲሮም ኣሲሮምኒ? ሓበሬታ

ረኺብና ኢልካ ከየጸረኻ ንሰብ ትዳጉኖ ዲኻ? ከምኡ ብምግባርም ንኤርትራ ማዕረ ክንደይ ምስላ ከም ዝደወኑ ይርደኣምዶ ይኸውን? ንዓይ ኣመልኪተን፡ ብማዕከናት ዜና ይኹን ተጣበቕቲ ሰብኣዊ መሰላት ዝባሃላ ውድባት ዝወሃብ ዘሎ መግለጺታት ባዕሎምዶ ኣይኮኑን ብወርቂ ሽሓኒ ገይሮም ወፍዮምለን? ኣሉ ዘየብል ክንሱ፡ ብኸመይ ክብድህዎ'ዮም? ወይስ ንዓይ ኣሉ ክብል ክቐስቡኒ እዮም? ኣነኸ እዚ ዝተሰብረ ልበይ ብኸመይ ክጽግኖ'የ፡ በሰላኡ ከሕውዮ'የ? ኣቦይ እንታይ ክብል'ዩ፣ ከመይ ኢለኸ ክርኣዮ'የ? እንታይከ ክብሎ'የ? እምበርዶ ብጾተይ . . ." ኢላ ንብዓት ስዒሩዋ ተደፊኣ ተነኽነኸት።

ሓኪም ኣማዕድዩ ርእይዋ ናብኣ ቐሪቡ ክጽውዓ ክብል ኣብ ብርካ ተደፊኣ ህእ! ህእ! እናበለት ክትንኽነኽ ሰማዓ።

"ፌሩዝ እንታይ'ዩ ተረኺቡ? ድሓን ዲኺ?" ኢሉ ከልዕላ ብምናታ ሓዛ'ሞ፡ ብሓይሊ ነጺጋቶ መሊሳ ተነኽነኸት።

ሓኪም ዝብሎን ዝገብሮን ጨነቖ። ንኮሎኔል ርእሶም ክይጽውዖ ካብኡ ኣዝዩ ርሒቑ'ዩ ነይሩ። ብዘይ ብእኡ ኮሎኔል ይሕምብስ ስለ ዝነበረ ጸዊዑ ክሰምዖ'ውን ዝእኽል ኣይነበረ።

"ፌሩዝ በጃኺ ህድእ በሊ!" ኢሉ መሊሱ ናብ ድሕሪት ናብ ኮሎኔል ጠመተ።

ኮሎኔል ካብ ባሕሪ ወጺኡ ብኢዱ ምልክት ገይሩ ጸወዖ። ሓኪም ኣይ ናብ ፌሩዝ ኣይ ናብ ኮሎኔል ናብ መን ከም ዘብል ሓርበቶ። ድሕሪ ቍሩብ ምዕጥይጣይ ናብ ኮሎኔል ኸደ።

"ዓብደልዋሃብ እንታይ'ዩ ተረኺቡ?"

"እዋእ! ፌሩዝ ኣምሪራ ትበኪ ኣላ! ድሓን ድያ?"

"ድሓን'ያ። ትም በላ፡ ባዕላ ክትረጋጋእ'ያ።"

"ቍሩብከ?"

"ምስ ሰብኣያ'ያ ተባኢሳ።"

"እሞ ማዕረ ከምዚ?" ኢሉ ኣየር ንውሽጢ ስሒቡ ብሓይሊ ኣስተንፈሰ።

"እቲ በሰላ ክሓዊ ክንደይ እዋን ክወስድ'ዩ?"

"ዳርጋ ነቚጹ'ዩ፣ በሰላ ግና ንግዚኡ ክገድፈላ'ዩ።"

"በል ብዙሕ ኣይትሕተት ኢኻ፣ ኣድላዪ ኣይኮነን። ሚስጢር ይተዓቀብ፣ ትእዛዝ'ዩ! ኣብዚ ምምጻኣን ስማን ኣይትፈልጦን ኢኻ፣ ተረዲኣካኒዶ? ንዝኾነ ሰብ፡ ዋላ ንሓለፍትኻ ምስ ትነግር፡ ተሓታቲ ክትከውን ኢኻ። እንተ ተሓቲትካ ሰይቲ ዓርኩ ንኮሎኔል'ያ ኢልካ ትም በል፡" ኢሉዎ ናብ ጽላሉ ከይዱ ኮፍ ኢሉ መጽሓፉ ገንጸለ።

ዓብደልዋሃብ ኣብ ሜዳ ኣጋር ሓኪም ተማሂሩ ኣብ ሓይሊ ባሕሪ ህዝባዊ ግንባር - ባሕርያ - እዩ ተወዚዑ። ድሕሪ ናጽነት፡ ክልተ ዓመት *ነርሲንግ* ተማሂሩ ኣብ እዋን ወራር ኢትዮጵያ ሓኪም ኮማንዶ ሓይሊ ባሕሪ ኾይኑ ዝተዋግአ፡ ወተሃደራዊ ሕጊ ዝፈልጥን ሞይኡ ዘኽብርን ወተሃደር'ዩ፣ ንትእዛዝ ኮሎኔል ተቐቢሉ ሰላምታ ሂቡ ናብ መዕረፊኡ ኸደ።

ፌሩዝ፡ ጸሓይ ነሓሰ ጸላዕላዕ ኣበለታ፣ ድሕሪ ሓደ ሰዓትን ፈረቓን ናብቲ ብኣየር ኮንድሽነር ዝሒሉ ዝነበረ መዳቕሶኣ ተመሊሳ ነብሳ ተሓጺባ ክዳውንታ ክትሓጽብ ናብ ግዳም ወጸት። ኣማዕድዩ ክከታተላ ዝጸንሐ ኮሎኔል ርእሶም ብድድ ኢሉ ናብኣ ቐሪቡ፣

"ከመይ ሓዲርኪ ፌሩዝ?" ኢሉ ክምስ በላ።

"ከም ዘይሕደር የለን . . ." ኢላ ከሳዳ ናብ ባሕሪ ጠወየት።

"መራር ጽሓይ'ያ ዘላ፣ ሃሩር'ውን። ቍርሲ ተዳልዩ ስለ ዘሎ ብሓባርዶ ክንቖርስ?"

"ክዳውንተይ ክሓጽብ ኢለ ነይረ፣ ካብ በልካ ግና ሕራይ፡" ኢላ ክዳውንታ ናብ መዕረፊ ኣጕዶኣ መሊሳ ብሓባር ክቖርሱ ከዱ። ብማይ ዝበሰለ እንቋቝሖ፡ ቱና፡ ፎርማጆ፡ ኮሚደረ፡ ሽጉርትን ጉዕበርበረን ተቐረበሎም፣ ኣሳሰዩ ሻሂ ቀዲሕሎም ወጺኡ ኸደ።

"ኣቀራርብኡም ከጽብቕ!"

"ባሕረኛታት ስለ ዝኾኑ ኩሉ ነገር'ዩ ዝቐረበሎም፣ ኣዝዮም ስለ ዝሃልኩ ሓይሊ ዝህብ ምግቢ የድልዮም'ዩ።"

"በቓቓት ኢኹምዶ ድኣ ኣይኾነን ዝበሃል?"

"ኢኹም!"

"እወ!"

"ኢና ኣይቀልልን፡" ኢሉ ከምስ በለ።

"ኢና!" በለት ነታ ኣብ ኣፉ ኣእትያታ ዝነበረት ባኒ ምሕያኽ ኣቝሪማ።

"እወ! ንስኺ'ውን እኮ ኣካል'ቲ ብቀት ኢኺ።"

"ብኸመይ?"

"ወዮ ድኣ ብዘይግባእን ብዘይምስትውዓልን ብስሚዒት ተደፊእና በዲልናኺ'ምበር፡ ደይ ንስኽን ከማኽን ንጡፋትን ሓላይ ሃገሮምን ብዘዋጽእዎ ገንዘብ ኢና ንካየድ፣ ሻዕብያ ድኣ ካበይ ኣምጺኡ። ዓሳ ሽይጡዶ? ፋብሪካ ተኺሉ!"

"እንታይ ኬንኩም'ሞ ዘይተስተውዕሉ?"

"ብተመን ዝሰንበደ ብልሕጺ ይዳሃል'ዩ።"

"ማለት?"

"ከም ዝመስለኒ፡ እቲ ኣጋጢሙና ዘሎ ካባይ ንላዕሊ ንስኺ ትፈልጢዮ ኢኺ። እገዳ፡ መንግስቲ ንምዕላው ዝካየድ ስዉር ሸርሒታት፡ ፈተነ ቅንጻላ፡ ምትኹታኽ ንኩናት፡ መንእሰያትና ንምፍላስ ዝካየድ ቅሉዕ ወፍርታት . . . ። ስለ ዝኾነ ኸኣ፡ ኣዚና ተነቀፍቲ ክንከውን ግድን'ዩ። ሃገራዊ ድሕነትና ከነውሕስ፡ ግድን'ዩ ተጠራጠርቲ ክንከውን። ኣብዚ ዓሰርተው ክልተ ዓመት፡ ብዙሕ ርኢናን ኣጋጢሙናን እዩ፣ ገና'ውን ክቕጽል'ዩ፡" ኢሉ፡ "ቡንዶ ክቐድሓልኪ?" በላ ዓይኒ ዓይና እናጠመተ።

ብኣንኽሮ ትሰምዖ ብምንባራ፣ "ሕራይ!" በለት ርእሳ ላዕልን ታሕትን እናነውነወት።

ኮሎኔል፡ ነታ ኣብ ኢዱ ሒዙዋ ዝነበረ ማርሜላታ ዝተለኸየት ባኒ ኣንቢሩ ንኽልቲኦም ቡን ቀደሐ።

"ይቕሬታ! ሽጋራ እንተ ኣትከኽኩ ይርብሸኪዶ ይኸውን?"

"ነታ ባኒ'ኳ ዘይወዳእኻያ!"

"እንታይ'መስለኪ! ሓደ ሓደ እዋን ንባዕለይ ይገርመኒ'ዩ። 'መንግስቲ ኤርትራ፡ ብኸመይን ካበይን ኣምጺኡ'ዩ ነዛ ሃገር ከም ዘይትጠምን ከም ዘይትጸግብን ገይሩ ዘማሓድራ ዘሎ? እምበርዶ እቶም ላዕለዎት ኣካል መንግስቲ ለይቲ ከም ንቡር ሰብ ድቃስ ይወስዶም ይኸውን?' ኢለ እሓስብ። ኲናት ቀሊል'ዩ፡ ንዝመጸካ ብጥይት ትዘብጦ!" ኢሉ ርእሱ ብኣግርሞት እናነውነወ፣

"እዚ ሕጂ ገጢሙና ዘሎ ግና፡ ንሃገራውነትና ንምልማስን ንምብትታንናን ዝካየድ ዘሎ ኲናት'ዩ። ገሊኡ ብግልጺ፡ እቲ ዝበዘሐ ግና ብስዉር። ንዕኡ ንኽንብድህን ሃገር ብኽልተ እግራ ደው ክንብልን ነጥፍኦ ዘለና ጽዓት ናብ ካልእ ኣውዒልናዮ እንተንኸውን፡ እንታይ ኮን ምስራሕና'የ ዝብል። ዘለና ጽዓት ናብ ልምዓት ከም ዘይነውዕሎ'ዮም ገይሮምና ዘለዉ፣ ብውጥን። ስለዚ፡ ካብ ግዳም ንዝመጸና ጋሻ ክንጥርጥርን ተነቀፍቲ ክንከውንን ግድን'ዩ፣ ንስኺ'ውን ናይዚ ሰለባ ጌሩና ዘሎ ኩነታት ግዳይ ኴንኪ፣ ግና ግዳይ ኴንኪ ኣይክትተርፍን ኢኺ!" ኢሉ ነቲ ኣዕሚቑ ሲሒቡዎ ዝነበረ ትኪ ሽጋራ ኡፍ በሎ።

ፌሩዝ፡ ቡሮ ለኽያ ፎርማጆ ጌይራ ባኒ ኣቐበለቶ።

"ብዙሕ ክምድረልኪ ኣድላዪ ኣይመስለንን። እቲ ንዓኺ ኣመልኪታ ቢቢሲ ዝፈነወቶ ዜና ሰሚዕክዮ ከም ዘለኺ ኣይጠራጠርን'የ። እወ! ኣዚና ጎዲእናኪን ኣባና ዝነበረኪን ዘለኪን እምነት ሓምሺሽናዮ ስለዝኾንና፡ ክትርድእና ትኽእሊ ኣይመስለን። ብዝኾነ፡ እዘን ሰነዳት ንዓኺ'የን ተዳልየን፣ ኣንብብየን ኢኺ፡" ኢሉ ክልተ ሰነዳት ሂቡ ነታ ባኒ ከይለኸፉ ፍሽኽ ኢሉ ክወጽእ ብድድ በለ።

ተኲራ ጠመተቶ፣ ግልጽ ከይበለ ማዕጾ ከፊቱ ወጸ።

ፌሩዝ፡ ነተን ክልተ ሰነዳት ኣብ ጠረጴዛ ኣንቢራ ናብ ቁርሳ ኣድሃበት።

ቁርሲ ርግእ ኢልካ ምብላዕ'ያ ትፈቱ።

"ንዓኺ'የን ተዳልየን? ንምንታይ? ናይቲ ዝሃብኩዎም ቃል ዶ ይኸውን? ማዕሪ ክንድዚ ዝኣክል ሰነድ ከዳሉ ዝኽእል ኣይተዛረብኩን? ኣረ ዝበልኩዎ'ውን ኣይነበረን!" እናበለት ኣብ ሓሳብ ጥሒላ ከይተፈለጣ ሰለስተ ጣሳ ቡን ሰተየት። ነተን ሰነድ ኣልዒላ፡ ናብ ግዳም ወጺኣ ናብቲ ዝተዘርገሐ ጃንጥላ ከደት።

"ፌሩዝ ከመይ ኣርፊድኪ?" በላ ከየስተብሃለትሉ ዝመጸ ዓብደልዋሃብ።

"ዓብደልዋሃብ ከመይ?" በለቶ ፍሽኽ ኢላ።

"እሞ ሓንሳብዶ ናብ ውሽጢ ክንኣቱ፡" ኢሉ ዘድሊ ሕክምና ገይሩላ ናብ ቦትኡ ተመልሰ ።

ሰዓት ትሽዓተ ቅድሚ ቐትሪ'ዩ። ፌሩዝ፡ ኣብ ኣጕዶኣ ኾይና ካብቲ ቍጽሪ 1፡ ቍጽሪ 2 ዝብል ኣብ ዝባኑ ዝተጻሕፎ ንሰነድ ንቍጽሪ 1 ኣልዒላ ኣንቢባ ከይወደአት ኣሳሳዪ መጺኡ ምሳሕ ከም ዝተቐረበ ነገራ። ከይተፈለጣ ሰዓት ሓደን ፈረቓን ኾይኑ ነበረ። ናብ ግዳም ወጺኣ ቍሊሕ እንተ በለት፡ ኮሎኔል ኣይነበረን፣ ናብ መመገቢ ህድሞ ኣትዩ'ሎ ኢላ ነተን ሰነድ ኣብ ዓራት ኣንቢራ ናብቲ ህድሞ ከደት፣ ኮሎኔል ግና ኣይነበረን። ኣሳሳዪ ጽሟቕ ኣራንሺ ቀዲሑላ ወጸ፣ ተጸበየት፣ ኮሎኔል ኣይመጽኣን። ብድድ ኢላ ወጺኣ ነቲ ሰማያዊ ሓጺር እጅገኡ ማልያ፡ ሰማያዊ ወተሃደራዊ ስረ፡ ማይማዮ ኮንጎ ጫማን ሰማያዊ ቆብዕን ዝወደየ ካብ ማዕጾ'ቲ ህድሞ ሓሙሽተ ሜትሮ ፍንትት ኢሉ ኣብ ሑጻ ኮፍ ኢሉ ዝነበረ ኣሳሳዪ ተዳሃየቶ።

"ኮሎኔል ርእሶም ኣይመጽእን ድዩ?" ሓተተቶ ብጸያፍ ትግርኛ።

"ኮሎኔል ምስቶም ዓሳ ክገፉ ዝኸዱ ብጾትና ከይዱ'ሎ፡" በላ'ሞ፡ ንኻልኢታት ክንዮ ባሕሪ ጠሚታ ናብቲ ህድሞ ኣተወት።

ዝተጠብሰ ዓሳ ዶራቶ፡ ካሮቲ፡ ድንሽን ሰላጣን ተመጊባ ኣመስጊና ናብ ኣጕዶኣ ኣምረሐት። ንሓደ ሰዓት ቀም ኣቢላ ሰዓት ሰለስተን ርብዕን ተበራበረት። ነብሳ ተሓጺባ

ነቲ ሰነድ ምንባብ ጀመረት። ንካልኣይ ግዜ'ያ ተንበቦ ነይራ።

ሰነድ ቀ፝ጽሪ ሓደ፡ ኣስማትን ንጥፈትን ኣብ ዓባይ ብሪጣንያ፡ ጀርመን፡ ሆላንድ፡ ሽወደን፡ ስዊዘርላንድን ካልኦት ሃገራት ኤውሮጳን ሕቡራት መንግስታት ኣመሪካን ዝርከቡ ንምስሊ ኤርትራን ሰበ ስልጣናታን ንምድዋን ጐነጽ ዝተሓወሶ ተቓውሞ ብውድብ መልክዕ ዘካይዱ ኤርትራውያን ብሓደ ወገን፡ ብስም ኤርትራዊ ዑቕባ ሓቲቶም ነቲ ተቓውሞ ዘጎህህሩን ሆ ዝብሉን ተጋሩ ድማ በቲ ካልእ ዝሓዘት ኾይና፡ ታሪኽ ሂወት ናይቶም ብመንግስቲ ኢትዮጵያ ዝተዓስቡ ኤርትራውያን፡ ኣብ ኤርትራ ኣብ ዝነበሩሉ እዋን ዝነበሮም ስራሕን ሓላፍነትን፡ ዝፈጸሙዎ ገበንን ብልሽውናን፡ ካብ ኤርትራ ብኸመይ መገዲ ከም ዝወጹን ዘርዚራ እተመልክት ነበረት። ሰነድ ቀ፝ጽሪ ክልተ፡ ወጻእተኛታት ፖለቲከኛታት፡ ጋዜጠኛታት፡ ሓለፍቲ ውድባትን ዜግነት ኤርትራ ዝሓዙ ልሉያት ተጋሩን ዘካይድዎ ጎስጓስን ንሓድሕዶም ዘለዎም ምትእስሳራትን በቲ ሓደ፡ መወልቲ ናይቲ ዝካየድ ሽርሕታትን ዘይመንግስታውያን ውድባት ምስ መርበብ ስለያ ኣመሪካ ዘለወን ዝምድናን ድማ በቲ ካልእ ዝገልጽ ነበረ።

ፈሩዝ ብዙሕ ትፈልጥ'ኳ እንተ ነበረት፡ እቲ ሰነዳት ሓቝፉዎ ዝነበረ ስለያዊ መጽናዕቲ ግና ኣርመማ። "ሓደ ወዲ ሃገር'የ ዝብል፡ እሞ ኸኣ ነብሲ ወከፍ ሓደ እንተዘይኾነ ልዕሊ ክልተ ኣሕዋት፡ ቤተ-ሰብ፡ ኣዕሩኽ፡ መማህርቲን ደቂ ገዛውትን ዘሰወአ ከምኡ ይገብር ድዩ? ተቓወሞ ዘሎ፡ ዝነበረን ዝነብርን'ዩ፣ ግና፡ እንታይ፡ ብኸመይን ስለምንታይን ትቃውም ከም ዘለኻ ፈሊጥካ እንተ ተቓዊምካ ድኣሉ ሃናጺ ዝኸውን'ምበር፡ እዚ ድኣ ህዝብን ሃገርን ኣሕሊፍካ ምሃብ ጥራይ ዘይኾነስ፡ ኣይ ሃገረይን ኢልካ ነታ ንስለ ንዓኻ ልዕሊ ሚእቲ ሽሕ ብሉጻት ደቃ ዘሰወአት ሃገርካ ምኽሓድ፡ እሞ ኸኣ ብወያነ ተዓሲብካ ምስ ምንታይ ይቐጸር? ናይ ግዜ ሕቶ እንተ ዘይኾኑ፡ ኩሉ ሰብ ብዝፈጸሞ ገበኑ ተሓታቲ ክኸውን እዩ። ካብኡ ብዝተረፈ፡ ኣብቲ ዘለዎ ሃገር ዝተሓተ ዜጋ ኾይኑ ዕምሩ ይወድእ!" ድሕሪ ምባል፣ "እቶም ንያም ዝምውሉን ኤርትራ ተረኺኡምኻ ክርእይዋ ዝጽዕቱን ደቂ ወጻኢ'ኸ እንታይ'ዩ ሸግሮም? ረብሓ? እንታይ'ዩ እቲ ረብሓ፣ ባህርያዊ ሃብቲ? ዋላስ ከዳምን ተላኣኣኺን ናቶም ኽገብሩኻ?" እናበለት ኣብ ሓሳብ ጥሒላ ከላ'ያ ሞተር መርከብ ሰሚዓ ብድድ ኢላ ናብ ደገ ዘማዕደወት።

ክልተ መንእሰያት ካብታ መርከብ ወሪዶም ንመውረዲ ዝኸውን ኣብታ መርከብ ዝለገበ መሰላል ዘርግሑ። ንቕድም ኮሎኔል ርእሶም ወሪዱ ደው በለ፣ ጸኒሖም ሓደ ዕብይ ዝበሉ ሰብኣይ፡ ብድሕሪኦም ሜጀር ጸጉ።

ፈሩዝ፡ በቲ ትርእዮ ዝነበረት ንኣዒንታ ክትኣምነን ተጸገመት፣ ኣይ ክትጎዪ፡ ኣይ ኣብ ዘላቶ ኾይና ክትጸበ፡ ተደናግረት። ኣእዳዋ ኣብ ከናፍራ ኣንቢራ ከም ቈልዓ ተሰራሰረት፣ ንብዓት ስዓራ፣ ከይተፈለጣ ቀስ ኢላ ሰጐመት።

ኣቦይ ስዒድ ክልቲኡ ኣእዳዎም ዘርጉሑ፣ ዳሎም ክሓቝፉ።

ፈሩዝ "ኢ. . .ባ!!" ኢላ ተንደርዲራ ጎያ ኣብ ሕቝፎኦም ዓሊባ ብብኽያት ተንፈኽፈኸት።

ኣቦይ ስዒድ፡ ብመገዲ ኣየር ምስሪ ወጋሕታ ሰዓት ክልተን ዓሰርተን'ዮም ካብ ጀርመን ናብ ኤርትራ ብስዉር ኣትዮም፣ ኻልኣይ ግዜኦም'ዮም። ሜጀር ጸጉ ካብ መዓርፎ ነፈርቲ ተቐቢሉ ኣብቲ ንፈሩዝ ተባሂሉ ዝተዳለወ ቪላ ኣእተዎም። ንቀ፝ሩብ ሰዓታት ቀም ኣቢሎም ሰዓት ሽዱሽተ ተበራበሩ። ቀ፝ርሲ ተቐሪቡሎም በሊዖም ምስ

ወድኡ፡ ከባቢ ሰዓት ሸውዓተን ፈረቓን ሓላፊ ወኪል ሃገራዊ ድሕነት ኤርትራ ጀነራል ኣብራሃም ብሜጀር ጸጉ ተሰንዩ ከበጽሖም ኸደ።

ቅድሚ ሽው ተራኺቦም ኣይፈልጡን'ዮም። ድሕሪ ቀኑብ ዕላል ንፌሩዝ ኣመልኪቶም ተመያየጡ'ሞ፡ ጀነራል ተፋንይዎም ኸደ።

ሰዓት ሸሞንተን ፈረቓን ናብ ባጽዕ ተበገሱ፣ ካብ ባጽዕ ብመርከብ ሰዓት ሓሙሽተ ድሕሪ ቐትሪ ኣብ ደሴት ደሰ በጽሑ። እቲ ጉዕዞ ነቶም ልቢ ድኻም ዝነበሮም ወዲ 66 ዓመት ኣቦይ ስዒድ ኣድካሚ ነበረ።

ኣቦይ ስዒድ፡ ነታ ኣብ ሕቑፎኦም ዝተሸጕጠት ጓሎም ገጻ ክርእዩ ብኽልተ መንኩባ ሒዞም፣

"ፌሩዝ ጓለይ፡ እንታይ ኢለ ከም ዝጽዋዓኪ እንዲኺ?" በሉዋ ንብዓት ብዘቕጸርጸራ ኣዒንቲ ተፈሺኾም።

ፌሩዝ ርእሳ ናብ ጸጋመ የማን ነወነወት።

"ተካኢተይ!" ኢሎም ደጊሞም መሊሶም ሓቖፍዋ።

"ወዲ መኪ፡ በል እዛ ተባላዒት ጽሓይ ግብ ከየበለትካ ከላ ናብቲ ህድሞ ንእቶ!"

"ኣንታ እንታይ ፋሉ'ዩ! ናይዛ ወይዘሪት'ኳ ዘይክኣልናዮስ፡ ወዲ መኪ ኣብ ኢድና እንተሓውዩ'ሞ ዓለም ብሚሳይል ጌይራ ከተጥፍኣና'ያ፡" በለ'ሞ ኮሎኔል ርእሶም፡ ኣቦን ጓልን እናሳሓቑ ተሓቛቑፎም ናብቲ ቡን ዝተዳለወሉ ኣጉዶ ከኸዱ ተበገሱ።

ቡን ተፈሊሑ እናሰተዩ፡ ሓፈሻዊ ዕላል ኣዕሊሎም ወድኡ። ሰዓት ሸውዓተን ፈረቓን ሓዊ ተኣጒዱ፡ *ዓራቢያ* ዝዓይነቱ ዓሳ ተጠቢሱ ብምቅር ናይ ኣቦይ ስዒድ ዕላል ክሳዕ ሰዓት ዓሰርተ ኣብ ደንደስ ባሕሪ ኮፍ ኢሎም ብሓባር ኣምሰዩ።

ኮሎኔል ሰዓቱ ርእዩ፡ "በሉ! ዕላል ኣቦን ጓልን ስለ ዘለኩም ንበይንኹም ክንገድፈኩም፡" ኢሉ ምስ ሜጀር ጽጉ ብድድ ኢሎም ከዱ።

ፌሩዝ፡ ነቲ ዕላል እናዝበለት'ያ ክትሰምዖ ኣምስያ፣ ናይ ኣቡኣ ምምጻእ ንኹሉ መዳያ ዝብርቕርቕ ስለ ዘበሎ። ኣቡኣ፡ ዕሉል ተቓዋማይ ሻዕብያ ምኺኖን ናብ ኤርትራ ገጾም ክኸዱ ይትረፍሲ፡ ናብኡ ገጾም ገይሮን ክሽኑ'ውን ድልየት ከም ዘይነበሮም ካብ ብህጻና ብቐጻሊ ዝሰማዓቶ ብሂል ብምንባሩ ተጠራጠረት።

"ከመይ ኢሉ መጺኡ? ንምንታይ? ዕላሎም ካብ ቀደም ዝፋለጡ'ዮም ዝመስሉ? ብኸመይ?" ክትብል ሓደ ሓደ እዋን ኵሎም ክስሕቑ ንሳ ተዝብል'ሞ፡ ፍረ ነገሩ ከይሰመዐት ክምስ ትብል።

ብዓል ኮሎኔል ምስ ከዱ፡ "ፌሩዝ ጓለይ፡ ብዘጋጠመኪ ማእሰርቲ ብጣዕሚ እሓዝን፡" ኢሎም ለውሃት ብዘንጸባርቓ ኣዒንቲ ዓይኒ ዓይና ንካልኢታት ጠመትዋ። "ኵሉ ዘጋጠመኪ ነገር ንስለ ሃገር ብምዃኑ ኣይተካብድዮ። ንምንታይ ምዃኑ ኣዐርየ ስለ ዝፈልጥን ኣብኡ ስለ ዘለኹን'የ ኣይተካብድዮ ዝብለኪ ዘለኹ። ትፈልጢ ኢኺ፡ ጥዕናይ ጽቡቕ ከም ዘየለኹ፡ ምናልባት'ውን ነዊሕ ኣይጸንሕን እኸውን፣ ኣዝየ ዝኾርዓላ ተካኢት ውላድ ብምውላደይ ግና ንሞት ኣይፈርሃን'የ፡" ክብሉዋን ሰንቢዳ፣

"እንታይ? ብሂወት ነዊሕ ኣይጸንሕ እኸውን?"

"ከምኡ ማለተይ ኣይኮነን። ርኢኺ! ኣነ ድርብ ገጽ ዘለኒ ሰብ'የ፣ እቲ ናይ ብሓቂ ትፈልጥዮ ኣቦ ኣይኮንኩን፡ ካልእ ሚስጡር ሂወት ዘለኒ ሰብ'የ፣ ንስለ ሃገር። እወ! ንስለ'ዛ ሎሚ ኣብዚኣ ኾይንና ከነዕልል ኣብቂዓትና ዘላ ቅድስቲ ሃገር። ንቐጻልነታ ድማ ሂወትና ክንብጅወላ ቁሩባት ክንኸውን ኣሎና፣ ንስኺ'ውን፡" ኢሎም ምስ መንግስቲ

ኤርትራ ዘለዎም ቅርበትን ዝሰርሕዎ ስለያዊ ስርሓትን በብሓደ ከዕልልዋ ሰዓት ክልተ ኾይኑ ናብ መዳቕሶኦም ክኸዱ ብድድ በሉ።

ፌሩዝ ትብሎ ኣይነበራን። እቲ ምስ ኣቡኣ ትካትዖን ሓደ ሓደ እዋን "ከዳዕ ኢኻ!" ትብሎም ዝነበረትን ተራእይዋ ኣብ ሕቑፎኦም ኣትያ ተነኽነኸት።

"ኢባ! ይቕሬ ግበረለይ በዲለካ . . . "

"ኣይኾነን ፌሩዝ ጓለይ፡ ክልቴና ልክዕ ኢና ኔርና ንስለ ሓደ ዕላማ፣ ንኤርትራ። ሕጂ ንዕናይ ንደቅስ፡ ኮፍ ኢልና ነዕልለሉ መዓልቲ ክህልወና'ዩ፡" ኢሎም ናብ መዳቕሶኦም ኣተዉ።

ኮሎኔል ርእሶም፡ ወጋሕታ ሰዓት ሓሙሽተ ተሲኡ ንኹሎም ኣበራበሮም። ቍርሲ ተዳልዩ በሊዖም፡ ኣቦይ ስዒድ፡ ንጓሎም ስዒምም ተፋንዮማ ከዱ። ድሕሪ ቐትሪ ሰዓት ኣርባዓተ ናብ ኣስመራ ዝኣተዉ ንጽባሒቱ 3 ነሓሰ ወጋሕታ ሰዓት 03፡10 ከምታ ዝመጽዋ ብመገዲ ኣየር ምስሪ ናብ ጀርመን ተመለሱ።

※ ※ ※

ዓርቢ 2 ነሓሰ

ፌሩዝ፡ ነቦኣ ተፋንያ እታ መርከብ ካብ ኣዒንታ ክሳዕ ትስወር ኣብቲ ጸዕዳ ሑጻ ኮፍ ኢላ ተመልከተታ። ናይ ኣቡኣ ምምጻእ ሕልሚ ከይኸውን ፈረሀት። ኩሉ ኣብ ሓደ እዋን ኾይኑዋ፡ ነቲ ከተሰላስሎ ዝጀመረት ሓሳብ ከይወደአት ነቲ ካልእ ትጅምር'ሞ፡ ኣብ መንጎ ናብ ካልእ እናነጠረት ዝብርቕርቕ በላ። ርእሳ ብኽልተ ኣእዳዋ ሒዛ፣ "እምበርዶ ሓቂ'ዩ ኣቦይ ድርብ ገጽ ነይርዎ?" ብምባል ንብዓታ ረገፈ። ኾይኑ ድማ፡ ምስ ነብሳ ክትዛረብን ኣቡኣ ዘዘንተዉላ እናደጋገመት ከተሰላስልን ካብ ዝነበረቶ ምንቕ ከይበለት ሰዓት ዓሰርተው ሓደ ኾይኑ ኣሳሳዪ ሻሂ ቐሪቡላ ከም ዘሎ ነገሩዋ ኸደ።

ሻህን ቢሽኮትን ኣብ መጽለሊ ተቐሪቡ ርእያ የማነ ጸጋም ቍሊሕ በለት፣ ኮሎኔል ኣይነበረን፣ ኣብ መዳቕሶ ክፍሉ ኾይኑ ነቲ ሒዙዎ ዝመጸ ሰነዳት የገላብጥ ነበረ። ሻሂ ቅድሚ ምቕዳሓ፡ ኮሎኔል ይመጽእ ከይህሉ ናብ ድሕሪት ግልጽ በለት፣ ወይከ።

እንታይ ከም ትገብር ሓሰበት፣ ክትጽውዖ ወሰነት። ብድድ ኢላ ናብ መዳቕስኡ ከይዳ ማዕጾ ኳሕኲሓት፣ ኮሎኔል ካብቶም መንእሰያት መሲሉዎ ብድድ ኢሉ ማዕጾ ከፈተ፣ ፌሩዝ ኣብ ቅድሚኡ ደው ኢላ ርኣያ።

"ፌሩዝ! እተዊ!"

"ሻሂ ንበይነይ ምውራድ ኣብዩኒ፡" ኢላ ፍሽኽ በለት።

"መጻእኹ!" ኢሉ ነቲ ኣብ ጠረጴዛ ዝነበረ ወረቓቕቲ ኣርኒቡ ተኸተላ።

"ንበይንኺ ምኻን ስለ ዘድልየኪ'የ ዘይመጻእኹ። ከመይ ኣርፊድኪ?"

"ድሓን፡" ኢላ ሻሂ ቀዲሓ ነቲ ቢሽኮቲ ዝሓዘ ዳንቴራ ኣልዒላ "ሕዝ፡" በለቶ።

"የቐንየለይ። እዚ ጸጥታ ዝዓሰሎ ሂወት ክጥዕም! ረጊእካ ትሓስብ! ናብ ድሕሪት ተመሊስካ ብዙሕ ነገር ትዝክር! ሂወት ገድሊ ተራእዩካ እምበርዶ ናይ ብሓቂ ከምኡ ነይሩ'ዩ ትብል!" ኢሉ ክምስ በላ።

"ኣብዚ ደሴት ሰብ ይነብርዶ?"

"ኣጣሎም ሳዕሪ ከብልው ኣብ እዋን ክረምቲ ዝመጽኡ ዓፋር ኣለዉ።"

"ኣጣሎም ከብልው! ብምንታይ ይመጹ?"

"ብጃልባ?"

"ጀላቡ ኣለዋኦም?"

"እቶም ዘለዎም ብናቶም፡ እንተ ዘይኾነ ግና ከምዚ ሓደ ሰብ ናብ ሓደ ቦታ ኣብጻሓኒ ኢሉካ ብማኪና ተብጽሖ፡ ንሳቶም'ውን ከምኡ።"

"ሂወቶም ኣዝዩ ቀሊል ክኸውን ኣለዎ!"

"ከምዚ ናተይን ናትክን ዝተጠናነገ ኣይኾነን። ጸባን ፊኖን እንተ ረኺቦም፡ ዓሳ ካብ ባሕሪ ነጢፉ ባዕሉ ይመጾም።"

"ንኽጥበስ!" ኢላ ክርትም በለት።

"ሕጊ ተፈጥሮ ከምኡ'ዩ፡ ዝበልዕን ዝብላዕን ኣሎ፡" ኢሉ ከምስ በለ።

"ሓቂ'ዩ፣ ኣነ'ውን ኵሉ ገዲፈ ኣብዚዶ ክነብር?"

"ኣበይ'ሞ ክትረኽብዮ!"

"ከመይ?"

"እቲ ስራሕ ንመን ክትገድፍሉ!" ኢሉ ፍሽኽ በላ።

"እንታይ! ኣነ ክሰርሓልኩም ኢልኩም ትሓስቡ ኣለኹም ዲኹም? እሞ ቊሪ ሳሕል ንኣእምሮኹም ኣደስኪሉዎ ክኸውን ኣለዎ?"

ኮሎኔል ርእሶም ብሳሓቕ ክትኮስ ቊሩብ ተረፎ። "ቊሪ ሳሕል ንኣእምሮኹም ኣደስኪሉዎ ከይኸውን ኢልክና፡" ኢሉ ጸጸኒሑ ካር ካር በለ።

"እንታይ ድኣ? ርእዮ'ሞ እንታይ ጌርኩም ከም ዘለኹም!" ኢላ ሰለፉ ቀሊዓ ኣርኣዮቶ፣ ዝሓወየ ዕንፍሩር ዝመስል ነጠብጣብ ነበሮ።

"ብኡ ምኽንያት'የ'ኮ እቲ ስራሕ ንመን ክትገድፍሉ ዝብለኪ ዘለኹ፡" በላ ስሓቑ ምቁራጽ ተሳኢኑዎ።

"ኣየናይ ስራሕ?"

"ሃገራዊ ዕማም ንበይንና ዝግደፍ ዕማም ኣይኾነን፣ ተካኢ የድልየና'ዩ። ርኢኺ ፌሩዝ፡ ሓደ ሓደ እዋን ኣብ ኣእምሮና ክንሓስቦ ዘይንኽእል ጸገም ምስ ዘጋጥመና ወይ ተበዲልና ኢልና ቕሒርና ወይ ኣብ ሎቕኊመጽመጽን ብልሽውናን ተቖማጢዕና እውን ድማ ኣነ እዚ ኵሉ ተጋዲለ ጻማይ እዚ ድዩ ኢልና ወይ ስልጣን ዘይተዋሃበና ኮሪና ወይ'ውን ብዘይ ኣገባብ ተበዲልና ሃገር ራሕሪሕና ንኸይድ። ክልተ ነገር'ዩ፡ እቲ ሓደ ብገበን ከይትሕተት፡ እቲ ዝኮረየ ወይ ተጻባኢ ዝረኸበ ድማ ተቐይሙ ዶብ ጥሒሱ ይጠፍእ፣ እቲ ካልእ ኸኣ መንግስቲ ብስራሕ ወይ ብትምህርቲ ናብ ወጻኢ ሃገር ምስ ለኣኾ መንግስተ ሰማያት ዝኣተወ መሲሉዎ ብኡ ገይሩ ይሽረብ። እቲ ቀዳማይሲ ድሓን፡ እቲ ካልኣይ ግና ካብ መን'ዩ ሃዲሙ? ሃዲሙ'ውን ኣፉ ኣኪቡ ኣብቲ መንግስተ ሰማያት ኢሉ ዝኣመነሉ ሃገር ኣፉ ኣኪቡ ትም እንተዝብል፡ ኣምበይ ምኽፍኣን ነይሩ። . . ."

"ተቓዋማይ'የ ዘይብል!"

"እወ!" ኢሉ ኮሎኔል ካር ካር በለ።

"እቲ ዝገርም ድማ ንሱ'ዩ። ኣብ እንዳማትካ ሃገር ኴንካ ምሉእ መዓልቲ ምስ መንግስቲ ክትባኣስ ትውዕል! ካብኡ ሓሊፍካ ኣብ ልዕሊ ህዝብኻን ሃገርካን ገበን

ትፍጽም! ተቓዋማይ'የ ኢልካ። ተቓውሞ ዘሎ'ዩ፡ ክህሉ ድማ ንቡር'ዩ፣ ምኽንያቱ፡ ዝኾነ ሰብ፡ እንተ ድኣ ንረብሓ ሃገር ኾይኑ ክቃወምን ርእይትኡ ክገልጽ ክኽእልን መሰሉ ክረክብን ፍትሒ ክነግስን ክጽውዕ ባህርያዊ መሰሉ'ዩ፣ ክስማዕ ድማ ግድን'ዩ። ተቓውሞኻ፡ ንስለ ስልጣን ምሓዝ ወይ ተባህለ ኢልካ ወይ ትሕተ ሃገራዊ ስምዒት ደፋፊኡካ እንተ ኾይኑ ግና፡ ካብ ጥቕሙ ጉድኣቱ'ዩ ዘምዝን።"

"ማለት?"

"ምናልባት ምሳይ ኣይክትማምዕን ትኾኒ፣ ኣይጽበይን'የ'ውን። ኣነ፡ ኣብ ስርዓተ ሓደ ሰልፊ ዝኣምን ሰብ'የ! ብፍላይ ንኸምዚ ከማና ሃገር። ህዝቢ ኣይነቐሐን፡ ክመርጽ ኣይኽእልን'ዩ፡ ስምዒታት ኣሎ ወዘተ ኢለ ኣይኾንኩን። ብናተይ ርእይቶ፡ ካብዛ ዘለናያ እዋን ክልተ ወለዶ ምስ ሓለፈ ብዘይ ጥርጥር ብዙሕ ሰልፋዊ ስርዓት ሃናጺ ክኸውን ይኽእል ይኸውን'ዩ። ግና፡ ንምንታይ'ዩ ሓንቲ ሃገር መጠኑ ዝሓለፈ ሰልፍታት ዘድልያ? ካብ ጎረባብትና ንምጥቃስ፡ ኢትዮጵያ። ብኣንጻሩ፡ ንምንታይ'ያ ሲንጋፖር ብስርዓተ ሓደ ሰልፊ ኣዝያ ዕውትቲ ኾይና? ቻይና'ውን ብዓቢኡ። ኢትዮጵያ፡ ዲሞክራሲ ናብ ሓንቲ ዝተረኾመሸት ሃገር ከምርሓ ከሎ፡ ሲንጋፖር ግና፡ ሓንቲ ካብተን ኣብ ዓለምና ዓመታዊ ኣታዊ ህዝባ ኣብ ዝለዓለ ደረጃ ዘብጸሓት'ያ። እዚ ዝኾነሉ ምኽንያት፡ መራሕቲ እታ ንእሽቶ ሃገር፡ ሃገራውያን፡ ዓቕሚ ሰቦም ብልክዕ ወዲቦም ዘስረሑ፡ ልክዕ ሰብ ኣብ ልክዕ ቦታ ዝመደቡ፡ ኣብ ኩዉንነት ቀኑጠባኣም ተምርኲሶም ደቆም ዘምሃሩ፡ ልዕሊ ዝኣገረ ግና፡ ሃገራውነት፡ ልዑል ስነ-ምግባርን ምእዙዝነትን ኣብ ህዝቦም ስለ ዘስረጹ'ዩ። ስለዚ፡ ደሞክራሲ፡ ብዘይ ሓድነትን ሃገራውነትን ከመይ ኢሉ'ዩ ውጺኢታዊ ዝኸውን?" ኢሉ ሽጋራ ወሊዑ ነቲ ትኪ ኡፍ በሎ።

"ኣብ ኤውሮጳ፡ ህንጸት ሃገርን ሃገራውነትን ብብዙሕ መስርሕ ዝሓለፈ'ዩ፣ ደሞክራስያዊ መሰል'ውን ከምኡ። ኤውሮጳ ብዘይካ ናይ ናፖልዮን፡ ክልተ ዓለማዊ ኲናት ኣሕሊፋ ንዲሞክራሲ ዝስከሙ ኣዕኑድ ሃኒጻ። ንሕና ኣፍሪቃውያከ? ካብ መግዛእቲ ካብ ንገላገል 60 ዓመት ጌርና እንተ ኢልና፡ ኣተሓሳስባና ብኡ መጠን ማዕቢሉዶ? ኣይማዕበለን! እምበር ንድሕሪት ተጎቲትና። መራሕቲ ሃገር፡ ንህዝቦም ንቑልቁል ኣተፋኒኖም ውልቃዊ ረብሓ ከኻዕብቱ'ምበር፡ ንሃገር ተወፍዮም ዝሰርሑ የለዉን፣ እቶም ዝነበሩ ድማ፡ ተቐንጺሎም ወይ ዕልዋ ተኻይድሎም ኣብ ማእሰርቲ ሞይቶም ወይ ተሰዲዶም። ኢትዮጵያ ድማ ጽቡቕ ኣብነት'ያ። እተን ሰልፍታት፡ ኣብ ክንዲ ሃገራውያን ብሄራውያን ሰልፍታት ኾይነን። ህዝቢ፡ ኣብ ክንዲ ሃገራዊ፡ ብሄረተኛ ኣተሓሳስባ ኣማዕቢሉ። ማዕከናት ዜና፡ ኣምሓራ፡ ኦሮሞ፡ ትግራይ ወዘተ ዝብል ስም ለቢሰን ንሓድሕደን ክናቈታን ትሕተ ሃገራውነት ክኾስኩሳን ይርኣያ። ደሞክራሲ ማለት ድዩ? እዚ ኣርእስቲ ዓሚቕ ምሕሳብ ዘድልዮ እዩ'ሞ፡ ዘምጻኣና ክንገብር። እቲ ዝሃብናኪ ሰነድ ኣንቢብክ'ዮ ትኾኒ ኢኺ?" ኢሉ ብኽምስታ ዓይኒ ዓይና ጠመታ።

"እው ኮሎኔል! ደጋጊመ ኣንቢበዮ! ገሪሙኒ! ሶቅራጥስ እንታዩ ዝበለ! 'ምንም ከምዘይፈልጥ ፈሊጠ!'።"

"ሰብ ብዙሕ ክዛረብ ይኽእል'ዩ፣ ክትንትን'ውን። እቲ ኣብ ባይታ ገጢሙና ዘሎ ግና ካብቲ ዝሓስቦን ዝሰምዖን ንላዕሊ ዝተሓላለኸን ንጥፍኣትና ዝተወጠነን'ዩ። ስለዚ፡ ምስ ከምዚ በዳሂ ኩነታት ኢና ተፋጢጥና ዘለና።"

"ሻሂ ክቐድሓልካዶ?"

"ተራር ቡን ምደለኹ፡" ኢሉ ብድድ ብምባል ናብ ግዳም ወጺኡ ተዳሃየ። ኣሳሳዩ ተቐልቀሎ፣ ቡን ከምጻኣሎም ነገሮ።

"ንምዃኑ ኣቦይ ካብ መዓስ'ዩ ምሳኹም ክሰርሕ ጀሚሩ?"

"ድሕሪ ምፍራስ ናደው።"

"እንታይ'ዩ ነይሩ ስርሑ?"

"ኣቦኺ፡ ካብቶም ኤርትራ ትምካሓሎም ሰብ'ዩ፣ ኣዝዩ ሃገራዊ። ብዘይ ናይ ኣቦኺ ሓገዝ እዚ ዘንበብክዮ ክዉን ኣይምኾነን። ተባዕ፡ ዝተዋህቦ ዕማም ብጽፈት ዝሰርሕ፡ ርጉእ፡ በሊሕ፡ ናይ ምግንዛብ ተውህቡኡ ዝድነቕ፡ ኮታስ ሓያል ሰላዪዶ ክብለኪ!" ኢሉ ካር ካር በለ።

"ተገሪመ! 'ኣብ ስለያ፡ ኣቦ፡ ኣደ፡ ሓዊ፡ ሓብቲ፡ ዘመድ ዝበሃል የለን፣ ምኽንያቱ፡ ሓደን ኾሉን ሰላዪ ክኸውን ስለ ዝኽእል' ዝብል ኣበሃህላ ኣብ ኣቦይ ርእየዮ። ኽልቴና፡ ኣብ ክልተ ጫፍ ዘለና ኾይኑ'ዩ ዝይስማዓኒ ነይሩ፣ ንሱ ጭው ዝበለ ከዳዕ፡ ኣነ ድማ . . ." ኢላ ድንን በለት።

"ሃገራዊት!"

"ዳርጋ ከምኡ'ዩ። ኣቦይ፡ ከምኡ ብዙሓት ኤርትራውያን ክህልዉ ከም ዝኽእሉ ኣርእዩኒ። ንምንታይ ግና ናብዚ ኣምጺእኹሞ?"

"ክትኣምንና ምእንታን።"

"እንታይ ክኣምነኩም?"

"እቲ ኣብ ልዕለኺ ዝፈጸምናዮ በደል።"

"ማለት?"

"ኣቦኺ ተካኢተይ ከም ዝበለኪ ኣይጠራጠርን'የ፡" ኢሉ ሽጋራ ወሊዑ ዓይኒ ዓይና እናጠመተ ነቲ ትኪ ኡፍ በሎ።

ፌሩዝ፡ ርእሳ ናብ ባይታ ደፍአት።

"ገለ ካብቶም ኣብቲ ሰነድ ዝረኣኽዮም ትፈልጥዮም ትኾኒ ኢኺ፣ ናብ ገዛኹም መጺኦም በሊዖምን ሰትዮምን'ዮም። ተጋደልቲ ነይሮም ክበሃል'ውን ሰሚዕኪ ትኾኒ ኢኺ። እወ! ነይሮም'ዮም! ዝከሓድ ኣይኾነን። ኣረ ገሊኣቶምሲ ክትገልጾ ዘይትኽእል ጅግንነት እዮም ፈጺሞም፣ ሽሕ'ኳ ኩሉ ተጋዳላይ ጅግና እንተኾነ። ሕጂ ግና፡ ኣዕጽምቲ ብጾትና እናፍሓሩ ዝድርብዩ ከዳዓት ኾይኖም ኣለዉ። ህዝቢ ኤርትራ፡ ብስዋኣቱ ኣይዋገን'ዩ። ኣቦኺ ድማ ነቲ ዝድርብይዎ ዘለዉ ኣዕጽምቲ ስዉኣትና እናኣከበ ሓመድ ዘልብስ ተባዕ ሰብኣይ'ዩ!" ኢሉ ነታ ኣብ ጣሳ ዝቐዳሓ ቡን ሰትዩ ክኸይድ ብድድ በለ።

"ሓምቢስካዶ?"

"ህጹጽ ስራሕ ስለ ዝነበረኒ፡ ኣይሓምበስኩን። ፍቓደኛ እንተ ኼንኪ፡ ሰዓት ሓሙሽተ ብሓንሳብ ንሓምብስ። ሕጂ ኣዕርፊ፡ ምሳሕ ሰዓት ክልተ፡" ኢሉዋ ግልብጥ ኢሉ ከይበለ ወጺኡ ናብ ህድሞኡ ኸደ።

ኮሎኔል ርእሶም፡ ሓጺር፡ ቀይሕ፡ ጸጕራም፡ ኣካዳድንኡ ምዕሩግን ኣዝዩ ተዋዛይን'ዩ። ዓሰርተው ክልተ ክፍሊ በጺሑ ጥቅምቲ 1977 ክጋደል ምስ ወጸ፡ ድሕሪ ታዕሊም ኣብ ክፍሊ ህዝቢ'ዩ ተወዚዑ። ድሕሪ ቀኑብ እዋን፡ ኣብ ሕሽክብ ዝርከብ ዝነበረ ሓለዋ ሰውራ ተመደበ። ኣብ መወዳእታ 1978 ክፍሊ ስለያ ህዝባዊ ግንባር - እንዳ 72 - ምስ ቈመ፡ ካብ ሓለዋ ሰውራ ተሳሒቡ 1983 ናብ ዓምበርበብ ብምኻድ ኣብ

ክፍሊ ወጻኢ ስለያ፡ ሕዳር 1984 ናብ ቤ/ጽ ህዝባዊ ግንባር ካርቱም፡ 1987 ብተልእኾ ናብ ሶማል ብምኻድ ክሳዕ ዕለተ ናጽነት ኣብኡ ጸኒሑ። 1993 ናብ ኤርትራ ተጸዊዑ ኣብ ሚኒስትሪ ጉዳያት ውሽጢ ሃገር ክፍሊ ስለያ ወጻኢ ጠረጴዛ ኤውሮጳ ተመደበ። በሊሕ፡ ዝጀመሮ ስራሕ ከይወደአ ካብ ቤት ጽሕፈቱ ዘይወጽእ ወዲ 52 ዓመት ህርኩት ሰብ'ዩ። ብዝነበሮ ተመኩሮ፡ ኣብቲ ድሒሩ ወኪል ሃገራዊ ድሕነት ኤርትራ ተባሂሉ ዝተሰምየ ቤ/ጽ፡ ሓላፊ ክፍሊ ስለያ ወጻኢ ኾይኑ ተመደበ።

ሰዓት 17፡00

ድሕሪ ምሳሕ፡ ፌሩዝ፡ ንሓደ ሰዓት ቀም ኣቢላ ሰዓት ኣርባዕተ ተበራበረት። ታሪኽ ሂወት ናይቶም ብህወሓትን ዘይመንግስታውያን ውድባትን ዝተዓስቡ ኤርትራውያን ደጊማ በብሓደ ኣንበበቶ። "ክንደይ ኮን ከም ኣቦይ ድርብ ገጽ ዘለዎም ኣብዚ ዝርዝር ኣስማት ይህልዉ ይኾኑ? ለከስ እቲ ኣብ መጽሓፍ ዘንበብኩዎን ኣብ ፊልም ዝርኣኹዎን ኣብ ባይታ'ውን ኣሎ'ዩ? ኣብ ሲኣይኤይ፡ ከይጂቢ፡ ሞሳድን ካልኦትን ተገይሩ ዝበሃል፡ ወኪል ሃገራዊ ድሕነት ኤርትራ'ውን ካብኡ ብዘይፍለ መገዲ ንተጻባእቲ ሃገርን ዕሱባት ኤርትራውያንን ይስልዮም'ዩ? ካብዞም 'መንግስቲ ኤርትራ ክወድቕ ቐሪቡ! ከነጥፍኦ ኢና!' እናበሉ ክጭድሩን ክፍክሩን ዝውዕሉ፡ ክንደይ ኮን ከም ኣቦይ ይህልዉ ይኾኑ?" እናበለት ኣብ ሓሳብ ጥሒላ ዝደንጎየቶ ኮሎኔል ማዕጾ ኳሕኲሖ፣ ካብ ዓራት ነጢራ ወሪዳ ኸፈተቶ።

"ደቂስኪ ዲኺ?"

"ሰዓት ክንደይ ድዩ ኾይኑ? መጸኹ!" ኢላ መሐንበሲ ኮስቱሞ ብላዕሊ ማልያ ለቢሳ ኣርከበቶ።

ፌሩዝ፡ እቲ ዕንፋሩር ኣብቲ ኸደራይ ዝሕብሩ ቌርበታ ጽልም ዝበለ ስንብራት ኣትሪፉ ነበረ፣ ብፍላይ ኣብ ሕቘኣ። ነታ ሓጻር ማልያ ኣውጺኣ ናብ ባሕሪ ክትኣቱ ዝረኣያ ኮሎኔል፡ ዓይኑ መሊኡ ክጥምታ ተሸገረ፣ ክሳዱ ጠወየ፣ ኣስተብሃለትሉ።

"ኮሎኔል፡ ዝባነይ ምርኣይ ድዩ ኣሰኪፉካ? ኣነ ግና ተሰኪመዮ ክነብር'የ፣ ናብ ጀርመን እንተ ዘይሰደድኩምኒ ይሕሸኩም! ከሲሰ ከየዋርደኩም!"

"ኣይኾነን ዘኽስስ ጌርና፡ ከይገበርና'ኮ ንኽሰስ ዘለና!" ኢሉ ፍሽኽ በለ።

"በል ሓንሳብ ናብቲ ውሽጢ ኼድና ንሓምብስ፣ ንዕኡ ዝኸውን ትንፋስ ኣለካ ድዩ?"

"ኣበይ?"

"ኣብቲ ማዕዶ።"

"ዝዓበዩ ቌልው ኣለዉኒ!" በላ'ሞ፡ እናስሓቐት ሓንቢሳ ናብ ውሽጢ ባሕሪ ከደት።

ኮሎኔል፡ ከም መብዛሕትኡ ኤርትራዊ፡ ቀይሕ ባሕርና ከበሃል ድኣሉ ዝሰምዕ ነይሩ'ምበር፡ ርእይዎ ኣይፈልጥን'ዩ። ህዝባዊ ግንባር፡ ብሜጀር ጀነራል ኣበራ ዝእዘዝ ኣብ ሰሜናዊ ምብራቕ ሳሕል ንሸዱሽተ ዓመት ዓሪዱ ዝነበረ፡ ኣብ ሻድሻይን ሰላሕታ (ሻውዓይ) ወራርን ንናቕፋ ክሕዝ ትንፋስ ዝኸልእ ኲናት ዘካየደ፡ ድሕሪ እ'ዚ ናደው ብዕጥቁ ኾነ ብቕዓት ሰራዊቱ ኣብ ካልኣይ ደረጃ ዝስራዕ እ'ዚ ውቃው ደምሲሱ 5500

ዝኣከል ሰራዊት ጸላኢ ምውትን ቁሱልን ምሩኽን ገይሩ ልዕሊ ሽሞንተ ሽሕ ትርብዒት ኪሎ ሜተር መሬት ሓራ ኣውጺኡ፣ ትኽስ፡ ክራር፡ ኣልጌንን ወደብ ማርሳ ተኽላይን ምስ ተቖጻጸረ'ዩ ኮሎኔል ርእሶም ንመጀመርያ እዋን ቀይሕ ባሕሪ ርእይዎ፣ ተገረመ። እቲ ብወረ ዝፈልጦ፡ ዓበይቲ ናይ ንግድን ነዳድን መራኽብ ካብ ኤስያ ናብ ኤውሮጳ እናንሳፈፉ ዝሓልፉሉ ቀይሕ ባሕሪ ማዕረ ክንደይ ስትራተጂካዊ መተሓላለፎ ምዃኑ፡ ኤርትራ፡ ብሰንኪ እዚ ባህርያዊ ትዕድልቲ'ዚ ግዳይ መግዛእትን ጐበጣን ከም ዝኾነት ሽዑ'ዩ ኣዐርዩ ተሰቍርዎ።

"ወዲ ሰለጽየን፡ ሓቀን እንድየን ድኣ እዘን ሓያላት ሃገራት ሕጂ ኣነ ከዕርፍ ንስኻ ኺዲ እናተባሃሃላ ዝድክራና ዘለዋ። እዚ'ዩ እቲ መራኽቢ ኵሉ ዓለም ትብሉና ዝነበርኩም?" ብምባል ነቲ ሓቢርዎ ዝመጸ ኣባል ፈጻሚ ሽማግለን ሓላፊ ስለያዊ ጉዳያት ህዝባዊ ግንባርን ተደነቑ ሓተቶ።

"ራእሱ፡ ካብ ኣስመራ ወጺኺ ኣይትፈልጥን ዲኺ?"

"ወሪዱና፡ ኣቦና ፖሊስ'ዩ ነይሩ፣ ምክትል ሰርጀንተ'ኮ ኣይበጽሐን። ካብ ዓዲ ወግሪን መንደፈራን ወጺእና'ኳ ኣይንፈልጥን። ንዓና፡ ካብ መንደፈራ ትጽብቕ ከተማ ዘላ ኣይመስለናን'ዩ ነይሩ። ንስኹም ደቂ ብርገዞዋ ግና፡ ርኢኹሞ ትኾኑ! ደይ እቲ ናይ መደብ ቃልሲ ዝበሃል ብኽምኡን ወዲ ኽምኡን'ዩ ተባሪዑ። እእ! ሻዕብያ ማዕረ ገይሩና!" ብምባል ንብጾቱ ብስሓቕ ኰስተሮም።

ኣጋይሽ ዝመጹ መራሒ ክፍለ-ሰራዊት ድራር ከዳልዉ ንብጾቱ ነገሮም'ሞ፡ ኣብ ሃልሃልታ ሓዊ ዝተጠብሰ ዓሳ ተቐረበሎም።

ናይታ ዝኸድዋ ክፍለ-ሰራዊት መራሒ ወዲ ሕርጊን'ዩ። ኣብ 1967 ዝተሰለፈ፡ ሓደ ካብቶም ቀዳማይ ህዝባዊ ሓይልታት ክምስረት ከሎ ተጋደልቲ ካብ የመን ናብ ደቡብ ደንካልያ ክሰግሩ ምእንታን፡ ኣቐዲሞም ባይታ ክጸርጉ ዝተላእኹ ዕስራ ኮማንዶ ተጋደልቲ፡ ሓደ'ዩ።

"እንታይ ድኣልኩም ትንፋስኩም ሓቢእኩም ትበልዑ? እዚ ዓሳ ኣይጠዓመኩምን'ዩ እመስለኒ!" ኣባጨወሎም ነቶም ሃረፍረፍ እናበሉ ዝበልዑ ዝነበሩ ወዲ ሰለጽየንን ርእሶምን በቲ ናብ ትግሬ ዘዘብል ትርግኛኡ።

"ርእሶም ዓሳ በሊዓ ኣይትፈልጥን'ያ። ኣቡኣ፡ ካብ ሰላሳ ቅርሺ ዘይትሓልፍ'ያ ነይራ ደሞዙ፡" ብምባል እናተዋዘዩ ነቲ 70 ሰንቲ ሜተር ዝቕመቱ ዓሳ ተሳሃልዎ።

"ንስኻ፡ ሃይለስላሴ ዝፈቐደልካ ኢኻ በሊዕካ! ኣነ ግና ብቕልጽመይ ዘምጻእኹዎ! ኣየ ወዲ ብርገዞዋ ምዃን ክኸፍእ!" ብምባል ኣብ ሻድሻይ ወራር ዘሕለፉዎ ጥምየት እናዕለሉ ነቲ ዓሳ ኣዕጽምቲ ጥራይ ኣትረፉዎ።

ኮሎኔል፡ ምሕንባስ ዝብልዎ ብስም እምበር፡ ኣበይ ኢሉ'ሞ ክኢሉዎ። ንኺድ ንሓምብስ ተባሃሂሎም ምስ ብጾቱ ናብ ባሕሪ ምስ ከዱ ብኽንደይ ድፍኣዮን ጉተቶን'ዩ ናብ'ቲ ማይ ኣትዩ፣ ፈሪሁ። እምበኣርከስ፡ ነታ ምሕንባስ፡ ካብ ክሳድካ ንታሕቲ ኣብ ዝዕምቆቱ'ምበር፡ ካብኣስ ምንቕ ኢሉ ኣይሓልፉን'ዩ፣ ስነ ኣእምሮኣዊ ፍርሂ ኣለዎ።

ፈሩዝ፡ መሬት ዓይኒ ክሳዕ ዝሕዝ ሓንቢሳ ምልስ እንተበለት፡ ኮሎኔል ድሮ ወጺኡ ኣብቲ ሑጻ ኮፍ ኢሉ መጽሓፍ ከንብብ ርኣየቶ፣ ንዓ ንምባል ኢዳ ኣወዛወዘትሉ፣ ኮሎኔል ብድድ ኢሉ ኸደ።

"ኣበይ ኣትያ ክብል'ኳ'የ ጸኒሐ!"

“ኣበይ ኣጥፊእካያ ኢሎም ካብዛ ናተይ ትኽፍእ ከየውርዱልካ ኢለ ደንጊጸልካ’ምበር፡ በዚኣ ገይረ ናብ ሱዑዲ’የ ከሃትፍ ኢለ ነይረ!”

“ኣየ ፌሩዝ፡ እዚ ናትኪ ድኣ ቀሊል እንድዩ! ዝባኖም ከሳዕ ዝመላለጥ ተገሪፎም ዝተዓለሙ ዶልፊን ምስ ዓሻኽሮም ሻርክ ኣለዉና፣ ኣበይ ጠንቀስ ከየብሉኺ፡” በላ’ሞ ብሳሓቕ ፍልሕ በለት።

“ከነግረካ ኣይደለኹን’ምበር፡ ሓደ ዘይከምዚ ከማኻ ለዋህ ዶልፊን፡ ‘ሻዕብያ ሽለል ክብሉኺ እንተ ዘይኾይኖም፡ ካብኦም ከምልጥ ኢልኪ ኣይትሕሰቢ፣ ኣሎ ዝበሃል ናይ ዓለምና ሽጣራ ኣብ ሳሕል ኾይኖም ተማሂሮሞ’ዮም’ ምስ በለኒ’የ ስተት ኢለ ተመሊሰ፡” ብምባል ክዋዘዩ መስዩ ካብ ባሕሪ ወጺኦም ንድራር ተቐረቡ።

“ርእሶም፡ እታ ቀዳመይቲ ትጽናሓልና’ሞ፡ እታ ኻልኣይቲ ሰነድ ምስ ኣንበብኩዋ፡ ‘ምምሕዳር ዋሽንግቶን፡ ብዛዕባና ክንድዚ ዝኣክል ኣፍልጦ ካብ ሃለዎን እሞ ኣብዚ ኣካባቢ ሓንቲ ሓያል መሓዛ ክህልዎ ካብ ደለየን ክልተ ዓይኒ ርእዩ ከመይ ኢሉ ይኸውን? ፔንታጎን ንኤርትራ፡ ስቴት ደፓርትመንት ድማ ንኢትዮጵያ ከመይ ኢሎም ክኸስቡ ይሓስቡ? እቲ ሓደ ንወተሃደራዊ ስትራተጂ፡ እቲ ካልእ ድማ ንፖለቲካ ምኽኑ ድዩ? ሰብኣይ ክልተ ናብዝን ናብት ክብል ሞተ ኾይኑዎ ዘሎ’ዩ ዝመስል። ንምኽኑ፡ እታ ኢትዮጵያ ትበሃል ሃገር ውሽጣ ዝቦኽቦኸ ምኺኑ ይፈልጡ ድዮም?”

“ኣመሪካ፡ ንኽልቲኦን ሃገራት መሓዙታ ክትገብረን ትደሊ’ያ፣ ኣብ ምርጫ ምስ ትወድቕ ግና ንኢትዮጵያ’ያ ትመርጽ። ባድመ ድማ ጽቡቕ ኣብነት’ያ። ስቴት ደፓርትመንት፡ ብዘይካ እቲ ዝህውጾም ዘሎ ሰረተ-እምነትና፡ ‘መንግስቲ ኢትዮጵያ ኣብ ስንኩፍ ባይታ’ዩ ዘሎ፣ ንስኹም ትሕሹ፣ ባድመ ግደፉሎም’ ምስ በሉና፡ ‘ሉኣላውነትና ኣብ ዋጋ ዕዳጋ ኣይነእቱን ኢና’ ብምባልና ከይኾነ ኣይክተርፍን’ዩ ሓዊ ኣብ ልዕሌና ክኽስክሱ ላዕልን ታሕትን ዝብሉ ዘለዉ። ዘይተገንዘብዎ ነገር ግና ኣሎ፣ ብሓዊ ሕብረት ሶቭየት ተለብሊብና ዝወጻእና ምኻንና።”

“እቲ መንግስቲስ ሕራይ፡ ሶሮስ ፋውንደሽን እንታይ ረብሓ ኣለዎ?”

“ሶሮስ’ኳ’ዩ ብመገዲ ታይደስ ፋውንደሽን ንከም ብዓል ኣምንስቲ፡ ሂዩማን ራይትስ ዎች፡ ኢንተርናሽናል ክራይስስ ግሩፕ፡ ጋዜጠኛታት ብዘይ ዶብ፡ ዩኣስ ኣይድ ዝኣመሰላ ውድባትን ሲ.ኣይ.ኤይን ኣማኢት ሚሊዮናት ዶላራት ዓመታዊ እናመወለ ዘንቀሳቕሰን። መተንፈሲ ሳምቡኣን’ኮ ኣብ ቤ/ጽ ሶሮስ’ዩ ዘሎ። እዘን ኣህጉራውያን ውዱባት ድማ፡ ነዞም ትርእይዮም ዘለኺ ናይ ትማሊ ተጋደልቲ፡ ሎሚ፡ ሃገሮም - ሃገር ኣሎና ዝብሉ እንተ ኾይኖም - ከዕንዉን ምስ ወያነ ሓቢሮም ንህዝቦም ኣብ ባርነት ክሸሙን ኣማኢት ኣሽሓት ዶላራት ዝምወለኦም ዘለዋ። ጴጥሮስ ወልደገርጊሽ፡ ዶክተር ኣስመሮም ኸሰተ፡ ኣባል ፈጻሚ ሽማግለ ህዝባዊ ግንባር ዝነበረ፡ ኣብ ሜዳ ጅግንነት ፈጺሞም ናይ ጀነራልን ካልእን መዓርግ ዝተዋህቦም፡ ሓለፍቲ መንግስታውያን ትካላት ዝነበሩ፡ ኮታስ፡ እዞም ኣብቲ ቀዳማይ ሰነድ ሰፊሮም ዘለዉ ኩሎም በብገበኖም ካብ ሃገር ዝሃደሙ’ዮም እምበኣር በዘን ውድባት ተዓሲቦምን ተመዊሎምን ክምድሩ ዝውዕሉ ዘለዉ፡” ኢሉ ነቲ ኣብ ኢዱ ሒዙዎ ዝነበረ ናብ ኣፉ ኣእትዩ እናኣኮማሰዐ ንኻልኢታት ትም ኢሉ ጸኒሑ፣

“እቶም ንዓለምና ብቑጠባ ዝቈጻጸርዋ፡ ብጕጅለ ዝተጠራነፉ ሰብ ንዋይ’ዮም። ካብ ምግቢ ክሳዕ ዝተራቐቐ ኣጽዋር ዘፍርያ ኣህጉራውያን ትካላትን ኮርፖረሽናትን ዝውንኑ ኾይኖም፡ ንኣህዛብን ሃገራትን እዛ ንነብረላ ዘለና ፕላኔት ኣብ ትሕቲ ምልኮም

ከእትዉ ካብ ዝሕሉኑ፡ ዓሰርተታት ዓመታት'ዮም ኣቍሪሮም። ኾይኑ ግና፡ ብሰንኪ ዝሑል ኲናት ተገቲኦም እንተጸንሑ'ኳ፡ ድሕሪ ምብቃዑ ነቲ 'እንኮ ቀጽራዊ ዓለማዊ ስርዓት' ዝብል ሕዱር ጥሙሓም ባይታ ከጣጥሑን ከተግብሩን ስትራተጂ ነዲፎም። ነዚ ስትራተጂ'ዚ ትጻረር ወይ ዘይትምእዘዝ ሃገር፡ ዘይገረሐት ተባሂላ ግዳይ ኣደዳ ተነጽሎን እገዳን ትኸውን። ኤርትራ ድማ ሓንቲ ካብተን ነቲ ሰረተ-እምነት ዘይተቐበላን ልኣላውነተን ኣሕሊፈን ዘይህባን ሃገራት ብምኳና፡ ክትዳሃኽ ተፈረደት።

"ብዘይካ እተን መጠነ ንኡስ፡ እተን ፍሩያት ጉጅለታት፡ ብጆይ ሶሮስ ዝቈመ *ግሉጽ ሕብረተ ሰብ (ኦፐን ሶሳይቲ)*፡ ብስድራ ቤት ፕረዚደንት ኣመሪካ ነበር ዝመሓደር *ካርለይ ግሩፕን* ዋንኡ ዘይተፈልጠ *(ሰክረት ሶሳይቲ)* ምስጡር ሕብረተ ሰብን እየን።

"ግሉጽ ሕብረተሰብ፡ ሓደ መንግስቲ፡ ብህዝቢ ይመረጽ ብዕልዋ ይምጻእ ብዘየገድስ፡ ሃገራዊ ኾይኑ ረብሓ ህዝቡን ሃገሩን ኣቐዲሙ ኣብ ዝሕንጽጾም ፖሊሲታት ባርኾት ኣመሪካ ምስ ዘይሓትት፡ ብዕልዋ ክኣልዮ ሰለም ኣየብልን'ዩ። ብመገዲ እተን ዝምውለንን ዝቈጻጸረንን ኮርፐረሽናት ኣቢሉ ኣብ ልዕሊ እተን ነቲ ሰረተ-እምነት ወይ ንትእዛዝ ዋሽንግቶን ዘይተቐበላ ከም ኤርትራ ዝኣመሰላ ሃገራት፡ ዕልዋ መንግስቲ ይጥጃእ። እቲ ዝተጠጀአ ዕልዋ፡ ብኣምንስቲ ኢንተርናሽናል፡ ሂዩማን ራይትስ ዎች፡ ክራይስስ ግሩፐ፡ ትካላት ግብረ ሰናይ፡ ምዕምባብ ደሞክራሲን ካልኦትን ይጽሞቕ። በተን ንሱ ዝውንነን ማዕከናት ዜና፡ ተለቭዥን፡ ራድዮ፡ ጋዜጣታትን ማሕበራዊ መራኸቢታትን ህዝቢ ዓለም ክሳዕ ዝድንቁር ነታ ሃገር ብቐጻሊ የሰይጥና። ብመገዲ እተን መሓውሩ ዝኾና ዘይመንግስታውያን ውድባት፡ ሃሱሳት ደቂ ሃገር ይዓስብ፣ መንግስቲ ክዓሉ ድማ ይጓየ፣ ከም ኣብ ብዙሓት ሃገራት ኣፍሪቃን ደቡብ ኣመሪካን ዝተኻየደ ዕልዋ መንግስቲ ማለት'ዩ።

"ጉጅለ ካርለይ፡ ብቐንዱ ብስድራ ቤት ፕረዚደንት ኣመሪካ ነበር ዝመሓደር ኾይኑ፡ ኣገዳሲ ምንጪ ሃብቲ ዓለምና ንምቍጽጻር ኣብተን ገዚፍ ባህርያዊ ሃብቲ ነዳዲ ዘለወን ሃገራት ቅልውላው ፈጢሩ ሰላመንን ርግኣተንን ዘሪጉ ነቲ ቅልውላው ንምምሕዳር ዝሰርሕ'ዩ። እዚ ድሕሪ ምብቃዕ ዝሑል ኲናት ኣዝዩ ዝሰሰነ ጉጅለ'ዚ፡ ሶማል፡ ኢራቕ፡ ሊብያ፡ ሶርያን ዝኣመሰላ ሃገራት ግዳይ ዘይዓግብ ሸውሃቱ ኾይነን ካብ ዘለዋ ብዙሓት ሃገራት እተን ውሑዳት'የን።

"እምበኣርከስ፡ ኣብ ዓዲ እንግሊዝ ኤሊዛ ምራጭ፡ ኣብ ሕ.መ. ኣመሪካ ጴጥሮስ ወልደገርግሽን ዶክተር ኣስመሮም ኸሰተን ዓሰርተታት ኣሽሓት ዶላራት ዓመታዊ እናተመወሉ ብዘቈሙዎ መርበብ ኤርትራውያን እናዓሰቡ ንዘካይድዎ ጐስጓስ፡ ኣጀንዳ፡ ካብ ወያነን እዘን ኣህጉራውያን ዘይመንግስታውያን ውድባት'ዩ ዝወሃቦም።

"ማእከላይ ወኪል ስለያ ኣመሪካ (ማወስ)፡ እዞም ስለስተ ኣካላት'ዮም ዝውንንዎ'ዩ ዝበሃል፣ ጆይ ሶሮስ ዝምእከል ጉጅለ ግሉጽ ሕብረተ - ሰብ፡ ዋንኡ ዘይተፈልጠ ምስጡር ሕብረተ - ሰብ ከምኡ'ውን ብስድራ ቤት ፕረዚደንት ኣመሪካ ነበር ዝምእከል ጉጅለ ካርላይን። ኣብ ትሕቲ ማእከል ወኪል ስለያ ኣመሪካ፡ ኣምነስቲ ኢንተርናሽናል፡ ሂዩማን ራይትስ ዎችን ረዲኤት ኣመሪካ (*ዩ.ኤስ.ኣይ.ዲ*)፡ ምዕምባብ ደሞክራሲን ካልኦትን ኣለዋ። ጸብጻብ የማሓላልፉ፡ ትእዛዝ ድማ ይቐበላ። እቶም ኣቐዲመ ዝገለጽኩልኪ ሃሱሳት ኤርትራውያን ኣብ ትሕቲኤን ይሰርሑ፣ ወያነ ድማ ብዝበለጸን ዝተወደበን መገዲ ይጥቀመሎም። ናብ ኣዲስ ኣበባ ክመጹ ዕድመ ይሰደሎም፣ ኣብ ማዕከናት ዜናኡ ደሞክራስያውያንን ተጣበቕቲ ሰብኣዊ መሰላትን ኢሉ

የቃልሖም። በተን ንሱ ዘቼመንን ዝምውለንን ከም ማሕበራዊ መራኸቢታት፡ ድሕረ ገጻት፡ ራድዮ ማሕታን ኣሰይን ዝኣመስላ ንቐዳማይ ሚኒስተር ኢትዮጵያን ሰበ ስልጣን ወያነን ቃለ መሕትት ይካየደሎም፣ ንሰበ ስልጣን ኤርትራ ድማ የሰይጥንኦም።"

"ንህዝብን መንግስቲን ከጃጅዉ ድዩ?" ሓተተት ፌሩዝ ተደኒቓ።

"በየናይ ዓቕሞም! ህዝቢ ኤርትራ'ኮ፡ 100 ዓመት መግዛእትን 30 ዓመት መሪር ብረታዊ ቃልሲን ዘሕለፈ ህዝቢ'ዩ፣ ንቕሓቱን ሓድነቱን ሰማእታቱ'ዮም። ሓወልቶም፡ ኣብ ነብሲ ወከፍ ገዛ ተሰቒሉ'ሎ። ዓመት መጽአ ሽምዓ ኣብሪሁ'ዩ'ኮ ዝዝከሮም፣ እቶም ሎሚ ደቂ 36 ዓመት ኾይኖም ዘለዉ መንእሰያትን ድሕሪ ናጽነት ዝተወልዱ ቈልዑን በዚ ክብርታት ተሃኒጾም'ዮም ዓብዮም። ኣብ ወራር ኢትዮጵያ'ኮ ርኢናዮም ኢና፣ ኣብ ቕድመ ግንባር ጥይት ንግንባሮም ዝሃቡ ጀጋኑ'ዮም። ንስኺ'ውን ሓንቲ ካብኣቶም ኢኺ!" ኢሉ እናበለዐ ነቲ ኣብ ልዕሊ ኤርትራ ዝተኣልመን ዝእለምን ዝነበረ ዝተጠናነገ ውዲት ገለጸላ።

ፌሩዝ ብተመስጦ'ያ ትሰምዖ ነይራ። ድራር ኣብቂያም ሽጋራ ምስ ወለዐ ንሳ'ውን ዊን ኢሉዋ ሓንቲ ከህባ ሓተተቶ።

"ኣንቲ ሽጋራ ትሰት'ዩ ዲኺ? ንምንታይ ዘይነገርክና? ኣብ ካርሸሊ . . . " ኢሉ ትም በለ።

"ኣሲርኩምሲ ሽጋራ ክትህቡኒ?" ኢላ ክርትም በለት፣ ንሱ'ውን ከይፈተወ ስሓቐ።

"ከም ዝመስለኒ፡ ከይተዛረብና ክንረዳዳእ ንኽእል ዘለና ኾይኑ ይስማዓኒ።"

"ጕሲምክያ ትም ምባል ይሕሽኪ ማለትካ ድዩ?" በሎቶ እናስሓቀት።

"እወ!"

"ሕራይ ኮሎኔል!" በለት'ሞ፡ ትዋሕ በሉ።

ኮሎኔል "መጻእኹ!" ብምባል ብድድ ኢሉ ናብ መዳቕሶ ህድሞኡ ከይዱ ሓደ ሰነድ ሒዙ ተመልሰ።

"እዛ ሰነድ ኣንብብያ። ጽባሕ ብመርከብ ጌርና ነዘን ኣገረምቲ ደሴታትና ከነርእየኪ ክንኸይድ ኢና፣ እግረ መገድና ድማ ብዛዕባኣ ክንዘራረብ ኢና፣ ሕጂ ክገድፈኪ፣ ኣዕርፊ፡ " ኢሉ ብደዉ ሰዓቱ ርአየ፣ ሰዓት ዓሰርተው ሓደን ርብዕን ኾይኑ፡"ልዋም ለይቲ!" ኢሉዋ ኸደ።

ፌሩዝ ፍሽኽ በለት።

※ ※ ※

ቀዳም 3 ነሓሰ 2010

ፌሩዝ፡ እታ ንውዳበታት መንግስቲ ህወሓት ኣብ ኤውሮጳን ኣመሪካን ብሓደ ወገን፡ ምስ ኣህጉራውያን ዘይመንግስታውን ትካላት ዘለዎ ምትእስሳር ድማ በቲ ካልእ ትገጽል ሰነድ ምሉእ ለይቲ ከተንብባ ሓደረት፣ ደንጸዋ፣ "ብኸመይ ነዚ ሓበሬታ ክረኽብዎን ክእከብዎን ክኢሎም?" በለት ብውሽጣ።

ድሕሪ ብይን ዘ ህግ፡ መንግስቲ ኤርትራ፡ እቲ ኣብ ልዕሊ ኤርትራ ዝተኣወጀ ኲናት መልክዑ ከም ዝቐየረን ናብ ኣዝዩ በዳሂ መድረኽ ከም ዝተሰጋገረን ኣዐርዩ ይግንዘብ ብምንባሩ፡ ኣብ ብልሒ ተሞርኲሱ ብብልሒ ክገጥሞ ስነ - ኣእምሮኣውን ሞራላውን ዕጥቂ ህዝቡን ሰራዊቱን ኣብ ምድልዳል ኣድሃበ።

እቲ ብምምሕዳር ዋሽንግቶን፡ ውድብ ሕቡራት ሃገራት፡ ዘይመንግስታውያን ውድባት፡ ማዕከናት ዜናን ጋዜጠኛታትን ዝካየድ ዝነበረ ስነ - ኣእምሮኣዊ ኲናት፡ ሻሙናይ ዓመቱ ረጊጹ ነበረ።

ኣብቲ ቀዳማይ መድረኽ፡ ኮምሽን ዶብ ኤርትራን ኢትዮጵያን ስራሑ ኣብቂዑ ዓቃብ ሰላም ውድብ ሕቡራት ሃገራት ኣብ ኤርትራን ኢትዮጵያን ካብ ኤርትራ ተሓግሒጉ ወጸ። ካልኣይ፡ ኤርትራ ኣንጻር ጐበጣ ኢትዮጵያ ንዝዋጋእ ዝነበረ ሓይሊ ሶማል ብፍላይ ንኣልሸባብ ኣጽዋርን ወተሃደራዊ ደገፍን ትህብ ኣላ ዝብል ክሲ ዕርቃኑ እናወጸ ኸደ፣ ሳልሳይ፡ ብምምሕዳር ዋሽንግቶንን ወያነን ዝተሳወረ ምስሕሓብ ኤርትራን ጅቡትን ኣብ ዕጹው መገዲ በጽሐ። ራብዓይ፡ ቤት ምኽሪ ባይቶ ጸጥታ ሕቡራት ሃገራት ብጸቕጢ ዋሽንግቶን ብይን እገዳ 1907/2009 ኣሕለፈ፡ ተተግበረ። ሓሙሻይ፡ ንመንግስቲ ኤርትራን መራሒ ሃገርን ምስይጣንን ካብ ስልጣን ምዕላውን ብዝተወደበ መልክዕ ስርሑ ጀመረ። ሻድሻይ፡ ንኤርትራ ብግህሰት ሰብኣዊ መሰላት ንምኽሳሳ ተሸባሸብ ተባሃለ።

ፌሩዝ፡ ነዚ መድረኻት ዝትንትንን ብመንግስቲ ኤርትራ ዝተወስዱ ስጉምትታት ዘብርህን ሰነድ'ዚ ክትርኢ ከይተፈለጣ ወጋሕታ ሰዓት ኣርባዕተ ኾይኑ ኣይ ምድቃስ ኣይ ምብርባር ኾይና ተለብጕጐን ወለዐት። ኣቡኣ፡ ኣቦይ ስዒድ ብማዕከን ዜና ቢቢሲ ዝተገበረሎም ቃለ መሕትት ይምልሱ ነበሩ፣ ሰንቢዳ ካብ ዓራታ ነጢራ ኣብ ደረት ኮፍ በለት።

"እወ፡ ዓለይ ገና ኣብ ማሕቡስ ኣላ ክበሃል'የ ዝሰምዕ ዘለኹ'ምበር፡ ብሓቂ ብህይወት ከም ዘላ ክሳዕ ሕጂ ዘረጋገጸለይ ወገን የለን። ልክዕ'ዩ፡ ኣምንስቲን ሂዩማን ራይትስ ዎችን ክርእይዋ ንሻዕብያ ብጽሑፍ ብተደጋጋሚ እንተ ሓተቱዎ'ኳ፡ ሰማዒ እዝኒ ግና ክረኽቡ ኣይኸኣሉን። ዓለይ ክትልቀቕ፡ ማሕበረ-ሰብ ዓለም ተሪር ጸቕጢ ኣብ ልዕሊ ሻዕብያ ክግበር እምሕጸን፡" ክብሉ ፍራንክፈርት ድሕሪ ምእታዎም ቍሩብ ሰዓታት ዝሃብዎ ቃለ መሕትት ምስ ሰመዐት፡ ፍሽኽ ኢላ ርእሳ ነውነወት።

※ ※ ※

ጀርመን
ፍራንክፈርት
ረቡዕ 28 ነሓሰ

ፌሩዝ፡ ካብ ማእሰርቲ ወጺኣ ክሳዕ እቲ ኣብ ነብሳ ሹፍ ኢሉዋ ዝነበረ ዕንፍሩር ዝሓውን ቈርበታ ናብ ንቡር ዝምለስን ኣብ ደሴት ደሰ ጸነሐት። ኣብቲ ልዕሊ ሓደ ወርሒ ዝጸናሓትሉ እዋን፡ ኣብ ዝተፈላለያ ደሴታት ኤርትራ ብመርከብ እናተዛወረት ሰናይ ናይ

ዕረፍቲ ግዜ ኣሕለፈት። ካብ ደሴት ደሰ ትብገሰሉ እዋን ኣኺሉ ሓሙስ 26 ነሓሰ ናብ ኣስመራ ተወሲዳ ናብ ቀዳም ዘውግሐ ለይቲ ሰዓት 03፡10 ብመገዲ ኣየር ምስሪ ናብ ጀርመን ተመልሰት። ኣብ መዓርፎ ነፈርቲ ራይን - ማይን ፍራንክፈርት ምስ በጽሐት ነቡኣ ብተሌፎን ሓቢራ ብባቡር ናብ ገዝኣ ከደት።

ኣዲኣ ርእየን ክኣምና ተጸገማ፣ ርእሰን ሒዘን ኣእወያ።

"በጃኺ ኢማ ዝኾንኩዎ የብለይን! ትርእይኒንዶ ኣየለኽን፡" እናበለት ንሳ'ውን ኣብ ሕቑፎአን ተደፊኣ ነበዐት።

"ኣንቲ ፈሩዛ ጓለይ፡ ከመይ ኢለ እሞ ክኣምን! ሕልሚ'ዩ እምበር ኾይኑኒ! ቅድሚ ውላደይ ግበረኒ ዝበሃል'ኳ ወላዲ ከምዚ ከይርኢ'ዩ!" እናበላ ደጋጊመን ስዓማኣ።

ኣቦይ ስዒድ ንጓሎም ብምናቶም መንኩባ ሓቝፎም ናብ ሳሎን ኣእተዉዋ።

ድሕሪ ቍሩብ ደቓይቕ ተሌፎን ገዛ ጭር በለት፣ ሓበሬታ ዝተዋህቦ ጋዜጠኛ'ዩ።

"ካብ ጋዜጣ ፍራንክፈርት ኣልገማይ'የ። ቅድሚ ቍሩብ ደቓይቕ ወይዘሮ መኪ ናብ ስድራኣ ከም ዝተሓወሰት ብተሌፎን ተሓቢሩና! ሓቂ ድዩ?"

ኣቦይ ስዒድ ኣብ እዝኑ ዓጸውዎ፣ ተሌፎን ደጊማ ጭር በለት፣ ሶኬት ኣውጺኦም ዓረፉ። ዝዓረፉ ድኣ መሲሉዎም'ምበር፡ ጋዜጠኛታትሲ ገዝኦም ደፊኦም ድኣ ኣተዉዎም።

ፈሩዝ ኣንጸርጸረት፣ ዝኾነ ቃል ከይሃበት ናብ መዳቕሶኣ ኣትያ ማዕጾኣ ዓጸወት።

ማዕከናት ዜና ህጹጽ ወረ ረኸባ፣

"እታ ምንም ኣበሳ ዘይነበራ፡ ትውልዲ ዓዳ ክትርእን ኣብ ሚኒስትሪ ዜና ኣስተምህሮ ኣተሓሕዛ ፋይናንስ ክትህብን ናብ ኤርትራ ዝከደት ጓል 28 ዓመት ወይዘሮ ፈሩዝ ስዒድ ዓሊ መኪ፡ ብመንግስቲ ኤርትራ ተቐይዳ ድሕሪ ምጽናሕ፡ ሎሚ ኣብ ሰዓታት ቅድሚ ቐትሪ ናብ ጀርመን ተመሊሳ። ካብ ተኣመንቲ ምንጭታት ዝረኸብናዮ ሓበሬታ ከም ዝሕብሮ፡ ወይዘሮ ፈሩዝ ስዒድ ዓሊ መኪ ብዝወረዳ ኣሰቃቒ መገረፍቲ ኣዝያ ከም ዝተጎድአትን ናብ ነፋሪት ብሓገዝ ከም ዝደየበትን ይንገር።

"ቅድሚ ቍሩብ ደቓይቕ ንሓላፊ ኣምንስቲ ኢንተርናሽናል ረኺብና ኣብ ምፍታሕ ወይዘሮ መኪ ኢድ እንተለዎም ሓቲትናዮ፣ 'ኣምንስቲ፡ ንወይዘሮ መኪ ከፍትሕ ኣብ ልዕሊ መንግስቲ ኤርትራ ሓያል ጸቕጢ ከም ዝገበረ፡ ብልክዕ'ኳ መዓስ ምኽኑ ኣይፈለጥናን'ምበር፡ ካብ ገለ ዲፕሎማሰኛታት ክትፍታሕ ምኻና ተሓቢሩና ነይሩ'ዩ፡' ክብል ዝሃበና ሓበሬታ፡ ሂዩማን ራይትስ ዎች ብጊድኡ ኣረጋጊጹልና። ወይዘሮ መኪ ኣብ ምንታይ ኩነታት ከም ትርከብ ንምፍላጥ ናብ መንበሪ ገዛኣ ብምኻድ ዝገበርናዮ ፈተነ፡ ንሳ ኾነ ስድራ ቤታ ፍንጪ ክህቡና ኣይኸኣሉን፡" ብምባል ስባር ዜና ኢለን ማዕከናት ዜና ጀርመን ዝፈነዎኦ ዜና ናብ ኣእዛን ምላእ ዓለም በጽሐ።

ተቓወምቲ ብሓጐስ ጨደሩ፡ ብጾታ ርእሶም ኣድነኑ፣ ራድዮ ኣሰይን ወጋሕታን ትንታነ ሃባ፣ ማሕበራዊ መራኸቢታት ኣስመሪኖን ዓወተ ዳት ኮምን ሓንጠጣ። ብፍላይ ዓወተ ዳት ኮም፡ ካብ እሙን ምንጪ ውሽጢ ሃገር ዝረኸብናዮ ዝበለቶ ወረ ኣብ ዓምዳ ዘስፈረት ቀዳመይቲ እምንቲ ማሕበራዊ ሜድያ ተባሂላ ተጠቕሰት።

ፈሩዝ፡ ሰንበት ምሸት ምስ ማዕከናት ዜና ጀርመን ቃለ መሕትት ክትገብር ምኻና ሓበረት፣ ናብ መደበር ተለቭዥን ዚዲኤፍ ተወሰደት።

"ኣነ፡ ኣብ ሶማል ተወሊደ ኣብ ጀርመን ዝዓበኹ ኤርትራዊት - ሶማልያዊት

- ጀርመናዊት'የ። ሃገረይ ክርኢ ምስ ከድኩ ብመንግስቲ ኤርትራ ተቐይደ፡" ብምባል ወሪዱኒ ዝበለቶ መግረፍቲ ዘርዘረት፣ መላእ ሕብረተ - ሰብ ጀርመን ምስ ፈሩዝ ተደናገጸ።

ድሕሪ ሓደ ሰሙን፡ ፈሩዝ፡ ሰኑይ ንግሆ ናብ ስራሕ ክትከይድ ንወረ ሃነፍነፍ ዝብሉ ጋዜጠኛታት ዝተፈላለያ ማዕከናት ዜና ናብ ማኪና ከትኣቱ ዓገትዋ። ዝኾነ መልሲ ከይሃበት ናብቲ ትሰርሓሉ ትካል ምኽርን ምድላውን ፕሮጀክት ላህ ማየር በጽሐት፣ መሳርሕታ ብሓጐስን ምድንጋጽን ጨብጨባን ተቐበሉዋ። ኣካያዲ ስራሕ ናብ ቤት ጽሕፈቱ ጸዊዑ እንቛዕ ናብዚ ኣብቅዓኪ በላ። ፈሩዝ ግና፣

"ኣነ ክሰናበት'የ መጺአ፣ ዕረፍቲ እደሊ ኣለኹ። ብጣዕሚ እሓዝን ካብዚ ትካል ክሰናበት፡" ኢላ ርእሳ ናብ ባይታ ደፍአት።

"ወይዘሮ ፈሩዝ፡ ትካልና ከማኽን ዝበላ ብቑዓት ክኢላታት ክስእን ኣዚና ንሓዝን፣ ደሞዝ ዘይክፈሎ ናይ ሽዱሽተ ወርሒ ዕረፍቲ ክንህበክን ድልዋት ኢና።"

"ደስ እናበለኒ። ኣብቲ ቅርብቲ ዝኾንኩሉ እዋን ከፍልጠኩም'የ፣ የቐንየለይ፡" ብምባል ኣቑሒታ ጠርኒፋ ብጾታን ነታ ኣብ ኤርትራ ንድፍን ትግባረን መመንጨዊ ጽዓት ሒርጊጎ ዝሰረሐት ትካልን ተፋንያ ናብ ቤታ ተመልሰት።

ፈሩዝ፡ ካብ ማዕከናት ዜና ክትሕባእ ሰለስተ ሰሙን ካብ ቤታ ኣይወጸትን፣ ምስ ኣዲኣን ኣቡኣን ኣብ ገዛ ኣሕለፈቶ። ኣቡኣ ምስቶም ክረኽባኣ ዝድውላ ማዕከናት ዜና፡ ዘይመንግስታውያን ውድባት፡ ጋዜጠኛታትን ፖለቲከኛታትን ቈጸራታት ሰርዑላ።

ኣብ ፋልማይ ቃለ መሕትት፡ "ኣነ፡ ነቲ ብዘይ ኣበሳ ተዳጊኑ ዘሎ ኤርትራዊ ክጣበቐሉ'የ። መንግስቲ ሻዕብያ ኣብ ልዕሊ ህዝቡ ዘውርዶ ዘሎ ግፍዒ ከቃልዕ'የ፡" ዝብል ዝሃበቶ ቃል፡ ንመርበባት ኣምንስቲ ኢንተርናሽናልን ሁይማን ራይትስ ዎችን ብሓጐስ ኣሰራሰረን።

ፈሩዝ፡ ኣብ ደምበ ተቓውሞ ኣተወት። ብኤሊዛ ምራጭ ዝምራሕ East & Horn Africa Human Right Defenders (EHAHRD) ናብ ዓዲ እንግሊዝ ክትመጽእን ሰፊሕ ቃለ መሕትት ክትገብርን ዓደማ፣ ከደት። ምስ ማርክ ፕላይት ኣብ ቢቢሲ ቃለ መሕትት ኣካየደት፣ 10 ሽሕ ፖውንድ ግንዖ ተቐበለት። ምስ ኤሊዛ ብሓባር ሰፊሕ መደባት ሰርዓ፣ መምለሲ እግሪ ንእለቱ 20 ሽሕ ዶላር ተወሳኺ ተዋሃባ።

ኣብ ሽወደን፡ ብኣላይነት ሳሌም ሓድገይ (Eritrean Movment for Democracy and Human Rights (EMDHR))፣ ሆላንድ፡ ብወይዘሮ ማርያን (Europe External Policy Adviser(EEPA))፣ ኣብ ስዊዘርላንድ ድማ ብዶክተር ረዘነ ኣማኑኤል (Eritrean Movement for Democracy & Humanrights (EMDH)) ተሰንያ ዑደት ገበረት፣ ኣንጻር ህዝብን መንግስትን ኤርትራ መደረት። ነቶም ትማሊ ብጾተይ ትብሎም ዝነበረት ከየስገጠት ከዳዓት'ዮም በለት።

ድሕሪ ናይ ክልተ ወርሒ ዑደት፡ ናብ ጀርመን ተመልሰት፣ ግና ዓዲ ቐየረት፣ ናብ ርእሲ ከተማ ጀርመን በርሊን። ይኹን እምበር፡ ምንቅስቓሳታ ስዉርን ምስጡርን፡ ናብ ትኽዶ ከተማ ኣዝዩ ጥንቃቐ ዝሓትትን ኾነ። እቲ ምንታይሲ፡ ብኤርትራውያን ኣንጻራ ሓያል ተቓውሞ ስለ ዝተላዕለ።

ፈሩዝ፡ ኣዝያ ህብብትን ዕልልቲን ተቓዋሚት መንግስቲ ኤርትራ ኮነት፣ ብመሰልታ ድማ ተጠመተት። ድሕሪ ሽዱሽተ ወርሒ ናብ ብዙሓት ሃገራት፡ ብፍላይ

ናብ ሕቡራት መንግስታት ኣመሪካ ብምኻድ፡ ጴጥሮስ ወልደገርጊሽን ዶክተር በረኸተኣብን ዝወደቡላ ኣብ ኣዳራሽት ኣምንስቲ ኢንተርናሽናል፡ ሂዩማን ራይትስ ዎች፡ ኢንተርናሽናል ክራይስስ ግሩፕ፡ ጋዜጠኛታት ብዘይ ዶብን ናይ ረዲኤት ማሕበራትን በብግዚኡ መደረ ኣስመዐት፣ ምስ ሓያለ ኣካየድቲ ስራሕ ጸለውቲ ውድባትን ውልቀ ሰባትን ተላለየት። ሓያል ጐስጓሲት ተባሂላ ድማ 25 ሽሕ ዶላር ተመጠወላ።

ፌሩዝ፡ ኣብ መወዳእታ 2011 ብመገዲ መርበብ ዓዲ እንግሊዝ ናብ ኢትዮጵያ ብምኻድ ምስ ሰበ ስልጣን ህወሓት ተላለየት። ዘድልያ ግንዖ ተሓተተት፡ "ኣብዚ ኣብ ኢትዮጵያ ትካል ከፊተ እናሰራሕኩ ኣንጻር ሻዕብያ ክቃለስ'የ ዝምነ፡" በለት፣ ኵሉ መብጸዓታት ኸኣ ተኣተወላ።

ምዕራፍ 13

※ ካብ ዱባይ ናብ ኣዲስ ኣበባ ምስ ተመለስካ ምስ ጀማል ተራኺብኩምዶ?

እታው ኮምፒተር ብዘይጸገም'ዩ ዝሰላሰል ነይሩ። ስመረት ሓውተይ'ያ ተካይዶ ነይራ። ኣብ ናይ ብሕቲ ቤት ትምህርቲ ቢዝነስ ማናጅመንት ተማሂራ ብዲፕሎማ'ያ ተመሪቓ። ኣዝያ ንፍዕትን ህርኩትትን ምስ ሰብ ዝነበራ ምቅርራብ ዝድነቕን'ዩ ነይሩ። ነቲ ሓድሽ ናይ ማሺነርታትን ዱኽዕን እታው ባዕለይ'የ ዘካይዶ፣ ካብተን ንስርሓት ህንጻ ክብሕታ ዝጓየያ ዝነበራ ናይ ላዕለዎት ሓለፍቲን ጀነራላትን ህወሓት ትካላት ብሓደ ወገን፡ ንሓረስቶት ትግራይ ብለቓሕ ዘወሃብ ድኹዒ ብቢሮ ሕርሻ ትግራይ ድማ በቲ ካልእ፡ ፋልማይ ጠለብ ረኺብ ኣብ ውሽጢ ሽዱሽተ ሰሙን ከም ዝኣቱ ብምግባር ምስቲ ስራሕ ተላለኹ።

ኮይኑ ኸኣ፡ እቲ ናይ ኮምፒተር እታው ዱልዱል ርእሰማል ኣዋህሊሉ እንተ ነበረ'ኳ፡ ብተወሳኺ፡ መትከል እግሪ ተባሂሉ ብዝምለስ ብቤ/ጽ ደህንነት ናይ 400 ሽሕ ዶላር ለቓሕ ተዋሂቡኒ። እቲ ምስ ትካላት ህወሓትን ቢሮ ሕርሻ ትግራይን ዝገበርኩዎ ውዕል'ውን ብመገዲ ስማቸው'ዩ ተዋዲዱለይ። ነቲ ስራሕ፡ ብሜካኒካል ኢንጂነሪንግ ዝተመረቐ ኪኢላን ምስኡ ዝሰርሑ ሰለስተ ሰባትን ቈጺረ'የ ጀሚረዮ። ከምኡ ይኹን እምበር፡ ኣብ ዝኾነ እዋን ንካልእ ተልእኾ ክብገስ ከም ዝኽእል ኣብ ግምት ኣእትየ ማናጀር ንስመረት ሓውተይ ገይረያ። ከምቲ ዝበልኩዎ፡ ጀማል ንደህንነት ድቃስ ኣይሃቦን፣ ብጥብቂ ክከታተሎ ንኻልኣይ ግዜ መምርሒ ተዋሂበኒ። ኣብ መንን ዕርክነትን ሓላፍነትን ተቐርቀርኩ።

ኮይኑ ድማ ንጀማል ናብ ሶደሬ ክንኸይድ ሓተትኩዎ። ክልተ እዋን ቀዳመ-ሰንበት ብሓባር ኬድና ምቅኑር ናይ ዕረፍቲ ግዜ ኣሕለፍና፣ እንተ ኣብ ከተማ ግና ምስኡ ኣይተራኣኹን፣ ንስለ ውሕስነተይ። ካልኣይ ጠለብ መሳርሒ ህንጻ ማሺነርታት ምስ ረኸብኩ፡ መገሻ ጀማል ተሓቢሩኒ ብምንባሩ ብሓባር ክንኸይድ ሓተትኩዎ፣ ናብ ቓይና ድማ ኬድና።

ጀማል፡ ቁመቱ 1.76 ሜትሮ፡ ቀይሕ፡ ለማሽ ጸጕሪ ርእሲ፡ ፍሩያት ኣዒንቲ፡ ደቁን ብዓል ቃል ኪዳኑ ዘፍቅር፡ ኣመና ለጋስ፡ ተዋዛያይን ሕጉስ ሂወት ዝመርሕን ሰብ'ዩ። ንሓደ ሰሙን ኢልና ዝኸድና፡ ስራሕና ወዲእና ዓሰርተ መዓልቲ ኣብ ከተማታት ቻይናን ታይዋንን ተዛዊርና ተመሊስና፣ ዕርክነትና ድማ ደልደለ።

ይኹን'ምበር፡ ኣብ ስለያ ደቂቕ ብደቂቕ'ዩ ጸብጻብ ዝወሃብ፣ ኣነ'ውን ምስ ጀማል ኣብ ቻይናን ታይዋንን ዘሕለፍናዮ ግዜ ጸብጻበይ ሂበ። ምኽንያቱ፡ ጀማል ናብ ቻይና ከም ዝኸይድ ደህንነት'ዩ ሓቢሬታ ሂቡኒ፣ ናበይ ይገይሽ፡ ምስ መን ይራኸብ፡ ምስ መን ተላፊኑ ይሰርሕን እንታይ ይብልን ብጥብቂ ካብ ዝከታተሎ ኣይሓጸረን።

ከምቲ ኣቐዲመ ዝበልኩዎ፡ ጀማል ናይ ስራሕ ሰብ'ዩ። ሽሕ'ኳ ምስ ሓለፍቲ ህወሓት ድልዱል ዝምድና እንትነበሮ፡ እቲ ንሶም ዝብልዎ ዘረባ ከደግም እንተይኾነ፡ ዘረብኡ ኣዝዩ ቁጡብ'ዩ፣ ብፍላይ ንፖለቲካ ኢትዮጵያ ብዝምልከት። እታ ሓንቲን ንዓና ከም ደህንነት ዘገደስትናን ግና ኣብ ልዕሊ ሻዕብያ ዝነበሮ ክቱር ጽልኢ እዩ። ነዚ ብኸመይ ንጥቀመሉ ንዓይ'ዩ ሓላፍነት ተዋሂቡኒ። ኣነ ግና ኣንፈተይ ስሓትኩ፣ ምኽንያቱ፡ ንጀማል ክረኽበሉ ዝኽእል ነገር ኣይነበረን፣ እቶም ካልኦት ብስቱር ዝከታተልዎ'ውን ከምኡ። ጀማል ምስ ኤርትራውያን ብጭራሽ ኣይለግብን'ዩ፣ ስለዚ፡ ነቲ ተልእኾ መትሓዚ ጭራ ስኣንኹሉ። ናይ ተልእኾይ ጸብጻብ ንስማቸው ጸሓፍኩሉ፣ "ጀማል ጽሩይ ሰብ'ዩ፡" ብምባል ደምደምኩ፣ ናይ ሕልና ቅሳነት ረኸብኩ።

※ ንምኺኑ ንጀማል ከም ኤርትራዊ ኴንካ ዲኻ ቀሪብካዮ ወይሲ ትግራዋይ?

ክልቲኡ። ብእንዳ እኖኡ ነቦይ ኤርትራዊ ደም ስለ ዘለኒ ብሓደ ወገን፡ ትምዩን ኤርትራዊ መንነት ወረቐት ስለ ዝነበረኒ ድማ በቲ ካልእ ድርብ ዜግነት ከም ዘለኒ ክነግሮ ኣይተጸገምኩን፣ ንዕኡ ግና ዘገድሶ ኣይነበረን፣ ምኽንያቱ፡ ከም ሰብ'ዩ ፈትዩኒ። ስለዚ፡ ዜግነት ኣብ ኣእምሮኡ ቦታ ኣይነበሮን፣ ሓቲቱኒ ኸኣ ኣይፈልጥን'ዩ። ንባዕሉ'ውን ኤርትራዊ - እንግሊዛዊ ስለ ዝኾነ።

※ ስማቸው ውሳኔኻ ከመይ ተቐቢሉዎ?

እወታዊ፣ ግና ኣቀሰነን።

※ ድሕሪ ጀማል እንታይ ነይሩ ተልእኾኻ?

መራሒ ሃገረ ኤርትራ ናብ ደቡብ ሱዳን ዑደት ከካይድ'ዩ ዝብል ሓበሬታ ክሻዕ ዝመጸና ማለት ክሻዕ ሚያዝያ 2011 ኣብ ግላዊ ዋኒነይ ኣድሂበ እሰርሕ ነይረ።

※ ዑደት ፕረዚደንት ናብ ደቡብ ሱዳን?

ደቡብ ሱዳን ረፈረንደም ኣካይዳ ልኣላዊት ሃገር ዝኾነት ሽዑ'ዩ። ኣብ ኣዲስ ኣበባ ዝርከቡ ዲፕሎማሰኛታት ሃገራት ኣፍሪቃ መዕቖሪ ሚስጢሮም ቀዳድ'ዩ፣ ብዛዕባ

ኤርትራ ዝሕባኣና ነገር ኣይነበረን። ንሱ ኾይኑ ግና፡ እቲ ዝመጸና ሓበሬታ የለካ ለኸዓካ'ምበር፡ ሚስጢር ሻዕብያስ ክፈልጡ ዘይሕሰብዩ!

※ ማለት?

እተን ሰለስተ ወይዘራዝር ወከልቲ ናይታ ብኹሉ ነገራ ሓያል ሃገር ኣመሪካ'ኮ ገሊጸንኦ'የን።

※ መን ማለትካ'ዩ?

ጸሓፊት ሚኒስትሪ ጉዳያት ወጻኢ፡ ወኪል መንግስቲ ኣመሪካ ኣብ ባይቶ ጸጥታን ተሓጋጋዚት ጸሓፊት ኣብ ጉዳያት ቀርኒ ኣፍሪቃን።

※ እንታይዶ ኢለን'የን?

ልቢ ሻዕብያ ኣይርከብን'ዩ፣ ኣዝዮም ሚስጥራውያን'ዮም። ሓቀን'የን! ካልኦት መራሕቲ ሃገር፡ ብፍላይ ናትና፡ ዝሓተተኦም ዝህብወን፡ ናብ ዝላኣኸኦም ዝኸዱለንን ዝበለኦም ዝገብሩለንን ኣካይዳ ወይ ሃገራውነት መንግስቲ ኤርትራ ክወሓጠለን ኣይከኣለን። ኣመሪካ ኮነት ምዕራባውያን ሃገራት፡ ሃገራውያን መራሕቲ ምርኣይ ጸላዕላዕ'ዩ ዘብሎም። ኣብታ ንማእከላይ ምብራቕ፡ ሰሜንን ቀርኒ ኣፍሪቃን፡ ዞባ ከሊጅን ህንዳዊ ውቅያኖስን ኣመልኪቱ ዶክተር መሓመድ ሓሰን ዝሃቦ ፖለቲካዊ ትንታነ ብሚሸል ኮሎን/ ግሬዳር ላልየ ኣብ ድሕረ ገጻት ኢንርኔት ተተርጉሙ ዝተዘርግሐ፡ ከምኡ'ውን "ኑዛዜታት ዉሕሉል መብረስ ቍጠባ" ዘርእስታ ብጆን ፐርኪንስ ዝተጽሓፈት፡ ብዙሓት ሃገራውያን መራሕቲ ብምዕራባውያን ሃገራት ብፍላይ ኣመሪካ ከም ዝተቐንጸሉ'የን ዝሕብራ። ንሰበ ስልጣን ኤርትራ'ውን በቲ ዓይኒ'ቲ ዝርእይዎም ኾይኑ ይስማዓኒ፣ ናይ ጽቡቕ ሕማቕ ኣብነት።

※ ኣብ እዋን ዑደት ፕረዚደንት ኤርትራ ናብ ደቡብ ሱዳን እንታይ ተልእኾ ተዋሂቡካ?

ምውዳብ ተቓውሞ።

ኣብ ጁባ ምስ ገለ ኤርትራውያን ኮይንና ንዑደት ፕረዚደንት ንምቅዋም ሰላማዊ ሰልፊ ክንውድብ ምስ ተበገስና፡ ምስ መንደቕ ኢና ተራጺምና። ዘይከም ኣብ ኤውሮጳ፡ ኣብ ጁባ፡ ንተጋሩ፡ ኤርትራውያን ኣምሲልና ጐነጽ ዝተሓወሶ ተቓውሞ ክንገብር ዝካኣል ኣይነበረን፣ ኤርትራውያን ጁባ መራሒ ሃገሮም ክመጽእ ምኻኑ ዝፈጠረሎም ፍናን፡ ናይ ምውዳብ ባይታ ክንረክብ ኣይከኣልናን፣ ሓደጋኡ ቀልጢፉ ተራኣየና። ብዘይ ብእኡ፡ እቶም ምሳይ ዝተመደቡ ክልተ ኤርትራውያን ሰብ ዕላማ ብዘይምንባሮም፡ ነቲ ተልእኾ ኣቓሪጸ ናብ ኣዲስ ኣበባ ክምለስ ተገዲደ።

ነቶም ምሳይ ዝተላእኩ ኤርትራውያ ግና ደህንነት ካብ መዓርፎ ነፈርቲ ቦሌ ተቐቢሉ ኣሕቐቝዎም፣ ካብ መፈለምትኡ ከምኡ'ዩ ተወጢኑ፣ ኣብ ጁባ ክቕንጸሉ'ም

ሻዕብያ ገይሩዎ ከበሃል፣ ግና ከምቲ ዝበልኩዎ ኣይቐነዐን። ብዘይ ብኡ ድማ፡ ንዓይ ስለ ዝፈልጡኒ ከእለዩ ነይሩዎም።

※ ኣብ 2011 ንንውሕ ዝበለ እዋን ናብ ኤውሮጳ ጌሽካ ኔርካ?

ድሕሪ ዋዕላ ብራስለስ፡ ኣብ ቤ/ጽ ደህንነት ሓደ ፕሮጀክት ተዳልዩ ንትግባረኡ ስለስተ ሰባት ተዋፈርና። ናተይ ተልእኾ ካብ ኤርትራ ሃዲሞም ናብ ኤውሮጳ ዝኣተዉ ጋዜጠኛታት ምውዳብ ነበረ። ምስ ኣምነስቲ ኢንተርናሽናል፡ ሂዩማን ራይትስ ዎች፡ ጋዜጠኛታት ብዘይ ዶብ ዝኣመሰሉ ውድባት ብምትሕብባር ኤርትራውያን ጋዜጠኛታት ካብ ኤርትራ ከም ዝወጹ ጌርካ ኣብ ዝተፈላለያ ሃገራት መደበር ራድዮን ተለቭዥንን ከም ዘቑሙ ምግባር'ዩ ነይሩ እቲ ፕሮጀክት። ብቐዳምነት ዘተኰርናሎም፡ ብመንግስቲ ኤርትራ ንትምህርቲ ኾነ ኮርስ ናብ ወጻኢ ሃገር ዝተላእኩ ጋዜጠኛታት ነበረ። ነቲ ተልእኾ ንምክያድ፡ መሪሕነት ህወሓት ገዚፍ ባጀት ሰለዐ። ብዘይ ሓገዝ ናይዘን ዝጸዋዕኩወን ውድባት ክካየድ ግና ዝከኣል ኣይነበረን።

ቀሊል ኣብነት፣

ራድዮ ኣሰይ፡ ማሕታ፡ ኤሪትራና፡ ኣስ.ቢ.ኣስ-ንውስ ዝኣመሰላ ማዕከናት ዜና ከም ዝቼማን ብኣና ከም ዝምወላን ተገብረ። እቶም ንዕኦን ዘካይዱ ኤርትራውያን ብዘይ ምወላ ወያነ ንሓንቲ ለይቲ ትኹን'ውን ክሰሩ ኣይኽእሉን'ዮም ነይሮም። ስለዚ፡ እተን ራድዮታትን ፈነወ ተለቭዥንን ናይ ወያነ'የን እንተተባህለ ካብ ሓቂ ዝረሓቐ ኣይኮነን። ምስሊ ኤርትራ ንምድዋን ብፍላይ ንመራሒ ሃገርን ሰበ ስልጣንን ንምስይጣንን ብውጥን ዝቼማ'የን። ኣብ ፈረንሳ፡ ዓዲ እንግሊዝን ሆላንድን ዝኣመሰላ ሃገራት ድማ መደበር ኣቑኒምና።

ናተይ ተልእኾ፡ ኣብኡ ዝተሓጽረ ኣይነበረን። ነቶም ኣብ ዋዕላ ብራስለስ ዝተፋለጥኩዎም ኤርትራውያን ዘቼሙወን መርበብ - *ፊት ምርካ* - ምግምጋም'ውን ነበረ። ኣብ ዓዲ እንግሊዝ፡ ኤሊዛ ምራጭን ፋኑኤል እያሱን፣ ኣብ ሆላንድ፡ ሊድያን ፈቨን፣ ኣብ ሽወደን፡ ሄርሞንን ሳሌምን፣ ፈረንሳይ፡ ሳባ፣ ጥልያን፡ በላይነሽ፣ ስዊዘርላንድ፡ ረዘነ ኣማኒኤል፣ ኣመሪካ፡ ጴጥሮስን ሓብቱ ፍዮሪ ወልደገርጊሽን ዝኣመሰሉ ሰባት ብሓደ ወገን፡ ኣምንስቲ፡ ሂዩማን ራይትስ ዎች፡ ኢንተርናሽናል ክራይስስ ግሩፕን ጋዜጠኛታት ብዘይ ዶብን ዝኣመሰላ ዘይመንግስታውያን ውድባት ድማ በቲ ካልእ ብመሪሕነት ህወሓት ተዓሲቦም ብምንባሮም፡ ውዳበታቶም ኣብ ምንታይ በጺሑን እንታይ ኣሳሊጦምን ምግምጋም ነበረ። ከምቲ ዝበልኩዎ፡ ብብወገኖም ስፊሕ ናይ ጐስጓስ መሳለጥያታት ዘርጊሖም ነበሩ።

እዚ ጥራይ ኣይኮነን፡ ፍልሰት ኤርትራውያን ኣበይ ከም ዝበጽሐ'ውን ክግምገም ነይሩዎ። ምኽንያቱ፡ እዞም ኣብ ላዕሊ ዝጠቐስኩዎም ኤርትራውያን ምስ ምምሕዳር ዋሽንግቶን፡ ባይቶ ኤውሮጳን ንመሰል ደቂ ኣዳም ንጣበቕ ዝብላ ኣህጉራውያን ዘይመንግስታውያን ውድባትን ብምትሕብባር፡ ንኤርትራ፡ ምስቲ ኣብ ልዕሊኣ ዝተበየነ እገዳ ብተወሳኺ ብግህሰት ሰብኣዊ መሰላት ክኽሰስዋ ላዕልን ታሕትን ይብሉ ብምንባሮም፡ ብቤ/ጽ ደህንነት ዝተፈብረኸ ሓበሬታ ምሃብን ካብኦም ሓበሬታ ምቕባልን ናተይ ተልእኾ ነበረ።

ነዚን ካልእን ኣሳሊጠ'የ ድሕሪ ዓሰርተ ወርሒ ለካቲት 2012 ናብ ኣዲስ ኣበባ

ተመሊሰ።

※ ምስዳዕ ስፖርታውያንከ ብኸመይ ተካይድዎ ኔርኩም?

እዚ ኣብ ሓጺር ግዜ ዝካየድ ተልእኾ'ዩ ነይሩ። ኤርትራ፡ ኣበይ ሃገር መዓስ ስፖርታውያን ትልእኽ ንቕድም ሓበሬታ ይእከብ። ኣብ ነካይዶ ስርሓት ድሕሪ ገጽ ዓወተ ዳት ኮም ዓቢ ግደ ነይሩዋ፣ ከመይሲ፡ ካብ ውሽጢ ሃገር እሙን ወሃቢ ሓበሬታ ስለ ዝነበራ። ንኣብነት፡ ንሃገራዊት ጋንታ ኩዕሶ እግሪ ኤርትራ እንተ ወሲድና፡ ኣቐዲምና ሓበሬታ ስለ ዝረኸብና ኢና ምስቶም ዝወደብናዮም ኤርትራውያን ኾይንና መደባት ሓንጺጽና። ናብታ ሃገር ኣብ ዝኣተዉሉ እዋን፡ ብዝተፈላለየ መገዲ፡ ንኣብነት ብኢንተርነት ተወዲቦም ስለ ዝጸንሑ ከም ዝሰድው ጌርና። ትዝክሮ እንዲኻ፡ ሃገራዊት ጋንታ ኤርትራ ብምልእታ'ያ ከም ትሰድዕ ተገይራ፣ እቲ ስራሕ ናትናን ናይቶም ንምውሎምን ኤርትራውያን ስራሕ'ዩ ነይሩ።

※ ትፈልጦም ዲኻ?

ኣብ ውሽጥን ወጻእን ዘለዉ ኣስማቶም ክረቕሖ እኽእል'የ።

※ ራድዮ ኣሰይ፡ ማሕታ፡ ኤሪትራና፡ ኣስ.ቢ.ኣስ-ንውስ ዝኣመሰላ ማዕከናት ዜና ኣቝምኩም፣ ኤርትራውያን ወዲብኩም፣ ስፖርታውያን ኣስዲዕኩም። ንምኳኑ ምስ ጀማል ርክብኩም ከመይ ኾነ?

ዓርኪ የብለይን ኣይነበረንን፣ እቲ ዝሰርሖ ስለያዊ ስርሓት ንባዕሉ ዕርክነት ዘፍቅድ ኣይነበረን፣ ኣዝዩ ተኣፋፊ ስለ ዝነበረ።

ምስ ጀማል ኣብ ወጻኢ ሃገር ንራኸብ ኢና። ነዚ ኣብ ላዕሊ ዝጠቐስኩልካ ተልእኾ ክፍጽም ናብ ዓዲ እንግሊዝ ምስ ከድኩ፡ ስድራ ቤቱ ክርኢ ከይዱ ስለ ዝነበረ ብቐጻሊ ንራኸብ ኔርና። ምስ ብዓልቲ ቤቱን ደቁን ኣላልዩኒ። ጃዝን ብሉዝን ደርፊ ኣዝዩ'ዩ ዝፈቱ፣ ጸለምቲ ደረፍቲ ናብ ዝርከብሉ ባር ወይ ሆቴል ብሓባር ንኸይድ ኔርና።

ሓደ ምሸት ግና፡ ኣዝዩ ዘሻቐለኒ ኩነታታት ተፈጠረ።

ጀማል ድራር'ዩ ዓዲሙኒ፣ ካልእ ዝተዓደመ ሰብ ከም ዘሎ ኣይነገረንን። ብናቱ ኣተሓሳስባስ ያኣዩ፡ ምስቲ ሰብ ከፋልጠኒ'ዩ፣ ምኽንያቱ፡ እቲ ሰብ፡ ኣብ ፌደራላዊ መንግስቲ ዓቢ መዝነት ዝነበሮ ኣባል ፈጻሚ ሽማግለ ህወሓት እዩ። ሓደ ካብቶም ብዙሓት ብብልሽውና ዝተቛማጥውን ስልጣኖም ተጠቒሞም ዝባዕለጉን፣ ኣብ ዓዲ እንግሊዝ፡ ዱባይን ካልኦት ሃገራትን ንብረት ዘለዎምን ገንዘብ ዘቐመጡን፣ ኣንስቶምን ደቆምን ኣብ ወጻኢ ሃገር ዘንበሩን ዘምህሩን፣ ንህንጻዊ ስርሓት ተቘጺጺሮም ኣብ መገዲ መዓርፎ ነፈርቲ ቦሌ፡ ቦሌ መድሃኒኣለምን ዝተፈላለየ ምሩጻት ቦታታትን ህንጻታትን ሪል ስቴትን ዝውንኑ እዩ።

ካልእ እዋን ምስ ሰብ ምስ ዝቛጸር፡ እንተ ወሓደ 10 ደቒቕ ኣቐዲመ ከይደ ነቲ ኣከባቢ ክዕዘቦን እቲ መቛጸርተይ ምስ መን ከም ዝመጽእ ክርኢን ነይሩኒ። ናይ ሽው ቈጸራይ ግና ምስቲ ዝኣምኖ ጀማል'ዩ ነይሩ፣ ከምኡ ክገብር ኣየድለየንን። ናብቲ

ጃዝ ዝጻወትሉ፡ ብዙሓት ዉሩያት ፖለቲከኛታት፡ ተዋነይቲ ፊልም፡ ዉሩያት ደረፍቲ፡ ጋዜጠኛታትን ሰብ ሃብቲን ዝኣትውዎ ኣዝዩ ክቡር ባር ከድኩ። ኣቐዲምካ ቦታ ክትሓዝእ ስለ ዘለካ፡ ነቲ ኣብ በሪ ዝተቐበለኒ ኣሳሳዪ ቍጽሪ ዝተሓዝኣልና መንበር ኣብ ሞባይለይ ኣርኣኹዎ'ሞ፡ መሪሑ ናብቲ ቦታ ኣብጸሓኒ፣ ጀማል ንበይኑ ኣይነበረን፣ ምስ በላቸው ረዳኢ ጸናሓኒ።

"ዘርይሁን!" ኢሉ ሓቚፉ ሰላም ኢሉ ምስ በላቸው ረዳኢ ኣፋለጠኒ። 'ይቕሬታ፡ ተጸሊኡኒ ኣሎ'ሞ ክገድፈኩም' ኢለ ክኸይድ ቀሊል'ዩ ነይሩ፡ ግና ኩሉ ሓደ'ዩ፣ ጀማል ብዛዕባ መንነተይን ስራሐይን ክነግሮ'ዩ። በላቸው ድማ ኣዕሚቑ ካብ ምሕታት ድሕር ኣይክብልን'ዩ፣ ባህሩ ስለ ዝኾነ። ስለዚ፡ ባዕለይ ክነግሮ መረጽኩ። ካብቲ ዝፈራህኩዎ ኣይወጻኹን።

ድሕሪ ሓጺር ወግዒ፣

"ንስኻስ ወዲ ኣርኣያ ሓጐስ ኢኻ? እሞ ቤተ-ሰብ ኢና!" ብምባል ካብ ሓደ ወግዒ ናብ ካልእ እናሰገርና ግርም ምሸት ኣምሰና።

ስማቸው ኣሰፋውን በላቸው ረዳኢን ሽሕ'ኳ ብዕድመ ዘይራኸቡ እንትኾኑ፡ መሳርሕቲ ጥራይ እንተይኾኑ ናይ ቐረባ ኣዕሩኽ ምዃኖም ኣዐርየ እፈልጥ'የ። ስም በላቸው ረዳኢ እንትጽዋዓሉ እንታይ ኮን ክብል'ዩ ብምባል ሓሰብኩ። ምርኻብና ባዕሉ በላቸው ይንገሮ'ምበር፡ ባዕለይ ከይነግሮ ድማ ወሰንኩ።

ድሕሪ ኣርባዕተ መዓልቲ፡ መልእኽቲ ከም ዘለኒን ሓደ ሰብ ክድውለለይ ምዃኑን ካብ ቤ/ጽ ደህንነት ተሓበረኒ፣ ናይ መጸውዒ ስም ኮድ ተነገረኒ፣ ብዓል መልእኽቲ ደወለለይ።

"ሽፈራው እባሃል፡ ንዓኻ ዝወሃብ መልእኽቲ ኣሎኒ፡ ሰዓት 17፡00 ኣብ ፒካዲሊ ዝርከብ ሆቴል ንራኸብ፡" ኢሉ ስም እታ ሆቴል ነገረኒ። ካባና ስለ ዝኾነ፡ ከይተጠራጠርኩ ናብቲ ሆቴል ኣተኹ፣ እቲ ሰብ ንበሪ ሕቑኡ ሂቡ'ዩ ኮፍ ኢሉ ነይሩ።

"ኣቶ ሽፈራው፡" እንትብሎ ግልብጥ በለ፣ ክልተና ሰንበድና፣ ዓይኒ ንዓይኒ ተጠማመትና፣ ክንኣምን ኣይከኣልናን፣ ናይ ኢድ ሰላምታ'ውን ኣይተዋሃሃብናን፣ ሓሊፈ ኮፍ በልኩ። ካብ ኣነ፡ ንሱ ተገሪሙ ምንባሩ ኣይጠራጠርን'የ። ንዓይ ዘተሓሳሰበኒ ናይ ነብሰይ እንተይኾነ፡ ናይ ጀማል'ዩ።

"እቲ ብኣምሆይ ምሳይ ዘምሰየ ሰብ ደድሕሪ ጽላሎት ሰባት ዝኸይድ ምዃኑ ኣይፈለጥኩን፣ ከመይ ኢሉ ክኸውን ክኢሉ?" በለኒ ብምግራም ርእሱ ንየማነ ጸጋም እናነውነወ። ኣበሃህልኡ፡ ኣባል ደህንነት ምዃንካ ኣይፈልጥን'የ ማለቱ ምዃኑ ኣይዘንጋዕኩን።

"ሰብ ኣበይ እረኽቦ ኣይበሃልን'ዩ፡" ኢለ ሓደ ሓሳብ መጸኒ፣ ጀማል።

ጀማል፡ ኣብ ደህንነት ምስጡር ኮድ ነይሩዎ፣ ብስምን ቍጽርን፣ በላቸው'ውን ከምኡ። እዚ ኣብ ኮምፒተር ይሰፍር'ሞ፡ ነቲ ቍጽሪ ዝምልከት መልእኽቲ እንተሎ ኾይኑ፡ ስማቸው ሓበሬታ ቀልጢፉ'ዩ ዝረክብ፣ ምኽንያቱ እቶም ፍሉያት ቍጽርታት ባዕሉ'ዩ ዝከታተሎም። ኣብኡ እንተለኹ ንስማቸው ዝተመስጠረ ብሞባይል መልእኽቲ ሰደድኩሉ፣ መልሱ እወታዊ ነበረ።

"ንምዃኑ ካብ መዓስ ኢኻ ኣባል ኬንካ?"

"ናይ ምንታይ ኣባል?"

"ናይ ምንታይ?"

በላቸው ረዳኢ፡ ብነብሱ ዓሻ ጥራይ እንተይኾነ መልክዑ'ውን የፍልጥ'ዩ፣ ዓሻ ምዃኑ። ሮጊድ፡ ጸቢብ መካፍቲ ኣፍ፡ ክዛረብ ከሎ ሓውሲ ባእባእ ዝብል፡ ኣብ ልዕሊ ኣምሓራን ኦሮሞን ከቢድ ጽልኢ ዝነበሮ፡ ስም መራሒ ሃገረ ኤርትራ ክጽዋዕ ከሎ ብሕርቃን ኣዒንቱ ደም ዝሰርብን ኣብ ልዕሊ ኤርትራውያን ጃምላዊ ህልቂት ክፍጽም ድሕር ዘይብልን'ዩ። 'ህዝቢ ኣምሓራን ኦሮሞን ጸላእትኻ'ዮም፣ ዕድል እንተረኺቡ ከጥፍኡኻ'ዮም' እናበለ ንህዝቢ ትግራይ ዝጉስጉስን ዘለዓዕልን ዘርኣኛ ሰብ'ዩ።

"ደህንነት ወይ ኢንሰን!" ኢሉ ተኲሩ ጠመተኒ።

"ኣይኮንኩን። ንምንታይከ እኸውን? መልእኽቲ ኣሎካ ተባሂለ ነይረ፣ እንታይ'ዩ እቲ መልእኽቲ?" በልኩዎ ዓይኒ ዓይኑ ተኲረ እናጠመትኩ።

"ጀማል ኤርትራዊ ምዃኑ ትፈልጥ ዲኻ?"

"ካባይ ንላዕሊ ንዓኻ ከም ዝቐርበካ'ውን እፈልጥ'የ!"

በላቸው ዘይተጸበዮ መልሲ ኾኖ፣ ተደናገረ።

ንዘረባ መገዲ ክኸፍት ኣይደለኹን፣ "ግዜ የብለይን፡ መልእኽትካ ሃበኒ፡" በልኩዎ ሕዚ'ውን ተኲረ እናጠመትኩ።

በላቸው ርእሱ ነውነወ፡ ነታ ደብዳበ ኣቐበለኒ፣ ኣብ ቅድሚ ዓይኑ ከፊተ ኣንቢበ ፍሽኽ በልኩ።

መንግስቲ ኢትዮጵያ፡ ኣብቲ ምስ ኤርትራን ሶማልን ዘካየዶ ኲናት ገዚፍ ክሳራ ወሪድዎ ኣጽዋር ስኢኑ ካብ ጀርመን ዝኣረጋ ናይ ቀደም ናይ ምብራቕ ጀርመን ድሩዓት ማካይን ብመልክዕ ሓገዝ ረኺቡ ብምንባሩ፡ ምስ ኤምባሲ ኢትዮጵያ ኣብ ጀርመን ብምትሕብባር ኣብ ዝሓጸረ እዋን ናብ ኢትዮጵያ ክኣትዋ ክተሓባበሮም እትምሕጸን ነበረት፡ እታ መልእኽቲ። ኾይኑ ግና፡ በላቸው ረዳኢ ይኹን ካልኦት ሓለፍቲ፡ እቲ ብሓገዝ ዝተዋህበ ካብ ካዝና ኢትዮጵያ ከም ዝተገዝአ ኣምሲሎም የእትውዎ ብምንባሮም፡ ሚስጢር ክዕቀብ ነይሩዎ።

እምበኣርከስ ንሱ'ዩ ኣስሒቑኒ ፍሽኽ ዝበልኩ። ነታ ዝተኣዘዘት ሻሂ ቅልጥፍ ኢለ ሰትየ፣

"ካልእ እንተ ዘይብልካ ግዜ የብለይን ክሰናበተካ?" በልኩዎ ከምስታ ክይፈለኹ።

"እቲ መልእኽቲ ተረዲኡካ ክኸውን ተስፋ እገብር?"

"ገንዘብ ዘምጽእ ስራሕ ቀልጢፉ'ዩ ዝይርዳኣኒ፣ ባህሪ ነጋዳይ ምዃኑዶ ጠፊኡኻ!"

"ነጋዳይ ምዃንካ ኣይፈለጥኩን!" በለ ክምስ ኢሉ።

"ሕዚ ፈሊጥካ ኣለኻ።"

"ምሸት ምስ ጀማል ብሓባር ክንድረር ኢና፣ እንትሕወሰና ደስ ምበለኒ።"

"ኣበይ? ሰዓት ክንደይ?" ኢለ ከኸይድ ብድድ በልኩ።

"ኣብታ ናይ ብኣምሆይ! ኣይትጥለም!"

"ኣይትጠራጠር፡" ኢለዮ ብድድ ኢለ ከድኩ።

ማዕጾ ኣርሒየ ክሻዕ ዝወጽእ ተገልቢጡ ጠመተኒ።

ንጀማል ብቐጽበት ክረኽቦ ነይሩኒ፣ ደወልኩሉ።

"ዘርይሁን! ከድውለልካ እናበልኩ ቀዲምካኒ!"

"ኣበይ ኣለኻ? ሕዚ ክረኽበካ ደልየ ኣለኹ።"

"ሰብ ከፉኑ ኣብ መደበር ባቡር ኣለኹ።"

"መጻእኹ!" ኢሉ ታክሲ ተሳፊረ ከድኩዎ።

በላቸው ብጊድኡ ናብ ጀማል ደዊሉ ክረኽቦ ፈተነ። ጀማል ግና ግዜ ከም ዘይብሉ ምሸት ክራኽቡ ምኺኖም ነጊሩ ተሌፎን ዓጸዋ።

ጀማል ኣብ ኣፍደገ ክጽበየኒ ጸኒሑ ብሓባር ናብ ሓደ እንዳ ካፌ ከድና። ድሕሪ ሓጺር ወግዒ፣

"ጀማል፡ ምስ በላቸው ድኣ ብኸመይ ተራኺብኩም፣ ንሱ ብዓል ስልጣን ንስኻ ነጋዳይ?" ኢለ ክምስ በልኩ።

ኣብ 2008፡ መንግስቲ ኢትዮጵያ ኣብ ክልል ቤንሻንጉል ዲጋ ኣባይ ክሃንጽ ኣብ ዝተበገሰሉ እዋን፡ ጀማል ምስ ሓላፊ ኢንዱስትሪ ምምካኽ ሓጺን ሜድሮክ ብምርድዳእ ኣይሸኮ ሲኖትራክ ናይ ጽዕነት ማካይን ከምጸኣሎም ተሰማምዐ። እተን ማካይና ንብረት ክልተ ሰባት እየን፣ በላቸው ረዳእን ሓላፊ ሜድሮክ ጀነራል ጻድቃንን። ጀማል፡ ምስላጥ'ዩ ስርሑ፣ 5 ሚእታዊት ድማ ይወስድ።

እተን ዝተኣዘዛ ማካይን ብዝሒን 40 ነበራ፣ ንእለቱ ኣብቲ ስራሕ ተዋፈራ።

"ቅድም ብማዕዶ'የ ዝፈልጦ ነይረ፡" በለኒ ጀማል እቲ ግሩም ክምስታኡ እናርኣየ። "ድሓር ግና፡ እተን ዝተኣዘዛ ኣይሸኮ ማካይን ብሓረጣ ንተጋሩ ከም ዝወሃባን ቀንዲ ኣውሃቢ ሓረጣን ኣብ ስራሕ ኣዋፋሪን በላቸው ምኺኑን፡ እቲ ሓረጣ፡ ንሱ ዝርከቦም ላዕለዎት ሓለፍቲ ብዝውንኑዎ ባንክ ኣንበሳ ከም ዝወሃብን ምስ ፈለጥኩ፡ ብኣካል ተፋሊጠዮ። ካብ ቢዝነስ ናብ ድልዱል ዕርክነት ድማ በጺሕና።"

"ካብኡ ንንዮው ማካይን ምምጻእ ቀጺልካዮ?"

"በላቸው፡ ብሓፈሻ መሪሕነት ህወሓት ዝውንንወን ኣብ ኵሉ ከተማታት ኢትዮጵያ ናይ ህንጻ ተኺናተርቲ ትካላት ኣለዋ፣ ዳርጋ ንዝበዝሓ ኣነ'የ ዘድልየን ማሺነርታት ዘምጽኣለን።"

"በላቸውከ?"

"ተላፊንና ኢና ንሰርሕ። እተን ትካላት ዘድልየን መሳርሒ ብዝርዝር ይህበኒ፣ ኣነ ድማ ካብ ዓዲ ጥልያን፡ ቻይናን ዱባይን ኣምጽኣሎም። እንታይ ድኣልካ ሕቶ ኣብዚሕካ፣ ምስ በላቸው ትፋለጡ ዲኹም?"

"ብዓል ስልጣን ምኺኑ'የ ዝፈልጥ፣ መልእኽቲ ሒዙለይ ብምምጽኡ ድማ ብቐረባ ተፋሊጥና፡" ኢለ ዝን በልኩ። "ሰሚዕካ ጀማል፡ ኣነ ዓርኪ ዝብልዎ የብለይን፣ ኣይፈልጥን'የ ድማ። ንመራሕቲ ህወሓት ብዙሕ ኣይኣምኖምን'የ። ዝበልዕሉ ጻሕሊ ሰይሮም ዝኸዱ'ዮም። ኤርትራውያን ንሰብ ብቕንዕና ኢኹም ትቐርብዎ፣ ንሕና ግና ከምኡ ኣይኮናን። ኣዚኻ ገርሂ ኣይትኹን፣ ከየጥቅዑኻ!"

"መን! በላቸው? ብብልግነት ዝተዛመድና ኢና'ኮ!"

"ከምኡ ማለተይ ኣይኮነን፣ ግና ንስኻ ተራ ነጋዳይ፡ ንሱ ብዓል ስልጣን እሞ ኸኣ ኣብ ኵሉ ኢድ ዘለዎ። እንተደሊ ክምሕር፡ እንተይደሊ ክቐትልን ክቐትልን ዝኽእል፡" ምስ በልኩዎ ኣብ ገጹ ገለ ነገር ኣንበብኩ፣ ኣይኣመነንን።

ንጀማል ናይ ውሽጠይ ክነግሮ ኣይከኣልኩን፡ ክነግሮ'ውን ኣይኽእልን'የ። ሰላዪ'የ ኺብሎ!

ክገብሮ ዝኽእል ብተዘዋዋሪ መገዲ ክጠንቅቖን ክመኽሮን ጥራይ'ዩ ነይሩ፣ ግና ኣይሰመዓንን፣ በብቑሩብ እግሪ ኣሕጸረ። ምስ ግዜ ድማ ጨሪሱ ካባይ ርሓቐ።

※ ስማቸው ኣሰፋው ምስ በላቸው ንድራር ከም ዝተራኸብኩም ይፈልጥ ነይሩ ድዩ?

ናይ በላቸው ረዳኢ መልእኽቲ ምስ ተቐበልኩ፡ ንስማቸው ህጹጽ መልእኽቲ ሰደድኩሉ። ቀ'ጽሪ ጀማል ጠቒሰ፡ ኣብ ለንደን ከም ዝተራኸብናን፡ ቅድሚ ሰለስተ መዓልቲ ብመገዱ ምስ በላቸው ከም ዝተፋለጥናን ብሓባር ከም ዘምሰናን፣ ሎሚ ምሸት፡ ሰለስቴና ንድራር ከም እንራኸብን ንዓይ ብዝምልከት፡ በላቸው ንጀማል ዝኾነ ሓበሬታ ከይህብ ከጠንቅቖን መልእኽቲ ሰደድኩሉ። ብመገዱ ድማ ንበላቸው እቲ መልእኽቲ ከም ዝበጽሖ ገበርኩ።

ምሸት ኣብ ቈጸራይ ተረኽብኩ። ብፍላጥ ዓሰርተው ሓሙሽተ ደቒቕ ደንጉየ ከድኩ።

ኢደይ ንሰላምታ ሃብኩዎ'ሞ፣ "ኣብ ኤውሮጳኸ ቈጸራ ደንጕኻ ይምጻእ ድዩ? ዓሰርተው ሓሙሽተ ደቒቕ!" በለ በላቸው ተፈሲሁ።

"እዛ እዋን ግናይ'ያ፣ ማካይን ዕልቕልቕ'የን ዝብላ። ጀማል፡ ንስኻ ዲኻ እዝኒ ኣሕጺርካ ዋላስ ሞባይልካ'ያ ኣጽቂጣ፡" በልኩ ነቲ ሕቶ ዓስየዮ ንምሕላፍ።

"እንታይ ትብል! ምስዚ ለፍላፊ ከመይ ኢልካ ናብ ሞባይል ይቕለብ!"

"ትሕሾ ድኣ!" እናተባሃሃሉ ብዛዕባ ቢዝነስ ከነውግዕ ኣምሲና ተፈላለና።

ኣብታ ምሸት'ቲኣ፡ በላቸው፡ እንታይ ከም ዝሰርሕ ዝፈለጠ ኾይኑ ይስማዓኒ፣ ከቃባጥረለይ ኣምሰየ። ም'ኽንያቱ፡ ስማቸው፡ ሓዊ ኣይፈልጥ ዓርኪ፡ ቤተ-ሰብ ኣይፈልጥ መሓዛ ኣብ ጉዳዩ ዝኣትዎ ምቕርዳድ'ዩ፣ ብኡ ምኽንያት ኸኣ'ዩ'ም፡ ኵሎም ሰበ ስልጣን ህወሓት ነዛ ስሙ ምርቒሕ ዝፈርሁ።

ስማቸው ከም ሓላፊ ደህንነት መጠን፡ ናይ ማንም ሰብ፡ ብፍላይ ሰበ ስልጣን ህወሓት ባህሪን ሃብቲን ብደቂቕ'ዩ ዝፈልጥ። መን ናበየናይ ሃገር ገንዘብ ኣግዒዙ? ኣበይ እንታይ ንብረት ኣጥርዩ? ኣበይ ሃገር ከይዱ ይሹርምጥ ከይተረፈ ጽጹይ ኣፍልጦ ነይርዎ። ካብ ኵሉ፡ ኣብ ዝኾነ ይኹን ወግዓዊ ጽምብል ኾነ ዕድመ ብጭራሽ ኣይካፈልን'ዩ። ምስ ማንም ሰብ ኣብ ህዝባዊ ቦታ ተራእዩ ኣይፈልጥን'ዩ። ስለ ዝኾነ ድማ፡ መራሕቲ ህወሓት ነቶም ምስኡ እሰርሑ'ዮም ዝበሃሉ ሰባት ከይተረፈ'ዮም ኣዝዮም ዝፈርህዎምን ዘኽብሩዎምን ስሞም ክላዓል ከሎ ዘንፈጥፍጡን። በላቸው ረዳኢ'ውን ካብ ስማቸው ኣሰፋው መጠንቀቕታ ስለ ዝበጸሖ ከኸውን ይኽእል'ዩ፡ ሓንሳብ ኣብ ሚያዝያ 2013 እምበር፡ ብድሕሪኡ ረኺቡኒ ዘይፈልጥ። ድሕሪ ኣርባዕተ ዓመት፡ መስከረም 2017 ኣብ ኣዳራሽ ሓወልቲ ስዉኣት ኢና ተረኣኢና።

※ ምስ ጀማል ዝምድናኹም ሓርፊፉ ተሪፉ?

እወ። ከሻዕ ሓደ እዋን ካብ ቤ/ጽ ደህንነት ብዛዕባኡ ሓበሬታ ዝመጸኒ።

※ እንታይ'ዩ ነይሩ እቲ ሓበሬታ?

ጀማል፡ ኣባል ደህንነት'ዩ።

※ ለካቲት 2012 ካብ ኤውሮጳ ምስ ተመለስካ እንታይ ተልእኾ ተዋሂቡካ?

ድሕሪ እገዳ፡ ኤርትራ፡ ኣብ ሓጺር እዋን ክትርኽመሽ'ያ ዝብል ገምጋም ነይሩና፣ ግና ክልተ ዓመት ሓሊፉ። ዕደና ወርቂ ቢሻ ከምቲ ትጽቢት ዝተነበረሉ ደው ክብል ኣይከኣለን። ወከልቲ ሕ.መ. ኣመሪካን ሕብረት ኤውሮጳን ኣብ ዘካየዱዎ ኣኼባ፡ ወኪል ጀርመን፣ "ጀርመን፡ ንኤርትራ ንመማዕበሊ ዕደና ቢሻ ዝውዕል 21 ሚሊዮን ዩሮ ሓገዝ ክትህባ መዲባ እንተ ነበረት'ኳ፡ ብርዱእ ምኽንያት ደው ኣቢላቶ ኣላ፣ ኤርትራ፡ ንዝዓነወ ቍጠባኣ ንምብርባር ተስፋ ዘንበረትሉ እንኮ ኢንዱስትሪ፡ ኢንዱስትሪ ዕደና ስለ ዝኾነ፡ እቲ ኢንዱስትሪ ኣብ ሓጺር እዋን ክርኽመሽ'ዩ፡ መንግስቲ ኤርትራ ድማ ምስኡ፡" ብምባል ዝተመነዮ ክኸውን ኣይከኣለን፣ መንግስቲ ኤርትራ፡ ለቃሕ ካብ መንግስቲ ቻይና ረኺቡ ነቲ ኢንዱስትሪ ካብ ኣፋፌት ሞት ኣድሓኖ። ስለዚ፡ ንኤርትራ ንምምብርካኽ ካልእ መገዲ ክናደ ነይሩዎ፣ ምእላይ መራሒ መንግስቲ ኤርትራ።

እቲ እዋን'ቲ፡ ብዘይካ ተጻብኦ ሕ.መ. ኣመሪካ፡ ሕብረት ኤውሮጳ፡ ሕብረት ኣፍሪቃን ኢጋድን፡ እተን ተጣበቕቲ መሰል ወዲ ኣዳም ዝብላ ኣህጉራውያን ዘይመንግስታውያን ውድባት ይኹና ናይ ረዲኤት ማሕበራት ንመንግስቲ ኤርትራ ክዓልዋ፡ እንተይኾነ፡ ንመራሒ መንግስታ ክቕንጽላ ላዕልን ታሕትን ክብላ ዝተራኣያሉ'ዩ ነይሩ።

ኣብነት ንምጥቃስ፣

እቶም ኣብ ታሕሳስ 2010 ብባሕሪ ሰሊኾም ንመራሒ ሃገረ ኤርትራ ንምቕታል ዝተላእኩ ግና ኣብ ኢድ መንግስቲ ኤርትራ ዝኣተዉ እንግሊዛውያን ኣባላት ሓይሊ ባሕሪ ዓባይ ብርጣንያ ብሓደ ወገን፡ እታ ቀሺ ካቶሊካዊት ቤተ ክርስትያን ተመሲላ ናብ ኤርትራ ዝኣተወት ጓል ኣንስተይቲ ድማ በቲ ካልእ ምስ እንዝክር፡ በተን ዘይመንግስታውያን ውድባት ከም ኣምንስቲ ኢንተርናሽናል ዝኣመሰላ ዝተወደበን ዝተመወለን ምኺኑ'ዩ ዝንገረሉ፣ ንሱ'ውን ኣይቀነዐን።

ዕደና ቢሻ ብዝተወደበ መልክዕ ንምዕናዉ፡ "እቲ ኣከባቢ ጸጥታ የብሉን! ናብኡ ምኻድ ናይ ሂወት ውሕስነት የለን!" ጥራይ እንተይኾነ ተባሂሉ፡ "ዕጡቃት ዘመትቲ ኣለዉ!" ንምባል ዝተፈብረኸ ጭውያ'ውን ተኻይዱ። እቶም ሰለስተ ወጻእተኛታት ሰራሕተኛ ዕደና ቢሻ ተጨዊና ኢሎም ተሳኢሎም ብማሕበራዊ መራኸቢታት ዝፈነውዎ ስእሊ'ኮ መርኣያ ናይቲ ተጻብኦ ኣብ ልዕሊ ኤርትራ'ዩ። እዚ ሓቂ፡ ኣብ ኤርትራ እትሕተም መጽሔት ዝወጽአ'ዩ። ስለዚ፡ እቲ ተጻብኦ ንኤርትራ ከምበርክኻ ኣይከኣለን፣ ካልእ ውዲት ክእለም ነይሩዎ።

ንኤርትራ ብግህሰት ሰብኣዊ መሰላት ምኽሳስ።

※ መን'ዩኸ ኸሳሲ?

ኣብ 2012/13፡ እቶም ብጭራሽ በጨቕ ኢሎም ዘይፈልጡ፡ ብፍላይ እቶም ገበን ፈጺሞም ሃገር ራሕሪሖም ዝወጹ ኤርትራውያን ድምጾም ክስምዑ ጀመሩ። ሓደ ካብኦም፡ ካብ 1984 - 1988 ወኪል ህዝባዊ ግንባር ኣብ ሶማል ዝነበረ ከዲዑ ናብ ጀርመን ዝኣተወን'ዩ። እዚ ሰብ ንብዙሕ ዓመታት ኣብ ህዝባዊ ቦታታት ኣይተራእየን።

ነታ ዝረግጾ መሬት'ውን ኣሚኑ ዝረጽጋ ዝነበረ ኾይኑ ኣይስማዓንን፣ ብፍርሂ። ኣብ 2012/13 ጉልባቡ ቀሊዑ ኣብ ማሕበራዊ መራኸቢታት ቅልቅል ክብል ጀመረ፣ 'ናብ ሳሕል ኬድና እንታይ ኣምጺእና?' ትብል መጽሓፍ ከሕትም'ውን ፍናን ረኸበ። እዚ ሰብ'ዚ፡ ብመለኸዒ ውትህድርና፡ ከዳዕ'ዩ፣ ብወተሃደራዊ ሕጊ ክርሸን ዘለዎ'ዩ። በታ መጽሓፉ፡ ነቶም ወተሃደራዊ ቤት ትምህርቲ ቜስት ሚኒስተር ዓዲ እንግሊዝ ከም መምሃሪ እጥቀምሉ እዮም ዝበሃል ኲናት ኣፍዓበት ማለት እ'ዚ ናደው ብዘደንቕ ስልቲ ኲናት ዝደምሰሱ ብጾቱ'ዩ "ሳሕል ወፊርኩም እንታይ ኣምጺእኹም?" ዝብሎም ዘሎ። እዚ ሰብ'ዚ፡ ስርሒት መጥቃዕቲ ሓይሊ ኣየር ድሬዳዋ ንምክያድ ዝተኻየደ ስለያዊ መጽናዕቲ ንብጾቱ ንምርኮን መስዋእቲን ኣሕሊፉ ሂቡ ዝብሃል ክንሱ፡ 'ሳሕል ወፊርና እንታይ ኣምጺእና?' ኢሉ ክጽሕፍ በየናይ ስነ-ሞጎትን ሕልናን'ዩ። ኣብ ሎሚ ኾይነ ክርእዮ እንተለኹ፡ "ንምዃኑ እታ ብደም ተጋደልቲ ዝጨቀወት ኢዱ ከመይ ኢላ ደፊራ ብርዒ ሒዛ ከምኡ ኢላ ክትጽሕፍ ክኢላ?" ብምባል እግረም።

እምበኣርከስ፡ ከምቲ ሻዕብያ፡ "ሓለንጊ ሰውራ ፖላሶታት ነው ዮርክ የርክብ'ዩ!" ዝበልዎ፡ እዚ ሰብ'ዚ ይኹን ካልኦት ነዚ ሓለንጊ ፈሪሆም ኣብ ጉድጓድ ወኻርያ ተሸጕጦም ክነበሩ ከም ዘይጸንሑ፡ ኣብቲ ዓመት'ቲ ኣሎና ክብሉ ጀመሩ። ንሕና ድማ ብዝበለጸ ክንጥቀመሎም መደብና።

ንምንታይ'የ ከምኡ ዝብል ዘለኹ? ካባይ ጀሚርካ፡ ኤርትራ፡ ብኸልተ ኣእጋራ ደው ኢላ ትስጉም ዘላ ኾይኑ ይስመዓና ኣይነበረን። መንግስቲ ገንዘብ ስኢኑ ኣብ ዓዘቕቲ ድኽነት ወዲቑ ህዝቢ ኤርትራ ዝብላዕ ዝሰኣነ፡ ሰራዊት ኤርትራ ተበታቲኑ ናብ ጎረባብቲ ሃገራት ዝኸደ፡ ኣብ ውሽጢ ሰበ ስልጣን ስኒትን ምርድዳእን ዝተሳእነ ገይርና ኢና ንሓስብ ኔርና። ካብ ቤ/ጽ ደህንነት ዝመጸና ሪፖርት'ውን ከምኡ'ዩ ዝብል ነይሩ።

ኣብቲ ዓመት'ቲ፡ እዞም ቅድም ኢለ ዝጠቐስኩዎምን ኣብ ዋዕላ ብራስለስ ዝርኣኹዎምን ብድሕሪኡ ዝተላለኹዎምን ኤርትራውያን፡ ነታ ሃገርና ዝብልዋ ግና ብገንዘብ ዝሸጥዋ ብጥሕሰት ሰብኣዊ መሰላት ክኸስዋ ምስ ዘንቀዱ ወከልቲ ሃገራትን ዘይመንግስታውያን ውድባትን ዝመሳጠሩሉ ዝነበረ'ዩ፣ ዓመተ 2012/13። እቲ ድራማ፡ ብኻልኦት ዝተደርሰ ይምሰል እምበር፡ ሃንዳሲኡ ግና ምምሕዳር ዋሽንግቶን'ዩ። ንሕና ድማ ብዝበለጸ ንፈልጥ ነይርና፣ እቲ ምንታይሲ፡ ኣካሉ ስለ ዝነበርና።

ስለዚ ናተይ ተልእኾ ሕሶት ምፍብራኽ ኮነ።

ከምቲ ቀዲመ ዝጠቐስኩዎ፡ ኣብ ለካቲት 2012'የ ካብ ኤውሮጳ ናብ ኣዲስ ኣበባ ተመሊሰ። ዳርጋ ሓደ ዓመት ዝኾነ ይኹን ተልእኾ ኣይተዋሃበንን፣ ግና ነቲ 'ምህብታም ተጋሩ' ዝብል ፕሮጀክት ክነተግብር ነይሩና፣ ምስ ስማቸው ኣሰፋው።

ድሕሪ ምርጫ 2005፡ መንግስቲ ህወሓት፡ 'ቀኣጠባ ኢትዮጵያ ብተጋሩ ክባሓት ኣለዎ፡' ካብ ዝብል ኣተሓሳስባ፡ ሜጋ ፕሮጀክትታት ብምሕንጻጽ ካብ ዓለማዊ ማዕከን ገንዘብን ባንክ ዓለምን ቢልዮናት ዶላራት ተለቂሑ ክተግብር ጀመረ። መብዛሕትኡ ፕሮጀክትታት ብተጋሩ ከም ዝውነን ድማ ተገብረ። ተጋሩ ፍሉይ ለቃሕ እናተውሃቦም ኣብ ብሉጽ - *ፕራይም*- ክባብታት ዓበይቲ ህንጻታት ሰርሑ። ዕዳጋ ጫት ተቘጻጸሩ፣ ሰደድ ቡንን ስሊጥን ኣብ ኢዶም ኣተወ፣ እታውን ሰደድን ብኦም ተባሕተ። ኣብ መስመር ጅቡቲ ኣዲስ ኣበባ ዝሰርሓ ናይ ጽዕነት ማካይን ናታቶም ኮና። ኮታስ፡ መሓውር ቀኣጠባ'ታ ሃገር ኣብ ትሕቲ መራሕቲ ህወሓትን ቤተ ሰቦምን መቕርቦምን ወደቐ፣ ፍሉይ

ደርቢ ተመስረተ፣ ደርቢ ተጋሩ። ተጋሩ ክብል እንተለኹ፡ እቶም ምስ መራሕቲ ህወሓት ብዝምድና፡ ዕርክነትን መውስቦን ዝተኣሳሰሩ'ምበር፡ ህዝቢ ትግራይ ማለተይ ኣይኾነን፣ ወሪድዎ!

መቐለ፡ ድሕሪ ኣዲስ ኣበባ እታ ዝዓበየትን ዝማዕረገትን ከተማ ክትከውን ተቐየሰ። ህንጻታት ከም ቃንጥሻ ኣብ ሓደ ለይቲ ቦሎኽ ቦሎኽ በላ። 40 ሽሕ ተዓዘቢ ዝሕዝ ሜዳ ኩዕሶ እግሪን ኣህጉራዊ መዓርፎ ነፈርቲን ተሃነጸ። መራኸቢ ጽርግያታት ብቐጥራን ተለበጠ።

ኣብ ሃገራዊ ምርጫ 2010፡ ወኪል መንግስቲ ኣመሪካ ኣብ ቤት ምኽሪ ባይቶ ጸጥታ ሕቡራት ሃገራት 'እቲ ምርጫ ፍትሓውን ደሞክራስያውን'ዩ ነይሩ' ኢላ ምስክራ ብምሃብ፡ ህወሓት/ኢህኣደግ ብ99 ሚእታዊት ተዓዊቱ ተባሂሉ ከም ዝነገረሉ ገበረት። በቃ! ምሉእ ህዝቢ ኣምሓራን ኦሮሞን ሶማልን ብታሕጓስ ንህወሓት መሪጹ ተባህለ!

ስለዚ፡ ስራሐይ፡ ብፍላይ ብሃብታማት ኣምሓራ ዝውነና ትካላት ምጽናዕን ንዐኣን ዝትክኣ ብተጋሩ ዝውነና ትካላት ምቛምን ነበረ። እቲ ስራሕ ንሓጺር እዋን ምስ ኣካየድኩዎ፡ ካብ መወዳእታ 2012 ንኤርትራ ከድሚ ይኽእልዩ ተባሂሉ ኣብ ወጻኢ ሃገር ብዘለዉ ኤርትራውያን ዝቈመ መርበብ ምስሳይ ኾነ። ውድባት ከም እኒ ኣምነስቲ ኢንተርናሽናል፡ ሂዩማን ራይትስ ዎች፡ ማሕበራት ረድኤት ከምኡ'ውን ካልኦት ዘይመንግስታውያን ትካላት መጽናዕታዊ ጽሑፍ ከቕርቡ ንዝላኣኽኦም ኤርትራውያን ዝተፈብረኸ ጸብጻብ መዓስከር ስደተኛታት ሕንጻጽ፡ ሽበልባ፡ እንዳ'ባ ጉና፡ ማይ ዓይኒን ዓዲ ሓሩሽን ካልእን ብሓደ ወገን፡ መዓስከራት ሱዳን ድማ በቲ ካልእ ጥራይ ዘይኮንና ኣዳሊና ንህብ ኔርና፡ ኣብ ምድረበዳ ሱዳን ይኹን ሲናይ ዝግበር ጭውያ ብምትሕብባር ትካላት መንግስቲ ኤርትራ ከም ዝተኻየደ ኣምሲልና ትምዩን ሰነዳት ምቕራብ'ውን ሓደ ካብቲ ቀንዲ ስራሐይ ነበረ።

እዚ ግና፡ ብቤ/ጽ ደህንነት ጥራይ ዝቐርብ ኣይነበረን። እቲ ንኮሚቴ ተቘጻጻሪ ውድብ ሕቡራት ሃገራት ኣብ ጉዳይ ሶማልን ኤርትራን ከምኡ'ውን ኮሚቴ ኮሚሽን ሰብኣዊ መሰላትን ዝወሃብ ሓበሬታ፡ ብዝተፈላለዩ ትካላትን ኣገደስቲ ውልቀ ሰባትን'ውን ይቐርብ ነይሩ'ዩ፣ ከም ጋዜጠኛ ቢቢሲ ማርክ ፕላይት፡ ሆላንዳዊት ወይዘሮ ማርያ፡ ኣመሪካዊ ጃን ዶኒል፡ ኖርወጃዊት ኣይዳ ኦዛረን ካልኦትን።

※ ውልቀ - ሰባት ማለትካ እንታይ ማለትካ'ዩ? ወጻእተኛታት ድዮም?

እወ! ንኣብነት ኖርውጃዊት ሳሌም ኦዛረ መኣንዘ እንተ ወሰድና፡ ንሓደ ኤርትራዊ መንእሰይ፡ "ሓወይ ኣብ ሲናይ ተታሒዙ" ብምባል ገንዘባዊ ሓገዝ ንኽናዲ'ያ ዓሲባቶ። እዚ መንእሰይ'ዚ፡ ከም ዓይኒ ምስክር ኾይኑ ኣብ ማዕከናት ዜና'ቲ ሃገር ቃለ ምስክርነት ከም ዝህብ ገበረት። እቲ ዝገርም፡ እቲ ብስም "ግዳይ ጭውያ ሲናይ" ዝተኣከበ ገንዘብ ኣብ ናታ ፍሉይ ሕሳብ ባንክ ምእታው'ዩ።

ኣይዳ ኣዛረ፡ "ናይ'ቲ ኣብ ሲናይ ይግበር'ዩ ዝበሃል ጭውያ ተሓታቲ መንግስቲ ኤርትራ'ዩ" ብምባል ንውድብ ሕቡራት ሃገራት ኮሚቴ ተቘጻጻሪ ሶማልያን ኤርትራን፡ ኮሚቴ ኮሚሽን ሰብኣዊ መሰላት፡ ባይቶ ኤውሮጳን ካልኦትን ጸብጻብ ብምቕራብ ምስሊ ኤርትራን መንግስታን ካብ ዝድውኑ ብዙሓት ወጻእተኛታት ሓንቲ እያ።

እዚ ከምዚ ዝበለ ዝተፈብረኸ ጸብጻብ ብመብዛሕቶኦም ዘይመንግስታውያን

ትካላትን ግዱሳት ኢና ብሃልቲ ውልቀ ሰባትን ብቐጻሊ'ዩ ዝቐርብ፣ ብምንታይ ድኣ ክናበሩ? ምንጪ ኣታዊኦም ንሳ'ያ፣ ሕሶት ምፍብራኽ! ንሕና ድማ ምስሳይ።

ካብ 1984 ኣትሒዙ ኣብ ሜዳ ኤርትራ ዝነበረ ጃን ዶነል፡ እንግሊዛዊ ጋዜጠኛ ቢቢሲ ማርክ ፕላይት፡ ሆላንዳዊት ወይዘሮ ማርያ . . . ምስ ኣምንስቲ ኢንተርናሽናል፡ ሂዩማን ራይትስ ዎች፡ ኢንተርናሽናል ክራይስስ ግሩፑን ጋዜጠኛታት ብዘይ ዶብን ጥቡቕ ዝምድና ስለ ዘለዎም፡ ከም ኣይዳ ኣዛረ ዝተፈብረኸ ሓበሬታ ካብ ምሃብ ዓዲ ኣይወዓሉን፣ ምስሊ ኤርትራን መራሒኣን ንምድዋን። መዋሊኦም ድማ መንግስቲ ኢትዮጵያ ማለት ህወሓት ነበረ።

ኣብ እዋን ኲናት ኢትዮ-ኤርትራ፡ መንግስቲ ኢትዮጵያ፡ ንስርሓት ሎቢ ዓሰርተታት ሚሊዮናት ዶላራት'ዩ ኣውጺኡ። ገለ ኣመሪካውያን ሰናተራት ክይተረፉ ኢድ መንግስቲ ኢትዮጵያ ተዘርጊሕሎም'ዩ ተባሂሉ'ውን ይንገር'ዩ። ጋዜጠኛታት፡ ሓለፍቲ ዘይመንግስታውያን ውድባት፡ ሰበ ስልጣን ሃገራት፡ ኣለቃሕቲ ትካላት፡ መወልቲ ፕሮጀክትታትን ካልኦትን ብኢድ መንግስቲ ህወሓት ብርክት ዝበለ ግንዖ ፈሲሱሎም'ዩ። እቶም ቀንድን ርብሕ ዝበለ ገንዘብ ዝምጠወሎም ዝነበሩ ግና፡ ተሰማዕቲ ሓለፍቲ ኣህጉራውያን ውድባት'ዮም። መንግስቲ ህወሓት፡ ንሱ ጥራይ ኣይኮነን ገይሩ፣ ነተን ብምሁራት ኣምሓሩ ተሰግሲገን ዝነበራ ኣህጉራውያን ትካላት ብተጋሩ ከም ዝትካእ ብምግባር ዝምድናታቱ ኣደልዲሉ እዩ። ኣብ ኢጋድ፡ ልዕሊ ሓሙሽተ ሓለፍቲ ክፍልታት ተጋሩ ከም ዝነበሩ ንባዕሉ ሓደ ኣብነት'ዩ።

※ ብዘይካ ናይ ኖርወጃዊት ኣይዳ ኣዛረ መአንዞ፡ ብኤርትራውያን ዝተኻየደ ተማሳሳሊ ተግባራትከ ኣሎዶ?

እታ ወርይቲ ድራማ፡ "ጭውያ ህጻን ሓምላይ" እያ። ኣብዚ ከብርሆ ዝደሊ "ሓምላይ" ኾነ ካልእ ናይ ብርዒ ኣስማት ሂበዮም ዘለኹ፡ ነቶም ግዳይ ሳሌም ሓድገይ ዝኾኑ ሰባት ሓቀኛ ስሞም ንምዕቃብ'ዩ። እታ ብሳሌም ሓድገይን ሄርሞን እዝቅያስን ኣብ ሽወደን ዝተደርሰት ድራማ ብመገዲ ጋዜጣ ሽወደን መጋቢት 2013 ከም ዝቃላሕ ተገብረ። ህዝቢ ሽወደን ምስ "ህጻን ሓምላይ" ተደናገጸ። ሄርሞን እዝቅያስ ተባዕ ጋዜጠኛ ተባሂላ ስማ ገነነ። ኣብቲ መራሕቲ ሃገራት፡ ፖለቲከኛታት፡ ፍሉጣትን ኣገደስትን ዝባሃሉ ውልቀ ሰባትን ወከልቲ ዘይመንግስታውያን ውድባትን ዝተኻፈሉዎ ኣብ ኢትዮጵያ ኣብ ጣና - ክልል ኣምሓራ - ዝተጋበአ ዋዕላ ንስብኣዊ መሰላት፡ ሄርሞን እዝቅያስ ተባዕ ኤርትራዊት ጋዜጠኛ ተባሂላ ተዓዲማ ነቲ ዋዕላ ከም ተቃልሕ ተገበረ። እቲ ዋዕላ'ቲ፡ ኣብታ ኣብ ልዕሊ ኣምሓራ፡ ኦሮሞ፡ ኦጋዴን፡ ጋምቤላን ክልኦትን ዘሰቅቕ ቅትለት ትፍጽም ዝነበረት ኢትዮጵያ ክካየድ ንርእሱ ላግጺ ኣብ ልዕሊ መሰል ወዲ ኣዳም'ዩ፣ ንሕና ግና ረቢሕናሉ።

ድራማ "ጭውያ ህጻን ሓምላይ" ዕላምኡ ወቓዐ። ካብ ተደናገጽቲ ኤርትራውያንን ወጻእተኛታትን ንመልቀቒ "ህጻን ሓምላይ" ዝውዕል ክሳዕ ፍርቂ ሚልዮን ዶላር ዝበጽሕ ገንዘብ ናብቲ ኣብ ሽወደን፡ ብስም ሳሌም ሓድገይ፣ ኣብ ኖርወይ፡ ብኖርወጃዊት ኣይዳ ኣዛረ መአንዞ፣ ኣብ ጀርመን ብዶክተር ዓማና ከምኡ'ውን ኣብ ስዊዘርላንድ፡ ጥልያን፡ ህ.መ. ኣመሪካ፡ እስራኤልን ግብጽን ዝተኸፍተ ሕሳብ ባንክ ወሓዘ።

እቲ ድራማ በዚ ኣየብቀዐን። ሄርሞን እዝቅያስ፡ "ናብ ሲናይ ከይደ ኣረጋጊጸዮ"

ዝበለቶ ናይ ዝተጨውዩ ሰባት ብሓደ ወገን፡ ናይቶም ኣብ ላዕሊ ዝጠቐስኩዎም ኣብ ዝተፈላለያ ሃገራት ገንዘብ ንምእካብ ብስሞም ሕሳብ ባንክ ዝተኸፍተ ድማ በቲ ካልእ ዘካየደቶ ቃለ መሕትትን ቃለ ምስክርነትን ብመልክዕ ጸብጻብ ተዳልዩ፡ ነቲ ኣብ ልዕሊ ኤርትራ ተስገዲዱ ዝነበረ እገዳ ንምትራሩን ምኽራሩን ብመገዲ ኣብ በልጁም ዝመደበራ ኣማኻሪ ወጻኢ ፖሊሲ ኤውሮጳ ሆላንዳዊት ወይዘሮ ማርያ፡ ኖርወጃዊት ኣይዳ አዛረ መአንዞን ኤሊዛ ምራጭን ንተጸዋዒ ኣምንስቲ ኢንተርናሽል ወኪል ቀርኒ ኣፍሪቃ ተዋሂበ።

እቲ ድራማታት ቀጸለ፣ “ኣብ ውሽጢ ኤርትራ ህጻናት ይጭወዩ ኣለዉ” ዝብል ወረ በተን ብህወሓት ዝምወላ ራድዮ ኣሰይን ማሕታን ተጋወሐ። “ኣርባዕተ ቈልዑ ካብ ኣስመራ ከባቢ ገዛ ባንዳ ጥልያን ተጨውዮም ተባህለ።” እቲ ድራማ፡ “መንግስቲ፡ ነተን ካብ ጾሮና ተበጊሰን ኣስመራ ኣትየን ኅቦ ፎርቶ ደይበን ንሚኒስትሪ ዜና ከሳዕ ዝቈጻጸራ ትም ኢሉ ምርኣዩ ጸጥታዊ ዓቕሙ ኣንቀልቀኣሉ ምህላዉ’ዩ ዘርኢ፡” ንምባል ዝተኣልመ ጥራይ ኣይነበረን። እንታይ ድኣ፡ ህዝቢ ኤርትራ፡ ስግኣት ንኽሓድሮን ኣብ መንግስቱ እምነት ክስእንን ኣብ ንሓድሕዱ ዘይምትእምማንን ወጥርን ከም ዝሰፍን ንምግባርን ድኣ ነበረ።

እምበኣርከስ፡ ነቲ ኣብ ላዕሊ ዝጠቐስኩዎ ከይዲ ንምድራዕ፡ ንሓንቲ ካብተን ኣባል ኮሚቴ ኮሚሽን ሰባኣዊ መሰላት ዝኾነትን ምስ ኤርትራ ዲፕሎማስያዊ ዘይምቅዳው ዝነበራን ጅቡቲ ንምጽላው ካብ ዓዲ እንግሊዝ ኤሊዛ ምራጭ ከም ትላኣኽ ተገበረ፣ ብመገዲ ሰበ ስልጣን መንግስቲ ህወሓት ምስ ሚኒስተር ጉዳያት ውሽጢ ሃገር እታ ሃገር ተራኺበት። ኣብ ጅቡቲ ካብ መጋቢት ክሳዕ ሚያዝያ 2013 ኣብ ዝጸንሓትሉ እዋን፡ ብዝተፈላለየ ምኽንያታት ናብ ጅቡቲ ዝተሰደዱ ኤርትራውያን ኣኼባታት ተወዲቡላ፡ መደረ ኣስመዐት፣ ጸብጻብ ንሆላንዳዊት ወይዘሮ ማርያን ኖርወጃዊት ኣይዳ አዛረን ኣመሓላለፈት። ብመገደን ድማ፡ ናብ ኮሚቴ ኮምሽን ሰብኣዊ መሰላት ሕቡራት ሃገራት።

ኮይኑ ድማ፡ ነዘን ኣብ ድርሰት “ጭውያ ህጻን ሓምላይ” ዝተዋስኣን ንሽምኡ ስርሓት ናብ ኣዲስ ኣበባ ዝመጽኡ ኤርትራውያንን ምስሳይን ባይታ ምምቻውን ብሓደ ወገን፡ ንቓለ መጠይቕ ዝቐርቡ ኤርትራውያ ኣብ ምውዳብ ድማ በቲ ካልእ ሓደ ካብቲ ዝሰርሖ ዝነበርኩ ስራሓውቲ’ዩ።

※ ንኤሊዛ ምራጭ፡ ሳሌም ሓድገይን ሄርሞን እዝቅያስን ብኣካል ትፈልጠን ዲኻ?

ኣብ ዓዲ እንግሊዝ ኣብ ዝነበርኩሉ እዋን፡ ኤሊዛ ምራጭ ካብቶም ቀንዲ መሳርሕቲ ሆላንዳዊት ወይዘሮ ማርያ ብምዃና ብቐጻሊ ንራኸብ ኔርና። ንሄርሞን እዝቅያስን ሳሌም ሓድገይን ኣብ በልጁም ዋዕላ ብራስለስ ኣቐዲመ ተፋሊጠየን እንተ ነበርኩን ኣብ ከም ድርሰት ሓምላይ ብተዘዋዋሪ መገዲ ተሓባቢረየን እንተነበርኩ’ኳ፡ ኣብ ሰነ 2016 ኣብ ጀነቫ ስዊዘርላንድ ኣንጻር ህዝብን መንግስትን ኤርትራ ኣብ ዝተኻየደ ሰላማዊ ሰልፊ’የ ብቐረባ ተፋሊጠየን፣ ካብቶም ወደብቲ ስለ ዝነበራ።

21 ሰነ 2016 ካብ መላእ ኤውሮጳ ብዝመጽኡ ኤርትራውያን ኣብ ጀነቫ ዓብይ ናይ ተቓውሞ ሰላማዊ ሰልፊ ተኻይዱ። ዕላማ እቲ ሰላማዊ ሰልፊ፡ ነቲ ካብ 2013

ኣትሒዞ ንኤርትራ ብግህሰት ሰብኣዊ መሰላት ንምኽሳሳ ዝዋደድ ዝነበረ ምምስጣር ንምቁዋምን እቲ ክሲ ዘይፍትሓዊ ምኳኑ ናይ ልዕሊ 300 ሽሕ ኤርትራውያን ክታም ነቲ ኮሚሽን ንምሃቡን ነበረ።

ብኣንጻሩ፡ ብኣናን በቶም ምሳና ዝሰርሑ ኤርትራውያንን ወጻእተኛታትን ዝተወደበ ኣንጻር'ዚ ሰላማዊ ሰልፊን ኤርትራ ከትከሰስ ኣለዋ ዝብል ክታም ዝሓዘ ወረቓቕቲን ነቲ ኮሚሽን ንምሃብ ኣብ ሳልስቱ ተጋሩን ኣብ ቍጽሪ ዘይኣትዉ ኤርትራውያንን ዝተዋጽኡ ኣብ ጀነቫ ናይ ደገፍ ሰላማዊ ሰልፊ ተኻየደ።

እዚ፡ መቐጸልታ ናይቲ ቅድሚ ዓመት ማለት ብ 15 ሰነ 2015 ኣብ ኣዲስ ኣበባ ኣብ ፊት ቤት ጽሕፈት ሕብረት ኣፍሪቃ መብዛሕተኦም ተጋሩ ዝተሳተፍዎ ዝተኻየደ ናይ ኤርትራውያን ሰላማዊ ሰልፊ እዩ። ዕላማ'ቲ ሰልፊ፡ ኤርትራ፡ ጥሕሰት ሰብኣዊ መሰላት ከም ዝፈጸመት፡ ቤት ጽሕፈት ሕብረት ኣፍሪቃ ድማ መንግስቲ ኤርትራ ተኣልዩ ከምቲ ኣብ ኢትዮጵያ ዘሎ ኣብ ኤርትራ'ውን ደሞክራስያዊ መንግስቲ ንኸቘውም እወታዊ ተራኡ ክጻወት ዝጽውዕ ነበረ፣ ነቲ ሰላማዊ ሰልፊ፡ ሃንደስቱን ተግበርቱን ድማ ባዕልና ነበርና።

ኣብ ኣዲስ ኣበባ፡ ጀነቫን ኒውዮርክን ዝወደብናዮ ሰላማዊ ሰልፊ ውጺኢቱ ርኢናዮ፣ ኣብ ልዕሊ ኤርትራ ዝሸረብናዮ ሸርሒ ዕላምኡ ኣይወቓዐን፣ ኤርትራ ካብቲ ክሲ ነጻ ጥራይ እንተይኮነት ተባሂላ፡ ድሕሪ ቍሩብ እዋን ኣባል ኮሚቴ ኮሚሽን ሰብኣዊ መሰላት ውድብ ሕቡራት ሃገራት ኾይና። ንኢትዮጵያ፡ ኣመሪካ፡ ኣምንስቲ ኢንተርናሽናል፡ ሂዩማን ራይትስ ዎችን ኢንተርናሽናል ክራይስስ ግሩፕን ጸላዕላዕ ዘበለ ጽፍዒት፣ ንኢጋድ ድማ ጥራይ ዝባኑ ዘውጸአ ዘየናሕሲ ውርደት።

※ ኢጋድ?

እቲ ንኤርትራ ብግህሰት ሰብኣዊ መሰላት የኽስስ'ዩ ተባሂሉ ብኹሉም ወገናት ዝተዋየደ ክስታት፡ ብስም እቲ መሳሪሕና ዝኾነ ኢጋድ'ዩ ዝቐርብ ነይሩ። እዚ ዞባዊ ውድብ'ዚ፡ ኢትዮጵያ'ያ ንነዊሕ ዓመታት ተመሓድሮ ነይራ እንትበሃል ካብ ሓቂ ዝረሓቐ ኣይኾነን። ከመይሲ፡ ናይዚ ዞባዊ ውድብ - ኢጋድ - ሓላፊ ጸጥታን ድሕነትን ፕሮግራም (ISSP) ኢትዮጵያዊ ኮማንደር፣ ናይ ኢጋድ ፍሉይ መልእኽተኛ ኢትዮጵያዊ ተጋዳላይ ህወሓት፣ ድሕሪ ወራር ኢትዮጵያ ኣብ ሶማል ብኢጋድ ዝቘመ ናይ ሶማል ናይ ዕርቂ ኮሚቴ ኣተሓባባሪ ኢትዮጵያዊ ጀነራል፣ ናይ ኢጋድ ናይ ሰላምን ድሕነትን ጸጥታን ዳይረክተር ኣባል ተጋዳላይ ህወሓት ዝነበረ እዮም።

እምበኣርከስ፡ እቲ በዞም ኣብ ላዕሊ ዝጠቐስኩዎም ኢትዮጵያውያን - ተጋሩ ዝምራሕ ኢጋድ፡ ንግዲ ምስግጋር ደቂ ኣዳም ኣብ ቀርኒ ኣፍሪቃን ማእከላይ ባሕርን ንምክትታል ኣርባዕተ ወርሒ ቅድሚ ኣኼባ ኮሚቴ ኮሚሽን ሰብኣዊ መሰላት ኣብ ጀነቫ ሓንቲ ኮሚቴ ጸጥታ መዚዙ ነበረ፣ ለካቲት 2016።

እዛ ኮሚቴ'ዚኣ፡ ኣብ ኬንያ ናይሮቢ ንዝመደበሩ ሳሃን ፋውንደሽን ዝተባህለ ዘይመንግስታዊ ትካል መጽናዕታዊ ጽሑፍ ንኸዳልወላ ሓላፍነት ሃበቶ። ሳሃን ፋውንደሽን፡ ሓደ ካብቶም ብጀይ ሶሮስ ዝምወል ቅድመ ተሓስቦ - THINK TANK - ዘይመንግስታዊ ትካል'ዩ። ሓላፊ ሳሃን ፋውንደሽን፡ ኣብ ውድብ ሕቡራት ሃገራት ጒጅለ ተቘጻጻሪ ኣብ ጒዳይ ሶማልን ኤርትራን ኾይኑ ዝሰርሐ ካናዳዊ እዩ። እዚ ካናዳዊ'ዚ፡

ምስቶም ንኤርትራ ብግህሰት ሰብኣዊ መሰላት ከኽስስዋ ላዕልን ታሕትን ዝብሉ፡ ብፍላይ በላይነሽ ፍስሃየ፡ ሄርሞን እዝቅያስ፡ ሆሴ ዘርእዝጊ፡ ኤሊዛ ምራጭ ዝኣመሰሉ ኢድን ጓንትን ኾይኑ ዝሰርሕ ሰብ'ዩ። ኩሉን እዘን ዝጠቐስኩዎን ሰባት፡ ብዝተፈላለየ ስም ዝጽወዓ ማሕበራት ተጣበቕቲ ሰብኣዊ መሰላት ዘቘማ'የን፤ ምኽንያቱ እታ እንጀራ ኣብኡ ስለ ዘላ፤ ንሕና ድማ ፈይ ነብለለን።

ስለ ዝኾነ ድማ፡ ሳሃን ፋውንደሽን፡ "ሰብ ስልጣን መንግስቲ ኤርትራ ኣብ ዘይሕጋዊ ንግዲ ምስግጋር ደቂ ሰባት ከም ዝነጥፉ ተረጋጊጹ፡" ኢሉ ዝዘርገሐ መጽናዕታዊ ጽሑፍ፡ ኣካል ናይቲ ንሕና ኣብ ኩሉ መዳይ ንመንግስቲ ኤርትራ ከነምበርኽኽ ዘካየድናዮም ሸርሕታት እዩ።

ስለዚ፡ ኢጋድ፡ ከም ኣብ ምሕላፍ ብይን እገዳ 1907/2009 ኣብዚ'ውን ሓደ ካብቶም መሳርሒ ምምሕዳር ዋሽንግቶንን መንግስቲ ኢትዮጵያን'ዩ ነይሩ። ኣብ ልዕሊ ኤርትራ ዝቐረበ ክስታት ብመገዲ ኢጋድ'ዩ ቀሪቡ። ወኪል መንግስቲ ኣመሪካ ኣብ ቤት ምኽሪ ባይቶ ጸጥታ ከምኡ'ውን ተሓጋጋዚት ጸሓፊት ጉዳያት ወጻኢ ሕቡራት መንግስታት ኣመሪካ ኣብ ጉዳያት ቀርኒ ኣፍሪቃ ካብቲ ንኤርትራ ንምምብርካኽ ዝተጠቐማሉ መሳርሒ ሓደ፡ በይነ መንግስታዊ ውድብ ኢጋድ'ዩ፤ ውድብ ሓድነት ኣፍሪቃ'ውን ኣሉ ዝብሎ ኣይመስለንን።

※ ኣብቲ ብ 25 ሰነ 2016 ኣብ ጀኔቫ ኣንጻር መንግስቲ ኤርትራ ዝተኻየደ ሰላማዊ ሰልፊ ንስኹም ብዝወደብኩሞም ተጋሩ'ዩ ተኻይዱ ዲኻ ዝበልካ?

ካብቶም ብስም ኤርትራውያን ኣብ ኤውሮጳ ዑቕባ ዝሓተቱ ስደተኛታት፡ እቶም ልዕሊ 40 ሚእታዊት ኢትዮጵያውያን - ተጋሩ ምዃኖም ከም ዘረጋገጸ ሓደ ኤውሮጳዊ ኣምባሳደር ኣብ ኢትዮጵያ ብወግዒ ገሊጹ እዩ። ነቲ መረጋገጺ ሰነድ'ቲ፡ መንግስቲ ሃገሩ ብቐልታ ከም ዘይጥምቶን ናብ ኣባል ሃገራት ውድብ ሕቡራት ሃገራትን ሕብረት ኤውሮጳን ከዝርግሖ ምዃኑ'ውን መጠንቀቕታ ሂቡ ነይሩ። እቲ ዝበሎ፡ ብዘይ ኣፍልጦ ላዕለዋይ ኮምሽነር ስደተኛታት ውድብ ሕቡራት ሃገራት'ዩ ዝፍጸም ነይሩ ኢለ ኣይኣምንን'የ። ከመይሲ፡ ካብቲ እቲ ውድብ ንነፍሲ ወከፍ ወርሓዊ ልዕሊ 200 ሽሕ ዶላር እናኸፈለ ዘመሓድሮ መዓስከር ስደተኛታት፡ እንተስ ናብ ሳልሳይ ሃገር እንተስ ካብቲ መዓስከር ወጺኦም ናብ ኣዲስ ኣበባ ይኹን መቐለ ዝኸዱ ኤርትራውያን ካብ መዝገብ ስደተኛታት ከም ዘይሕከኹ ኣይፈልጥን'ዩ ነይሩ ኣይብልን'የ፤ ኣንዳዕዲዑ ይፈልጥ'ምበር፤ ብስምምዕ'ኳ'ዩ ዝናበር! እቲ ውድብን ሰራሕተኛታቱን ቀጻልነት ስርሓም ድኣ ብምንታይ ከውሕሱ? ብሓጺሩ፡ እቲ ኮሚሽነር፡ ብወጻእተኛታትን ተጋሩን ሰራሕተኛታት ዝፍጸም ዝነበረ መጠኑ ዝሓለፈ ብልሽውና ኣይፈልጥን ነይሩ ኣይብልን'የ። ምኽንያቱ፡ ኣካል'ቲ ብልሽውና ብምንባሩ።

እቲ ካብ 2004 ኣትሒዙ ምምሕዳር ዋሽንግቶን ብምትሕብባር ኮምሽን ስደተኛታት ሕቡራት ሃገራት መንእሰያት ኤርትራ ካብ ሃገሮም ንምፍላስ ዝፍጸም ዝነበረ ተግባራት ንምጥቃስ ይከኣል'ዩ። መንግስቲ ኣመሪካ፡ ኣብ 2009 ካብ ሃገራዊ ኣገልግሎት ንዝሃድሙ ክሳብ 10 ሽሕ ዝበጽሑ መንእሰያት ዑቕባ ክህብ ድልው ምዃኑ ዘውጽኦ ሓበሬታ ምስ እንዕዘብ፡ እቲ ፕሮጀክት፡ ብኮምሽን ስደተኛታት ሕቡራት ሃገራት ንኽፍጸም'ዩ ትእዛዝ ተዋሂቡ። እቲ ኮምሽን ድማ ኣብ ንጡፍ ስራሕ ተዋፈረ፤ ንሕና

ድማ ብዝበለጸ ክ'ንጥቀመሉ እጅገና ሰብሰብና። ስለዚ፡ ኣብቲ ኣብ ጀኔቫ ንመንግስቲ ኤርትራ ብግህሰት ሰብኣዊ መሰላት ንምኽሳስ ዝተኻየደ ሰላማዊ ሰልፊ ዝተኻፈሉ፡ መብዛሕትኦም ንሕና ዝወደብናዮም ተጋሩ'ዮም ነይሮም።

ቤ/ጽ ደህንነት፡ ንመዓስከር ስደተኛታት ብዕትበት ከም ዝከታተሎን ኤርትራውያን ተመሲሎም ዓሰርተታት ኣባላቱ ኣዋፊሩ ከም ዝስልዮን ብኡ መጠን ብዙሓት ተጋሩ ብስም ስደተኛታት ኤርትራውያን ናብ ሃገራት ኤውሮጳን ኣመሪካን ከም ዝኸዱን እቲ ኤውሮጳዊ ኣምባሳደር ብተወሳኺ ኣቃሊዑ ነይሩ። ንሕና ድማ ነዞም ኤርትራውያን መሰል ዑቕባ ዝሓተቱ ተጋሩ ኣብ ዝሃለዉ ሃልዮም፡ ኣብ መንጎ ኤርትራውያን ፍልልያት ከነጎሃህርን ራዕዲ ክፍፈጥርን ጥራይ እንተይኾነስ፡ ስም ኤርትራ ንምድዋን'ውን ብዝበለጸ ንጥቀመሎም ኔርና። ሓደ ካብኡ፡ ህልቂት ላምፓዱዛ'ዩ። እታ ብሓይልታት ጸጥታ ጥልያን ትወቒዓ ኣብ ላምፓዱዛ ጥሒላ ተባሂሉ ዝንገረላ መርከብ ልዕሊ ፍርቂ'ኮ ብስም ኤርትራውያን ዝሞቱ ተጋሩ'ዮም። መንግስቲ ኤርትራ፡ ሬሳና ሃቡና ምስ በለ፡ ኣብ መንግስቲ ህወሓት፡ ብፍላይ ደህንነት፡ ዝተፈጥረ ተርባጽ ኣይርስዖን'የ። ብኡ መጠን ድማ ኣብ መንግስቲ ጥልያን።

ኾይኑ ድማ፡ እቲ ዘገርምን ዘሕዝንን፡ መንግስቲ ህወሓት፡ ንምስሊ ኤርትራ ንምድዋን ንዝሞቱ ዜጋታቱ ምኽሓዱ እንተይኾነስ፡ ሕብረት ኣፍሪቃ፡ ኣብ 1994 ኣብ ርዋንዳ ኣብ ውሽጢ ሰለስተ ወርሒ ኣስታት 900 ሽሕ ህዝቢ ዘህለቀ ምጽጻይ ዘርኢ መዓልቲ ሓዘን ከእውጅ ዘይደፈረ ክንሱ፡ ንቶም ኣብ ላምፓዱዛ ዝጣሓሉ ግና፡ ብድፍኢት መንግስቲ ህወሓት ዓመታዊ መዓልቲ ሓዘን ክእወጅ ናይቲ እዋን'ቲ ዋና ጽሓፊት ውድብ ሕብረት ኣፍሪቃ ዝነበረት ወይዘሮ ምጉስጓሳ ምስ ምንታይ ይቑጸር?

※ እንታይ'ዩ ነይሩ ዕላማኣ?

ምስሊ ኤርትራ ንምድዋን፣ መንነት እቶም ዝጠሓሉ ንምጒልባብ።

※ ናይቶም ተጋሩ - ኢትዮጵያውያን ማለትካ ድዩ?

እወ።

※ ንምንታይ?

ተኣዚዛ!

※ ብመን?

ብመንግስቲ ህወሓት'ምበር ብመን ድኣ። ከምይሲ፡ ዝበለዐት ከብዲ ካብኡ ሓሊፋ እንታይ ትገብር።

※ ንምኺኑ ሄርሞን እዝቅያስ መንያ?

ሄርሞን እዝቅያስ፡ ኣብታ ብሕብረት ኤውሮጳን ደህንነትን እናተመወለት

ብዶብ ኣልቦ ጋዜጠኛታት እትእለ ራድዮ ኤሪትራና ኣዳላዊት መደብ'ያ። ቀንዲ ዕላማኣ፣ "ኣብ ሲናይ ይኹን ካልእ ቦታታት ብኣሰጋገርቲ ዝተጨውዩ ኤርትራውያን ከነፍትሕ፡" እናበለት ብእተዳልዎ መደብ ምህብታም'ዩ። ገንዘባዊ ሓገዝ ንምንዳይ ትኣልሞ ድራማታት፡ ንሰማዒ ኣብ ዓሚቝ ርህራሄ ኣእትዩ ብርከት ዝበለ ወፈያ ከም ዘበርከት ምግባር'ዩ። ድራማታት ዱሕላም፡ ሓምላይን ሰምሃልን (ስሞም ዓቂበዮ ኣለኹ) ድማ ጽቡቕ ኣብነት'ዩ። ሄርሞን ግና ነዚ ኣብ ሰሙን ሓንሳብ ዝቐርብ መደብ ጥራይ ኣይኾነትን ተዳሉ፣ እንታይ ድኣ፡ "ንቶም ኣብ በረኻታት ሲናይ ዝተጨውዩ ግዳያት፡" ብናታ ኣባሃህላ ኤርትራውያን፡ "ናብ ሲናይ ከይደ ቃለ መሕትት ኣካይደሎም፡" ዝበለቶ ኣብ ጽሑፍ ኣስፊራ ብመገዲ ሆላንዳዊት ሓላፊት ትካል ኣማኻሪ ፖሊሲ ወጻኢ ኤውሮጳ ወይዘሮ ማርያ ንባይቶ ሕብረት ኤውሮጳ ከም ዝተዋህበ'ያ ተውግዕ። ንኤርትራ ኣብ ምኽሳስን እገዳ ከጸንዕ ኣብ ምጕስጓስን ከም ጭብጢ ተሓሲቡ ድማ ንኮሚሽን ሰብኣዊ መሰላት ከምኡ'ውን ንተቐጻጻሪ ኮሚቴ ሶማልን ኤርትራ ከም ዝተዋህበ ኣብ ጀኔቫ ምስ ተራኸብና ባዕላ ኣውጊዓትኒ።

ምዕራፍ 14

ዓባይ ብርጣንያ
ሎንዶን
ቀዳም 5 ጥሪ 2013

ፌሩዝ፡ ካብታ ናብ ጀርመን እትው ዝበለትላ ዕለት ስማ ከም ተቓዋሚት መንግስቲ ኤርትራ ህቡብነት ኣጥረየ። ኣብ መንበራት ዝተፈላለየ ስም ዝለበሳ ፍንጫላት ተሓኤን ብኤርትራውያን ዝቆማ ንመሰል ኤርትራውያን ንጣበቕ ዝብላ ጒጅለታትን ብዝገበሩላ ዕድመ መደረ ከተስምዕ ክሳዕ መፋርቕ 2012 ኣሕለፈቶ። ኣብ ወርሒ መስከረም 2012 ግና መሪር ሓዘን ኣጋጠማ፣ ኣቦይ ስዒድ ዓሊ መኪ ብዝሓደሮም ሕማም ድኻም ልቢ ዓረፉ። ዕረፍቶም ምጽዋር ስኣነቶ፣ ካብ ኩሉ ንጥፈታታ ዛሕተለት።

ኤሊዛ ምራጭ'ያ ደዊላ።

"ፌሩዝ ከመይ ቀኒኺ? ካን ክንድብሰኪ ክንመጽእ እንተበልናስ ኣቢኺ?" በለታ ብሕዙን መንፈስ።

"ኤሊዛ፡ እንታይ ደበስ ኣድልዩኒ፣ ኢማ ምኽኣል ስለ ዝሰኣነቶ ጥዕና'ውን ስለ ዘይብላ ንበይና ክገድፋ ኣይከኣልኩን። ከመይ ቀኒኺ?"

"ሓቀን! ከመይ ዝበሉ ጅግናን ቈራጽን ብዓል መትከል ሰብኣይ እየን'ኳ ስኢነን። በሊ፡ ክንመኻኸረሉ ዝግባኣና ህጹጽ ጒዳይ ስለ ዘሎ ናብ ለንዶን ክትመጺ ምኽኣልኪዶ?"

"ሓደ ሰሙን ግዜ ሃብኒ፡" በለታ 'ግህሰት ሰብኣዊ መሰላት ኣብ ኤርትራ፡' ዝብል ብኣምንስቲ ኢንተርናሽናል ዝወጽአ ጽሑፍ እናገናጸለት።

ፌሩዝ፡ ካብ ብዙሓት ኣህጒራውያን ዘይመንግስታውያን ውድባት ጠለብ ስራሕ ይመጻ እንተ ነበረ'ኳ፡ ኣይ ከም ካብ ሂዩማን ራይትስ ዎችን ኢንተርናሽናል ክራይስስ ግሩፕን። ብዘይካ ናይቲ እተካይዶ መደረ ገንዘባዊ ግንዖ፡ ንጕስጓስ ዝሕግዙ ሚስጥራዊ ጽሑፋት ብቐጻሊ'የን ዝሰዳላ።

ኾይኑ ኸኣ፡ ክልተ ዓመት ምሉእ ኣብ ዝተፈላለየ ከተማታት ጀርመን፡ ሽወደን፡

ዓዲ እንግሊዝን ካልኦት ሃገራትን እናዞረት ብሓደ ወገን፡ ምስ ዝተፈላለያ ማዕከናት ዜናን ማሕበራዊ መራኸብታትን ድሕረ ገጻትን ድማ በቲ ካልእ ዘካየደቶ መደረን ቃለ መሕትትን፣ ምስሊ ኤርትራን መራሒ መንግስታን ንምድዋንን ንምስይጣንን ብኡ ኣቢልካ ድማ ብግህሰት ሰብኣዊ መሰላት ኣኽሲስካ ኣብ ልዕሊኣ ዝተነብረ እገዳ ኣኽሪርካ ንምምብርካኻን መንግስቲ ንምዕላዉን ብዘካየደቶ ጐስጓስ ምስ ወሰንትን ደፋእቲ ውልቀ ሰባትን ትካላትን ተላልያ ነበረት። ስለ ዝኾነ ድማ፡ በቲ ዝነበራ ህቡብነት ምስቶም ኣብ ላዕለዋይ ጽፍሒ ኾይኖም ዝውድቡን ዝምውሉን ጥራይ ክትሰርሕ መደብ ኣውጸአት።

"ኣብ ዓዲ እንግሊዝ፡ ኤሊዛ ምራጭን ማርክ ፕላይትን፣ ኣብ ሽወደን፡ ሳሌም ሓድገይን ሄርሞን እዝቅያስን፣ ኣብ ሆላንድ፡ ወይዘሮ ማርያ፣ ኣብ ኖርወይ፡ ኣይዳ ኣዛረ፣ ኣብ ኣመሪካ፡ ዶክተር በረኸተኣብ፡ ጴጥሮስ ወልደገርጊሽን ዶክተር ኣስመሮም ኸሰተን ጃን ዶነልን፡" ኢላ ኣብ ኣጀንዳኣ ኣስፈረቶም።

ፌሩዝ፡ ኤሊዛ ምራጭን ማርክ ፕላይትን ኣብ ሎንዶን ዝወደብዎ ርክብ ክካየድ ምዃኑ ካብ ቤ/ጽ ኮሎኔል ርእሶም መልእኽቲ በጽሓ። እታ መልእኽቲ፡ "ኣብቲ ርክብ ከም ትሳተፊ ግበሪ!" ትብል ነበረት።

ድሕሪ ቍሩብ መዓልቲ ፌሩዝ ናብ ኤሊዛ ደወለት።

"ኤሊዛ ከመይ ቀኒኺ? ፌሩዝ'የ።"

"ፈሩዛ ከመይ ቀኒኺ? እንታይ ድኣ ክንድዚ ምጥፋእ?"

"ኢማ ኣይጠዓየትን።"

"እዋይ ሓውተይ!"

"ከምቲ ዝተባሃልናዮ ድሕሪ ጽባሕ 5 ጥሪ ናብ ሎንዶን ክመጽእ'የ፣ ናባኺ ክኣቱ ይከኣል ድዩ?"

"እንታይ ሕቱኡ ድኣሉ? ግድን'ምበር! ክገርመኪ ዓቢ ጉዳይ ስለ ዘሎ ሎሚ ክድውለልኪ ሓሲበ ነይረ። ነብስኺ ግዲ ነጊሩኪ ኾይኑ ደዊልኪ፡" ኢላ ተፈሽኻ ተሌፎን ዓጸወት።

ወርሒ ጥሪ፡ ኣሳሓይታ ዓዲ እንግሊዝ ምፍጣርካ'ዩ ዘጽልእ። ኣርጒድካ ተኸዲንካ'ውን ኣይጠቕመካን'ዩ። ብፍላይ እቲ ካብ ባሕሪ ዝነፍስ ንፋስ ውርጪ ተሓዊስዎ ንኣዒንትኻ ቋሕ ምባል'ዩ ዝኸልእን፣ ባይታ ባይታ እናርኣኻ ክትከይድ'ዩ ዘገድደካ።

ኤሊዛ፡ ንፌሩዝ ኣብ መዓርፎ ነፈርቲ ሂዝሮ ተቐቢላ ናብታ ንኽብራ ድራር ክትጋብዛ ኢላ ዝመደበታ ኣብ ኩንስ ስኳር ትርከብ ቤት ብልዒን መስተን ጀሪ ሒዛታ ከደት። ማኪና ሓደ ብሎክ ሕልፍ ኢላ ዓሽጋ ሰቶብራሾ ተተሓሒዘን ኣተዋ። ተቐባሊ ጋሻ፡ ነቲ ውርጪ ዝወደቖ ካፖተን ተቐቢሉ ኣብ መስቀሊ ክዳውንቲ ሰቒሉ መሪሕወን ኣብታ ዝተሓዘአትለን ጠረጴዛ ሰድያ ስሒቡ ኮፍ ክብላ ዓደመን።

ዘይሓሰበቶ ነገር ድማ ገጠማ፣ ዕዱማት ኣጋይሽ።

"ፌሩዝ፡ ንጃን ዶነል፡ ማርክ ፕላይትን ይመስገንን ትፈልጢዮም ዲኺ?"

"ምስ ማርክ ኣብ ሎንዶን፡ ምስ ጃን ድማ ኣብ ኣመሪካ ብዙሕ እዋን ተረኣኢና ኣሎና። ብዝበለጸ ግና ምስ ጴጥሮስ ወልደገርጊሽ ስለ ዘይፈላለዩ ብቐጻሊ ኢና ንራኸብ ኔርና። ከመይ ኣለኹም?"

"ከምቲ ክንኾኖ ዝግባእ ኣይኾንናን፣ ብኤርትራ ቅሳነት ኣይረኸብናን!" ኢሉ

ማርክ ንጃን ፍሽኽ በሎ። "እዚ ትርእይዮ ዘለኺ ተጋዳላይ፡ ንዝተጋደለሉ ዕላማ ኣብ መፈጸምትኡ ከየብጸሐ ሰለም ኣየብልን'ዩ፡" እናበለ ሓንቲ ስእሊ ኣውጺኡ ኣቐበላ። እታ ስእሊ ጃን ዶነል ኣብ ሜዳ ኤርትራ ኣብ ግመል ተወጢሑ እናተጓዓዘ ከሎ ዝተሳእሎ'ዩ።

"ናይ ጀነራል መዓርግ ይግበኦ'ዩ ተባሂሉ'ዩ ዝዝረበሉ!" በለት ፌሩዝ ፍሽኽ ኢሉ።

"መንግስቲ ሻዕብያ ከሎ!"

"ሚኒስተር ፕላይት፡ መንግስተይ ኣይትጽረፈለይ!" በለ እቲ ከሳዕ ሽዑ ብማሕበራዊ መራኸቢታት'ምበር፡ ንፌሩዝ ብቐረባ ዘይፈልጣ ይመስገን ካሕሳይ ከባጩ።

"ወይለይ ከየፋለጥኩኺ፣ ይመስገን ካሕሳይ ይበሃል።"

"ኣብ ኤሪትቪ ዶ ኔርካ?"

"እወ፡" ኢሉ ፍሽኽ በለ።

"ኣወዳድቓ ቃላትካ ኣዝዩ'ዩ ዝምስጠኒ። ነዊሕ ጌርካ ካብ ትመጽእ?"

"ኣብዚ ቐረባ እዋን'የ መጺአ፡" በለ'ሞ፡ ኣሳሳዩ፡ እታ ን'ኸልቲኦን ዝተኣዘዘት ቀያሕ ነቢት ከፊቱ ንመጥዓሚ ንፌሩዝ ኣብ ብርጭቆ ቀዳሓላ፣ "ጥዑም! የቐንየለይ፡" ብምባል ኣመስገነት። ሰለስቲኦም ጸሊም ገኒስ ቢራ ኣዚዞም "እንቛዕ ብዳሓን መጻእኺ" ንምባል ብርጭቆኦም ምስ ናይ ፌሩዝ ኣጋጨውዎ።

ዝተኣዘዘ ምግቢ መጽአ፣ ካራን ፋርኬታን ስራሖም ጀመሩ፡ ሓጨልጨል እናበሉ።

ዘተ ምውቕውቕ በለ።

"እቲ ዝገርመኒ ድማ ንሱ'ዩ፣ ንምንታይ'ዩ ህዝቢ ኤርትራ ተቓውሞ ዘየልዕል?" ሓተተ ማርክ።

"ከም ዝመስለኒ፡ ህዝቢ፡ ንሻዕብያ ይኣምኖ'ዩ። ሓደ፡ ካብ ኣብራኹና ዝወጽአ መንግስቲ ኢሉ ስለ ዝኣምን፣ ክልተ፡ ካበይ ኣምጺኡ? እንታይዶ ነይሩዎን ኣለዎን'ዩ ብጽፍሩ እናሰረሐ ዝናበርዶ ኣይኮነን? ዝብል ጽኑዕ እምነት እዩ ዘለዎ። እንተኾነ ግና፡ "ገለ ቀንጣሮ ብገለ ምኽንያት ሓዉ፡ ቤተ ሰቡ ወይ መቕርቡ ብገበን ወይ ብብልሽውና ተኣሲርዎ ወይ ድማ ቁጽጽር ዘይብሉ ንግዲ ዘይተፈቕደሉ ምዕዝምዛም ኣይተረፎን፡ " ዝብል ናይ ዝበዘሐ ኤርትራዊ ኣርኣእያ ዘሎ ይመስለኒ። ኣነ'ውን ከምኡ እምነት'ዩ ነይሩኒ።"

"ፌሩዝ፡ ህዝቢ ኤርትራ ደሞክራሲ፡ ነጻ ፕረስን ነጻ ምንቅስቓስን ወዘተ ኣየድልዮን ድዩ?" ሓተተት ኤሊዛ።

"ንኤሊዛ ምልእ ከብለላ። ክንድዚ ዓመታት ኣብ ስልጣን ምጽናሕ ኣሎ ድዩ? ምርጫ ዘይካየድ?" ወሰኸ ማርክ።

"ኣብ ገለ መዳይ፡ ሓቅነት ዘለዎ ጉዳያት ይራኣየካ'ዩ። ኣብ ሃገራት ኣፍሪቃ እንተ መጻእና፡ ደሞክራሲ ንህዝቢ ምግቢ፡ ስራሕ፡ መጽለሊ ኣይኮነን፣ ወረቐት ኣብ ሳንዱቕ ምርጫ ደርብዩ'ዩ ናብ ገዝኡ ዝምለስ። ኣብ ኤርትራ ግና እቲ ጉዳይ ንሱ ኣይኮነን፡ እቲ ኣብ ማእከላይ ጽፍሒ ዘሎ ማለት ኣተግባሪ ፖሊሲ ስራሑ ብግቡእ እንተዘካይድ፡ ሓዳኣዊ ስልፊ ጸገም ኣምበይ ምኾነን ዝብሉ ኣይተሳእኑን። ምኽንያቱ፡ ኣብ መሪሕነቶም ይተኣማመኑ'ዮም። ኣነ'ውን ሓንቲ ካብኦም'የ ነይረ። ሲንጋፖር'ኮ ናይ ሓድኣዊ ስልፊ ጽቡቕ ኣብነት'ያ ዝብል ምጉት ዘልዕሉ'ውን ኣይሳኣኑን እዮም። ከም ትፈልጥዎ፡

ሲንጋፖር፡ ድሕሪ ሰላሳ ዓመት'ያ ምርጫ ፈቒዳ። መራሒ'ታ ሃገር፡ ሊ ኳን የው ውልቀ መላኺ እናተባህለ ቀንዲ ማሓዝኡ ግና ኣመሪካ'ያ ነይራ፣ ከም ኣብ ብዙሓት ሃገራት። ኣብ ሲንጋፖር ማስቲካ ሓይኽካ ኣብ መገዲ ጡፍ ምባል ገበን'ዩ፣ ምስ ጭኮና ድዩ ከቒጽር? ወይ ምስ ደሞክራስያዊ መሰል? ኣብ ሱዑዲ ዓረብ ደቀንስትዮ ከም ፍጡር ወዲ ኣዳም ኣይረኣያን'የን። መንግስቲ ሲንጋፖር ውልቀ መላኺ ከበሃል ከሎ ንንግስነት ስዑዲ ዓረብ ዝነቅፍ ግና ወይልኡ፣ ንማኪናኡ ይሕለየላ። ስለዚ፡ ድርብ ዕያር ኣየብልንዶ? ዝብል ናይ ምሁራት ምጉት'ውን ኣሎ። ከም ዝተዓዘብኩዎ፡ ብዙሓት ኤርትራውያን 'ሻዕብያ እንተ ዘይኾነ እዞም ኣብ ደገ ተኹይጦም ወገሐ ጸበሐ ዝምድሩ ሃገር ከጥፍኡ እንተ ዘይኾይኖም፡ ፋይዳ የብሎምን!' ዝብል ኣርኣእያ ዘለዎም ይመስለኒ፣ ኣነ'ውን ባዕለይ ዝብሎ ዝነበርኩ'ዩ። ስለዚ፡ እቲ ከኸውን ዘለዎ፡ እቶም ተፈናጭሎም ኣንጻር መንግስቲ ሻዕብያ ንቃለስ ኣሎና ዝብሉ ከሓብሩ'ዮም ዘለዎም፣ ዘሕብር ባይታ እንተለዎም፡" ኢላ ፌሩዝ ብርጭቆ ኣልዒላ 'ንጥዕና' ኢላ ካብቲ ነቢት መዓኙት።

"ማርክ፡ ጃን፡ ናብቲ ዘምጽኣናዶ ክንኣቱ፡" በለት ኤሊዛ ንርክብ ሓሙሽተ ናብ ዘምጸኦም ጉዳይ ንምእላይ።

ሕራይ ንምባል ክልቲኦም ርእሶም ነውነዉ።

"ኣብዚ ቐረባ እዋን ኣብ ኣስመራ ዕልዋ ክግበር'ዩ ዝብል ሓበሬታ መጺኡና ኣሎ። እቲ ዕልዋ ብላዕለዎት ሓለፍቲ ከም ዝግበርን ጽዱይ ውዳበ ተገይርሉ ከም ዘሎን'ውን ተነጊሩና'ሎ። ግዝያዊ ተጸዋዒ ሚኒስትሪ ዜና ኣብ ኤውሮጳ ምህላዉ'ውን ፈሊጥና ኣሎና። ይመስገን ብዝበለጸ ምስኡ ስለ ዝራኸብ እቲ ሓበሬታ ኣጣሊልዎ ኢሎ። ቢቢሲ፡ ራድዮታት ኣሰይ፡ ማሕታ፡ ኤሪትራናን ኤስቢኤስ-ንውስን ከጋውሐኦ ተዳልየን ኣለዋ፡ " ብምባል ናይ መእተዊ ዘረባ ኣስሚዓ፡ ጃን ዶነል፡ ማርክ ፕላይትን ይመስገንን እሙን ምንጪ ድሕረ ገጽ ዓወተ ዳት ኮም እዩ ተባሂሉ ካብ ዝንገረሉ ዓሲ ዓብደላ ረኺብናዮ ዝበልዎ ዝርዝር ሓበሬታ ኣስፊሖም ንፌሩዝ ገለጹላ። ቅድመ ምድላዋት ከውጥኑ ድማ ኣምሰዩ።

ኣብ ሳልስታ፡ ፌሩዝ፡ ንህጹጽ ጉዳይ ናብ በርሊን ተመሊሳ፡ ብ 11 ጥሪ 2013 ኣብ ሰሜናዊ ምብራቕ ጀርመን ናብ ትርከብ ከተማ ሮስቶክ ኣምረሐት።

ኣብ ተማሳሳሊ እዋን፡ ኣብ ዝተፈላለየ ከተማታት ኤውሮጳን ኣመሪካን ዝርከቡ ኣንጻር ህዝብን መንግስትን ኤርትራ ዝኾኑ ባእታታት ተማሳሳሊ ርክባት ኣካየዱ።

ኣባላት ስለያ ወጻኢ ኣብ ንጡፍ ስለያዊ ስርሓት ተዋፊሮም ወርሑ፣ እዋናዊ ሓበሬታ ናብ ኣስመራ ኣውሓዙ። ሓበሬታ ተመመየ፡ ሃገራዊ ድሕነትን ክፍሊ ጸጥታ ውሽጢ ሃገርን ምድላዋት ኣጻፈፉ።

ምዕራፍ 15

ኣስመራ
ቤ/ጽ ወኪል ሃገራዊ ድሕነት ኤርትራ (ሃ.ድ.ኤ)
ክፍሊ ስለያ ወጻኢ
ሰኑይ 14 ጥሪ 2013
ሰዓት 08:30

ሜጀር ጸጉ፡ ካብቲ ንሓለፍቲ ክፍልታትን ጨናፍርን ኣብ ቤ/ጽ ሃገራዊ ድሕነት ዝተኻየደ ኣኼባ ናብ ኣልፋሮማዮ ዝርከብ ግዚያዊ ቤት ጽሕፈቱ ምስ ተመልሰ ፡ ንደራሲ 'ሳሕል ኬድና እንታይ ኣምጺእና?' ዝሕብር ካብ ረዘነ ናብ ኮሎኔል ርእሶም ዝተላእከ ጽጹይ መልእኽቲ ኣብ ጠረጴዛኡ ጸነሖ።

"እዚ ከዳዕ ድማ ድሮ ምስ ፌሩዝ ተራኺቡ?" በለ ብውሽጡ።

ምምሕዳር ዋሽንግቶን ምስ ሃገራት ቀርኒ ኣፍሪቃ ተሻሪኹ ንኤርትራ ብግህሰት ሰብኣዊ መሰላት ክኸሳ ዘካየዶ ንጥፈታት፡ ምስ መንግስቲ ጅቡቲ ዝተኻየደ ዘተ፡ ብወገን ኣመሪካ ዝቐረበ ጸብጻብ ምኽርዳን መንግስቲ ኤርትራ፡ ኣብ ነብሲ ወከፍ ሃገር ተዓሲቦም ዝሰርሑ ኤርትራውያን ዝርዝር ኣስማትን ዘካይድዎ ጐስጓስን መወልቶምን ዝሕብር ጽሑፍ ኣንቢቡ፡ ናብታ ኮድ 21-10 ትብል ፋይል ሓለፈ።

ነታ ፋይል ገንጺሉ፡ ፌሩዝ ምስ ሓደ ላዕለዋይ ኣባል ጐጅለ ተቓወምቲ ተራኺባ ዕላማ ምትእኽባብ እቲ ደምበ እንታይ ምዃኑ፡ ኣባላቱ እንበዓል መን ምዃኖም፡ ኣበርከቶኦም፡ ምስ ህወሓት ዝነበሮምን ዘለዎምን ምትእስሳር፡ ኣየኖት ሃገራትን መንግስታትን ፖለቲካዊ ደገፍ ከም ዝህቦኦም፡ ብዘይካ ካብ ህወሓት ካብ መን ከም ዝምወሉ፡ ምስ ኣምንስቲ ኢንተርናሽናልን ሂዩማን ራትስ ዎችን ካልኦት ዘይመንግስታውያን ወድባትን ዘለዎም ናይ ሓባር ስራሕን ምትሕግጋዝን ዝኣመሰሉ ዛዕባታት ከም ዝተመያየጡ ዝገልጽ ዝርዝር ሓበሬታ ኣንቢቡ ወደአ።

ቀኑብ ዕረፍቲ ገይሩ፡ ኢትዮጵያ ትብል ፋይል ኣልዒሉ ገናጸለ። ብመገዲ ቤ/ጽ ኤምባሲ ሃገረ ኤርትራ ኣብ ጀርመንን ካልኦት ሃገራትን ዝመጸ ኣብ ላዕሊ ጥብቂ ሚስጢር ዝብል ማሕተም ዝተሃርሞ ወረቓቕቲ በብሓደ ከንብብ ሰዓት ክልተ ድሕሪ ቐትሪ ኾነ።

"እንታይ ዝበለ ክድዓት'ዩ። ሕራይ! ምስ መንግስቲ በተሓሳሰባ ኣይትሰማማዕ፡ ንቡር ስለ ዝኾነ፣ ግና ነታ እቃለሰላ ኣለኹ ትብላ ሃገርካን ህዝብኻን ከትርኸምሽ ምስ ወያነ ትሓብር ዲኻ?" ኢሉ ርእሱ እናነውነወ ተሌፎን ኣልዒሉ ንምሳሕ ከም ዘይመጽእ ንብዓልቲ ቤቱ ሓበራ።

ከም ናይ ካልኦት ሃገራት መርበብ ስለያ፡ ኣብ ሃገራዊ ድሕነት ኤርትራ'ውን ምትሕልላፍ መልእኽቲ ብዝተመስጠረ ኮድ'ዩ ዝካየድ። ስም ወሃብቲ ሓበሬታ ኣይጥቀስን'ዩ። ብዘይካ ዝምልከቶም ሓለፍቲ፡ ኣስማቶም ዝፈልጥ የለን። ከም ናይ ማንም ሃገር ኤምባሲ፡ ኣብ ኲለን ሃገራት ዝርከብ ኤምባሲ ሃገረ ኤርትራ'ውን ካብን ናብን ዝመሓላለፍ መልእኽቲ ብመገዱ'ዩ ዝካየድ።

"መጽሓፍ *ባይ ወይ ኦፍ ዲሰፕሽን* ከም ትገልጾ፡ ትካል ስለያ እስራኤል ሞሳድ፡ ቀንዲ ሓይሉ ኣብ ወጻኢ ሃገር ዝርከብ እስራኤላዊ ምኳኑ'ያ ትገልጽ። እስራኤላዊ ዘይርከቦ ሃገር ይከሰስ፣ ኣብ ኲሉ ዓለም ኣሎ። ምስ ሃገሩ ክህልዎ ዝግባእ ጥቡቕ ዝምድና፡ ኣብ ልዕሊኡ ብናዚ ጀርመን ዝተፈጸመ ኣሰቃቒ ጃማላዊ ህልቂት ሚሂሩዎ'ዩ፣ ብዘይ ሃገር፡ ምህላው ከምዘየለ። እስራኤላውያን፡ "ንኽትህሉ ክትሕይል ኣለካ፣ ንኽትሕይል ክትሓሓቐፍ ኣለካ፣ ንኽትሓቛቐፍ ሓባራዊ ዕላማ ክህልወካ ኣለዎ፣ ሓባራዊ ዕላማ ንኽህልወካ ሃገር ክህልወካ ኣለዎ፣ ሃገር ተሰክመካ ሓላፍነትን ግዴታን ከተማልእ ድማ ዜግነታዊ ግዴታኻ'ዩ፡" ዝብል ኣድማሳዊ ሓቂ ምርኩስ ጌሮም'ዮም ንኹሉ ማሕለኻታት ሰጊሮም ህላውነቶም ኣረጋጊጾም። ምርግጋጽ ጥራይ ግና ኣይኾነን፣ ሃገሮም፡ ሓንቲ ካብተን ሓያላት ሃገራት ንኽትከውን በቒዓ ኣላ፣ ሞሳድ'ውን ከምኡ።

"ሞሳድ ኲሉ ስለያዊ ስርሓቱ ኣብ ህዝቢ'ዩ ዝምርኮስ። ንዘካይዶም ተልእኾታት ብመልክዕ ዋህዮታት ብዝተወደቡ እስራኤላውያን'ዩ ዘካይዶ። ምትሕልላፍ መልእኽትን ሓበሬታን ድማ ብእኦም ይፍጸም።

"ወኪል ሃገራዊ ድሕነት ኤርትራ'ውን ከምኡ፣ ሓይሉ ኣብ ህዝቡ'ዩ፣ መትንታት ደሙ ንሱ ስለ ዝኾነ። ስለያ ብውድብ መልክዕ ካብ ዝስርሓሉ ኣይወሓደን፣ ከመይሲ፡ ኣብ እዋን ብረታዊ ቃልሲ፡ ህዝባዊ ግንባር ሓርነት ኤርትራ፡ ድልዱል መሰረት መርበብ ስለያ ኣንቢሩ'ዩ። ብቕዓት ናይ ሓንቲ ሃገር ድማ ብዘለዋ ትካላዊ ብቕዓት ወኪል ሃገራው ድሕነት ይምዘን፡" እናበለ ኣብ ሓሳብ ተሸሚሙ ድሕሪ ምጽናሕ፡ ሓደ ፋይል ኣውጸአ። ኣብ ጀርመን ዝርከቡ ኣባላት ሃገራዊ ድሕነት ኤርትራ ወጻኢ ሃገር በብሓደ ተመልከተ። ነተን ኮሎኔል ርእሶም ምልክት ዝገበረለን ኣስማት ፋይለን ኣውጺኡ ታሪኽ ሂወት ናይቶም ኣባላት በብሓደ ተመልከተ።

ዘምዘም፡ ሓንቲ ካብቶም ኣብ ዋዕላ ብራስለስ ንኽትኻፈል ብኤሊዛ ምራጭ ተረቑሓ ብወይዘሮ ማርያ ዝተዓደመት'ያ ነይራ። የግዳስ፡ ብተክኒካዊ ምኽንያት ኣይተሳተፈትን።

ሓወቦኣ፡ ካብ 1977 ኣትሒዙ ኣባል ፈጻሚ ሽማግለ ህዝባዊ ግንባር፡ ድሕሪ ናጽነት ድማ ሚኒስተር ዝነበረ ኣብ መስከረም 2001 ብሃገራዊ ክሕደት ኣብ ትሕቲ

ቀይዲ ኣትዩ ተባሂሉ ዝንገረሉ ኾይኑ፡ ንሳ'ውን ካብ ነሓሰ 2006 ኣትሒዛ ዝምብዕቲ ተባሂላ ካብ ውዳበታት መንእሰያት ህግደፍ ጀርመን ዝተባረረት መንእሰይ'ያ።

ሜጀር ጾጉ፡ ነዝን ካልእን ኣንቢቡ ናብቲ ንሰዓት 16፡45 ዝተጸወዐ ኣኼባ ቅድሚ ምብጋሱ ቀኍሩብ ደቓይቕ፡ ካብ ኮሎኔል ርእሶም ዝተላኣኸ ዕሹግ ደብዳበ በጸሐ፣ ከፊቱ ነቲ ወረቓቕቲ በብሓደ ከንብበ ጀመረ።

※ ※ ※

ከተማ ሮስቶክ
ቅድሚ ዓመት
ቀዳም 25 ለካቲት 2012

ቤ/ጽ ክፍሊ ስለያ ወጻኢ ኣብ ከተማ ሮስቶክ ጐዳና ቤትሆቨን ቍ. 147 ሓደ ምስጡር መስመር ርክብ ከፈተ።

ቀዳም ንግሆ 25 ለካቲት 2012 እዩ። ነተን ክልተ ክፍሊ፡ ክሽነን ባኞን ኣጻራርያ ነብሳ ተሓጺባ ኣስፔዛ ክትገዝእ ክዳውንታ እናለበሰት ከላ ተሌፎን ሰለስተ ግዜ ደዊላ ኣስቀጠት።

ዘይኣመላ ሰንበደት።

ተሌፎን መሊሳ ደወለት፡ ከይዳ ተቐበለታ።

"ከመይ ኣርፊድኪ? ኣብዛ ትሕቴኺ ዘላ ካፈ እጽበየኪ ኣለኹ፣" ጥራይ ነበረት እታ መልእኽቲ።

እታ ቍጽሪ ተሌፎን'ቲኣ ብዘይካ ንኣገዳሲ ሃገራዊ ዕማም እሞ ኸኣ ረዘነ ጥራይ እምበር፡ ዘመነ ሞባይል ብምኺኑ ዝፈልጣ ሰብ ኣይነበረን፣ እሞ ኸኣ ጓል ኣንስተይቲ።

ዘምዘም፡ ለባቢሳ ወዲኣ ብምንባራ፡ ቦርሳኣ ኣልዒላ ናብቲ ዝተባሃለቶ እንዳ ካፈ ኣምረሐት። ማዕጾ ከፊታ ኣተወት፣ ሓንቲ ሰብ ምልክት ገበረትላ። ነታ ሰብ ትፈልጣ'ያ፣ ኣባል መንእሰያት ህግደፍ'ያ ነይራ፣ ሕጂ ግና ከዳዕ ጭው ዝበለት ተቓዋሚት መንግስቲ ኤርትራ።

"እምበርዶ ሓቂ'ዩ ዝርእዮ ዘለኹ!" እናበለት ናብታ ሰብ ሰጎመት፣ ኢዳ ንሰላምታ ከይሃበት መንበር ስሒባ ኮፍ በለት።

እታ ሰብ ኣይተገረመትን፡ ፍሽኽ ኢላ ትም በለት።

"ተሌፎነይ ድኣ ዓሰብትኺ ድዩም ሂቦምኺ?" በለታ ፍሽኽ ኢላ ዓይኒ ዓይና እናጠመተት።

"በዚ ሎሚ ዘመን፡ ትደልዮ ኣይትስእኖን ኢኻ፣ ብፍላይ መሓውር ዘለዎም መሓዙት እንተ'ለዉኻ።"

"ሓቅኺ፡ ንኪብድኻ ጥራይ ትነብር እተኼንካዶ!"

"ሓይልኺ ኣዝየ'የ ዝፈትዎ፣ ኣብቲ ግዜ'ቲ . . ."

"ዘጋጠመ የጋጥም፡ ሃገረይ ዝሸይጥ ሰብ ኣይኾንኩን! እንታይ'ዩ ኣምጺኡኪ?"

"ናፊቐኪ! ግና ከዳዕ ኣይብለክን'የ፡ ኣዝየ ዘኽብራ መምህረይ ስለ ዝኾንኪ፡" ምስ በለታ ዘምዘም ንኽትከይድ ብድድ በለት።

"ካብ 11-89 መልእኽቲ ኣለኪ።"

ዘምዘም ሓደ ስጉሚ ከይዳ ግልብጥ በለት፣ ብደዋ ተኲራ ጠመተታ።

"ሓንሳብ ዶ ኮፍ ክትብሊ?"

ዘምዘም ገና ተኲራ እናጠመተታ ተመሊሳ ኮፍ በለት።

"29-45 እንታይ ኢኺ ትስትዪ?" ኢላ ክልተ ማክያቶ ኣዘዘት። ዘምዘም ግንባራ ሰይራ ጠመተታ።

29-45 ዕለተ ትውልዲ ኣቦ ዘምዘም'ዩ፣ ብዘይካ ዘምዘም ነዛ ቀጽሪ ሰለስተ ሰባት ጥራይ'ዮም ዝፈልጥዋ። ኣብ ኤምባሲ ሃገረ ኤርትራ ጀርመን ሓደ ሰብ፡ ኣብ ቤ/ጽ ሃ.ድ.ኤ ኮሎኔል ርእሶምን ሜጀር ጸጉን። እቲ ኮድ፡ ኣብ ስለያ ወጻኢ ምስ ተወዘዐት ዝተዋህባ ምስጢር ኮድ'ዩ።

"21-10 እባህል። ዝተጠመቕኩሉ ዕለት'ዩ።"

ዘምዘም ገና ግንባራ ሰይራ ዓይኒ ዓይና ጠመተታ፣ ውሽጣ ተጠራጠረ፣ "ኮድና ተሰይሩዶ ድኣ ወይ 11-89 ሰዲዉ ኾይኑ" በለት ብውሽጣ።

ፌሩዝ ክምስ በለት።

"ስምዕኒ! እዛ ዓለም ኣዝያ ትጸብብ ጥራይ ዘይኮነት ዘላ፡ ከምቲ ትፈልጥዮ፡ ሓበሬታ'ውን ካብ ክንጭብጦን ክንምስርሖን እንኽእል ንላዕሊ ቐልጡፍ ኾይኑ'ሎ። ሃለውሎው ናይ ሰባት እናዛየደ ኣእምሮኣዊ ጭንቀት የስዕበሎም ኣብ ዘለወሉ እዋን፡ ንዓኺ ዝኸውን ሳይክያትሪስት ተሳኢኑ፡" በለት ዘምዘም ዕትብ ኢላ።

"ከገርመኪ፡ ንነገራት ..." ኢላ ጅምር ከተብል ኣሳሳይት ማኪያቶ ኣብ ቅድሚኣን ኣንበረትለን'ሞ፡ "የቐንየልና!" ብምባል፡ "ንነገራት ኣዳቒቕ ክርእዮምን ክትንትኖምን ከለኹ፡ ኣብ ኣእምሮይ ዝቕጀሉኒ ብዙሓት ሕቶታት ኣለዉ። ሓደ ሰብ ንምንታይ'ዩ ዝነብር? ንምንታይ ዕላማ? ይውለድ፡ ይዓቢ፡ ይማሃር፡ ይሰርሕ፡ ይምርዖ፡ ይወልድ፡ ኣባሓጎን ዓባይን ኮይኑ ይሓልፍ። በቃ! ንሱ'ዩ?"

"ምንባር ብኽድዓት'ውን ኣሎ'ዩ!"

"ንሱ ማለተይ'ኳ'የ። ነቡኡን ነዲኡን'ውን ዝኸድዕ ኣሎ። ንሱ ግና ንኽልተ ሰባት ጥራይ እዩ ዝጎድእ፣ ነቦን ነደን፣ ምናልባት ካብኡ ሓሊፉ ነሕዋት። ከምኡ ገይሩ'ውን፡ ውላድና ሓውና ሓብትና ይበሃል እዩ። ነቲ ጸቢብ ቤተሰባዊ ሂወት ጥራይ ዲኻ ትነብር ወይ ንዕኡ ክትብል ጥራይ ዲኻ ትነብር? ኣይመስለንን! ምንባር ንዝበዘሐ ምስ ዝኸውን'ዩ ዕላማ ምንባር ትርጉም ዝህልዎ። ኣነ፡ ንገለ ነገር ክነብር ኣሎኒ፣ ንገለ ቁዱስ ነገር።"

"ክድዓት ድዩ ቅዱስ ነገር ኮይኑ?"

"ርኢኺ፡ ህዝቢ ኤርትራ ገዳፍ'ዩ፡ ኤርትራ ግና ኣዝያ ነካስን ተቐያሚትን'ያ። እንተ ከዲዕካያ ዕዳኣ ከቢድ'ዩ፣ ኣብ ዘለኻ ሃሊኻ ክትከፍሎ ትግደድ ኢኻ።"

"ክስዕበኪ ኣይከኣልኩን!"

"ወሊድካ ምዕባይ ንገዛእ ርእሱ ቁዱስ ነገር'ዩ፣ ንነብስኻ ተኪእካያ ትመውት፣ ግና..." ኢላ ካር ካር በለት።

"ቈልዓ ዘሕቍፍ ረኺብኪ ዲኺ?" ኢላ ዘምዘም'ወን ግንባራ ሰይራ ከም ዘይጸነሐት ክርትም በለት።

ፌሩዝ ክምስ ኢላ ርእሳ እናነውነወት፣

"ኣብዚ ዘለናዮ ዘመን፡ ሳላ ቴክኖሎጂ ንሱ'ውን ቀሊል ኾይኑ'ሎ፣ ናብ ዘርኢ ባንክ ኬድካ፡ 'ጻላም ክንስኺ፡ ስማያዊ ዓይኒን ብጫ ጸጕሪ ርእሲን ዘለዎ ቈልዓ'የ' ዝደሊ እንተ ኢልኪ፡ ንገንዘብ ድኣ ኣይትበሊ'ምበር፡ ክትረኽብዮ ዝካኣል'ዩ። ትፈልጢ ዲኺ! ኣብዛ ዓለም ዘንብሩና ዘለዉ ውሑዳት ሰብ ዕላማ ምኺኖም፣ ንስለ ብዙሓት ኢሎም ሂወቶም ዝብጀዉ። መራሒ ወይ መራሕቲ ሓንቲ ሃገር ንህዝቦምን ሃገሮምን በጃ ክኾኑ ክርኢ ክለኹ እድነቕ፣ ካባይ ንላዕሊ እንታይ ሓለፋ ኣለዎም ኾይኑ'ዩ ድማ እብል። መልሱ ቀሊል'ዩ፣ ኣብዛ ንነብረላ ዓለም ከምኦም ዝበሉ ሰባት እንተዘይነብሩ፡ ናተይን ናትክን ኣብዚ ምርኻብ ኣምበይ መድለየናን ነይሩ። ሰብ ዕላማን መትከልን ስለ ዘለዉዶ ኣይኾነን ዕላማኦምን መትከሎምን ኣራኺቡና ዘሎ።"

"ኣየናይ ዕላማ! ክጥዕመካ እትኽዶ ምስ ዝጎድለካ እትኽድዖ! ሓደ ክልተ በዲሎምኒ ወይ ስልጣን ዘይረኽብኩ ወይ ገንዘብ ህዝቢ ሰሪቕካ ዶብ ሰጊርካ ትወጽእ'ሞ ብዓል ዕላማ'የ እናበልካ ንውልቃዊ ረብሓኻ ትሕተ ሃገራውነት እናጎስጎስካን እናሳወርካን ዝዓስቡኻ ምንዳይከ ምስ ዕላማ ድዩ ክቑጸር? ንስኺ'ኮ ናይ ከድዓት ብቕዕቲ ኣብነት ኢኺ!"

"ሕጂ ተረዲእኽኒ ዘምዘም! ኣነን ንስኽን ኣብ ሓደ መስመር ኢና ዘለና። ብዝኾነ፡ ን 11-89 ዝወሃብ ህጹጽ መልእኽቲ ኣሎኒ፡" ክትብላን ዘምዘም ዓይና ኣፍጢጣ ክትጥምታን ሓደ ኾነ።

ረዘነ ክፍሉ፡ ኣባል ስለያ ወጻኢ ሃ.ድ.ሐ ኣብ ጀርመን'ዩ። ብ 11-89 ድማ ይፍለጥ። እዛ ኮድ'ዚኣ፡ ንፌሩዝ ከምኡ'ውን ንዘምዘም ዝተዋህበት'ያ። ንኽልቲኤን ምስ ኮሎኔል ርእሶምን ጸጉን እተራኽብ ሚስጡር ኮድ'ያ።

ፌሩዝ፡ ካብ ኤርትራ ናብ ጀርመን ክትምለስ ከላ፡ ዘምዘም ድማ ካብ ሽቱትጋርድ ናብ ሮስቶክ ክትቅይር ምስ ተነገራ ዝተዋህበን ኮድ'ያ። ክልቲኤን መንእሰያት ተሲኤን ተሓቛቚፋ፡ ዘምዘም ንብዓት ስዓራ፣ ንብዓት ሓጐስ፣ ንብዓት ዕላማ፣ ንብዓት ሓያል ሃገራውነት።

ኣብ ሆስፒታል እትሰርሕ ኣላይት ሕሙማት ዘምዘም፡ ድሕሪ ምዝላቕ ህዝባዊ ግንባር ታሕሳስ 1978 ካብ ደቀምሓረ ምስ ስድራኣ ናብ ሱዳን ካብኡ ሚያዝያ 1979 ናብ ጀርመን ተሰዲዳ።

ዘምዘም ብ 16 ጥቅምቲ 2011 ብመገዲ ረዘነ ኮድ 11-89 ሓደ ህጹጽ መልእኽቲ ካብ ኮሎኔል ርእሶም በጺሓ። ዝተዋህባ መልእኽቲ፡ "ናብ ከተማ ሮስቶክ ጠቕሊልኪ ግዓዚ" ዝብል ነበረ። ተልእኾ ከተሳልጥ ኣብ ሆስፒታል ሮስቶክ ከም ተሓጋጋዚት ሓካይም ስራሕ ኣመልከተት፣ ዝነበራ ተመክሮ ሓጊዝዋ ንእሉቱ ስራሕ ረኸበት፣ ካብ ሽቱትጋርድ ናብኡ ግዓዘት።

ሮስቶክ ኣብ ሰሜናዊ ምብራቕ ጀርመን ትርከብ ከተማ'ያ።

ዘምዘም፡ ካብቲ ንኣስታት 32 ዓመት ዝተቐመጠትሉ ከተማን ስድራኣን መቕርባን ብምፍላያ ኣዝዩ ጸመዋ፣ ብጾታ ናፈቐት። ንሆስፒታል ሮስቶክ ተሰማሚዓቶ'ምበር ኣይተሰማማዓን፣ ግና ተልእኾ ኾይኑዋ ለመደቶ፣ ራባዓይ ወርሓ ረገጸት።

ክልቲኤን ብጾት ዝብላዕ ኣዚዘን ክልተ ሰዓት ኣዕሊለን ተፈላለያ። ፌሩዝ ማኪናኣ ኣልዒና ናብ በርሊን ተመለሰት።

እምኣርከስ፡ ኣብ ጀርመን ሰለስተ ዝኣባላታ ሓንቲ ሚስጥራዊት ዋህዮ ተመስረተት። ኣባላት እታ ዋህዮ፡ ረዘነ፡ ፌሩዝን ዘምዘምን እዮም። ተልእኾ'ታ ዋህዮ፡ ካብ ናብ ፌሩዝ መልእኽቲ ትቕበልን ተብጽሕን ኾይኑ፡ ማእከልነታ ረዘነ ነበረ።

ካብዛ ዕለት'ዚኣ፡ ፌሩዝን ዘምዘምን መልእኽቲ ምስ ዝህሉ ኣብ ዝተፈላለየ ከተማታት ጀርመን ብስቱር ክራኸባ ጀመራ፣ ንስለ ውሕስነት ተልእኾ። እታ ድሕሪ ኣኼባ ሎንዶን ዘካየደኣ ርክብ 12 ጥሪ 2013 ግና ፍልይቲ ነበረት። ስለ ዝኾነ ድማ እያ ዘምዘም፡ ንጽባሒቱ ረዘነ ናብ ሮስቶክ መጺኡ ክረኽባ ህጹጽ መልእኽቲ ዝሰደደትሉ። ዕሹግ መልእኽቲ ፌሩዝ ድማ ሃበቶ።

※ ※ ※

14 ጥሪ 2013
ሰዓት 16፡45

እቲ እዋን፡ ኣብ ኣስመራ ዘይተኣደነ ወረታት ዝናፈሰሉ ዝነበረ'ዩ። ቀንድን ልዕሊ ኹሉን ግና፣ "ጀነራላት ነቲ ሰብኣይ ምእዛዝ ኣብዮሞ! ንሓድሕዶም ምስምማዕ ስኢኖም! ሚኒስተራት ተጐዛዝዮም!" እናተባህለ ዝሕሾኽሾኹሉ ዝነበረ'ዩ።

ቤ/ጽ ወኪል ሃገራዊ ድሕነት ኤርትራ (ሃ.ድ.ኤ) ኣብ መላእ ሃገርን ወጻኢን ኣብ ከቢድ ስራሕ ተጸሚዱ ወረሐ፣ ምውድዳብ ስለ ዝተራእየ።

ኮሎኔል ርእሶም፡ ድሕሪ'ቲ ናይ ሰዓት 08፡30 ኣኼባ፡ ኣብ ዓባይ ብርጣንያ፡ ሽወደን፡ ሆላንድ፡ ጀርመንን ሕቡራት መንግስታት ኣመሪካን ካብ ዝርከብ ኤምባሲ ሃገረ ኤርትራ ብሓደ ወገን፡ ነቲ ካብ ቤ/ጽ ኣምንስቲ ኢንተርናሽናል፡ ሂዩማን ራይትስ ዎች፡ ኢንተርናሽናል ክራይስስ ግሩፕ ከምኡ'ውን ኣብ ኣስመራ ካብ ዝርከብ ቤ/ጽ ኤምባሲ ኣመሪካ ሰሊኹ ዝመጾ ሓበሬታ ድማ በቲ ካልእ ኣንቢቡ ንሓላፊ ጠረጴዛ ጀርመን ሜጀር ጻጉ መልእኽቲ ለኣኸሉ። ንሰዓት 16፡45 ኣኼባ ኣብ ቤት ጽሕፈቱ ከምዘሎ ድማ ሓበሮ።

ሜጀር ጻጉ፡ "ኣባል ማእከል ወኪል ስለያ ኣመሪካ ምዃኑ ዝንገረሉ ጋዜጠኛ ቢቢሲ ማርክ ፕላይት፡ ምስቲ ኣብ እዋን ብረታዊ ቃልሲ ዓርኪ ሰውራ ኤርትራ ዝነበረን ካብ 2001 ኣትሒዙ ተጻባኢ ህዝብን መንግስትን ኤርትራ ኾይኑ ዘሎን ጃን ዶነል ኣብ ኤርትራ ውዲት ይእለም ከም ዘሎ ዝሃቡዎ መግለጺ 5 ጥሪ 2013 ጥብቆ ቊ. 1 ተመልከት።

"ኤሊዛ፡ ብመገዲ ኣምንስቲ ኢንተርናሽናል ካብ ዶብ ኣልቦ ጋዜጠኛታት ብዝተዋህባ ሓበሬታ መሰረት፡ ግዝያዊ ተጸዋዒ ሚኒስትሪ ዜና ንሓጺር ኮርስ ናብ ዱባይ ዝለኣኾ ጋዜጠኛ ተሌቭዥን ኤርትራ ይመስገን ካሕሳይ ካብ ትረኽቦ ኣይሓጸረን። ምስኡ ዘካየደቶ ብድምጺ ዝተቐርጸ ዝርርብ ጥብቆ ቊ. 2 ተመልከት።

"ኣብታ ምሸት'ቲኣ፡ 5 ጥሪ ማለት'ዩ፡ እዞም ሰለስተ ሰባት ንድራር ተዓዲሞም ከም ዝነበሩ ኣፍልጦ ኣይነበረንን፣ ብዝይካ ንይመስገን ካሕሳይ፡ ነቶም ክልተ ኣቐዲመ ብኣካል ተፋሊጠዮም ምንባረይ ሓበሬታ መጋቢት 2011 ተመልከት። ኣርእስቲ ዛዕባ 5 ጥሪ፡ ውዳበታት ምዕላው መንግስቲ ኤርትራ ነበረ። ምንጪ ሓበሬታ ግዝያዊ ተጸዋዒ

ሚኒስትሪ ዜና ምኽኑ ካብ ማርክ ፕላይትን ጃን ዶነልን ሓበሬታ ተዋሂቡ። ጥብቆ ቍ. 3 ተመልከት። 10 ጥሪ 2013፡ መዝገብ 21-10፡” ትብል መልእኽቲ ኣንቢቡ ርእይቶኡ ኣስፊሩ ወረቓቕቱ ኣካኺቡ ናብቲ ትንፋስ ከሊኡ ዝነበረ ቀጻሊ ኣኼባታት ክኸይድ ብድድ በለ።

እቲ ኣኼባ፡ ካብ ውሽጢን ካብ ኵሉ ኵርናዕት ዓለምን ዝተኣከበ ሓበሬታታት ንምጽጻይን ጽማቕ ንሓላፊ ሃ.ድ.ኤ ጀነራል ኣብራሃም ክቐርብን፣ ብኡ መሰረት፡ ኣዛዚ ጠቕላሊ ስታፍ ሓይልታት ምክልኻል ኤርትራ ዝመርሖ ኮሚቴ ህጹጽ ኵነታት ውሳነ ክህብ ነበረ።

※ ※ ※

ቀዳመ 19 ጥሪ 2013

ኣብ ክልተ ቦታታት ደቆም ዘመርዕዉ ላዕለዎት ሓለፍቲ ዳስ ተኺሎም ኣጋይሾም ክቕበሉ ላዕልን ታሕትን ይብሉ ነበሩ። ጀነራል ኣብራሃም፡ ጀነራል ካሕሳይን ኮሎኔል ርእሶምን ከም ሰቦም ተዓዲሞም ምስ ገለ ወደብቲ ውዲት ተባሂሎም ኣብ ትሕቲ ክትትል ዝነበሩ ኣብ ነንበይኑ መኣዲ ብሓባር ተቐሪቦም እናተዋዘዩን ተጫረቑን ተመጊቦም ነናብ ውራዮም ኣምርሑ።

※ ※ ※

ሰኑይ 21 ጥሪ
ሰዓት 21፡00

ኣስመራ፡ እቲ ልሙድ መዓልታዊ ንጥፈታታት ተካይድ ነበረት። ሰራሕተኛታት ናብ ስራሕ ወፊሮም፣ ወለዲ ደቆም ናብ ቤት ትምህርቲ ኣብጺሖም፣ ተማሃሮ ኣብ ክፍሎም ኣትዮም፣ ኣዴታት ንምሳሕ ዝኸውን ሽጉርቲ፡ ኮሚደረ . . . ክገዝኣ ናብ ዕዳጋ ወሪደን፣ ነጋዶ ትካላቶም ከፊቶም፣ ቀምቃማይ ይቕምቅም፡ መሻጢት ትምሽጥ፣ ኣሳሳይት እንታይ ክእዘዝ ትብል፣ ገያሻይ ናብ መዓርፎ ኣውቶቡ ብምኻድ ‘እዛ ኣውቶቡስ ቦታ ኣለዋዶ?’ ይብል፣ ቀባራይ ‘እታ ናይ ቀባሮ ኣውቶቡስ ኣበይ እረኽባ?’ እናበለ የጣይቕ።

እዋን ምሳሕ ኣኺሉ ሰራሕተኛ ካብ ስራሕ ወጺኡ ገለን ኣውቶቡስ ይጽበ ዝተረፈ ድማ ብእግሩ ናብ ገዝኡ የዛግም።

ሰብ ታክሲ፡ ጎዳይፍ፡ ቲራቮሎ፡ ደምበ ሰምበል፡ ማይ ተመናይ ኣኽርያ እናበሉ ተሳፋሪ ክረኽቡ ይዳሃዩ።

ትካላት ንምሳሕ ክዓጽዋ ሰራንዳ የውርዳ።

ህዝቢ ኣስመራ፡ ኣኼባ ሚኒስተራትን ኣማሓደርቲ ዞባታትን ከም ዘሎ ብድሮ'ዩ ፈሊጡ።

ማካይን ኣማሓደርቲ ከካብ ዞባኦን መጺኦን ኣስመራ'የን ሓዲረን።

ታንክታት ሓጸልጸል እናበላ ንደቀምሓረ ብድሕሪኦን ገዲፈን ተመርቀፉ፣ ህዝቢ ርእዩ ከም ዘይርኣየ ሓለፈ፣ ዝለመዶ ስለ ዝኾነ።

እተን ብደቀምሓረ ኣቢለን ናብ ኣስመራ ዝጓዓዛ ዝነበራ ታንክታት ብሎኮ መንደፈራ - ደቀምሓረ በጻሓ፣ ህዝቢ ጎዳይፍ ታንክታት ደቂ ርእዩ ባህ በሎ፣ ን 24 ግንቦት 1991 ኣዘኻኸሮ።

ታንክታት፡ ብሎኮ ሓሊፈን ናብ ውሽጢ ከተማ ኣትየን ብፍያት ታሌሮ ተጠውየን ናብ መዓስከር ደንደን ኣምርሓ፣ ህዝቢ ክምስ ኢሉ ይዕዘብን ነበረ። ዓቐበት መዓስከር ደንደን ወዲኦን ናብ ቤተ ክርስትያን ቅዱስ ሚኪኤል ተጠወያ። መቓብር ጸጸራት ንጸጋም ገዲፈን ጉዕዘአን ቀጸላ፣ ኣብ ቀጽሪ ሚኒስትሪ ዜና በጺሐን ማዕጾ ጥሒሰን ኣተዋ።

ሰራሕተኛታት'ቲ ሚኒስትሪ እንታይ ተረኺቡ እናበሉ ከካብ ቤት ጽሕፈቶም ወጺኦም ተዓንዚዞም ኣብ ኣፍልዳት'ቲ ህንጻ ደው በሉ።

ነባሮ'ቲ ከባቢ ብህንጡይነት ኣብ ኣፍልዳት ኣባይቶም ኾይኖም ቅልቅል በሉ።

እዋኑ፡ ምሳሕ ሰዓት ነበረ።

ኣስመራ ከም ወትሩ ርግኣት ሰፊኑዋ ነበረት።

ሰዓት ክልተ ኾይኑ ሰራሕተኛታት ናብ ስራሕ ወፊሮም፡ ተማሃሮ ኸኣ ናብ ትምህርቶም ኣድሂቦም ወዓሉ።

ድሕሪ ቐትሪ ወረ ኣሕሾኽሾኸ፣ ህዝቢ ኣስመራ ግና ንጥፈታት ዋኒኑ የካይድ ነበረ።

ማዕከናት ዜና ዓለም ቀዲመን ዝሰማዓ ከመስላ ስባር ዜና ኢለን ነቲ ፍጻመ ኣቃልሐኦ።

እቲ ኩሉ ክኸውን እንዶ ዘይነበሮ ህዝቢ ኣስመራ ካብ ስራሕ ወጺኡ ናብ ገዛ ዝኸይድ ምስ ኸደ፡ ክዳን ጫማ ዝገዝእ ናብ ዕዳጋ ከይዱ እናገዘአ፡ ገሊኡ ኣብ እንዳ ካፈ ሻሂ ማኪያቶ ፖስተ ኣዚዙ እናተዘናገዐ፡ ዝተረፈ ድማ ኣብ ባራት ምስ ዓርኪ መሓዛ እናዕለለ፡ ራድዮ ኣሰይ፡ ህዝቢ ካብ ገዝኡ ከይወጽእ ጸወዐት።

ሰብ ውዲት፡ ቀዳም፡ ኣብ መርዓ ምስቲ ሓደ ናይ ኢድ ሰላምታ ክለዋወጡን ምስቲ ካልእ፡ "ኣንታ ከመይ ኣለኻ?" እናተባሃሃሉ ብመንኲብ ክጓነጹን ዝተራኣዩላን ኣብ ማኣዲ ንመወዳእታ እዋን ጥዑም በሊዖም ከም ሰቦም ፍሽኽ እናበሉ ዕድመ ኣጽሒፎም ምስ ሰብ ውራይ ተመሳጊኖም ናብ ገዝኦም ዝኸዱላን'ያ።

ማዕከናት ዜና፡ ብፍላይ ራድዮ ኣሰይ፡ እቲ ውዲት ኣብ ዕጹው ማዕጾ ምብጻሑ ከይፈለጣ ምሉእ መዓልቲ ከበሮ ክድስቓ ኣርፈዳ።

ሰብ ውዲት ግና፡ እቲ ሓደ ካብ ገዛኡ፡ እቲ ካልእ ካብ ስርሑ እቲ ሳልሳይ ድማ ኣብ ብሎኮ ተለቐሙ። ራድዮ ኣሰይ ህጣማ ኣጥፊኣት፡ ዘይርኹብ ስለ ዝረኸበት።

21 ጥሪ ሰዓት 21፡15 ሓላፊ ጠቕላሊ ስታፍ ሓይልታት ምክልኻል ኤርትራ፡ ሓላፊ ወኪል ሃገራዊ ድሕነት ኤርትራ ጀነራል ኣብራሃም፡ ሓላፊ ጸጥታ ውሽጢ ሃገር ጀነራል ካሕሳይ፡ ሓላፊ ሓለዋ መራሒ መንግስቲ ጀነራል ፎኣድን ኮሎኔል ርእሶምን ዝርከብዎም ላዕለዎት ኣዘዝቲን ሓለፍትን ኣብ ቤት ጽሕፈቱ ህጹጽ ኣኼባ ጸወዐ። ውዲት ብወግዒ ከም ዝፈሸለ ኣፍለጠ፣ በቃ ታሪኽ ኾይኑ ሓለፈ!

ህዝቢ ኣስመራ ደንጸዎ። እተን ዋልታ ምክልኻል ሃገር ዝኾና ታንኪታት ክሓልፋ ርእይወን'ዩ፣ ታንኪታት ደቂ ስለ ዝኾና ንኹፉእ ኣይሃበንን፣ ነቲ ኣብ ነብሲ ወከፍ ገዛ ሰቒሉዎ ዘሎ ሓወልቲ ጠመተ፣ "ነዚ ዝገብሩ ኡኩያት ብዓል መን ኮን ይኾኑ?" ኢሉ ሓተተ፣ "ስልጣን ዝተመነዩ ይኾኑ!" ኢሉ ባዕሉ ንባዕሉ መልሲ ሃበ።

ምዕራፍ 16

※ ኢትዮጵያ 12 ግንቦት 2016 ኣብ ከባቢ ጾሮና ኣብ ልዕሊ ኤርትራ ውግእ ከፊታ፣ መስከረም ድማ ንመንግስቲ ኢህወደግ ዘናወጸ ተቓውሞ ኣጋጢሙ። ናብ ዛላምበሳ ክትከይድ ተነጊሩካ ነይሩ፣ ኣብ ስለያ ዲኻ ተዋፊርካ ኔርካ?

ድሕሪ ሞት ቀዳማይ ሚኒስተር፡ ተወላዲ ደቡብ ህዝቦች ቀዳማይ ሚኒስተር ክኸውን ተመረጸ። ህወሓት ድማ ገባርን ሓዳግን ኾይኑ ብድሕሪ መጋረጃ ተኾየጠ።

ቀዳማይ ሚኒስተር ቃለ ማሕላ ኣብ ዝሃበሉ እዋን ምስ ኤርትራ ዝነበረ ወጥሪ ናብ ኣስመራ ከይዱ ምስ መራሒ ሃገረ ኤርትራ ተራኺቡ ጉዳይ ባድመ ብዘተ ክፈትሖ ቁሩብ ምዃኑ እንተ ኣፍለጠ'ኳ፣ ኤርትራ፡ ኣብ ዝተወደአ ጉዳይ ሓድሽ ፋይል ክትከፍት ቅርብቲ ከም ዘይኮነት፡ ኢትዮጵያ፡ ጉቢጣ ሒዛቶ ካብ ዘላ መሬት ኤርትራ ብዘይ ዝኾነ ቅድመ-ኵነት ክትወጽእ ከም ዘለዋ ኣፍለጠት።

ኮይኑ ድማ፡ ኢትዮጵያን ዋሽንግቶንን ንህዝብን መንግስትን ኤርትራ ኣይደቀሱሉን። ኮሚቴ ኮሚሽን ሰብኣዊ መሰላት ሕቡራት ሃገራት ኣኼባ ቅድሚ ምክያዱ ቍሩብ ሳምንታት፡ ኮን ዶኮን ጸቕጢ ንፈጥር ካብ ዝብል ተስፋ፡ እቲ ንልዕሊ ክልተ ዓመት ዝተዳለዉሉ መጥቃዕቲ ከካይዱ ተሸባሸቡ።

6 ግንቦት 2016 እዩ። ኣብቲ እዋን ዝተዋሃበኒ ተልእኮ እንተይነበረ'ኳ ናብ መቐለ ተጸዊዐ ናብ ዛላምበሳ ክኸይድ ተነገረኒ። ኣብ ሰሙኑ፡ 12 ግንቦት ምዃኑ'ዩ፡ ልዕሊ 55 ታንክታትን መዳፍዕን ዝዓጠቐ ሰራዊት ኢትዮጵያ ናብ ዶብ ኤርትራ ገስገሰ።

ሰራዊት ኤርትራ ኣብ መቐተሊ ቦታ ተጸበዮ።

ሰራዊትና፡ ታንክታቱ ሓጨልጨል እናበለ ናብ ጾረና ገጹ ተጸገዐ።

ኣብ ዛላንበሳ፡ ራድዮ ርክብ ኣዘዝቲ ሰራዊትና ጫቕጫቕ በላ፣ ኤርትራ ውግእ ከፊታ ኢሉ ሓሰብኩ።

ኣዛዚ'ቲ ግንባር፡ ካብቲ ኣነ ዝነበርኩዎ ቦታ ኣብ ናይ ሓሙሽተ ሜትሮ ርሕቐት

ኾይኑ'ዩ መልእኽቲ ዝቕበልን ዝህብን ነይሩ። ቀሪበ፡ "እንታ'ዩ ተረኺቡ፡" ክብል ሓተትኩዎ።

"ነዙ ትዕቢተኛ ሻዕብያ ናብ ሳሕል ክንጸርጎ ኢና፡" በለኒ ብዓርሰ ምትእምማን።

ጸሮና፡ ደበና ኲናት ኣንጸላለዋ። ሰማይ ብደሮና ጠቀረ። ኣብ ዛላምበሳ ዝነበረ ሰራዊትና ከም ወትሩ፡ '*ኣይፈራም ጎበዝ ኣይፈራም*' እናበለ ይፍክር ነበረ።

ተወንጫፊ ቢኤም፡ ቦምባታት ታንክታትን መዳፍዕን ኣብ ሓደ እዋን ዱም! ዱም! በለ። ኲናት፡ ታንክ ብታንክ ኾነ፡ ሰራዊትና ኣጽዋራቱ ተሓምሸሸ፣ ኣብ ካልኣይ መዓልቱ እቲ ውግእ ዘፍ በለ።

ኣነ ድማ ንእለቱ ናብ ኣዲስ ኣበባ ተጸዋዕኩ።

ኣብ ኣዲስ ኣበባ ፌደራላዊ መንግስቲ፡ ኣብ መቐለ ሰበ ስልጣን ክልል ትግራይ ዝሕዝዎን ዝጭብጥዎን ስኣኑ። ቀዳማይ ሚኒስተር ነቲ ልዕሊ 20 ታንክታትን ኣማኢት ምዉታት ሰራዊትን ዝኸሰረሉ ኲናት፡ "ኣይነበረን! እንተ ነበረ ድማ ጠርጃሽ ግጭት'ዩ ነይሩ!" ኢሉ ክሽፋፍኖ ተጓየየ። ኣይዞኻ በሃልቱ ውጥኖም መኺኒዮም ተሰናበዱ፣ ናብ ጀነቫ ተጓየዩ። ኣብኡ'ውን ኣይቀነዮምን። ኮሚሽን ሰብኣዊ መሰላት ሕቡራት ሃገራት፡ "ኤርትራ፡ ግህሰት ሰብኣዊ መሰላት ኣይፈጸመትን፡" ክብል ወሰነ።

መስከረም 2016 ንቀዳማይ ሚኒስተር ተወሳኺ ጸቕጢ ሒዛትሉ ደበኽ በለት፣ ጎንደር ተላዕለት።

ጎንደር፡ ኣንጻር ህወሓት ብዝተላዕለ ተቓውሞ ተሓመሰት፣ ህዝቢ ጠገዴ፡ ወልቃይትን ሑመራን ብህወሓት ዝተመንዘዐ መሬተይ ይመለሰለይ እናበለ ኣብ ጐደናታት ወጺኡ ጨደረ።

ህወሓት፡ ዘርኢ ዝሕመረቱ ምጥራር ክልላት ብምክያድ፡ ኢትዮጵያ ኣብ 1910 ከም ሃገር ካብ ዝቈመትሉ እዋን ኣትሒዙ መሬት በጌምድር ነይሩ ዝበሃል ጠገዴን ወልቃይትን ሑመራን ኣብታ ብ 1976 ኣብ "ማኒፌስቶ ትግራይ 68" ዝወቀራ ዓባይ ትግራይ ጸምበሮ። መበቆል ኣምሓራ ንዝኾነ ህዝቢ ካብቲ ቦታ ሓግሒጉ ሰጐጎ። ህዝቢ እቲ ከባቢ 25 ዓመት ኣእወየ፡ ግዳይ ማእሰርትን መቕተልትን ስለ ዝኾነ።

ድሕሪ ቍሩብ ኣዋርሕ፡ የካቲት 2017፡ ቀዳማይ ሚኒስተር ኣብ ክልል ኦሮሞ ሓድሽ ናይ ተቓውሞ ግንባር ገጠሞ፣ ምልዕዓል ቁሮ።

※ ምስ ጀማል ዝምድናኹም ተበቲኹ ከብቅዕ፡ ብዛዕብኡ ካብ ቤ/ጽ ደህንነት ሓበሬታ ተዋሂቡካ። እንታይ'ዩ ነይሩ እቲ ሓበሬታ?

ኣነን ጀማልን ናይ ዓሰርተው ሓሙሽተ ዓመት ፍልልይ'ዩ ዘለና። ንዝምድናና ግና ኣይጸለዎን፣ ዓርክይን ዓቢ ሓወይን'ዩ ነይሩ። ምሕርፋፍ ዝምድናና ኣዝዩ ጎዳኣኒ፣ ከም ንሓንቲ ጓል ኣንስተይቲ ኣፍቂርካ ትፈላለ ኾነኒ፣ ኣዝዩ ጸመወኒ፣ መስተ ኣብዛሕኩ።

ድሕሪ ዓመትን ሰለስተ ወርሒን'ዩ። ንግዳዊ ምትእስሳራትን ምስጡር ስራሕን ጀማል ዝሕብር ጽሑፍ ተዋሃበኒ፣ ሰንበድኩ።

"ጀማል፡ ኣባል መርበብ ስለያ ኢትዮጵያ'ዩ!?" ኢለ ተገረምኩ።

ኤርትራ፡ እገዳ ምስ ተነበረላ፡ ምምሕዳር ስቴት ደፓርትመንት ሓደ ካብቲ ብኣጽንዖት ዝከታተሎ ዝነበረ ጉዳይ፣ "ሻዕብያ፡ ብውልቀ ሰባት ገይሩ'ዩ ዝሰርሕ" ዝብል

ካብ መንግስቲ ኢትዮጵያ ዝረኸቦ ሓበሬታ ነበረ። ስለ ዝኾነ ድማ፡ ተሓጋጋዚት ጽሓፊት ኣብ ጉዳያት ቀርኒ ኣፍሪቃ ናይ ነብሲ ወከፍ ዓበይቲ ነጋዶ ኤርትራውያን ምንቅስቓስ ክትከታተል ጀመረት፣ ብምሉእ ምትሕብባር ቤ/ጽ ደህንነት። ሓደ ካብቶም ዝተዓስቡ ኤርትራውያን ድማ ጀማል ነበረ።

ጀማል፡ ሽሕ'ኳ ምስ ኤርትራውያን ጥቡቕ ዝምድና ኣይንበሮ፡ ከም ነጋዳይ መጠን መን ኣበይ እንታይ ይነግድ ኣፍልጦ ነይሩዎ'ዩ። ቀንዲ ስርሑ ድማ ነዞም ነጋዶ ምስ ንግዳዊ ኮርፖረሽን ቀይሕ ባሕሪ - 09 - ዝምድና እንትለዎም ምስላይ፡ ርኹባት ኤርትራውያን እንብዓል መን ምዃኖም፡ ዘዋፍርዎ ርእሰማል ካበይን ኣበይን ብኸመይን ኣብ ምንታይን ሓበሬታ ምሃብ ነበረ። ብመገዲ በላቸው ረዳኢ ድማ ምስ ቤ/ጽ ደህንነት ይራኸብ ነበረ።

ኮይኑ ድማ፡ ኣብ ዓዲ እንግሊዝ ምስ ተራኸብና፡ ምስ በላቸው ዘለዎ ንግዳዊ ዝምድና ገሊጹለይ ነይሩ። ለቓሕን ዶላርን ብዘይ ገደብ'ዩ ዝረክብ። ደህንነት ብኸምኡ'ዩ ዝሰርሕ፣ ንዓይ'ውን ፈሰስ ገይሩለይ'ዩ። ድሒረ ድኣለይ ኣረጋጊጸዮ'ምበር፡ ቅድሚ ዝኣገረ፡ ጀማል ካባይ መርሓቒኡ ምስ በላቸው ዝነበሮ ዝምድና ኣዕሚቐ ክይፈልጥ ብምባል ነበረ።

ስማቸው ኣሰፋው፡ ምስ ጀማል ዝነበረኒ ዝምድና ከም ዝተበትከ ይፈልጥ ነይሩ'ዩ። ኮይኑ ግና፡ ንጀማል ዝምልከት ጽጹይ ሓበሬታ ሰደደለይ።

እቲ ሓበሬታ ምስ በጻሓኒ ኣብ ሳልስቱ፡ 15 ሚያዝያ 2013 ምዃኑ'ዩ፡ በላቸው ረዳኢ፡ "ስማዕ'ስኪ፡ እዚ ሃብቲ ከመይ ድዩ ዝገብረካ ዘሎ፣ ከምዚ ኢልካ ትጠፍእ?" በለኒ ስልኪ ደዊሉ።

እታ ስልኪ ቀጽሪ ብዘይካ ስማቸው ኣሰፋው ዝፈልጣ ኣይነበረን፣ ተገረምኩ።

"መን ክብል?"

"በላቸው'የ።"

"ከመይ ኣለኻ? ስልኪ ቁጽረይ ድኣ መን ሂቡካ?"

"ዝደለናዮ ኣይንስእኖን ኢና፣ ዝተቐብረ ሬሳ ካብ ጉድጓድ ፍሒርና ነለፋልፍ ሰባት ኢና'ኮ።"

"እንታይ ክሰምዓካ?"

"ሎሚ ምሸት ድራር ብሓንሳብ፣ ሰዓት ሓደ (ሸውዓተ) ኣብ ሻራቶን፡" ኢሉ ስልኪ ዓጸዋ።

እታ ስልኪ ቍጽሪ ናይ ኣፓርትማይ ስልኪ'ያ። ከምቲ ዝበልኩዎ፡ ንዓይን ንስማቸውን ጥራይ እያ ተራኺብ። "ብኸመይ ረኺቡዋ? ስማቸው ሂቡዎ ክኸውን ኣለዎ። እቲ ናይ ድራር ዕድመ'ውን ብመደብ ዝተገብረ ክኸውን ኣለዎ። ስለዚ፡ በላቸው ረዳኢ ካብቲ ኣነ ዝሓስቦ ንላዕሊ ብዛዕባይ ይፈልጥ እዩ፡" ኢለ ደምደምኩ።

ኣብ ቈጸራይ ናብ ሆቴል ሻራቶን ከድኩ፣ ናብቲ ንኽምኡ ኢሉ ዝተሓዝአ ቦታ ቅርብ ምስ በልኩ፡ ክልተ ሰብ ብረት መንነት ወረቐት ሓቲቶም ኣሕለፉኒ።

በላቸው ረዳኢ፡ ብሽዱሽተ ዓጀብቲ'ዩ ዝንቀሳቐስ። ኣማዕድዩ ርእዩኒ ብኢዱ ገይሩ ጸዋዓኒ፣ ጀማል ድማ ምስኡ ነበረ። ካብ መንበሮም ተሲኦም ሰላም ኢሎም ክቕመጥ ኣመልከቱለይ። ንጀማል ብምርኣየይ ዘይተጸበኹዎ ኾነኒ፣ ተሓጒስኩ።

"ረጒድካ! እንታይ ዲኻ ትቕለብ ዘለኻ?"

"ካባኻ ንላዕሊ?"

"ካብ ዘይንረአአ ነዊሕ ጌርና። ከመይ ኣለኻ?"

"ዓቢይ ሓወይ ኬንካ'ምበር ምጸረፍኩኻ ነይረ። ሃዝሪጥካ! ንዕኡ ኣርኪብካዮ። ከመይ ኣለኻ?" በልኩዎ እናሰቕኩ።

"ከምቲ ልሙድ፡ ዕረፍቲ ዘይብሉ መገሻ!" በለኒ ተፈሺኹ።

ዝሰትዮ መስተ ቮድካ ጥራይ'ዩ፣ ሓደ ጥርሙስ ተኣዘዘለይ። ሽሪምፕ ዝነበሮ በብዓይነቱ ፍርያት ባሕሪ እናቋደስና ናብ ዲቕ ዝበለ ወግዒ ኣተና።

ጀማል ተዋጋዒ'ዩ፣ በላቸው ኸኣ ባእባእታ ድኣ ኾይኑ'ምበር ካብኡ ኣይሓምቕን'ዩ።

እቲ ናይ ድራር ምሸት ብመደብ ዝተገብረ ነበረ፣ ኣነን ጀማልን ከንጋነ። ድሕሪ ክልተ ወርሒ፡ ክልቴና በብወገንና ኣብ ቓይና ተጋኒና። ጀማል ከም ዝኸይድን ዘምጽአ ንብረትን ተነጊሩኒ ስለ ዝነበረ ናብታ ንሱ ዝኣትዋ ሆቴል ኣተኹ፣ ኣብኡ ድማ ተራኺብና። ሓደ ሰሙን ብሓባር ኣሕለፍናዮ።

ጀማል ብዓል ክልተ ገጽ ከይኸውን ክስልዮ ነይሩኒ! ድሕር'ቲ ኣብ ዱባይ ዝተላዕለ ስእሊ፡ ስማቸው ንጀማል ክኣምኖ ኣይኸኣለን፣ ምኽንያቱ፡ ሻዕብያ ኣብ ኣፍሪቃ ብስለያ ዝወዳደሮም የብሎሙን ዝብል እምነት'ዩ ነይሩዎ። ብኡ ምኽንያት ከይኾነ ኣይተርፍን'ዩ፡ ኣብ ታዕሊም፡ ታሪኽ ህዝባዊ ግንባር ብደቂቕ ዝተማሃርና።

ከምቲ ኣቐዲመ ዝበልኩዎ፡ ጀማል ምስ ደህንነት ከም ዝሰርሕን ተልእኾኡን ሓበሬታ ተዋሂቡኒ ስለ ዝነበረ፡ ብዝበለጸ ክቀርቦ ነይሩኒ።

ካብ ነሓሰ 2013 ንንዮ፡ ክንጋነን ብሓባር ክንገይሽን ምኽኣልና ዕርክነትና ናብ ንቡር ተመሊሱ እንተይበልኩ'ኳ፡ ስሕት ኢልና ንራኸብን ብሓብር ንገይሽን ኔርና። ድሕሪ ጀኔቫ፡ ብፍላይ ካብ ጥቅምቲ 2017 ኣትሒዙ ግና፡ ብዝበለጸ ክቐርበንን ተራኺብና ከነውግዕን ጀመርና።

ሽዑ ወዲ ሰላሳን ኣርባዕተን ዓመት ሓዳር ኣልቦን'የ ነይረ። ስመረት ሓውተይ፡ ከምርዖ ዘይፈተነቶ ነገር ኣይነበራን። መሓዙታ ከተፋልጠኒ ፈቲና፣ ኣይቀነዐን። መብዛሕትአን ደቂ ርኹባት ኤርትራውያን እየን። ትግርኛአ ኣዝዩ ንጹር ብምንባሩ፡ ኤርትራዊት'ምበር ትግራወይቲ ዝብላ ኣይነበረን፣ ኣለፈሽ'ውን ጓል ራማ ስለ ዝኾነት ዘይ ከምቶም "ትግሓርኛ" ዝዛረቡ፡ ትግራይ ትግርኛ'ያ ትዛረብ።

ስመረት ሓውተይ፡ ፖለቲካ ኢትዮ-ኤርትራ ኣይርደኣን'ዩ። ኤርትራውያን መሬቶም ከዋሃቦም ኣለዎ፣ ንምንታይ ንተኺትኾምን ብጽልኢ ዓይኒ ንርእዮምን'ያ ትብል። ብኡ ምኽንያት ምስ ኣለፈሽ ኣይቃደዋን ነበራ፣ ብፍላይ ብማሓዙታ፣ ኤርትራውያን ስለ ዝኾና።

ከምቲ ኣቐዲመ ዝበልኩዎ፡ ናብቲ ብ 25 ሰነ 2016 ንኤርትራ ብሰብኣዊ መሰላት ንምኽሳሳ ዝተኻየደ ናይ ደገፍ ሰልፊ ንኽካፈል ናብ ጀነቫ ቅድሚ ምኻደይ፡ ምስ ኤሊዛ ምራጭ ኣብ ዓዲ እንግሊዝ ተራኺብና። እቲ ናይ ደገፍ ሰልፊ ኣብ ዓዲ እንግሊዝ፡ ጀርመን፡ ሽወደን፡ ሆላንድን ስዊስን ብዝነበሩ ኤርትራውያን ዝተወደበ ብምንባሩ፡ ምስ ኤሊዛ ከማኸርን ሓበሬታ ክምእርርን ነይሩኒ። ኣብቲ ናይ ድራር ምሸት - ቅድሚኡ መዓልቲ ርእየያ ዝነበርኩ - ኣዝያ መልክዐኛ ጓል ኣንስተይቲ ተዓዲማ ነበረት፣ ንሳ ድማ ፌሩዝ ስዒድ ዓሊ መኪ እያ፣ ብኣካል ክረኽባ ምኽኣለይ ተሓጕስኩ፣ ወረኣ ስለ

ዝነበረኒ። ብሓንሳብ ተደሪርና። ትግርኛ ኣይትኽእልን'ያ፡ ምርድዳእና ብእንግሊዘኛ'ዩ። ኣብ ሂወተይ፡ ጦብላሕ ዝበለትኒ ጓል ኣንስተይቲ እንተ ነበረት፡ ፈሩዝ ጥራይ'ያ። ኩሉ ነገራ ኣዝዩ ማራኺ'ዩ፣ ብፍላይ ግሉጽነታ። ክሻዕ ወጋሕታ ሰዓት 03፡00 ድማ ኣውገዕና።

ፈሩዝ፡ ናብ ጀርመን ክትምለስ እንተነበራ'ኳ፡ ኣብ ዓዲ እንግሊዝ ሓሙሽተ መዓልቲ ቀነየት። ምሸት ንድራር ወይ ንምዝንጋዕ ብሓባር ንወጽእ ነበርና፣ ብጭራሽ ኣብ ፍቕራ ወደቕኩ፣ ኣፍቀርኩዋ። ሓደ ካብቲ ዝተዋሃበኒ መጠንቀቕታ ምስ ማንም ሰብ ከይሳኣል እንትነብር'ኳ፡ ንፈሩዝ ግና ኣይፋለይን ክብላ ኣይካኣልኩን። ሓንሳብ ሰለስቴና ጸኒሕና ኣነን ፈሩዝን ብሞባይል ተሳኣልና። ንመጀመርያ እዋን'የ ኣብ ሂወተይ ምስ ብልቢ ዝፈተኹዋ ጓል ኣንስተይቲ ተሳኢለ። ብሓቂ! ኣዝየ ፈተኹዋ! ናብ ኣዲስ ኣበባ ምስ ተመለስኩ ስእላ እናራኣኹ ቅሳነት ስኣንኩ፣ ሃገር ጠንጢንካ ናብ ዓዲ እንግሊዝ ኲብልል መጸኒ። ኣብ ኢትዮጵያ ትካል ክትከፍት ከም ትደሊ ኣዕሊላትኒ ብምንባራ፡ ንታ ናይ ኮምፒተር ትካለይ ክገድፈላ ወሰንኩ።

እቲ ዘገርም፡ ፈሩዝ ንጀማል ጓል ሓወ'ብኡ ምኳና 108 መዓልቲ ተኣሲረ ምስ ወጻኹ'የ ፈሊጠ። ጀማል ብቐጻሊ ይገይሽ ስለ ዝነበረ፡ ቅድሚ ዝተኣሰርኩሉ እዋን ኣይተራኸብናን። ብስልኪ ንራኸብ'ኳ እንተ ነበርና፡ ኣብ ስልኪ ምዝራብ ብፍጥረተይ ኣይፈቱን ብምኻነይ ጓል ኣንስተይቲ ከም ዝተላለኹ ኣይነገርኩዎን። ካብ ዓዲ እንግሊዝ ምስ ተመልሰ ግና ብወዝቢ ኣብ ጥቓ እንዳ ፈሩዝ ዝርከብ መዘናግዒ ባርን ለይታዊ ትልሂትን ምስ ፈሩዝ እንተለና ረኺብናዮ።

ፈሩዝ፡ ኣብ ኣዲስ ኣበባ ኣብ ቦሌ መድሃኒኣለም ዓቢ ትካል ተኻረየት፣ ምኽንያቱ፡ እቲ ኣካባቢ ንኸምቲ ንሳ ዝሓሰበቶ ስራሕ ምቹእ ብምኻኑ። ኣነ'ውን ነቲ ምስ ዴል፡ ኣፕል፡ ኣሱስ ዝነበረኒ ናይ ኮምፒተር ንግዳዊ ውዕላት ንዓኣ ገደፍኩላ፣ ምስቲ ዝኸፈተቶ ትካል ኣማኻሪ ፋይናንስ ኣተኣሳሲራ እታው ኮምፒተር ብንጥፈት ተተሓሓዘቶ። ሰመረት ሓውተይ ድማ ዓርኪ ብምሓዘይ ሕጉስቲ ኮነት።

※ ናትካን ናይ ኤሊዛን ርክብ ኣቐዲሙ ዝተዘረበሉ ድዩ ነይሩ?

እወ! እቲ ዝኻየደ ኣንጻር ኤርትራ ዝቐነዐ ሰላማዊ ሰልፊ በተን ኣህጉራውያን ዘይመንግስታውያን ውድባትን ብህወሓትን'ዩ ተመዊሉ። ስለዚ፡ ምስ ኤሊዛ፡ ሳሌም፡ ሄርሞን፡ ወይዘሮ ማርያን ካልኦትን ክራኸብ ቈጸራ ሓዝኩ። እንተኾነ ግና ኤሊዛ ዝወደበቶ ናይ ድራር ምሸት ስለ ዝነበረን ፍሉጣት ሰባት ክርከቡ ምኻኖም ስለ ዝነገረትኒን ሰለስተ መዓልቲ ኣቐዲመ ናብ ሎንዶን ከኣቱ ተረዳዳእና። ኣብቲ ናይ ድራር ምሸት፡ ጋዜጠኛ ቢቢሲ ማርክ ፐላይት፡ ኖርወጃዊት ጋዜጠኛ ተቐማጢት ዓዲ እንግሊዝ፡ ክልተ ኤርትራውያን ጋዜጠኛታት ነበርቲ ዓዲ እንግሊዝ፡ ናይ ኣምነስቲ ኢንተርናሽናልን ሂዩማን ራይትስ ዎችን ወከልትን ፈሩዝን ነበሩ። እቲ ድራር ኣብ እንዳ ኤሊዛ'ዩ ተኻይዱ። ብኸመይ ኣገባብ ናይ ደገፍ ሰልፊ ከም ዝካየድን ንኮሚሽን ሰብኣዊ መሰላት ዝወሃብ ጽሑፍ ክረቅቕን ተዘተየሉ፣ ዓስከሬን ጽሑፍ ድማ ተዳለወ።

እምበኣርከስ፡ ንጽባሒቱ ኣብቲ ኤሊዛ ዝጋበዘትና ድራር ኢና ምስ ፈሩዝ ብቐረባ ተላሊና።

※ ኣብቲ ናይ ድራር ዕድመ መነመን ኔርኩም?

ኣነን ፌሩዝን ጥራይ።

※ ፌሩዝ ናብ ኣዲስ ኣበባ መዓስ ከይዳ?

18 ጥሪ 2017።

※ ንፌሩዝ ኤርትራዊ ኴንካ ዲኻ ቐሪብካያ?

ኣነ ከም ኤርትራዊ'የ ዝፍለጥ። ብኤርትራዊ መንነት ወረቐትን ትምዩን ፓስፖርትን እንቀሳቐስ፣ ኣኽሊሉ ዮሃንስ ዘርኣይ ድማ እጽዋዕ። ናብ ኣዲስ ኣበባ ምስ መጽአት ግና ሓቀኛ ስመይ ነጊረያ፣ ኣይተገረመትን።

※ ምስ ጀማል ተራኺቦምዶ?

ጀማል፡ ሓድሽ ዓመት 2017 ምስ ስድራ ቤቱ ከሕልፍ ናብ ዓዲ እንግሊዝ ከይዱ ኣብ መወዳእታ ለካቲት'ዩ ተመሊሱ። ስለዚ ምስ ፌሩዝ ኣይተራኸቡን።

ኾይኑ ኸኣ፡ ኣነን ፌሩዝን ምዉቕ ፍቕሪ ኣብ ዝጀመርናሉ እዋን ኣባላት ደህንነት ናብ ገዛይ መጺኦም ናብ 9 መጋቢት ዘውግሐ ለይቲ ሰዓት ክልተ ወሰዱኒ፣ ኣብ ዘይፈልጦ ቦታ ተዳጎንኩ።

※ እንታይ ስለ ዝኣበስካ?

ዓሰርተ መዓልቲ ብዘይ ዝኾነ ሕቶ ኣብ ሓደ ገራህራህ ዝብል ዓሳው ክፍሊ ደርበዩኒ፣ ክልተ ግዜ ኣብ መዓልቲ ምግቢ ይዋሃበኒ፣ ቀልቀል ኾነ ሽንቲ ኣብኡ እወጽእ።

ናብ 20 መጋቢት ዘውግሐ ለይቲ ሰዓት ሰለስተ ማዕጾ ከኸፈት ሰሚዐ ተበራበርኩ፣ መን ኢኻ ክብል ዕድል ኣይሃቡንን፣ ዝባነይ ክሻዕ ዝቀላለጥ ገረፉኒ። ብኸምኡ ኣገባብ 21 መዓልቲ ተኸትከትኩ፣ ኣእምሮይ ከስሕት ቍሩብ ተረፈኒ።

ኣብ መበል 31 መዓልተይ ዕለት 9 ሚያዝያ ናብ ሓደ ክፍሊ ወሲዶም ነቲ ብማህረምቲ ዝተበጃጀለ ከዳውንተይ ኣውጺኦም ማይ ዝሑል ደፍኡለይ፣ ኩሉ ኣካላተይ ብሓዊ ከም ዝተለብለበ ኣቃጸለኒ። ከዳውንቲ ተወሃበኒ፣ ኣብ ልዕሊ'ቲ ቈሲሉ ዝመሽመሸ ቈርበተይ ክኸደኖ ተጸገምኩ፣ ግና ክኸደኖ ነይሩኒ፣ ተኸዲነ ኣብ ሰድያ ኮፍ በልኩ።

"ኤርትራዊ ዲኻ?" ሓተተኒ ብትግርኛ ሓደ ጨካን ምዃኑ ከተስተብህለሉ ዘየጸግም ሰብ።

እንታይ ከም ዝምልስ ጨነቐኒ፣ እቲ ምንታይሲ፡ ክልተ ስምን ዜግነትን ስለ ዝነበረኒ።

"እወ፡" በልኩዎ።

"እንታይ ትሰርሕ?"

"ነጋዳይ።"

"ትግራዋይ ዲኻ?"

ሕዚ'ውን ዝብሎ ጠፋኣኒ፣ እወ፡ ኣይኮንኩን፡ ክብል ኣይከኣልኩን፣ ተደናገርኩ።

"ዘርይሁን ኣርኣያ ሓጐስ መን'ዩ?"

ብዝበለጸ ተደናገርኩ፣ መልሲ ኣይነበረንን።

"ዝሓተትኩኻ መልስ።"

"ኣነ'የ።"

"ዘርይሁን ወይ ኣኸሊሉ?"

"ክልቲኡ።"

"ከመይ ኢሉ?"

"እቲ ቀዳማይ ናይ ብሓቂ ስመይ'ዩ፣ እቲ ካልኣይ ድማ ንንግዳዊ ንጥፈት ክጠቕመኒ ብምባል ዝሓዝኩዎ'ዩ።"

"ፍቓድ ንግድኻ ግና ብዘርይሁን'ዩ ዘሎ። ምስ ደህንነት ትሰርሕ ኢኻ?"

"ኣይሰርሕን'የ፣ ተራ ነጋዳይ'የ።"

እቲ ሕቶታት ተደጋጋምን ኣስልቻውን'ዩ ነይሩ፣ ናበይ ከብሉ ከም ዝደለዩ ኣይፈለጥኩን። ድሕሪ ክንደይ ኮለል፣

"ፌሩዝ ስዒድ ዓሊ መኪ መን'ያ?"

እቲ ጉዳይ ሽው በሪሁለይ፣ መእሰርየይ ምኽንያት ፌሩዝ ከም ዝኾነት።

"ኤርትራዊት፡ ካብ ዓዲ እንግሊዝ ብስራሕ ናብ ኣዲስ ኣበባ ዝመጸት፡" ክብልን ብጽፍዒት ከላድደንን ሓደ ኾነ።

"እንታይካ እያ'የ ዝበልኩኻ?"

ካብቲ ጸል ኢለ ዝወደቕኩዎ ባይታ ብኽንደይ ቃንዛ ተጋዲለ ተሲአ ኣብቲ ሰድያ ኮፍ በልኩ።

"ኣብ ዓዲ እንግሊዝ'የ ተፋሊጠያ፣ ኣብዚ ምስ መጽአት ድማ ዕርክነት ጀሚርና።"

ሽው'ውን ተሪር ጽፍዒት።

"ብኸመይን ንምንታይን ፍቓድ ንግድኻ ሂብካያ?"

"ስለ ዘፍቀርኩዋ።"

ኣብ መሬት ኣውዲቖም ረጋገጹኒ፣ ኣካላታይ ኣዝዩ ማርማር በለኒ፣ ካብ ባይታ ብድድ ምባል ተሳእነኒ።

"ንምንታይ ሂብካያ?"

"ኣፍቂረያ፣ ካብ ዓዲ እንግሊዝ ናብዚ እንተ ኣተወት ኢለ።"

እቲ ሕቶ ኣብ ፌሩዝ ኣኹደደ።

"ንሻዕብያ ክትስልየሉ ንሳ ድያ ዓሲባትካ?"

ሰንበድኩ።

"ሻዕብያ?"

"ካብ መዓስ ኢኻ ንሻዕብያ ሓበሬታ ክተመሓላልፍ ጀሚርካ?"

"ኣነ ኣብ ደደቢት ዝዓበኹ ወዲ ተጋዳላይ'የ፣ ንሻዕብያ ዝስልየሉ ምኽንያት የብለይን፡" በልኩዎም ብድኹም ቃና። ድሕሪ ናይ ሓሙሽተ ሰዓት መግረፍትን ምርመራን፣ "ውሰድዎ፡" በለ እቲ መርማራይን ገራፋይን።

ናብቲ ጨናዊ ክፍሊ ምኻድ ተሳኢኑኒ እናጐተቱ መለሱኒ፣ ናይቲ ንሓጺር ሰዓታት ተፈልየዮ ዝነበርኩ እቲ ክፍሊ ጨናኡ ምጽዋር ስኣንኽዎ፣ መዓንጣይ ክሻዕ ዝሳሓግ ኣምለስኩ፣ እንትርፎ ሓሞት መሰል፡ ካብ ከርሰይ ዝወጽእ ምግቢ ኣይነበረን፣ እንታይ ምስ በላዕኩኽ!

ብኽምዚ ኣገባብ 108 መዓልቲ ተመርሚረ።

ኣብ ምርመራ ንስራሐይ ማለት ንስለያዊ ተልእኾይ ዝምልከት ብቐጻሊ ተሓቲተ፣ ዝኾነ ይኹን ናይ እወታ መልሲ ኣይሃብኩን፣ ንኹሉ ኽሓድኩዎ፣ ኣባል ደህንነት ኣይኾንኩን ኢለ ኣብ ቃለይ ደረቕኩ። ምስ ፈሩዝ ዘለኒ ምቅርራብ ተራ ናይ ፍቕሪ ዕርክነት'ዩ ኢለ ነቐጽኩ፣ ከምኡ ስለ ዝነበረ። ኩሉ ነገር ኣተሓሳሰበኒ፣ ነቲ ናይቲ መርማሪ ትግርኛ ኣብ ግምት ኣእትየ፡ ሻዕብያ ሓበሬታ በጺሑዎም ድኣ ከይኾኑ ጨውዮም ዝምርምሩኒ ዘለዉ ማዕረ ምባል በጻሕኩ፣ ምኽንያቱ፡ ደህንነት ከምኡ ይገብር'ዩ ኢለ ክኣምን ስለ ዝተጸገምኩ።

ሓደ ካብቲ ኣብ ታዕሊም ዝተማሃርናዮ፡ ኣብ ትሕቲ ጸላኢ ምስ እንወድቕ ከጋጥመና ዝኽእል ከቢድ መግረፍቲ'ዩ። ካብ ሓይሊ ኣየር ተወሲደ ተገሪፈ'የ፣ ኣካል ናይ ታዕሊም ምኺኑ ግና ድሒሩ'ዩ በሪሁለይ። እዚ ግና ከምኡ ይኸውን'ዩ ኢለ ክሓስብ ብጥራሽ ኣይከኣልኩን፣ እቲ ምንታይሲ፡ ፈሩዝ ኣብ ፋልማይ እግራ ናብ ኣዲስ ኣበባ ዝመጸትሉ እዋን ላዕለዎት ሓለፍቲ ብኽብሪ ዝተቐበልዋን ኣብ ዝተፈላለየ መርበብ ተለቭዥን ኢትዮጵያ ቃለ መሕትት ዘካየደት፡ ብፍላይ ኣብ ተለቭዥን ትግራይ፡ እናነበዐት ዝሃበቶ ቃለ ምልልስ ንልቢ ተጋሩ ዝሰለበ ብምንባሩ፡ ብሰላዪት ሻዕብያ ክጥርጥርዋ ዘይሕሰብ ስለ ዝነበረ።

ሓደ ንግሆ፡ ኣዒንተይ ብጨርቂ ሸፊኖም ካብ ማሕቡስ ኣውጺኦም ሞባይለይን መፍትሕ ገዛይን ኣብ ጁባይ ኣንቢሮም ኣብ ኣፍደገ ገዛይ ደርብዮምኒ ከዱ። ነብሰይ ዝተረፎ ኣይነበሮን፣ ማሲኑን ተመላሊጡን'ዩ።

※ ንምንታይ ኢኻ ሻዕብያ ከይኸውን ኢልካ ሓሲብካ?

ነቶም ካብ ኤርትራ ዝመጽኡ ተጋሩ ብሱሩ ኣይንኣምኖምን ኢና ኔርና። ሓንቲ ካብ ኤርትራ ተሰጒጓ ኣብ ኣዲስ ኣበባ ዕምርቲ ባር ዝኸፈተት ትግራወይቲ፡ ዓማዊላ ኤርትራውያን'ዮም። ደህንነት ምስኡ ከስርሓ ብዙሕ ጽዒሩ ኣይኾነሉን። ሓንቲ ኤርትራዊት መሓዛኣ ተጠርጢራ ምስ ተሳእነት ግና፡ ንዓኣ ኣብ ትሕቲ ቀይዲ ኣእተዋ። ድሕሪ መሪር መግረፍቲ፡ እሳን እታ ዝተሳኣነት መሓዛኣን መስመር ናይ ሓደ ኣብ ደህንነት ዝሰርሕ ሰብ ምኺነን ተናዘዘት፣ ተታሕዘ። እቲ ሰብ፡ ኣብ ደህንነት ኣብ ላዕለዋይ ጽፍሒ ዝሰርሕ ብሻዕብያ ዝተኸትበ'ዩ። መንነቱ ምስ ተጻረየ፡ ትግራዋይ እንተይኾነስ፡ ኤርትራዊ ኾይኑ ጸነሐ። ከቢድ መርመራ ተኻየደሉ፣ ኣይኰንኩን ኢሉ ኣቕበጸ። ኣምጺእና ገጽ ንገጽ ኣራኸብናዮ፣ ኣይፈልጣን'የ ኢሉ ደረቐ። ነታ ሳልሰይቲ መሳርሕቶም ግና ክንረኽባ ኣይከኣልናን፣ ተሸሪበት። ኣባላት'ታ ዋህዮ ሰለስተ ሰብ ብምንባሮም ድማ ስጕሚ ክንስድር ኣይከኣልናን። እቲ ምርመራ ክልተ ሰሙን'ዩ ወሲዱ፣ ሓደ ካብቶም ክልተ መርመርቶም፡ ባዕለይ'የ ነይረ። ምርመራ ምስ ወዳእና ኣብ ሳልስቱ፡ እቲ ካልኣየይ ኣብ ሓደ ሆቴል ተቐቲሉ ተረኺበ፣ ጥርጣረይ እምበኣር ካብኡ'ዩ ዝብገስ። ምኽንያቱ፡

እታ ምስኡ ዝሓደረት ሰብ ክንረኽባ ኣይከኣልናን። እቲ ዝረኽብናዮ ሓበሬታ ግና፡ እሳ እታ ንደልያ ዝነበርና ሰብ ምኳና ዘጠራጥር ኣይነበረን።

※ ነቲ እሱርከ እንታይ ጌርኩሞ?

ብዝወረዶ መግረፍቲ ሞይቱ።

※ ነታ ትግራወይቲኸ?

እቲ ካልኣየይ ኣብ ሆቴል ተቐቲሉ ምስ ተረኽበ ሕንሕነ ናቱ ረሺንናያ።

※ እቲ ኣብ ደህንነት ዝሰርሕ ዝነበረ ሰብ መን ይበሃል?

ኣባይ ገብረክርስቶስ። ሓቀኛ ስሙ፡ በርሀ ዘርእዝጊ፣ ትውልዲ ቦታ ኳዜን፡ ቀዳማይ ሃገራዊ ኣገልግሎት።
※ እታ ዝተሳእነት ሰብከ?

ንግስቲ ወልደሱስ። ሓቀኛ ስማ፡ ከዲጃ ዑስማን፣ ትውልዲ ቦታ ጊንዳዕ፣ ሳልሳይ ሃገራዊ ኣገልግሎት።

※ መዓስ'ዩ ዝኸውን ዘሎ?

※ ቍሩብ ኣዋርሕ ቅድሚ ናብ ዓዲ እንግሊዝ ምኻደይን ንፈሩዝ ምልላየይን።

※ ካብ ካርሸሊ ኣውጺኦም ደርቢዮምኻ ምስ ከዱ ንፈሩዝ ሸው ንሽዑዶ ደዊልካላ?

ጸላም ወጋሕታ ብምንባሩ ዝርኣየኒ ሰብ ኣይነበረን፣ እንትርፎ ዋርድያ ናይቲ ኣፓርትማ። ንሱ'ውን ካብ ማኪና ገለ ነገር ተደርብዩ ኢሉ ቅርብ ምስ በለ'ዩ ሰብ ምኳነይ ርእዩኒ።
"ዘርይሁን'የ፣ በጃኻ ገዛ ኣእትወኒ፡" በልኩዎ፣ ካባይ ኣድሓርሓረ። ተጋዲለ ክትስእ እንተልኩ፡ ኣብራኸይ ኣብዩኒ ዱብ በልኩ።
"በጃኻባ ኣተሳኣኒ፡ ዘርይሁን'የ።"
"መን ዘርይሁን?"
"ቍጽሪ ኣፓርትማ 15 . . ." ኢለ ከይወዳእኩ ሰንቢዱ ተቐላጢፉ ደጊፉ ናብቲ ኣፓርትማ ኣእተወኒ። መፍትሕ ካብ ጁባይ ኣውጺኡ ከፈተለይ። ገዛይ ተመሳቒሉ ጸናሓኒ፣ ብተፍትሽ።
"እንታይ'ዩ ረኺቡካ? ሰብ ዶ ከጽውዓልካ? ንመን ከጽዋዓልካ?" በለኒ ዋርድያ ዝብሎ ጨኒቑዎ።
"ኣይፋልካን! ንማንም ሰብ ከይትነግር፣ ሓደራኻ!" በልኩዎ ብድኹም ድምጺ።
መንበሪ ገዛይ ሰመረት ሓውተይ'ውን ኣትያቶ ኣይትፈልጥን'ያ፣ ኣረ

ኣይትፈልጦን'ያ። ከም ወዲ ተባዕታይ መጠን፡ ዓል ኣንስተይቲ ሒዝካ ምሕዳር ንቡር'ዩ፣ ኣነ ግና ብፍጹም። ፍቕሪ ይስዕረካ'ዩ፣ ፈሩዝ፡ ናብ ኣፓርትማይ ብቐጻሊ መጺኣን ሓዲራን'ያ። ስለዚ፡ እታ እንኮ ዝኣምናን ገዛይ ትፈልጦን ንሳ ጥራይ ብምንባራ፡ ተጋዲለ ደወልኩላ።

"እንታይ? ዘርይሁን?"

"እወ። በጃኺ ናብ ገዛ ምጽእኒ ጽቡቕ የለኹን፡" ኢለ ሞባይል ዓጸኹዋ።

ፈሩዝ ሃፍ እናበለት መጽኣት። ዋርድያ ይፈልጣ ስለ ዝነበረ ገና ኣብ ታሕቲ ከላ'ዩ ነጊሩዋ፣ ማዕጾ ኣገፍቲነ ስለ ዝገደፍኩዎ ደፊኣ ኣተወት።

ኣብ ባይታ'የ ሮፋዕ ኢለ ነይረ፣ ክልቲኡ ኣእዳዋ ኣብ ኣፉ ኣንቢራ ትብሎ ጠፊኡዋ ነቲ ኣብ ፈቐድኡ ዛሕ ኢሉ ዝነበረ ወረቓቕትን ኣቕሑትን እናሰገረት ናባይ ቐረበት። ናብ ደረታ ዓምሪራ ብምሕቛፍ፣

"ዘርይሁን እንታይ'ዩ ተረኺቡ? መን'ዩ ከምዚ ገባራይ?" እናበለት ብብኽያት ተንፈኽፈኸት፣ ኣነ'ውን ኣይከኣልኩን።

"ኩሉ ይጽናሓልና ድሓር ክነግረኪ'የ፣ ሕዚ ግና ሓኪም ጥራይ ርኸብለይ። ሰረቕቲ ከም ዝሃረሙኒ ንገርዮ፣ በጃኺ!"

ፈሩዝ ንሓንቲ ካልኢት'ውን ትኹን ኣይተማተአትን፣ ቅልጥፍ ኢላ ብምውጻእ ድሕሪ ሓደ ሰዓት ዝሕክመኒ ሓኪም ረኺባ ተመልሰት። ኩሉ ኣካላተይ በሸራዕራዕ ኢሉ ቈሲሉ'ዩ፣ ኣረ ገሊኡስ ሓሲኹ ነበረ። ሓኪም ተጠራጠረ፣ ኣብ መንጎ ሕልናን ፍርሀን ተቐርቀረ፣ ክሕክመኒ ነግ ፈረግ በለ። ኣብ መወዳእታ ግና ሓከመኒ። ናብ ክሊኒክ ክኸይድ እንትኾን ንሱ ጥራይ ክሕክመኒ ተላብየ ብርክት ዝበለ ገንዘብ ክህቦ ምኺነይ ተመጻባዕኩሉ።

"ዘርይሁን፡ ንሰመረትዶ ክጽውዓ?"

"ገዛይ ኣይትፈልጦን'ያ ከትፈልጦ ድማ ኣይደልን'የ።"

"በል እዚ ወረቓቕትን ኣቕሑትን ክእርንቦ'ም ቍርሲ ክገብረልካ፡" ብምባል ፈሩዝ እናነበዕት ዓምሪራ ሓቘፈትኒ።

"እንቛዕ ብኡ ሓለፈ፣ ኣይትብከዪ፡" ኢለ ኣብቲ ንኽትርእዮ ኣዝዩ ማራኺ ዝኾነ ከንፈራ ከስዕማ ድንዕ በልኩ። ኣብ መንጎ ሓደ ነገር ትዝ በለኒ፣ እታ ኣብ ሳልስቲ መጺኣ ገዛ ተጸራርየለይን ክዳውንተይ ትሓጽበለይን ሰራሕተኛ።

ሰዓት ሸሞንተ'ያ ትመጽእ፣ ተሎ ኢለ ደወልኩላ።

"ዘርይሁን?"

"እወ ዘርይሁን'የ፣ ማንደፍሮሽ፡ ኣጋይሽ ስለ ዘለዉኒ ደዊለ ንዒ ክሻዕ ዝብለኪ ኣዕርፊ ኢኺ።"

"ኣብ መገዲ'የ ዘለኹ። ጌሽካ ዲኻ ኔርካ?" በለትኒ'ሞ ሓደ ሕቶ ቅጅል በለኒ።

"እወ። ትማሊ መጺኺዶ ኔርኪ?"

"ዝጸራረ'ኳ ኣይነበረን እምበር፡ መጺአ ነይረ። ንመን ከም ዝሓተልካ ድማ ጨኒቑኒ። ንምኺኑ ድሓን ዲኻ?"

"ድሓን'የ፡ ክሻዕ ባዕለይ ዝድውለልኪ ኣዕርፊ ኢኺ፡" ኢለ ኣብ ሓሳብ ተሸመምኩ።

"እዋእ! ትማሊ እንትኾን ናብዚ መጺኣ ድኣ መዓስ'ዮም ነዚ ገዛ በታቲኖሞ?" ኢለ ከይተፈለጠኒ ዓው ኢለ ተዛረብኩ፣ ፈሩዝ ሰማዓትኒ።

"ምሳይ ዲ'ኻ?"

"ኣይኾንኩን፡ ዓው ኢለ'የ ሓሲበ። ነታ ተጻራርየለይ'የ ደዊለላ ጸኒሐ፣ ዘይኽፈልኩዋ ደምዝ ኣለዋ። ምስኪነይቲ፡ ተሸጊራ ትህሉ'ያ!"

"እሞ ዘይትመጽእ፣ መዓልታዊዶ ኣይኾነትን ትመጽእ?"

"እወ፡ ግና ከምዚ ኢለ እንተለኹ ክትርእየኒ ኣይደለኹን።"

ፌሩዝ ኩሉ ኣቓሒሑት ኣርኒባ መጸትኒ፣ ኣዒንታ ብብኽያት ሕንጅጅ መሲሉ ነበረ።

"ዘርይሁን፡ ንቑርሲ ዝኸውን ገዚአ ክመጽእ! ትፈልጥ ዲ'ኻ ከመይ ከም ዘፍቅረካ? ናበይ ከም ዝኸድካ ንሰመረት ሓቲተያ፡ 'ክገይሸ ከሎ ስለ ዘይነግረና ለሚድናዮ ኢና ኣይትጨነቒ፡' ጥራይ'ያ ኢላትኒ፣ ከም ዘፍቀርኩ ስለ ዘይፈለጠት። ኣዝዩ'ዩ ጸሚዩኒ፣ ለይቲ ፈጺመ ኣይድቅስን'የ፣ ሓደ ሓደ እዋን ናብቲ ኣብ ትሕቴና ዝርከብ ባር ከይደ ንበይነይ ኮፍ እብል፡" ኢላ ኣብቲ ዝቔሰለ ከንፈረይ ስዒማትኒ ብድድ በለት፣ ዝሓወኹ ኾይኑ ተሰማዓኒ።

ፌሩዝ ካባይ ከይተፈልየት ሰሙን ኣብ ገዛይ ቀነየት። ንምንታይ ከም ዝተኣሰርኩ እናሻዕ ሓተተትኒ።

"ንጣብ ደም ኤርትራዊ ስለ ዘለኒ ሚስጢራት ናብ ሻዕብያ ዘስሎኽኩ መሲሉዎም'ዮም ኣሲሮምኒ፡" ብምባል ንበላቸው ረዳኢ ኣሳበብኩሉ።

ሓደ እዋን፡ ኣብ ሆቴል ሻራቶን ክንድረር ምስ ከድና ኣብኡ ተራኪብና ንሓደ ዓሰርተ ደቒቕ ዝኸውን ምሳና ኣዋጊዑ ነይሩ። ኩነታቱ ደስ ከም ዘይበላ ነገረትኒ።

ፋልማያ፡ ኣብ 2011 ምዃኑ'ዩ፡ ናብ ኣዲስ ኣበባ ምስ መጽኣት ካብኣ ከም ዘይተፈለየ፣ ናብ መንበሪ ገዝኡ ወሲዱ ከም ዝጋበዛ፣ ዘድልያ ነገር ክገብረላ ድሉው ምዃኑን ገንዘብ ከም ዝሃባን ኣውጊዓትኒ ነይራ። ብሓደ ነገር ከም ዘይተቓደዉን ካብኡ ክትርሕቕ ከም ዝጀመረትን'ውን ነጊራትኒ ነይራ።

በላቸው ረዳኢ፡ ኣዝዩ ብዕሉግን ኣመና ሰታይን'ዩ። ዝርኣያ ሰበይቲ ዝምነ ሰብ'ዩ፣ ጽብቕቲ ህበይ እንትጋጥሞ'ውን ኣይምገደፈን። ንፌሩዝ'ውን ብኡ ዓይኒ'ዩ ርእዩዋ። ፌሩዝ ግና ትም ኢላ ኣብ ዓራት ትድይብ ዓል ኣንስተይቲ ኣይነበረትን፣ ኣበየቶ። ስለዚ፡ ምሳይ ክርእያ ኣይተዋሕጠሉን። ኣነ ድማ ነቲ ዘውገዐትኒ መዝሚዘ ማእሰርተይ ንበላቸው ረዳኢ ኣሳበብኩሉ፣ ኣመነትኒ። ዝኾነ ይኹን ናይ ሕርቃን ምልክት ከይተርእዮ ድማ ተማሕጸንኩዋ።

ካብ ማእሰርቲ ምስ ወጻኹ፡ 45 መዓልቲ ካብ ገዛ ኣይወጻእኹን፣ ምሳኣ ኣብ ገዛኣ'የ ነይረ፣ ብናታ ድልየት። ኣብ ሃገር ከም ዘለኹ ንማንም ከይትነግር ስለ ዝተላበኹዋ፡ ንሰመረት ሓውተይ'ውን እንትኾነ ኣይነገረታን።

ሓደ ምሸት ክንዘናጋዕ ናብቲ ኣብ ትሕቲ ገዛኣ ዝርከብ ባርን ለይታዊ ትልሂትን ከድና'ሞ፡ ንጀማል ኣብኡ ረኺብናዮ። ምስ ርኣየና ደንጸዎ።

"እዋእ! ክልተኹም ድኣ በየን ተራኺብኩም!" ኢሉ ኣብ ደረቱ ኣልጊቡ ሰዓመኒ።

"ነዚ ዶልፊን ኣብ ባሕሪ ዓዲ እንግሊዝ'የ ገፊፈዮ፣ ንስኻኸ ኣበይ ትፈልጦ?" ኢላ ብኽልተ ምናታ ሓቝፋ ስዓመቶ።

"ጀማል ከመይ ኣለኻ? መገሻ ኣብዚሕካ ተጠፋፊእና፡" በኩዎ'ሞ፡ ምስኦም ኮፍ ክንብል ጋበዘና። ፌሩዝ ግና ንበይንና ክንኸውን መረጸት፣ ካብኦም ልግስ ኢልና ኮፍ በልና።

"ንጀማል ድአ ኣበይ ትፈልጦ?"

"ንስኺ'ምበር ኣበይ ትፈልጥዮ?"

"ወዲ ሓወቦይ'ኳ'ዩ!"

"ወዲ ሓወቦይ!" ኢለ ኣዒንተይ ኣፍጢጠ ጠመትኩዋ።

"እወ። ሓወቦይ ምስ ሞተ ናባና ናብ ሶማልያ'ዩ መጺኡ፣ ንሕና ናብ ጀርመን ንሱ ድማ ብማህደረ ትምህርቲ ናብ ዓዲ እንግሊዝ ከይዱ። ኣዝየ ዝፈትዎ ሓወይ'ዩ:" ምስ በለትኒ ፍሽኽ ኢለ ቀላጽመይ ኣብ ብርከይ ኣመርኲሰ ርእሰይ ኣድነንኩ።

ሓንቲ ጥርሙስ ሾድካን ደረቕ ጥብሲ ስጋ ጨልን ኣዘዛ ናባይ ግልብጥ ክትብል፡ ዓይኒ ንዓይኒ ተጋጠምና።

"ድሓን ዲኻ?" ሓተተትኒ ግምባራ ሰይራ።

"ኣብ ምስልምና ሃይማኖት ወዲ ሓወቦኻ ምምርዓው ንቡር ስለ ዝኾነ እንቛዕ ኣይወሰደኪ ኢለ'የ:" ምስ በልኩዋ ትዋሕ በለት። ስሓቓ ብማዕዶ ዝሰመዐ ጀማል ናባና ክጥምት ዓይኒ ንዓይኒ ተጋጠምና፣ ብርጭቆ ኣልዒለ "ንጥዕና!" በልኩዎ፣ ፍሽኽ በለ። ዕርክነት ናተይን ናይ ፌሩዝን ድማ ወግዒ ለበሰ።

ንጽባሒቱ፡ ድሕሪ ሽዱሽተ ወርሒ ም'ኧኑ'ዩ፡ ሞባይለይ ከፈትኩዋ።

ኣብ ኢትዮኮም፡ ኣርባዕተ ሰርቨራት ኣለዋ። ድሕሪ ኣዲስ ኣበባ እታ ዝዓበየት ኣብ መቐለ'ያ ዘላ። ኣብ ትግራይ ዝካየድ ናይ ተሌፎን፡ ኢመይል፡ ፈይስቡክን መሰንጀርን ብኽፍሊ ምጽንጻን ይጥለፍ ነበረ፣ ናይ ኣዲስ ኣበባ'ውን ከምኡ። ናተይ ኢመይል ኾነ መሰንጀር ብቐጻሊ'ዩ ዝጥለፍ ነይሩ። ስለ ዝኾነ ድማ፡ ምስ ሰባት ካብ ከመይ ኣለኻ ዝሓልፍ ወግዒ ኣይገብርን'የ።

ስማቸው፡ ሞባይለይ ከም ዝኸፈትኩ ካብ ክፍሊ ምጽንጻን ከም ዝበጸሖ ኣይጠራጠርን'የ። ምስ ከፈትኩዋ፡ ኢመይል ኾነ መሰንጀር ጢጥ ጢጥ በለ፣ መልእኽቲ ስማቸው ኣሰፋው ረኺብኩ፣ ቅድሚ ሓደ ሰዓት ዝተላእኸት ነበረት። እታ መልእኽቲ፡ "ጽባሕ፡ ንግሆ ሰዓት ሸውዓተ ዝመጽካ ሰብ ኣሎ:" ትብል ጥራይ ነበረት። ስለዚ፡ ናብ ገዛይ ከይደ ክሓድር ነይሩኒ፣ ንፌሩዝ እንታይ ከም ዝብላ ጨነቐኒ። ናብ ገዛና ከም ዝኸይድ፡ ምሕዳርና ኣብ ኣፓርትማይ ክንጋነ ነጊረያ ከድኩ።

12 መስከረም 2017 ንግሆ ሰዓት ሸውዓተ ሓደ መራሕ ማኪና መጺኡ ካብ ኣፍደገ ገዛይ ወሰደኒ። ናብ ሓደ ዓብዪ ካንሸሎ ኣእትዩ ናብቲ ቪላ ከኣቱ ኣመልከተለይ፣ ኣተኹ፣ ንስማቸው ንበይኑ ኣግነኽዎ።

"ሽፍታ! ናበይ ጠፊእካ?"

"ዘይትፈልጥ ኣይመስለንን?"

ፍሽኽ በለ።

"ንሕና ጨካናት ኣይኮንናን፡ ሰብኣውነት ይስማዓና'ዩ፣ ሻዕብያ እንትኾኑ ግና ኣጽፋርካ ብጉጥየት ነቒሎም ስጋኻ ብሓዊ መቃጸሉዎ'ሞ ናይ ከብድኻ ምነገፍካሎም ኔርካ።"

"እምበኣርከስ ንስኹም ኢኹም ኣሲርኩምኒ።"

"ብሓዊ ተፈቲንካ ሓሊፍካ።"

"ናይ ምንታይ ፈተና?"

መልሲ ኣይሃበንን።

"ንስሚናር ክትከይድ ኢኻ፣ ተቐረብ። ድሕሪ ሰለስተ መዓልቲ ኣብ መዓርፎ

ነፈርቲ መቐለ ዝቐበለካ ሰብ ኣሎ፣ እንታይ ከም ዝግበር ንሱ ክሕብረካ'ዩ:" ኢሉ ቀታሊ ፍሽኽታ ኣርኣየኒ።

ርእሰይ ጽርውርው በለኒ።

ካልእ እዋን ብድድ ዝብል ዝነበርኩ፡ ሽው ግና ኣፍቂረ ከመይ ኢለ ካብ ፈሩዝ እሞ ኸኣ ንኽንደይ መዓልቲ ምኺኑ ዘይፈለጥኩ ኽፍለ፣ ርእሰይ ናብ ባይታ ኣድነንኩ።

"ፈሩዝ ድያ?"

ልበይ ኣንዶግዶገት፣ ተኲረ ጠመትኩዎ።

"እንታይ? እ. . .እወ። ወዲ 35 ዓመት ኾይነ ኣይመስለኩን። ኣብ ህይወተይ ንመጀመርያ ግዜ ጓል ኣንስተይቲ ኣፍቂረ፣ ከዕርፍ ምመረጽኩ:" በልኩዎ ብትሑት ድምጺ።

"ቁሮ ኣብ ኣፍደገ ገዛኻ'ዩ ዘሎ። ስብ መቐለ ግና ጌና ካብ ድቃሶም ኣይተበራበሩን ኣለዉ። ከምቲ ነፋሪት ውግእ ምስ ሓለፈት ድምጻ ዝስማዕ፡ ሻዕብያ ድማ ንቁሮ ሒዙ ኣዲስ ኣበባ ኩድም ምስ በለ፡ እዞም ሙሽሙሻት ብብዕጉንም መቐለ ክራኣዩ'ዮም። ኣነን ንስኻን ግና ሰለም ኣይከነብልን ኢና።"

ኣባሃህልኡ ተረዳኣኒ።

እወ! ቁሮ ሰዓት እቶ እቶ ኣይዓገቶን፣ ኣብ ኣፍደገ ኣዲስ ኣበባ ኾይኑ ይጓዝም ነበረ። ህወሓት፡ እቲ 26 ዓመት ብዘይ ኣሳሕኮ ዝበለዖ ከቢድዎ ከም በጊዕ ዝወሓጠ ገበል ፍግም ይብል ብምንባሩ፡ ነቲ ዝመጾ ዝነበረ ማዕበል ከስተብህል ዝኽእል ኣእምሮ ኣይነበሮን።

ብሎኮታት ኣዲስ ኣበባ ብዝነድድ ጎማታት ማኪና ርግጥ በለ፣ ሓይልታት ጸጥታ ምስ ዝውርወር ኣእማን ኣብ ቅልስ ተጸመዱ። ጸጥታ ኣዲስ ኣበባ ተሃወኸ፣ ቀዳማይ ሚኒስተር ህጹጽ ኩነታት ኣወጀ፣ ሰብ ካብ ሰዓት ሽዱሽተ ድሕሪ ቐትሪ ካብ ገዝኡ ከይወጽእ ተኸልከለ።

ቁሮ ግና ኣይዓጀቦን፣ መሊሱ ነደረ፣ ደፋኢ ሓይሊ ስለ ዝረኸበ፣ ሻዕብያ።

ስለ ዝኾነ ኸኣ፡ ከምቲ ንመራሕቲ ህወሓት፡ ንዓይ'ውን ክቱር ፍርሂ ሻዕብያ ደገሰኒ።

ይኹን'ምበር፡ ዘይስገር ትእዛዝ ኮይኑኒ ናብ መቐለ ተበገስኩ። ካብ መዓርፎ ነፈርቲ መቐለ፡ ጀነራል ኣስገሀይ ወልዱ ሓላፊ ቢሮ ምሕደራ ጸጥታ ትግራይ ተቐቢሉ ኣብ ሓወልቲ ሰማእታት ናብ ዝርከብ ኣዳራሽ ወሰደኒ። ኣብቲ ኣዳራሽ፡ ቅድሚ ሽው ርእየዮም ዘይፈልጥ 11 ሰባት ነበሩ። ድሒረ ከም ዝፈለጥኩዎ፡ እቲ ዝተሓተ ብዓል ሚእቲ ሓለቓ መዓርግ ነበረ። ክልተ ካብኣቶም ኣብ ሓይሊ ኣየር ዝፈልጡኒ ናይ ሻምበልን ሜጀርን መዓርግ ዝነበሮምን'ዮም። ሜጀር ፍቕረን ሻምበል ገብራይን ይባሃሉ። እቶም ዝተረፉ ሓሙሽተ ካብ ኣግኣዚ፡ ሰለስተ ካብ ደህንነት፡ ሓደ ድማ ካብ ቢሮ ምሕደራ ጸጥታ ትግራይ ነበሩ። ብዕድመ ካባይ ብዙሕ ዝዓብዩ ኣይነበሩን።

ናብ መቐለ ዝኣተኹ ብ 15 መስከረም 2017 ሰዓት ዓሰርተው ሓደን ፈረቓን ቅድሚ ቐትሪ'ዩ። ፍርቂ መዓልትን ፈረቓን ምክትል ኣመሓዳሪ ትግራይ ኣቶ ግርማጽዮንን በላቸው ረዳኢን ዝርከብዎም ኣርባዕተ ተጋሩ ኣባላት ደህንነት መጹ።

እንታይ ከም ዝተረኸበ ኣይፈልጥኩን፣ ኣብ ገጾም ተርባጽ ይንበብ ነበረ። ዘይርጉእ ኩነታት ዝተፈጥረ ኾይኑ ተሰመዓኒ፣ ብሓቂ ድማ ኩነታት ህወሓት እናኸፈአን ቁሮ እናበርተዐን ኣብ ትግራይ'ውን ምልዕዓላት ፍሑኽ ይብልን ነበረ።

"እንቛዕ ብደሓን መጻእኹም። ከምቲ ትዕዘብዎ ዘለኹም፡ ነቲ ብብረት ተጋሩ ዝመጸ ናጽነት ብእምኒ ኦሮሞ ከምንዝዑ ጸላኢትና ኣእዳዎም ኣብ ምውስዋስ ይርከቡ ኣለዉ። ክንርኢ ኢና! እምኒ ደርቢኻ ንህወሓት ካብ ስልጣን ከትኣልዮን ንህዝቢ ትግራይ ከተምበርክኾን ዝከኣል እንተኾይኑ! ንሕና ደም ከፊልና ኢና ንህዝቢ ትግራይ ሓራ ኣውጺእናዮ! ሕዚ'ውን ዓርሰ ውሳኔኡ ከምንዝዕ ንዝመጽእ ሓዊ ሒዝና ክንጸንሖ ምዃንና ከነገንዝቦ ይግባእ! ከትፈልጥዎ ዘለኩም፡ ሻዕብያ ኩሉ ፈቲኑ ምዃን ምስ ኣበዮ እምኒ ዝድርብዩ ቈልዑ ከቲቡ ናይ መወዳእታ ዕድሉ ክጣላዕ ጀሚሩ'ሎ። ናበይ ከም ዝበጽሕ ክንርኢ ኢና! እምበኣርከስ፡ ንሓደ ዓቢ ዕማም ስራሕ ኢኹም ናብ መቐለ መጺእኹም እንኣኹም፣ ንትግራይን ተጋሩን ክትከላኸሉሎም፡" ኢሉ ምክትል ኣመሓዳሪ ትግራይ ዘረብኡ ደምደመ።

ብዙሕ ዝዝረብ ኣይነበሮን፡ ተሰናቢቱና ቅድሚ ምኻዱ ናይ ምሳሕ እንግዶት ተገበረልና።

ኣዘራርባን ፈኸራን ኣቶ ግርማጽዮን፡ ነቲ ነብስሄር ቀዳማይ ሚኒስተር ኣብ ባይቶ ኢትዮጵያ፡ "ኣል-ሸባብ፡ ጭራሑ ኣብ ሞቓድሾ ርእሱ ኣብ ኣስመራ'ዩ ዘሎ፣ ንሕና ድማ ጭራሑ እናከርተፍና ካብ ሞቓድሾ ኣብ ደብ ኤርትራ ከነብጽሖ ኢና፣ ሽዑ፡ ሻዕብያ እንታይ ከም ዝገብር ክንርእዮ ኢና!" ዝበሎ ኣዘኻኸረኒ።

ኢትዮጵያ፡ ኣብ ሶማል ብውክልና ዝኸፈተቶ ኲናት ብቐሊሉ ክትወጸሉ ኣብ ዘይኽኣለት ታኼላ ምስ ተሸመመት፡ 'ሻዕብያ፡ ኣብ ሶማል ይዋጋኣኒ ኣሎ' ብምባል ምስ ምምሕዳር ዋሽንግቶን ኾይኖም ዘእወዩ ድኣ፡ ንናዕቢ ቈሮ ንመን ከላግበሉ፣ ንሻዕብያ'ምበር፣ ኣነ'ውን ከምኦም።

እቶም ኣብቲ ኣዳራሽ ዝነበርና መን እንታዋይ ምዃኑ ክንፋለጥ ነይሩና። ኣብቲ ንሓድሕድና ንምፍላጥ ታሪኽ ሂወትና ዝገለጽናሉ፡ መብዛሕትና ናብ ሱዳን ተላኢኽና ኣብ ዝተፈላለየ መዓስከራት ሙጃሂዲን ዝተዓለምና ምዃንና በርሃለይ። ኾይኑ ኸኣ፡ ብዘይካይ፡ መብዛሕተኦም ኣብ ኲለን ክልላት ብቀጥታ ወይ ብድሕሪ መጋረጃ ሓለፍቲ ጸጥታ ኾይኖም ተመዲቦም ዝነበሩ'ዮም። ገለ ካብኣቶም፡ ኣብ ኲናት ኢትዮ-ኤርትራን ሃገረ ሶማልን ተመኲሮ ስለያ ዝነበሮም'ዮም። እምበኣርከስ፡ ኣነ'የ ካብኣቶም ፍልይ ዝበለ ተመኲሮ ዝነበረኒ። ኲሉ ዘርዚረ ኣይንገር'ምበር፡ ዝቐሰምኩዎ ተመኲሮ ዝተሳለጠ ስራሕ ብፍላይ ንኤርትራ ዝምልከት ተረኺኩሎም፣ ኣዝዮም ተመሰጡ፣ ምኽንያቱ ኣብ ዝኸድና ኬድና መዘረቢ ኣርእስትና ሻዕብያ ስለ ዝኾነ።

ድሕሪ ቐትሪ ናብ ኣርባዕተ ጉጅለታት መቓቒሉም፡ ኣነ ምስ ክልተ ርእሰይ ብሓደ ካብቶም ኣርባዕተ ኣባላት ደህንነት ተሰኒና ናብ ውሽጢ ማኪና ከርእይ ዘይኽእል መስተዋት ዘለዋ ላንድ ክሩዘር ናብ መዕረፊ ኣጋይሽ ተወሰድና።

ንጽባሒቱ፡ 16 መስከረም 2017፡ ናብቲ ዝተመሳሕናሉ ኣዳራሽ ተመሊስና ንጸጥታ ኣዲስ ኣበባ ዝምልከት ብካርታ ዝተሰነየ ኣስተምህሮ ክወሃበና ጀመርና።

እቲ ኣስተምህሮ ኣብ ሰለስተ ዝተኸፍለ ነበረ። ቀዳማይ፡ ንመንግስቲ ኤርትራ ዝምልከት፡ ካልኣይ ንኣምሓራ እቲ ሳልሳይ ድማ ንኦሮሞ። እቲ ዝዓበየ ክፋል ግና፡ መንግስቲ ኤርትራ ምስዞም ክልተ ጸላእትና ዝበሃሉ ብሄራት ዝነበሮ ምትእስሳር ዝምልከት ነበረ። እቲ ብትኹረት ዝዝረበሉ ዝነበረ ዛዕባ፡ መንግስቲ ኤርትራ፡ ኣባላት ዴሞክራስያዊ ሰልፊ ህዝቢ ኦሮሞ (*የኦሮሞ ህዝብ ዴሞክራሲያዊ ድርጅት - ኦህዴድ-*)

ን ኣብ ባይቶ ኢትዮጵያ ተወከልቲ ህዝቢ ክልቲኡ ብሄራትን ብድሕሪ መጋረጃ ኾይኖም ንምንቅስቓስ ቁሮ የሳውርዎ ከም ዝነበሩ ነበረ። ናይ ኩሉ ጸገማትና መበገሲ መንግስቲ ኤርትራ ከም ዝኾነ፡ ንምዕላውና ማለት ንህወሓት ካብ ስልጣን ንምእላይን ኣኽቢቡ ንምጭፍላቕን ሰለም ከም ዘየበለ ከም ወትሩ ሰፊሕ መግለጺ ተወሃበና። መንግስቲ ኤርትራ፡ ምስ ገለ ኣባላት ዴሞክራስያዊ ሰልፊ ህዝቢ ኦሮሞ (ኦህዴድ) ኣብ ወጻኢ ሃገር ይራኸብን ንምንቅስቓስ ቁሮ ምሉእ ፖለቲካዊ ደገፍ ይህቦ ከም ዘሎን ተነጊሩና። ዝርዝር ኣስማት መራሕቲ ቁሮን ኣብ ልዕሊኦም ክውሰድ ዘለዎ ስጉምቲን ተመያየጥና። ብኡ መሰረት፡ ድሕሪ ናይ ሰለስተ ሰሙን ኣስተምህሮ፡ ሽዱሽተ ኣብ ኣዲስ ኣበባ፡ ሰለስተ ኣብ ኦሮምያ፡ ክልተ ኣብ ሶማል ሓደ ድማ ኣብ ትግራይ ተመደብና።

ተልእኾና ድማ፡ ዝተለለዩ ሰባት ምሕቛቕ፣ መራሕቲ ኦህዴድ ካብ ሃገር ወጻኢ ምስ ዝገሹ ምክትታል ምዃኑ ተነገረና። ናተይ ስራሕ ድማ፡ እቶም ሰባት ናብ ወጻኢ ምስ ዝገሹ ምክትታል ነበረ።

※ እንታይ ትከታተል? ብኸመይ?

እቲ ዝዓበየ ፍርሂ መሪሕነት ህወሓት፡ "እቶም ሰባት ምስ ሻዕብያ ኣብ ወጻኢ ሃገር ይራኸቡ ኣለዉ፡" ዝብል ብምንባሩ፡ ናተይ ዕማም፡ ኣብ ሃገራት ኣሚራት ዓረብ ንቤ/ጽ ቆንስላዊ ጉዳያት ዱባይን ኣብ ኣቡዳቢ ንኤምባሲ ሃገረ ኤርትራን ምስላይ ነበረ። እቲ ስለያ ብምትሕብባር ኤምባሲ ኢትዮጵያ ኣብቲ ሃገር'ዩ ዝፍጸም። ሰባት ይምደቡ፣ ኣነ ኣማእኽሎም። እቲ ስለያ ንኣምባሳደር ኤርትራ ኣብቲ ሃገር ወይ ሓደስቲ ሰባት ማለት ቅድሚ ሕዚ ኣብቲ ኤምባሲ ወይ ቆንስላዊ ጉዳያት ተራእዮም ዘይፈልጡ ወይ ልኡኽ ኤርትራ ብፍላይ ግና ኣማኻሪ መራሒ ሃገር ኤርትራ ምስ ዝመጽእ፡ ህንጻ ኤምባሲ፡ ቆንስላዊ ቤ/ጽን መንበሪ ኣባይቶምን ለይትን መዓልትን ንከታተሎ።

※ ኣብ ደህንነት ከም ትሰርሕ ንፈሩዝ ነጊርካያዶ?

ፈሩዝ እንትርፎ ካብ ማእሰርቲ ምስ ወጻኹ'ምበር፡ ባዕለይ እንተ ዘይነጊረያ ብጥራሽ ናበይ ትኸይድ ኣለኻ? እንታይ ጌርካ? ኢላ ኣይትሓተንን'ያ። ብኡ ምኽንያት ድማ ኣዝየ እኣምና ነበርኩ። ምኽንያቱ፡ ፈሩዝ፡ ጭውው ዝበለት ተቓዋሚት ሻዕብያ'ያ ነይራ። ምስ ቀንዲ መሪሕነት ህወሓት ብፍላይ ምስ በላቸው ብቐጻሊ'ያ ትራኸብን ትመኻኸርን። ናብ መቐለ ብቐጻሊ'ያ ትገይሽ፣ እዚ ኾይኑ እቲ ኢላ ግና ኣይትዛረብን'ያ። እንተ ሓቲተያ፣ 'ብዙሕ ኣይትሕተት' ካብ ምባል ሓሊፉ ትገብሮ ነገራት ኣይትነግረንን'ያ፣ ኣነ ድማ ኣኽብራ ነበርኩ።

※ ዝምድናኹም ምስ ጀማል ከመይ ኾነ?

ጀማል ኣዝየ ዝፈትዎን ዘኽብሮን ዓርከይ'ዩ ነይሩ። ንፈሩዝ ምስ ተዓራረኽኩዋ ተሓጎሰ፣ ካብቲ ዝነበረና ምቕርራብ ንላዕሊ ተቐራረብና፣ ብቐጻሊ ክንራኸብ'ውን ጀመርና።

※ ካብ መቐለ ምስ ተመለስካ እንታይ ተልእኾ ተዋሂቡካ?

እቲ ኮርስ ንሰለስተ ቅነ ተኻይዱ ኣብ ኣዲስ ኣበባ ተመዲበ። ኣብ ትሕተይ ኾይኖም ትእዛዝ ዝፍጽሙ ሰለስተ ሰባት ተመደቡለይ። መራኸቢ ቦታና፡ ኣብ ልደታ ዝርከብ ስቱር ገዛ'ዩ። ትእዛዝ ካብ ደህንነት ናባይ ይመሓላለፍ። እቲ ባዕለይ ክፍጽሞ ዘለኒ ባዕለይ፡ እንተይኾነ፡ እቶም ሓደ ካብቶም ሰለስተ ሰባት ክፍጽሞ እእዝዝ።

※ መራሕቲ ኦህዴድ ካብ ሃገር ወጻኢ ምስ ዝገሹ ምክትታል'ዩ ቀንዲ ስራሐይዶ ኣይበልካን?

ንመን ክከታተል ከም ዘለኒ ዝሕበረኒ ብቤ/ጽ ደህንነት'ዩ፣ እቲ መገሻ'ውን። መደብ ስለያ ተሓንጺጹ'ምበር፣ ደድሕሪ ሚኒስተር ጉዳያት ወጻእን ኣማካሪ ፕረዚደንት ሃገረ ኤርትራን ምኻድ ዝካኣል ኣይነበረን። ስለዚ፡ ቀንዲ ስራሐይ ምቕንጻል ኾነ።

ታሕሳስን ጥሪን ኣዲስ ኣበባ ብናዕቢ ተናወጸት፣ ካብ ቁጽጽር መንግስቲ ወጻእ እናኾነ ኸደ። ቀዳማይ ሚኒስተር ብዓቢኡ ህወሓት/ኢህወደግ ኣብራኹ ክጠልሞ ጀመረ። ላዕለዎት መሪሕነት ህወሓት ገንዘቦምን ደቆምን ናብ ወጻኢ ሃገር ክህድሙን ከስግሩን ስራሕ ጸዓቕም፣ ንዓይ ድማ ምቕንጻል።

እቲ ምልዕዓል፡ ቁሮ ብዝተሰመየ ናይ መንእሰያት ኦሮሞ ውዳበ ብምንባሩ፡ ብዙሓት ካብ መራሕቶም ብግልጽን ብስዉርን ተቐቲሎምን ኣበይ ከም ዝኣተው ከይተፈልጠ ሓቒቕምን'ዮም። ክንረኽቦ ዘይክኣልና ግና እቲ ንቁሮ ዝመርሕ ዝነበረ ህቡብ ስነ ጥበባዊ'ዩ።

ንሱ፡ ጌና ካብ ንእስነቱ ጀሚሩ ኣብ ምንዕዓብ ዘትኰረ ዜማታት'ዩ ዘውጽእ ነይሩ። ወዲ ዓሰርተው ሽውዓተ ዓመት ከሎ ተኣሲሩ። ብማእሰርቱ፡ እቲ ናዕቢ መሊሱ ጕሂሩ'ምበር፡ ኣይቀሃመን፣ ድሕሪ ሓሙሽተ ዓመት ካብ ማእሰርቲ ከነውጽኦ ተገደድና። ስለዚ፡ ክቕንጸል ነይሩዎ። ኣዝዩ ኣጸጋሚ ፍጥረት ብምንባሩ ግና ኣይተኻእለን፣ ክሻዕ ሰነ 2020።

ኣብቲ ናዕቢ፡ ፖለቲከኛታት ሰልፊ ዴሞክራስያዊ ህዝቢ ኦሮሞ (ኦህዴድ) ብድሕሪ'ቲ መጋረጃ ከም ዝነበሩ ብዝበለጸ ዝተሰወጠና፡ ኣብ መፋርቕ ለካቲት 2018 እዩ። እንበዓል መን ም'ዃኖም ዝርዝር ኣስማት ተዋሃበኒ። ናይ ቅንጸላ መደብ እናውጻእኩ እንተለኹ፡ ቀዳማይ ሚኒስተር ተዓለወ፣ ምስኡ ድማ ህወሓት። ከምኡ ኾይኑ ከብቅዕ፡ መሪሕነት ህወሓት፡ ኵሉ ነገር ከም ቀደሙን ኣብ ትሕቲ ቁጽጽሮም ዘሎን ይመስሎም ብምንባሩ፡ ኣብ ባራት ሆቴል ሻራቶንን ማርዮትን ካልእን ብሉ ለበል እናሰተዩ፡ "ኣበይ ከይበጽሑ!" እናበሉ ዘባጭውሎም ዝነበሩ መራሕቲ፡ ሃንደበት በትረ ስልጣን ጨበጡ። መራሒ ሃገረ ኤርትራ ንዑደት ናብ ኣዲስ ኣበባ መጽአ። ሽዑ ከምቲ ስማችው ኣሰፋው ዝበሎ ኾነ፣ መራሕቲ ወያነ ካብ ድቃሶም ተበራቢሮም ብብዕጉንም ኣብ መቐለ ተራእዩ። ቢቃ ኣብቐዐ! ጭርሖ፡ "ወያነ ናብ መቐለ፡ ንብረት ናብ ቀበሌ!" ዕላምኡ ወቐዐ።

ንግስነት ህወሓት ኣብ መበል 27 ዓመቱ ሓንሳብን ንሓዋሩን ተረኺመሸ፣ መጋቢት

2018 ኣብ ሳንዱቕ ሬሳ ኣተወ። ግብኣተ መሬቱ ግና፡ ኣካይዳ ተወላዲ ኦሮሞ ዝኾነ ሓድሽ ቀዳማይ ሚኒስተርን ምስ ኤርትራ ዝህልዎ ዝምድናን ዝውስኖ ነበረ።

※ ካብቲ ዝተዋሃበካ ዝርዝር ኣስማት፡ ናይዞም ሕጂ ኣብ ስልጣን ዘለዉ ነይሩዶ?

እቲ ኲነታት ኣመናዊ ቀልጢፉና። ነልዕሎን ነንብሮን ሓርበተና፣ ደህንነትውን ከምኡ። ስለዚ፡ ኣመሓዳሪ ክልል ኦሮምያ ከም ቀዳማይ ዒላማ ተወስደ። ኣብ ኦሮምያ ንምቕንጻሉ ከቢድ ብምንባሩ፡ ኣብ ኣዲስ ኣበባ ክፍጸም መጽናዕቲ ተዳለወ፣ መደባት ተሓንጸጸ።

ብሸነኽ ምብራቕ ስታድዮም ኣዲስ ኣበባ፡ ቤተ መዘከር ኦሮሞ ኣሎ። ኣብቲ ቤተ መዘከር፡ ንባህልን ልምድን ኦሮሞ ዝገልጽ ቅርስታት ይርከብ። ተወላዲ ደቡብ ህዝቦች ዝኾነ ቀዳማይ ሚኒስተር ካብ ስልጣኑ ቅድሚ ምውራዱ ሰለስተ ሰሙን፡ ዕድመ ዝተገበረሎም ብዙሓት ፖለቲከኛታት ኦሮሞ ዝሳተፍዎ ሲምፖዝዩም ኣብቲ ቤተ መዘከር ተዳይልዩ ነበረ። ሓደ ካብቶም ዕዱማት፡ ኣመሓዳሪ ክልል ኦሮምያ ነበረ። እቲ ምቕንጻል፡ ኣብታ መዓልቲ'ቲኣ ክካየድ ተመደበ፣ ቅስሚ ኦህዴድን ቄሮን ንምስባር። እቲ ቅንጸላ ብሓደ ኣጥፊኡ ነብሱ ዘጥፍእ ኣባል'ታ ኣነ ዝመርሓ ጉጅለ ሰለስተ'ዩ ክፍጸም። ኲሉ ምድላዋት ኣዋዲድና ነቲ ተልእኾ ንምፍጻም ኣብ ቦቦታና እንተለና፡ "እቲ መደብ ኣቋርጽዎ!" ዝብል መልእኽቲ መጸኒ። ብድሕሪኡ፡ ንኣመሓዳሪ ክልል ኦሮምያ ንምርካብ ኣጸጋሚ ኾነ። ብድሕሪኡ ኣብ ስነ ስርዓት መሓላ ሓድሽ ቀዳማይ ሚኒስተር'የ ርእየዮ።

※ ሓድሽ ቀዳማይ ሚኒስተር ኣብ ኣደባባይ መደረ እናስመዐ ከሎ ቦምብ ተተኩሱ፣ ስማቸው ኣሰፋው ኣብ ኣዲስ ኣበባ ነይሩዶ?

ከምቲ ዝበልኩዎ፡ ኲነታት ኣዲስ ኣበባ መትሓዚ ብዘይብሉ መገዲ'ዩ ዝቀያየር ነይሩ። ሓደ ካብኡ፡ ሓድሽ ቀዳማይ ሚኒስተር ምስ መራሒ ሃገረ ኤርትራ ብዘይ ዝኾነ ቅድመ-ኲነት ከዘራረብ ድሉው ምዃኑን እቲ ርክብ ኣብ ኣስመራ ክካየድን ንባይቶ ኢትዮጵያ ኣፍለጠ። ግምት ናይ ብዙሓት፡ "መንግስቲ ኤርትራ ኣይገብሮን'ዩ!" ዝብል ብምንባሩ፡ ህወሓት ብመጠኑ ሩፍታ ረኺበ፣ ኣብቲ ሃገር ካብ ዝርከቡ ኤምባሲታት ከምኡ ዝብል ሓበሬታ ስሊኹ ወጺኡ ስለ ዝነበረ።

ድሕሪ ናይ ኣስታት ሰለስተ ወርሒ ስቕታ፡ 20 ሰነ 2018 ኣብ መዓልቲ ሰማእታት መራሒ መንግስቲ ኤርትራ፡ ኤርትራ፡ ልኡኽ ናብ ኢትዮጵያ ክትሰድድ ምዃና ንማሕበረ-ሰብ ዓለም ኣፍለጠ።

ፖለቲካዊ ጸወታ ህወሓት ኣብቀዐ፣ ስቴት ደፓርትመንት እምኒ መጻወቲ ገበጣ ካብ ኢዱ ወደቐ።

ህወሓት ተሰናበደ።

ወርሒ ነሓሰ ሓድሽ ቀዳማይ ሚኒስተር ናብ ኣስመራ፡ መራሒ መንግስቲ ኤርትራ ድማ ናብ ኣዲስ ኣበባ ኸደ። ኲሉ ነገርና ሕፍንፍሽ በለ፣ ህወሓት ኣብ መዋጥር ኣተወ፣ ምምሕዳር ዋሽንግቶን ተሰናበደ፣ ብኣምባሳደር ኣኩቶ ዝምራሕ ልኡኽ መንግስቲ ኣመሪካ ናብ ኤርትራን ኢትዮጵያን ተጓየየ።

ፍጻመታት፡ ንህወሓት ካብ ዓቕሙ ንላዕሊ ኮኖ። ክልቲኦም መራሕቲ ሃገር ኣብ

ኣዳራሽ ሚለንዩም መደረ ኣስምዑ። "ንሕና፡ ኣብ ኢትዮጵያ ሃገራዊ ረብሓ'ዩ ዘለና፣ ንሃገራዊ ረብሓና ኩሉ ዋጋ ክንከፍል ድሉዋት ኢና፣ ነዚ ረብሓ'ዚ ዝትንኪ ወይልኡ!" ዘስምዕ መልእኽቲ ኤርትራ ንላዕለዎት መሪሕነት ህወሓት ሽቑጥቖጥ ኣበሎም፣ እቶም ኣብ ኣዲስ ኣበባ ተሪፎም ዝነበሩ ንእለቱ ናብ ትግራይ ኰብለሉ።

ፖለቲከኛታት ትግራይ ድቃስ ዝኸለኦም ጉዳይ እንተ ነበረ፡ ፕረዚደንት ኤርትራን ተወላዲ ደቡብ ህዝቦች ዝኾነ ቀዳማይ ሚኒስተር ነበርን ተሓቛቝፎም ሰላም ክባሃሃሉን ክሰዓዓሙን ምርኣይ ነበረ። ስለ ዝኾነ ድማ፡ ነቲ ኣብ ደገ ርከብ ይካየድ ነይሩ ዝብል ጥርጣሬኦም ኣዛይዱ ከብዶም ከም ዝሕቆኑ ገበሮም፣ ኣነ'ውን ከምኡ። ብድሕሪ'ቲ መጋረጃ እንታይ ኮን ይህሉ ይኸውን እናበልኩ ካብ ምሕሳብ ድማ ኣየዓረፍኩን።

ፖለቲከኛታት ትግራይ ኣይጣዓሞምን፣ ብዅሉ ሸነኽ ተቓውሞ ገጠሞም። ኣብ መቐለ ሰሚናራት ተወደበ፣ ጸርፍን ዘለፋን ኣብ ልዕሊኦም ዘነበ። መንእሰያት ትግራይ ብግልጽን ብዘይ ሕብእብእን ናይ 26 ዓመት እኩብ ብሶቶም ገለጹ። ህወሓት ግና ግዜ ንምዕዳግ፡ "ሓቅኹም በዲልና፡ ግና ካብ ኣብራኽኩም ዝወጻእና ስለ ዝኾንና ናበይ ክትድርብዩና!" እናበለ ርእሱ ደፊኡ ነብሱ ኣብ ምድላይ ተጸመደ።

ግና ኣይረኸባን።

ከይረኸባ ድማ፡ ሓድሽ መንግስቲ ኢትዮጵያ፡ ኣብ ግብኣተ- መሬት ህወሓት ከተሰንዮ ንኤርትራ ዓደማ።

※ *መንግስቲ ህወሓት መጋቢትዶ ኣይኾነን ካብ ስልጣን ወሪዱ? ንምንታይ 28 ነሓሰ 2018 ናብ መቐለ ኬድካ?*

መሪሕነት ህወሓት፡ ሓድሽ መንግስቲ ብዘይ ናቱ ፍቓድ ምስ ኤርትራ ብቐሊሉ ዕርቂ ክፍጸምን መራሒ መንግስቲ ሃገረ ኤርትራ በቲ ፍጥነት ናብ ኣዲስ ኣበባ ክመጽእን ኢሎም ኣይሓሰቡን፣ ምኽንያቱ፡ ፖለቲካዊ ቅማረኦም ካብ ጫፍ ኣፍንጭኦም ዝሓልፍ ብዘይምንባሩ። ስለዚ፡ ካብ ስልጣን ሓንሳብ ንሓዋሩ ከም ዝተዓልዉ ዝተሰቆሮም፡ መራሒ መንግስቲ ሃገረ ኤርትራ ኣብ ኣዳራሽ ሚለንዩም ብዓይኖም ምስ ርኣይዎ'ዩ። እንኮ ዝተራእዮም ኣማራጺ ኸኣ ንእለቱ ናብ መቐለ ምህዳም ነበረ።

ስማቸው ኣሰፋው ካብ ገጽ ምድሪ ጠፊኡ፣ ድሕሪ ቍሩብ መዓልታት ኣብ ትግራይ ተራእየ፣ ኣነ ድማ ናብ ትግራይ ክኸይድ ተኣዘዝኩ፣ 28 ነሓሰ 2018።

ምዕራፍ 17

ሚኒስትሪ ጉዳያት ወጻኢ ኤርትራ
ዓርቢ 8 መስከረም 2018
ሰዓት 09:50

ኣብ ጉዳያት ወጻኢ ሓላፊ ጠረጴዛ ኣመሪካ ዝመርሖ ኣኼባ ኣብ ሚኒስትሪ ጉዳያት ወጻኢ ተጸወዐ። ኣብቲ ኣኼባ ኮሎኔል ርእሶም፡ ኮሎኔል እስማዒል፡ ኮሎኔል ፍጹምን ኣብ ጉዳያት ወጻኢ ሓላፊ ጠረጴዛ ኢትዮጵያ ኮሎኔል ተስፋሚካኤል ተረኺቦም ነበሩ።

"እዚ ኣኼባ፡ ሓበሬታ ንምልውዋጥ ዝዓለመ ኮይኑ፡ ውደት መራሒ መንግስቲ ኤርትራ ኣብ ኣብ ኢትዮጵያ፡ ብዝተፈላለዩ ወገናት ከመይ ተራእዩ? ብፍላይ ብኣሜሪካ ሩስያን ፈረንሳን ከመይ ተጠሚቱ? ንዝብል ካብ ምንጭታትና ዝተረኽበ ሓበሬታ ንምድህሳስ'ዩ፡" ኢሉ ዶክተር ማሕሙድ ኣልኣሚን ነቲ ኣኼባ ከፈቶ።

ኦባማ፡ ጻዕዳ ህንጻ ንፕረዚደንት ትራምፕ ካብ ዘረከበ ዓመትን ፈረቓን ኣቑጺሩ ነበረ። ስቴት ደፓርትመንት ተበዊዙ ሓድሽ ተሓጋጋዚ ጸሓፊ ሚኒስትሪ ጉዳያት ወጻኢ ሕቡራት መንግስታት ኣመሪካ ኣብ ጉዳያት ቀርኒ ኣፍሪቃ ተመዘዘ። ኣብ ቀርኒ ኣፍሪቃ ውደት ኣካየደ፣ ኤርትራ ግና ኣብ ኣጀንዳኡ ኣይነበረትን፣ ክትነብር'ውን ኣይትኽእልን'ያ።

ብመሰረት ስምምዕ ኣልጀርስን ብይን ኮሚሽን ዶብ ኤርትራን ኢትዮጵያን ምምልካት ዶብ ኣብ ባይታ እንተደንጎየ ኣብ መወዳእታ 2003 ክፍጸም ነይሩዎ፣ ክፍጽም ኣይተኻእለን። ሕንገዳ መንግስቲ ኢትዮጵያ ዓንቂጽዎ እንተተባህለ'ኳ፡ ብድሕሪ መጋረጃ ኾይኑ ዝተዋስአ ግና ስቴት ደፓርትመንት ነበረ። ከመይሲ፡ ከምቲ ማእከል ንህጹጽ ስጉምቲ (The center for preventive action) 'ምውጋድ ግጭት ኣብ ቀርኒ ኣፍሪቃ (Avoiding conflict in the horn of Africa)' ብዝብል ኣርእስቲ፡ "ምምሕዳር ዋሽንግቶን ኾነ ካልኦት ኣውሓስቲ ሰላም ኣብ ልዕሊ'ቲ ዝሓንገደ መንግስቲ ኢትዮጵያ ቀጥጠባዊ ጸቕጢ እንተ ዝገብሩ፡ ምምልካት ዶብ ብኸምቲ ደረጃ ኣምበይ ምተሓላለኸን ነይሩ!" ዝበሎ፡ ሕቡራት መንግስታት ኣመሪካ፡ ከም ኣውሓሲት ሰላም

ጽልዋኣ ተጠቒማ ኢትዮጵያ ምምልካት ዶብ ብዘይ ቅድመ-ኩነት ከተተግብር ጸቕጢ ክትገብር ሰናይ ድልየት ኣየርኣየትን ጥራይ ዘይኮነ፡ ናይቲ እዋን'ቲ ኣብ ቀርኒ ኣፍሪቃ ተሓጋጋዚት ጸሓፊት ጉዳያት ወጻኢ ሕቡራት መንግስታት ኣመሪካ ኣብ ጉዳያት ቀርኒ ኣፍሪቃ ዝነበረት ንወኪል መንግስቲ ኣመሪካ ኣብ ባይቶ ጸጥታ ሕቡራት ሃገራት ብይን ኮሚሽን ዶብ ኤርትራን ኢትዮጵያን ናብ ረብሓ'ታ መሓዛና ትብላ ኢትዮጵያ ክግልብጦ ምጕብዕባዕ ዝተሓወሶ ትእዛዝ ከም ዝሃበቶ ኣብ 2007 ኣብ ዝጸሓፎ መጽሓፍ ተናዚዙ'ዩ።

ማእከላይ እ'ዚ. ሕቡራት መንግስታት ኣመሪካ፡ እቲ ዝዓበየ እ'ዚ. ተባሂሉ ዝንገረሉ'ዩ። ንኣከባቢና፡ ማእከላይ ምብራቕ፡ ህንዳዊ ውቅያኖስን ካልኦት ከባቢታትን ዝቈጻጸር እ'ዚ. ኸኣ እዩ። ኤርትራ፡ ምስ ፔንታጎን ምቕሉል ዝምድና መስሪታ ብምንባራ፡ ኣብ ዓመተ 2005፡ ኣዛዚ'ቲ እ'ዚን ምክትሉን ኣብ ወርሒ ጥሪን ሓምለን በብተራ ናብ ኤርትራ ዑደት ብምክያድ ምስ መራሒ ሃገረ ኤርትራ ተራኺቦም ነይሮም'ዮም።

ድሕሪ 2006'ዩ። ሓደ ካብ ጀነራላት ኣዘዝቲ እ'ዚ. ሕቡራት መንግስታት ኣመሪካ ጥሮታ ወጺኡ ክሰናበት እግሩ ኣብ ኤርትራ ኣንበረ፣ ሚኒስተር ምክልኻል ሃገረ ኤርትራ ተቐበሎ። ፔንታጎን፡ ኣብ ልዕሊ ኤርትራ ምቕሉል ኣርኣእያ ኣለዎ ተባሂሉ ይንገረሉ ብምንባሩ፡ ነቲ ጀነራል ዝተገበረሉ ኣቀባብላ ድሙቕን ሕውነታውን ነበረ። ኾይኑ ግና፡ ምምሕዳር ዋሺንግቶን፡ ነታ መሓዛይ ዝብላ ኢትዮጵያ ካብ ምስሳይ ሓሊፉ፡ ካብቲ ልኣላዊ ግዝኣት ኤርትራ ዝኾነ ባድመን ከባቢኡን ወጺኣ ብዘይ ቅድመ-ኩነት ዶብ ክምልከት ክትቅበልን ክትተሓባበርን ከስገድዳ ብዘይ ምኽኣሉ ጥራይ ዘይኮነ፡ ተሓጋጋዚት ጸሓፊት ኣብ ጉዳያት ቀርኒ ኣፍሪቃ፡ ኣብታ ኮሚሽን ዶብ ኤርትራን ኢትዮጵያን፡ "ባድመ ልኣላዊ መሬት ኤርትራ'ያ፡" ክብል ዝሃቦ ብይን ብዘይ ፍቓድ መንግስቲ ኤርትራ፡ ኣብ ጥሪ 2006 ብኣዛዚ ዓቃብ ሰላም ሕቡራት ሃገራት ኣብ ኤርትራን ኢትዮጵያን ተመሪሓ እግራ ኣንበረት። ብዘይ ሳዕቤን ግና ኣይተረፈን፣ እቲ ዘሰነየ ጀነራል ኣብ 48 ሰዓታት ካብ ኤርትራ ክወጽእ ተገደደ፣ ወጸ ኸኣ።

እቲ ክሰናበት ዝመጸ ኣዛዚ እ'ዚ. ጀነራል ኣብ ኤርትራ ንዝተገበረሉ ኣቀባብላ ኣመስገነ፣ ግና፡ ክኸውን ይኽእል'ዩ ኢሉ ክሓስቦ ይትረፍ ክኣምኖ ዝተጸገመ ነጠባ ወደቐ፣ ኤርትራ ምስ ሃገሩ ዝነበራ ዝምድና ከም ዝሻሕኸረ ተሓበረ፣ ሰንበደ።

ዝምድና ክልቲኦን ሃገራት ናብ ምድስካል ገጹ ኣምረሐ፣ ኣባላት ኤምባስታተን ናብ ዝተሓተ ቍጽሪ ወረደ። ኣምባሳደር ሕቡራት መንግስታት ኣመሪካ ወረቐት ስርሑ ክህብ ተሸገረ፣ ኤርትራ፡ ኣይቅበልን ኢላ ኣብ መርገጺኣ ደረቐት። ቅድሚ ምድስካል ዝምድና፡ ኤርትራ፡ ረድኤት ኣመሪካ (USAID) ካብ ሃገራ ክወጽእ ኣስገዲዳቶ ነበረት፣ ወጸ ኸኣ። እዛ ንእሽቶ ሃገር ከምኡ ዝበለ ስጕምቲ ምውሳዳ፡ ንኻልኦት ሕማቕ ናይ ጽቡቕ ሕማቕ ኣርኣያ ከይትኸውን ኣብ ልዕሊኣ ዓቐኑ ዝሓለፎ ሸርሕታት ክፋሓስ ጀመረ።

ኤርትራ፡ ከቢድ ዋጋ እንተኸፈለት'ውን፡ ዝዘራኣቶ ፍረ፡ ድሕሪ ዓሰርተው ሸሞንተ ዓመት ንምዕጻዱ በሊሕ ማዕጺዳ ኣዳለወት፣ ኢትዮጵያ፡ ብዘይ ዝኾነ ይኹን ቅድመ-ኩነት ውዕል ኣልጀርስ ከተተግብር ተሰማመዐት። ኣብ ነሓሰ ክልቲኦም መራሕቲ ሃገር ሓድሕዳዊ ዑደት ኣካየዱ። ምምሕዳር ዋሽንግቶን ክቕስን ኣይከኣለን፣ መሪሕነት ህወሓት ኣብ ጽኑዕ ክንክን ኣትዩ ይስሓግ ስለ ዝነበረ።

ኣርባዕቲኦም ኣኼበኛታት ነዝን ዑደት መራሒ መንግስቲ ኤርትራ ኣብ ኢትዮጵያን ዘተዩ'ሞ፣

"ውደት መራሒ ሃገር ኣብ ስቴት ደፓርትመንት ነውጺ ፈጢሩ ከም ዘሎ ካብ ዝተፈላለዩ ምንጭታት ሓበሬታ በጺሑና ኣሎ። እቲ ኣብ ሚኒስትሪ ጉዳያት ወጻኢ ሕቡራት መንግስታት ኣመሪካ ሓላፊ ጠረጴዛ ጉዳያት ቀርኒ ኣፍሪቃ ቢል ቢርማን ኣብ ኣዳራሽ ስቴት ደፓርትመንት ዝጸወዖ ህጹጽ ኣኼባ ግና ፍሉይነት ነይሩዎ ጥራይ ዘይኮነ፡ ፖሊሲ ኣሜሪካ ብፍላይ ኣብ ልዕሊ ኤርትራ ተካይዶ ዘላ ተጻብኦ ተቓውሞ ገጢምዎ ኣሎ። እዛ ጽሑፍ፡ ካብ መርበብ ማሕበራዊ መራኸቢታት ዝተረኽበት'ያ፡" ኢሉ ኣብ ሚኒስትሪ ጉዳያት ወጻኢ ኤርትራ ሓላፊ ጠረጴዛ ኣሜሪካ ዶክተር ማሕሙድ ኣልኣሚን ቅዳሕ ዓደሎም።

ጽሚቕ ናይቲ ዝተኻየደ ኣኼባ ከምዚ ዝስዕብ ይብል ነበረ።

"ኡርዙላ፡ ውደት መራሒ መንግስቲ ኤርትራ ኣብ ኢትዮጵያ ከመይ ተገምጊሙ?" ክብል ቢል ቢርማን ንሓላፊት ቤ/ጽ ማእከል ምርምርን መጽናዕትን ስትራተጂ ሕቡራት መንግስታት ኣመሪካ ኣብ ኣፍሪቃ ወይዘሮ ኡርዙላ ካርስተን ተወከሳ።

"ቢል፡ እቲ ውደት ክገርመና ዝግባእ ኣይመስለንን! ከም ትፈልጦ፡ ኣብ ልዕሊ ኤርትራ ዝጸንሓናን ዘለናን ፖሊሲ ካብ ምጽባእ ዝሓልፍ ኣይነበረን፣ ገና'ውን ኣይተቐርፈን። ምኽንያታዊ እዩ ኣይኮነን ምባል ንግዚኡ ኣወንዚፍና፡ ስትራተጂያዊ ረብሓና ካብ ምርኣይ ኣዒንትና ተደፊኑ'ዩ ጸኒሑን ዘሎን። ከምኡ ክኸውን ዝኸኣለ፡ *ንሔጋሪ - ውርሻ - ሰለስቲአን* ወይዘራዝር ማለት ስቴት ደፓርትመንት ክንሰግሮ ትብዓትን ድልየትን ስለ ዘይጸንሓና ኾይኑ ይስማዓኒ። ንሱ ድማ፡ እቲ ዘይምኽኑይ ተጻብኦ ስቴት ደፓርትመንት ኣብ ልዕሊ ኤርትራ'ዩ። እዚ ዘይምኹኑይ ተጻብኦ ካብ ወልቀ - ቅርሕንቲ ወኪል መንግስቲ ኣመሪካ ኣብ ባይቶ ጸጥታን ተሓጋጋዚት ጸሓፊት ኣብ ጉዳያት ቀርኒ ኣፍሪቃን ዝነቐለ ዝመስል'ኳ እንተኾነ፡ ብቐንዱ ግና፡ ካብ ድሕሪ ምዝዛም ካልኣይ ኲናት ዓለም ኣትሒዙ ኣብ ልዕሊ'ዛ ሃገር ዝጸንሓና ፖሊሲ'ዩ። ኤርትራ፡ ኣብቲ ንሰላሳ ዓመት ዘካየደቶ ብረታዊ ቃልሲ ዘይምድጋፍና ምኽኑይ ክንገብሮ'ኳ ንኽእል እንተኾንና፡ ኣብ እዋን ኲናት 1998-2000 ምስ ኢትዮጵያ ዘርኣናዮ ምሽራኽ ግና ክነመኽንየሉ ንኽእል ኣይመስለንን። ብዓቢኡ ድማ፡ ነቲ ኣብ ታሕሳስ 2009 ዘንበርናላ እገዳ።

"ብመለክዒ ስትራተጂኣዊ ረብሓ፡ ኤርትራ፡ ሓንቲ ካብተን ኣብ ቀርኒ ኣፍሪቃ ብምምሕዳር ዋሽንግቶ ብቐዳማይ ደረጃ ክትጥመት ዝነበራን ዘለዋን ሃገር እያ ኢለ ደፊረ ክዛረብ ዝኽእል ይመስለኒ። ምኽንያቱ፡ ክንዮ ቀርኒ ኣፍሪቃ፡ ኣብ ማእከላይ ምብራቕ፡ ዞባ ከልጅን ቀይሕ ባሕሪን እዛ ሃገር ክትጻወቶ እትኽእል ግደ ኣቃሊልና ክንርእዮ ስለ ዘይግባእ። ኤርትራ፡ ብፖለቲካዊ፡ ወታሃደራውን ቍጠባውን መለኪዕታት ክትጥመት ዘለዋ'ያ። ኣብ ወተሃደራዊ መዳይ እንተ ርኢና፡ ህዝባዊ ግንባር ሓርነት ኤርትራ ነቲ ሓያል ሰራዊት ሃኒጹ ዝነበረ ወተሃደራዊ መንግስቲ ኢትዮጵያ ብፍጹም ስዕረት ረማዕ ዘበለ'ዩ። እቲ ፍጻመ ምስ ስዕረት ናዚ ጀርመን ብሰራዊት ኪዳንን ሕብረት ሶቭየትን እንተ ኣመሳሰልኩዎ ቅር ዘብል ኣይመስለንን። ህዝባዊ ግንባር፡ ነቲ ካብ ምዕራብን ምስራቕን ገዚፍ ሓገዝ ዝረኸበ ኣርባዓን ሓሙሽተን ዓመት ዝዕድሚኡ ኣጋር ሰራዊት፡ ሓይሊ ባሕርን ኣየርን ኢትዮጵያ ፈርከሽከሸ ዘበለ'ዩ። እቲ ዘገርም ድማ፡ ካብታ ንሱ ትእምርቲ ናጽነት ዝብላ ከተማ ናቕፋ ተበጊሱ ኣስታት 1400 ኪሎ ሜተር ተጓዒዙ ክፍጽሞ ምኽኣሉ'ዩ። እዚ ዘርእየና፡ ብሓያል ዲስፕሊን ዝተሃንጸ ሰራዊትን ሓያላት ሓንጸጽቲ ኲናትን ስትራተጅን ዝነበርዎን ዘለውዎን ውድብ ምዃኑ'ዩ። ትዝክሮ እንዲኻ!

ብ 1988 እንግሊዛዊ በሲል ደቪድሰን "ካልኣይ ድየን ብየን ፋ" ኢሉ ዝገለጾ ኩናት ኣፍዓበት ኣቓልቦና ስሒቡ ብዛዕባ ኤርትራ ክንግደስ ከም ዝጀመርናን ኣብ ሃርቫልድ ዩኒቨርሲቲ መዛረቢ ኣርእስቲ ኾይኑ ምንባሩን። ከጋንን ኢለ ኣይኾንኩን፣ ንስኻ ትፈልጦ ሓቂ ስለ ዝኾነ'ምበር።

"ይዝከረኒ፡ ኣብ 1990 ህዝባዊ ግንባር ንወደብ ምጽዋዕ ኣብ 48 ሰዓት ኣብ ትሕቲ ቍጽጽሩ ኣእትይዋ ምስ ተባህለ፡ ፔንታጎን፡ ኣነን ንስኻን ዝነበርናዮ፡ 'ቀይሕ ባሕርን ወተሃደራዊ ስትራተጂ ሕቡራት መንግስታት ኣመሪካን' ዝብል መጽናዕታዊ ጽሑፍ ከነቕርበሉ ዓዲሙና። ነቲ መጽናዕቲ ዘማእከለ ፕሮፌሶር ጎርዶን ዝበሎ ክጠቅስ፣ 'እዚ ብህዝባዊ ግንባር ዝተኻየደ ውግእ፡ መስተንኽር ኢልካ ዝሕለፍ ጥራይ ዘይኾነ፡ እዚ ከምዚ ዝበለ ሓይሊ ንመጻኢ ኣብ ቀርኒ ኣፍሪቃ ክህልዎ ዝኽእል ጽልዋ ኣቃሊልካ ክረአ ከም ዘይብሉ'ዩ ዝእንፍተልና። ኢትዮጵያ፡ ልዕሊ 3500 ሰራዊት ሓይሊ ባሕሪ፡ ዝተራቐቐ ሚሳይል፡ 130 ሚ.ሜ መዳፍዕ፡ ዝተፈላለየ ረሻሻትን ሞርታራትን ዝዓጠቓ ዘመናውያን መራኽብ ዝነበረኣ፡ በየናይ ተኣምር'ዩ ኣብ 40 ሰዓት ከምዘይ ነበረ ኾይኑ? እቲ ንዕኡ ዝገጠመ ሓይሊኸ እንታይ ዝበለ ኣጽዋር ነይርዎ'ዩ ሃደሽደሽ ኣቢሉዎ? ዝብል ሕቶ ክቐጀለና ንቡር'ዩ። እቲ መልሲ ቀሊል'ዩ፣ ጽንዓት፡ ተወፋይነት፡ እምነት ኣብ ዕላማኻን ጽፉፍ ወተሃደራዊ ውጥንን። ህዝባዊ ግንባር ነዚ'ዩ ዝውንን። ፔንታጎን ድማ ዝተራቐቐ ኣጽዋር ንበይኑ ኣኻሊ ከም ዘይኾነ ኣሚኑ፡ ነዘን ዝበልኩኹም መትከላት ካብ ህዝባዊ ግንባር ክመሃረን ዘለዎ ኾይኑ ይስማዓኒ።' ዝበሎ፡ ስቴት ደፓርትመንት'ውን ካብ ኤርትራ ክመሃሮ ዝግባእ ዘሎ ይመስለኒ፣ ዕላማኻ ኣነጺርካ፡ ካብ ሃዲድካ ከየንደልሃጽካ፡ ኣንፈትካ ከይሰሓትካን ከይተሓለልካን ብትዕግስቲ ኣብ ሸቶኻ ምብጻሕ።"

"ኡርዙላ፡ ምስ'ዚ ኣልዒልናዮ ዘለና ኣርእስቲ እንታይ ኣራኸበ?"

"ኩናት 1998-2000 ምስ ተወለዐ ንስኻ ዝነበርካዮ መጽናዕታዊ ወረቐት ከነቕርብ ተሓቲትና። ዝሃብናዮ መደምደምታ ድማ፡ 'መግዛእታዊ ውዕል 1900፡ 1902 ን 1908 ክኽበር፡ መበገሲት ኩናት ዝኾነት ባድመ ግዝኣታዊ መሬት ኤርትራ እያ፡' ዝብል ምንባሩ ትዝንግዮ ኣይመስለንን። ኩናት ኣብቂዑ፣ ካብ ትጽቢትና ወጻኢ፡ ኤርትራ፡ ኣብቲ ኩናት ተዓዊታ ወጺኣ። ስለዚ፡ እዛ ንእሽቶ ግና ሓያል ሃገር ወተሃደራዊ ብቕዓታ ዳግም ኣመስኪራ ኣቓልቦ ፔንታጎን ስሒባ። ስቴት ደፓርትመንት ግና ነታ ኣብ ኩናት ሰሜንን ደቡብን ኮርያ ኣብ ጎነይ ተሰሊፋ ሓጊዛትኒ ዝብላ ኢትዮጵያ ከሳሲ ተራእየ። ምስ መንግስቲ ኢትዮጵያ ኢድን ጓንትን ብምኧን ንኤርትራ ኣብ ምጭፍላቕ ተጓየየ። ኤርትራ ኣይተጻዕደትን፣ ውጽኢቱ ድማ እዚ ዝረኣናዮ ዑደት'ዚ'ዩ።

"ኤርትራ፡ ካብ ኢድና ሞሊቓ፣ ምስኣ ድማ ኢትዮጵያ ክብል እደፍር። ብምቕሉል ኣዘራርባ፡ ሰበ ስልጣን ኤርትራ ሓያላት ቀመርቲ ፖለቲካ'ዮም። 'ሓንቲ ሃገር ትንኣስ ትዕበ ዝውስኖ ፖለቲካኣ'ዩ፡' ዝብል ጽኑዕ እምነት ዘለዎም ኾይኑ ይስማዓኒ። ኣብ ነሓሰ ኣብ ክልቲኤን ሃገራት ዝተኻየደ ዑደት ኣምባሳደር ኣኩቶ ንባዕሉ ዝምስክር እዩ፣ እንታይ ሒዙ መጺኡ? ኤርትራ፡ ንጹር መልሲ ዝሃበቶ መስለኒ፣ 'ምሳኹም ዘለና ጉዳይ ኣይተወደአን' "

"ኡርዙላ፡ ኣብ 2011 ፕረዚደንት እታ ሃገር ምስ ሽንሁዋ ኣብ ዘካየዶ ቃለ ምልልስ ዝበሎ ማለትኪ ድዩ?"

"ጊደ ሓቂ! እወ! ከምቲ ሓድሽ ቀዳማይ ሚኒስተር ኢትዮጵያ ንህወሓት ካብ

ፖለቲካ ኢትዮጵያ ከኣሊ ላዕልን ታሕትን ዝብል ዘሎ፡ ንሶም'ውን፡ ሽሕ'ኳ ዓው ኣይበሉ'ምበር፡ ኢሎም'ውን ኣይፈልጡን'ዮም፡ ነቲ ብሓገዞም ኣብ ስልጣን ደይቡ ዝነበረ ህዝባዊ ወያነ ሓርነት ትግራይ ነበረያ ነበረ ከይገብሩ ሰለም ዘብሉ ኣይመስለንን፣ እቲ ምንታይሲ፡ ዕስራ ዓመት ዝኸፈልዎ ዋጋ ቀሊል ስለ ዘይኾነ። ስለዚ፡ ኣብ ምዕላዉ ዓቢ ግደ ከም ዝነበሮም ኣይጠራጠርን'የ። መርኣያ ናቱ ድማ እዚ ዑደት'ዚ'ዩ። ሕጂ'ውን ብዝበለጸ ከንፈልጦ ዝግባእ፡ ብዘይ ናቶም ፖለቲካዊን ወተሃደራውን ደገፍ፡ ኢትዮጵያ፡ ብኽልተ እግራ ደው ክትብል ትኽእል'ያ ዝብል እምነት የብለይን። ልዕሊ'ቲ ንሕና ክንገብረላ ንኽእል፡ ደገፍ ኤርትራ ከም ዘድልያ ዘማትእ ኣይኾነን። ምስዚ እምነተይ፡ ምምሕዳር ስቴት ደፓርትመንት ክሰማማዕ ተስፋ እገብር። ብኡ መጠን ንኤርትራ ዘይናዓቕ ኣቓልቦ ክህባን ምስኣ ሓያል ጽምዶ ክገብርን ይግባእ እብል።"

"ኡርዙላ፡ መደምደምታኺ እንታይ'ዩ?"

"ዋሽንግቶን፡ ከም ኤርትራ ዝኣመሰላ ሃገራት ኣብ ጎና ከተሰልፍ ምርጫ'ዩ ጥራይ እየ ክብል ዝኽእል። ምኽንያቱ፡ ከምቲ ብዓል ስልጣን እታ ሃገር፡ "ኤርትራ ማእከል ስሕበት ፖለቲካ ቀርኒ ኣፍሪቃ እያ፡" ዝበሎ፡ እንድሕር እቲ መልእኽቲ ተረዲእናዮ፡ ኤርትራ፡ ኣብዚ ዑደት'ዚ ዘረጋገጸቶ ሓቂ ኣሎ እንተ ኾይኑ፡ ንሱ'ዩ፣ እቲ ስሕበት ኣብኣ ስለ ዝነበረን ዘሎን። ስለዚ፡ ምምሕዳር ዋሽንግቶን፡ ምስዛ ሃገር፡ ከምቲ ንሳ ትብሎ፡ ኣብ ሽርክነት ዝተመርኰሰን ብገዚፍ ቍጠባዊ ሓገዝ ዝተሰነየን ድልዱል ዲፕሎማስያዊ ጽምዶ ክገብር እዋኑ ዝኣኸለ ኾይኑ ይስማዓኒ፣ ንስለ ስትራተጅያዊ ረብሓኡ፡" ክትብል ወይዘሮ ካርስተን ዝሃበቶ መብርሂ ዘትዮም ነናብ ቤት ጽሕፈቶም ተበገሱ።

ምዕራፍ 18

※ ብ 28 ነሓሰ 2018 ናብ ትግራይ ክትከይድ መምርሒ ተዋሂቡካ። ንምንታይ?

ከምቲ ዝበልኩዎ፡ መሪሕነት ህወሓት ካብ ስልጣን እንትግለፍ፡ ነቲ ሓቂ ምቕባል ተሰኣኖ፣ ብኽልተ ዓበይቲ ምኽንያታት። እቲ ቀዳማይን ወሳንን ትምክሕቲ'ዩ፣ እቲ ካልኣይ ድማ ቀጣባ ኢትዮጵያ ኣብ ኢድና'ዩ ዘሎ ክንሓንቆ ኢና ዝብል እንትኸውን፡ ትምክሕቶም ክሰበር ኣብ መገዲ ምንባሩ ግና ኣተሰወጦምን። ስለዚ፡ ንትምክሕቶም ክከላኸሉ ናብ ትግራይ ፈርጢጦ፣ ኣነን ስማቸው ኣሰፋውን'ውን ከምኡ።

ኢድ ስማቸው ኣሰፋውን መሪሕነት ህወሓትን ብኽንደይ ኣሽሓት ንጹሃት ኢትዮጵያውያን ብፍላይ ተወላዶ ኦሮማራ - ኣምሓራ ኦሮሞ -፡ ተጋሩ፡ ኣጋደንን ቤን ሻንጉልን ደም ዝጨቀወ'ዩ፣ ናተይ'ውን ከምኡ። ናይቲ ኩሉ ቅትለት ተሓታቲ ከም እንኸውን ዝተፈልጠ'ዩ። ስለዚ፡ እታ እንኮ ክንዕቈበላ እንኽእል ቦታ ትግራይ'ያ። ብፍላይ መራሕቲ ህወሓት ኣብ ወጻኢ ሃገር ክነብሩ ውሕስነት ኣይነበሮምን የብሎምን፣ ከመይሲ፡ ኣሽንኳይዶ ኦሮማራ፡ ትግራዋይ'ውን ኮፍ ኣይከብሎምን'ዩ፣ ስለዚ፡ መሸፈቲ ቦታ ትግራይ'ያ።

ኣብቲ መጀመርያ እዋን፡ መራሕቲ ህወሓት፡ ንሕዝቢ ትግራይ ምሳኹም ኣሎና ክብሉ ኣብ መቐለ ብእግሮም ክዛወሩን ኣብ መዛናጊዒ ቦታታት ክራኣዩን ጀመሩ፣ ግና 'ሽላ ሻዕብያ ይዝንቢ'ሎ' ዝብል ወረ ተናፈሰ'ሞ፡ እተን ጨራሩ ናብ ሰፈረን ክሸንጣ ተገደዳ። ኣነ ድማ ስዉር ሓላዊኣን ክኸውን ተኣዘዝኩ፣ ዓቕሊ ኣጽቢበን ከይነፍራ።

ስማቸው ኣሰፋው ኣብ ትግራይ ርግኣት ከሰፍን ብድሕሪ መጋረጃ ኾይኑ ስርሑ ጀመረ፣ ኣብ ሓጺር እዋን ድማ ንትግራይ ተቖጻጸራ። መሪሕነት ህወሓት ካብ ትግራይ ከይወጹ መዓርፎ ነፈርቲ መቐለ ክሕሎ ኣዘዘ።

እቲ ዝዓበየ ስግኣት ግና፡ ሻዕብያ፡ ከምቲ ካብ ሳሕል ተበጊሱ ንሓይሊ ኣየር

ኣስመራ ዘጥቀዐን ንሓይሊ ኣየር ድሬዳዋ ከጥቕዕ መጽናዕቲ ዘካየደን፡ ነቲ ኣብ ትግራይ ዝርከብ ራዳር፡ ጸረ ነፈርቲ ሚሳይልን ከባቢ 200 - 300 ኪሎ ሜተር ክውንጨፍ ዝኽእል ሮኬትን ነፈርቲ ውግእን ከጥቅዑ ዝኽእሉ ምኩራት ኮማንዶ ናብ ትግራይ ኣስሊኹ መጥቃዕቲ ከየካይድ ነበረ። መዓርፎ ነፈርቲ መቐለን ዉቕሮን ብዙርያኡ ብዘይ ምቁራጽ ን 24 ሰዓት ኣብ ክሊ 4 ኪሎ ሜተር ጥብቂ ሓለዋ ከካየደሉ ኣዘዘ። ናተይ ስራሕ ድማ ምቁጽጻርን መዓልታዊ ናብ ስማቸው ሓበሬታ ምልኣኽን ነበረ።

※ መጥቃዕቲ ሻዕብያ ኣብ ሓይሊ ኣየር ድሬዳዋ?

ስልጠና ስለያን ፍሉይ ስርሒትን ክንወስድ ኣብ መንጎ ማይ ነብርን ማይ ጨውን ዝርከብ እምባ ኣላገ ዝተባህለ ከባቢ ናብ ዝርከብ መዓስከር ምስ ከድና፡ ሓደ ካብቲ ብኣጽንዖት ዝተዋህበና መግለጺ፡ ኣብ እዋን ብረታዊ ቃልሲ፡ ሻዕብያ፡ ኣብ ሓይሊ ኣየር ኣስመራ ኣብ ልዕሊ 33 ነፈርቲ ውግእን ሄሊኮፕተራትን ኢትዮጵያ ዝፈጸሞ ስርሒት ኮማንዶ፡ 1800 ኪሎ ሜተር ተጓዒዙ ኣብ ከተማ ኣሶሳ ዘካየዶ መጥቃዕትን ንሓይሊ ኣየር ድረዳዋ ንምጥቃዕ ዘካየዶ ወተሃደራዊ መጽናዕቲን ነበረ። ሓደ ካብቲ በብኣርእስቱ ዝተዋሃበና ጽሚቕ፡ ንመጥቃዕቲ ሓይሊ ኣየር ኣስመራ ትትርኽ ብሰሎሙን ድራር ዝተደርሰት "ኤርትራውያን ኮማንዶ፡ ቅያ 18 ደቓይቕ" መጽሓፍ እዩ። በታ ስርሒት ኮማንዶ ኣዝየ ተደነቕኩ፣ ሻዕብያ ኣቃሊልካ ከረአ ዘይብሉ ሓይሊ ምዃኑ እፈልጥ'ኳ እንትነበር፡ ስግኣት መሪሕነት ህወሓት ብፍላይ ስማቸው ኣሰፋው ካብ ባዶ ዝተበገሰ ከም ዘይኮነ ድማ ብዝበለጸ ተገንዘብኩ።

※ ንምዃኑ፡ ስማቸው ኣሰፋው ናብ ትግራይ ተመሊሱ ሓላፊ ክፍሊ ጸጥታ ድዩ ኮይኑ?

ኣይኮነን። እንትርፎ ፍሉያትን ውሱናትን ሰባት ህላውነቱ ዝፈልጡ'ምበር፡ ብሱሩ ኣይራኣይን ነበረ። ግና፡ ከምዘን ደቂ ሕድርትና ኣብ ኩሉ ቦታን ሰዓትን ጽላሎቱ ኣይፍለየካን'ዩ። ስለ ዝኾነ'ዩ ድማ፡ ፌደራላዊ መንግስቲ፡ ምምሕዳር ክልል ትግራይ ንስማቸው ከረክቦ ናይ ቤት ፍርዲ ትእዛዝ ዝሃበ፣ መሪሕነት ህወሓት ግና "ካብ ንስማቸው ዘረክበኩም፡ ኲናት ክትእውጁ ይቐልል!" ብምባል ዘቕበጾ።

እቲ ምንታይሲ፡ መሪሕነት ህወሓት ካልእ ኣማራጺ ኣይነበሮን፡ የብሉን'ውን፣ ኩሉ ሚስጢሩ ኣብ ኢድ ስማቸው ኣሰፋው ስለ ዝኾነ። ስማቸው ኣሰፋው ወዲ ዓድዋ ጥራይ እንተይኮነስ፡ ኣብ እዋን ብረታዊ ቃልሲ ንሰለስተ እዋን ኣቦ መንበር ህወሓት ንዝነበረ ናይ ቐረባ ቤተ-ሰብ'ዩ።

ከም ዝፍለጥ፡ ህወሓት ብኽልተ ዓበይቲ ጉጅለታት *-ክላንስ -* ዝቘመ እዩ። እታ ሓንቲ ክሳብ 1989 ኣቦ መንበር ህወሓት ነበር ትምራሕ ናይ ተወላዶ ዓድዋን ሽረን ክትከውን ከላ፡ እታ ካልኣይቲ ድማ ብሚኒስተር ጉዳያት ወጻኢ ነበር ትምራሕ ናይ ተወላዶ ዓጋመን እንደርታን እያ። ቅድም ሃብቲ ኢትዮጵያ፡ ሕዚ ድማ ትግራይ እዞም ክልተ ጉጅለታት'ዮም ዝቑጻጸርዎ። ሃብቲ ህወሓት፡ ውልቃዊ ሃብቲ'ዘን ስድራ ቤታት'ዩ። ስልጣን ድማ ካብ ኢድ ደቂ ዓድዋ ኣይወጽእን'ዩ። መርኣያ ናቱ፡ ኣመሓዳሪ

ትግራይ እዩ፣ ወዲ ሽረ። ስማቸው ኣሰፋው ኣባል ጉጅለ ስድራ ቤት ኣቦ መንበር ህወሓት ነበር እንትኸውን፡ በላቸው ረዳኢ ድማ ኣባል ጉጅለ ስድራ ቤት ሚኒስተር ጉዳያት ወጻኢ ነበር'ዩ። ስለዚ፡ ስማቸው ኣሰፋው፡ ምንጪ ሃብቲ መሪሕነት ህወሓት ጥራይ እንተይኾነስ፡ መን ኣበይ እንታይ ገይሩ ኣዳቒቑ ዝፈልጥ ብምዃኑ፡ ትግራይ፡ ናብ ፌደራላዊ መንግስቲ ኣሕሊፋ ከትህቦ ኣይከኣለትን።

ብዝኾነ፡ ውዳበ ሓለዋ መዓርፎ ነፈርቲ መቐለ ምስ ኣብቀዐ፡ ድሕሪ ቍሩብ እዋን፡ ካብ መዓርፎ ነፈርቲ ተሳሒበ ናብ ሓደ ዕጹው ኣኼባ ተጸዋዕኩ።

እቲ ኣኼባ ብስማቸው ኣሰፋው ተወጢኑ፡ ብኽልተ ኣባላት ቤ/ጽ ደህንነት ዝነበሩ ኣስተምህሮ ተዋሂቡና። እቶም ኣባላት፡ ናይ ቐረባ መሳርሕቲ ስማቸው ዝነበሩ ኾይኖም፡ ከማይ ናብ ትግራይ ዝኰብለሉ'ዮም። በላቸው'ውን ኣብቲ ኣኼባ ነበረ። ቀንዲ ኣርእስቲ ዛዕባና ድማ፡ ሻዕብያ ነበረ። በላቸው ረዳኢ፡ "ሻዕብያ ከይጠፈአ ሰላም ኣይንረክብን ኢና" እናበለ መደረ፣ ውጥናት ድማ ተሓንጸጸ።

ሓደ ካብቲ እቲ ውጥናት፡ ምቕንጻል ሰበ ስልጣን ኤርትራ'ዩ ነይሩ። ኣብ ሎሚ ኾይነ ክርእዮ እንተለኹ ድማ፡ ካብ ክቱር ጭንቀት ዝተበገሰ ሓሳብ ምዃኑ እግንዘብ። ምኽንያቱ፡ ዝተጨነቐ ኣእምሮ ካብኡ ሓሊፉ ካልእ ክሓስብ ኣይኽእልን'ዩ፣ ዓቕሚ ስለ ዝስእን። ኣነ'ውን ከምኡ።

ኮይኑ ግና፡ ኣብ መስከረም 2018፡ መሪሕነት ህወሓት ዘይተጸበዮን ዘይተነገሮን ሓድሽ ክስቴት ተፈጠረ፣ መንግስቲ ኤርትራ ንመገዲ እንዳ ገርጊስ - ራማን ሰርሓ - ዛላንበሳን ኸፈተ። ምኽፋት ዶብ ኤርትራን ኢትዮጵያን ንህዝቢ ትግራይ ትንፋስ መለሰሉ። ማካይን ትግራይ፡ ዝጽዓን ጽዒነን ናብ ኤርትራ ኣምራሓ። ኤርትራውያን ንዓዲ ግራትን መቐለን ኣዕለቕለቑዎ፣ ተጋሩ ድማ ንዕዳጋታት ኤርትራ። ነቲ ካብ ናብ ዝውሕዝ ዝነበረ ህዝቢ እናክትርእዮ፡ ኣብ ኲናት ዝነበረ ህዝቢ ኣይመስልን ነበረ፣ ውጥናት ቅንጸላ ድማ ንግዚኡ ተደጕለ።

እቲ ሓድሽ ኩነታት ኣብ መሪሕነት ህወሓትን ምሁራት ተጋሩን ክልተ ሓሳብ ኣንቀለ። እቲ ሓደ፡ ኣብ ኤርትራ ወፍሪ ገዚፍ ርእሰ ማል ምክያድ፣ እቲ ካልኣይ ድማ ተጋሩ ምስ ኤርትራውያን ምውሳብ። እቲ ቀዳማይ፡ ብመሪሕነት ህወሓት ዝተሓስበ እንትኸውን፡ እቲ ኻልኣይ ግና ካብ ጥንሰ - ሓሳብ ፕሮፌሰር ውብእሸት ዝመንጨወ እዩ። እቲ ጥንሰ - ሓሳብ ባዕሉ ፕሮፌሰር ውብእሸት ምስ ራድዮ ድምጺ ኣመሪካ ኣብ ዝገበሮ ቃለ መሕትት ዝበሎ ተባሂሉ'ዩ ዝንገረሉ። እዚ ምሁር፡ ንኣምባሳደር ብርሃነ ገብረክርስቶስ ምስ ዶክተር በረኸተኣብን ዶክተር ኣስመሮም ኸስተን ኣብ ከተማታት ጃፓን ዘራኸበ'ዩ።

ፕሮፌሰር ውብእሸት፡ ንኲናት ኢትዮ-ኤርትራ ኣመልኪቱ ኣብ መፋርቕ ነሓሰ 1998 ከምዚ ክብል ተዛሪቡ ነይሩ ይበሃል።

"ወያነ ዓቢይ ጌጋ'ዩ ፈጺሙ፣ ምስ ሻዕብያ ኲናት ዘኽፍት ወላ ሓደ ምኽንያት ኣይነበሮን፣ እቲ ምንታይሲ፡ ኤርትራ፡ ኣብ ውሽጢ ዕስራ ወይ ሰላሳ ዓመት ናብ ኢትዮጵያ ብዘይ ኲናት ምመለስናያ ኔርና፡" በለ'ሞ፡ ብኸመይ ተባሂሉ ምስ ተሓተተ፣ "ንህዝቢ ኤርትራ ምስ ኢትዮጵያውያን ብምድቃል፡" ክብል መለሰ።

እዚ ኣተሓሳስባ'ዚ፡ ኣብ መሪሕነት ህወሓት'ውን ኣይነበረን ከበሃል ዝከኣል ኣይመስለንን። እንታይ ድኣ፡ ከምቲ ምምስራት ሪፓብሊክ ትግራይ ዝብል ሓሳብ፡ እዚ

ኣተሓሳስብ'ዚ'ውን ተደጕሉ ዝነበረ'ዩ። መሪሕነት ህወሓት፡ ነቲ ብኲናት ክስዕርዎ ዘይከኣሉ ህዝቢ ምስ ምኽፋት ዶብ ኤርትራን ኢትዮጵያን ምስ ተጋሩ ብምውሳብ ክስዕርዎ ሓለሙ። ነዚ ሓሳብ ንምትግባር ሓደ ውጥን ወጸ፣ ምፍሳስ ገዚፍ ወፍሪ ርእስማል ተጋሩ ኣብ ኤርትራ። ስለ ዝኾነ ድማ፡ ካብቶም ኣብ ገማግም ባሕሪ ኤርትራ ርእስማል ከውፍሩ ዝሓተቱ ልዕሊ 70 ሚእታዊት ተጋሩ ምኧኖም በላቸው ኾነ መሪሕነት ህወሓት ብቐጻሊ ዝዛረበሉ ጕዳይ ከም ዝነበረ ሓበሬታ ነይሩኒ።

ስለዚ፡ እዚ ወፍሪ'ዚ፡ ኣብ ኤርትራ ብቐዳምነት ንተጋሩ ስራሕ ምኽፋት ዝብል ኣተሓሳስባ'ዩ ዘቐድም። ብዙሓት ሰራሕተኛታት ተጋሩ ናብ ኤርትራ ከም ዝውሕዙ ይግበር። ኣብ ዝተናወሐ እዋን፡ እዞም ናብ ኤርትራ ዝወሓዙ ተጋሩ ከምቲ ፕሮፌሰር ውብእሸት ዝበሎ፡ ምስ ኤርትራውያን ብምውሳብ፡ ዘርኢ ኤርትራውነት ምህሳስ ብውጥን ከም ዝሰርሓሉ ይግበር።

ይኹን እምበር፡ መንግስቲ ኤርትራ ድሕሪ ሰለስተ ወርሒ ዶባት ሃገሩ ዓጸወ፣ ብሕጋዊ መገዲ ንስራሕ በለ። መሪሕነት ህወሓት መስተንፈሲ ሳንቡኡ ክጭበጥ ተፈለጦ፣ ብኡ መጠን ኣብ ክፍሊ ጸጥታ ትግራይ ስግኣት ሻዕብያ እንደገና ኣብ ጥርዚ በጽሐ።

ስማቸው ግና ኣይደቀሰን፣ ነታ ኣብ ክፍሊ ካርቶግራፊ ትግራይ ዝተዳለወት "ሓዳስ ካርታ ኢትዮጵያ" ከተግብር ውጥናት ኣዳለወ። ንምትግባሩ ድማ መዓስከር መሰልጠኒ ቅንጸላ ክቐውም ነበሮ።

※ ሓዳስ ካርታ ኢትዮጵያ?

ድሕሪ ምርጫ 2005፡ ኣተሓሳስባ መሪሕነት ህወሓት ብመሰረቱ'ዩ ተቐይሩ፣ ምኽንያቱ፡ ነቲ ብብረት ኣምጺኦ ዝበሎ ስልጣን ብናይ መረጻ ወረቐት ዝምንጠል ኾይኑ ተሰሚዕዎ ኣይፈልጥን'ዩ ነይሩ፣ ግና ብግብሪ ርእይዎ፣ ተመንጢሉ። ስለዚ፡ ኣብ ቤተ መንግስቲ ኣዲስ ኣበባ ምስ ኣተወ ውልቃዊ ሃብቲ ከኻዕብት ኣቓልቦ ገይሩላ ዘይትፈልጥ ትግራይ ከቃልበላ ተገደደ፣ እንተገደደ መዕቐቢት ክትኮኖ። ድሮ'ኳ ቀዳመይቲ ወይዘሮ ነበርን ካልኦት ተጋሩን ንሰደድ ጫት፡ ቡንን ሰሊጥን ተቘጻጺሮሞ እንትነበሩ፡ ከምቲ ኣቐዲመ ዝበልኩዎ፡ ህወሓት፡ ብቐዳምነት ቍጠባ ኣዲስ ኣበባ፡ ክልል ኦሮምያን ሶማልን ኣብ ትሕቲ ምልኩ ከእቱ ነይሩዎ። ምኽንያቱ፡ ሃብቲ ኢትዮጵያ ብቐንዱ ኣብኡ ስለ ዘሎ። ግና ብኡ ኣይዓገበን፣ ናብ ክልል ቤንሻንጉል ብምምዕዳው ኣብ 2008 ዲጋ ኣባይ ኣብ ጉባ - ዞባ መተከል ክሰርሕ ወጠነ። ንህዝቢ ኢትዮጵያ ድማ ካብቲ "ወያነ ናብ መቐለ፡ ንብረት ናብ ቀበሌ" ዝብል ጭርሖ ኣንፈቱ ናብ ዲጋ ኣባይ ጠምዘዞ። እቲ ዲጋ ናትካ'ዩ ተባህለ፣ ቦንድ ተሸጠ፣ ገንዘብ ውሒዙ፣ ኢትዮጵያዊ፡ ዝተመንዘዐ ድምጹ ረሲዑ ኣባይ ኣባይ እናበለ ጨደረ።

ዲጋ ኣባይ፡ ብዓቢኡ ድማ ከፋል ክልል ቤንሻንጉል ኣብታ መሪሕነት ህወሓት "ሓዳስ ኢትዮጵያ" ዝብላ ካርታ ኣተወ። ትግራይ፡ ብምዕራብ ንኽልል ኣምሓራ ቈሪጻ ንኽልል ቤንሻንጉል ጐቢጠት፣ ብምብራቕ ንኽፋል ክልል ዓፋር ውሒጣ ናብ ደቡባዊ ቀይሕ ባሕሪ ኤርትራ ተመጠጠት፣ ኣፍደገ ባሕሪ ዘለዋ ካርታ "ሓዳስ ኢትዮጵያ" ምልእቲ ኮነት። እታ ማሕበረ-ሰብ ዓለም ዝፈልጣ ኢትዮጵያ፡ ናብ ጅግጅጋ ርእሲ ከተማኣ ሃገረ

ሰሜን ሶማል፡ ኣዲስ ኣበባ ርእሲ ከተማኣ ሃገረ ኦሮምያ፡ ባህርዳር ርእሲ ከተማኣ ሃገረ ኣምሓራን መቐለ ርእሲ ከተማኣ "ሓዳስ ኢትዮጵያ"ን ክትከውን ብመሪሕነት ህወሓት ተፈረደት።

ብኸምዚ መገዲ፡ መሪሕነት ህወሓት፡ ነታ 110 ዓመት ዝዕድመኣ፡ ብናቶም ኣበሃህላ ሽማግለ ኢትዮጵያ፡ ሓንሳብን ንሓዋሩን ህላወኣ ከተብቅዕ በየነላ።

※ ሓዳስ ኢትዮጵያኸ መን'ያ ክትከውን?

ትግራይ፡ ትግራይ ዝብል ስም ገዲፋ "ኢትዮጵያ" ዝብል ትለብስ። መሪሕነት ህወሓትን እቶም ኣብዚ ዕስራ ዓመት ኣብ ዩኒቨርሲቲ መቐለን ኣዲስ ኣበባን ዝተማህሩ መንእሰያት ተጋሩን፡ "ኣክሱም ኢትዮጵያ፡ ኢትዮጵያ ድማ ኣክሱም" ዝብል ትንታኔ'ዮም ዝህቡ፣ ምኽንያቱ፡ መሰረት ናይ ሎሚ ኢትዮጵያ፡ ኣክሱም'ያ'ዩ እቲ ፈሊጥ። "ቀዳሞት ነገስታት ኢትዮጵያ ዋና ከተማኦም ኣክሱም'ያ ነይራ" ይብሉ ተጋሩ ተንተንቲ ፖለቲካ። ኣምሓራ፡ ምስ ኩሉ ዝተዳቐለን ህላውነቱ ዘጥፈኣን፡ ዝነብረሉ ዘሎ ዝበዘሐ መሬት ሸዋ፡ ወሎ፡ ቤገምድርን ጎጃምን ካብ ኦሮሞን ዓፋርን ቆርሚሙ ዝወሰዶን'ምበር፡ ከም ትግራይ ናይ ባዕሉ ግዝኣትን ሓባራዊ መንነትን ዝነበሮን ዘለዎን ኣይኾነን፡" ብምባል ድማ ንትንታኔኦም የራጉዱዎ። ካብ'ዚ ኣተሓሳስባ'ዚ ብምብጋስ'ዮም ድማ እዛ "ሕልማዊት ሓዳስ ኢትዮጵያ" ኣብ ኣእምሮ ፖለቲከኛታትን ምሁራትን ትግራይ ዝተወቀረት።

ሓደ ካብቶም ኣበገስትን ጉስጎስትን ናይዚ ኣተሓሳስባ'ዚ፡ ናይቲ ፌደራላዊ መንግስቲ ዘይተቐበሎን ሕጋውነት የብሉን ዝበሎን ሻድሻይ መረጻ ትግራይ ሓላፊ መረጻ ቦርድ ዝነበረ ኣቶ ብርሃነመስቀል'ዩ። ይኹን እምበር፡ ፖለቲከኛታት ትግራይ ኾነ "ምሁራት" ተጋሩ፡ ነታ ኣብ ካርታ ዘስፈርዋ "ሓዳስ ኢትዮጵያ" ኣብ ባይታ ኩዉንቲ ንምግባራ ከም ወትሩ ክኣልይዎ ዘይተኻእሎም ዓቢ እምባ ኣብ ቅድሚኦም ከም ዘሎ ክይተገንዘቡ ኣይተረፉን።

※ መን'ዩ እቲ ዓቢ እምባ? ህዝቢ ኣምሓራ?

ኣሸንኳይዶ መሪሕነትን ተጋደልቲን ህወሓት፡ እዚ ሓድሽ ወሎዶ'ውን እንተኾነ፡ ኣብ ልዕሊ ኣምሓራ ፍሉይ ትዕቢት'ዩ ኣጥርዩ። ምኽንያቱ፡ ሓቀኛ ታሪኽ መራሕትናን ህዝባዊ ወያናይ ሓርነት ትግራይን ሰለ ዘይፈልጥን ብዕላማ ከምዘይፈልጥ ስለ ዝተገብረን። ናይዚ ኣብነት፡ ኣነ ባዕለይ እየ።

ህወሓት፡ ዓቢ ጅግንነት ብምፍጻም ንስርዓት ደርግ ኣብ ትግራይ ከም ዝሰዓሮ፣ ታንክታት፡ መዳፍዕን ቢኤማትን ማሪኹ ናብ ኣዲስ ኣበባ ከም ዝኣተወን ንሻዕብያ ኣብ ምውጻእ ናጽነት ኤርትራ ከም ዝሓገዞን ወገሐ ጸበሐ ኣብ ኣእምሮ ተጋሩ ከም ዝውቀር ብምግባር፡ ትግራዋይ፡ ንዘየለን ዘይነበረን ታሪኽ ኣሚኑ ኣብ ልዕሊ ኣሕዋቱ ኢትዮጵያውያን ብፍላይ ግና ኣብ ልዕሊ ህዝቢ ኣምሓራ "ንሕና !" እናበለ ደረቱ ከም ዝነፍሕ ተገበረ። ጋዜጠኛታት ትግራይ፡ ስእልታታን ዶኩመንታሪ ፊልምታትን ሻዕብያ ካብ ተለብዥን ኤርትራ ሰሪቐም ከም ታሪኽ ህወሓት ኣምሲሉም ኣብ ተለብዥን ትግራይ ብዘይ ኣስሓኮ ምፍናው ስራሕና ኢሎም ተተሓሓዝዎ። ሕሶት እናተደጋገመ ምስ ኸደ፡ ህዝቢ ትግራይ ከም ሓቂ ተቐበሎ። ከምኡ ስለ ዝኾነ'ዩ ኸኣ፡ 'ነዚኦም እንታይ

ክንርእየሎም' እናበለ ኣብ ልዕሊ ህዝቢ ኣምሓራ ኣብ ፈቐዶ ቃለ መሕትት ክፍክር ዝተሰምዐ።

ስለዚ፡ መሪሕነት ህወሓት እቲ ዓቢይ እምባ ዝብሎ ህዝቢ ኣምሓራ እንተይኾነስ፡ ህዝቢ ኤርትራን መንግስቲ ኤርትራን'ዩ።

በቃ! ሻዕብያ ክጠፍእ ኣለዎ! ህዝቢ ኤርትራ'ውን ምስኡ!

ኣነ'ውን ሓደ ካብቶም ነዚ ኣተሓሳስባ ዝረዓሙ ወይ ከም ዝርዕሙ ዝተገበሩ መንእሰያት'የ።

ሻዕብያ ካብ መጻሕፍቲ ታሪኽ ተሓኺኹ ህዝቢ ኤርትራ ኣብ ትሕቲ ተጋሩ ክምብርከኽ።

ኮይኑ ድማ፡ ኣብ ሎሚ ኾይነ ክርእዮ እንተለኹ፡ ኣነ ኾነ መራሕትን ምሁራትን ትግራይ "ሻዕብያ ክጠፍእ ኣለዎ፡" ንብል ዝነበርና፡ ኣፍ ኣውጺእና ህዝቢ ኤርትራ ክጠፍእ ኣለዎ እንተ ድኣ ኢልና ህዝቢ ኤርትራ ክለዓለና ምኽኑ ንግንዘብ ስለ ዝነበርና'ዩ። ብተዘዋዋሪ መገዲ ግና፡ ንሕና ክንነብር እንተ ደኣ ኮይንና፡ ህዝቢ ኤርትራ ክጠፍእ ኣለዎ'ዩ እቲ ሓሳብ፣ ናተይ'ውን ካብኡ ብዘይፍለ።

ከምቲ ዝበልኩዎ፡ መሪሕነት ህወሓት፡ ካብ እዋን ብረታዊ ቃልሲ ኣትሒዙ ክሻዕ እዛ ለይቲ'ዚኣ ዘስግእ ሓይሊ እንተ ነይሩን ኣሎን፡ ህዝቢ ኤርትራን ሻዕብያን'ዩ። ነዚ ሓይሊ ንምስዓር፡ እንተይኾነ ንምድኻም ምስ ዘይተማሓዘዎ ሃገርን ዘይመሃዞ ዓሎቕን የሎን፣ ብምሉእ ምትሕብባር ምምሕዳር ዋሽንግቶን። ኣብቲ ምፍብራኽ ዓሎቕ ብዕምቆት ካብ ዝተዋሳኡ ሓደ፡ ኣነ'የ።

ኣብ ዓመተ 2020 ግና፡ መሪሕነት ህወሓት፡ እቲ ትማሊ ዘይተኻእለ ሎሚ ክንቱ ምኽኑ ዝተገንዘበ ይመስል፣ ከመይሲ፡ ኤርትራ፡ ኣይኾነንዶ ሎሚ፡ ኣብ እዋን ብረታዊ ቃልሲ'ውን እንተኾነ፡ ሻዕብያ ምምስራት ሪፓብሊክ ትግራይ ብመትከል ተቓዊምዎ'ዩ። ህወሓት፡ ኣይተሰወጦን'ምበር፡ ናይ ውድቀቱ መሰረት ሽዑ'ዩ ኣንቢሩ። እቲ ዝገርም ድማ፡ ኣብዚ እዋን ኣምባሳደር ኣመሪካ ኣብ ኢትዮጵያ ነበርን ኣብ ሎንዶን ኣብ ግንቦት 1991 ዝፈሸለ ዘተ ህዝባዊ ግንባር ሓርነት ኤርትራን ወተሃደራዊ መንግስቲ ኢትዮጵያን ዝመረሐ ልኡኽ መንግስቲ ኣመሪካን ንትንቢት ኤርትራ ተኣሚኖም ኣብ ማዕከናት ዜና ከቃልሕዎ ምስማዕ'ዩ።

※ ትንቢት?

እወ፡ ኣነ ትንቢት'የ ዝብሎ! "ሻዕብያ፡ ንኢትዮጵያ ናይ ሚእቲ ዓመት ዕዮ ገዛ ሂቡዋ፡" ዝብል ርድኢት ሊሂቃን (*Elit*) ኢትዮጵያ ብመሰረቱ ጌጋ'ዩ። መሪሕነት ህወሓት፡ ኣብ ዘርኢ ዝተመስረተ ክልላት ኣብ ዘቈመሉ እዋን፡ መንግስቲ ኤርትራ፡ ኣብ ኢትዮጵያ ጥራይ እንተይኾነስ፡ ኣብ ቀርኒ ኣፍሪቃ ከስዕቦ ዝኽእል ሳዕቤን ንኣመሪካውያን ኣተንቢሁሎም ምንባሩ እዞም ዝጠቐስኩዎም ፖለቲከኛታት ኣብ ግንቦት 2015 ኣብ ዋሽንግቶን ኣብ ዝተኻየደ ኮንፈረንስ ባዕላቶም ዝተናስሕዎ ሓቂ'ዩ። ኾይኑ ግና፡ ዝሰምዕ እዝኒ ከም ዘይሃብዎ ምእማኖም ንናይ ሎሚ ኩነታት ኢትዮጵያ ዘጉልሕ ኾይኑ ይስማዓኒ፣ ሓደገኛ ሓድሕድ ምትፍናን ብሄራት ኢትዮጵያ። ንሳቶም ጥራይ ኣይኾኑን ንመርገጺ ኤርትራ ዘጋውሑ ዘለዉ፣ እቶም ትማሊ፡ "ሻዕብያ ንኢትዮጵያ ክበታትን'ዩ ዝሰርሕ ዘሎ፡" እናበሉ ንሕዝቢ ኢትዮጵያ ወገሐ ጸበሐ ኺደንቁሩ ዝፈተኑ ፖለቲከኛታት፡ ምሁራትን

ጋዜጠኛታትን ኢትዮጵያውያን'ውን እቲ ትንቢት ዝተሰወጦም ይመስል። ምኽንያቱ፡ "ሻዕብያ ካብ ቀደሙ ንሓድነት ኢትዮጵያ ኣብ ዋጋ ዕዳጋ ኣእትዩ ኣይፈልጥን'ዩ፡" እናበሉ ከምጉሱዎ እስምዑ ስለ ዘለዉ። ስለዚ፡ ንኢትዮጵያን ኢትዮጵያውያንን ናይ ሚእቲ ዓመት ዕዮ ገዛ ዝሃበ መሪሕነት ህወሓት እምበር፡ ሻዕብያ ኣይኮነን። እቲ ምንታይሲ፡ ትግራይ ሃገር ክትከውን፡ ዝተረፈት ኢትዮጵያ ክትበታተን።

※ ንስኻ'ውን ሻዕብያ ክጠፍእ ኣለዎ ኣይኮንካን ትብል ነርካ?

በቲ ኣተሓሳስባ ተመልሚለ ዝዓበኹ'የ፣ ገና'ውን ካብ ኣተሓሳስባይ ኣይተቐርፈን። እቲ ከምዚ ኸማይ ብሰረተ-እምነት ህወሓት ተመልሚሉ ዝዓበየ ንሻዕብያ ብካልእ መነጽር ክርኢ ዘሎ ተኽእሎ ጸጺብ እዩ።

ከምቲ ኣቐዲመ ዝጠቐስኩዎ፡ ናብቲ ዓመት መጽአ ኤርትራውያን ኣብ ኤውሮጳ ዘካይድዎ ፈስቲቫላት ኣብ ዝኸድኩሉ እዋን፡ ከም "ነጥበ መቐይሮ" "ንምንታይ?" "ተዘክሮታት ሓመድ ድብ ናደው" "ፈንቅል" "መፈጸምታ" ዝኣመስለ መጻሕፍቲ ገዚአ ኣንቢበ። ብፍላይ እታ "ንምንታይ?" ዘርእስታ "ካብ 1976 ክሳዕ 1991 ስዉር ተጻብኦ መሪሕነት ህዝባዊ ወያነ ሓርነት ትግራይ ኣብ ልዕሊ ናጽነት ኤርትራ ንምምስራት ዓባይ ትግራይ" ዝትሕዝትኡ ታሪኽ ህወሓት ትገልጽ መጽሓፍ ምስ ኣንበብኩ፡ ምስቲ ብዛዕባ ሻዕብያ ዝንገረና ኣነጻጸርኩዎ።

ኮይኑ ኸኣ፡ ሻዕብያ፡ ንመንግስቲ ደርግ፡ ምስቲ ካብ ሕብረት ሶቭየት ዝተለገሰሉን ዝገዝኦን ኣጽዋርን ምስቲ ክሳዕ ሰለስተ ሽሕ ዝበጽሑ ኣማኸርቲ ውግእ ዝተመጠወሉን ክስዕሮ ምኽኣሉ፡ ምስ ታሪኽ ብረታዊ ቃልሲ ህወሓት ኣወዳዲረ ክርእዮ ኣኽኢሉኒ እብል። እቲ ዘንበብኩዎ ታሪኽ፡ ተነጊሩና ኣይፈልጥን'ዩ፣ ብኣንጻሩ'ኳ ድኣ።

እቲ ብዝተሳዕሩ ጀነራላት ኢትዮጵያ ብሓደ ወገን፡ ህወሓት ዘጽሓፎ ናይ ታሪኽ መጻሕፍቲ (ንኣብነት ታደሰ ቴለ ሳልቫኖ) ድማ በቲ ካልእ፡ ሻዕብያ ኣብ ዘካየዶም ውግኣት ህወሓት ዓቢ ጊደ ከም ዝነበሮ ዝተዘንተወልናን ገና ዝዝንተወልና ዘሎን፡ ምስቲ ህወሓት ዝነበሮ ናይ ምውጋእ ዓቕሚን ምስ ሰራዊት ደርግ ዘካየዶም ውግኣትን ኣገናዚበ፡ ታሪኽ ህዝቢ ኤርትራን ሻዕብያን ንምብራዝ ም኿ኑ ከስተብህል ኣይከኣልኩን፣ ኣይኽእልን'ውን እየ ነይረ። ከመይሲ፡ ብስነ-ሓሳብ (*ዶክትሪን*) ህወሓት ዝተመልመልኩ ብምኻነይ። ኣብ ሎሚ ኮይነ ክርእዮ እንተለኹ፡ ንሕና ተጋሩ፡ ዝበልና እንተ በልና ኣብ ባይታ ነቲ ሓቂ ክቕይሮ ዝኽእል ትኣምራት ኣይነበረናን የለን፣ እቲ ታሪኽ፡ ታሪኽ ህዝቢ ኤርትራን ሻዕብያን ስለ ዝኾነ። ህዝባዊ ወያናይ ሓርነት ትግራይ ግና ታሪኽ ህዝቢ ኤርትራ ሰሪቑ ከዘንቱ'ምበር፡ ክዝንተወሉ ዝኽእል ታሪኽ ውግእ ኣይነበሮን ጥራይ እንተይኾነ፡ የብሉን ኢለ ኣፈይ መሊአ ክዛረብ እኽእል። እዚ ዝብል ዘለኹ፡ ኣፍ ከጥዕም ኢለ ኣይኮንኩን፣ እንታይ ድኣ፡ ንብሎን ንገብሮን ዝነበርና ደጊመ ከሰላስል ግዜን ዕድልን ስለ ዝረኸብኩ'ምበር።

※ መዓስከር ቅንጸላ ኢልካ ኔርካ፡ እንታይ ማለት'ዩ?

ዶብ ኤርትራን ኢትዮጵያን ምስ ተኸፍተ ናብ ኤርትራ ብዙሓት ሰለይቲ ከም ዝሰልኩ ተገበረ። ተጋሩ፡ ናብ መላእ ኤርትራ ክንቀሳቐሱ ዝኽልከሎም ኣይነበረን፣ እቲ

ዝገርመኒ ድማ ንሱ'ዩ፣ ዓርሰ ምትእምማን መንግስቲ ኤርትራ።

መሪሕነት ህወሓት፡ ካብ 2002 ኣትሒዙ *የኢትዮጵያ መረጃ መረብ ደህንነት ኤጀንሲ (ኢንሰን)* ኣቑሙ ምዕቡል ስለያ የካይድ ነይሩ እንተ ተባህለ'ኳ፡ ድሕሪ ውድቀቱ ግና ኩሉ ሃደሽደሽ በሎ፣ ጥራይ ኢዱ ናብ መቐለ ኣተወ። ስለ ዝኾነ ድማ፡ ሒዚ ናብቲ ናይ 60ታት 70ታት ተመሊሱ ይርከብ። ኣብዚ ኣብ ጉግል (Googel) ኣቲኻ እታ ትቕመጠላ ገዛ ክትርእያ ትኽእለሉ ዘመነ ተክኖሎጂ ዘለናሉ እዋን፡ ህወሓት፡ ካሜራ ሒዙ ፈቀዶ ጽርግያ ኣስመራ ክስእል ምፍታን ማዕረ ክንደይ ድሑር ምንባሩ'ዩ ዘገንዝብ። ብሓጺሩ፡ ከም ኣብ ኩናት፡ ኣብ ስለያ'ውን ኣዝዩ ድሑር'ዩ ነይሩ። ኾይኑ ኸኣ፡ ስማቸው ኣሰፋው፡ ናብቲ ካብ መቐለ 35 ኪሎ ሜተር ርሒቑ ዝርከብ ኣብ እምባ ኣርዓዶም (ከባቢ ዓዲ ጉዶም) ዘቔሞ ሕቡእ መዓስከር ስልጠና ክንወስድ ንትሸዓተ ሰባት ሰደደና። ካብቲ ዝቐደመ ስልጠና ሓድሽ ነገር ኣይነበሮን። እቲ ሓድሽ ዝበሃል፡ ከምቲ ዝበልኩዎ ቅድሚኡ ርኢናዮን ሰሚዕናዮን ዘይንፈጥ "ሓዳስ ኢትዮጵያ" ኢሎም ዝወቀርዎ ካርታ'ዩ። እቲ ስልጠና፡ "ሓዳስ ኢትዮጵያ" ኣብ ባይታ ንምትግባር ነበረ። ነዚ ንምትግባር ግና፡ እቲ "መንቀብ ኾይኑና፡ ካብ ስልጣን ኣልዩና" ዝብልዎ ሻዕብያ ክእለ ነይሩዎ። ከመይሲ፡ ብፍላይ ካብ 2009 ማለት ብእገዳ ኣኽርዲኖም፡ ብግህሰት ሰብኣዊ መሰላት ኣኽሲሶም፡ ኤርትራውያን ዓሲቦም፡ ንምምሕዳር ዋሽንግቶን ሕቑ ገይሮምን ኣህጉራውያን ዘይመንግስታውያን ውዱባት ኣሰሊፎምን ምኳን ዝኣበዮም ፖለቲከኛታት ትግራይ፡ መራሕቲ ኤርትራ ቀንጺሎም ዝቐንየም ኾይኑ ስለ ዝተሰመዮም፡ ቀንጸልቲ ከሰልጥኑ ተበገሱ፣ ኣነ'ውን ከምኡም፡ ኣብቲ ሓሳብ ብልቢ ዝረዓምኩ ሰብ ነበርኩ።

ቊሩብ ንድሕሪት ክመልሰካ።

ኣብ ወርሒ ነሓሰ 2018፡ ሓድሽ ቀዳማይ ሚኒስተር ድሕሪ 20 ዓመት ንወግዓዊ ዑደት ናብ ኤርትራ ምስ ኸደ፡ ዋና ጽሓፊ ውድብ ሕቡራት ሃገራት ናብ ኣዲስ ኣበባ መጺኡ ምንባሩ እዝክር። ኣብቲ ካብ ጋዜጠኛታት፡ "ኤርትራን ኢትዮጵያን ዕርቀ - ሰላም ገይረን ኣለዋ። ቤት ምኽሪ ባይቶ ጸጥታ፡ እቲ ኣብ ልዕሊ ኤርትራ ኣንቢርዎ ዘሎ እገዳ ከልዕሎ ድዩ?" ዝብል ንዝቐረበሉ ሕቶ፣

"ኤርትራ፡ ምስ ኢትዮጵያ ዕርቂ ካብ ገበረት፡ እገዳ ቤት ምኽሪ ባይቶ ጸጥታ ሕቡራት ሃገራት ዘይላዓለሉ ምኽንያት የለን፡" ክብል ዝመለሶ ሓደ ንጹር ነገር'ዩ ዘርእየና። ኤርትራ፡ ብቤት ምኽሪ ባይቶ ጸጥታ ውድብ ሕቡራት ሃገራት ዝተበየነላ እገዳ፡ ምስ ጅቡቲ ተጋጭያ፡ ንኣልሸባብ ሓጊዛ ዝብል ምኽንያት ጒልባብ እምበር፡ እቲ ቀንዲ፡ ምስታ ኣመሪካ መሓዛይ ትብላ ኢትዮጵያ ስለ ዝተባእሰትን ጥሙሕ ምዕራባውያን ነጺጋ ፖለቲካውን ቊጠባውን ሓርነታ ስለ ዝዓቀበትን'ዩ። ስለዚ፡ ህወሓት፡ ንኤርትራ ከምበርክኽ ብምምሕዳር ዋሽንግቶን ዘይተለገሰሉ ሓገዝ ኣይነበረን፣ ግና ኣይተኻእለን፣ ተረኺሚሹ።

እምበኣርከስ፡ "ምቕንጻል ሰበ ስልጣን ኤርትራ" ዝብል ርቡጽ ሓሳብ፡ ካብቲ መትሓዚ ዝስኣንናሉ ከይዲ ሻዕብያ'ዩ ዝብገስ። ሽዑ'ውን ሓድሽ ክስተት ተፈጠረ፣ ኤርትራ፡ ነቲ ሃንደበት ዝኸፈተቶ ዶባታ ሃንደበት ዓጸወቶ፣ መሪሕነት ህወሓት ተናወጸ፣ ተስፋ ህዝቢ ትግራይ ቀሃመ፣ ብጎንደርን ራያን ተዓጽዩ መስተንፈሲ ሰኣነ።

ከምቲ ዝበልኩዎ፡ እቲ ስልጠና ካብ መጀመርያ ታሕሳስ 2018 ክሳዕ መወዳእታ

ለካቲት 2019 ተኻየደ። ናብ ኣዲስ ኣበባ ተመሊሰ ክሻዕ 7 ጥሪ 2020 ናብ ንግዳዊ ንጥፈት ተመሊሰ ድሕሪ ምጽናሕ፡ እንደገና ናብ ትግራይ ተጸዋዕኩ።

※ መን ጸዊዑካ?

ስማቸው ኣሰፋው።

※ ፌሩዝከ?

ፌሩዝ ብስራሕ ምኽንያት ጥራይ እንተይኮነት፡ ጐስጓስ ከተካይድ ብቐጻሊ ካብ ዝተፈላለያ ኣህጉራውያን ዘይመንግስታውያን ውድባት ዕድመ ይመጻ ብምንባሩ፡ ብቐጻሊ ትገይሽ ነበረት። ብተወሳኺ፡ ምስ'ቶም ኣብ ወጻኢ ሃገር ብኣና ተዓሲቦም ዝንቀሳቐሱ ኤርትራውያን ጥቡቕ ናይ ስራሕ ዝምድና ስለ ዝነበራ፡ ኣብቲ ዘካይድዎ ኣኼባታት ክትሳተፍ ትኸይድ ነበረት። ኣነ'ውን ክሻዕ'ቲ ኣብ መጋቢት 2018 ካብ ስልጣን ዝተገለፍናሉ እዋን፡ ክልተ እዋን ብሓባር ጌሽና።

ፌሩዝ፡ ብዝነበረትኒ ቅንጣብ ኤርትራዊ ደም ተቓዋሚ መንግስቲ ኤርትራ ምዃነይ'ምበር፡ ኣብ መርበብ ስለያ ኢትዮጵያ ከም ዝሰርሕ ኣፍልጦ ኣይነበራን። ናብ ትግራይ ክኸይድ ምዃነይ ምስ ነገርኩዋ፡ ንመጀመርያ እዋን ስራሐይ እንታይ ምዃኑ ሓተተትኒ።

እንታይ ከም ዝሰርሕ ብግልጺ ኣፍለጥኩዋ፣ ሰንበደት።

"እንታይ? ኣነ ኣሚነ ምሳኻ እናነበርኩ ኣብ ደህንነት ከም ትሰርሕ ሓቢእካለይ? መን ይፈልጥ፡ ንዓይ'ውን እንታይ እገብር? ኣበይ እኸይድ? ምስ መን እራኸብ? ትስልየኒ ትህሉ ትኸውን!" ብምባል ተልዕሎን ትሕዞን ኣይትፈልጥን ነበረት።

"እመንኒ ፌሩዝ! ከምኡ እንተ ዝበሃል፡ ኣዝየ ስለ ዘፍቅረኪ ኰብሊለ ካብ ሃገር ምወጻእኹ ነይረ፣ በጃኺ ከምኡ ኣይኾነን! ከምቲ ትፈልጥዮ፡ ዝበዘሐ ስራሐይ ኤርትራውያንን ተጋሩን ኣብ ምውዳብ ዘተኮረ'ዩ! ዕርክነትናን'ኮ ብዓል በላቸው ረዳኢ ከይተረፈ'ዮም ዝፈልጡ! ምሳኺ ድማ ጥቡቕ ዝምድና'ዩ ዘለዎም! ብኸመይን ንምንታይን'የ'ሞ ንዓኺ ክስልየኪ? ንምንታይ ምኽንያት? ስምዕኒ፡ ክትኣምንኒ ምእንታን ኲሉ ሂወተይ ዘርዚረ ክገልጸልኪ! እንኮ ድኣ ሓደ ነገር ሕራይ በልኒ እምበር!" በልኩዋ'ሞ፣

"ካብ ሕጂ ንንዮው ክርእየካ ኣይደልን'የ!!" ኢላ ብድድ በለት፣ ብኢዳ ሓዝኩዋ።

"በጃኺ ፌሩዝ! ኲሉ ኽነግረኪ! እንትነግር ከዳዕ ተባሂለ ሞት ጥራይ'ያ ትጽበየኒ! ማዕረ ክንደይ ከም ዘፍቅረክን ክምርዓወኪ ከም ዝደ . . . "

"እንታይ? ክምርዓወኪ.!!"

"እወ! እንኮ ሕራይ ድኣ በሊኒ'ምበር!"

ፌሩዝ ብንብዓት ገጻ ተሓጸበ፣ ኣብ ብርካ ተደፊኣ ኣምሪራ በኸየት።

"ስምዓኒ፡ ሕጂ ንበይነይ ኾይነ ክሓስብ ግደፈኒ፣ ዝበልካ እንተበልካ ዝሰምዕ ኣእዛንን ዝርዳእ ኣእምሮን የብለይን፡" ኢላ ራሕሪሓትኒ ከደት።

ፌሩዝ፡ ንበይነይ ክኸውን ደልየ እንተ ኢላ፡ ባህራ ስለ ዝፈልጦ ሕራይ'የ ዝበልኩ፣ ሽው'ውን ሕራይ በልኩዋ። ኣነ ግና ኣእምሮይ ተናወጸ፣ ሽጉጥ መዚዘ ነብሰይ ከጥፍእ

ኣብ ጠረጴዛ ኣንበርኩዋ። ኣብቲ ክፍሊ ናብዝን ናብትን በልኩ፣ ኩሉ ነገር ዝብርቕርቕ በለኒ። ሽጉጥ ኣልዕል ከብልን ሞባይለይ ጭር ክትብን ሓደ ኾነ። ሽጉጥ ብየማን ሒዘ ነታ ሞባይል ተሌፎን ካብ ጠረጴዛ ኣልዒለ ርኣኹዋ፣ ደዋሊ ጀማል'ዩ፣ ኣጥፋእኩዋ። ሽጉጥ ሒዘ ናብ መዳቕሶይ ከድኩ፣ ኑዛዘ ኽገድፍ።

ደጊማ ሞባይል ደወለት፣ ተቐበልኩዋ።

"ኣንታ ብዳሓንካ ዲኻ? እንታይ ኼንካ ድኣ ኣብ እዝነይ ትዓጽወኒ?"

"ጀማል! ኣነ ጽቡቕ የለኹን! ክዛረብ ኣይኽእልን'የ!" በልኩዎ እናተነኽነኽኩ።

"እዋእ! እንታ ድዩ ወሪድኩም? ድራር ክጋብዘኩም ኢለ ንፌሩዝ እንተ ደወልኩላ፡ ንሳ'ውን እናተነኽነኸት ኣብ እዝነይ ዓጽያትኒ! እንታይ'ዩ ተፈጢሩ?"

"ኣነ'ውን ኣይፈለጥኩን . . ."

"በጃካ እመጸካ ኣለኹ ኣብ ገዛ ጽንሓኒ፡" ኢሉ ክዛረብ ዕድል ከይሃበኒ ሞባይል ዓጸዋ።

ጀማል፡ እቲ ኩሉ እዋን ምስ ስድራይ ከም ዝነብር እምበር፡ ገዛይ ርእይዎ ኣይፈልጥን'ዩ። ርክብና ብደገ ደገ'ዩ። ሓደ መዓልቲ ጥራይ'ዩ ኣትዩ፣ ንሱ'ውን ብወዝቢ።

ሓደ እዋን፡ ኣነን ፌሩዝን ካብ ማኪና ወሪድና ማዕጾ ኣፓርትማ እናኸፈትኩ እንተለኹ ርኣየና'ሞ፡ ተደሃየና። ፌሩዝ መጸኣኹ ኢላ ናብኡ ከደት፣ ሒዛቶ ድማ መጽኣት። ገዛይ ብዘይካ ፌሩዝ፡ ሰመረት ሓውተይ'ውን እንተኮነት ኣትያቶ ዘይትፈልጥ ጀማል ብዘይ መቃልዒ ርኣዩ። ተተሓሒዝና ናብ ኣፓርትማይ ኣተና። እዚ ዝኸውን ዘሎ ገለ መዓልታት ቅድሚ ተወላዲ ደቡብ ዝኾነ ቀዳማይ ሚኒስተር ካብ ስልጣን ምውራዱ'ዩ።

ጀማል፡ ደቓይቕ ኣብ ዘይመልእ ግዜ ደበኽ በለ። ሳልኡ ንስከላ ሂወተይ ተረፈት። ንጽባሒቱ ምስ ፌሩዝ ከም ንራኸብን ንዘራረብን ገበረ፣ ኣብ ልዕለይ ዝነበራ ዘይምትእምማን ድማ ብመርዓ ተደበሰ።

※ ተመርዒኹም?

ኣብ ሳልስቱ፡ 10 ጥሪ ናብ መቐለ ከድኩ፣ ፌሩዝ ኣብ ሰሙነይ ኣርከበትኒ። ኣብ መቐለ ብጽብብ ዝበለ ቃል ኪዳን ኣሰርና፣ ቀዳም 25 ጥሪ 2020።

※ ከምቲ ቃል ዝኣተኻላ ብዛዕባ ስለያዊ ስርሓትካ ነጊርካያዶ?

ሓደ ነገር ከየትረፍኩ ነገርኩዋ። እኖ እኖሓጎይ'ምበር፡ ኤርትራዊ ከም ዘይኾንኩ ነገርኩዋ፣ ንኹሉ ድማ ተቐበለቶ።

※ ሰባት ከም ዝቐንጸልካኸ?

ኣይነገርኩዋን፣ ናይ ከምኡ ስልጠና ከም ዝወሰድኩ ግና ነጊረያ። ኤርትራዊ ተመሲለ ውዳበታት የካይድ ከም ዝነበርኩ ክነግራ ግና ጸገም ኣይነበሮን፣ ከመይሲ፡ ንሳ'ውን ኣበርቲዓ ትነጥፈሉ ጕስጓስ ስለ ዝነበረ።

※ ኣብ መርዓኩም በላቸው ረዳኢ ነይሩዶ?

ኣነ'ኳ ኣይደለኹን፣ ፌሩዝ ግና ንበላቸውን ካልኦት ቁልፊ ዝኾኑ ሰንከትቲ ሃንዛን ክዕድም መኺረትኒ፣ ገበርኩዎ፡ ቃል ኪዳንና መረቑልና። ብፍላይ በላቸው ረዳኢ፡ ክሻዕ ኣብ ስሪሑ ዝሸይን ብመስተ ተኻኢሉ ተጸይሩ ካብ ኣክሱም ሆቴል ወጸ።

※ ሰንከትቲ ሃንዛ!

ከምቲ ብእንግሊዘኛ *ስቴክ መከርስ* (stake makers) ዝበሃል ማለት'ዩ።

ምዕራፍ 19

ኣስመራ
ቤ/ጽ ወኪል ሃገራዊ ድሕነት ኤርትራ (ሃ.ድ.ኤ)
ክፍሊ ስለያ ወጻኢ
ሰሉስ 13 መስከረም 2010
ሰዓት 10:30

ኮሎኔል ርእሶም ካብ ደሴት ደሰ ካብ ዝምለስ ካልኣይ ሰሙኑ ረጊጹ ነበረ። ነቲ ተኣኪቡ ዝጸነሖ ሓበሬታ ከጻፍፍን ክርእን ክሳዕ ሰዓት ዓሰርተ ምሸት ኣብ ቤ/ጽሕፈት'ዩ ኣምሲዩ። ኣብታ ድሕሪ ቐትሪ'ቲኣ፡ ንፈሩዝ ዝምልከትን ንሳ ዝሃበቶ ቃለ መሕትት ኣብ ራድዮ ኣሰይ፡ ማሕታ፡ ኤስቢኤስ-ንውስ፡ ቢቢሲ፡ ሲኤንኤንን ካልኦት ማዕከናት ዜና ዓለምን ዝተፈነወ ዜና ጽማቝ ክሰምዕን ክርኢን ብድኻም ተሰኒፉ ፒሮኡ ካብ ኢዱ ከይፈለየ ድቃስ ሸለብ ኣበሎ። ኣብ ጠረጴዛ ተደፊኡ ድማ ብሕልሚ ኣብ ሕሽክብ በጽሐ።

ሕሽክብ፡ ሓለዋ ሰውራ ዝርከበ ቦታ'ዩ ነይሩ። ኮሎኔል ርእሶም ታዕሊም ወዲኡ ናብ ክፍሊ ህዝቢ፡ ካብኡ ናብ ሓለዋ ሰውራ ተመዲቡ ክሳዕ ሓምለ 1983 ዝጸናሓሉ ቦታ እዩ።

ጥውም ድቃስ'ዩ ጸቒጥዎ ነይሩ።

ማዕጾ ተኳሕኰሐ፣ ሜጀር ጸጉ'ዩ።

ኮሎኔል ሰንቢዱ ብር በለ።

"ኣንታ ብኾፍካ ደቂስካ? በል ይኣኽለካ ንኺድ!"

"ሰዓት ክንደይ ድዩ ኾይኑ?"

"ዓሰርተን ፈረቓን። ኣብታ እንዳ ትረ ኬድና ሓንቲ ሓንቲ ንበል፡" ኢሉዎ ብሓባር ካብቲ ቤ/ጽ ወጽኡ።

※ ※ ※

ረቡዕ 14 መስከረም
ሰዓት 07፡00

ሜጀር ጸጉ ናብ ቤ/ጽ ኮሎኔል ርእሶም ኣንጊሁ ኸደ፣ ንሓጺር ኣኼባ።

"ሓጻር ግዜ'ያ ዘላትና፣ እንታይ ሓድሽ ነገር ኣሎ?"

"ከምቲ ዝሰማዕካዮ፡ ፈሩዝ ጭው ዝበለት ተቓዋሚት ኾይና ሰብ ተዛርብ ዘላ። ኣባላት መንእሰያት ህዝባዊ ግንባር ኣዝዮም ተሰናቢዶምን ተደናጊሮምን ኣለዉ። ብኸልተ ምኽንያታት፡ ገሊኦም 'መንግስቲ ኤርትራ ከመይ ኢሉ ከምኡ ይገብር?' ክብሉ ከለዉ፡ እቶም ዝተረፉ ድማ፡ 'እቲ ዝተገብረ ጌጋ ይኹን'ምበር፡ ንምንታይ'ሞ ተበዲለ ኢላ ናብ ደምበ ተቓውሞ ትጽንበር? ጌጋ ከጋጥም'ኮ ንቡር'ዩ!' እንተበሉ'ኳ፡ ኣባላት ከይሰድው የስግእ'ዩ።"

"ጸጉ፡ ክንጋደል ከለና ሰብ ከይነሰውእ ኢልና ካብ ምውጋእ ኣዕሪፍና ዲና? ክቡር ዋጋ ኢና'ኮ ከፊልና! ሕጂ'ውን ካብ ምኽፋል ድሕር ክንብል ኣይኮናን! ንግዚኡ!"

"እቲ ዘገርም፡ ካብ ዓዲ እንግሊዝ ክሳዕ ኣመሪካ ዘለዉ ሃሱሳት፡ ኣህጉራውያን ዘይመግስታውያን ውድባት፡ ናይ ረዲኤት ማሕበራት፡ ማዕከናት ዜና ዓለምን ወያነን እንታይ እዋኖም ከም ዘንበድብዱላ እዩ።"

"ጸጉ፡ ቅማረታትና ልክዕ'ዩ። እቲ ጸጊሙና ዘሎ ግና እቲ ኣብ ስእሊ ዘሎ ሰብ መን'ዩ? ምስ ጀማል ዘለዎ ምትእስሳርከ እንታይ'ዩ? ተራ ንግዳዊ ምትእስሳር ድዩ ካልእ ንምፍላጥ ብመን ከም እንኣትዎ ምሕሳብ ከድልየና'ዩ።"

"ኣስመላሽከ።"

"ኣይፋልካን! ንዑኡ ካብ ጸወታ እለይዎ! ንኸምኡ ኣይተሰርሖን። ናብዚ ምስ መጽአ ኣይረኣኻዮን ዲኻ ከመይ ከም ዝጀጀወ? ንሰብ ትቕይሮ ኢኻ፣ ንዑኡ ግና ኣይመስለንን። ትፈልጥ ኢኻ፡ ሓያል ጎኒ ህዝባዊ ግንባር፡ ንሰብ ምቕያር'ዩ ነይሩ። ርኣየና'ንዶ ኵላትና ናቱ ውጽኢት ኢና'ኮ። ኣብ ገድሊ ንስለ ናጽነት ኵሉ ክንከፍል ድሉዋት ኢና ኔርና፣ ሎሚ ግና ገለ ውፉያት ኣባላት ሰልፍን ውድብን ዝነበሩ ዶ ኣይኾኑን ብብልሽውና፡ ከሕደት ሃገርን ካልእን ተበላሽዮም ኣብ ፈቐዶ ማሕቡስ ኣትዮም ዘለዉ። እታ ዘምለጠት ድማ ኣብ እንዳማታ ሃገር ሰፊራ ኣላ። ንምንታይ? ስልጣን፡ ሃብቲ፡ ምቾትን ንብረትን ስለ ዝደለየት? መን ከምኡ ምስ ረኸበ? ህዝበይ ኣይ ኣብ ፈቐዶ መዓስከራት ኣብ ሓንቲ ክፍሊ ምስ ደቃ ተጻፋጺፋዶ ኣይኾነትን ትነብር ዘላ። እቲ ካልእ እንታይ ኾይኑ'ዩ ናጽነት ምስ ተረኸበ ተቐይሩ? ኣብ ሜዳ ከሎኸ ከመይ ነይሩ? ኣነ፡ ዘይነበሮ ኣምጺኡ ኣይብልን'የ። እታ "ሰለስተ ሓለፋታት፡" ትብል ሰሚናር ኣይትዝክራን ዲኻ?"

"ማለት?"

"ዱጉል ድልየት ዝነበረ'ዩ ኢለ'የ ዝኣምን። ብዝኾነ፡ ነዚ ሰብ ክንቅይሮ ኣይንኽእልን ኢና፣ ኣይትፈትኑ፣ ብኡ ገይሩ ሃገር ራሕሪሑ ከይጠፍእ። ዘድልየና ዘሎ፡ ንስለያ ዝተሰርሐ ተባዕ ዉዑይ ደም'ዩ።"

"እቲ ሰብ ኤርትራዊ መበቆል ዘለዎ ኣይመስለንን። ዝተተምየነ ዜግነት ከይኸውን።"

“እቲ ሕቶ፣ ኤርትራዊ ድዩ ኣይኾነን ዘይኾነስ፣ መን ኣሎ ብድሕሪኡ’ዩ? እቲ ሱዳናዊ ዘክሮ’ባ። ብሓደ ሰብ ከስራሕ ዝተወጠነ ተልእኾ’ኳ’ዩ ተዋሂቡዎ፣ ሓደገኛነቱ ግልጺ’ዩ። ኣብ 2005 ድማ መሊስና ተሞኪርና። እቲ ኣብ ባረንቱ ዝሓዝናዮ መንእሰይ ነቲ ስርሒት ንበይኑ’ዩ ዝፍጽሞ ነይሩ። ዶብ ሰጊሩ ናብ ሱዳን ከኣቱን ናብ ኤርትራ ክምለስን ዋላ ሓደ ሰብ ክጥርጥሮ ዝኸኣለ ኣይነበረን። ፈንጂ የእቱ ፈንጂ ይመልስ፣ መሻርኽቲ ነይሮሞ እንተ ዝኾኑ ገለ ጌጋ ምፈጸሙ ወይ ምተጠርጠሩ። ኣብ መወዳእታ ግና መሻርኽቲ ገይሩ፣ ተታሒዙ። ስለዚ፡ ዝቐሰምናዮ ተመክሮ ስለ ዘለና፡ ነዚ ሰብ’ውን ኣቃሊልና ኣይንርእዮ። እቲ ሕቶ፡ ልኡኽ ክኸውን ይኽእልዶ? ናይ መን?። በል! ኣኼባ ሰዓት ሸሞንተ ኣላትና፡” ኢሉ ተኲሩ ጠመቶ። “በቲ ስም ዝተመዝገበ ሰብ እንታዋይ ምዃኑ ኣየረጋገጽኩምን ዲኹም?”

“ኣክሊሉ ዮሃንስ ዝበሃል ኣብ ሞልቂ ኣሎ?”

“እሞ?”

“ወዲ 67 ዓመት ሓረስታይ’ዩ።”

“ስለዚ ዝተተምየነ መንነት ወረቐት’ዩ ዘለዎ፣ በል ምስ ግዜ ክንርእዮ ኢና፡” ኢሉ ከፋንዎ ብድድ በለ።

ምዕራፍ 20

ጀርመን
ከተማ በርሊን
ቀዳም 18 ታሕሳስ 2010
ሰዓት 19፡00

ፌሩዝን ጀማልን ዘየቃድዎም ጉዳይ ነበሮም፣ ሻዕብያ። ንሱ "ሻዕብያ ክጠፍእ ኣለዎ!" ክብል፡ ንሳ "ሰረት ሻዕብያ ህዝቢ ስለ ዝኾነ ዘይንቕንቕ ሓይሊ'ዩ፡" ክትብልን ኣቦይ ስዒድ ንጀማል ክድግፉን ናይ ቃላት እምባጓሮ ይተኸሉ ነበሩ። ካብ ማእሰርቲ ወጺኣ ናብ ጀርመን ምስ ተመልሰት ግና፡ ጀማል፡ ጀርመን ገዲፉ ናብ ዓዲ እንግሊዝ ክትግዕዝ ከእምና ብዙሕ ጸዓረ፣ ኣይኾነሉን። ካብ ፍራንክፈርት ናብ በርሊን ገዓዘት፣ ብቐጻሊ እናኸደ ይበጽሓ ነበረ።

ሓደ እዋን፡ ናብ በርሊን ከም ዝመጽእን ሓደ ጋሻ ከም ዘለዎን ነጊሩ እታ ምሸት ብሓባር ክድረሩ ተማሕጸና፣ ፌሩዝ ኣየዕጠየጠትን ሕራይ በለት።

ፌሩዝ ተማሃሪት ከላ፡ መማህራና ብኣ ኣዝዮም ይድነቑን ንተማሃሮ ከም ኣብነታዊት ተማሃሪት ይጠቕሱሎምን እንተ ነበሩ'ኳ፡ ናይ ነገር ጻዕዳ ኾይኑ ግና ንመማህርታ "ፌሩዝ ክትበልጸኩም" ምባል ኣይገደፉን።

ሻድሻይ ክፍሊ ምስ በጸሐት ናይ ታሪኽ መምህራ 'ካብ ፌሩዝ ክትሓምቁ፡" ክትብል ሰማዓታ'ሞ፡ ንጽባሒቱ ናብ ትምህርቲ ምኻድ ኣበየት።

ኣቦይ ስዒድ ንዓሎም እንተ ኣቀባጠሩ፡ ብፍጹም በሉቶም።

"እዛ ጓለይ እንታይ ኢኺ ኼንኪ?"

"ዝኾንኩዎ ኣብ ቅድሚ ዳይረክተር ቤት ትምህርቲ'የ ዝዛረብ፣ ሎሚ ግና ኣይከይድን'የ።"

"እሞ ደዊለ ተጸሊኡዋዶ ክብሎም?"

"ኖኖ ኢባ፣ ጽባሕ ሒዝካኒ ክትከይድ ኢኻ፡" ብምባል ኣቐበጸቶም።

ኣቦይ ስዒድ ጠባይ ጓሎም ኣዐርዮም ይፈልጡ'ዮም። ብርእሰ ምትእምማና ኵሉ ግዜ ምስ ተደነቑ'ዮም። ሕራይ እንተ ኢላ ትገብርን ንዘይትኣምነሉ ዘይትቕበልን ብምኽና፡ ከም ቈልዓ ዘይኾነስ ከም መዘናኣም'ዮም ዘዛርብዋ።

ንጽባሒቱ፡ ኣቦይ ስዒድ ጓሎም ሒዞም ናብ ቤት ትምህርቲ ከዱ፣ ፌሩዝ ናብ መምሃሪ ክፍላ ምእታው ኣበየት። ርእሰ ክፍሊ (*ክላስ ትቻር*ናይታ ክፍሊ) እንታይ ከም ዝተረኽበ ሓተታ።

"ናይ ታሪኽ መምህረይ ወይዘሮ ማየርን ንስኹምን ዘለኹሞ ኣብ ቅድሚ ዳይረክተር ዝዛረቦ ኣሎኒ፡" በለት ፌሩዝ ብርእሰ ተኣማምነት። መምህራ ተገሪሙ ሕራይ በላ። ሒዝዋ ናብ ዳይረክተር ከይዱ ንወይዘሮ ማየር ኣጸወዓ።

ወይዘሮ ማየር ትጽሕፈላ ዝነበረት ጒርሽ ኣቐሚጣ ንተማሃሮ ይቕሬታ ሓቲታ ናብ ቤ/ጽ ዳይረክተር ኣምረሐት፣ ማዕጾ ኳሕኲሓ ኣተወት።

"ወይዘሮ ማየር፡ ኮፍ በላ፡" በለ ዳይረክተር ብኢዱ እናመልከተ።

ወይዘሮ ማየር ንፌሩዝ፡ ኣቡኣን ርእሰ ክፍልን *(ክላስ ትቻር)* ርእያ ተገረመት፣ ብውሽጣ እንታይ'ዩ ተረኺቡ በለት።

"ወይዘሮ ማየር፡ ፌሩዝ ተማሃሪትክን'ያ መስለኒ?" ሓተተ ዳይረክተር።

"እወ፡" በለት ንፌሩዝ ፍሽኽ ብምባል።

ፌሩዝ፡ ንመምህራ ዓይኒ ዓይና ጠመተታ።

"እሞ እቲ ዘጋጠማ ጒዳይ እንታይ ምኽኑን ትማሊ ናብ ትምህርቲ ዘይምምጻኣን ሓቲትናያ ወይዘሮ ማየር ከይመጸት ኣይዛረብን'የ ስለ ዝበለተና ኢና ጸዊዕናክን።"

"ፌሩዝ፡ ሽግር ኣሎ ድዩ?" ሓተተት ወይዘሮ ማየር፣ ምስ ገለ ቈልዑ ተባኢሳ ከይትኸውን ብምባል።

"እወ ወይዘሮ ማየር!"

"እንታይ'ዩ'ቲ ሽግር?"

"ሽግረይ ንስኸን ኢኽን፡" በለት ፌሩዝ ርግእ ኢላ።

ዳይረክተርን ርእሰ ክፍሊ መምህራን ሰንበዱ፣ "እንታይ ኢኺን በዲልክናኣ?" ዝብሉ ክመስሉ ንወይዘሮ ማየር ጠመትዋ፣ ኣቦይ ስዒድ ክሓስቡዎ ዘይኽእሉ ገጠሞም።

"ኣነ!"

"እወ ወይዘሮ ማየር።"

"እንታይ'የ በዲለኪ?"

"ኣነ ብሕብረይ ዝኾርዕ ሰብ'የ። ንፍዕቲን ሕማቕን ዝገብረኒ ግና ሕብሪ ቈርበተይ ኣይኾነን፣ ከምኡ'ውን ነቶም ጀርመናውያን መማህርተይ። ወይዘሮ ማየር ግና ብቐጻሊ ንተማሃሮ 'ካብ ፌሩዝ ክትሓምቁ!' 'ፌሩዝ ክትበልጸኩም!' ብምባል ብተዘዋዋሪ መገዲ ንሶም ጽዓዱ ኣነ ኣፍሪቃዊት ብምኽነይ፡ 'ከመይ ኢላ ትበልጸኩም፡' ካብ ምባል ኣየዕረፉን። እንታይ ስለ ዝኾንኩ እየን ከምኡ ዝብልኣም? ኣነ ከምኦም ንሶም ከማይ ሰብዶ ኣይኮንናን? መንፈዓት፡ ሕብሪ ቈርበት ይፈሊ ድዩ? ኣነ ወይዘሮ ማየር ክምህራኒ ኣይደልን'የ፡" ምስ በለት ኵሎም ተገሪሞም ኣፎም ብኽፉቱ ንወ/ሮ ማየር ጠመትዋ። ወይዘሮ ማየር ትብሎ ጨኒቓ፣ ገጻ ደም ሰረበ፣ ዳይረክተር ብውሽጡ ንፌሩዝ ኣናድነቓ፣ ፍሽኽ በለ።

"ወይዘሮ ማየር፡ ሓቂ ድዩ?"

ወይዘሮ ማየር ተመኽንዮ ጠፈኣ፣ ከይትኸሕድ ሳዕቤኑ ኣፍረሓ፣ ርእሳ ኣድኒና

"እወ፡ እብል'የ፡ ግና ንተማሃሮ ከተባብዕ ኢለ'ምበር፡ ንፌሩዝ ከነኣእስ ኢለ ኣይኾንኩን።"

"ንዓይ ከተናኣእሳኒ ኣይትኽእላን ኢኽን። ኣብ ክፍልና፡ ማተ፡ ኦሊ፡ ሳሮን'ውን እኮ ንፉዓት እዮም። ካብኦም ትሓምቁ ኢልክን ግና ኣይትፈልጣን ኢኽን? ንምንታይ ኣነ? ንሰም ጻዕዳ ስለ ዝኾኑ ከም ቅቡል ስለ ዝወሰድክናኦ?"

ወይዘሮ ማየር ዘይተጸበየቶ ኾይኑዋ ሰንበደት።

"ፌሩዝ ብሕማቕ ኣይትርኣይዮ . . ." ኢላ ከይወደአት፣

"ወይዘሮ ማየር፡ ኣዝዩ ዘሕዝን'ዩ። መምርሒ ቤት ትምህርትና ትፈልጥኦ ኢኽን፡ 'ዘርኣውነት ኣወግድ፡' እዩ ዝብል። ካባኽን ከምኡ ኣይተጸበናን። ፌሩዝ፡ ኣብ ሓደ ውሳነ ክሳዕ ንበጽሕ ቀ'ሩብ ግዜ ክትህብና ትኽእሊ ዲኺ? ካብ ትምህርቲ ከይትቦኽሪ ድማ ንልምነኪ።"

"ሕራይ።"

"የቐንየለይ፣ ኣዚና ኢና ንኾርዓልኪ፡" ብምባል ዳይረክተር ብድድ ኢሉ ነቦን ጓልን ብምዉቕ ስላምታ ኣፋነዎም።

እቲ ጉዳይ ዘይኾነስ፡ እቲ ሓሳብ ንኣቦይ ስዒድ ኣርመሞም፣ ብጓሎም ተሓበኑ። ይኹን'ምበር፡ ኣብ መንጎ ኤርትራዊ ባህልን ኩዉንነትን ተቐርቂሮም፣

"ኣንቲ ፌሩዝ ጓለይ፡ ንቕድም ንመምህርኪ ንበይና ዘየዛረብክያ። ምናልባት ጌጋኣ ምኣረመት ነይራ።"

"ኢባ! ንዓይ ጥራይ ኣይኮነትን ከምኡ ትብል። ሳሚ ጽልም ዝበለ ብምኳኑ ኩሉ ግዜ እያ ተባጭወሉ። ምእንታን ካልእ እዋን ንካልእ ኣፍሪቃዊ ተማሃራይ ከምኡ ከይትብልን ካልኦት መማህራን ክጥንቀቑን ኢለ'የ።"

ኣቦይ ስዒድ ዝብልዎ ኣይነበሮምን፡ ሕትም በሉ።

ወይዘሮ ማየር ሳዕቤኑ ከፊኣ፣ ከመይ ኢላ ንመማህራንን ተማሃሮኣን ገጾም ክትርእዮም፣ ፍጃድ ሓቲታ ናብ ገዛኣ ከደት። ምስ ጓል ዓሰርተው ሓደ ዓመት ከመይ ኢላ ትግጠም፣ እታ ሓንቲ መዋጽኦ፡ ይቕሬታ ምሕታትን ካብታ ፌሩዝ ትማሃረላ ክፍሊ ምቕያርን ጥራይ ነበረት፣ ተቐየረት ኸኣ።

ኣብታ ምሸት እቲኣ፡ ናብቲ ጀማል ድራር ዝዓደማ ቤት ብልዒ እናኸደት ከላ ነዝን ናይ ንእስነት ግዜኣን እናሰላሰለትን ብውሽጣ እናስሓቐትን ኣብቲ ናይ ቈጸራ ቦታ በጺሓ ማኪና ዓሺጋ ናብቲ ቤት ብልዒ ኣምረሐት። ሓላው ልዳት ማዕጾ ኣርሓወላ።

"የቐንየለይ፡" ኢላ ናብ ውሽጢ ኣትያ የማነ ጸጋም ጠመተት። ጀማል ምስ ሓደ ሰብ ነበረ። ናብኡ ቀሪባ ተሓቛቝፎም ተሰዓዓሙ'ም፣

"በላቸው ረዳኢ፣ ፌሩዝ ስዒድ፡" ኢሉ ንኽልቲኦም ኣፋለጦም።

በላቸው ንፌሩዝ ኣብ ማዕከናት ዜናን ማሕበራዊ መራኸቢታትን'ዩ ርእይዋ፣ ሓንቲ ካብቶም ኣብ መርበብ ስለያ ደህንነት ከእትዋ ዝተመነያ ድማ ነበረት።

"ይገርም'ዩ፡ ለካስ እዘን ተለቭዥን ኣዝየን እየን ዝሕስዋ!" ኢሉ ፍሽኽ በላ።

"ማለት?"

"ካብ ኣብ ተለቭዥን ብኣካል ትጽብቒ።"

"የቐንየለይ!"

"ፌሩዝ፡ ሓወቦይ ጓለይ ክህበካ ኢሉኒ ዘቕበጽኩዎ ብሓቂ ሎሚ ተጣዒስ!"

"ከመይ?" በለት እናስሓቐት።

"በላቸው ንዓል ኣንስተይቲ ጽብቕቲ ኢሉ ኣይፈልጥን'ዩ፣ ንዓኺ ካብ በለኪ ግና ሓቂ ከኸውን ኣለዎ፡" እናበሉ ዝጀመርዎ ዕላል ናብ ፖለቲካ ዘንበለ።

"ከምዚ ዝበልክ'ዮ፡ ንሕና ንህዝቢ ኤርትራ ክንሕግዝ ቁሩባት ኢና፣ እንኮ ድኣ ሻዕብያ ይተኣለ'ምበር። ንስኽን ከማኽን ዝኣመሰሉ ምሳና ዝሰርሑ ንጡፋት ኤርትራውያን እንተ ረኺብና ኣብ ዝሓጸረ እዋን ክንዓልዎ ከም እንኽእል ኣይጠራጠርን'የ።"

"ምዕላው ዘይኾነስ! ምጽዳፍ'ምበር! ግና ምትሕግጋዝ ከድልየና'ዩ፡" በለት ፌሩዝ ሸዑ'ውን ፍሽኽ ኢላ።

"ንሕግዝ ኢና'ኮ! እዞም ኵሎም ወደብቲ ተቓውሞ፡ ብቐጥታ ይኹን ብተዘዋዋሪ ምሳና ርክብ ኣለዎም።"

"መን ማለትካ'ዩ?"

"ኣብ ዓዲ እንግሊዝ፡ ኣመሪካ፡ ሸወደን . . . ዘለዉ ኤርትራውያን ኾነ ማሕበራዊ መራኸቢታት ከም ራድዮ ኣሰይ፡ ማሕታ ዝኣመሰላ . . ." ኢሉ ነቲ ኣብ ብርጭቆ ዝቐደሖ ኮርቫይዘር ኮኛክ ግልብጥ ኣበሎ።

ፌሩዝ፡ ንበላቸው ብኣካል ክትፋለጦ ከላ፡ ካብ ማእሰርቲ ወጺኣ ናብ ጀርመን ካብ ትምለስ ራብዓይ ወርሒ ረጊጻ ነበረት። ኤሊዛ፡ ሄርሞንን ሳሌምን ምስ ኣዲስ ኣበባን ኣህጉራውያን ዘይመንግስታውያን ውድባትን ዘለወን ናይ ሓባር ስራሕ ዝገለጻላ ትዝ ኢሉዋ ክምስ በለት።

"ትምውልዎም ማለት ድዩ?"

"ንቶም ዝተፈላለየ ስም ተሓኤ ዝለበሱን ምስ ሻዕብያ ዝኾረዩን..." ኢሉ ካር ካር በለ።

"ኣነ'ውን ናብ ኣዲስ ኣበባ ምኻድ ኣይከተርፈንን'ዩ፣ ስለዚ ሓገዝካ ኣይፍለየንን ግዲ ይኸውን!" በለት ፌሩዝ'ውን ኣዒንታ እናስለምለመት።

"ካባይ ትደልይዮ እንተ'ሎ፡ ካብ ምሕታት ኣይትቆጠቢ!" እናተበሃሃሉ ከዕልሉ ኣምስዮም ፌሩዝ ናብ ገዛኣ፡ ንሳቶም ናብ ወጋሕ ትበል ለይቲ ኣምርሑ።

ምዕራፍ 21

※ ድሕሪ መርዓኹም፡ ብሓባር ምንባርዶ ጀሚርኩም?

ፌሩዝ ናብ ኣዲስ ኣበባ ምስ መጽአት፡ ምስ በላቸው ድልዱል ምሕዝነት ፈጠረት፣ ዳርጋ ኣይፈላለዩን ነይሮም እንትበል ምግናን ኣይኾነን። እንተ ንዓይ ግና ምናልባት ምስ ስማቸው ኣስፋው ዝነበረኒ ቅርበት ከይኾነ ኣይተርፍን፡ ኣዝዩ ይፈርሓኒ ነበረ። መሪሕነት ህወሓት፡ ካብ ኣዲስ ኣበባ ናብ መቐለ ምስ ገዓዙ፡ ፌሩዝ፡ ብስራሕ ምኽንያት ብዙሕ እዋን ናብ መቐለ ትመላለስ ብምንባራ፡ በላቸው ካብ መዓርፎ ነፈርቲ ይቕበላ ነበረ። ገዛ ኣውሂቡ ካብ ገዛኣ ኣይጠፍእን ነበረ። ካልኡት መራሕቲ'ውን ከምኡ።

ፌሩዝ፡ ንኤርትራ ብዝምልከት መደባት ስራሕ ብመገዲ በላቸው ረዳኢ'ዩ ዝዋሃባ። ናብ ዓዲ እንግሊዝ፡ ሽወደን፡ ሆላንድ፡ ስዊዘርላንድ፡ ጀርመንን ኣመሪካን መልእኽቲ ተብጽሕ ነበረት። በላቸው ድማ ኣብ ልዕሊኣ ጽኑዕ እምነት ኣሕደረ።

ጀማል፡ ኣብ ስለያ ኢትዮጵያ ተዓሲቡ እንተሰረሐ'ኳ፡ ከምቲ ኣብ ፌሩዝ ዝነበሮም እምነት ኣብኡ ኣይነበሮምን። ይኹን እምበር፡ ጀማልን ፌሩዝን ዘይፈላለዩ ሰባት'ዮም ነይሮም። ናብ መቐለ ክትመጽእ ከላ ብዙሕ እዋን ብሓባር ይመጹን ምስ ብዓል በላቸው የምስዩን ነበሩ። ንሳ ተቓዋሚት ንሱ ነጋዳይ ምዃኖም'ምበር፡ እቲ ሓደ ብዛዕባ እቲ ካልእ ዝፈልጦ ጉዳይ ኣይነበሮን።

ከምቲ ዝበልኩዎ፡ ታዕሊም ወዲኣ መወዳእታ ለካቲት 2019 ናብ ኣዲስ ኣበባ ተመሊሰ፣ መደብ ስራሕካ ኣብኡ'ዩ ተባሂለ ከሻዕ 10 ጥሪ 2020 ጸናሕኩ። ፌሩዝ ድማ ቅድሚ ናብ ኣዲስ ኣበባ ምምጽአይ ገዛኣ ገዲፋ ድሮ ናብ ኣፓርትማይ ግዒዛ ብሓባር ክንነብር ጀመርና። ኣብ ሂወተይ ንመጀመርያ እዋን እንቛዕ ብዳሓን መጻእኻ ኢላ ሓቝፋ ትቕበል ሰበይቲ ምርካበይ ኣዝዩ ኣሐጎሰኒ፣ ከም ሰብ፡ ምሉእ ምዃነይ ተሰወጠኒ። ሽው ወዲ 38 ዓመት ክኸውን ተገማጊመ ኣለኹ።

ድሕሪ መርዓና፡ ፌሩዝ ምሳይ ናብ መቐለ ትግዕዝዶ ትኸውን ዝብል ሻቕሎት ድቃስ ከለኣኒ።

ሓደ ምሸት፡ ንድራር ናብ ሆቴል ኣክሱም ምስ ከድና ጠቕሊልና ኣብ መቐለ ክንነብር ክነግራ ወሰንኩ፣ ነገርኩዋ ድማ። ካብ ትጽቢተይ ወጻእ ኾነኒ፣ ምሳይ ኣብ መቐለ ክትቅመጥ ብሓሳባ ወዲኣቶ ምንባራ ኣበሰረትኒ። ኣከታቲልና ክልተ ቈልዑ ክንወልድ፡ እንተይኾነልና ግና ዘኽታማት ከነዕብን እናተመላለሰት ትካልና ከተካይዶን ነቲ ምስ ኣብ ወጻኢ ሃገር ዝርከቡ ኤርትራውያን መስሪታቶ ዝነበረት ዝምድና ናብ መዕለቢኡ ከተብጽሕን ማለት ክሻዕ መንግስቲ ኤርትራ ዝዕሎ ናብ ዓዲ እንግሊዝ እናተመላለሰት ክትቅጽሎ ምዃናን ነገረትኒ፣ ኣዝየ ተሓጒስኩ።

※ ንምንታይ ምኽንያት ኢኻ ናብ መቐለ ተቐይርካ?

ኢህወደግ ፈሪሱ ሰልፊ ብልጽግና ተመስሪቱ፡ ህወሓት፡ ከቢድ ሕማም መርዘን ደጊስዎ ኣብቲ ሰልፊ ምጽንባር ጥራይ እንተይኾነ ኣብዩ፡ እቲ ሰልፊ ዘይሕጋዊ'ዩ ብምባል ነጺጉ። ኣብ መንነኡን ፌደራላዊ መንግስትን ከቢድ ወጥሪ ሰፊኑ። እዚ ኩሉ ዝገብር ዘሎ መንግስቲ ሻዕብያ'ዩ ዝብል ሻቕሎት ሓቖኖ። ሓደ ውጥን፡ ንሱ ስታራተጂ'ዩ ዝብሎ፡ ወጠነ፣ ኣነ ምስ ሰለስተ ርእሰይ ብኣጥፊእካ ጥፋእ ክንስልጥን ናብ ደደቢት ብ 13 ለካቲት 2020 ክንኸይድ ተኣዘዝና። ኣርባዕተ ሰሙን ዝወሰደ ግብራዊን ስነ ኣእምሮኣውን ታዕሊም ወሲድና ኣብ ቢሮ ምሕደራ ጸጥታ ትግራይ ክፍሊ ፍሉይ ስርሒታት ተመዲብና፣ ብምስጡር መገዲ።

※ ክፍሊ ፍሉይ ስርሒታት እንታይ'ዩ ስርሑ?

ቅንጻላን ግብረ-ሽበራዊ ስርሒታትን ምፍጻም። እዚ ክፍሊ'ዚ፡ ምስ ምቛም *የኢትዮጵያ መረጃ መርበብ ደህንነት* (ኢንሰን) ኣብ 2003 ዝቘመ ኾይኑ፡ ኣዝዩ ምስጡርን ብውሑዳት ኣባላት ዝካየድን'ዩ። ሓደ ካብቲ ዘካየዶ ግብረ-ሽበራዊ ስርሓት፡ ኣብ ኣዲስ ኣበባ ዝፈጸሞ ምፍንጃር ቦምባታት'ዩ። 'ኤርትራ ንዋዕላ መራሕቲ ሃገራት ኣፍሪቃ ከተሰናኽል ዘካየደቶ'ዩ፡' ተባሂሉ ድማ ብመንግስቲ ህወሓት ተዘመረሉ። እቲ ሓቂ ግና ብኽፍሊ ፍሉይ ስርሒታት ተሃንዲሱ ብኽልተ ኣብ ትሕቲ ቀይዲ ዝነበሩ እሱራት ዝተፈጸመ'ዩ፣ ኣስር ንምጥፋእ ድማ ተቐንጸሉ።

መብዛሕትኦም ኣባላት'ዚ ክፍሊ'ዚ ተጋሩ ብምንባሮም፡ ህወሓት ካብ ስልጣን ተኣልዩ ኣብ መቐለ ምስ ተሸጎጠ ተሳሒቦም ከም ኣብ ደህንነት፡ ኣብ ቢሮ ምሕደራ ጸጥታ ትግራይ'ውን ክፍሊ ፍሉይ ስርሒታት ኣቑሙ። ቀንዲ ኣትኩሮኡ፡ ክልል ቤንሻንጉል ኾይኑ ምስቲ ኣብ ክልል ኦሮሚያ ዝንቀሳቐስ ጥሩፍ ምንቅስቓስ ተወላዶ ኦሮሞ "ሸኔ" ድልዱል ዝምድና ምምስራት ነበረ።

※ ክልል ቤንሻንጉል?

"ሓዳስ ኢትዮጵያ" ብዘይ ዲጋ ኣባይ ትርጉም የብላን። ዲጋ ኣባይ፡ ኣብዛ "ሓዳስ ኢትዮጵያ" ክካተት ነይሩዎ። ነዚ ንምግባር፡ ኣብ'ቲ ክልል ቅሳነት ክርከብ የብሉን፣ ፍርሀን ራዕድን ክነግስ ነይሩዎ። ብፍላይ ኣብ ዞባ መተከል፡ መዓልታዊ ብግብረ-ሽበራ

ዝቕተል ዝነበረ ሰብ ብመሪሕነት ህወሓትን ከፍሊ ፍሉይ ስርሒታት ትግራይን ዝካየድን ዝምወልን እዩ ነይሩ፣ ገናውን ይቕጽል ኣሎ።

እቲ ምንታይሲ፡ ሓደ መዓልቲ፡ ትግራይ ካብ ኢትዮጵያ ምንጻል ዝብል ውጥን መሪሕነት ህወሓት ግብራዊ ምስ ዝኸውን፡ ቤንሻንጉል፡ ውሳነ ህዝቢ (ረፈረንደም) ኣካይዳ ናብታ ንሶም "ሓዳስ ኢትዮጵያ" ዝብልዋ ክትጽምበር እዩ ነይሩ እቲ ሓሳብ።

※ ናይ ኤርትራ ተልእኾኻ ንፌሩዝ ነጊርካያ'ዶ?

ሕጊ ስለያ ኾነ ማሕላ ከም ዝጠሓስኩ እፈልጥ'የ፣ ንስለ ፍቕሪ ፌሩዝ። ፌሩዝ፡ ከማናን ወረ ካባናን ንላዕሊ'ያ ኣብቲ ንሻዕብያ ብሓፈሻ ንኤርትራ ንምሕማስ ነካይዶ ተልእኾ ትዋሳእ ነይራ። ስማቸው ኣሰፋው ይኹን በላቸው ረዳኢ ሓያል እምነት ኣንቢሮሙሉም ካብ ዝነበሩ ኤርትራውያን ሓንቲ፡ ፌሩዝ'ያ።

ድሕሪ ውደት ክልቲኦም መራሕቲ፡ ኤርትራ፡ ነቶም ኣብ ግዝኣታ ዝነበሩ ተቓወምቲ መንግስቲ ህወሓት ናብ ሃገሮም ኣትዮም ዕርቀ ሰላም ከም ዝሰፍን ገበረት። እቶም ዝመወልናዮም እናቑርጠሙ ኣብ ኣዲስ ኣበባ ተኾይጦም ዝነበሩ ኤርትራውያን ድማ ንእለቱ ባህሪሮም ካብ ኣዲስ ኣበባ ወጽኡ፣ ገሊኦም ናብ ኤውሮጳ ገሊኦም ናብ ዩጋንዳ ከዱ። ኣብ መቐለ ዝነበሩ'ውን ምስ ግዜ ፋሕ ፋሕ በሉ፣ ህወሓት ጥራይ ኢዱ ተረፈ። እታ ሓንቲ ትረአ ዝነበረት፡ ፌሩዝ ነበረት። ስለዚ፡ ካብኣ ዝሓብኦ ሚስጢር ኣይነበረንን፣ ንሳ'ውን መሪሕነት ትግራይ ማለት ምስቲ ብድሕሪ መጋረጃ ኾይኑ ዝቈጻጸር ስማቸው ኣሰፋው በተሓሳሰባን ግብርን ትሰማማዕ ጥራይ እንተይኮነት ነይራ፡ ብተዘዋዋሪ መገዲ የማናይ መሓዉሩ ነበረት፣ ንስለ'ቲ ክውቃዕ ዝተተለመ ተልእኾ።

※ እንታይ'ዩ ነይሩ እቲ ተልእኾ?

ከምቲ ኣቐዲመ ደጋጊመ ዝበልኩዎ፣ ምቕንጻል መሪሕነት ሻዕብያ።

※ ፌሩዝከ ኣካል እቲ ተልእኾ ድያ ነይራ?

እወ! ሓያል ደጋፊቱ'ምበር!

※ ስማቸው ይፈልጥ ነይሩዶ?

ብመገዲ በላቸው ረዳኢ ሓበሬታ ይበጽሖ ምንባሩ ኣይጠራጠርን'የ። እንተይኸውን ነይሩ ስማቸው ንዓይ ካብኣ መርሓቕኒ ወይ ንዓኣ መኣለያ። ምኽንያቱ፡ ስማቸው፡ ካብታ ፈለማ እዋን ንዓይ ኣብ ስለያ ክሰርሕ ዝሓጸየኒ መዓልቲ'ቲኣ 'ተልእኾ ኣስመራ' ብኣይ ክፍጽም'ዩ ወጢኑዎ። ስለ ዝኾነ ድማ እዩ ገዚፍ ወፍሪ ዝገበረለይን ማዕረ ኣብ ሱዳን ከይደ ዝተዓለምኩን። ስለዚ፡ ፌሩዝ ዕንቅፋት ክትከውን ትኽእል'ያ ዝብል እምነት እንትነብሮ፡ ኣይመናሕሰየላን ነይሩ።

ድሕሪ መርዓና፡ ፌሩዝ ንእለቱ'ያ ጠቕሊላ ናብ መቐለ መጺኣ። መንግስቲ ክልል

ትግራይ ሰለስተ መዳቕሶ ክፍሊ ዘለዎ ቪላ ህያብ ሃበና። ኣዝዩ ምዕሩግ ናይ ገዛ ኣቕሑት ካብ ኣዲስ ኣበባ ብነፋሪት ንእለቱ ከም ዝመጽእ ተገበረ። ንፌሩዝ እናክርእያ ሓጎሰይ ምጻር ይስእኖ ነበርኩ። እተን ኣብ ግብራውን ስነ ኣእምሮኣውን ታዕሊም ዘሕለፍኩወን ኣርባዕተ ሰሙን ኣይተሓለፍ ሓለፍኩወን፣ ኣብ ሂወተይ ንመጀመርያ እዋን ንሞት ፈራህኩዋ፣ ታዕሊምን ስለያን ጻላእኹ፣ ጉዳይ ኤርትራ ብሰላም ክዓርፈለይ ተመነኹ።

ይኹን እምበር፡ ሰለስተ ሰባት ህጹጽ ተልእኾ ከነሳልጥ ብ 3 መስከረም 2020 ናብ ኤርትራ ክንብገስ ተነገረና።

ቅድሚ ምብጋስና ሓደ ሰሙን። ንተልእኾና ዝምልከት መምርሒ፡ በየናይ ዶብ መን ከም ዝሰሉኽ፡ ክሻዕ ኣስመራ ዘለዋ ዓድታትን ከተማታትን ብዓል መን ምኳነንን ክንገብሮም ዝግባኣና ጥንቃቐን ብስእሊ ዝተሰነየ መግለጺ ተዋሃበና። ድሕሪ መርዓና፡ ፌሩዝ፡ ናብ ገዛ ኣብ ዝተመለስኩሉ እዋን መዓልተይ ከመይ ምንባሩ ትሓተኒ ነበረት። ከምቲ ዝበልኩዎ፡ 'ምቕንጻል ላዕለዎት ሰበ ስልጣን ኤርትራ' ዝብል ሓሳብ ንሳ'ውን ብመትከል ትድግፎን ምሳይ ኾነ ምስ መሪሕነት ህወሓት ትመያየጠሉን ብምንባራ ብሓደ ወገን፡ ኣዝየ ዘፍቅራ ብዓልቲ ቤተይ ብምኳና ድማ በቲ ካልእ ሞት ወይ ማእሰርቲ እንተጋጠመኒ ነብሳ ከተድሕንን ዘለኒ ንብረት ክትፈልጥን መሰላ ስለ ዝኾነ ተልእኾይ ብደቂቕ እነግራ ነበርኩ።

ይኹን እምበር፡ ናብ 01 መስከረም ዘውግሐ ለይቲ ካብ ቢሮ ክፍሊ ፍሉይ ስርሒታት ትግራይ ተልእኾ ከም ዝተቛረጸ ተሓቢሩኒ።

※ ካብ 13 ለካቲት 2020 ጀሚርኩም ሓሙሽተ ሰሙን ዝወሰደ ግብራውን ስነ-ኣእምሮኣውን ታዕሊም ኣብ ክፍሊ ፍሉይ ስርሒታት ወሲድኩም ኣብ ውቕሮ ሰለስተ ሰሙን ጸኒሕኹም። እንታይ ስራሕ ነይሩኩም ኢኹም ናብኡ ኼድኩም? ፌሩዝከ ትፈልጦ ነገር ነይሩዋዶ?

ትግራይ፡ መኸዘን ኣጽዋር እ'ዚ ሰሜን ዝርከቦ እዩ። እ'ዚ ሰሜን፡ ምስ ኤርትራ ንዝነበረ "ናይ ዶብ ወጥሪ" ክከላኸል ዝተመደበ ሰራዊት'ዩ። እቲ እዚ'ቲ፡ ኢትዮጵያ፡ ኣብ እዋን ኲናት 1998 - 2000 ን ብድሕሪኡን ዝሸመተቶ ታንክታት፡ መዳፍዕን ቢኤምን ዝዓጠቀ ጥራይ ዘይኾነ፡ ዘመናውያን ነፈርቲ ውግእ ስኾይ፡ ሚግ፡ ሄሊኮፕተራትን ሮኬታትን ዝነበሮ'ዩ። እቲ ሰራዊት፡ ካብ መብዛሕትአን ብሄራት ኢትዮጵያ ተዋጺኡ ዝቘመ ኾይኑ፡ ዝበዘሐ ግና ካብ ኦሮሞ፡ ኣምሓራን ትግራይን ነበረ። ልዕሊ 60 ሚእታዊት ላዕለዎት ኣዘዝቲን መኮይንናትን ተጋሩ'ዮም፣ ብፍላይ ናይ ሻለቃ ማዕርግ ዝነበሮም። ነቲ ሰራዊት ብብሄር መቓቒሎም ንሓድሕዱ ከም ዘይተኣማመንን ዝሳነን ጥራይ ዘይኾነ፡ ካብ ኢትዮጵያውነት፡ ብሄራዊ ስሚዒት ከም ዘቅድም ገይሮም ፈናጭሎሞ ነበሩ። እዚ ኾይኑ ከብቅዕ፡ እተን ነፈርቲ ውግእ ንጽገና እናተባህለ በብሓደ ናብ ሓይሊ ኣየር ደብረዘይት እንተ ተወሰዳ'ኳ፡ ውሑዳት ግና ኣብ መደበር ሓይሊ ኣየር ዉቕሮ'የን ነይረን። ንትግራይ ግና እኹላትን ልዕሊ ዓቕማን'የን ነይረን።

መሪሕነት ህወሓት፡ እዘን ነፈርቲ ካብ ኢዱ ከይወጻ ንቕድም ደቂ ካልእ ብሄር ዝኾኑ ኣብረርቲ ካብ ትግራይ ኣባረሮም። እዚ ዝኸውን ዘሎ ኣብ ሚያዝያ 2020 እዩ። ኾይኑ ግና፡ ብዘይ ፍቓድ ኣዛዚ ሓይሊ ኣየር ኢትዮጵያ ነፈርቲ ክበራ ዝከኣል ስለ ዘይነበረ፡ ነተን ነፈርቲ ጅሆ ካብ ምሓዝ ዝኸይድ ፋይዳ ኣይነበረን። ስራሕና ድማ

ኣብ ልዕሊ.ኣን ሽርሒ ከይፍጸም ምኽትታል ነበረ። ነካይዶ ዝነበርና ንጥፈት ንሱ ጥራይ ኣይነበርን። እቲ ኣብ ዝተፈላለየ ቦታታት መቐለ፡ ዳንሻ፡ ሑመራ፡ ሽረ እንዳስላሰ፡ ማይ ጨውን ኮረምን ዝኣመሰላ ከተማታት ዝነበረ ኣጽዋር፡ ብፍላይ ድማ ተወንጫፊ ሮኬት፡ ታንክታት፡ መዳፍዕ፡ ቢኤም፡ ሚሳይል ጸረ ነፈርቲን ራድዮታት መራኸቢን ካብ መዓስከር ከይወጽእ ምኽትታል ነበረ። ምኽንያቱ፡ ‘ፌደራል መንግስቲ፡ ብዝበለጸ መንግስቲ ኤርትራ፡ ውዒሉ ሓዲሩ ኣብ ልዕሊ ትግራይ ኲናት ክኸፍት’ዩ፡’ ዝብል ቅሉዕ ስግኣት ስለ ዝነበረና።

ሓደ መዓልቲ፡ ፈሩዝ ሓንቲ ስእሊ ኣብ ሞባይለይ ረኣየት፣ እንታይ ምኻና ሓተተትኒ። እታ ስእሊ ኣብ ትሕቲ ጎቦ ዝተሳእለት ሮኬት ትውንጭፍ ድርዕቲ ማኪና’ያ። ኢትዮጵያ ከምኡ ዝኣመሰለ ኣጽዋር ክህልዋ ኢለ ሓሲበ ኣይፈልጥን’የ፣ ብሕቡእ ካሜራ ስኣልኩዋ። ንምንታይ ምኻኑ ኣይፈልጥን’የ፡ “ኣብ ዶብ ዩክሬይንን ሩስያን ዝርከብ ሚሳይል ሩስያ’ዩ፡” ኢለ ከይነገርኩዋ ሓለኩዎ።

※ ተልእኮኻ ንምንታይ ከም ዝተቛረጸ ነኒካያዶ? ንምኻኑ ንምንታይ’ዩም መራሕቲ ህወሓት ቅንጸላ ዝኣከል ግብረ-ሽበራዊ ስራሕ ክፍጽሙ ሓሊኖም?

ንጽባሒቱ 2 መስከረም ኣብ ሓደ ስቱር ቦታ ክንመጽእ ተነገረና’ሞ፡ ጀነራል ካሕሱ ኣየነው ተቐበለና። እቲ ጉዳይ መረጸ ትግራይ ምእንታን ብሰላም ክካየድ ተልእኾ ከም ዝተቛረጸ ነገረና፣ ተገረምኩ። ንምንታይ ኣቐዲሞም ዘይሓሰቡዎ ኢለ ንነብሰይ ሓተትኩ።

ገዛ ምስ ተመለስኩ ፈሩዝ ኣብ ገጸይ ገለ ነገር ኣንበበት።

“ሎሚ መዓልቲ ድኣ ድሓን ዲና?” ኢላ ኣብ ምዕጉርተይ ስዒማ ሓቚፋ ሓተተትኒ።

“ሓደ ሓደ እዋን፡ እምበርዶ ንውጥኖን ንገብሮን ንፈልጥ ኢና?” ኢለ ዓይኒ ዓይና ጠመትኩዋ።

“እዛ ናይ ኣስመራ ተልእኾ ኣፍሪሃትካ’ላ መስለኒ፡” ኢላ ፍሽኽ በለትኒ።

“ካብ ንምርዖ ትሽዓተ ወርሒ ጥራይ ኢና ጌርና። ቈልዓ ክንወልድ ባህጊ ኣለና። ክገርመኪ፡ ፍርሂ’ኳ ኣይኾነን ግና. . .” ኢለ ኣብ ላፕቶፕ ሓንቲ ፋይል ከፊተ፡ “ኩሉ ግዜ ዘተሓሳስበንን መልሲ ዘይረኸብኩሉን ሕቶ ኣሎ።

“ናብ ኣጠቓላሊ.ውዕል ሰላም 12 ታሓሳስ ዘብጸሐ ሰነድ ውዕል ምቍራጽ ተኹሲ 13 ሰነ 2000 ብሚኒስተራት ጉዳያት ወጻኢ ኤርትራን ኢትዮጵያን ተፈሪሙ። መንግስቲ ኢትዮጵያ እቲ ንግሆ ዝፈረሞ ውዕል ምቍራጽ ተኹሲ ቀለሙ ከይነቐጸ፣

“ዝሓለፈ ዓርቢ (9 ሰነ)፡ ሻዕብያ፡ ኣብ ከባቢ ዓሰብ ኣብ ልዕሊ ሰራዊት ኢትዮጵያ ዝኸፈቶ ውግእ፡ ናይ ሻዕብያ ሰለስተ ክፍለ-ሰራዊት ከም ዝተደምሰሳን ሰራዊት ኢትዮጵያ ኣብ ከባቢ ዓሰብ ስትራተጂካዊ ቦታታት ክቈጻጸር ከም ዝኸኣለን ተሓቢሩ። ሓይሊ ኣየርናን ኣጋር ሰራዊትናን፡ ነቲ ካብቲ ግንባር ዝሃድም ዘሎ ሰራዊት ሻዕብያ ኣርኪቡ እናደምሰሰን መኸዘን ኣጽዋር እናቃጸለን ናብ ዓሰብ ይምርሽ ከም ዘሎ ተፈሊጡ’ሎ። እዚ ጋዜጣ ንሕትመት ክሳዕ ዝበቅዐ፡ ሰራዊት ኢትዮጵያ ኣበይ በጺሑ ከም ዘሎ እንተዘይተፈልጠ’ኳ፡ ሰለስተ እግረኛ ክፍለ-ሰራዊት ሻዕብያ ካብ ጥቕሚ ወጻኢ ኾይኑ ከም ዘሎ ተፈሊጡ’ሎ።

"እዚ ከምዚ ኢሉ እንከሎ፡ ካብ መፋርቕ ግንቦት 2000 ጀሚሩ ዝተኻየደ ውግእ፡ ሻዕብያ፡ ካብተን ዝነበረአ 24 እግረኛ ክፍላተ ሰራዊት 14 ካብ ጥቕሚ ወጻኢ ክኾና ከለዋ፡ እተን ዝተረፋ 10 ክፍላተ ሰራዊት ከቢድ መጉዳእቲ እንተ ወረደን'ኳ፡ ናይ ምውጋእ ዓቕሚ ክህልወን ከም ዝኽእል ሚኒስትሪ ምክልኻል ኣፍሊጡ ነይሩ። ኾይኑ ድማ፡ ዝሓለፈ ሓሙስን ዓርብን (8/9 ሰነ ምዃኑ'ዩ) ኣብ ተሰነይ፡ ጉሊጅን ከባቢ ዓሰብን ኣብ ዝተኻየደ ውግእ እተን ሽዱሽተ ክፍላተ ሰራዊት ኤርትራ ብሰራዊት ኢትዮጵያ ተደምሲሰን ካብ ጥቕሚ ወጻኢ ከም ዝተገብራ ክፍለጥ ተኻኢሉ ኣሎ፡" ክብላ ጋዜጣታት ኢትዮጵያ ኣብ ዓምደን ዘስፈኦ ናብ እንግሊዘኛ ተርጒመ ነገርኩዋ።

"እሞ እንታይ ክትብል ኢኻ ደሊኻ?

"ፌሩዝ፡ ገለ ነገር ኣሎ ልክዕ ዘይኾይድ ዘሎ። እዛ ካልእ ጋዜጣ ድማ ዝጸሓፈቶ ስምዒ፣ '20 ክፍላተ ሰራዊት ኤርትራ ካብ ጥቕሚ ወጻኢ ከም ዝኾናን 2 ኣዝየን ከም ዝተጎድኣን፡ ኤርትራ፡ ብዘይካ እተን ክልተ ክፍለ-ሰራዊት፡ ሰራዊት ከም ዘይብላ ቀዳማይ ሚኒስተር ኢትዮጵያ ኣፍሊጦም፡' እያ ትብል።

"ድሕሪ መግለጺ ቀዳማይ ሚኒስተር ኣይ ሰሙን ኣይ ክልተ ሰሙን፡ ሚኒስተር ጉዳያት ወጻኢ ናብ ማሕበረ-ሰብ ዓለም ተሪር ምሕጽንታ ኣመሓላለፈ። 'ኤርትራ፡ ካብ ዓቕማ ንላዕሊ ሰራዊትን ኣጽዋርን ዓጢቓ ስለ ዘላ፡ ማሕበረ-ሰብ ዓለም ዕጥቃ ከተጉድል ጸቕጢ ክገብረላ ኣለዎ! ንኢትዮጵያ ከይትወራ ከጠንቅቓ ኣለዎ!" ብምባል ነቲ ቀዳማይ ሚኒስተር "22 ክፍለ-ሰራዊት ኤርትራ ተደምሲሰን" ኢሉ ብተርባጽ ዝሃቦ መግለጺ ብሱሩ ሃደሽደሽ ኣበሎ። ሎሚ ንድሕሪት ተመሊሰ ክሓስቦ ከለኹ ይገርመኒ፡" በልኩዋ ርእሰይ የማነ ጸጋም እናነውነውኩ።

"ኣብ ጉዳይ ባድመ ሚኒስተር ጉዳያት ወጻኢ ንህዝቢ ኢትዮጵያ ሓቂ ኣይነገሮን'ዩ ዝበሃል?

"እቲ ዘገርም ድማ ንሱ'ዩ። እቲ ብይን፡ ነቲ ድሮ ተገማሚዉ ዝነበረ መሪሕነት ህወሓት ካብ ህዝቢ ኢትዮጵያ ከቢድ ተቓውሞን ክምለሱ ዘይኽኣሉ ሕቶታትን ከመጽእ ምዃኑ ኣብ ግምት ኣእትዩ'ዩ ሚኒስተር ወጻኢ ጉዳያት ኢትዮጵያ፣ 'ኮሚሽን ዶብ ኤርትራን ኢትዮጵያን ሎሚ መዓልቲ ብይኑ ኣፍሊጡ ኣሎ። እቲ ብይን ንሕቶ ኢትዮጵያ ምሉእ ብምሉእ ዝመለሰ'ዩ። ዝሓተትናዮ ጥራይ ዘይኾነ፡ ዘይሓተትናሉ መሬት'ውን ተዋሂቡዋ ኣሎ፣ ባድመን ከባቢኡን ንኢትዮጵያ ተዋሂቡዋ ኣሎ። ህዝቢ ኢትዮጵያ እንቋዕ ሓጎሰካ፡' ብምባል ጋዜጠኛታት ዓዲሙ መግለጺ ሂቡ። ኣብ ኣዲስ ኣበባ ጭፈራን ዳይላን ድማ ኾነ። ጐደናታት ታቱላ ብዝሃርሙ ደገፍቲ ህወሓት ኣዕለቕለቐ፣ ማካይን መብራህቲ ወሊዐን ፋም ፋም በላ። ኣነ ኣብቲ እዋን ኣብ ሩስያ እየ ነይረ። ኣነን እቶም ክልተ ሓቢሮምኒ ዝመሃሩ ዝነበሩ ብጾተይ ሓቂ መሲሉና ብዘይ ምግናን ጠጥርሙስ ቮድካ ኢና ወዲእና። ሎሚ፡ ነቲ በብእዋኑ ዝወጽእ ዝነበረ ጋዜጣታት ተመሊሰ ክንብቦ ከለኹ፡ ይድንጽወኒ፡" ኢሉ፡ "ሻሂ ንስተዶ?" ብምባል ብድድ ኢሉ በራድ ኣብ ምድጃ ክስኽትት ከድኩ።

ኣእምሮይ ገለ ነገር ይብለኒ ነይሩ፣ ግና ብልክዕ ክሰምዖ ኣይኸኣልኩን።

ፌሩዝ፡ ኣብ ክሽነ ዕንይኒይ ክብል ኣስተብሃለትለይ። ናባይ ቀሪባ ቀላጽማ ኣመሳቚላ ኣብ ኣፍልባ ኣንቢራ፡ "እንታይ'ዩ'ሞ ዘተሓሳስበካ ዘሎ? ሕሉፍ ታሪኽዶ ኣይኮነን?" በለትኒ ተሻቒላ።

"ፈሩዝ፡ ናብ ቅንጃላ ዘምርሓና ዘሎ ተርባጽ መበገሲኡ እዚ ፍሽለት'ዚ እዩ። እዚ ዝግበር ዘሎ ዓቐን ዝሓለፎ ፈኸራ ንህዝቢ ከየጋግዮ'ዩ ዘተሓሳስበኒ ዘሎ፡" ኢሉ ርእይቶ ንምባል ኣመልካቲቶይ ናብቶ ካላሽን፡ ብሬንን ኣርበጅን ዓጢቖም ብሰልፊ ኣብ ጎደናታት መቐለ ከምርሹ ተሉቭኾርን ትግራይ ተርእዮም ዝነበረት መንእሰያት ፍሉይ ሓይሊ ትግራይ ኣመልኪተ፡ ነቲ በራድ ከፊተ ነቲ ዝፈልሐ ዝነበረ ማይ፡ ቌጽሊ ሻህን ሽኮርን ኣእተኹሉ።ፈሩዝ ከምኡ'ያ ትፈቱ፣ ቌጽሊ ሻህን ሽኮርን ብሓደ ዝፈለሐ።

ምዕራፍ 22

ጀርመን
ከተማ ሮስቶክ
ዓርቢ 10 ሰነ 2016

ፌሩዝ፡ ካብ ናይ ዓዲ እንግሊዝ መገሻ ብ 8 ሰነ ናብ በርሊን ተመልሰት፣ ጽሟቕ ጸብጻብ ኣዳልያ ናብ ሮስቶክ ተበገሰት።

ዘምዘም፡ ነቲ ናይ 25 ለካቲት 2012 ርክበን ዘኪራ ከተሰላስል ሰለም ከየበለት ሓደረት።

“ዝገርምዩ፡ ፌሩዝሲ ገና ኣብ መስመራ ኣላ። ለከስ ንጸላኢኻ ኾነ ኢልካ ተጋግዮ ኢኻ። እዚ ኹሉ ዓጀውጀው መራኽቢታት ዓለም ካብ ሃዲደን ኣንደልሂጸን ከም ዝወጻ ንምግባረን'ዩ ማእሰርታ? እንታይ ዝበለ ረቂቕ ስራሕ'ዩ?” እናበለት ናታ'ውን ካብ ናይ ፌሩዝ ዘይፍለ ምኺኑ ዘኪራ ከርትም በለት።

ዘምዘም፡ ካብ መንእሰያት ህግደፍ ብመደብ'ያ ተሶኲጋ። ከምቲ ናይ ፌሩዝ ዝተራቐቐ ኣይኹን'ምበር፡ ንሳ'ውን ብጊደኣ ብዝተፈላለየ ኣስማት ዘውደብ ዝነበረ ምትእኽኻብ ኤርትራውያን ብፍላይ በቶም ‘ኣባላት ሕቡኣን ፖለቲካዊ መስመር’ ተባሂሎም ዝጽውዑ፡ ዶክተር በረኸተኣብ፡ ዶክተር ኣስመሮም ኸሰተ፡ ጴጥሮስ ወልደገርጊሽ፡ ዓሲ ዓብደላ ከምኡ'ውን ወነንቲ ማሕበራዊ መራኸቢታትን ድሕረ ገጻትን ዝካየድ ንጥፈታት ክትስሊ'ያ ተመልሚላ።

ንሳ፡ ንዶክተር ኣስመሮም ኸሰተ ቤተ ሰቡ ኾይና፡ ኣዝዩ ጥቡቕ ቅርበት ዘለዎምን ናብ ስደት ካብ ዝኸደሉ እዋን ኣትሒዛ ብቐጻሊ ናብ ኣመሪካ እናከደት ትበጽሖን ነበረት። ኮይኑ ኸኣ፡ ካብ መንእሰያት ህግደፍ ኤውሮጳ ወጺኣ ምስኦም ክትጽምበር ብቐጻሊ ይጉስጉሳ ብምንባሩን'ያ እምበኣር፡ ጥቅምቲ 2008 ብምስጡር መገዲ ናብ ኣስመራ መጺኣ ንፍሉይ ተልእኾ ተመልሚላ 29-45 ዝብል ኮድ ተዋሂቡዋ ናብ ጀርመን ዝተመልሰት። ናብ ኣመሪካ ብምኻድ፡ ብመገዱ ምስቶም ‘ኣባላት ሕቡኣን ፖለቲካዊ

መስመርን ምትእኽኻብ ሓርበኛታት ተጋደልቲን' ብዝብል መጸውዒ ዝተኣኻኸቡ ኤርትራውያን ክትራኽብ ግዜ ዘይወሰደላ። ኣብ ምልሶታ፡ ኣብ ተመሳሳሊ ኣርእስቲ ንምዝታይ ምስቶም ኣብ ሽወደንን ጀርመንን ዑቕባ ሓቲቶም ዝነብሩ ኣዘዝቲ ሰራዊትን መኮንናትን ዝነበሩ ኤርትራውያን ተራኸበት፣ ጥቡቕ ናይ ስራሕ ዝምድና መስረተት። ኣብ ዘካይድዎ ምስጢርን ግሉጽን ኣኼባታት ተኻፈለትን መደረ ኣስመዐትን።

ዘምዘም፡ ከም ባህሊ ህዝባዊ ግንባር ሓርነት ኤርትራ፡ ካብ ኣነ ንሳ ኣቓዲማ፡ ፈሩዝ፡ ስዉር ሰላዩት መንግስቲ ኤርትራ ምዃና ኣድነቐታ። ነቲ ኣብ ዝተፈላለየ ማዕከናት ዜና ትህቦ ዝነበረት ቃለ ምልልስ ዘኪራ ፍሽኽ በለት። ካብ ኩሉ ዘገረማን ዘስሓቓን ግና፡ ንመራሒ ሃገረ ኤርትራ ክትዝልፍ ምስማዓ ነበረ። "ለከስ ከምዚ ከማይ ኣብ ኩሉ ኣለዉ'ዮም፡" በለት ርእሳ ንየማነ ጸጋም እናነውነወት።

ከም ኣብ ገድሊ፡ ኣብ ናጽነት'ውን ምውርራስ ክህሉ ግድን'ዩ። ከም ብዓል ፈሩዝን ዘምዘምን ኣብ ኩሉ ክነብራን ክህልዋን ሃገር ካብ ሓደ ዜጋኣ እትጽበዮ ግዴታ'ዩ።

ዘምዘም፡ ክሳብ ማህረምቲ ዝደናደን ዘለፋታትን ምፍርራህን ካብ ዘንጸርጸሩ ብጾታ በጺሑዋ'ዩ። ንሳ ግና፡ 'እዚ፡ ዘሎን ዝነብርን ዘጋጥምን ናይ ስሚዒታውያን መንእሰያት ተግባር ስለ ዝኾነ ሸለል በልዮ፡' እናበለት ትሓልፎ ነበረት፣ ንስለ ዕላማ።

እምበኣርከስ፡ ቈጸራ ክልቲኣን መንእሰያት ኣብ እንዳ ዘምዘም'ዩ። ዘምዘም ምስ ፈሩዝ ብኽመይ መገዲ ከም ዝተራኸባን ጉዕዞ ሾሞንተ ዓመት ስለያዊ ስርሓን እናሰላሰለት ብብጸያዊ ናፍቖት ተጸበየታ። ካብታ ንመጀመርያ እዋን ኣብ ወርሒ ለካቲት 2012 ዝተራኸባላ ንሓሙሻይ እዋን እየን ዝራኸባ ዘለዋ።

ደወል ገዛ ደወለት።

ዘምዘም ብድድ ኢላ ብታህዋኽ ማዕጾ ከፈተት። ተሓቛቚፈን ብጻያዊ ናፍቖተን ኣውጸኣ።

"ኣንቲ ከመይ ኢልኪ ኢኺ ረጕድኪ፣ ኣኽፊእኪ?" በለት ፈሩዝ እናስሓቐት።

"ትሕሸዮ ድኣ! ቆማት ኳንኪ'ምበር ከምዚ ከማይ ሕጽር ዝበለት እንተ ትኾኒ መኽፋእኺ ኔርኪ፡" እናተባሃሃላ ክዋዘያን ክጫረቓን ካልእ ሰብ እንተ ዝርእየን'ሞ ሓያላት ሰለይቲ ኢየን እንተዝብሉዎ፡ ኣምበይ ምኣመነን። ክልቲኣን ኣፍቀርቲ ሻሂ ብምዃነን፡ ዘምዘም፡ በራድ መሊኣ ሻሂ ኣፍሊሓ ከይዝሕል ኣብ ልዕሊ ኣብ መበኰርያ ዝኣተወት ሽምዓ ኣንቢራ ጸጸኒሐን እናቐዳሓ ብስም ኤርትራውያን ተጣበቕቲ ሰብኣዊ መሰላት ዝቐማ ጕጅለታት ኤርትራውያን ኤውሮጳን ኣመሪካን እንታይ ከም ዝመስል፡ እተን ኣብ ሓደ ለይቲን ረፋድን ተጫጭሐን ዝውዕላን ዝሓድራን ማሕበራትን ወኪል ተጋድሎ ሓርነት ኤርትራ ኢና ዝብላ ቍጽሪ ዘይብለን ጕጅለታትን መን ከም ዝመርሐን፡ ካብ መን ከም ዝምወላን ምስ ህወሓት ዘለወን ዝምድናን ከዝትያ ውግሕ በለን።

ፈሩዝ፡ ንህጹጽ ስራሕ ናብ በርሊን ክትምለስ ስለ ዝነበራ ብመገዲ ረዘነ ንኮሎኔል ርእሶም ዝወሃብ መልእኽቲ ሂባታ ንይስሙላ'ኳ ቀም ከየበለት ወጋሕታ ሰዓት ሽዱሽተ ናብ መደበር ባቡር ተበገሰት፣ ዘምዘም ድማ ናብ ሆስፒታል ሮስቶክ።

※ ※ ※

ኣስመራ
ቤ/ጽ ስለያ ወጻኢ
ድሕሪ ሽዱሽተ ዓመትን ሰለስተ ወርሕን
ቀዳም 11 ሰነ 2016
ሰዓት 09፡20

ዘምዘም፡ መልእኽቲ ፌሩዝ ናብ ረዘነ ኣብጺሓ ብህጹጽ ናብ ኣስመራ ክልእካ ኣተሓሳሰበቶ።

“ምስ ኤሊዛ ምራጭ ቀዳም 28 ግንቦት 2016 ኣብ ሎንዶን ተራኺብና። ርክብና፡ ነቲ ድሮ ኣብ ኩለን ከተማታት ጐስጓስ ዝግበረሉ ዘሎ ኣብ ርእሲ ከተማ ስዊዘርላንድ ጀነቫ ንረቡዕ 25 ሰነ 2016 ዝካየድ ሰላማዊ ሰልፊ ኣንጻር ህዝብን መንግስትን ኤርትራ ንምግምጋምን ምስ ጋዜጠኛ ቢቢሲ ማርክ ፕላይት ብምርኻብ ኣብ ማዕከናት ዜና ዓለም ዝፍነወሉ መገዲ ንምዝታይን ነበረ። እቲ ሰልፊ በተን ዓበይቲ ማዕከናት ዜና ሰፊሕ ሽፈነ ክወሃቦ ኣብ ምርድዳእ ተበጺሑ። እዚ ድማ ብመገዲ ኣምንስቲ ኢንተርናሽናልን፡ ሂዩማን ራይትስ ዎችን ኢንተርናሽናል ክራይስስ ግሩፕን ከስነይ ምስ ኣብ ዓዲ እንግሊዝ ዝርከቡ ወከልተን ኣብ ምርድዳእ ተበጺሑ’ሎ። እቲ ርክብ ክሳዕ 3 ሰነ ተኻይዱ፣ ጽሟቕ ናብ ሂዩማን ራይትስ ዎች ተላኢኹ። ጥብቆ ቍ. 1 ተመልከት።

“ዕለት 3 ሰነ፡ ኤሊዛ፡ ካብ ኢትዮጵያ ሓደ ኣዝዩ ኣገዳሲ ጋሻ ተቐቢላ። ኣብቲ መዛዘሚ ኣኼባ 5 ሰነ ድማ ተኻፊሉ፣ ዘርይሁን ኣርኣያ ሓጐስ ይበሃል። መበቆል ኤርትራዊ ኾይኑ፡ ምስ መንግስቲ ኢትዮጵያ ኣብ ውዳበታት ተቓውሞ ኣንጻር ህዝብን መንግስትን ኤርትራ ዝሰርሕ መንእሰይ’ዩ። ምስ ኤሊዛ ጥቡቕ ናይ ስራሕ ዝምድና ጥራይ ዘይኾነ ዘለዎ፡ ኣብቲ 25 ሰነ ኣብ ጀነቫ ኣንጻር መንግስቲ ኤርትራ ዝካየድ ሰላማዊ ሰልፊ ዝካፈሉ ተጋሩ ንምውዳብ ተልእኾ ተዋሂቡዎ’ዩ ካብ ኢትዮጵያ ናብ ዓዲ እንግሊዝ መጺኡ።

“ዘርይሁን ኣርኣያ ሓጐስ ኣባል ሓይሊ ኣየር ኢትዮጵያ ኾይኑ፡ ካብ 2003 ኣትሒዙ ኣብ ንግዳዊ ንጥፈታት ኮምፒተር ዝነጥፍ ሰላዪ መንግስቲ ኢትዮጵያ እዩ። ናይ ጐልባብ ስሙ ኣኽሊሉ ዮሃንስ ዘርኣይ፡ ስራሕ ነጋዳይ። ጥብቆ ስእሊ ቍ. 2፡ 3ን 4ን ተመልከት። መዝገብ 21-10፡ 8 ሰነ 2016፡” ዝብል ትሕዝቶ ዝነበሮ ህጹጽ መልእኽቲ ዘንበበ ኮሎኔል ርእሶም፡ ካብ መንበሩ ብድድ ኢሉ ናብ ጀነራል ኣብራሃም ኣምሪሑ ማዕጾ በርደግ ኣቢሉ ከፈቶ።

ጀነራል፡ ካብቲ ርእሱ ኣድኒኑ ዘንብቦ ዝነበረ ወረቓቕቲ ቅንዕ ኢሉ፡ “ድሓን ዲኻ ድኣ?” እናበለ ብጸጋማይ ኢዱ ካብ ኣዒንቱ ናይ ንባብ መነጽር ኣልዩ ጠመቶ።

ኮሎኔል ኣይመለሰን፣ ነቲ ኣብ ኢዱ ሒህዎ ዝነበረ ስእልታት ኣብ ጠረጴዛ ሰው ኣበለሉ።

ጀነራል ኣልዒሉ ክምስ ኢሉ ተመልከታ።

“መን’ዩ?”

“እቲ ሽዱሽተ ዓመት ዝደለናዮ ሰብ!”

“ማለት?”

"ልኡኽ ኤርትራ ኣብ ዱባይ . . ." ኢሉ ከይወደአ ጀነራል መሊሱ ነተን ስእልታት ተኸኡሩ ተመልከተን።

"ካበይ ተረኺቡ?"

"ካብ ፈሩዝ ስዒድ።"

"ንሳኽ ኣበይ ረኺባቶ?"

"ኣብ ሎንዶን፡" ኢሉ ነታ ናይ ጽሑፍ መልእኽቲ ኣቐበሎ።

ጀነራል ኣብራሃም ኣንቢቡ ርእሱ እናነውነወ፡ "በል፡ እንታይ ክንገብር ከም ዘለና ሕጽር ዝበለ እማመ ኣቕርበለይ፡" ኢሉ ኣፋነዎ።

※ ※ ※

ፈሩዝ፡ ካፕተን ዘርይሁን ኣርኣያ ከምቶም ካልኦት ኤርትራውያን ምስ መንግስቲ ህወሓት ዝሰርሕ'ምበር፡ ካልእ ኣይመሰላን። ንጥፈታቱ'ውን፡ ከምኣ ተቓውሞታት ምውዳብ'ምበር፡ ካብኡ ዝሓልፍ ምንባሩ ኣብተን ዝተራኸቡለን መዓልታት ክትፈልጥ ትኽእል ኣይነበረትን። ከመይሲ፡ ካፕተን ዘርይሁን፡ እንትርፎ ብዛዕባ ጽባቐ ኤውሮጳ፡ ዘካይዶ ንጥፈታት ንግድን መቐረት ሂወትን ፖለቲካ ሓዘል ኣርእስቲ ከዛረብ ኣይመረጸን። ፈሩዝ'ውን ንሱ'ዩ ገሪሙዋ፣ ዘይከምቶም ካልኦት፡ ጠባዩ ፍልይ በላ። ስለ ዝኾነ ድማ፡ መንነቱን ምስ ኤሊዛ ዝነበሮ ዝምድናን ብዕምቈት ክትፈልጥ ስለ ዝነበራ'ያ ነታ ኣብ ጁብኡ ዝነበረት ፓስፖርት ኢትዮጵያ ዘቃለበትላ።

ካፒተን ዘርይሁን፡ ብስፖርት ዝተሃንጸ ሰውነት፡ ቁመቱ 1.83 ሜትሮ፡ ምሉእ ሓጺር ጸጒሪ ርእሲ፡ ክሰምዕ'ምበር ሃንደራእ ኢሉ ዘይዛረብ፡ ርጉእ፡ ብነብሱን ስራሑን ዝተኣማመን፡ ኣከዳድናኡ ዘመናዊ ሓጺር እጅገ ካምቻ ዘዘውትር፡ ቛንቋ ሩስያን እንግሊዘኛን ዝመልኽ መልከዐኛ ወዲ ተባዕታይ'ዩ። ንሱን ፈሩዝን ብሓባር ክትርእዮም ከለኻ፡ ተፈጥሮ፡ እቲ ሓደ ነቲ ሓደ ኢላ ኣመዓራርያ ቁመና ዝዓደለቶም'ዮም ዝመስሉ። ከምቲ ብእንግሊዘኛ ዝበሃል ኣዝዮም ማቾ ዝገብሩ መንእሰያት'ዮም።

ኣብ መንጎ ዕላል፡ ዘርይሁን ናብ ዓይኒ ምድሪ ክኸይድ ብድድ በለ። ማራኺ ቁመናኡ ባህ ከይበላ ኣይተረፈን፣ ቀው ኢላ ጠመተቶ።

ፈሩዝ፡ ኣብ ካልኢት ዘይመልእ እዋን ነታ ፓስፖርት ብቕጽበት ካብ ጁብኡ ኣውጺኣ ተቐላጢፋ ብሞባይል ካሜራ ስኣለታ። ንሱ ጥራይ ኣይኾነን፡ ስሙ ዘርይሁን ኣርኣያ ሓጐስ፡ መዓርግ ካፕተን ሓይሊ ኣየር ኢትዮጵያ ምኳኑ ዝገልጽ መንነት ወረቐት'ውን ረኺበት፣ ስኣለታ።

"ይቕሬታ ፈሩዝ፡ ንበይንኺ ገዲፈኪ!"

"ምንም ኣይኾነን። ክገርመካ! ምስ ዓርከይ ካብ ንፈላለ ኣርባዕተ ዓመት ኣሎና፣ ወዲ ተባዕታይ ዝብልዎ ንዕርክነት ክቐርበኒ ኣይኾነን፡ ንኽርእዮ'የ ዝጸልእ፣ ኵሉ ሓደ ስለ ዝመስለኒ። ካብ ዓዲ ዝመጸእኻ ብሕማም ኤውሮጳ ደቂ ተባዕትዮ ዘይተበከልካ ግዲ ኼንካ፡ ምሳኻ ምህላወይ ደስ'ዩ ኢሉኒ!" ኢላ ንኽልቲኦን ኣእዳዉ ደሪዛ ፍሽኽ በለቶ።

ብውሽጡ ኣዝዩ ፈትዩዋ ዝነበረ ዘርይሁን፣

"ብዛዕባ ደቂ ተባዕትዮ ዝበልክዮ ሓቂ ክኸውን ይኽእል'ዩ። ኣነ ግና ቅድሚ ሕዚ ጓል ኣንስተይቲ ኣፍቂረ ኣይፈልጥን እየ፣ ንዑኡ ዝኸውን ግዜ'ውን ኣይረኸብኩን፡" ኢሉ

ዝን ድሕሪ ምባል፡ "ጊደ ሓቂ፡ ግዜ'ውን ኣይመስለንን፣ ጦብላሕ ትብለኒ ኣይረኸብኩን። ንስለ ጾታዊ ርክብ ኢለ ድማ ምኻድ ኣይደለኹን፣ ብሕዚ'ውን ድልየት የብለይን። ከገብሮ እንተ ኾይነ፡ ከፍቅር ኣሎኒ።"

"ከም ዝመስለኒ፡ ሂወት፡ ናይ ብዙሕ ወዝቢታት ውጽኢት'ያ። ምፍቃር፡ ስለ ዝደለኻዮ ኣይኮነን ዝኸውን፡ ብወዝቢ'ምበር። ግና ትሕስወኒ ከይትህሉ ተስፋ እገብር!" ኢላ ፍሽኽ በለቶ።

ፍሽኽታ ፌሩዝ ኣዝዩ ማራኺ'ዩ። እተን ጸባ ዝመስላ ኣስናና ነቲ ኽደራይ መልክዓ ኩልዕ ስለ ዘብሎ ብማዕዶ ንዝረኣያ ሰብ'ውን'ያ ትማርኽ።

"ሕሶት፡ ተዛማዲ'ዩ ከበሃል ከሎ ኣይገርመንን'ዩ። ንጽቡቕ ነገር ምሕሳው እወታዊ ክኸውን ይኽእል'ዩ፣ ግና፡ ሕሶት ምኧኑ ኣይተርፎን'ዩ። ምናልባት'ውን ሃሳዪ ክኸውን ይኽእል'ዩ። ንኣብነት፡ ውላድ ከለካ የብለይን ኢልካ ምስ ተመርዓኻ እቲ ሓቂ ምንጋር ሳዕቤኑ ከቢድ ክኸውን ይኽእል'ዩ። ነታ ጓል ኣንስተይቲ ክትማርኽ ወይ ሕራይ ከተብል ዝሓሰኻዮ ኣብ ሓዳርካ ዘይምትእምማን ፈጢሩ ናብ ፍትሕ ከብጽሕ ይኽእል'ዩ። ንዘፍቀርካያ ጓል ኣንስተይቲ ንምንታይ ትሕስዋ? እቲ ፍቕሪ ድኣ ኣበይ'ዩ ዘሎ? ጓል ኣንስተይቲ'ውን ከምኡ።"

"እሞ ናብ ኣዲስ ምስ መጻእኹ ምሉእ ግዜኻ ክትህበኒ ኢኻ ማለት ድዩ?"

ካፒተን ዘሪሁን፡ በቲ ዘይተጸበዮ ልቢ ዝሰልብ ዘረባኣ ከምስ በለ። ኣብታ ድሕሪ ቐትሪ'ቲኣ፡ ንሱ ዘይኾነስ፡ ንሳ'ያ ከም ዝፈተወቶን ናብ ኣዲስ ኣበባ እንተ ከይዳ ግዜኣ ምስኡ ከተሕልፎ ደስ ከም ዝበላን ገሊጻትሉ።

ሓጋይ ብምንባሩ፡ ኣብተን ብሓባር ዘሕለፍወን ኣርባዕተ መዓልታት፡ ኣብ ለንዶን ብእግሮም ክዛወሩን ምሸት ኣብ መዘናግዒ ቦታ ኮፍ ኢሎም ብዛዕባ ፍቕሪ፡ ሓዳርን ውላድን ከዕልሉን ዳርጋ ወጋሕታ'ዮም ንሳ ናብ እንዳ ኤሊዛ ንሱ ድማ ናብ ሆቴሉ ዝኸዱ ነይሮም።

※ ※ ※

ቤ/ጽ ወኪል ሃገራዊ ድሕነት ኤርትራ
ሰንበት 12 ሰነ 2016
ሰዓት 14:30

ኮሎኔል ርእሶም፡ ንሰለስተ ላዕለዎት ሓለፍቲ ጸጥታ ንህጹጽ ኣኼባ ጸወዐ፣ ሓላፊ ቤ/ጽ ጸጥታ ውሽጢ ሃገር ጀነራል ካሕሳይ፡ ኣብ ሚኒስትሪ ጉዳያት ወጻኢ ሓላፊ ጠረጴዛ ኣመሪካ ዶክተር ማሕሙድ ኣልኣሚንን ኣብ ቤ/ጽ ፕረዚደንት ሓላፊ ሓለዋ መራሒ ሃገር ጀነራል ኣል ሓሽምን።

"ከም ትፈልጥዎ፡ ኣብዘን ዝሓለፉ ዓመታት ገና'ውን ዝቕጽል ዘሎ ተጻብኦ ኣብ ልዕሊ ኤርትራ መልክዑ እናቐየረን እናተራቐቐን'ዩ ዝመጽእ ዘሎ። ኣብ ጀኔቫ ካብ መላእ ኤውሮጳ ዝተኣኻኸቡ ኤርትራውያን ዘካይድዎ ሰላማዊ ሰልፊ ዕላማኡ ከም ዝሃርም ኣየጠራጥርን'ዩ። ኾይኑ ግና፡ ክንዮ'ቲ ተጻብኦታት፡ ኣብ ውሽጢ ኤርትራ ወይ ኣብ

ወጻኢ ሃገር ግብረ-ሽበራዊ መጥቃዕቲ ክካይድ ተኸእሎታት ከም ዘሎ ዝተረኽቡ ሓበሬታታት ኣለዉ።

"ቅድሚ ሽዱሽተ ዓመት፡ ልክዕ ንምኳን ሽዱሽተ ዓመትን ሰለስተ ወርሕን ኣብ ዱባይ ሓደ ተርእዮ ኣጋጢሙና ነይሩ። ሓደ ሰብ ኣብ ሆቴል ንኽልቲኦም ሰበ ስልጣን ኤርትራ ብሞባይል ካሜራ ክስእል ከም ዝተራእየ ዝዝከር ኾይኑ፡ መንነቱ ክሳዕ እዛ እዋን'ዚኣ ክንረኽቦ ኣይከኣልናን ጸኒሕና። ሕጂ ግና ንመንነቱን ስርሑን ዝገልጽ ሓበሬታ መጺኡና ኣሎ። ኣባል ሓይሊ ኣየር፡ መዓርግ ካፕተን፡ ናይ ጉልባብ ስራሕ ነጋዳይ፡ ትምዩን ስም ኣኸሊሉ ዮሃንስ ዘርኣይ፡ ትምዩን ዜግነት ኤርትራዊ፡ ወዳቢ ጐነጽ ዝተሓወሶ ተቓውሞ፡ ምቕማጡ ኣብ ኣዲስ ኣበባ ምኳኑ ኣረጋጊጽና ኣሎና፣ ምክትታሉ ክንቅጽሎ ኢና። ነዚ ንምግባር ሓደ እማመ ክነዳሉ ኣብራሃም መምርሒ ሂቡና ስለ ዘሎ፡ እዘን ሰነዳት ተመልከትወን። ጽባሕ ሰዓት ዓሰርተው ሓደ ናይ ንግሆ ነፍሲ ወከፍኩም ብብኽፍልኹም እንታይ ክግበር ከም ዘለዎ እማመ ኣቕርቡለይ፡" ብምባል ከፋንዎም ብድድ በለ።

ኮሎኔል፡ ናብ ጠረጴዛኡ ተመሊሱ፡ መንግስቲ ኢትዮጵያ ኣብ ልዕሊ ኣብ ኣዲስ ኣበባ ዝርከብ ቤ/ጽ ተጸዋዒ ሃገረ ኤርትራ ኣብ ዉድብ ሓድነት ኣፍሪቃ ዘካይዶ ካብ ልክዑ ዝሓለፈ ምክትታልን ኣብ ልዕሊ ኣባላት'ቲ ቤ/ጽ ዝፍጽሞ ጽዩፍ ተግባራትን ዝገልጽ ሓበሬታ ሓደ ብሓደ ተመልከተ። ነቲ ብሕቡእ ካሜራ ዝተሳእለ ስእልታት ኣባላት ደህንነት ኣውጺኡ ኣዳቒቑ ተመልከተ፣ ካፕተን ዘርይሁን ግና ብስእልን ብሽምን ኣይተረኽበን። ሓደ ነገር ትዝ በሎ፣ ጀማል።

"ጀማል መን'ዩ? ምስ ዘርይሁን እንታይ'ዩ ዘራኽቦም? ንግዲ ወይስ ኤርትራ?" እናበለ ክሓስብ ማዕጾ ተኳሕኴሐ።

ነቲ ኣብ ጠረጴዝኡ ዝነበረ ወረቓቕቲ ዓጺፉ እቶ በለ።

ሜጀር ጸጉ'ዩ፣ ብዛዕባ ኣብ ጀነቫ ዝኻየድ ሰላማዊ ሰልፊ ዝሕብር ጸብጻብ ክህቦ'ዩ መጺኡ።

"ስማዕስኪ ጸጉ! እቲ ናይ ዱባይ ሰብ ትዝክሮ እንዲኻ?"

"ኣሕመድ ዜን ዝሰደደልና ሓበሬታ ማለትካ ድዩ?"

"እወ።"

"እሞ እንታይ'ዩ ንሱ? ቀደም ካብ ኣእምሮና ዘውጻእናዮ። ንምርካቡ ኣብ ዘይኣተናዮ ደብሪ የለን፣ ወዲ ሕድርትና ግዲ ኾይኑ፡ ተሸሪቡ!"

"ተሸሪቡ!" ኢሉ ኮሎኔል ካር ካር በለ።

"እንታይ ድኣ ክብል! ትዝክሮ እንዲኻ! ክንደይ ግዜ ዲና ናብ ዱባይ ሰባት ሰዲድና? ኣብ ኣዲስ ኣበባ ክንደይ ግዜ ዲና ደሊናዮ? ቍሩብ ተሪፉና ዝነበረ፡ ንስማቸው ኣሰፋው ደዊልና ምሕታት'ዩ ነይሩ። እዚ ኩሉ ሸንኮለል ድማ ኣምበይ መድለየናን፣ ካብኡ ህጹጽ መልሲ ምረኸብና!" ኢሉ ናይ ገዛእ ርእሱ ባጫ ኣስሒቕዎ ካር ካር በለ።

"ትፈልጥ ዲኻ ናይ ኩሉ ሕቶና መፍትሕ ኣብ ኢድ ጀማልን ፌሩዝን ከም ዘሎ? ጥራይ ከመይ ጌርና ንኽልቲኦም ነቀራርቦም'ዩ።"

"ፌሩዝ ኣብ ሓደጋ ከይትወድቀና!" ምስ በሎ ኮሎኔል ሓደ ነገር ስውጥ በሎ። ፍቕራዊ ምቅርራብ ፌሩዝን ዘርይሁንን ክጥቀመሉ ሓሰበ። ግና ብኸመይ?

"ፌሩዝ ጠቕሊላ ናብ ኣዲስ ኣበባ ክትከይድ ኣለዋ። ናይ ኤውሮጳ ነገር ገዲፉ

ኣብኡ ኲይና ኣብ ልዕሊ ኤርትራ እንታይ ይሸረብ ከም ዘሎ ፍሒራ ከተምጽኣልና ኣለዋ። ነዚ ንምግባር ጀማል ወሳኒ ግደ ክጻወት ይኽእል'ዩ። ከመይሲ፡ ምስ ሰበ ስልጣን ወያነ ጥቡቕ ዕርክነትን ቅርበትን ስለ ዘለዎ። ብሓጺሩ፡ ኣብ ሕምብርቶም ስለ ዘሎ፡ ንፈሩዝ ዓብይ ጉልባብ ክኾና ይኽእል'ዩ።"

"ክልቲኦም ደቂ ሓወቦታት ይኹኑ'ምበር፡ ካብቲ ስዒድ መኪ ዝሃበና ሓበሬታን ባዕላ ፈሩዝ ዝበለቶን ጀማል ምስ ሻዕብያ ዘይዕረቕ ጽልኢ'ዩ ዘለዎ።"

"ጸጉ! ንጀማል እንታይ ንቕርበሉ'ዩ እቲ ሕቶ። ገንዘብ፡ ሰበይቲ፡ መስተ፡ ዘብህነ ኣይመስለንን ቢቕ ዝበለ ሃብታም ስለ ዝኾነ። መልክዑ ብዘየገድስ፡ ቅንጻላን ግብረ-ሸበራን ዝቃወም ሰብ'ዩ፣ እታ ነቓዕ ኣብኡ'ያ ዘላ። ብኸመይ ንጥቀመላ? ንኣብነት፡ ሓደ ካብ ላዕለዋይ ኣካል እንተ ዘዘራርቦ ኣይፋለይን ምበለ ኢልካ ትሓስብ? እዚ ሰብ'ዚ ነዛ ሃገር ኣይፈልጣን'ዩ! ኣይተወለደላ ኣይዓበየላ! ንሕና ድማ ከየስተውዓልና ኣሲርናዮ። ጌጋ ምግባርና ድሒሩ'ዩ ተረዲኡና። ስለዚ፡ ተናሲሕናን ዝኾነ ዋጋ ከፊልናን ክንኽስቦ ንኽእል ኾይኑ ይስማዓኒ። ምኽንያቱ፡ ወያነ ካብ ዓቕሊ ጽበት እንታይ ከም ዝገብራ ኣይንፈልጥን ኢና፣ ኣቃሊልና ኣይንርኣየን።"

"ይርዳኣኒ'ዩ፣ ፈሩዝ ኣብ ዝተወደአ ነገር እንተ ትኣቱ ግና ውጽኢታዊ ምኾነ፣ ማለተይ ብጀማል ክንሰርሕ ንኽእል ምዃንና ምስ ኣረጋገጽና እንተ ተራኸቡ ይሓይሽ። ንዘምዘም'ውን'ኮ፡ ጉዳይ ፈሩዝ ምስ ኣረጋገጽና ድሕሪ ዓመትን ፈረቓን ኢና ኣራኺብናየን፣ ንስለ ውሕስነት።"

"ከምኡ ስለ ዝኾነ እንድየ'ሞ. . ." ኢሉ ንኻልኢታት ትም ኢሉ ጸኒሑ፣ "ኣብ ኵዌት ኣምባሳደር ኤርትራ ሱሌማን ዓኪቶ ቤተ ሰቡ እንድዩ? ብኡ ጌርና ክንረኽቦ ክንፍትን ኢና።"

"ርእሶም፡ ነታ ዱሙ ዓኪቶ ኣብ ክሳዳ ቃጭል ክኣስረላ ዝኽእል ኣይመስለንን፡" ምስ በሎ ርእሶም ትዋሕ በለ።

ጸጉ፡ "ኣየናይ ብዓል ስልጣን ከይዱ ንጀማል ይርከቦ ኢልካ ሕሰብ እምበር፡ ዓኪቶስ ኣይግድን፡" ማለቱ ነበረ።

"ኣንታ ንሱ ኸኣ ኣሎ'ባ'ዩ። ድሓን ንስኻ ትኣስረላ!" ኢሉ እናስሓቐ፣ "በል ብህጹጽ ናብ በርሊን ክትከይድ ኢኻ። ምስ ፈሩዝ ብኣካል ትዘራረበሉ ጉዳይ ኣሎ፡" ኢሉ ከፋንዎ ብድድ በለ።

"መዓስ?"

"ንኣብራሃም ክረኽቦ'ሞ፡ መዓልቲ ክንውስን፡" ኢሉ ክሰናበቶ ብድድ በለ'ሞ፡ ከምስ ኢሉ፣

"ናይ ዱባይ ሰብና ተረኺቡ።"

"እንታይ!?"

"ካፕተን ዘርይሁን ኣርኣያ ሓጐስ፡ ኣባል ሓይሊ ኣየር ኢትዮጵያ።"

"ዘገርም'ዩ! መን ረኺቡዎ?"

"ፈሩዝ።"

"እዚኣ ድኣ . . . "

"ሓንቲ ጥርሙስ ጅን ተስቲ'ያ!" ኢሉ ካር ካር እናበሉ ናይ ዓወት ጭብጢ ተጨባበጡ።

ድሕሪ ሰለስተ መዓልቲ፡ ሜጀር ጸጉ ናብ በርሊን ኸደ። ምስ ፌሩዝ ተራኺቡ ንካፐተን ዘርይሁንን ጀማልን ዝምልከት ክሳዕ እታ ዝደቐቐት ሓበሬታ ኣኪቡ ኣብ ሰሙኑ ናብ ኣስመራ ተመልሰ፣ ንጀማል ንምርካብ ውጥን ተሓንጸጸ።

ምዕራፍ 23

ዓባይ ብርጣንያ
ከተማ ቸልሲ
ዓርቢ 26 ነሓሰ 2016

ፈሩዝ፡ ህጹጽ ስራሕ ስለ ዝነበራ ብነፋሪት ካብ በርሊን ናብ ቸልሲ ከደት። ካብ መዓርፎ ነፈርቲ ብታክሲ ናብ ሆቴል ኣምረሐት። ሙቐት ብምንባሩ ነብሳ ተሓጺባ፡ ሓጺር ስረ፡ ብራተሊ ማልያ ብዘይ ረጂ ወድያን ሻባቶ መሊሳን ካብ መዳቕሶ ክፍላ ወጺኣ ኣብ በራንዳ ናይቲ ሆቴል ባር - ካፌ ቢራ ኣዚዛ መጽሓፍ ሒዛ ኮፍ በለት።

ሌተናን ኮሎኔል ፍጹም ገብረንጉስ፡ ብ 1976 ኣብ ሕብረት ሶቭየት ብኬሚካል ኢንጂነሪንግ ብቐዳማይ ዲግሪ ተመሪቑ ናብ ህዝባዊ ግንባር ዝተሰለፈ፡ ኣብ ሃ.ድ.ኤ ኣብ ክፍሊ ስለያ ወጻኢ ሓላፊ ጠረጴዛ ኣውሮጳ'ዩ። ናብ ሎንዶን ምስ ኸደ፡ ናብ እንዳ ሓብቱ'ዩ ኣትዩ። ንሱ ኣይፈለጠን'ምበር፡ ኤፍሬም፡ ብዓል ቤታ ንኣልማዝ ሓብቱ፡ ብምስጡር መገዲ ምስ ኤምባሲ ኤርትራ ኣብ ሎንዶን ዝተሓባበር ኣብ ኲናት ናይ ኢድን እግርን ከቢድ ስንክልና ዝወረዶ ተባዕ ተጋዳላይ ተሓኤ ዝነበረን'ዩ።

ኮሎኔል ፍጹም፡ ናይ ዓይኒ ጸገም ስለ ዝነበሮ ብጕልባብ ሕክምና'ዩ ናብ ሎንዶን ተላኢኹ። ደጋፊ ጋንታ ቸልሲ ብምንባሩ፡ “ሕክምና ቅድሚ ምጅማረይ” ብዝብል ምኽኒት ነታ ከተማ ክርእያ ንኽልተ መዓልቲ ከገይሽ ምኳኑ ንኤፍሬም ነጊሩ ብባቡር ተበገሰ።

ኣብ ሆቴል ዌስት ሚኒስተር ሰዓት ዓሰርተን ፈረቓን ቅድሚ ቐትሪ በጽሐ፣ ቅጥዕታት ሆቴል መሊኡ ናብ ክፍሉ ኣትዩ ሻንጣኡ ኣቐሚጡ ንሓደ ሰዓት ኣዕሪፉ ንተቐባሊ ጋሻ ናይቲ ሆቴል ካርታ ከተማ ሃበኒ ኢሉ ከዛወር ወጺኡ። ነቲ ኣብ ተለብዥን ዝፈልጦ ስታድዮም ብካርታ ከተማ ተመሪሑ ክርእዮ ተበገሰ። ንሓደ ኣብቲ ከባቢ ዝረኸቦ ሰብ እቲ ስታድዮም ብውሽጡ ክርእዮ ዝከኣል እንተኾነ ሓተተ፣ ኣብቲ ምምሕዳር ናይቲ ስታድዮም ከሓትት ብኣመልካቲቶኡ ኣመልከተሉ። ኮሎኔል ናብቲ

ቤ/ጽ ኣትዩ፡ ካብ ኤርትራ ከም ዝመጸን ደጋፊ ቸልሲ ምዃኑን ነጊሩ፡ ነቲ ስታድዮም ብውሽጡ ክርእዮ ዝፍቀድ እንተኾነ ምቕልል ኢሉ ነቲ ዝተቐበሎ ሰብ ሓተቶ። ኣእንጋዲ ብዘይ ግናን እንተን ካብ መቐየሪ ማልያ ተጻወትቲ ኣትሒዙ ንብምልእቲ'ታ ስታድዮም ኣዚሩ በብሓደ ኣርኣዮ።

ኮሎኔል፡ ዕግበት ተሰመዖ፣ "ንሕናኸ መዓስ ኮን ይኸውን ንደቅና ከምዚ ስታድዮም ንሰርሓሎም? ምኳን ደቂ ደቅና'ዮም ዝሰርሑ'ምበር ንሕና ዳኣ!" ብውሽጡ እናበለ ኣመስጊኑ ንጥንታዊት ከተማ ቸልሲ ዘይሩ ብምርኣይ ሰዓት ኣርባዕተ ድሕሪ ቀትሪ ናብ ሆቴል ተመለሰ። ናብ ክፍሉ ኣትዩ ነብሱ ተሓጺቡ ሓጺር እጅጌ ሕብራዊ ካምቻን ጸሊም ጅንስ ስረን ስኒከርን ወድዩ ናብቲ ባርን ካፈን ብምኻድ ኣብ በራንዳ ኮፍ በለ።

ቢራ ገኒስ ኣዚዙ ናብታ ካብኡ ኣርባዕተ ጠረጴዛ ርሒቓ ቢራ እናስተየት መጽሓፍ ተንብብ ዝነበረት ጓል ኣንስተይቲ እናጠመተ፡ "ቢራ ምስታይሲ ካብ ንሰብኣይ ንሰበይቲ'ዩ'ባ ዘምሕረላ፡" ኢሉ ፍሽኽ በለ።

ድሕሪ ፍርቂ ሰዓት ብድድ ኢሉ ናብኣ ቐሪቡ፡ "ይቕሬታ፡ መወልዒ ሽጋራ ክርቢት ይህልወኪዶ ይኸውን?" ክብል ሓተታ።

ተኹራ ጠሚታ ካብ ናይ ኢድ ቦርሳኣ መወልዒ ኣውጺኣ ሃበቶ፣ ወሊዑ ሓንቲ ሽጋራ ጋበዛ። ኣየዕጠጠየትን፣ "የቐንየለይ፡" ኢላ ተቐበለቶ።

"ኣብዚ ዓዲ ጋሻየ፣ ዘይርብሽኪ እንተ ዘይኮይኑ ምሳኺ ኮፍ ክብል ምፈቐድክለይዶ?"

"ንምንታይ?"

"ንዕላል።"

ርእሳ የማነ ጸጋም ነውነወት'ሞ፣

"እንታይ ድዩ መሲሉካ! ደቂ ተባዕትዮ ነዕልል ኢልኩም ድሕሪ ካልኢት ነጽልል ኢኹም ትብሉ!"

"እሞ!" በላ እናስሓቐ።

"ኮፍ ክትብል ይካኣል'ዩ!" በለቶ ክምስ ኢላ።

ኮሎኔል፡ ነቲ ክሳዕ ማስትሬይት ዲግሪ ክመሃር ረኺቡዎ ዝነበረ ዕድል፡ ንጉዳይ ሃገር ኣቐዲሙ ክጋደል ዘቋረጾ ትምህርቲ ዩኒቨርሲቲ ክምልእ ድሕሪ ናጽነት ንኽልተ ዓመት ናብ ሎንዶን ከይዱ ብምንባሩ፡ ምልከት ቛንቋ እንግሊዘኛኡ ዝድነቕ እዩ። ብርጭቆኡ ሒዙ ድማ ተመልሰ።

"እቲ ዝበልኪዮ፡ ምናልባት ባህሪ ንኽልቴና ኣመዓራርያ ዝዓደለትና ከይኸውን፡" እናበለ ሰድያ ስሒቡ ኮፍ በለ።

"ማለት?"

"ሃዳንን ተሃዳንን!" ኢሉ ፍሽኽ ብምባል፡ "እዛ ተንብብያ ዘለኺ መጽሓፍ ካብተን ኣዝየ ዘድንቐን መጻሕፍቲ ሓንቲ'ያ። ብዙሕ ዘዛረበትን ንኽይትሕተም ማሕለኻታት ዘጋጠማን ብልጽቲ መጽሓፍ እያ።"

"*Spy catcher*"

"እወ።"

"እቲ ዝገርመኒ ድማ ንሱ'ዩ።"

"ሃዳናይ ምኳነይ?"

ፊሩዝ ካርካር ኢላ ስሓቐት።

"ኣይኾነን! ደሞክራሲ!"

"ማለት?"

"ፊሩዝ እባሃል።"

"ይቕሬታ! ኣነ'የ ስመይ ከላልየኪ ዝግባእ ነይሩ። ፍጹም እባሃል፡" ኢሉ ፍሽኽ በለ።

"ርኢኻ! ሃደን ኣብ ጭዓ ከእትወካ ይኽእል'ዩ፣ ሽውሃትካ እንተ ዘይተቈጻጺርካ፡" ኢላ ክምስ ድሕሪ ምባል፡ "እዛ መጽሓፍ ንመርበብ ስለያ ዓባይ ብርጣንያ ትገልጽ ብምኳና ክትክልክል እቲ ነጻ ፕረስ እናተባህለ ዝዝመረሉ መዝሙር ድኣ ኣብ ምንታይ'ዩ?"

ኮሎኔል ፍጹም፡ ክትሃድን ኣብ ጭዓ ከይትኣቱ ዝበለቶ እናስሓቐ፡ "ነጻ ፕረስ ስለ ዝተባህለ ሚስጥር ናይ ሓደ ሃገር ዘቕጫቕካ ክጸሓፍ ኣለዎ ማለት ግና ኣይኾነን። እታ ሃገር፡ ንሃገራዊ ድሕነታ ኣብ ስግኣት ወይ ድሕነት ሰበ ስልጣን ወይ ሂወት ኣብ ስለያ ዝነጥፉ ዝነበሩ ወይ ዘለዉ ሰባት ኣብ ሓደጋ ዘእቱ እንተ ኾይኑ፡ ብወገነይ ሕቶ ነጻ ፕረስ ዘይኾነስ፡ ሕቶ ሃገራዊ ድሕነት እዩ። መንግስቲ ስጉምቲ ክወስድ ድማ ግቡእ ይመስለኒ።"

"ዓሰርተታት ዓመታት ዘቑጸረ ጉዳይ'ሞ ካብቶም ተዋሳእቲ ክንደይ ብሂወት ከይህልዉ?"

"ሃዳኒ ሰላዩ - *Spy catcher* - ኣብ ኩሉ መርበብ ስለያ ዘሎ'ዩ። ንሓደ እዋን ጥራይ ዝኸይድ ተልእኾ ዘይኾነስ፡ ሰባት ማለት ሰለይቲ እናተተኻኽኡ ዘካይድዎ ብምኳኑ ናይታ ሃገር መርበብ ስለያ ንቓልዕ ተውጽኦ ኣለኻ ማለት'ዩ።"

"ስለዚ?"

"ሓደ ጸሓፊ፡ ሃገራዊ ድሕነት ሃገሩ ኣብ ቀዳማይ ደረጃ ክሰርዖ ይግባእ። ብዝተፈላለየ መገዲ ክብደል ይኽእል እዩ። ተበዲለ ኢሉ ግና ንሃገሩን ምስጢር ሃገሩን ኣሕሊፉ ክህብ ኣይግባእን፣ ምኽንያቱ፡ ነቶም ዝበደልዎ ኣይኾነን ዝጎድእ፣ ነታ ሃገረይ ዝብላ፡ ሃገራዊ ድሕነታ'ዩ ኣብ ሓደጋ ዘእቱ። ንመንዩኸ ከርብሕ? ስለዚ ብሕጊ ተሓታቲ ክኸውን ግድን'ዩ። ንምኳኑ ተቐማጢት እዚ ከተማ ዲኺ?"

"ኣይኾንኩን፣ ጋሻ'የ።"

"ኣብ ሎንዶን ክልተ ዓመት ተማሂረ፣ ከተማ ቸልሲ ግና ሎሚ ጽባሕ እናበልኩ ኣይራኣኹዋን። ከገርመኪ፡ ዓባይ ብርጣንያ ከበሃል ከሎ ከምዚ ብንግዲ ኣፍሪቃውያን ገላዩ ሃብቲሞም ዝመስረትዋ ሃገር ኾይና ስለ ትይስማዓኒ፡ እጽየና።"

"ማለት?"

"ኣብ መበል 17/18 ክፍለ ዘመን ናብ ገማግም ምዕራብ ኣፍሪቃ እናመጹ ብዙሓት ኣፍሪቃውያን ናብተን ግዝኣቶም ዝነበራ ሃገራት ካርብያንን ናይ ሎሚ ሕቡራት መንግስታት ኣመሪካን እናወሰዱ ኣብ ሕርሻ ጡጥን ካልእን ብጊላነት የስርሕዎም ብምንባሮም።"

"ሕጂውን'ኮ ዝገደፉ ኣይመስለንን፣ ከምቲ ጆን ፐርኪንስ ኣብታ 'ኑዛዜታት ዉሕሉል መብረስ ቍጠባ' ትብል መጽሓፉ ዝገለጾ፡ መልክዕን ኣገባብን ጥራይ'ዩ ቀይሩ።

ሽው ኣፍሪቃውያን ጥራይ እንተ ነይሮም፡ ሎሚ ግና 3/4 ህዝቢ ዓለም ኣብ ባርነት ዘሎ ኾይኑ ይስማዓኒ። ምኽንያቱ፡ ሃገራት ናይ ባዕለን ፖሊሲን ዘገምታዊ ምዕባለን ክመርሓ ምዕራባውያን ብፍላይ ኣመሪካ ኣይተፈቕድን'ያ። እተን ከምኡ ዝፈተና ሃገራት መራሕተን ሃገራውያን ብምዃኖም ጥራይ ዝተቐንጸሉን ተዓልዮም ካብ ሃገር ዝተሰዱን ኣብ ካርሽሊ ዝበለዩን ውሑዳት ኣይኮኑን። ንኣብነት፡ ናይ ቺለ ሳልቫዶር ኣየንደ፣ ናይ ኢራን ሞሳድቕ፣ ናይ ጓተማላ ጃኮቦ ኣርባነዝ፣ ኢንዶነዥያ ሱካርኖ ኣብ ኣፍሪቃ'ውን ከምኡ።"

"ኣብ ልዕሊ'ተን ኣይምእዙዛትን'የን ዝብልወን ሃገራት ሩስያ፡ ቻይና፡ ኢራን፡ ሰሜን ኮርያ. . . ቍጠባዊ ማዕቐብ፡ እገዳ መገሻ ሰበ ስልጣን'ዶ ምድስካል ሕሳብ ባንክ እናበሉ ዘጕባዕብዑ እንተ ወሰኽኩሉ'ውን ካብ ሓቂ ዝረሓቐ ኣይመስለንን። ቶም ቾምስኪ፡ ነተን ሃገራት፡ 'ቱፋሕ ኣብ ዝመለአ ዘንቢል ሓንቲ ዝመሸመሸት ምእታው' ካብ ምባል 'ሓኹምሽትን ካዝሚርን' እንተዝብለን ምሓሸ ነይሩ።'

"ማለት?"

"ቈልዑት ከለና ጥረ ካዝሚር ክበስለልና ሓኹምሽቲ ኢና ንደፍኖ ኔርና። ስለዚ እተን ዝበሰላ ነተን ዘይበሰላ ሃገራት ሓኹምሽቲ ኾይነን ከየብስለአን። ንምዃኑ እንግሊዛዊት ዲኺ?"

"ኣይኾንኩን።"

"ጓል ምንታይ ዓዲ ኢኺ?"

"ጀርመናዊት'የ፡" ኢላ ፍሽኽ በለት።

"ጸላም ጀርመናዊት ዋላስ ዜግነት ጀርመን ዘለዋ ኣፍሪቃዊት ወይ ካሪብያዊት?"

"ካብ ክልተ ኣፍሪቃውያን ስድራ ቤት እየ ዝውለድ። በቦይ ኤርትራዊት፡ በደይ ድማ ሶማልያዊት'የ።"

"ኤርትራዊት ኢኺ?"

"እወ። ንስኻኸ?"

"ኣነ'ውን ኤርትራዊ'የ፣ ንሕክምና'የ መጺኤ።"

"እንታይካ ክትሕከም?"

"ዓይነይ፡" ኢሉ ሓንቲ ቢራ ክጋብዛ ፍቓደኛ እንተኾነት ሓተታ። ፍቓደኛ ኾይና ክልተ ቢራ ኣዚዞም ብዛዕባ ኵነታት ኤርትራን ኤርትራውያን ኣብ ወጻኢ ሃገር ዕላሎም ቀጸሉ።

"መንግስቲ ኤርትራ፡ ሉኣላውነት ሃገር ከውሕስ ዘካይዶ ዘሎ ቃልሲ ኣብ ቦቱኡ ኾይኑ፡ ጾር ስድራ ስውኣት ኣብ እንግዳዑ ተሰኪሙ ተማሃሮ ካብ መዋእለ ህጻናት ክሳዕ ዩኒቨርሲቲ ብዘይ ክፍሊት ከምህር፣ ሕክምና ናብ መላእ ሕብረተሰብ ብስማዊ ክፍሊት ከባጽሕ፣ ነቶም ንሉኣላውነት ሃገር ክከላኸሉ ኣብ ፈቖዶ በረኻታት ዘለዉ መንእሰያት ንነፍሲ ወከፎም ብውሑዱ 500 ናቕፋ ክኸፍል፣ ብስማዊ ክፍሊት መጓዓዝያ ኣብ መላእ ሃገር ክዝርግሕ፣ ትሕተ ቕርጽታት ክሃንጽ ኮታስ ነዚ ኵሉ ወጻኢታት ብዘይ ዝኾነ ናይ ወጻኢ ሃገር ደገፍ ኾነ ለቓሕ እናዓመመ በየናይ መገድን ርትዓውነትን'ዩ ንስኺ ኾነ ካልኦት፡ 'መንግስቲ ኤርትራ፡ ሰብኣዊ መሰላት ግሂሱዶ ዲሞክራስያዊ ኣይኾነንዶ' እናበልኩም ወገሐ ጸበሐ ትምድሩ። ኣብ ኣፍሪቃ ኾነ ኣብ ካልእ፡ ኣየነይቲ ሃገር'ያ ከምኡ ትገብር እሞ ኸኣ ኣብ ኩናት ትርከብ ሃገር። ንምዃኑ ንሓንቲ ካልኢት'ውን ትኾን

ጽቡቕና በጨቕ ኢልኩም ተዛሪብኩም ትፈልጡ ዲኹም? ምቁዋም ካልእ እዩ፡ ንሃገር ምምራሕ ድማ ርእሱ ዝኸኣለ ከቢድ ብደሆ። እሞ ኸኣ ምስቲ ኩሉ ተጻብኡ።"

"ኣብ መንግስታዊ ትካል ዲኻ ትሰርሕ?" ሓተተት ነቲ ኣርእስቲ ንምቕያር።

"እወ! ፈሩዝ ስዒድ ዓሊ መኪ፡" ኢሉ ፍሽኽ በለ።

"ንፉለጥ ዲና?"

"ኣበየ ዝፈልጣ ክብል'የ ጸኒሐ!"

"እሞ!"

"ኣብ ማዕከናት ዜናን ማሕበራዊ መራኸቢታትን፡" ምስ በላ ንሳ'ውን ፍሽኽ ኢላ ርእሳ ነውነወት።

"ስምኪ ኣይኾነን ድዩ?"

"እዋእ!"

"እቲ 21-10 ዝብል ኮድኪ፡ ከምቲ ናዚ ጀርመን ንኣይሁዳውያን ኣብ ቅልጽሞም ዝወቖሮም ቍጽሪ ከም ዘይኾነ ትፈልጢ ኢኺ!"

ፈሩዝ ሽው'ውን ርእሳ ነውነወት፣ ብምግራም።

"እንታይ ትብል ከምዘለኻ ክስዕበካ ኣይከኣልኩን፡" ኢላ ስሓቕ ሞሊቑዋ ትዋሕ በለት።

"ኣበየናይ ቤት ብልዒ ኢኺ ድራር ክጋብዘካ ዝበልክኒ?" ኢሉ ጠመታ ዓይኒ ዓይና።

"መሻርፍ ከይሃቡ ድዮም ሰዲዶሙኻ?"

"ካብ ኢድካ ናብ ኣፍካ ድኣ ኾይኑ'ምበር፡ ሳላ መንግስተይ እንታይ ከይሰኣን።"

"ተመስገን ምባል ኣምላኽ ዝፈትዎ'ዩ፣ ተመስገን በል፡" እናተባሃሃሉ ቢራኦም ሰትዮም ናብ ሓደ ቤት ብልዒ ጃፓን ኸይዶም ዝተፈላለየ ፍርያት ባሕሪ ኣዚዞም ናብቲ ዘቋረጽዎ ዕላል ኣተዉ።

ሱሺ፡ ብምኡዝ ቅመማት ዝተዳለወ ሽሪምፕ፡ ሎብስተር፡ ዝተፈላለዩ ዓይነት ዓሳን ፍራያት ባሕርን ብጥሪኡ እትምገበሉ ህቡብ ቤት ብልዒ'ዩ። ኮሎኔል፡ ነቲ ምኡዝ ብልዒ ከይተዛረበ ስጕድ ስጕድ ኣበሎ።

ፈሩዝ፡ ኮሎኔል ርእሶምን ብጾቱን ኣብ እስራኤል ዝገበሩዎ ዘኪራ ፍሽኽ ኢላ፡ "ዘምጻኣካ ጒዳይ'ኮ ኣይነገርካንን።"

"እንታይ ይግበር ኾይኑ፡ ከብዲ ግናይ'ያ፣ ንኹሉ'ያ ተረስዕ። ካብ 9-75 መልእኽቲ ኣለኪ፣ ናብ ሆቴል ምስ ተመለስና ክህበኪ'የ፡" ኢሉ ናብ ካልእ ዕላል ኣተወ።

ፈሩዝ፡ ካብ 9-75 ናይ ጽሑፍ መልእኽቲ ተቐበለት። እታ ኮድ ናይ ኮሎኔል ርእሶም'ያ፣ ሜዳ ዝወጽእሉ ዕለት'ያ ተመልከት። ዕላማ'ቲ መልእኽቲ፡ ንጀማል ምርካብን ብኸመይ ናብ መሳርዕ መንግስቲ ኤርትራ ክትውድቦ ከም ትኽእል ከተሰላስልን ነበረ። እዚ ምስ ዝቕንዕ፡ ምስ ሓደ ላዕለዋይ ልኡኽ መንግስቲ ኤርትራ ብኸመይን ኣበይን ከተራኽቦም ከም ትኽእል ብሓደ ወገን፡ ናብ ኣዲስ ኣበባ ምስ ገዓዘት ንጀማል ካብ እግሩ ከይትፍለይ ድማ በቲ ካልእ ዘመልከት ነበረ።

ነዚ ዕማም ከተሳልጥ፡ ኣብ ዱባይ፡ ምስ ኮሎኔል ፍጹም ዝተራኸበትላ መዓልቲ እተመልከት መስመር ኮድ 26-08 ዝብል ተኸፈተላ። ርክባ ምስ'ቲ መስመር ምኽኑ ተሓበራ።

ቅድሚ ሓደ ሰሙን፡ ፈሩዝ፡ ብመገዲ ዘምዘም ዝተመስጠረ መልእኽቲ ብጺሑዋ ነበረ። እቲ መልእኽቲ፡ "ካብ ዓርቢ 26 ነሓሰ ኣትሒዝኪ ኣብ ከተማ ቸልሲ ዝርከብ ሆቴል ዌስት ሚኒስተር ብውሑዱ ንሰለስተ መዓልቲ ክፍሊ ክትሓዝኢ፡ እቲ ዝረኸበኪ ሰብ ባዕሉ ክላለየክን ኮድ 06-20 ምኧኑ ክሕብረኪ'ዩ፡" ነበረ። ምስ ኮሎኔል ፍጹም ሰለስተ ጥዑማት ናይ ስራሕን ዕረፍትን እዋን ኣሕሊፋ፡ ንሳ ናብ በርሊን ኮሎኔል ፍጹም ድማ ናብ ቸልሲ ተመለሱ።

※ ※ ※

ድሕሪ ሓሙሽተ ወርሒ
ሎንዶን
ሓሙስ 5 ጥሪ 2017

ፈሩዝ ኩሉ ኣድህቦኣ ናብ ጀማል ገበረቶ። ኣብ ዓዲ እንግሊዝ፡ ዓዲ ጥልያን፡ ጀርመንን ቻይናን ከይዳ ረኺበቶ። ጀማል ንፈሩዝ ኣመና ይፈትዋ ብምንባሩ ናብ ዝኸዶ ሃገር ብሓባር ክኸዱ ናይ ነፋሪት ቲኬት እናሰደደ ይዕድማ ነበረ።

ፈሩዝ፡ ነቲ ቅርበት ተጠቐመትሉ። ጀማል ግብረ-ሽበራ ዝጽየንን ብትሪ ዝኹንን ብምንባሩ፡ እቲ ኣብ ዝተፋላለዩ እዋናት ኣብ ልዕሊ መራሒ ሃገረ ኤርትራ ብመንግስቲ ሱዳንን ዘይመንግስታውያን ውድባትን ዝተወጠነ ፈተነ ቅትለትን ኣብ ተሰነይን ባረንቱን ዝተኻየደ ግብረ-ሽበራዊ መጥቃዕትን ኣብ ህዝቢ ዘውረዶ ጉድኣትን በብቑኑብ ተጠንቂቓ ገለጸትሉ፣ ንህወሓትን መሪሕነቱን ከየልዓለት።

ጀማል፡ ዝፈልጦ ነገር ኣይነበሮን። ከም ዜጋ ብዛዕባ ኤርትራ'ውን ተገዲሱ ኣይፈልጥን'ዩ። እቲ ምስ ሰበ ስልጣን ህወሓት ዝነበሮ ዝምድና ካብ ረብሓ ዝተበገሰ ኾይኑ፡ ብዛዕባ ኤርትራ ተባህለ ኢሉ ይዛረብ ድኣ'ምበር፡ ኣፍልጦ ነይርዎ ከም ዘይኾነ ብንጽህና ኣረዳኣ፣ ንኢትዮጵያ ከም ዝስልየላ ግና ኣየተንበሀን፣ ፈሪሁ። ንሳ'ውን ንካጥተን ዘርይሁን ኣርኣያ ዝምልከት ዝኾነ ይኹን ዘረባ ኣየምለቐትን፣ ከመይሲ፡ እቲ ኣብ ዱባይ ዝተላዕለ ስእልታት፡ ጀማልን ዘርይሁንን ከም ዝፋለጡ ዝሕብር ብምንባሩ፡ ብኸመይ ረኺባቶ ኢሉ ሰንቢዱ ከይብርግግን ተልእኾኣ ከይፈሽላን ክትጥንቀቕ ስለ ዝነበራ።

ኣብ እዋን ክሪስትማስ'ዩ፣ ፈሩዝ ምስ ጀማል ዘካየደቶ ዘተን ዘርኣዮ ቀኑዕነትን ተገምጊሙ ኮሎኔል ኢብራሂም ኣሕመድ ሰንጎር ኣብ ክፍሊ ስለያ ወጻኢ ሓላፊ ጠረጴዛ ኣመሪካ ብኣምባሳደር ሱሌማን ዓኪቶ ተሰንዩ ናብ ዓዲ እንግሊዝ ተላእኸ። ብመሰረት ቈጸራኦም ኣብ ሓደ ልጉስ ቦታ ተራኸቡ። ኣምባሳደር ሱሌማን ከም ቤተ-ሰብ መጠን ኣቐዲሙ ረኺቡዎ ብምንባሩ ነቲ ዝቐጸለ ርክብ ኣይተሓወሶን፣ ይምልከቶ ብዘይምንባሩ።

እቲ ርክብ፡ ሱሉስ ርክብ'ዩ ነይሩ፣ ኮሎኔል ኢብራሂም፡ ፈሩዝን ጀማልን። ድሕሪ ንውሕ ዝበለ ዘተ፣

"ንኽብዱ ዝተዓሰበ'ምበር፡ ኤርትራዊ፡ እናፈለጠ ወይ ከይፈለጠ ወይ መሲሉዎ ክጋገ ይኽእል'ዩ፣ ሃገሩ ኣሕሊፉ ግና ኣይህብን'ዩ። ንስኻ ድማ ካብ ኣብራኽ ስዒድ ዓሊ

መኪ ኢኻ'ኮ ወጺእኻ፡" ብምባል ካብ ኣስመራ ሒዝዎ ዝመጸ መልእኽቲ ኣቐበሎ።

ኮሎኔል ርእሶም፡ እቲ ጒዳይ ኣዝዩ ተኣፋፊ ብምዃኑ፡ ንጀማል ጥንቅቕ ኢሉ ክሕዞ ነበሮ። ዕላምኡ ድማ ሃረመ፣ ጀማል ንደህንነት ብመገዲ በላቸው ሓበሬታ ይህብ ምንባሩ ተኣመነ።

ነታ ድሙ፡ ኣብ ከሳዳ ቃጭል ተኣሰረላ።

ጀማል፡ ሓበሬታ ከመሓላልፍ ቀኈሩብነቱ ኣረጋገጸ። ኣባል ወኪል ሃገራዊ ድሕነት ኤርትራ ኾነ። ኣብ ቅድሚ ኮሎኔል ኢብራሂም መሓላ ሃበ። 15-81 ብዝብል ኮድ ኣብ መርበብ ሓበሬታ ኮምፒተር ሃ.ድ.ኤ ሰፈረ። ካብን ናብን ፌሩዝ ሓበሬታ ክህብ ኣብ ዱባይ መስመር ተኸፈተሉ።

ጀማል ድርብ ሰላዩ ከይኸውን ብጥንቓቐ ክተሓዝ ነይሩዎ። ብዘይካ ንፌሩዝ ንኻልእ ኣይፈልጥን'ዩ፣ ዝተዋህቦ ዕማም'ውን ብኡ መጠን'ዩ ነይሩ፣ ኣብ ውሽጢ ህወሓት ብዛዕባ ፌሩዝ እንታይ ይዝረብ ምቕራም ጥራይ ነበረ።

ምዕራፍ 24

ኣዲስ ኣበባ
ሆቴል ሻራቶን
ዓርቢ 29 መጋቢት 2017

ጀማል፡ ካብታ ኮሎኔል ኢብራሂም ናብ ሎንዶን ከይዱ ዝረኸቦ እዋን ኣትሒዙ ሂወቱ ተቐየረ። ንበላቸው ረዳኢን ሰበ ስልጣን ህወሓትን ብዝበለጸ ከቐርቦምን ብዛዕባ ኤርትራን መንግስታን እንታይ ከም ዝብሉን ዝውጥኑን ክጸናጸንን ጀመረ።

ድሕሪ ማእሰርቲ ካፕተን ዘርይሁን ቀኍሩብ መዓልታት'ዩ። ጀማል ናብ በላቸው ረዳኢ ደዊሉ ኣብ ሆቴል ሻራቶን ክራኸቡ ተቛጸሮ። በላቸው ኣቐዲሙ መጺኡ ነታ ዝኣዘዛ ጥርሙስ ብሉ ለበል ዊስኪ ኣፋሪቑ ፍርቂ ስኽራን ኾይኑ ነበረ።

"ስማዕ እስኪ! ዓል ሓወቦኻ ምምጻኣ ፈሊጥካዶ?"

"እንታይ? ትቕልድ ኣለኻ? ፌሩዝሲ ኣብ ኣዲስ ኣበባ ኣላ?"

"ደዊለዶ ክራኸበካ!" ብምባል ናብ ፌሩዝ ደወለ።

ፌሩዝ፡ ምስ ምክትል ኣመሓዳሪ ትግራይ ኣቶ ግርማጽዮንን ኣካየድቲ ስራሕ ትካላትን ርክብ ወዲኣ ቅድሚ ክልተ መዓልቲ'ያ ካብ መቐለ ናብ ኣዲስ ኣበባ ተመለሳ፣ ምስ ጀማል ድማ ተደዋወሉ። ንበላቸው ህጹጽ ቈጸራ ከገብረሉ ተረዳዳኡ፣ ምኽንያቱ፡ በላቸው ደዊሉ ከም ዝጽውዓ ይፈልጡ ብምንባሮም።

ናይ ፌሩዝን ጀማልን ተሌፎን ከም ዝጥለፍ ኣብ ግምት ኣትዩ ብስም ካልእ ሰብ ዝተመዝገበ ተሌፎን ንኽልቲኦም ኣብ ዱባይ ተዋሂቡዋ ብምንባሩ፡ ኣገዳሲ ጉዳይ ምስ ዝህልዎም በታ ቍጽሪ ተሌፎን'ዮም ዝራኸቡ፣ ኣብ ሃገራዊ ድሕነት ኤርትራ ድማ ክልቲኣን ምዝጉባት'የን።

"ስምዕስኪ ኾይኑኪ ድዩ ንዓይ ዝኸውን ግዜ ስኢንኪ?"

"ምስልባጥ መቸም ኣመልካ'ዩ፣ ከመይ ቀኒኻ?"

"ኣብ ሆቴል ሻራቶን ኢና ዘለና፣ ክርእየኪ ዝደልይ ጋሻ ምሳይ ኣሎ'ሞ ክትሕወስና ደስ ምበለና።"

"ይግረምካ፡ ሕጂ'የ ገዛ ኣትየ! ብስእነት ድቃስን ድኻምን እዘን ኣዒንተይ ምኽፋት'የን ኣብየናኒ ዘለዋ፣ እዛ ሻወረይ ገይረ ዓራተይ ጥራይ'ያ ትርእየኒ ዘላ፡" ኢላ፡ "በል እንተ ዘየማሲኻለይ ንሓንቲ ሰዓት ክመጽእ'የ፡" ኢላ ተሌፎን ዓጸወታ።

ፌሩዝ፡ ኣብ ብርካ ዝበጽሕ ሕብራዊ ቀሚሽ ለቢሳ፡ ቀጠልያ ጫማ ወድያ፡ ምስኡ ዝሳማማዕ ናይ ኢድ ቦርሳ ሒዛ ናብ ሆቴል ሻራቶን ኣተወት። እቲ ለቢሳቶ ዝነበረት ምስተን ነዋሕትን ጽቡቕ ቅርጺ ዳናጉኣን ኣዝዩ የምሕረላ ነበረ።

በላቸው ረዳኢ ክትመጽእ ብማዕዶ ርእዩዋ ነብሱ ምውቕውቕ በሎ፣ ኣመና ስለ ዝፈትዋ። ካብ መንበሩ ብድድ ኢሉ ሓቝፉ ስዓማ፣ ጀማል ፍሽኽ በለ።

"እዚ ትርእይዮ ዘለኺ ሰብ ትፈልጥዮዶ?" ኢሉ መልሓሱ ብመስተ ምእዛዝ እናኣበዮ ኣመልከተላ።

"ጀማል!!"

"ንስኺሲ ኣዲስ ኣበባ መጺእኺ ክሳዕ ሎሚ ከይረኸብክኒ? በላቸው እንተዘይነብር ሰላም ኣይምበልኩኽን ነይረ!" እናበለ ንሱ'ውን ብድድ ኢሉ ሓቝፉ ስዒሙ ኮፍ ክትብል መንበር ሰሓበላ።

"ይግረምካ! ግዜ ዝበሃል ኣይረኸብኩን። ነቲ ቤ/ጽ ዝኸውን ኣቑሑት ክገዝእ፡ ሰራሕተኛ ክቖጽር፡ መሃነነይ'ዩ ጠፊኡኒ ቀንዩ። ሕጂ'ውን ናብታ ዝናፍቓ ዓራተይ ክኣቱ ክዳውንተይ ኣውጽእ ከብልን እዚ መልክዐኛ ዓርክኻ ክድውልን ሓደ ኾይኑ። ከመይ ኣለኻ?"

"ምስ'ዚኦም እንታይ ምህላው ኣሎ! ዘዝሰራሕናዮ ንዕኦም ዊስኪ ብሉ ለበል ከነስቲ ክትፎ ከነብልዕ ሞኽ ኢልና ኣሎና!"

"መን'ዩ'ታ ዘብልዕ ዘስቲ! ካባኻስ ገንዘብ ክወጽእ!" እናተባሃሃሉ ካር ካር በሉ።

"ኣዲስ ኣበባ መጺእኽስ ድሮ ትካል ከፊትኪ! እንታይ ትካል ድኣልኪ ከፊትኪ?"

"ኣማኻሪት ወፍሪ ፋይናንስ! ሳላ'ዚ ብሉጽ ሓውና እንታይ ተሳኢኑ! ኣብ ቦሌ መድሃኒኣለም ከመይ ዝበለ ንቤ/ጽ ዝኸውን ገዛ ረኺቡ፡ ዘድሊ ኣቑሑት መትከሊ እግሪ ገዚኡ፡ ማኪና ኣዳልዩ ደው ከም ዝብል ገይሩኒ። በላቸው፡ ብዘይ ብኣኻስ እንታይ ኮን ምገበርኩ ነይረ?" ኢላ ደጊማ ሓቝፋ ስዓመቶ።

"እሞ ተመሻጢርኩምለይ ኢኹም!"

"እንታይ ድዩ መሲሉካ! ንሕና ዘርኢ ቈጺርና ኢና ንምርያ፣ ንስኹም ኸኣ መቕርብኩም!"

"እሞ?"

"ወይለይ! ቦግ ከይተብላ ሓቢእናያ!" እናበሉ ክዋዘዩን ክስሕቑን ኣምስዮም ጀማል ንፌሩዝ ከብጽሓ በላቸው ድማ ከም ወትሩ ብዓጀብቱ ተደጊፉ ሰንከልከል እናበለ ካብቲ ሆቴል ወጺኦም ከዱ።

"ጽቡቕ ኣጋጣሚ'ዩ፡" በለት ፌሩዝ ንጀማል የማናይ ኢዱ እናደረዘት።

"ሰሚዕኽዮዶ! 'ነዚ ሰብኣይ ከየጥፋእና ኣይንድቅስን ኢና' ክብል'ዩ'ኮ ኣምስዩ። እንታይ ዝገበረ ሰብኣይ'ዩ? ብሓቂ'የ ዝብለኪ! ከምኡ ክብሉ ከለዉ ቀልዲ ገይረ'የ ዝወስዶ ነይረ፣ ኣነ'ውን ንስለ ምባል እብል ነይረ'የ። ከምዚ ግና ኣይመሰለንን፣ ማዕረ

ክንድዚ'ዩ'ም በቲ ሰብኣይ ዝሰግኡ!"

"ጀማል ሓወይ! ህዝቢ ኤርትራ ማለቶም'ዩ'ኳ። ኣቶ ግርማጽዮን እውን ካብኡ ሓሊፉ ዝበለኒ ነገር የለን።"

"ማለት?"

"ንመንግስቲ ኤርትራ ክንዓልዎ ኢና። ኣስተብህል እንዶ? ኵሎም ከዛረቡ ከለዉ 'ሓደ ህዝቢ ኢና፣ ምስ ህዝቢ ኤርትራ ዘባእስ የብልናን! ኣሕዋት ኢና! ጸገሙና ዘሎ ግና፡ ነቲ ህዝቢ ካብ መራሒኡ ምንጻል'ዩ!' እናበሉ'ዮም'ኳ ዝግዕሩ። እቲ ሓቂ ግና በንጻሩ'ዩ! ቀንዲ ጸላኢኦም ህዝቢ ኤርትራ'ዩ። ዓቕሚ ስኢኖም'ምበር፡ ንህዝቢ ኤርትራ ከጽንቱ ድሕር ኣምበይ ምበሉን። ውቤ፡ ስባጋድስ፡ ኣሉላ ንህዝቢ ኤርትራ ዝገደፉሉ የብሎምን፣ ኣጽኒቶሞ'ዮም። እዚኦም ድማ ንብረት ዘሪፎም ልዕሊ 70 ሽሕ ኤርትራውያን ካብ መላእ ኢትዮጵያ ሰጒጎም። ስለዚ፡ ካብቲ ኣተሓሳስባ ኣይወጹን። ኣብ እዋን ብረታዊ ቃልሲ'ውን እንተኾነ፡ ንቃልሲ ህዝቢ ኤርትራ ብሓፈሻ፡ ብፍላይ ድማ ንህዝባዊ ግንባር ሓርነት ኤርትራ ከዳኽሙ ዘይመሃዝዎ ተንኰል ኣይነበረን። ሽረ እንዳ ስላሴ ብሓገዝ ህዝባዊ ግንባር ሓራ ወጺኣ ደርግ መላእ ትግራይ ብዘይ ውግእ ገዲፍሎም ምስ ወጸ፡ ኣብ ሚያዝያ 1989 ንደርግ ማለት ወተሃደራዊ መንግስቲ ኢትዮጵያ ናይ ሰላም ጻውዒት ኣቕሪቦሙሉ፣ ንምንታይ? መንግስቲ ኢትዮጵያ ኣይጐረሐን'ምበር፡ ሕራይ ኢሉ ተዛትዩ ነዞም ናይ ትማልን ሎሚን መሪሕነት ህወሓት ስልጣን ሂቡዎም ነይሩ እንተ ዝኸውን፡ ንህዝቢ ኤርትራን ህዝባዊ ግንባርን ብዝኸፍአ መልክዑ መድመይዎ ነይሮም፣ እቲ ምንታይሲ፡ ንርእሰ ውሳኔ ህዝቢ ኤርትራ ብዝኾነ ይኹን ትኣምር ኣሚኖምሉን ተቐቢሎሞን ስለ ዘይፈልጡ። መርኣያ ናቱ ድማ፡ እቲ ካብ 1998 ኣትሒዞም ክሳብ እዛ ዕለት እዚኣ ዝድስቕዎ ዘለዎ ከበሮ ኲናት'ዩ።"

"ረፈረንዱም ንሶም ስለ ዝተቐበሉዎዶ ኣይኮነን ኤርትራ ከም ልኣላዊት ሃገር ተፈሊጣ?"

"ንሱ እንድዩ ድኣ እቲ ዓቢ ጌጋ! ዓቕሚ ስለ ዘይነበሮም'ምበር፡ ንህዝቢ ኤርትራ ክጠልሙ ድሕር ኣምበይ ምበሉን። ኣብ እዋን ብረታዊ ቃልሲ'ውን እንተኾነ፡ ሓገዝ ካብ ሰውራ ኤርትራ ክረኽቡ ኢሎም እንድኣሎም ንመሰል ርእሰ ውሳነ ህዝቢ ኤርትራ ተቐቢሎሞ'ምበር፡ ከምቲ ዝበልኩኻ፡ ኣሚኖሙሉ ኣይኮነን። ህዝባዊ ግንባር ግና ኣብ ብልሒ ብብልሒ ዝጓዓዝ ዓርሞሸሽ ውድብ ብምንባሩ፡ ብናይ ገዛእ ርእሱ ራድዮ (ድምጺ ሓፋሽ) እናጸረፍዎ ሓገዙ ኣይነፈጎምን። ኣብ መወዳእታ ድማ ኣብቲ ዘቕሰሉዎ ዝባኑ ሓዚሉ ናብ ኣዲስ ኣበባ ኣእትዩ በትረ ስልጣን ኣጨቢጥዎም። ንሕና ኢና፡ ነታ ኣብ ትሕቲ ስሃራ ድሕሪ ደቡብ ኣፍሪቃ ዝሓየለ ኣጋር ሰራዊት፡ ሓይሊ ኣየርን ባሕርን ዝሃነጸት ኢትዮጵያ ኣብ ባይታ ስዒርና፡ ንወተሃደራዊ መንግስቲ ኢትዮጵያ ምሉእ ብምሉእ ሮኽሚሽና ንወያነ ኣብ ኮረሻ ስልጣን ኣደይብና ጸጥታ ኢትዮጵያ ኣብ ትሕቲ ምሕረትና ከም ዝወድቕ ዝገበርና። ወያነ፡ ንስሙ ድኣሉ ቤተ መንግስቲ ኣዲስ ኣበባ ኣትዩ'ምበር፡ ኢትዮጵያ፡ ብዘይ ዕላዊ መንገዲ ንሕና ኢና ነማሓድራ ኔርና። ስለ ዝኾነ ድማ፡ ወያነ፡ ኣብ ኣዲስ ኣበባ ምስ ዝርከብ ኣምባሳደር ናይ ዝኾነት ትኹን ሃገር ዝገብሮ ርክብ ብዘይ ናትና ኣፍልጦን ፍቓድን የካይድ'ዩ ኢልካ ትሓስብ?"

"ከመይ?"

"ሕሰቦስኪ! ኣብ 1991 ኣብ ሎንዶን ብመንጎኚነት ወኪል መንግስቲ ኣመሪካ ክካየድ ተሓሲቡ ኣብ ዝነበረ ዘተ ህዝባዊ ግንባርን ወተሃደራዊ መንግስቲ ኢትዮጵያን

ወያነ ክካፈል ይግበአ ነይሩ ድዩ? ብኸመይን ንምንታይን? እንታይ'ዩኸ ክግበር ተሓሲቡ ነይሩ? ህዝባዊ ግንባርን ወያነን ክዛተዩ ወይሲ ደርግን ወያነን? ዕላማ ኣመሪካን ወያነን ዝነቓሓሉ ህዝባዊ ግንባር ግና ጸወታ ገበጣ ከም ዘብቀዐ ብግብሪ ኣብ ባይታ ኣረጋገጸሎም፣ መላእ ኤርትራ ካብ ጐበጣ ሓራ ኣውጺኣ።

"በዚ ተመኩሮ ዝሓለፈ ህዝባዊ ግንባር ኣብቲ ክልተ ዓመት ብወያነን ምምሕዳር ዋሽንግቶንን እንታይ ይሸረብ ከም ዝነበረ ኣይፈልጥን ነይሩ ኢልካ ትሓስብ? ኣይመስለንን።

"ስለዚ፡ ወያነ ተገዲዱ'ምበር፡ ፈትዩ ኣይኮነን ንረፈረንድምን ሉኣላውነት ኤርትራን ተቐቢሉ፣ ከይዕሎ ፈሪሁ። እታ ኣስታት ሰብዓ ዓመት ንህዝቢ ኤርትራ ግዳይ ኣደዳ ኲናትን ምዝንባልን ስደትን ዝገበረት ሕቡራት መንግስታት ኣመሪካ ትኹን እቲ ፈደረሽን በይኑ ኤርትራ ብሃጸይ ሃይለስላሴ ክትጉበጥ ርእዩ ከም ዘይርኣየ ዘስቀጠ ውድብ ሕቡራት ሃገራት እንተኾኑ'ውን፡ ዕረ እናጠዓሞም'ዮም ንልዕላውነት ኤርትራ ክቕበሉ ተገዲዶም፣ ኢትዮጵያን ህወሓትን ኣብ ኢድ ህዝባዊ ግንባር ሓርነት ኤርትራ ስለ ዝወደቑ። ረፈረንዱም ኣካይድና፡ ኤርትራ ልኣላዊት ሃገር ምስ ኮነት፡ ኢትዮጵያውያንን ማሕበረ ሰብ ዓለምን እናርኣዩ ሰራዊትናን ከቢድ ብረትናን ሒዝና ዶ ኣይኮናን ካብ ኢትዮጵያ ወጺእና፣ እቲ ሓቂ ንሱ'ዩ።"

"ምሁራት ኢትዮጵያውያን ግና ኣብ መጻሕፍቶም 'ወያነ እንተ ዘይሕግዞምን ዘየፍቅደሎምን' እዮም ዝብሉ!"

"ጀማል፡ ምሁራት ኢትዮጵያውያን ብፍላይ እቶም ቴድሮስ፡ ዮሃንስ፡ ምነሊክ፡ ሃይለስላሴዶ ደርግ እናበሉ ዝንየቱን ኢትዮጵያ ንዓና'ያ ትብጸሓና ዝብሉን ስዕረቶም ክቕበሉ ኢልካ ዘይሕሰብ'ዩ። ተሳዒሮም ካብ ኤርትራ ተሓግሒጎም ወጺኦም ከብቅዑ፡ "ንሕና ጀጋኑ" እናበሉ ዝፍክሩን "ኣይተሰዓርናን" እናበሉ ብዘይ ሕንከት ዝምድሩን ዝጽሕፉን ከመይ ኢሎም'ዮም'ሞ ንኤርትራዊ ጅግንነት ክቕበሉ? ካብቲ ንዓሰርተው ሸውዓተ ዓመት፡ ኣቡኦም፡ ኣዲኦም፡ ሓዎም፡ ሓብቶምን ውላዶምን ዝቖተለን ኣብ ማእሰርቲ ዘማሰነን ወተሃደራዊ መንግስቲ ደርግ ከቢድ መስዋእቲ ከፊሉ ነጻ ዘውጸኦም ህዝቢ ኤርትራን ህዝባዊ ግንባር ሓርነት ኤርትራን ምኳኑ ይፈልጡ'ኳ እንተኾኑ፡ ከመይ ኢሎም'ሞ ዓው ኢሎም ክዛረቡ? ኣብ ወራር ወያነ ዝጠፍኡ ከይወሰኽካ፡ እቲ ኣብ 1982 ኣወሃሃዲ ወፍሪ ቀይሕ ኮኾብ ዝነበረ ሻለቃ ኣብታ *"መሬት በደም ክህደት"* ዘርእስታ መጽሓፉ፡ "ሓይሊ ኣየርን ባሕርን ወሲኽካ ሰራዊት ኢትዮጵያ ልዕሊ ሓደ ሚልዮንን ሓሙሽተ ሚእቲ ሽሕን በጺሑ ነይሩ፡" ዝበሎ ሰራዊት ድኣ ኣበይ ኣትዩ? ቅዝፈት ሰራዊት ኢትዮጵያ ኣብ ኤርትራ ኣይፈልጡን ማለት ኣይኮነን፣ ኣንዳዕዲዖም ይፈልጡ'ምበር። ስለዚ፡ ምሁራት ኢትዮጵያውያን፡ ህዝቢ ኤርትራን ሻዕብያን ስዒሩና ከይብሉ ከምቲ ሰኒዖም ሰናኒዖምን ሕሶት ወዲ ሕሶት ለቓቒቦምን ዝጸሓፍዎ ታሪኽ ኢትዮጵያ፡ ሕጂን ንሓዋሩን 'ወያነ ኣብ ኲናት ኣፍዓበት፡ ምጽዋዕን ካልእን እንተ ዘይሕግዞም' እናበሉ ወገሐ ጸበሐ ክግዕሩ ክነብሩ'ዮም፣ ብፍላይ እቶም ኣብ ኲናት ዝተሳዓሩ ጀነራላት ደርግን ወያነን። እንተ ንሕና ግና፡ 'ታሪኽ ዘይምሕር በሊሕ ሴፍ'ዩ፡" ጥራይ ኢልና ክንሓልፎ የብልናን፣ ነቲ ረዚን ታሪኽና ክንጽሕፎ ይግባኣና'ዩ።"

ጀማል ናይ ገዛ ርእሱ ታሪኽ ብዘይምፍላጡ ዝብሎ ጠፈኦ።

"ይገርም'ዩ! ናይ በላቸው'ሞ ንበይኑ'ዩ! ልቢ የብሉን፡ ዓሻ'ዩ፡" ኢሉ ርእሱ ነውነወ።

ፌሩዝ ግርህነቱ ተረዳኣ። "ንምኧኑ ናብ መቐለ መዓስ ኢኻ ክትከይድ?" ኢላ ተፈሺካ ሓተተቶ።

"ኣብታ ትቕጽል ሰሙን! ምሳይ ክማላኣኪዶ?"

"ሓደ ሓደ ጕዳያት ኣለዉኒ ኾይኑ'ምበር፡ ደስ ምበለኒ። በል፡ እቲ መጋረጃ ካብ ተቐንጠጠ ደውለለይ ኢኻ፣ ስም ዘርይሁን ኣይተልዕል ኢኻ፡" ኢላ ኣብ ምዕጉርቱ ስዒማ ካብ ማኪና ወሪዳ ናብ ገዛኣ ኣተወት።

ምዕራፍ 25

ዱባይ
ሰንበት 2 ሚያዝያ 2017

ፌሩዝ፡ ክሪስትማስን ሓድሽ ዓመትን ምስ ስድራ ቤት ጀማል ኣብ ሎንዶን ኣሕሊፋ ናብ በርሊን ተመልሰት። ምድላዋ ወዲኣ ኣብ ዱባይ ምስ 26-08 ተራኺባ ብ 18 ጥሪ 2017 ናብ ኣዲስ ኣበባ ጠቕሊላ ከደት። ኣብቲ ኣቐዲማ ኣብ መገዲ መዓርፎ ነፈርቲ ቦሌ ዝሓዘቶ ብዓል ክልተ ክፍሊ መዳቕስ ኣጋይሽ ኣፓርትማ ኣተወት።

ኣብቲ እዋን'ቲ፡ ካፐተን ዘርይሁን ኣብ ተዛማዲ ዕረፍቲ'ዩ ነይሩ። መዓልታዊ እናተራኸቡ ብዛዕባ እቲ ከተቕሞ ዝመደበት ትካል ኣማኻሪ ወፍሪ ፋይናንስን ንግዲ እታው ኮምፒተርን ይዛተዩን ቀዳመ ሰንበት ብሓባር ናብ ሶደሬን ላንጋኖን ከይዶም ፍቕራዊ ሂወት የሕልፉን ነበሩ።

ሓደ መዓልቲ ግና ናብዚኣ ከይደ ዘይብላ ተሰወረ።

ፌሩዝ፡ ምስዋር ካፐተን ዘርይሁን ሃንደበት ኮና። ንመን ከም ትሓትት ሓርበታ። ሓንቲ ክትሓታ ትኽእል ሰብ እንተነበረት፡ ሰመረት ጥራይ እያ። ንሳ'ውን፡ “ዘርይሁን ሓወይ ከምኡ'ዩ፣ ናብ ከምዚ ቦታ እኸይድ ኣለኹ ኣይብልን'ዩ፣ ኣይትሸገሪ ክመጽእ'ዩ፡” እናበለት ተጸናንዓ ነበረት።

ፌሩዝ፡ ዘርይሁን ተልእኾ ተዋሂቡዎ ናብ ገለ ዓዲ ከይዱ ኣሎ ኢላ እንተሓሰበት'ኳ፡ ኣይቀሰነትን፣ ዝከታተልዋ ሰባት ካብ እግራ ስለ ዘይተፈለዩ።

ከምኡ ኾይኑ ከብቅዕ፡ ድሕሪ ሰለስተ ሰሙን ናብ ዱባይ ገሸት። ብመገዲ 26-08 መልእኽቲ ናብ ኮሎኔል ርእሶም ሰዲዳ ህጹጽ መልሲ ትጽበ ምንባራ ኣፍለጠት።

ኮሎኔል ንምሸቱ ኣብ ዱባይ ደበኽ በለ። ከም ተራ በጻሒ ሃገር ተመሲሉ ኣብ ሆቴል ኣተወ፣ ምስ ፌሩዝ ተራኸበ።

“ፌሩዝ፡ ኣብ ስለያ ዓለም ከጋጥም ዝኽእል'ዩ። ኣሸንኳዶ እስኳቡሊ፡ ብዓል ሓዳር'ውን ኴንካ ንብዓልቲ ቤትካ መገሻ ኣሎኒ እንተዘይኾነ፡ ናብ ከምዚ እገይሽ

ኣለኹ፡ ከምዚ ክገብር'የ ምባል ንተልእኾኻ ክፍሸሎ ይኽእል'ዩ። ኣብታ መርበብ ስለያ ህዝባዊ ግንባርን ኢትዮጵያን ኣብ ኤውሮጳ እተንጸባርቐ መጽሓፍ "ስርሒት በርሊን 1984" ዘንበብኩዎ ክነግረኪ። ኣብ ምቕያስ ኣጽዋር ዝሰርሕ ስነ ፍልጠታዊ ኣይሁድ - ሩስያዊ'ዩ። ሩስያዊት ብዓልቲ ቤቱ ክትብቲ ሞሳድ ኾይና ክትስልዮ ምስ ረኸባ ሕሰቢ'ሞ እንታይ ከም ዝተሰመያ! ኣይሁዳዊን ብዓል ቤታን እንድዩ ድኣ፡ናይ ሞሳድ ሰላዪት'የ ክትብሎ ነይሩዋ ማለት ድዩ? ዘርይሁን ድማ ከምኡ፣ ብዛዕባ ስርሑ ክነግረኪ ኢልኪ ኣይትሕሰቢ። ስለዚ፡ ምስዋሩ ሰለስተ ነገራት ክኸውን ይኽእል'ዩ። ሓደ፡ ተልእኾ ተዋሂቡዎ፣ ክልተ፡ ስልጠና ኣትዩ፣ ሳልሳይ ድማ ምሳኺ ዘለዎ ዝምድና ንኽምርመር ተቐይዱ ይኸውን። ካብተን እንተታት ንዓና እታ ሳልሰይቲ'ያ ተገድሰና፡ " በላ ኮሎኔል፡ እቲ ክኸውን ይኽእል'ዩ ኢሎም ምስ ብጾቱ ዝሓሰብዎ ሲናርዮታት እናብራሃላ።

"ንዓይ ጠርጢሮምኒ ማለት ድዩ?"

"ኣብ ስለያ ኵሉ ጠርጣርን ተጠርጣሪን'ዩ። ኣሸንኳይዶ ንስኺ ኤርትራዊት ኳንኪ፡ ካልእ'ውን እንተ ዝኸውን'ሞ ብቐጻሊ ምስኡ እንተዝረአ፡ መንነት ናይቲ ሰብ ክሕተት ግድን'ዩ። ሰላዪ ናይ ሰላዪ ክበሃል ኣይሰማዕኽን ዲኺ? እቶም እግሪ እግርኺ ዝኸዱ ዘለዉ'ኮ እንታይ ትገብሪ ኣበይ ትኣትዊ ምስ መን ትራኸቢ ንምጽራይ'ዩ።"

"ምስኦም ከም ዝሰርሕ እናፈለጡ?"

"ንሕናኮ'ውን እናፈለጥና ኢና ኣሲርና ገሪፍናኪ፣ ተጻዋርነት ንኽተጥርዪ፣ ምኽንያቱ፡ ሓደ መዓልቲ ኣብ ኢድ ጸላኢ ምስ ትኣትዊ ከጋጥመኪ ዝኽእል፡ ኣረ ናትና ፎኪስ'ዩ'ምበር እቲ ዝካየደልካ ምርመራ ንተጻዋርነትካ ተፈታቲኑ ክሳዕ ምእማን'ዩ ዘብጸሓካ፣ እታ ዘዘንተኹልኪ ብጸይቲ ዘክርያባ። ካፕተን'ውን ዕጫ መግረፍቲ በጺሑዎ ክኸውን ይኽእል'ዩ። ዝረኽብሉ ነገር ግና ኣይክህልዎምን'ዩ። እንተ ንዓና ግና ዝበለጸ፣ ካፕተን ባዕሉ ጕልባብ ክኾነና ስለ ዝኾነ።"

"ማለት?"

"ካፕተን እንትርፎ ዓርኩ ምዃንኪ ካልእ ክብል ኣይኽእልን'ዩ፣ ስለ ዘይብሉ። ክፍሊ ስለያ ኢትዮጵያ ክኣምኖ ክግደድ'ዩ፣ ኣማራጺ ስለ ዘይብሉ። ንስኺ ድማ ከይተጠርጠርኪ ክትንቀሳቐስን ካልእሲ ይትረፍ ምስኡ ኣብ ሓደ ገዛ ክትነብርን ትኽእሊ ኢኺ። ንዓና ድማ ዝበለጸ፣ ብቐረባ ትከታተልዮ፡" ኢሉ ፍሽኽ በለ።

ከምቲ ኮሎኔል ርእሶም ዝበሎ ካፕተን ዘርይሁን 108 መዓልቲ ተቐይዱ ድሕሪ ምጽናሕ፡ ብመግረፍቲ ማሲኑ ወጸ። ኮሎኔል ዝበሎ ድማ ሓቂ ኾነ።

ፈሩዝ፡ ሰሙን ኣብ ገዛኡ ካብኡ ከይተፈለየት ተኸናኸነቶ። እንታይ ከም ዘጋጠሞ ሓተተቶ፣ "ንሻዕብያ ሓበሬታ ኣሕሊፍካ ሂብካ፣ ንፌሩዝ ኣበይ ትፈልጣ? እንታይ ትሰርሕ? ልኡኽ ሻዕብያ እያ? ካብ ምባል ሓሊፎም ዝሓተቱኒ ኣይነበሮምን፡ " ብምባል ኣቕሰና።

ፈሩዝ ንካፕተን ናብ ገዛኣ ወሲዳ እናተኸናኸነት ሰላሳን ሸውዓተን መዓልቲ ሕክምና ኣበጻጺሓቶ፣ ምግቢ ሰሪሓ ዓንገለቶ፣ ክዳዉንቱ ሓጺባ ኣስታሪራ ኣልበሰቶ።

ዝምድና ክልቲኦም ደልደለ፣ ኣብ ፍቕራ ሰጢሙ ሓዳር መስሪቱ ቈልዑ ክወልድ ሃረር በለ፣ ስማቸው ድማ ቀሰነ፣ ንጹህ ፍቕሪ'ዩ ኢሉ ስለ ዝኣመነ።

ምዕራፍ 26

ኣዲስ ኣበባ
ቦሌ
ሓሙስ 14 መስከረም 2017

ፌሩዝ ምስ ስመረት ሓቢቲ ካፕተን ዘርይሁን ድልዱል ምሕዝነት መስረተት። ብቐጻሊ ይራኸባን ብሓንሳብ የምስያን ቀዳመ ሰንበት ናብ ሶደሬ ከይደን ይዘናግዓን ነበራ። ስመረት ብፌሩዝ ተመሲጠት፣ ኣዝያ ፈተወታ፣ ሰይቲ ሓዋ ክትከውን በሃገታ።

"ሓቅኺ ኢኺ ስመረቲኖ፡ ኣነ'ውን ሓደ ሓደ እዋን ዘይሓስቦ ኣይኾንኩን። ዕድመ ጓል ኣንስተይቲ ከያዳይ'ዩ፡ ምስኡ ድማ ናይ ምውላድ ዕድላ እናጸበበ'ዩ ዝኸይድ። ግና ከምዚ ትርእይዮ ዘለኺ፡ ኣብዚኣ ኣለኹ ዘይብሉ ህልም!"

"ፌሩዝ እመንኒ! ዘርይሁን ሓወይ ከምኡ'ዩ። ሃንደበት ይኸይድ ሃንደበት ይመጽእ፣ ጣጣ የብሉን።"

"ቍሩብከ እንታይ ትጥርጥሪ? ማዕረ ሰለስተ ወርሒ! ዘይድውልከ?" እናበላ ኣብ ሆቴል ማርዮት ከዕልላ ኣምስየን እዩ ካፕተን ዘርይሁን ካብ ማሕቡስ ወጺኡ ዝደወለላ። ወጋሕታ ብምንባሩ ሰንቢዳ፣

"ሃለው፡" በለት።

"ፌሩዝ፡ ዘርይሁን'የ፣ በጃኺ ናብ ገዛ ምጽእኒ ተጎዲአ ኣለኹ፡" በላ ብድኹም ድምጺ።

ፌሩዝ ዝለዓል ኣልዒላ ማኪና ኣተሲኣ ተወንጨፈት። ካብ ሊፍት ወጺኣ ናብቲ ኣፓርትማ ኣምረሐት። ማዕጾ ተገፍቲኑ ጸናሓ፣ ቀስ ኢላ ኣተወት።

ፌሩዝ፡ ካፕተን ዘርይሁን ዝነግራ ዝነበረ ብጽሞና ሰማዓቶ፣ ንሳ'ውን ብኸምኡ ተመኩሮ ዝሓለፈት ብምንባራ፡ ኮሎኔል ርእሶም ዝበላ ዘኪራ ርግእ ኢላ በብሓደ ሓተተቶ። መልሱ ሓንቲ'ያ፣ "ኤርትራዊ ብምዃነይ ሰላዪ ሻዕብያ ኢሎም ኣሲሮም

ኣሳቕዮሙኒ።"

"ትፈልጥ ዲኻ ከመይ ከም ዘፍቅረካ? ሰለስተ ወርሒ ብዘይ ብኣኻ ሂወት ኣዝዩ'ዩ ከቢዱኒ። ናብ ጀርመን ክምለስ ቀ-ሩብ'ዩ ተሪፉኒ ነይሩ፡" ኢላ ኣይኾነንዶ ንሰብሲ፡ ንከልቢ'ኳ ዘህድም ገምቢ ሰውነቱ ሓቝፋ ብብኽያት ተነኽነኸት።

ድሕሪ ሓደ ሰሙን፡ ፈሩዝ፣ "ምስ ሰብኣይ ሓብትኻ ኣብ ኣዲስ ኣበባ ተራኺብና። ከምቲ ዝበልካዮ ሓሚሙ'ዩ ዘሎ። ካብ ሆስፒታል ቅድሚ ሓደ ሰሙን'ዩ ወጺኡ። ሰብ ስለ ዘይብሉ ባዕለይ እከናኸኖ ኣለኹ። ኣብዚ ቐረባ እዋን ክሓዊ'ዩ፡" ትብል መልእኽቲ ብመገዲ መስመር ዱባይ ናብ ኮሎኔል ሰደደት።

ኮሎኔል ነቲ መልእኽቲ ተቐበሎ። "ክሳዕ መጺአ ዝርእዮ በጃኺ ተኸናኸንዮ። ሓገዝ ዘድልየኪ እንተ ኾይኑ ኣብ ኣዲስ ኣበባ ንዘሎ ሓወይ ንገርዮ፣ ዘድልዮ መድሃኒት እንተሎ ኾይኑ ሓብርኒ ክሰደሉ፡" ኢሉ መልሲ ሰደደላ።

ናይ ፈሩዝ መልእኽቲ፡ "ከምቲ ዝበልካዮ ካፕተን ዘርይሁን ካብ ማእሰርቲ ወጺኡ" ክኸውን ከሎ፡ ናይ ኮሎኔል ድማ "ኣድላዪ እንተኾይኑ ንጀማል ንገርዮ እንተዘይኾነ ሓገዝ ክሰደልኪ፡" ማለቱ ነበረ።

ኾይኑ ኸኣ፡ ፈሩዝ፡ ካፕተን ዘርይሁን ካብ ማእሰርቲ ምስ ሓወየ ምስ ጀማል ኣብ ሂልቶን ሆቴል ተራኺቦም ብዛዕብኡን ኣብ ኣዲስ ኣበባ ይኹን ኣብ ካልኦት ሃገራት ዘለዉ ኤርትራውያን ዕሱባት መንግስቲ ህወሓትን ኣስፊሓ ገለጸትሉ።

ጀማል ተገረመ።

"ጀማል፡ ኣይትገረም! ኣብ ስለያ ዘጋጥም'ዩ፣ ንዘርይሁን ከመይ ጌርና ንሕዞ ጥራይ'ዩ ከገድሰና ዝግባእ።"

"ዘርይሁንሲ ሰላዪ'ዩ! እዚ ኵሉ እዋን ምሳይ ናብ ቻይና፡ ዓዲ እንግሊዝ፡ ጥልያንን ዱባይን ክኸይድ ይስልየኒ ነይሩ ማለት ድዩ? ይገርም'ዩ ናይዚኦም ነገር! ትፈልጢ ዲኺ እንታይ የጕህየኒ ከም ዘሎ? ንኤርትራውነተይ ማዕረ ክንደይ ከም ዘንዓቕኩዎ'ዩ! ገንዘብ ብዘይ ክብረት እንታይ ዋጋ ኣለዎ! ኣነ'ኮ ዋጋ የብለይን፡ ግዙእ ናይ ወያነ'የ! ሰላዪ ናይ ወያነ'የ! ሃገር ማለት ህዝቢ ማለትዶ ኣይኾነን! ኣነ ግና ንህዝቢ ኤርትራ ብረብሓ ሸይጠዮ! ኸደሚ ብደሙ ሃብቲመ!" ብምባል በላቸው ዝህቦ ዝነበረ ተልእኾ ዝርንዝሕ እናነበዐ ገለጸላ።

"ኖኖእ ጀማል! ከምኡ ኣይትበል! ንኤርትራ ብኣፍካ ጎዲእካያ ትኸውን ኢኻ! ኣብ ሕምብርቶም ኳንካ ድኣ እንታይ ክትብል! እቲ ዝብልዎ ትደግም'ምበር! እቶም ወግሐ ጸብሐ ንጥፍኣት ኤርትራ ዝግዕሩ ከዳዓትኸ ደቀ ሃገር ድኣ እንታይ ክባሃሉ'ዮም?" ብምባል ኣብ ደረታ ሓቚፋ፣ "ስምዓኒ! ዘርይሁን ሓውዩ እዩ። ጽባሕ ኣብቲ ትሕቲ ኣፓርትማይ ዘሎ ባር ሒዘዮ ክመጽእ እየ፣ ኣብኡ ጽንሓና። ናብቲ ንኣትወሉ ኣፍደገ ገጽካ ጌርካ ኮፍ በል፣ ካልኣይካ ሒዝካ እንተ መጸእኻ ዝሓሸ'ዩ። ምሳኻ ኮፍ ክንብል ዓድመና፣ ኣነ ግና ጋሻ ኣለካ ኢለ ምስ ዘርይሁን ንበይንና ኮፍ ክንብል ኢና፡" ኢሎም እናዕለሉ ከለዉ፡ ኣቦ መንበር ህወሓት ነበር፡ ኣብ መንግስቲ ህወሓት ኣዛዚ ጠቕላሊ ስታፍ ምክልኻል ኢትዮጵያ ዝነበረ ጀነራል ዮሱፍን እቲ ዓጋመታይ ካድር ተባሂሉ ዝጽዋዕ ኣብ እዋን ብረታዊ ቃልሲ ሓላፊ ፖለቲካ እቲ ውድብ ዝነበረን ኣተዉ። ኣቦ መንበር ነበር ንፈሩዝ ንእለቱ ኣለለያ።

"ጀማል ከመይ ኣለኻ? ፈሩዝ ድኣ መዓስ መጺእኺ? እዞም ዕቡዳት ሻዕብያ

ይሃድኑኺ ኣለዉ ድዮም?"

"ኣብ ምንታይ ዓቕሞም! ከመይ ኣለኻ?" ኢላ ብድድ ኢላ ስዓመቶ፣ ጀማል'ውን ከምኡ።

"እሞ ንዑናይ ምሳና ተሓወሱ።"

"መጻእና!" በልዎ።

"ኣይጠዓየን! ሕማም ምርሳዕ - *ኣልዝሃይመር* - የጥቅዖ ኣሎ'ዩ ዝበሃል።"

"ቸስ ክንጻወት ከለና ዘይለዓል'ዩ ዘልዕል። ነቲ ንጉስ፡ ፈረስ፣ ነቲ ጳጳስ፡ ንግስቲ እናገበረ ተኸኺ'ዩ ዘብለካ፡" በላ'ሞ ብስሓቕ እናተፉሕሰት፡ "በል ነዛ ኮክቴል ሰቲና ንበገስ። ቀዳም ኢና ንራኸብ፡" ኢላ ናብኦም ብምኻድ ተፋንያቶም ከደት።

ጀማል ግና ንቕሩብ ደቓይቕ ምስኦም ኣዕለለ።

ጀማልን ኣቦ መንበር ህወሓት ነበርን ዕድሜኦም ገዲፍካ ድልዱል ዕርክነት'ዩ ነይሩዎም። ቸስ ብቐጻሊ'ዮም ብሓባር ዝጻወቱ። ንሱ ጥራይ ግና ኣይኮነን ዘራኽቦም። ጀማል ምስ ስድራ ቤት ኣቦ መንበር ነበር ድልዱል ንግዳዊ ምትእስሳር ዝነበሮ ብምዃኑ፡ ኣብቲ ገዛ ኣታውን ወጻእን'ዩ። ብኡ መጠን ድማ፡ ኣብቲ ዓንኬል ናይ'ቲ ስድራ ቤት ብዛዕባ ኤርትራ እንታይ ከም ዝዝረብ ኣዳቒቑ'ዩ ዝፈልጥ።

ቀዳም፡ ፌሩዝን ካፐተን ዘርይሁንን ናብቲ ባር ለይታዊ ትልሂት ከዱ። ጀማል ብወዝቢ ዝረኸቦም ተመሲሉ ተመሲጡ ሰላም በሎም። ዕርክነት ፌሩዝን ካፐተንን መረቐሎም። ነገራት ተቓለለ፣ ካፐተን ዘርይሁን ኣርኣያ ብኽልተ ሰለይቲ ተኸበበ።

ኣብ ሳልስቱ፡ ፌሩዝ ናብ ዱባይ ከይዳ መልእኽቲ ለኣኸት፣ ናብ ኮሎኔል ርእሶም።

ምዕራፍ 27

ኣስመራ
ሚኒስትሪ ጉዳያት ወጻኢ
20 ሰነ 2018
ሰዓት 09፡15

ፋክስ ሚኒስተር ሚኒስትሪ ጉዳያት ወጻኢ ዚዝ ዚዝ በለት። ጽሓፊት፡ ነታ መልእኽቲ ካብታ ፋክስ ኣልዒላ ኣንበበታ፣ ካብ ኣምባሳደር ሕቡራት ኣሚራት ዓረብ'ያ፣ ምስ ሚኒስተር ጉዳያት ወጻኢ ኤርትራ ህጹጽ ቈጸራ ክተሓዘሉ እትላቦ ነበረት። ነታ መልእኽቲ ናብ ቤ/ጽ ፕሮቶኮል ልኢኻ ን 14 ሚያዝያ ድሕሪ ቐትሪ ሰዓት 16፡00 ቈጸራ ተታሓዘሉ።

ኣብ ኢትዮጵያ፡ ምንቅስቓስ ቄሮ "ወያነ ናብ መቐለ ንብረት ናብ ቀበሌ!" ብምባል ንመንግስቲ ህወሓት ስለ ዝበደሆ መራሒ መንግስቲ ካብ ስልጣን ክወርድ ተገደደ። ሓድሽ ቀዳማይ ሚኒስተር ዘቐረቦ ጻውዒት ሰላም፡ ኤርትራ፡ ምላሽ ብዘይምሃባ ማሕበረ ሰብ ዓለም እንታይ ኮን ክንሰምዕ ኢና ዝብለሉ ዝነበረን'ዩ፣ ብፍላይ ምምሕዳር ዋሽንግቶን።

ስቕታ ኤርትራ ሳልሳይ ወርሒ ኣቑጸረ።

ከም ወትሩ፡ ኣመሪካ፡ ኣብ ዝተቐረበ መኣዲ ኢዳ ምምላስ ዝተለምደ እንተኾነ'ኳ፡ ኣብ ሎንዶን ኣብ ወርሒ ግንቦት 1991 ክጋባእ ዝተሓስበ ዘተ ህዝባዊ ግንባር ሓርነት ኤርትራን ወተሃደራዊ መንግስቲ ኢትዮጵያን ዘጋጠማ ስዕረት ዘንጊዓ ናብ ክልቲኦን ሃገራት ልኡኽ ክትሰድድ ተሸባሸበት።

ኤርትራ፡ ኣብ ኣፍሪቃዊ ፍታሕ እትኣምን ሃገር'ያ። ሃገራት ኣፍሪቃ ጉዳየን ብዘይ ምትእትታው ምዕራባውያን ባዕለን ብልዝብን ምርድዳእን ክፈትሓ ብቕዓት ኣለወን ዝብል ጽኑዕ መትከል ዘለዋ ሃገር'ያ። ስለዚ፡ እቲ ፍታሕ፡ ኣብ ኢድ ኤርትራ'ዩ ነይሩ።

ሓድሽ መንግስቲ ኢትዮጵያ፡ ንቅድመ-ኵነት ኤርትራ ምርዓሙ ንመንግስቲ ሕቡራት ኣሚራት ዓረብ መልእኽቲ ናብ መንግስቲ ኤርትራ ከብጽሓሉ ተላበዎ፣ ከመይሲ፡ ህወሓት ዝዘረአ ሓድሕድ ምትፍናን ብሄራት ኣብ ኣፋፌት ምፍንጃር ምብጻሑ ስለ ዝተገንዘበ ጥራይ ዘይኾነ፡ ሃንደበት ከይፍንጀር'ውን ስለ ዝሰግአ።

ኤርትራ፡ ኣብ ልዕሊ'ቲ ኢትዮጵያ "ሰላም ብዘይ ቅድመ-ኵነት" ዝበለቶ ጸዊዒት ዝነበራ ዕቃበታት ከውገዱ ነይርዎም። መንጎኛ ዘይብሉ ቀጥታዊ ርክብ ስለ ዝመረጸት፡ ሚኒስተር ሚኒስትሪ ጉዳያት ወጻኢ ኤርትራ ዝመርሖ ላዕለዋይ ልኡኽ ናብ ኣዲስ ኣበባ ክትሰድድ ምኳና ብ 20 ሰነ 2018 ኣፍለጠት።

ሰላም ውሕስነት ረኸበ።

ህወሓት፡ ዘልዓሎ ደንጎላ ኣብ እግሩ ወደቐ፣ ኣመሪካ ተቐርጠመት፣ ዑሱባት ህወሓት ድማ መርገጺ ክሳዕ ዝስእኑ ኣጻብዕቲ ኣእጋሮም ተሓምሸሹ።

ምዕራፍ 28

※ ጀነራል ካሕሱ ኣየነው፡ እቲ ብ 3 መስከረም 2020 ክፍጸም ዝተሓሰበ ተልእኾ ኣስመራ፡ ትግራይ ክልላዊ መረጻ ከተካይድ ትሸባሸብ ብምንባራ ድዩ ተቛሪጹ ኢሉ ሓቢሩኩም?

ሽሕ'ኳ ኣብ ዝተፈላለየ እዋን እቲ ሓሳብ ብድፉኑ ይዝረበሉ እንተነበረ፡ ኣብ መፋርቕ 2020 ኣብ ኢትዮጵያ ዝተኻየደ ዑደት መራሒ ሃገረ ኤርትራ እቲ ተልእኾ ንኸትግበር ኣቀላጢፉዎ ምንባሩ ዝከሓድ ኣይኮነን። እቲ ዑደት፡ ፌደራል መንግስትን ምምሕዳር ክልል ትግራይን ንመረጻ ኣመልኪቶም ኣብ ዝተፋጠጡሉ እዋን ብምንባሩ፡ ንመሪሕነት ህወሓት ከቢድ ስንባደ ፈጢሩሉ። ፖለቲከኛታት ይኹኑ ምሁራት ትግራይ፡ “እቲ ዑደት፡ ንትግራይ ንምፍርራህ ብሓደ ወገን፡ መንግስቲ ኣዲስ ኣበባ ኲናት ኣብ ልዕሊ ትግራይ ከካይድ ዓቕሚ ስለ ዘይብሉ ኤርትራ ክትሕግዞ በቲ ካልእ ካብ ዝብል ሓሳብ ዝነቐለ'ዩ፡” እናበሉ ተጣርዑ። ከምቲ ደጋጊመ ዝገለጽኩዎ፡ መሪሕነት ህወሓት፡ “ንመንግስቲ ኣዲስ ኣበባ ሓንቲ ለይቲ ኣይመሕደርናዮን፡” ይብል እንተነበረ'ኳ፡ ከምቲ ኣብ ዩኒቨርሲቲ ኣዲስ ኣበባ መምህር ኣህጉራዊ ሕጊ፡ “ሻዕብያ እንተዘይነብር፡ ወያነ፡ ታንክታት ሒዞ ኣዲስ ኣበባ ኣትዩ ነዚ ሓድሽ መንግስቲ ኣብ ሓደ ለይቲ ምዓለዎ፡” ዝበሎ፡ ህወሓት፡ እንኮ ስግኣቱ፡ ካብ መንግስቲ ኤርትራ ክመጾ ዝኽእል መጥቃዕቲ ምንባሩ'ዩ ዘነጽር።

እቲ ስግኣት ግና ንሱ ጥራይ ኣይነበረን። ህወሓት፡ ኣብ መንግስቲ ሱዳን ዝነበሮ ተሰማዕነት ፕረዚደንት እቲ ሃገር ምስ ተዓልወ ኣኽተመ። ሓድሽ መንግስቲ ሱዳን ምስ ኤርትራ ድልዱል ዝምድና ፈጢረ፣ ብሑ መጠን ድማ ምስ ኢትዮጵያ። ኢጋድ ብጊድኡ ትርጉም ኣልቦ ኮይኑ ተረፈ፣ ህወሓት ድማ፡ ኣብ ሓምቢሱ ከምልጠሉ ዘይኽእል ደሴት ንበይኑ ተሪፉ ኣብ ከቢድ ራዕዲ ወደቐ።

ስለዚ፡ እዚን ካልእን ተደማማሚሩ፡ ኣብ እዋን መረጻ ታቱላ ኲናት ክነፍሕ ተገደደ።

ስም ኤርትራ፡ ብፍላይ መራሒ ሃገር ኣብ ክልቲኣን ቻነላት ትግራይን ተሌቭዥን ኣሰይን ኤሪናሳትን ወገሐ ጸበሐ ቀይዲ ብዝበተኸ መገዲ ተጸወዐ፣ “ኤርትራ መረጻ ከተሰናኽል ትጓየ ኣላ፣ መንግስት ኣዲስ ኣበባ ኤርትራ ዝኣዘዘቶ'ዩ ዝገብር፡” እናተባህለ ኣውያት ፍርሂ ተኣውየ።

ኮይኑ ድማ፡ መረጻ ትግራይ 10 መስከረም 2020 እዩ ክካየድ ተወሲኑ፣ ተልእኾ ኣስመራ ድማ ንግዚኡ ተደኒለ።

እንተኾነ ግና፡ ፌደራላዊ መንግስቲ ኢትዮጵያ፡ “መረጻ ክልል ትግራይ ዘይሕጋዊ'ዩ፡” ብምባል ንቤት ምኽርን ፈጻሚ ኣካልን ኣፍልጦ ከም ዘይህብ ገለጸ። እዚ ማለት፡ ትግራይ፡ ካብ ፌደራላዊ መንግስቲ ባጀት ኣይትረከብን'ያ ማለት'ዩ፣ ከም ዘይትረከብ ድማ ተነገረ። ሓድሽ ባጤራ ኣብ ዕዳጋ ወዓለ። ብዙሓት ተንተንቲ ፖለቲካ፡ “መሪሕነት ህወሓት ካብ ካዝና ኢትዮጵያ ብዝሰረቖ ቢልዮናት ዶላራት ንትግራይ ከሳልያ ይኽእል'ዩ፡” እንትብሉ'ኳ፡ ብቐዳምነት፡ እቲ ገንዘብ ኣብ ትግራይ ድዩ ኣብ ወጻኢ ሃገር ተኸዚኑ ዘሎ ክፍለጥ ነይሩዎ። እንተሎ'ኸ? ሃገራዊ ባንክ ኢትዮጵያ ዘይፈልጦ ናይ ወጻኢ ባጤራ ብኸመይ'ዩ ኣብ ባንክታት ትግራይ ክሸረፍ? ናይ ወጻኢ ባጤራ ፌደራላዊ መንግስቲዶ ኣይኮነን ዝቈጻጸሮ? እስኪ መሪሕነት ህወሓት ቢልዮናት ዶላር ነይሩዎ ንበል፣ ህዝቢ ትግራይ እቶም መሰረታውያን ሃለኽቲ ከም መድሃኒት፡ ዘይቲ፡ ሽኮር፡ ፊኖ፡ ነዳዲ ዝኣመሰሉ ካበይ ይሸምቶም? በየንከ የእትዎም? ብጅቡቲ? ናብ ጅቡቲ ዝኣቱ ንብረት ብስም ኢትዮጵያን ጉምሩክ ዝፈልጦን'ምበር፡ ብስም ትግራይ ክኣቱ ይኽእል ድዩ? ካባይ ጀሚርካ፡ መሪሕነት ትግራይ፡ ጅቡቲ፡ ቱርኪ፡ ቀጠርን ኢራንን ምስ ዝርከበኦ ቀጽሪ ዝምድና ነይሩዎ ኢልና እንተሓሰብና'ውን፡ ትግራይ ግና ቀጠር ኣይኮነትን።

ሃገረ ቀጠር፡ ምስ ስዑዲ ዓረብን ሕቡራት ኣሚራት ዓረብን ምስ ተባኣሰት፡ መራኸቢ ንግዲ ከይኣትዋን መገዲ ኣየር ቀጠር ከይበርርን ማዕቐብ ተነበረላ። ካብ ስዑዲ ዓረብ ተእትዎ ዝነበረት ፍርያት ደው በለ። መዓልታት ኣብ ዘይመልእ እዋን ውጽኢት ጸባን ከብትን ዝርከቦም መሰረታውያን ሃለኽቲ ጉም በለ። ዕዳጋታት ጥርሑ ተረፈ። ነቲ ሃጓፍ ንምምላእ ኢራን መሰረታውያን ሃለኽቲ ናብታ ሃገር ብኣየር ከተጓርት ተራእየት። ስለዚ፡ ትግራይ ከምኡ ክትገብር ትእኽእል'ያ ዝብል እንተነይሩ፡ ንጀህራ መሪሕነት ህወሓት እዝነ ዝሃበ ጥራይ'ዩ ክኸውን ዝኽእል።

ካብቶም ፈሊጣን ዝወሃብ ካልእ ትንታነታት ንጎድኒ ገዲፍና፡ ፌደራላዊ መንግስቲ ናብ መቐለ ዝገበር በረራ ደው እንተቢሉዎን ካብ ጅቡቲ ዝኣቱ ነዳዲን መሰረታውያን ነገራትን ዓጊትዎን ትግራይ እንታይ'ያ ክትከውን? ህወሓት፡ ንመገዲ ጅቡቲ - ክልል ዓፋር ከኽፍት ምስ ፌደራላዊ መንግስቲ ኲናት ከካይድ? ዝኸዘነ ነዳዲ እንተ ኸዘነ፡ ሓንቲ ታንክ፡ ኣብ ከብዳ ሓደ ኣብ ዝባና ክልተ ፊስቶ ነዳዲ ትስከም እንተ ኾይና፡ በቲ ነዳዲ ክንደይ ኪሎ ሜተር'ያ ክትጓዓዝ ትኽእል? ዋጋ ሓደ መድፍዕ ቡምባ ኣብ ግምት ኣእቲኻ፡ ክንደይ በምባታት'ዩ ክትኩስ? ንኽንደይ እዋን? ኲናት ኢትዮ-ኤርትራ ብፍላይ ኲናት ግንቦት 2000 - ሳልሳይ ወራር ዲኹም ትብልዎ - ንወያነ ክንደይ ከም ዘኽፈሎ ኣይተጸውየሉን'ምበር፡ ፈላጢኡ ይፈልጦ'ዩ። ስለዚ፡ እቲ ስእሊ ኣሎና እንተኾይኑ፡ ወያነ፡ ምስ ማእከላይ መንግስቲ ንኽንደይ እዋን ዝኸይድ ኲናት'ዩ ከካይድ? እቲ ኾይኑ እቲ፡ መንግስቲ ኢትዮጵያ፡ ካብ ኤርትራ ብልሒ ምሽማቱ፡

ሕርያኡ ኣጸቢቑ። ከመይሲ፡ ኤርትራ፡ ንመሪሕነት ህወሓት ኣብቲ ባዕሉ ዝውልዖ ባርዕ ክትጠስቦ ምኽና ዘይተርፍ ስለ ዝነበረ።

ስለዚ፡ መሪሕነት ህወሓት፡ መረጻ ከካይድ ብምባል ደጕሉዎ ዝነበረ 'ተልእኾ ኣስመራ' ብህጹጽ ክፍጻም ስማቸው ኣሰፋው ንኻልኣይ እዋን መምርሒ ሃበ። ኣነ ምስ ሳልሳይ ርእሰይ ነቲ ተልእኾ ክንፍጽም ብ 15 ጥቅምቲ 2020 ብሰለስተ ሸነክ ናብ ኤርትራ ስሊኹና ክንኣቱ ተበገስና።

ኣብቲ ቀዳማይ፡ ፌሩዝ፡ ስድራይ ከርኢ ኢላ ሃንደበት ንሓደ ሰሙን ናብ ጀርመን ክትከይድ መደብ ገበረት። ጽባሕ ዝተበገስኩሉ ዕለት፡ 4 መስከረም ምኳኑ'ዩ ክትብገስ ነይሩዋ። ተልእኾይ ተቛሪጹ ምስ በልኩዋ ግና እፎይታ ተሰማዓ። ብሓባር ናብ ጀርመን ኬድና ካብ ገልጠምጠም ስራሕ ክነዕርፍ ለመነትኒ። እንተኾነ ግና፡ ብዘይ ፍቓድ ስማቸው ናብ ዝኾነ ይኹን ቦታ ክንቀሳቐስ ዝኽእል ኣይነበርኩን፣ ንሳ'ውን ትፈልጥ'ያ። ስለ ዝኾነ ኸኣ፡ መገሻኣ ከተቛርጾ ተረዳዳእና፣ ኣቛረጸቶ። ኣብ ሎሚ ኾይነ ክዝክሮ እንተለኹ ይገርመኒ፣ ከመይሲ፡ ኣብታ መዓልቲ'ቲኣ፡ ፌሩዝ ቀኑብ ተርባጽ ነይሩዋ ጥራይ እንተይኾነስ፡ ብህጹጽ ናብ ኣዲስ ኣበባ በጺሓ ከም ትምለስ ነገረትኒ። ንግሆ ከይዳ ኣማስያ ተመልሰት፣ ኣነ ድማ ናይ ስራሕ ጉዳይ'ዩ ኢለ ንኽፉእ ኣይሃብኩዎን።

ድሮ እቲ ንኻልኣይ እዋን ዝብገሰሉ፡ 14 ጥቅምቲ ምኳኑ'ዩ፡ ፌሩዝ ንበላቸውን ጀማልን ድራር ኣብ መንበሪ ገዛና ክትዕድሞም ምኻና ነገረትኒ። በቲ ሚስጡር ናይ መሰንጀር መልእኽቲ ንስማቸው ፍቓድ ሓተትኩዎ። እወታዊ መልሲ ሃበኒ፣ ከይተሰከፍኩ ንሓሳባ ተቐበልኩዎ።

ፌሩዝ፡ ካብ ካልእ መዓልቲ ብዝበለጸ መልኪዓ ነበረት። ወግዒና፡ ብመሪሕነት ህወሓት ዝውነኑ ኣብ መስርሕ ዝርከቡ ፕሮጀክትታትን ወፍሪ ፋይናንስን ብኸመይ ከታሓዙ ከም ዘለዎም ነበረ። ፌሩዝ፡ ኣማኻሪት ወፍሪ ፋይናንስ ናይ ዝተፈላለያ ትካላት ህወሓት ብምንባራ፡ ንገለ ፕሮጀክትታት ከተማሓድሮ ከም እትኽእል ምስ በላቸው ብቐጻሊ ዝተዛረቡሉ ጉዳይ'ዩ ነይሩ። ኣብታ ምሸት እቲኣ፡ በላቸው ከየመንተወ ተቐበሎ። ኣብ ኣዲስ ኣበባ ምስ ዝርከቡ ሓለፍቲ ፕሮጀክትታ ክራኸባ ተረዳድኡ። ንኹለን ፕሮጀክትታት ስርሓት ህንጻን ወፍሪ ፋይናንስያዊ ትካላትን ኣብ ምስጡር ማእከል ክጥርነፋ ተሰማምዑ። ንምቁጽጻሩ ክጥዕም፡ ምዕቡል ሶፍት ዌር ክትገዝእ ናብ ቻይና ክትከይድ ተረዳድኡ።

በላቸው፡ ናይ ኤርትራ ተልእኾይ ከም ዘይፈልጥ እንተ ኣረጋገጽኩ'ኳ፡ ፌሩዝ ናብ ቻይና ክትከይድ ምኻና ግና ክገልጾ ዘይከኣልኩ ቀዝሒ ንነብሰይ ወረሮ፣ ሕዚ'ውን እንተኾነ ክገልጾ ኣይኽእልን'የ።

"እታ ሰይቲ ጀነራል" ትብል ኣርእስቲ ቅጅል ኢላትኒ "ንስማቸው ሓብሮ፡" ዝብል ሓንደበታዊ ሓሳብ መጽኣኒ።

በላቸው ረዳኢን ጀማልን ንስለ'ቲ ናይ ድራር እንግዶት ኣመስጊኖም ናብ ሆቴል ኣክሱም ሓቢርናዮም ክንኸይድ እንተ ሓተቱና'ኳ፡ ወጋሕታ ሰዓት ኣርባዕተ ክብገስ ስለ ዝነበረኒ፡ ካብ ገዛ ኣይወጻእናን። ገለ ነገር ከም ዘጨነቐኒ ካብ ገጸይ ዘንበበት ፌሩዝ፣

"ዘርይሁን፡" ኢላ ዓምሪራ ሓቜፊትኒ። "ኣዝየ'የ ዘፍቅረካ፡ እዚ ቈልዓ ሽሙ መን ክንብሎ? ኣርኣያ?"

"እንታይ?"

"ነፍሰ ጾር'የ፡" ኢላ ብታሕጓስ ነበዐት።

ኣነ ግና እንታይ ከም ዝብል ሓርቢቱኒ ዓምሪረ ሓቒፈያ ትም በልኩ። "እምበርዶ እዛ ተልእኾ ብሰላም ክትወጻ ኢኻ?" ዝብል ሓሳብ ንኣእምሮይ ሃወኾ። መገሻ ፌሩዝ ንስማቸው ኣሰፋው ክሕብሮ ዝሓሰብኩ ኣእምሮይ ተደፈነ።

"ፌሩዝ፡ ሓደ ሰብኣይ ክረኽቦ ዝኽእል ዓቢ ህያብ ኢኺ ሂብክኒ፣ ጓል ወይ ወዲ ዘርይሁን። ክገልጾ ዘይኽእል ሓጐስ'ዩ ተሰሚዑኒ፡" በልኩዋ ንብዓት ሓጐስ ስዒሩኒ።

"ኣነ'ውን! ተልእኾኻ ከም ትፍጽም ዘይጠራጠር'ኳ እንተኾንኩ፡ ሰብ'የ'ሞ፡ ሰብ ብሰበይ፡ ኣመና ዘፍቀርኩን ድቅኻ ዝሓዝኩን ብምኽንያ ፍርሃት ይስማዓኒ። ንምኽኑ እቶም ከማኻ ተልእኾ ተዋሂቡዎም ዘሎ ክልተ ብጾትካ ብዓል መን'ዮም? ንዝኾነ እንተታት እንተ ፈለጥኩዎም ጽቡቕ'ዩ" ክትብለኒ ሎሚ ኾይኑ እናተሰማዓኒ እግረም። ነታ ናይ ዶክተር ተኸስተ ፍቓዱ "ኣብ ብልሒ ብብልሒ" ትብል ኣበሃህላ ዘኪረ፡ ብኣንጻር መሪሕነት ሻዕብያ፡ ህወሓት፡ ማዕረ ክንደይ ድሑርን ኣእምሮ ዘይነበሮን ምኽኑ እግንዘብ፣ ኣነ'ውን ካብኣም ብዘይፍለ መገዲ።

※ ፌሩዝ ናብ ቻይና ምኻዳ እንታይ'ዩ ኣፍሪሁካ፣ ምስ በላቸው ዝነበራ ዝምድና ወይ ጠርጢርካያ?

ሓደ ሓደ እዋን ክትገልጾ ዘይትኽእል ፍርሃት ወይ ሓጐስ ብውሽጥኻ ክስማዓካ ባህርያዊ እዩ። ኣነ፡ ናይ ነዊሕ ዓመታት ተመኲሮ ስለያ ዘለኒ ሰብ ብምኽንያን ኣብ ስለያ ዘተኮረ ብዙሓት መጻሕፍቲ ከም ዘንበብኩ መጠንን ብሓደ ወገን፡ መንግስቲ ኤርትራ፡ ሓያል መርበብ ስለያን ኣዝዮም ዉፉያት ኣባላትን ከም ዘለዎ ብቐጻሊ ይንገረናን ኤርትራውያን ክንኣምን ከም ዘይብልና ብዝተፈላለየ መልክዕ ኣስተምህሮ ይዋሃበና ብምንባሩን ድማ በቲ ካልእ፡ ንፌሩዝ ክጥርጥራ ይግባኣኒ ነይሩ።

ኮይኑ ኸኣ፡ ንዓይ ካብ ሃዲድ ንምውጻእ፡ "ቈልዓ ክትሓቝፍ ኢኻ፡" ተባሂለ ኣእምሮይ ከም ዝድፈን'ዩ ተገይሩ።

※ እታ "ሰይቲ ጀነራል" ዝበልካዮ እንታይ ማለትካ'ዩ?

ኣብቲ ብዝተሳዕሩ ጀነራላት ወተሃደራዊ መንግስቲ ኢትዮጵያ (ደርግ) ዝተጻሕፈ መጻሕፍቲ፡ ነቲ ኣብ ግንቦት 1989 ዝተፈተነ ዕልዋ መንግስቲ ዝመረሐ ኣዛዚ ጠቕላሊ ስታፍ ሰራዊት ኢትዮጵያ፡ ድሕሪ ሞት ሒማኡ ዝተመርዓዋ ኤርትራዊት ንሻዕብያ ትስልል ምንባራ እዮም ዝገልጹ። ክፍሊ ፍሉይ ስርሒታት፡ ነዚኣ በጥቕሉ ብመልክዕ ኣስተምህሮ ኣብ ሰሚናራት ይገልጸልና ነይሩ። ብኻልእ ኣዘራርባ፡ ኤርትራዊት ሰበይቲ ኣይትእመን ማለት'ዩ። ፌሩዝ ግና ከማናን ምሳናን ብምንባራ፡ ስማቸው'ውን እንትኾን ኣይተጠራጠረን፣ ኣነ'ሞ ብዝበለጸ።

※ ንምኽኑ ኣስማት እቶም ምሳኻ ተልእኾ ዝተዋህቦም ሰባት ነጊርካያዶ?

ኣቢታ ደቒቕ እቲኣ፡ ኣቦ ኬንካ ተባሂለ ከመይ ኢለ'የ'ሞ ክሓብኣላ! እቲ ዝበለቶ እንተታት'ውን ከም ሓቂ ክወስዶ ንቡር'ዩ።

※ ጀማል ናይ ኢትዮጵያ ሰላዩ ነይሩ። ስማቸው ናብ መቐለ ከይዱ ብስዉር ክሰርሕ ምስ ጀመረ፡ ናይ ጀማል ጉዳይ እንታይ ኾነ? ምስቲ ሓድሽ መንግስቲ ኢትዮጵያኸ ብኸመይ ተሳንዩ ይነብር ነይሩ?

ህወሓት ዝቈጻጸሮ ደህንነት፡ ብፍላይ *የኢትዮጵያ መረጃ መረብ ደህንነት ኤጀንሲ (ኢ ንሳን)፡* ምስቲ ካብ ስልጣን ምውራዱ ኣብቂዑ ነበረ። እቶም ኣብ ደህንነት ንሰርሕ ዝነበርና፡ ብፍላይ ቁልፊ ዝኾንና ሰባት፡ ገሌና ናብ ትግራይ ዝተረፉ ድማ ናብ ወጻኢ ሃገር ኸይዶም። ፋይል ናይቶም ምስ ስማቸው ናብ ትግራይ ዝመጻእናን ኣብ መላእ ኢትዮጵያ ብህወሓት ተዓሲቦም ዝሰርሑ ዝነበሩ ተጋሩን ተወለድቲ ካልእ ብሄርን ካብ ደህንነት ወጺኡ ናብ ትግራይ ግዒዙ፣ ኣሰር ከይርከብ። ኣብ ዳታ በይዝ ዝነበረ ኮዳት ተደምሲሱ፡ ሰርቨራት ከም ዘይሰርሕ ተገይሩ።

ቀዳማይ ሚኒስተር ናብ ቤተ መንግስቲ ምስ ኣተወ፡ ብቐዳምነት ዝተወስደ ስጉምቲ፡ ምድራትን ምቁጽጻርን ምንቅስቓሳቱ ነበረ። ምኽንያቱ፡ ንሱ ንባዕሉ ናይ ስለያ ሰብ ስለ ዝነበረ ጥራይ እንተይኾነስ፡ ሓደ ካብቶም መስረትቲ *የኢትዮጵያ መረጃ መረብ ደህንነት ኤጀንሲ (ኢ ንሳን)* ስለ ዝኾነ። ድሕነቱ፡ ስማቸው ብዝእዝዞ ሓለዋ ዝምእከል ብምንባሩ ድማ፡ እንትርፎ ካብ ቤተ መንግስቲ ናብ ቤ/ጽ፡ ካብ ቤ/ጽ ናብ ቤተ መንግስቲ ናብ ካልእ ክኸይድ ከም ዘይብሉ ጥብቂ መምርሒ ተዋሂበ። ቀዳማይ ሚኒስተር ተነጽሎ ክስሞዖን ሕቶታት ክብዝሕን ጀመረ፣ ንባዕሉ ናይ ስለያ ሰብ ስለ ዝኾነ። ከም መራሒ ሃገር መጠን ትእዛዝ ክህብን ኩነታት ጸጥታ ሃገር ክፈልጥን ዝግበኦ ክንሱ፡ ኣይግበኣካን'ዩ ተባሂሉ። ይኹን እምበር፡ ነቲ ሓጹር ክሰግሮ ጀመረ፣ ኣብ ደህንነት ስግኣት ተፈጥረ። ስለዚ፡ ፋይላት ክእለዩ፡ ኣሰራት ክጸርዩን ሰርቨራት ክዓንዉን ነይሩዎም። ጀማል'ውን ሓደ ኣሰር'ዩ ነይሩ። ኾይኑ ድማ፡ ምሳና ናብ መቐለ ከይገዓዘ እቲ ምስ ትካላት ህወሓት ዝነበሮ ንግዳዊ ዝምድና ክቐጽሎ ተገደፈ።

ናብ መቐለ ምስ ግዓዝና ጀማል ካብ ስራሕ ስለያ ተኣለየ፣ ምኽንያቱ፡ ንዕኡ ዝኸውን ስራሕ ኣይነበረን ጥራይ እንተይኾነስ፡ ህወሓት ንዓርሱ ኣብ ትግራይ ህላውነቱን ቀጻልነቱን ኣብ ምልክት ሕቶ ኣትዩ ብምንባሩ፡ ንጀማል ዘተኳረሉ ሰብ ኣይነበረን። ምስ መራሕቲ ህወሓት ብሓፈሻ፡ ብፍላይ ምስ በላቸው ረዳኢ፡ ስድራ ቤት ኣቦ መንበር ህወሓት ነበር፡ ኣባል ፈጻሚት ሽማግለ ህወሓት ዓይነ ስዉር ኣስመሮም፡ ከምኡ'ውን ኣዘዝቲ ፍሉይ ሓይሊ ትግራይ ዝነበሮ ድልዱል ዝምድና ግና ቀጸሎ። ካብቲ መንግስቲ ህወሓት ኣብ ስልጣን ዝነበረሉ እዋን ንላዕሊ፡ ዝምድናኡ ኣደልዲሉ ይሰርሕ ነይሩ እንተ በልኩ'ውን ዝተጋነነ ኣይመስለንን። ምኽንያቱ፡ ዝበዘሐ ግዜኡ ምስ በላቸው ረዳኢ ኣብ መቐለ የሕልፎ ብምንባሩ፣ ብፍላይ፡ ፌሩዝ ናብ ኣዲስ ኣበባ ጠቕሊላ ካብ ትመጽእ ዳርጋ ካብኡ ኣይተፈልየን።

※ ተልእኾ ኣስመራ ኣብ ክንደይ እዋን ክፍጸም ተመዲቡ?

ካብ ትግራይ ክንብገስ እንተለና ብዘይካ ሞባይል ተሌፎን፡ ነጋዶ ቡን ክብለና ዝኽእል 3 ሽሕ ዶላርን 12 ሽሕ ናቕፋን፡ ሓንቲ ቅያር ክዳንን ሳይናይድ ከኒናን ካልእ ኣይነበረናን። እታ ከኒና እንተ ተታሓዝና ነብስና ከነጥፍእ'ያ ተዋሂባትና።

ኣብ ኤርትራ ምስ ኣተና ክንጥቀመሉ ዘኽእለና ናይ ኤርትራ ሲም ካርድ ተዋሂቡና። ካብ ትግራይ ናብ ኤርትራ ክንሰግር እንተለና እንተ ተታሒዝና ተጋሩ ምዃንና ዘረጋግጽ መንነት ወረቐ ከነርኢ፣ ኣብ ውሽጢ ኤርትራ እንትኾን ግና ኤርትራዊ መንነት ወረቐትን ኣብቲ ከባቢ ካብ ዝነበራ ኣሃዱታት ሰራዊት ኤርትራ ዕረፍቲ ተዋሂቡና ናብ ኣስመራ ንኸይድ ከም ዘለና ዝሕብር ዝተተምየነ መንቀሳቐሲ ወረቐትን ተዋሂቡና ነበረ።

ናተይ ተልእኾ ብቐዳምነት ክፍጸም'ዩ ተመዲቡ፣ ንሱ ድማ ንመራሒ ሃገረ ኤርትራ ምቕንጻል ነበረ። ምኽንያቱ፡ እ'ዚ ሰሜን (*ሰሜን እዝ*) ኣብ ትሕቲ ቁጽጽር ኣትዩ፡ ደሴ፡ ጎንደርን ባህር ዳርን ብከቢድ ብረት ወሪርካ ናብ ኣዲስ ኣበባ ምግስጋስን ዝብል ውጥን ኣብ ወረቐት ሰፊሩ ብምንባሩ፡ ተልእኾይ ኣብ ውሽጢ ክልተ ሰሙን ክፍጸም ነይሩዎ። ዕላማ'ቲ ተልእኾ፡ ኤርትራ ክትናወጽን ምክልኻል ሰራዊት ኤርትራ ክሰናበድን'ዩ። ነዚ ነውጺ ነዳዲ ዝኸዕውሉ ሰለስተ ውጥናት'ውን ተሓንጺጾም ነይሮም፣ ኣስመራ ብሮኬትን ሚሳይልን ብቐጻሊ ምድብዳብ፡ ዝተረኽቡ ሰበ ስልጣን ምቕንጻልን ኣብ ሎንዶን ኣብ ልዕሊ ኣዳላዊ መደብ ተለቭዥን ኣሰይ ቅንጸላ ምፍጻምን። እዚ፡ ምስቲ እ'ዚ ሰሜን ኣብ ትሕቲ ቁጽጽር ኣእቲኻ ናብ ኣዲስ ኣበባ ምምራሽ ዝብል ውጥን ክሳነ ነይርዎ። እቲ ምንታይሲ፡ ኤርትራ፡ ነቲ ዝሃብናያ ዕዮ ገዛ ክትሰርሕ ኣብቲ ኲናት ኣይክትኣቱን'ያ፣ እንተይኾነ ግና፡ እቲ ኲናት ዘባዊ መልክዕ ከም ዝሕዝ ምግባሩ ነበረ።

ቅማረ መሪሕነት ህወሓት ግና ንሱ ጥራይ ኣይነበረን። ተልእኾ ኣስመራ ምስ ዝፍጸም፡ ኣብ መንጎ ኤርትራን ፌደራላዊ መንግስቲ ኢትዮጵያን ዝፍጠር ዘይምቅዳው ናብ ግጭት ከምርሕ ዘሎ ተኽእሎ'ውን ኣብቲ ቅማረ ፍሉይ ቦታ ሒዙ ነበረ።

ስለዚ፡ ኤርትራ ምስ ክልተ ሓይልታት ክትገጥም፡ ፌደራላዊ መንግስቲ ኢትዮጵያ ድማ፡ ቀዳማይ፡ ብግንባር ሓርነት ኦሮሞን ሸኔን ኲናት ክኽፈተሉ፣ ካልኣይ፡ ንመንግስቲ ሱዳን፡ ብዝበለጸ ንጀነራላት ሱዳን ኣስዲዕካ ብመተማ ካልእ ግንባር ከም ዝኽፈቶ ምግባር፣ ሳልሳይ፡ ንመንግስቲ ምስሪ ከሲብካ ኣብ ልዕሊ ዲጋ ኣባይ መጥቃዕቲ ከም ዝፍጸም ምግባር፣ ራብዓይ፡ ነቲ ዘባዊ ባርዕ ኤርትራ ከም ዝወለዐቶ ኣብ ማዕከናት ዜና ዓለም ዘቃልሑ ከም ማርክ ፕላይት ዝኣመሰሉ ሰባት ምውፋርን ብዓል ኣመንስቲን ኢንተርናሽናልን ክራይስስ ግሩፕን ከም ዘንበድብደኦ ምግባርን ዝብል ነበረ። ብኸምዚ መገዲ ኸኣ፡ ሓይልታት ፈዴራላዊ መንግስቲ ክበታተንን ኢትዮጵያ ከም ሃገር ክተብቅዕን ትግራይ ሓይላ ክትወጽእን ዝብል ውዱእ ስእሊ ነበረ። እዚ ምስ ዝኸውን፡ ማሕበረ ሰብ ዓለም፡ ብፍላይ ምምሕዳር ዋሽንግቶን፡ ኤርትራ ኣብ ውሽጣዊ ጉዳይ ኢትዮጵያ ኢዳ ከይትመልስ ሓያል ጸቕጢ ክትገብር ክልቲኣን ወይዘራዝር ማለት ወኪል መንግስቲ ኣመሪካ ኣብ ቤት ምኽሪ ባይቶ ጸጥታን ተሓጋጋዚት ጸሓፊት ኣብ ጉዳያት ቀርኒ ኣፍሪቃን ዝነበራ ሎቢ ከካይዳ ዝብሉ ውርጹጻት ቅማረታት ኣብ ወረቐት ኣስፊሩ'ዩ መሪሕነት መቐለ ኲናት ክኸፍት ዝተበገሰ።

በቲ ካልእ ወገን ድማ፡ ነቲ ኣብ ላዕሊ ዝጠቐስኩዎ ባርዕ ተወሳኺ ነዳዲ ክካዓዎ ነይሩዎ። እዚ ኸኣ ሓላፍነት ክልቲኦም ብጾተይ ነበረ፣ ካልኣይ ተልእኾ ኣስመራ ምፍጻም። እቲ ተልእኾ፡ ዝኾነ ብዓል ስልጣን ኤርትራ ምቕንጻል ነበረ። ስለዚ፡ ህዝቢ ክሰናበድን ኣብቲ ሃገር ሕንፍሽፍሽ ተፈጢሩ ሰራዊት ተበቲኑ ናብ ትግራይ ከሃትፍን ነበረ እቲ ካልእ ቅማረ። ጉስጓስ ዘካይዱ ኤርትራውያን ተዓሲቦም፣ ከም ተለቭዥን ኣሰይን ኤሪናሳትን ራድዮ ኤርትራናን ዝኣመሰላ ማዕከናት ዜናን ማሕበራዊ መራኸቢታትን ተወደባ። ተለቭዥን ትግራይ ኸኣ ምድላዋታ ኣጻፈፈት።

※ ኲናት ዞባዊ መልክዕ ክሕዝ፡ ኢትዮጵያ ከም ሃገር ክተብቅዕ! እንታይ ማለት'ዩ?

እወ! ብሰንኪ ዲጋ ኣባይ ምስ ምስሪ ተፈጢሩ ዝነበረ ወጥሪ ብሓደ ወገን፡ ዶባዊ ምስሕሓብ ኢትዮጵያን - ሱዳንን ድማ በቲ ካልእ ኣብ ግምት ምስ ዝኣቱ፡ ፌደራላዊ መንግስቲ ኢትዮጵያ ኣብ ከቢድ ወጥሪ'ዩ ተሸሚሙ ነይሩ። እዚ ጥራይ'ውን ኣይኾነን። መሪሕነት ህወሓት፡ ኣብ ሃገረ ሶማል ዝወለዶ ሓዊ ኣይቀሃመን ነበረ። መንግስቲ ሶማል፡ ኣቓልቦ ህዝቢ ሶማል ንምስሓብን ሃገራዊ ስምዒቱ ንምብርባርን ኣብ ልዕሊ'ቲ ብሰለስተ ሸነኽ ተዋጢሩ ዝነበረ ፌደራላዊ መንግስቲ ኲናት ክኸፍት ይኽእል'ዩ ዝብል ካልእ ቅማረ'ውን ኣብ ግምት ዝኣተወ ነበረ።

ይኹን እምበር፡ ነዞም ሰለስተ ቅማረታት ዝነቓሓትሎም ኤርትራ፡ ኣብቲ ዞባ ንጡፍ ዲፕሎማስያዊ ጐስጓስ ብምክያድ ንሶማልን ሱዳንን ምስ ኢትዮጵያ ከዛተያን ሓንቲ ፍረ ክርቢት ነቲ ዞባ ክሕምስ ናብ ዝኽእል ባርዕ ክትሽሞ ዘሎ ተኽእሎ ዓቢ ምዃኑን ኣጠንቀቐት። ሰለስቲኤን ሃገራት ብቐጻሊ ተራኺበን ፍልልያተን ከጽብባ ሓያል ስራሕ ሰረሐት። እቲ ምንታይሲ፡ ፌደራላዊ መንግስቲ ኢትዮጵያ፡ ኣይኾነንዶ ካብተን ሃገራት ክመጾ ንዝኽእል፡ ነቲ ካብ ትግራይ ዝፍነወሉ መጥቃዕቲን መሪሕነት ህወሓት ኣብ ቤሻንጉል፡ ኦሮምያ፡ ኣዲስ ኣበባን ካልእ ክልላትን ዘዕጠቖም ጒጅለታትን ንምክልኻል ዘኽእል ዓቕሚ ስለ ዘይነበሮ። ስለዚ፡ ኤርትራ ዝነበራ እንኮ ኣማራጺ፡ ነቲ መሪሕነት ህወሓት ከሳውሮ ዝሓሰበ ባርዕ ካብ ትግራይ ከይወጸ ከሎ ዝኸፈል ከፊላ ኣብ ሓጺር እዋን ከተቕህሞ እንትኽውን፡ መንግስቲ ኢትዮጵያ ድማ፡ ናብታ እንኮ መድሓኒተይ ዝብላ ኤርትራ ተጸጊዑ ነቲ ክልብልቦ ተዳልዩ ዝነበረ ሓዊ መሪሕነት ትግራይ ምግጣም ነበረ።

※ ኣብ ሎንዶን ቅንጸላ ኣብ ልዕሊ ጋዘጤኛ ክፍጽም ተሓሲቡ። መን'ዩ እቲ ጋዜጠኛ? ንምንታይ?

እወ። ከምቲ ዝበልክዎ፡ መጥቃዕቲ እ'ዚ ሰሜን ክካየድ ምስ ተወሰነ፡ ክፍሊ ፍሉይ ስርሒታት ማዕረ ማዕረ እቲ ኣብ ኣስመራ ክፍጸም ዝተሓስበ ተልእኾ፡ ኣብ ዓዲ እንግሊዝ፡ ሓደ ኤርትራዊ ጋዜጠኛ ክቕንጸል መደብ ኣውጺኡ። እቲ ጋዜጠኛ ቀንዲ መሳሪሕና ኾይኑ፡ መደበሩ ኣብ ሎንዶን'ዩ። ምስኡ ኣብ ዝተፈላለየ እዋን ኣብ ሎንዶን ኾነ ኣዲስ ኣበባ ብኣካል ተጋኒና ኔርና። ካብቶም ዓቢ ወፍሪ ዝገበርናሎም ጋዜጠኛታት ሓደ እዩ፣ ፋንኤል እያሱ ጋዜጠኛ ተለቭዥን ኣሰይ። ፋንኤል፡ ቀንዲ ተጸባኢ ህዝብን መንግስትን ኤርትራ ምዃኑ ዘይፈልጥ ኤርትራዊ ዘሎ ኣይመስለንን። ስለዚ፡ ምቕንጻል ናይዚ ሰብ'ዚ ኣብ ማዕኸናት ዜና ክፈጥሮ ዝኽእል ዋዕዋዕታ፡ ኣብ ፖለቲከኛታት ኤውሮጳን ኣመሪካን ክሕድሮ ዝኽእል ስምዒት፡ ብኡ መጠን ኣብ ልዕሊ ኤርትራ ክፈጥርዎ ዝኽእሉ ጸቕጢ ተገምጊሙ'ዩ ክቕንጸል ተወጢኑ። እቲ ቅንጸላ ኸኣ ሻዕብያ ከም ዘካየዶ ብመገዲ ምሳና ዝሰርሑ ወጻእተኛታት ጋዜጠኛታት ብፍላይ ማርክ ፕላይት ከም ዝጋዋሕ ምግባር ነበረ።

ኣብ መጀመርያ ጥቅምቲ 2020፡ ጎኒ ጎኒ'ቲ ንሕና ክንፍጽሞ ዝተዋሃበና ዕማም፡ ቅንጸላ ፋንኤል፡ ሓደ ኣባል ናይታ ኣብ ራያ ዝተዓለመት ሳልሰይቲ ጕጅለ ክፍጸም ናብ ሎንዶን ኣምረሐ።

※ ንኣዳላዊ መደብ ተለብኸን ኣሰይ ፋንኤል እያሱ መን'ዩ ዝምውሎ ነይሩ?

ፋንኤል፡ ብደም ህዝቢ ኤርትራ ዝጨቀወ ገንዘብ ዝሃብተመ ሰብ'ዩ። ንተለብኸን ኣሰይ ዘይተኣደነ ገንዘብ መዊልና እነንቀሳቕሳ ንሕና ኢና።

※ ኣብ ኤርትራ ንተልእኾኹም ዝተሓባበርኹም ሰባት ነይሮምዶ?

እወ።

※ ንምኻኑ ኢትዮጵያ ናበይ ገጻ'ያ ትምርሽ ዘላ?

ህወሓት ኣብቂዑ'ዩ። ንኢትዮጵያ ድማ ናይ ሚእቲ ዓመት ዕዮ ገዛ ገዲፉላ ኣሎ። ስለ ዝኾነ ድማ፡ ከም ሃገር ክትቀውም ብዘይ ሓጋዚ ናይ ገዛ መምህር ንበይና እትኽእሎ ኣይኮነን። እታ መምህር ድማ ኤርትራ'ያ።

ምዕራፍ 29

ኣስመራ
ቲራ ቮሎ
ቅድሚ ዓሰርተ ዓመትን ክልተ ወርሕን
ቀዳም 28 ነሓሰ 2010
ሰዓት 03፡10

ፈሩዝ፡ ካብ ደሴት ደሰ ኣብ ሰዓታት ድሕሪ ቐትሪ ናብቲ ንዓኣ ተባሂሉ ኣብ ቲራ ቮሎ ዝተዳለወ መዕረፊ ገዛ፡ ሓላፊ ወኪል ሃገራዊ ድሕነት ኤርትራ ጀነራል ኣብራሃም ተቐበላ።

"ጨው ቀይሕ ባሕርን ጽሓዩን ኣዝዩ ተቐባቢሉኪ፡" ኢሉ ብፍሽኽታ ኣብ ደረቱ ሓቝፉ ስዓማ።

መን ምዃኑ እንተዘይፈለጠት'ኳ፡ "ወይ ናትኩም ነገር! ጸፊዕኩም ትስዑሙ፡ ዘገርም'ዩ!" ኢላ ክምስ በለቶ።

ኮሎኔል ርእሶም ንኽልቲኦም ኣፋለጦም። ፈሩዝ ንጀነራል ኣብራሃም ብስም'ያ ትፈልጦ። ንሱ ብንሱ'ውን ካብቲ "ካብ መገሻ ዝተኣገዱ ሰበ ስልጣን መንግስቲ ኤርትራ" ተባሂሉ ብባይቶ ቤት ምኽሪ ጸጥታ ዝወጽአ ዝርዝር ኣስማት።

"መገሻኺ ከመይ ነይሩ? ኣዕረፍኪ ክትኮኒ ተስፋ እገብር?"

"ዕረፍተይ ተዛማዲ'ዩ ነይሩ።"

"ማለት?"

"ርእሶም እንተ ዘይነብር ሃጽ ኢለ ምጠፋእኩ ነይረ።"

"ናይ ትሕቲ ባሕሪ ሓለዋና ኣይነገረክን ድዩ?"

"ነቶም ዶልፊን ምስዳዕ ኣይምሓመቕኩን ነይረ!" በለት'ሞ፡ ጀነራል ኣብራሃም እናሰሓቐ ርእሱ ናብ የማን ጸጋም ነውነወ።

ኣብቲ ቪላ፡ ብዘይካ ጀነራል ኣብራሃም፡ ሓላፊ ቤ/ጽ ጸጥታ ውሽጢ ሃገር ብሪጋደር ጀነራል ካሕሳይ፡ ኣብ ቤ/ጽ ፕረዚደንት ሓላፊ ሓለዋ መራሒ ሃገር ብሪጋደር ጀነራል ፎኣድ ኣል ሓሸም፡ ኣብ ክፍሊ ስለያ ወጻኢ ሓላፊ ጠረጴዛ ኣመሪካ ኮሎኔል ኢብራሂም ኣሕመድ ሰንጎር ከምኡ'ውን ምክትል ሓላፊ ጠረጴዛ ኤውሮጳ ሌተናን ኮሎኔል እድሪስ ኑር ዓሊ ነበሩ።

ፌሩዝ፡ ኣብ ማኪና ደቂሳ ብምምጻኣ ይቕሬታ ሓቲታ ክትተሓጻጸብ ናብ ዓይኒ ምድሪ ኣምረሐት።

"ርእሶም እዛ ጓል ቈራጽ'ያ፡ ክትሕይለካ'ያ መስለኒ!"

"ርእሰ ምትእምማናን መግለጺ የብሉን፣ ልክዕ ሰብ ኣብ ልክዕ ቦታ ከም ዝረኸብና ኣይትጠራጠር።"

"ጽብጽብ መዓልታዊ ንጥፈታትኩም ነዚ ትብሎ ዘለኻ . . .፡" ኢሉ ከይወደአ ፌሩዝ ካብ ዓይኒ ምድሪ ተመልሰት'ሞ ናብቲ ንኽብራ ተባሂሉ ካብ ሆቴል ኣስመራ ፓላስ ዝተኣዘዘ ቡፌ ንኽትቀርብ ጀነራል ኣብራሃም ኣመልከተላ።

ፌሩዝ ዳርጋ ቁንጣሮ'ያ ኣልዒላ፣ ከመይሲ፡ ኣብ ደሴት ደሰ ክብደት ወሲኻ ብምምጻኣ ነብሳ ጸሊኣቶ ስለ ዝነበረት። ናብ ጀርመን ምስ ተመልሰት ነብሳ ክትከናኸንን ክብደት ከተጉድልን'ውን መዲባ ነበረት።

"ኢሂ ፌሩዝ፡ ኾይኑዋ ንሳ!" በላ ኮሎኔል ርእሶም እናሓጨጨ።

"ነጊረካ'ኳ'የ! ጉድኩም ከቀልዓኩም ምኺነይ፡" ኢላ ፍሽኽ በለቶ።

ኲሎም ሓለፍቲ ብፌሩዝ ተመሰጡ፣ ዕላላን ጭርቃናን ፈተውዎ። ምግቢ ተበሊዑ ቡን ተቐዲሑ ምስ ተሰትየ ጀነራል ሰዓቱ ተመልከተ።

"ፌሩዝ፡ ዝበደልናኪ ይቕረ ይኹንኩም ኢልክና ክትኮኒ ተስፋ ንገብር፣ ኪሒስና ክንከውን ድማ ኣይንጠራጠርን ኢና። ብዝኾነ፡ ርእሶም ዕማም ስራሕኪ ገሊጽልኪ ኣሎ፣ ንምልአ ነገር የብልናን። ዘለናዮ ኲነታት ኣዝዩ ዘተሓሳስብ ከም ምኻኑ መጠን፡ ኣብዛ እዋን'ዚኣ ተወፊኻ ምስራሕ ከድሊ'ዩ። ኣቦኺ ተባዕ፡ ዉፉይ፡ ዕጉስ፡ ተልእኹኡ ዝፈልጥ ሓያል ሰብ'ዩ። ካባኺ ንጽበዮ እንተሎ፡ ተካኢት ኣቦኺ ክትኮኒ'ዩ፣ ከም ትኾኒ ድማ ንተኣማመን ኢና። ብረት ምጥቃም ዝተዓለምኪ ምናልባት ሓደ መዓልቲ መድሓን ነብሲ ክኾነኪ ብማለት'ዩ፡" ኢሉ ክፉነዋ ብድድ በለ'ሞ፡ ኲሎም በብተራ ኣብ ደረቶም ሓቝፎም ተፋንዮማ ከዱ።

ፌሩዝ ልባ ተተንከፈ፣ ንብዓት ሰዓራ። ንድሕሪ ጽባሒቱ 28 ነሓሰ ወጋሕታ ሰዓት 3፡10 ናብ ፍራንክፈርት በረረት።

ፌሩዝ፡ ኣብቲ ኣብ ደሴት ደሰ ሓደ ወርሒ ዝጸናሓትሉ እዋን፡ ሳይለንሰር ዝገጥሞ ካሊበር ሸጉጥ፡ ካላሽንን ስናይፐርን ፈቲሓ ምግጣምን ምትኳስን ኮሎኔል ርእሶም ሚሂሩዋ ነበረ።

ምዕራፍ 30

ኣዲስ ኣበባ
ሆቴል ማርዮት
15 ጥቅምቲ 2020
ሰዓት 19፡00

ኣርባዕተ ኣካየድቲ ስራሕ ኩባንያታት ህንጻ ዝርከብዎም ሽዱሽተ ሰባት ንድራር ኣብ ሆቴል ማርዮት ተራኸቡ።

ፈሩዝ፡ ዑንቂ ባይረ ጎና ቀሚሽ ምስኡ ዝኸይድ ጫማ ወድያን ናይ ኢድ ቦርሳ ሒዛን ሰለስተ ደቒቕ ደንጒያ ናብቲ ዝተሓዛኣሎም ናይ ድራር ሰደቓ በጽሐት። ኩሎም ካብ መንበሮም ተሲኦም በብሓደ ሰላም ኢሎም ኮፍ ክትብል ተጸቢዮም ተቐመጡ።

"ዶክተር መስፍን ከመይ ኣለኻ?" በለቶ ንሓላፊ ፋይናንስ ትካላት ህወሓት።

ዶክተር መስፍን፡ ኣብ ዩኒቨርሲቲ ኣዲስ ኣበባ መምህር ዝነበረ ኾይኑ፡ ኣብ እዋን ወተሃደራዊ መንግስቲ ደርግ ሽዱሽተ ዓመት ተኣሲሩ ህወሓት/ኢህወደግ ብሜካናይዝድ በራጊድ ህዝባዊ ግንባር ሓርነት ኤርትራ ተሓጊዙ ኣዲስ ኣበባ ምስ ኣተወ ካብ ካርሸሊ ዝወጽአ ትግራዋይ'ዩ። ኾይኑ ድማ፡ ካብ 1994 ክሳዕ 2005 ኣማኻሪ ወፍሪ ፋይናንስያዊ ኤፍረት (EFRET)፡ ድሕሪ ምርጫ 2005 ሓላፊ ፋይናንስዊ ትካላት ህወሓት ኾይኑ ካብ መቐለ ናብ ኣዲስ ኣበባ ዝተቐየረ ከኢላ ኣማኻሪ ወፍሪ ፋይናንስ'ዩ።

ንሱ፡ ኣብ ሓምሳታት ምስ ስድራኡ ናብ ኣስመራ ተሰዲዱ ክሳዕ ካልኣይ ደረጃ ትምህርቲ ዝተማህረን ኣብ 1967 ማትሪክ ሓሊፉ ናብ ዩኒቨርሲቲ ኣዲስ ኣበባ ዝኣተወን የዋህ ሰብ'ዩ። ምስ ኤርትራውያን ብዝነበሮ ድልዱል ዕርክነት፡ ደጋፊ ሻዕብያ ተባሂሉ ድሕሪ መጥቃዕቲ ባረንቱ ጥቅምቲ 1985 ኣብ ኣለም በቃኝ ተዳጎነ።

ፈሩዝ፡ ብመገዲ በላቸው ረዳኢ'ያ ተላልያቶ፣ ኣብ ለካቲት 2017። ናይ ሰለስተ ሪል ስቴት ፕሮጀክትታ ውጥን ፋይናንስ ክተዳልወሎም ተሰማምዑ። ምስቲ ንሱ

ዘካይዶም ትካላት ዝኣተወቶ ውዕል ኸኣ፡ ነቲ ኣብ ኣዲስ ኣበባ ዘቜመቶ ትካል ምኽሪ ወፍሪ ፋይናንስ ሀ ኢላ ጀመረቶ።

"ወይዘሮ ፌሩዝ እንቛዕ ብዳሓን መጻእኺ። ኣብ መርዓኺ ዘይዓደምክና ቅር እንተበለና'ኳ፡ እንቛዕ ናብኡ ኣብቃዓኪ።"

"የቐንየለይ ዶክተር መስፍን፡" በለቶ ፍሽኽ ኢላ ንኹሎም በብተራ እናጠመተት።

ዕዱማት፡ ንፌሩዝ ኣብ ማዕከናት ዜና ርእዮማ ብምንባሮም መንነታ እንተ ዘይተሓደሶም'ኳ፡ ዶክተር መስፍን፡ ዘየድሊ ስሚዒት ከይፍጠርን ኣብ ስራሕ ዕንቅፋት ከይገጥማን ብምባል ኤርትራዊት ምኳና ካብ ምግላጽ ተቘጠበ። ብድፍኑ፡ ኣብ ጀርመን ዝተወልደት ምኳናን ካብቶም ከሳዕ ሕጂ ዘጋጠምዎ ኣማኸርቲ ወፍሪ ፋይናንስ ብልክዕነትን ጽፈትን ስራሕ መወዳድርቲ ከም ዘይብላ ድሕሪ ምግላጽ፣

"ሓደ ካብቲ ወይዘሮ ፌሩዝ ዘጽናዓትልና ወፍሪ፡ *ሪል ስቴት* እዩ። ኣብ ብዙሓት ክልላት ከነተግብሮ መጽናዕቲ ኣብ ምክያድ ድማ ንርከብ። እቲ ዝተረፈ ንወይዘሮ ፌሩዝ ክገድፈላ፡" ኢሉ ክምስ በለ።

"ዶክተር መስፍን ኣስፊሑ ገሊጽዎ'ኳ እንተኾነ፡ እቲ ዕላማ፡ ኩለን ብህወሓት ዝውነና ኣብ ህንጻዊ ስርሓት ዝነጥፋ ተኾናተርቲ ህንጻን ናይ ፋይናንስ ትካላትን ብጥምረት ንኽሰርሓ ሓደ ማእከል ምቛም'ዩ። ማእከላይ ቤት ጽሕፈቱ ኣብ ኣዲስ ኣበባ ክኸውንን ብውልቀ ፍቓድ ዋኒን ክምዝገብን'ዩ እቲ ሓሳብ። ምኽንያቱ፡ እዚ ሓድሽ መንግስቲ፡ ነዘን ትካላት ዓይኒ ኣውዲቑለን ጥራይ ዘይኮነ፡ ኣብ ዝተናወሐ እዋን ከዳኽመንን ንህወሓት ብብልሽውና መኽሰሲ ክጥቀመለንን ስለ ዝኽእል ብእዋኑ ናብ ብሕቲ ከም ዝተሸጣ ኣምሲልካ ንጥፈታተን ከም ዝቕጽላ ምግባር'ዩ፡" ብምባል ክዝትዩ ኣምስዮም፡ ኣብቲ ንሳን በላቸው ረዳኢን ዝተሳማምዕሉ ሓሳብ ሰሚሮም ግርም ዝኾነ ድራር በሊዖምን ጻዕዳ ናይ ደቡብ ኣፍሪቃ ነቢት ሰትዮምን ተፈላለዩ።

※ ※ ※

መቐለ
ኣዳራሽ ሓወልቲ ሰዉኣት
ሰዓት 20፡00

ዓለም ኣብ ኩናት ተሸሚማ ነበረት፣ ኩናት ኮቪድ-19። ኣብቲ ቀዳማይ እግሩ፡ ንኤውሮጳን ሕቡራት መንግስታት ኣመሪካን ብዘሰንብድ ናህሪ ኣጠላቐየን። እዘን ሃገራት፡ ህይወተን ፍኑው ህዝበን ቀይዲ በተኽ ምኳኑ ኮቪድ-19 ኣጋለጾን። ቀይዲ በተኽነቱ ግና ካብ ባዶ ዝተበገሰ ኣይነበረን፣ እቲ ስርዓት'ዩ ከምኡ ከም ዝኾውን ገይሩዎ። ከመይሲ፡ ተመስገን ዘይብል ስርዓት ስለ ዝኾነ።

ኾይኑ ድማ፡ "እተን ብኢንዱስትሪ፡ ቴክኖሎጅን ሕክምናን ዝማዕበላ ሃገራት ንኽምቲ ዝበለ ተላባዒ ሕማም ናይ ምብዳህ ዓቕሚ'ኳ ዝሰኣና፡ ንሕና ዳኣ እንታይ ክንከውን ኢና፡" ብምባል ህዝቢ ካልኦት ሃገራት ተሸቚረረ፣ ናህሪ ለበዳ እናወሰኸ ስለ ዝኸደ።

ብኣንጻሩ፡ እታ እቲ ቫይረስ ዝተረኽበላ ሃገረ ቻይና ነታ ናይቲ ቫይረስ መበቆል ተባሂላ ትጽዋዕ ከተማ ውሃን ወሺባ ኣብ ሓጺር እዋን ካብቲ ለበዳ ኣንጺሃታ ጥራይ ዘይኮነስ፡ ህዝባ ናብ ንቡር ንጥፈታቱ ከም ዝምለስ ገበረት። ህዝቢ ቻይና ድማ፡ ብስነ ምግባር ዝተሃንጸ ህዝቢ ምዃኑ ኣርኣየ። ብኣንጻር ምዕራባውያን ሃገራት፡ ብፍላይ ሕቡራት መንግስታት ኣመሪካ፡ መንግስቲ ቻይና፡ እኽብካብ ናይ ሰብ ገዚፍ ርእሰማል ዘይኾነስ፡ ካብ ኣብራኽ ህዝቢ ዝወጽአን ንህዝቢ ዘገልግልን ምዃኑ ኮቪድ-19 ኣመስከረ። እታ ሓደ ሰልፋዊ ሃገር ተባሂላ ትጥቀስ ቻይና፡ ነታ ኣደ ዴሞክራሲ'የ ትብል ኣመሪካ ጥራይ ዝባና ኣውጺኣታ፣ ብቕዓት ከም ዘይብላ ኣቃላዓታ። ከመይሲ፡ ምዕራባውያን ሃገራት፡ ብፍላይ ኣመሪካ፡ ብሚሊዮናት ዝቖጸር ህዝበን በቲ ለበዳ ተለበደ፣ ትካላተን ተረገጠ፣ ዓሰርተታት ሚልዮናት ሰራሕተኛታት ካብ ስራሕ ብምውጽኡ ህዝበን ብፍርሂ ኣንፈጥፈጠ።

ፌደራላዊ መንግስቲ ኢትዮጵያ'ውን ስግኣት ኮቪድ-19 ዝፈጠሮ ህጹጽ ናይ ግዜ ኣዋጅ ኣወጀ። ኩናት ኮቪድ-19 ንምግጣም፡ እቲ ኣብ ነሓሰ ክካየድ ዝተመደበ ሃገራዊ መረጻ ሰልፍታት ተናወሐ። መሪሕነት ህወሓት ግና፡ ኮቪድ-19 ይኹን ዕስለ ኣንበጣ መረጻ ካብ ምክያድ ዝዓግተኒ ኣይኾነን ብምባል ኣዋጅ ፌደራላዊ መንግስቲ ካብ ምቕባል ሓንገደ፣ ክልላዊ መረጻ ኣካየደ፣ ንኩናት ቅድመ ኩነት ፈጠረ።

ኾይኑ ድማ፡ ኣብቲ ኣብ ኣዳራሽ ሓወልቲ ስዉኣት ኣኼባ መሪሕነት ህወሓት ዝካየደሉ ዝነበረ ምሸት፡ ፌሩዝ፡ ኣርባዕተ ኣካየድቲ ስራሕ ኩባንያታት ህወሓት ዝተረኽቡሉ ኣብ ሆቴል ማርዮት ምስ ዶክተር መስፍን ትዛተ ነበረት። ጀማል ድማ ኣብ ሆቴል ኣክሱም ምስ ኣቦ መንበር ህወሓት ነበር የዕልል ነበረ።

"ንሕና፡" በለ ኣመሓዳሪ ክልል ትግራይ ኣቶ ግርማጽዮን ኣብቲ ላዕለዋይ መሪሕነት ህወሓት ዝተጋበአሉ ኣኼባ ኣዳራሽ ስውኣት፡ "እታ ክንምስርታ ዘንቀድና ሃገረ ትግራይ ክንምስርት ዓቕምን ብቕዓትን ኣሎና። ናይ'ዚ ኣብ ኣዲስ ኣበባ ዘሎ ዘይሕጋዊ መንግስቲ ዝዓበየ መሓዉሩ ኣብዚ ኣብ ትግራይ'ዩ ዘሎ፣ እ'ዚ ሰሜን። እ'ዚ ሰሜን፡ ናይዚ ሃገር ልዕሊ ሰብዓ ሚእታዊት ኣጽዋር ዝዓጠቐን ምኩር ሰራዊት ዘለዎን'ዩ። እዚ ኣጽዋር ኣብ ኢድና'ዩ ዘሎ። ፍሉይ ሓይልናን ሚሊሽያናን ምስ ዓጠቐ ንመንግስቲ ኣዲስ ኣበባ ኣብ ሓጺር እዋን ክንዓልዎ ከም እንኽእል ዘጠራጥር ኣይኾነን። ሓደ መንቀብ ግና ኣሎ፣ ኤርትራ። ሻዕብያ ትም ኢሉ ክርኢ ኣይኾነን። ስለዚ፡ ንቕድም ንውኡ ከነልምሶ ይግባእ። ብኸመይ ይትግበር ንኽፍሊ ፍሉይ ስርሒታት መምርሒ ተዋሂቡዎ ስለ ዘሎ፡ ኣብዚ ቐረባ እዋን ሓደ ውጽኢት ክንርኢ ትጽቢትና'ዩ፡" ድሕሪ ምባል፡ ኣብ ልዕሊ እ'ዚ ሰሜን መጥቃዕቲ ክውሰድ ትእዛዝ ሃበ። መዓልትን ሰዓትን ተወሰነ። ነታ ዓቢ ስግኣት ዝኾነቶ ኤርትራ ድማ ካፕተን ዘርይሁን ኣርኣያ ለኣኸላ፣ 15 ጥቅምቲ 2020።

※ ※ ※

ኣዲስ ኣበባ
ሆቴል ሻራቶን
ንጽባሒቱ
16 ጥቅምቲ 2020
ሰዓት 11:10

ጀማል፡ ካብ መቐለ በታ ወጋሕታ ትበርር ነፋሪት ኣዲስ ኣበባ እትው ምስ በለ መልእኽቲ በጽሖ። "እተን ኣይሸኮ ካብ ጅቡቲ ተበጊሰን ኣለዋ፣ ሰዓት 11:10 ኣብ ሻራቶን ንራኸብ፡" ትብል ነበረት።

ጀማል፡ ኣብ ወኪል ሃገራዊ ድሕነት ኤርትራ ምስ ተኸትበ፡ ተልእኾኡ፡ ንፈሩዝ ብዝምልከት ኣብ መንጎ መሪሕነት ህወሓት ዝዝረብ ዘረባ ምቕራምን ዝኾነ ጥርጣረታት ምስ ዝህሉ ቅድመ መጠንቀቕታ ምልኣኽን ነበረ። ነዚ ንምግባር፡ ምስ በላቸው ረዳኢ፡ ሓላፊ ቢሮ ምሕደራ ጸጥታ ትግራይ ሜጀር ጀነራል ኣስገህይ፡ ኣዘዝቲ ፍሉይ ሓይሊን ካልኦት ኣባላት ሓደሽትን ነባራትን መሪሕነት ህወሓት ዝነበሮ ድልዱል ዝምድና ሓጋዚ ነበረ።

ቅድሚ ክልተ ወርሒ'ዩ። ጀማል ምስ ሓደ ካብ ኤርትራ ብስቱር ዝተላእኸ ኣባል ወኪል ሃገራዊ ድሕነት ኤርትራ ኣብ *መክሲኮ ኣደባባይ* ፊት ሆቴል ዋቢ ሸበሌ ኣብ ዝርከብ ናይ ደገ እንዳ ሻሂ ኮፍ ኢሎም ሓበሬታ እናተለዋወጡ ከለዉ፡ ሓደ ኣብ መቐለ ነባሪ ዝኾነ ኣባል ጸጥታ ህወሓት ናብቲ እንዳ ሻሂ ኣተወ። ንጀማል ፊት ንፊቱ ኮፍ በለ፣ ዓይኒ ንዓይኒ ተራኸቡ። ጀማል ብማዕዶ ሰላም በሎ፣ ንሱ ግና ተንሲኡ ንኽልቲኦም ናይ ኢድ ሰላምታ ሃቦም።

እቲ ዘጋጠመ ንጀማል ኣሰንበዶ።

"እዋእ፡ ወዲ ሃጸይ? እንታይ ዝበልዎ ኣጋጣሚ'ዩ! ብሂወት ሃሊናስ ተጋኒና፡" እናበለ ብመንኩብ ስዒሙ ሓቢሩዎም ኮፍ በለ።

ወዲ ሃጸይ ኣባል ከቢድ ብረት ህዝባዊ ሰራዊት ዝነበረ ኾይኑ፡ ኣብ ምሕራር ከተማ ደብረ ታቦር ተወጊኡ ናብ ሳሕል ዝተመልሰ ተጋዳላይ'ዩ።

እቲ እዋን'ቲ፡ ሰራዊት ኢትዮጵያ ካብ ብዓል ቤጌምድርን ጎጃምን ዝጽረገሉ ዝነበረ'ዩ። እቲ ሰራዊት ከቢድ ብረትን ታንከታትን ፈቐዱኡ ራሕሪሑወን ይኸይድ ብምንባሩ፡ ህወሓት፡ ተመኩሮ ምምራሕን ምጽጋንን ታንክ፡ ምቱኳስ መድፍዕን ብኤምን ስለ ዘይነበሮ፡ ወዲ ሃጸይ፡ ነቲ ዝተማረኸ ኣጽዋር ከወጋግን ካብ ግንባር ዓዲ ሮሶ ሓንቲ ሓይሊ ከቢድ ብረትን ጕጅለ ጋራጅን መሪሑ ናብ ደብረ ታቦር ከይዱ ነበረ፣ ንሓጺር እዋን። ምስቲ ሰብ ኣብኡ'ዮም ዝፋለጡ። እቲ ሰብ ናይ ምዝካርን ምልላይን ተውህቦኡ ሓያል ስለ ዝነበረ'ምበር፡ ንወዲ ሃጸይ ክለልዮ ኢልካ ዝሕሰብ ኣይነበረን። እቲ ምንታይሲ፡ ወዲ ሃጸይ፡ ኣብ ካልኣይ ሰሙኑ ተወጊኡ ናብ ሳሕል ምምላሱ ጥራይ ዘይኮነ፡ ብድሕሪኡ መሬት ኢትዮጵያ ረጊጹ ስለ ዘይፈልጥ።

"ይግረምካ! ተወጊእካ ምስ ኬድካ ነታ ናትካ ሓይሊ ጣህር'ዩ መሪሕነት ተቐቢሉ። ከምኡ ጅግንነት ርእየ ኣይፈልጥን'የ። ኵሉ ሎሚ ኾይኑ ይራኣየኒ፣ ብሓቂ ድማ እሓዝን፡" እናበለ እቲ ዝነበረ ኵነታት ደቂቕ ብደቂቕ ኣዘንተወሉ።

ጀማል ብውሽጡ ተረበጸ። ወዲ ሃጸይ ግና እትን እዚን ከይበለ ጽን ኢሉ ይሰምዖ

ዝነበረ ይምስል'ምበር፡ እንታይ ከገብር ከም ዝነበሮ'ዩ ዘሰላስል ነይሩ።

"እገርም'ዩ፡ እቲ ብጸይነት ሎሚ ክትዝክሮ ከለኻ የስደምመካ። ታሪኽ ንርእሱ ይደግም ክብሉዎ ሓቂ'ዩ፣ ኩሉ ሓሊፉ ተራኺብና ነዕልለሉ ኣሎና። ካልእሲ ይትረፍ፡ ክሕከም'ኳ መጺአ እነሀለኹ፡" ኢሉ ወዲ ሃጸይ ነቲ ሰብ ብሓንሳብ ክድረሩ ፈፊው ኢሉ ለሚኑ ሕራይ ኣበሎ።

ጀማል ተደናገረ፣ ናይ ስለያ ነገር ኣዐርዩ ስለ ዘይፈለጠ።

ዕራርቦ ጽሓይ ኾይኑ ምድረ ሰማይ ጽልምትምት ኢሉ ነበረ። ሻሂ ሰትዮም ብድድ በሉ። ብእግሮም ክሳዕ ሆቴል ዲ'ኣፍሪክ ኸይዶም ማኪና ጀማል ዓሺጋትሉ ኣብ ዝነበረት ቦታ በጽሑ። ወዲ ሃጸይ ብድሕሪት፡ እቲ ሰብ ብቕድሚት ተሳፈሩ።

"ጀማል፡ ናብታ ትማሊ ምሸት ዝተደረርናላ እንተ ትወስደና ደስ ምበለኒ፣ እንታይ ዝበለ ጥዑም ስጋ'ዩ ዘለዎም! እግረ መገድና ግና ነዚ ብጻይ ምስ ሓውተይ ከላልዮ ብገዛ ንሕለፍ፡" ክብሎን ጀማል ብዘይፈለጦ ምኽንያት ነብሰ ስጋኡ ቅንጥጥ ክብሎን ሓደ ኾነ። ብሓቂ፡ እታ ምሸት'ቲኣ፡ ጀማል፡ ንወዲ ሃጸይ *ጦር ሃይሎች*ሓሊፍካ ኣብ ዝርከብ ከባቢ ወሲዱዎ ነይሩ'ዩ፣ ናብ እንዳ ሓብቱ ከበጽሕ።

"ጽቡቕ! ሓብትኻ ኣብዚ'ያ ትነብር?"

"ተመርዕያ'ያ ናብዚ መጺኣ። ኣነ ድማ '75 ዕግርግር ኾይኑ ስድራይ ናብዚ ሰዲዶሙኒ፣ ሓደ ዓመት ተማሂረ ንሜዳ ወጺአ። ድሕሪ 43 ዓመት ትማሊ ኢና ተራኺብና፡" እናበለ ከዕልሎ ካብ ጦር ሃይሎች ኣዝዮም ራሒቖም ከባቢ ሰበታ በጺሖም ነበሩ።

ወዲ ሃጸይ፡ ነታ ኣብ ቦርሳኡ ዝነበረት ገመድ ላፕቶፕ ቀስ ገይሩ ኣውጺኡ። የማነ ጸጋም ጠሚቱ ናብ ክልተ ኣእዳዉ ጠምጠማ። ጀማል ንወዲ ሃጸይ ብማእከላይ መስትያት - *ስፔክዮ* - ይከታተሎ ነበረ። ነብሱ ብርሃጽ ጠልቀየ፣ ኣእዳው ንመምርሒ ማኪና ኣትሪረን ክሕዛ ተጸገማ፣ ኣንፈጥፈጣ።

ኩሉ ነገር ብቕጽበት'ዩ ተፈጺሙ። ወዲ ሃጸይ ነታ ገመድ ናብ ክሳድ እቲ ሰብ ኣእትዩ ምስቲ ደጋፊ ርእሲ መኰፈሊ ኣትሪሩ ሓዛ፣ እቲ ሰብ ፈንጠርጠር በለ፣ ጀማል ማኪና ካብ ጽርግያ ኣልዩ ብቕጽበት ደው ኣበላ። ንኽልቲኡ ኣእዳዉ ኣትሪሩ ሓዘን። ኣብ ካልኢታት ዘይመልእ እዋን እቲ ሰብ ፈንጠርጠር ኢሉ ጸጥ በለ። ጀማልን ወዲ ሃጸይን ነብሶም ኣንፈጥፊጡ ክጠልሞም ቀኑብ ተረፎ።

"ማኪና ኣልዕላ! ትኽ ኢልካ ኪድ! ኣብ ገሊኡ ክንድርብዮ ኢና!" ነበረ ካብ ኣፍ ወዲ ሃጸይ ዝወጸ ቃላት።

ጀማል ማኪና ኣልዓለ፣ ኣእዳዉ ግና ምእዛዝ ኣበየኦ፣ ተጋዲሉ ኣብ ሓደ ጽምው ዝበለ ቦታ በጽሐ። ወዲ ሃጸይ ካብ ማኪና ወሪዱ ማዕጾ ከፊቱ ነቲ ሰብ ጐቲቱ ኣውሪዱ ደርበዮ'ሞ ናብ ከተማ ተመሊሶም ናብ ሓንቲ ባር ተኣለዩ፣ ቢራ ኣዚዞም ንደቓይቕ ስቕታ ሰፈነ።

ጀማል፡ ኣብ ቅድሚ ዓይኑ ሰብ ክቕንጸል ኣይተጸበዮን። ርእሱ ደፊኡ ዝን ኢሉ ዝርኣዮ ወዲ ሃጸይ፣

"ካልእ ኣማራጺ ኣይነበረን፣ ተረጋጋእ፡" በሎ ዕትብ ኢሉ።

ንጽባሒቱ፡ እቲ ሬሳ ተረኸበ። ማዕከናት ዜና ማይ ዘይጠዓመ ወረ ረኸባ፣ ድምጺ ወያነ ናይ ሓዘን መዓልቲ ኣወጀት፣ ሻለቃ ይግዛው ወልደሃዋርያት ድማ እታ ዝለኣኾቶ መሬት ትግራይ ውሓጠቶ።

ጀማል፡ ነዝን ካልእን እናሰላሰለ'ዩ ኣብቲ ቦታ በጺሑ። ማኪና ዓሸጉ ናብቲ ናይ ቌጸራ ቦታ ኣተወ። ንመቛጸርቱ ኣይፈልጠን'ዩ፣ ስሙ ኾነ ተምሳሉ ኣይነገሮን። ንየማነ ጸጋም ቀ'ሊሕ ምሊሕ ኢሉ መንበር ስሒቡ ኮፍ በለ። ሰዓቱ ርእየ፣ ሰዓት 11፡07 ተመልክት ነበረት።

ሓደ ቌማት ጕልቡት ሰብ ናብኡ ገጹ ክመጽእ ርአየ። ካብቲ ዝሓሰቦ ድማ ኣይወጸን።

"ኣቶ ጀማል!"

"እወ።"

"ከመይ ኣለኻ? ኮፍ ክብል እኽእል ድየ?" ኢሉ ኢዱ ንሰላምታ ሃቦ።

"ይቅሬታ! ናይ ስራሕ ቌጸራ ስለ ዘለኒ ምስ ወዳእኩ ዶ ክንራከብ?" እንተበለ'ኳ፡ እቲ ሰብ ግና መንበር ስሒቡ ኮፍ በለ።

ጀማል ዓይኒ ዓይኑ ተመልከቶ።

ኣሳሳይት መጺኣ "ክልተ ማክያቶ ክልተ ኮኛክ ረሚ፡" ኢሉ ኣዘዘ፣ እቲ ጋሻ።

ጀማል ተገረመ፣ ምኽንያቱ፡ ብዙሕ እዋን ማክያቶ ምስ ኮኛክ ረሚ ይእዝዝ'ዩ። እቲ ሰብ ብቐረባ ከም ዝፈልጦ ኣይተጠራጠረን። ዝተኣዘዘ ክሳዕ ዝመጽእ ስቕታ ሰፈነ።

"ክንድ'ዚ ሃብቲ ሃልዩካ ኣብ ዘየድሊ ሓሸውየ ምእታውሲ ምስ ምንታይ ይቑጸር?"

"ማለት!"

"ሰብ ገንዘብ ዒፍ ምስ በሎ፡ ስልጣን ክገዝእ'ዩ ዝጓየ። ንሱ ምስ ረኸቦ'ውን ኣይዓግብን'ዩ፣ ንጸሓይ ካብ ቦታኣ ኣውሪዱ ነዛ መሬት ከጸልምታ ዝከኣል እንተዝኸውን፡ ብሰሪ ስሱዕ ባህሪኡ ኣምበይ ምገደፈን።"

"ብዛዕባ እቲ ገፋፊ ዓሳን ብዓልቲ ቤቱን ትዛረብ ዘለኻ ኾይኑ ተሰሚዑኒ?"

"ኣይተጋገኻን! ብዓልቲ ቤቱ ብዝረኸቦ ኣይዓገበትን፣ ኣብ መወዳእታ ናብቲ ዝነበረቶ ኣጕዶ ተመሊሳ፣ ዋና'ዚ ሆቴል'ዚ ድማ ከምኡ።"

"እሞ ዓለም ብዝተሰላቸዉ ሰባት ክትጠፍእ'ያ ማለት'ዩ?"

"ክግብቱ ብዝደልዩ! ዒራቕ፡ ሶርያ፡ ሊብያ፡ ሶማልን ኮንጎን ጽቡቕ ኣብነት'የን፡" በለ'ሞ፡ ነታ ብርጭቆ ኮኛክ ኣልዒሉ እናወዛወዘ፣

"ናብዚ ሃገር ኣይሸኮ ማካይን ሓደ ሰብ ጥራይ'ዩ ዘምጽአን።"

ጀማል ነታ ፊት ክብላ ዘልዓላ ቢኬሪ ማክያቶ ኣብ ኢዱ ሒዙ ዓይኒ ዓይኑ ጠመቶ።

"መላፍንትኻ መልእኽቲ ልኢኹልካ'ሎ" ኢሉ ነታ ኮኛክ ጕልጢሙ ነታ ብርጭቆ ኣንበራ።

ጀማል ገና ዓይኒ ዓይኑ ካብ ምጥማት ኣየቛረጸን። ነታ ማኪያቶ ስትዩ ሽጋራ ወለዐ።

"ብዛዕባ እንታይ ትዛረብ ከም ዘለኻ ኣይፈለጥኩን። ዝተኣዘዛ ወይ ጅቡቲ ዝኣተዋ ኣይሸኮ ኣለዋኻ ድየን?"

"እታ መልእኽቲ ምስ በጻሓትካ ዶ ኣይኮንካን መጺኻ?"

"ናይ ምንታይ መልእኽቲ?"

"ትማሊ ዝተዋሃበካ መልእኽቲ።"

"ማለት!"

"ጽባሕ ጠቕሊልካ ካብ ኣዲስ ኣበባ ውጻእ፣ ኣብ መገዲ ቻይና ንራኸብ።"

"እንታይ ኢኻ ትብል ዘለኻ፣ ክስዕበካ ኣይክእልኩን። ምናልባት ምስ ካልእ ሰብ ኣጋግየካ ከይኸውን፡" ኢሉ ንይስሙላ ብድድ በለ። እቲ ሰብ ብኢዱ ሓዞ፣ ኮፍ ክብል ኣመልከተሉ፣ ጀማል ተመሊሱ ኮፍ በለ።

"ዝተዋሃበካ ንብረት ሓዝካ ሎሚ ናብ 26-08 ኪድ። ዘለና ግዜ ሓጺር'ዩ፣ 21-10 ኣብኡ ባዕሉ ክረኽበካ'ዩ። መልእኽተይ ወዲኣ፡" ኢሉ ከም ብዓል ድሓን ካዕካዕ ኢሉ ስሓቐ።

ጀማል ርእሱ እናነውነወ ክምስ በለ።

ነዊሕ ኣይጸንሑን፣ ጀማል ሕሳብ ከፊሉ ቅድሚትን ድሕሪትን ኾይኖም ኣኣብ ማኪናኦም ተወጢሖም ካብ ቀጽሪ'ቲ ሆቴል ወጺኦም ከዱ።

ጀማል፡ ትኽ ኢሉ ናብ ቤት ጽሕፈቱ ኣተወ። ክሲረ ኢሉ ሰራሕተኛታት ካብ ዘሰናብት ክልተ ወርሒ ገይሩ ነበረ፣ ንጉልባብ። ርግእ ኢሉ ኣድለይቲ ዝብሎም ሰነዳት ስራሕ ኣኻኺቡ ካብ ቤት ጽሕፈቱ ወጺኡ ናብ መገዲ ኣየር ኢትዮጵያ ኣምረሐ።

※ ※ ※

ዱባይ

ሰዓት 17፡00

ፌሩዝ፡ ረፋድ ሰዓት 11፡00 ብመገዲ ኣየር ኢትዮጵያ ካብ መዓርፎ ነፈርቲ ቦሌ ተበጊሳ ዱባይ ኣተወት፣ ዘይተጸበየቶ ነገር ድማ ገጠማ። ካብ መዓርፎ ነፈርቲ ዝተቐበላ ሰብ ትፈልጦን ዝፈልጣን መራሒ ማኪና በላቸው ረዳኢ ኾይኑ ረኸበቶ። ከመይ ገይራ ካብኣ ከም ተርሕቐ ረጊኣ እናሓሰበት ናብቲ ብበላቸው ረዳኢ ዝውነን ብዓል ሓደ ደርቢ መንበሪ ህንጻ በጽሐት። ግዜ ስለ ዘይነበራ ድሕሪ ቍሩብ እዋን ናብ በላቸው ደወለት።

"ወይዘሮ ፌሩዝ፡ ክድውለልኪ ቍጽሪ ክጥውቕ እናበልኩ ምድዋልኪ ዘገርም'ዩ።"

"ኣየ ጥዑም ዘረባ ክትክእሎ! ፈጢሩልካ! መቸም ልቢ ጓል ኣንስተይቲ ክትሰልብ ኢኻ ተፈጢርካ፡" ኢላ ካር ካር በለት።

"ኣብ መገዲ ጸኒሓም ዝምንጥሉኒ'ሞ መዓስ ተሳኢኖም!"

"ንሱስ ሓቕኻ፡ ካብ ሽላ ዝቈልብ ሽላስ ኣይሰኣንን'ዩ።"

"ስምዒስከ! ኣብ መዓርፎ ነፈርቲ ምስ ኣተኹ ክድውለልካ'የ ዶ ኣይበልክንን ክሳዕ ክንድዚ ተጸብይኒ!"

"እቲ ዝቈጸርካለይ ዋርድያ ክሳዕ ዘፍቅደለይ ክጽበ ነይሩኒ።"

"መቸም ቀልድን ቁም ነገርን ኣይጠፍኣክን'ዩ፣ ናይ ምንታይ ዋርድያ'ዩ?"

"ገብረ! እቲ ካብ መዓርፎ ነፈርቲ ዝተቐበለኒ!"

"ዱባይ ቀሊል ከተማ ኣይኮነን! ናብ ሕክምና ረጊእኪ ክትመላለሲ ኢለ'የ ተቐበላ ኢለዮ። ብዘይ ብኡ ድማ፡ ኣብ ገዛኻ ከኣቱ ዝበልኪ ባዕልኺ ኢኺ።"

"የቐንየለይ፣ ነብሰ ጾር ምዃነይ . . ."

"እንታይ?"

"ከምዛ ዝበልካ! ኣበልገ ክትከውን ኢኻ! ተቐረብ!" ኢላ ትዋሕ በለት።

በላቸው፡ ንቡር ናይ ጥዕና ምርመራ ክትገብር ኢሉ ድኣ ሓሰበ'ምበር፡ ኢትዮጵያዊ እሞ ኸኣ ትግራዋይ ድቂ ኣብ ማህጸን ኤርትራዊት ኣደ ከመይ ኢሉ ክሓስቦ።

"ጓል'ውን ትኹን ባዕለይ!" ኢሉ ካብ ታሕጓስ ዝተላዕለ ትዋሕ በለ።

"ደስ እናበለኒ! ንዘርይሁን ከይትነግሮ! *ሳርፕራይዝ* ክገብሮ'የ!"

"ኣይፈለጠን ድዩ?"

"ብልግነት ናትካ?"

"ነፍሰ ጾር ምዃንኪ!"

ፌሩዝ ዝሓሰበቶ ቀናዓ።

"ክነግሮ እናበልኩ ሃንደበት ብስራሕ ተንቀሳቒሱ ኣይነገርኩዎን። ብተሌፎን ክነግሮ ድማ ኣይደለኹን። ብዘይ ብእኡ ብስራሕ እንተ ገይሹ ሞባይሉ የጥፋኣ'ዩ።"

"ናበይ ድዩ ተንቀሳቒሱ?"

"ኣሰብኡት ናብ ከምዚ እኸይድ ኣለኹ ትብሉ ዲኹም? ዘይኣመልኩም!"

"ፌሩዝ፡ ቀልዲ ይጽናሓልኪ'ሞ፣ ምንጋር ጽቡቕ'ዩ።"

"በላቸው፡ ኣነ ጓል 38 ዓመት'የ። ንቕድም ጥዕና ዕሽለይ ከረጋግጽ ኣሎኒ፣ ብኡ ምኽንያት'የ ንዘርይሁን ዘይነገርኩዎ። ናብ ቻይና'ምበር፡ ናብ ዱባይ ምኻደይ ኣይፈልጥን'ዩ። ስለዚ፡ በጃካ! ካባኻ ሓሊፉ ክነግሮ ዝኽእል ዓርኪ ስለ ዘይብለይ'የ ነጊረካ።"

"የቐንየለይ ፌሩዝ . . .ንዓይ'ውን መገሻኺ ሃንደበት'ዩ ኾይኑኒ።"

"ኣነ'ምበር የቐንየለይ። ናብ ሕክምና ንበይነይ ክመላለስ ዝሓሸ'ዩ'ሞ፡ ማኪና ክህበኒ ንገብረ ንገሮ።"

"ሕጂ ክድውለሉ'የ። ኣብ ዱባይ ክንደይ ክትጸንሒ ኢኺ?"

"ሕክምና ክሳዕ ዝውድእ! ካብ ዓሰርተ መዓልቲ ዝሓልፍ ግና ኣይመስለንን፡" ኢላ ስዓታ ተመልከተት። "በል ይኣኽለካ! ተሌፎን እናደወልካ ጦቕ ከይተብለኒ ተጠንቀቕ!" ኢላ ካር ካር በለት።

"ካብ በልኪ ሕራይ! ጽባሕ ኣማስየ ደሃይኪ ክገብር'የ!" ኢሉ ርእሱ እናነውነወ ተሌፎን ዓጸዋ።

ፌሩዝ ኣዕሚቓ ኣስተንፈሰት። ቈጸራኣ ሰዓት 19፡45 ብምንባሩ፡ ሰዓት ኣኺሉዋ ብተበተብ ነብሳ ተሓጺባ ክዳውንታ ለቢሳ ክሳዕ ትውድእ፡ በላቸው፡ ስልኪ ደዊሉ ንገብረ እታ ላንድ ክሩዘር ማኪና ክህባ ነገሮ።

※ ※ ※

ከባቢ ህንጻ ቡርጅ ከሊፋ
ሰዓት 19፡45

ፌሩዝ፡ ናብታ በላቸው ረዲኢ ዝሃባ ላንድ ክሩዘር ተሳፊራ ትኸደሉ ኣድራሻ

ኣብ ጂፒኤስ ኣእትያ ተበገሰት። ቈጸራኣ ኣብ ከባቢ ህንጻ ቡርጅ ከሊፋ ዝርከብ ቤት ብልዒ'ዩ።

ኣብቲ ከባቢ፡ ብዝተፈላለየ ሕብርታት መብራህቲ ዝወቀበ ዝስዕስዕ ማይ ተባሂሉ ዝጽዋዕ ብሓይሊ ፖምፓ ማይ፡ ማይ ንላዕሊ እናተወንጨፈ ምስቲ ህርመት ሙዚቃ ዝስዕስዕ ዘሎ ክመስል ዝርኣየሉን ኣብቲ ናይ ዓለምና ዝነወሐ ዕጹብ ህንጻ ቡርጅ ከሊፋ ብሊፍት ከሳብ ጫፍ በጺሖም ንዱባይ ኣንቈልቍሎም ከጥምትዋን ብብዝሒ ቱሪስት ዝመጽዎ'ዩ።

ሌተናን ኮሎኔል ፍጹም ናብ ዱባይ ካብ ዝኣቱ ሽዱሽተ ሰዓት'ዩ ገይሩ። ካብቲ ዘዕረፈሉ ሆቴል ወጺኡ ብእግሩ ናብቲ ቦታ በጽሐ። ነቲ ከባቢ እናተዓዘበ፡ "እንታይ ዝበለ ሃብቲ'ዩ ኣብ ሓጺር ዓመታት ዘደንቕ ከተማ ክሃንጹ ክኢሎም!" ብምባል፡ ሚስጢር መስተንኽር ምሕደራ መንግስቲ ዱባይ ኣብ ምንታይ ምዃኑ ኣሰላሰለ።

ዱባይ፡ ኣብ መጀመርያ 70ታት ሑጻ ጥራይ ዝርኣየላ ምድረበዳ'ያ ነይራ። ኣብ ከርሲ መሬታ ግና ተፈጥሮ ዝዓደላ ነዳዲ ኣሎዋ። ምስ ኩባንያታት ወጻኢ ብምሽራኽ ነዳዲ ኣውጺኣ ካብኡ ብዝተረኽበ ኣታውታት ከኢላዊ ዓቕሚ ሰብን ሞያውያንን ካብ ወጻኢ ሃገር ብምቑጻር ኣብ ግቡእ መዓላ ኣውዓለቶ። ብዙሓት ኣውፈርቲ፡ ቀየስቲ ህንጻ፡ ተኾናተርቲ፡ ኣማኸርቲ ቍጠባን ፋይናንስን ናብታ ሃገር ውሒዙ። ኣብ ተመሳሳሊ እዋን ብዙሓት ዜጋታታ ናብ ኣመሪካን ዓዲ እንግሊዝን እናሰደደት ከኢላ ዓቕሚ ሰባ ኣማዕበለት። ኣብ ክልተ ዓሰርተታት ዓመታት ድማ ነቶም ቁልፊ ዝኾኑ ዘይተኣደነ ደሞዝ ከፊላ ዝቘጸረቶም ከኢላ ፋይናንስን ቍጠባን ብደቂ ሃገር ክትትክኦምን ዓበይቲ ኩባንያታት ቀየስቲን ተኾናተርትን ህንጻ ኣቕሓማ ነቲ ናብ ወጻኢ ሃገር ዝግዕዝ ዝነበረ ሃብታ ኣብ ውሽጢ ሃገር ከተትርፎን በቕዐት።

ንሱ ጥራይ ግና ኣይኾነን፣ ኣብ ዓለምና ካብ ዘለዉ ዞባ ነጻ ቀረጽ ብግቡእ ዝተጠቐመትሉ ሃገር ኣላ እንተ ኾይና፡ ዱባይ'ያ። ዱባይ፡ መሰጋገሪ ፍርያት ኢንዱስትሪ ዓለምና'ያ እንተ ተባህለ ዝተጋነነ ኣይኾነን። ካብ ኩሉ ኵርናዓት ዓለም ፍርያት ኢንዱስትሪ ዝራገፈሉን ዝጽዓነሉን ዝሽየጠሉን ዞባ ነጻ ቀረጽ ኣቕሓማ፣ በቲ ዝተኸተለቶ ቍጠባዊ ፖሊሲ ንልዕሊ 1.5 ሚሊዮን ወጻእተኛታት ናይ ስራሕ ዕድል ዝኸፈተት ሃገር እያ። ሓደ ካብቲ ናይታ ሃገር ሓያል ምንጪ እቶታ ድማ ኢንዱስትሪ ቱሪዝም ኾነ።

ፌሩዝ፡ ማኪና ኣብ ትሕቲ ጋራጅ ዱባይ ሞል ዓሺጋ ናብቲ ምስ ኮሎኔል ፍጹም ዝተቛጸረትሉ ቤት ብልዒ ኣምረሐት። ተኸዲናቶ ዝነበረት ጸሊም ዒባያ ምስቲ ቆማትን ጽቡቕ ቅርጺ ሰውነታን ኣዝዩ የምሕረላ ነበረ። በቲ ነዊሕ ዝታኮኡ ጫማ ነቲ ባይታ ክትረግጾ ከላ ብዓልቲ ርእሰ ምትእምማን ምዃና ይበርሃልካ። ሰዓታ ርእያ ፍሽኽ በለት። ፍሽኽታኣ ግና ነዊሕ ኣይጸንሐን፣ ግንባራ ኣዕጥር ኣቢላ፣ "እዞም ሰባት፡ እምበርዶ ሳዕቤን ናይቲ ሓሲቦሞ ዘለዉ ይፈልጡ'ዮም?" ብምባል ታሪኽ ጠንቂ ምውላዕ ቀዳማይ ኲናት ዓለም ዘኪራ፡ መሪሕነት ህወሓት፡ ቀርኒ ኣፍሪቃ ክሕምስ ምብጋሱ ኣተሓሳሰበ።

"ጠንቂ ምውላዕ ቀዳማይ ኲናት ዓለም ብዙሕ እንተነበረ'ኳ፡ ቅንጸላ ወራሲ ዙፋን ኣውስትሮ - ሃንጋሪ ንጉስ ፍራንሲስ ፈርዲናንድ ግና ንምብራዕ ቀዳማይ ኲናት ዓለም ቀዳመይቲ ዝተሸርጠጠት ክርቢት ነበረት። ኣውስትሪያ ብ 28 ሓምለ 1914 ኣብ

ልዕሊ'ታ መሓዛ ሩስያ ዝኾነት ሰርብያ ኲናት ኣወጀት። ኣብ ሳልስቱ ሩስያ ከተተት፣ ጀርመን ብ 1 ነሓሰ ናብቲ ኲናት ተደቕደቐት፡ ንበልጁምን ፈረንሳን ወረረት። ኲናት ተባረዐ፣ ኤውሮጳ ከም ሕሱም ተለብለበት፡" እናበለት ናይ ታሪኽ ተዘክሮኣ ከይወደአት ኣብቲ ቦታ በጽሐት።

ኮሎኔል ፍጹም፡ ኣብ በረንዳ ናይቲ ቤት ብልዒ ኣብ ዝነበረ ሰደቓ ሰድያ ስሒቡ ናብቲ ዝስዕስዕ ማይ ዝማዕደወሉ ገጹ ገይሩ ኮፍ በለ። ፊሊፒናዊት ኣሳሳይት መአዘዚ ምግቢ ሜኑ ሂባቶ ልግስ በለት።

"ማዳም! ሓንቲ ማኪያቶ ምሃብክኒ?"

"እሺ!" ኢላ ከተምጽኣሉ ከደት።

ኮሎኔል፡ ነታ ኣብ ኢዱ ዝነበረት ሜኑ ርእዩ ኣብ ጠረጴዛ ኣንቢሩ ነቲ ኣብ ደረጃታት ናይቲ ቅድሚ'ቲ ቤት ብልዒ ኮፍ ኢሉ ነቲ ምርኢት ዝጽበ ዝነበረ ህዝቢ እናተዓዘበ ከሎ፡ ፌሩዝ፡ "ኣቶ ፍጹም! ሓቢረኩም ኮፍ ክብል ፍቓድኩም ድዩ?" በለቶ ተፈሸኻ።

ኮሎኔል ኣንቃዕሪሩ ጠመታ፣ ፌሩዝ ጸሊም ዒባያ ለቢሳ ክትመጾ ኣይተጸበየን።

"ይካኣል'ዩ፡" ኢሉ ብድድ ኢሉ መንበር ስሒቡ ኮፍ ኣበላ።

"እንቋዕ ናብዛ ኣደናቒት ከተማ ዱባይ ብዳሓን መጻእኻ!" ክትብሎን ኣሳሳይት ማኪያቶ ሒዛትሉ ክትመጽን ሓደ ኾነ።

"ንዓይ'ውን ከምዛ ናቱ ኣምጽእለይ፡" ኢላ ፍሽክ በለታ።

"ከመይ ኣለኺ? እዚ ጸሊም ክዳን ድኣ ክንደይ የምሕረልኪ'ዩ!"

"የቐንየለይ! ድራር ካባኻ!" ኢላ ነታ ሜኑ ኣልዒላ ከይተዛረበት ተመልኪታ ኣቐበለቶ።

"ኣብ ነፋሪት ምስ በላዕኩ'የ፣ ጥምየት ሃለፍ ኣቢሉኒ ኣሎ። ኩሎም ፈለጥትና ከመይ ኣለዉ?"

"ክርእዩኺ ተሃዊኾም ኣለዉ፡" ኢሉ ፍሽኽ ብምባል፡ "ብዙሕ ግዜ የብልናን። ነታ ምግቢ ብሃታ ሃታ ኢና ክንበልዓ።"

"ብስእሊ ዝተሰነየ ኣገዳሲ ሓበሬታ ደቂቕ ብደቂቕ ኣዳልየልኩም ኣለኹ። ንዓይን ንዓኻን ዘዛርብ ጉዳይ የብልናን። ኣብዛ ሜሞሪ ካርድ ኣድላዪ ዘበለ ደኩሜንትታትን ሓበሬታን ኣለኩም። ከምቲ ዝበልካዮ ግዜ የለን፣ ብድድ እንተበልካ ዝሓሸ እዩ።"

"ነፋሪተይ ሰዓት ሓደ ለይቲ'ያ ትበርር፡" ኢሉ ማኪያቶ ሰትዩ ብድድ ብምባል ክምስ ኢሉ ናይ ኢድ ሰላምታ ሂቡዋ ኸደ።

ፌሩዝ፡ ርእሳ ነውነወት። እታ ኣሳሳይት ኣብ ቅድሚኣ ደው ኢላ ክሳዕ "ማዳም እንታይ ክእዘዝ ?" ትብላ ንኮሎኔል ፍጹም ደረጃታት'ቲ ቤት ብልዒ ወሪዱ ክኸይድ ፍሽኽ ኢላ ትጥምቶ ነበረት።

"ቃንጥሻ ዘለዋ ስቴክ!" ኢላ ነቲ ሜኑ መለሰትላ።

ዝኣዘዘቶ መጺእዋ ኣስተርሒያ በሊዓ ናብ ዱባይ ሞል ብምኻድ ሓንቲ ጫማን ጅንስ ስረ ምስ መካድንቱን ገዚኣ ናብ እንዳ በላቸው ረዳኢ ኣምረሐት።

ድሕሪ ቍሩብ ደቓይቕ ሞባይላ ደወለት፣ በላቸው ረዳኢ እዩ።

※ ※ ※

ዱባይ
17 ጥቅምቲ
ሰዓት 07:45

ጀማል፡ ምስታ 16 ጥቅምቲ ምሸት ሰዓት ዓሰርተው ሓደ እትበርር ነፋሪት መገዲ ኣየር ኢትዮጵያ ተበጊሱ ወጋሕታ ሰዓት ሰለስተ ናብ ዱባይ ኣተወ። ናብ ሆቴል ኣትዩ ነብሱ ተሓጺቡ ኣብ ዓራቱ ተገምሰሰ። ድቃስ ግና በየን ኣቢሉ ክመጾ፣ ክገላበጥ ሓደረ። ንግሆ ሰዓት ሸውዓተ ተበራቢሩ ነብሱ ተሓጺቡ ክዳውንቱ ለቢሱ ቍርሲ ክበልዕ ናብቲ ናይቲ ሆቴል ቤት ብልዒ ከደ። ኣብ ሓሳብ ተሸሚሙ ስለ ዝነበረ፡ የማነ ጸጋም ኣይጠመተን፣ ናብቲ ሰፊሕ ቡፌ ከይዱ ዘድልዮ ቁርስን ሻህን ሒዙ መኰፊሊ ክርኢ ግልብጥ ምስ በለ ንሓደ ዘይተጸበዮ ሰብ ርኣየ፣ ኣስመላሽ ገብረኣምላኽ።

ኣስመላሽ፡ ካብታ ኣሕመድ ዜን ኣብ ዱባይ ምስቶም ክልተ ሰብ ስልጣን ኤርትራ ዝሰኣሎም ብመምርሒ ኮሎኔል ርእሶም ከይረኸቦ ስለ ዝተነገሮ ድሕሪ ዓሰርተ ዓመት'ዮም ምስ ጀማል ተራኺቦም።

ጀማል ተፈሸኹ ናብ ኣስመላሽ ኸደ። ኣስመላሽ ዘይተጸበዮ ኾይኑዎ ህርመት ልቡ ወሰኸ።

"ጀማል! እምበርዶ ኣብዚ ዓለም ኣለካ ኢኻ? ኣዲስ ኣበባ ክልተ ሰለስተ ግዜ ከይደ ደሃይካ ሓቲተ ወይከ! ጀማል ይመስክር!" እናበለ ብመንኰብ ሰላምታ ተለዋወጡ'ሞ፡ "ወዲ ሓወ'ቦይ'ዩ፡ ጌረሱስ ይበሃል፡" ኢሉ ኮፍ ክብል ኣመልከተሉ።

ጀማል ንጌረሱስ ምቕሉል ሰላምታ ሂቡ ኮፍ በለ።

ኣስመላሽ፡ ኣብተን ካልኢታት እታ ናብ ቤ/ጽ ወኪል ሃገራዊ ድሕነት ኣስመራ ዝተጸወዓላ ለይቲ ተራእያቶ ብድድ ክብል ኣምበይ ምጸለኣን።

"ኣብዚ ኣብ ዱባይ ዲኻ ዘለኻ ዋላስ ምስ ስድራኻ ኣብ ጀርመን?"

"ጀርመን?"

"ዶብ ኤርትራን ኢትዮጵያን ምስ ተኸፈተ ምስ'ቲ መሻርኸትኻ ኣብ ሆቴል ማርዮት ተራኺብና ኔርና፣ ኣብኡ'ዩ ኣዕሪፉ ነይሩ፣ ኣብ ጀርመን ከም ዘለኻ ነጊሩኒ። ስራሕ ከመይ ኣሎ?"

"ከምቲ ትፈልጦ'ዩ፡ ኩሉ ነገር ዝሒሉ'ዩ፣ ኤውሮጳ ኮሮና ኣዕለቕሊቑዋ፡" ኢሉ ሰዓቱ ርእዩ፡ "ጀማል፡ ክትቅኒ ዲኻ?" ክብል ሓተቶ።

"ነዊሕ ኣይጸንሕን'የ፡ ስድራ ክርኢ ክኸይድ'የ።"

"በል ስራሕ ኣላትና'ሞ ክንገድፈካ፣ ይቕሬታ፣ ገረሱስ ንኺድ?" ኢሉ ብድድ በለ።

ገረሱስ ቆሪሱ ኣይወደአን፣ ነታ ኣብ ኣፉ ዘእተዋ ኣየውረዳን፣ ገሪሙዎ ኣፉ ብመሐበስያ ሓቢሱ ብድድ በለ።

ጀማል ካልእ ኣይሓሰበን፡ "ምስ ወያነ ዘለኒ ዝምድና ኣፍርሂዎ'ዩ፡" ኢሉ ርእሱ ነውኒዉ ቆሪሱ ናብ መዳቕሶ ክፍሉ ኣምረሐ።

ሰዓት 10፡00

ኣብ ኣፍዓበት ዝተወልደ ኣሕመድ ዜን፡ ኣቡኡ ካብ ኣፍዓበትን ተሰነይን ናብ ከተማ ከረን እናተመላለሱ ቡልቱግን ካልእ ጥረ - ምረን ዝንግዱ ኣዝዮም ሃይማኖተኛ ኣቦ'ዮም ነይሮም። ንወዶም፡ ቍርኣን እንተ ኣቕርኡዎ'ኳ፡ ንሱ ግና ኣብቲ ከባቢኦም ዝነበሩ ሓላፊ መደበር ፖሊስ ሓለቓ ሃምሳ በኽረጽዮን ሓቢኦም ፊደል ስለ ዘቍጸርዎ ናይ ትምህርቲ ባህጊ ሓደሮ። ኣብ ዓሰርተው ሓደ ዓመቱ፡ ሞሊቑ ናብ ሓወ'ቦኡ ናብ ተሰነይ ብምኻድ ትምህርቲ ከእትውዎ ኣብ ብርኮም ተደፊኦም።

ኣቦይ ዓብደልኬር፡ ምዕባዮም ነቦይ ዜን ኾይኖም ኣብ ሕርሻ ጡጥ ዓሊ ግደር'ዮም ዝሰርሑ፣ ውላድ ስለ ዘይነበሮም ወደይ ዝብልዎ ረኺቦም ተሓጒሶም ኣብ ትምህርቲ ኣእተውዎ። ኣብ ተሰነይ ክሳዕ ሻሙናይ ክፍሊ ተማሂሩ ትምህርቱ ንምቕጻል ናብ ከሰላ ይኺድ'ምበር፡ ልቡን ቀልቡን ኣብ ሰውራ ኾነ። ቈማት ዱልዱል ሰውነት ዝነበሮ ኣሕመድ፡ ትምህርቱ ኣቛሪጹ ኣብ መጋቢት 1974 ናብ ህዝባዊ ሓይልታት ሓርነት ኤርትራ ተሰለፈ። ኣብ ሃንደሳ ተወዚዑ ኣብ ምሕራር ከተማ ናቕፋ ዝተኻፈለ ተባዕ ተጋዳላይ'ዩ። ድሕሪ ምቛም ቦጢሎኒታት ኣብ ወተሃደራዊ ስለያ፡ ኣብ 1978 ምስ ምቛም ክፍሊ ስለያ ህዝባዊ ግንባር ማእከልነት ናይተን ኣብ ከባቢ ሰንሒት ዝነበራ ጒጅለታት ስለያ ኾይኑ ተመደበ። ድሕሪ ናጽነት፡ ኣብ ኢትዮጵያ፡ ኩዌት፡ ስዑዲ ዓረብን ቀጠርን ተመዲቡ ዝሰረሐ ናይ ስለያ ሰብ'ዩ።

መለለዪ ኮድ 26-08 ዝኾነ ኣሕመድ ዜን፡ ኣዝዩ ተዋዛያይን ዝርኣዮ ኩርባ፡ ገረብ . . . ዘይርስዕ ከምቲ እንግሊዛውያን ዝብልዎ *ፎቶግራፊክ ሜሞሪ*ዘለዎ ትኩር ወዲ 65 ዓመት'ዩ። ንሓጺር እዋን ብስራሕ ምኽንያት ናብ ኤርትራ ተቐይሩ እንተነበረ'ኳ፡ ምስቲ ካብ 2003 ኣትሒዙ ብመሪሕነት ህወሓትን ስቴት ደፓርትመንትን ኣብ ልዕሊ ኤርትራ ዝሸረብ ዝነበረ ስዉርን ግሁድን ተጻብኦ ንምክትታል ኣብ መጀመርያ ታሕሳስ 2016 ኣብ ቆንስል ሃገረ ኤርትራ ዱባይ ሓላፊ ህዝባዊ ርክባት ኾይኑ ተመደበ። ቀንዲ ተልእኾኡ ግና፡ መራኸቢ መስመር ኮሎኔል ርእሶምን ፌሩዝን ጀማልን ኾይኑ ምስራሕ ነበረ።

ፌሩዝ፡ ካብ እንዳ በላቸው ረዳኢ፡ ጀማል ድማ ካብ ሆቴል ተበጊሶም ኣብ መንበሪ ገዛ ኣሕመድ ዜን ሰዓት 10፡00 ተራኺቡ፣ ናይ ርክብ ቈጸራኦም ኣብኡ ስለ ዝነበረ። ሰለስቲኦም ካብ ኽቱር ስምዒት ተሓቛቚፎም ተሰዓዓሙ። እቲ እዋን ግዜ ዝህብ ብዘይምንባሩ፡ ናብ ጒዳዮም ኣተዉ።

ጀማል፡ እቲ ሒዝዎ ዝመጸ መልእኽቲ ዝተዓሸገ ብምንባሩ፡ ትሕዝቶኡ ኣይፈለጠን፣ ክፈልጥ'ውን ኣይግበኦን ነበረ። እቲ መልእኽቲ፡ ፌሩዝ ኣብ እንዳ ካፕተን ዘርይሁን ዝረኸበቶ ሰነዳት'ዩ፣ ቅድሚ ናብ ኣዲስ ኣበባ ምብጋሳ ናብ ዱባይ ሒዝዋ ክመጽእ ዝሃበቶ'ዩ። ክልቲኦም ቅድሚትን ድሕሪትን ኾይኖም ካብ መቐለ ናብ ኣዲስ ኣበባ ካብ ኣዲስ ኣበባ ናብ ዱባይ ክኸዱ ተረዳድኡ፣ ዝተዋህቦም መምርሒ'ውን ከምኡ ነበረ። ንዝኾነ እንተታት፡ መዓርፎ ነፈርቲ ቦሌ ለቒቓ ምስ ወጸት ኣብ ኣዲስ ኣበባ ሓደ ሰብ ክረኽቦ ምኻኑ ተሓቢሩዎ ነበረ።

ፌሩዝ፡ ድሮ'ታ ካፕተን ዘርይሁን ኣርኣያ ዝተበገሰላ ምሸት ዘዳለወታ ናይ ድራር

ዕድመ፡ ጀማል ብበላቸው ረዳኢ ከም ዝዕደም'ዩ ተገይሩ፣ ንርዱእ ምኽንያት፣ ጥርጣረ ንምውጋድ። ጀማል፡ መገሻ ኣሎኒ ኢሉ ዕጥይጥይ እንተበለ'ኳ፡ ኣብ ኣዲስ ኣበባ ህጹጽ ስራሕ ገዲፉን መገሻ ከም ዘለዎ ነጊሩን'ዩ ምስታ ትቕጽል ነፋሪት ናብ መቐለ ኣትዩ።

በላቸው ረዳኢ ካብ መዓርፎ ነፈርቲ ተቐበሎ። ኣብ ከተማ ሓደ ክልተ ኢሎም ናብ እንዳ ካፐተን ዘርይሁን ኣምርሑ። ምስ ፌሩዝን ዘርይሁንን ተሓቛቚፎም ተሰዓዒሞም ድራር ተቐረቡ፣ ሰናይ ምሸት ኣሕሊፎም፡ ጀማል ምሕዳሩ ናብ እንዳ በላቸው ረዳኢ ኣምረሐ።

ካፐተን ዘርይሁን፡ ናብ 15 ጥቅምቲ ዘውገሐ ለይቲ ተልእኾኡ ክፍጽም ናብ ኤርትራ ተበገሰ። ፌሩዝ፡ ናይ ካፐተን ዘርይሁን ላፕቶፐን ኣብ ፋይል ዝተረኽበ ብብእዋኑ ዝኣከበቶ ወረቓቕትን ኣኪባ ንጀማል ኣረኪባ፡ ነታ ንሱ ሒዙዋ ዝመጸ ምስ ናይ ካፐተን ዘርይሁን ትመሳሰል ብፋራዊት ደል ላፕቶፕ ኣብ ጠረጴዛ ኣንበራ፡ ሰዓት 14፡30 ናብ ኣዲስ ኣበባ ንጽባሒቱ 16 ጥቅምቲ ሰዓት 11፡00 ድማ ናብ ዱባይ በረረት።

ጀማል፡ ካፐተን ዘርይሁን ናብ ኤርትራ ፌሩዝ ናብ ኣዲስ ኣበባ ኣብ ዝተበገሱሉ መዓልቲ ካብ በላቸው ረዳኢ ከይተፈልየ ውዓለን ሓደረን። ንጽባሒቱ ንግሆ 16 ጥቅምቲ ሰዓት 06፡00 በላቸው ናብ መዓርፎ ነፈርቲ መቐለ ኣብጺሕዎ ብቪኣይፒ ሓሊፉ ናብ ኣዲስ ኣበባ ተበገሰ፣ ምሸት ሰዓት ዓሰርተው ሓደ ድማ ብመገዲ ኣየር ኢትዮጵያ 17 ጥቅምቲ ወጋሕታ ሰዓት 03፡00 ናብ ዱባይ ኣተወ።

ኮሎኔል ፍጹም፡ ፌሩዝ ዝሃበቶ ኤለክትሮኒካዊ ሰነዳት ሒዙ በታ ጀማል ዝኣተወላ ነፋሪት መገዲ ኣየር ኢትዮጵያ ናብ ኣዲስ ኣበባ በረረ። ኣሕመድ ዜን ድማ ጀማል ዘምጸኦ ሰነዳት ሰዓት 10፡00 ተረከበ። እቲ ርክብ ንሓጺር እዋን ዝተኻየደ ኾይኑ፡ "እሞ፡" በለ ኣሕመድ ዜን፡ "ዝኾነ መምርሒ ክሳዕ ዝወሃበኩም ርክብኩም ምስ በላቸው ይኹን ካልኦት ኣይተቛርጹ። ብፍላይ ንዕኡ እናተበራረኹም ደውልሉ፡" ኢሉ ብድድ ብምባል ንፌሩዝን ጀማልን ኣፋነዎም። ምስታ ድሕሪ ቐትሪ ናብ ኤርትራ እትበርር ነፋሪት መገዲ ኣየር ኢትዮጵያ ድማ ተበገሰ።

ምዕራፍ 31

ኣብ 1965 ኣብ ሰኒታ ተወሊዱ ዝዓበየ ኤፍሬም፡ ኣብ ትምህርቲ ብዙሕ ኣይሰጎመን፣ ዓሰርተው ሓደ ክፍሊ ምስ በጽሐ'ዩ ካብ ትምህርቲ ዓለም ተሰናቢቱ ኣብታ ኣብ ማርካቶ ትርከብ ናይ ስድራኡ ግሮሰሪ ነቡኡ ዝሕግዞም ነይሩ።

ኾይኑ ድማ፡ ሰንበት፡ ብተኣምር'ውን እንተኾነ ናብ ቤተ ክርስትያን ሳን ፍራንቺስኮ ካብ ምኻድ ኣብኵሩ ኣይፈልጥን'ዩ።

ኣቦ ሰረቐብርሃን ካህን ቤተ ክርስትያን ሳን ፍራንቺስኮ'ዮም። ሃገራዊ፡ ተባዕን ሓያል ወዳብን ድማ ነበሩ። ንሶም፡ ድሕሪ ኲናት ኣስመራ 1975 ኣብ ዋህዮ ህዝባዊ ሓይልታት ዝተወደቡ፡ ኣብ ትሕቲኦም ብዙሓት ዋህዮታት ከቚሙ ዝበቕዑን ኣብ ብዙሕ ተልእኾታት ፈዳይን ዝተዋሰኡን ኣብቲ እዋን ወዲ 40 ዓመት መንእሰይ እዮም ነይሮም። ኣብ መበል 80 ዓመት ዕድመኦም ሓምለ 2015 ዓሪፎም ኣብ ጥቓ ከረን እትርከብ ዓዶም ሓመድ ኣዳም ዝለበሱ ተጋዳላይ'ዮም።

ኤፍሬም፡ ሓደ ካብቶም ኣባ ሰረቐብርሃን ዝወደቡዎ መንእሰይ'ዩ፣ ለካቲት 1985። ትኲርን ደፋርን፡ ዝሃብካዮ ዕማም ንጽባሕ ዘይብል ዉፉይ ነበረ። ኾይኑ ግና፡ ድሕሪ ሃንደበታዊ ሞት ኣቡኡ ሓላፍነት ስድራን ግሮሰርን ኣብ እንግዳው ብምውዳቑ ኣብ ንጥፈታቱ ዛሕቲሉ ጥራይ ዘይኾነ፡ ኣርባዕተ ወርሒ ቅድሚ ናጽነት ብጥቈማ ቀረባ ዓርኩ ኣብ ትሕቲ ቀይዲ ኣትዩ ኣብ ማርያም ግንቢ ተኣሰረ። ኤርትራ ነጻ ወጺኣ ካብ ማእሰርቲ እንተ ወጸ'ኳ፡ ኣብ ልዕሊኡ ብዝወረደ መግረፍቲ ከቢድ ሃሰያ ወሪድዎ ንነዊሕ እዋን ኣብ ትሕቲ ሕክምናዊ ክንክን ጸነሐ። ኣብ ታሕሳስ 1992 ድማ ናብ ኣዲስ ኣበባ ብምኻድ ኣብ ንግዳዊ ንጥፈታት ተዋፈረ።

ኤፍሬም፡ ክገብሮ'የ ኢሉ ንዝወጠኖ ኣብ መፈጸምታ ከየብጸሐ ሰለም ዘየብል ህልኸኛ ፍጥረት እዩ። ኣብ ኣዲስ ኣበባ ኣብ ከባቢ *ሶማሊያ ተራ*ሓንቲ ንእስ ዝበለት እንዳ ጽሟቕ ተኻርዩ ዝጀመሮን ዘካይዶ ዝነበረ ኣየር ብኣየር ንግዲን ኣብ ሓጺር እዋን ዓቢ ማል ኣጥርዩ ኣብ ንጥፈት መቀያየሪ ኣቑሑት ማኪና ተዋፈረ። ብዝነበሮ ምልከት ቛንቛ ጥልያን ምስ ወኪል ፊያት ብሓደ ወገን፡ ምስ ስድራ ቤት ወናኒ ትካል ስካንያ ድማ በቲ

ካልእ ዝመስረቶ ድልዱል ዕርክነት ኣብ ሓጺር እዋን ነቲ ስራሕ መሊኹ ናብ ዓዲ ጥልያን ኾነ ዱባይ እናተመላለሰ ዘይነዓቕ ሃብቲ ከጥሪ ኸኣለ።

ከምኡ ይኹን'ምበር፡ ሓንቲ መንቀብ ግና ነበረቶ፣ ብልሽውና። ብወደባት ኤርትራ ዝኣቱ ንብረት ግብሪ ከይተኸፍሎ ናብ ኣዲስ ኣበባ ከም ዝሰግርን ናብ ኢትዮጵያ ተባሂሉ ዝኣቱ ናይ ትራንዚት ንብረት ተመሊሱ ኣብ ኤርትራ ከም ዝሸየጥ ምግባርን ሓደ ካብቲ ዘካይዶ ዝነበረ ዘይሕጋዊ ንግዳዊ ንጥፈት ነበረ። ብኸምዚ ኣገባብ ዝተጠርየ ሃብቲ፡ ምስ ላዕለዎት ሓለፍቲ ህወሓት ክመሓዘውን ድልዱል ዝምድና ክፈጥርን ኣኽኣሎ። ኾይኑ ድማ፡ ምስ ኣስመሮም ኣባል ፈጻሚ ሽማግለ ህወሓትን ባይቶ ኢትዮጵያን ድልዱል ንግዳዊ ዝምድና መሰረቱ ኣብ ገዛኡ ኣታውን ወጻእን ኾነ። ንሓል ሓው'ብኡ ትብጸሖ ወናኒት ሆቴል ኣፍቂሩ ተመርዓወ። ምስ ኣስመሮም ዝነበሮም ንግዳዊ ዝምድና ድማ ናብ ቤተ ሰባዊ ዝምድና ተቐየረ።

እምባፍራሽ፡ ኣብ ኣዲስ ኣበባ ኣብ መገዲ *መገናኛ ሃያ ሁለት* ዓሰርተ ክፍልታት ዝነበሮ ሆቴል እትውንን ኣዝያ ማራኺት ጓል ኣንስተይቲ'ያ።

ቀዳም 13 ሰነ 1998'ዩ። ኣዲስ ኣበባ፡ ኣባላት ጸጥታ ኣዕለቕሊቖማ ሓደሩ። ጸልማት ተጎልቢቦም ገዛ ገዛ እናኣተዉ ኤርትራውያንን ኢትዮጵያውያን መበቆል ኤርትራን ቈልዓ ሰበይቲ ከይፈለዩ ምስ ፒጃምኦም ካብ መዳቕስኦም ኣውጽኡዎም። ኣብተን ተዳልየን ዝነበራ ፒክኣፕ ማካይን እናኣደየቡ ኣብ ሸጎሌ ሜዳ (ሜዳ ሸጎሌ) ኣከብዎም። ቈልዑት ወጨጩ፣ ኣንስቲ ኣእወያ፣ ሰብኡት ርእሶም ኣድነኑ እንታይ ከም ዘጋጠመ ስለ ዘይፈለጡ። ኣውቶቡሳት ተቐረባ፣ ብቤ/ጽ ደህንነት ዝተለለዩ ሰብ ሃብትን ትካላትን ኤርትራውያን ኣስማቶም እናተረቘሐ ክሳፈሩ ተኣዘዙ። 'ደይ ከም ኣብ ካልኦት ሃገራት ዘጋጥም ናይ ዶብ ግጭት'ዩ፡ ቀልጢፉ ድማ ክፍታሕ'ዩ፣ ኣብ ልጉስ ቦታ ወሲዶም ክጽንሑና ኢሎም'ዮም፣' ካብ ምባል ሓሊፎም ንኹፉእ ኣይሃብዎን። ብሰንኪ ዓይኒ ሕብሮም ተለቒሞም ብዘይ ማይን ምግቢን ሰብኣውነት ብዝጐደሎ ኣገባብ ንብረቶም ተመንዚዖም ኣብ ቅድሚ ባይቶ ሕብረት ኣፍሪቃ ክሰጎጉ መዓስ'ሞ ሓሲቦሞ። እቲ ክሓስብዎ ኣይኾነን ኸሓልምዎ ዘይኽኣሉ ዘባህርር ሕልሚ ግና ሕልሚ ኾይኑ ኣይተረፈን፣ ንጽባሒቱ 14 ሰነ፡ ናብታ ገሊኦም ዕትብቶም ዝተቐበረላ ገሊኦም ግና ብጭራሽ ርእዮማ ዘይፈልጡ ሃገሮም ተሰጐጉ፣ ኤፍሬም ድማ ምስኦም።

ኤፍሬም፡ ኣብታ ምሸት እቲኣ ምስ መትዓብይቱ ሚኪኤል ወልዳይ ተቛጺሮም ከዘናግዑ በታ ቶዮታ ኮሮላ ዝዓይነታ ማኪና ብዓልቲ ቤቱ'ዮም ናብ ሳሪስ ኣምሪሖም።

ሓምለ 1976' እዩ። ሚኪኤል ወልዳይ፡ ስድራ ቤቱ ግዳይ ኣረመናዊ ቅትለት ወተሃደራት ኢትዮጵያ ኾይኖም፡ ኣቡኡ፡ ኣዲኡን ክልተ ኣሕዋቱን ዝሰኣነ ውጻዕ መዓት እዩ። ድሕሪ ቐብሪ፡ ሓው'ብኡ ንእለቱ ናብ ኣዲስ ኣበባ ወሰድዎ። ሽው ወዲ ዓሰርተ ዓመት'ዩ ነይሩ። ናጽነት ኾይኑ ነታ ኣበይ ምኺና ዘይፈልጣ መቓብር ስድራኡ ክነድቕ መስከረም 1991 ናብ ኣስመራ ኸደ። ናብ ቤት መኻእ ከይዱ መቓብር ኣቡኡ፡ ኣዲኡን ክልተ ኣሕዋቱን ኣጣይቑ ረኸቦ፣ ብማርሞ ነደቖ፣ ናይ ሕልና ቅሳነት ረኸበ። ኾይኑ ግና፡ ናብ ኣዲስ ኣበባ ኣይተመልሰን፣ ኣብታ 65 ሽሕ መንእሰያት ዘበጀወት ሃገሩ እንተወሓደ ክሳዕ ረፈረንደም ተካይድ ሃገራዊ ጕቡኡ ክፍጽም ወሰነ። ቅድም ኣብ ቈጸራ ህዝቢ፡ ኣብ እዋን ረፈረንድም ድማ ከም መራሕ ማኪና ብምኺን ንወጻኣተኛታት ተዓዚብቲ ናብ ገጠራት ኤርትራ ኣመላለሰ። ኣይጸንሐን፡ 1994 ሃገራዊ ኣገልግሎት ብወግዒ ተኣወጀ።

ግቡኡ ንምፍጻም ወተሃደራዊ ታዕሊም ክወስድ ቀዳማይ ዙርያ ናብ ሳዋ ወረደ። ጉቡኡ ፈጺሙ ጥሪ 1996 ናብ ኣዲስ ኣበባ ምስ ተመልሰ'ዩ'ምበኣር ብወዝቢ ምስ ኤፍሬም ዝተራኸቡ። ካብታ ዕለት'ቲኣ ኣትሒዞም፡ ንሱ ብዘይ ኤፍሬም፡ ኤፍሬም ብዘይ ሚኪኤል ዘይኾነሎም ኮኑ።

እምበኣርከስ፡ ኣብታ ጸላም ወርሒ ሰነ ምሸት'ቲኣ፡ ኣብ ዲቓ ዝበለ ዕላል እንከለዉ'ዩ ሰለስተ ብረት ዝሓዙ ሰባት ናብኦም ቀሪቦም፡ "ሓንሳብ ደሊናኩም ኣሎና!" ብምባል ካብቲ ባር ናብ ደገ ዘውጽእዎም። ኤፍሬም፡ ነቲ መሪሕዎም ዝመጸ ትግራዋይ ኣዐርዩ ይፈልጦ'ዩ፣ ናይ ቐረባ መሳርሕቲ'ዩ'ም። "እንታይ'ዩ ተረኺቡ?" ኢሉ ክምስ ኢሉ ሓተቶ፣ መልሲ ኣይረኸበን። ኣብ ራብዕቶም፡ ኤፍሬም መሬት ኤርትራ ረገጸ። ሚኪኤል ግና ኣብ ዝኣተዎ ከይተፈልጠ ተዳጒነ። ሰለስተ ዓመት ጸኒሑ ምስቶም ሰላዩ ሻዕብያ ተባሂሎም ከምኡ ኣብ ማሕቡስ ተዳጒኖም ዝነበሩ ኤርትራውያን መንእሰያት ናብ ኤርትራ ኣተወ።

ኤፍሬም፡ ንሂወት ከጸወሮ ዓቕሚ ሰኣነ፣ ለይትን መዓልትን ብዛዕባ ብዓልቲ ቤቱን ንብረቱን ክሓስብ ኣእምሮኡ ተበጽበጸ። ኣብ ከምዚ ህሞት ከሎ'ዩ እምበኣር፡ ሓደ ቤተ ሰቡ ስራሕ ዘማጻኣሉ፣ ኣካፋፋሊ ጋዜጣ።

እቲ እዋን'ቲ፡ ብሕታውያን ጋዜጣታት ንኣንባቢ ይማርኽ'ዩ ዝበለኦ ዓንቀጻት ኣብ ዓምዳተን የስፍራ እንተ ነበራ'ኳ፡ ብገለ መዳዩ ግና፡ 'ንሃገራዊ ድሕነት ኣብ ሓደጋ የእትዋ ኣለዋ!' ተባሂለን ዝሕመያሉ ዝነበረ እዩ። ብፍላይ ሰበ ስልጣን ቃለ መሕትት ኣብ ዝህብሉ እዋን፡ ቀኣጽሪ ኣንበብቲ ጥርዚ ዝበጽሓሉን ዝተፈላለየ ርእይቶ ኣንባቢ ዝጋዋሓሉን ብምንባሩ፡ ኤፍሬም'ውን በቲ ኩነታት ከይተጸልወ ኣይተረፈን። ኩነታት ግና ከምኡ ኢሉ ኣይቀጸለን፣ ንስለ ሃገራዊ ድሕነት ሓደ መዓልቦ ክግበረሉ ኣለዎ ተባሃለ። ጋዜጣታት ተኣገዳ፣ ንሃገራዊ ድሕነት ኣብ ሓደጋ ኣእትዮም ዝተባህሉ ተቐየዱ፣ መስከረም 2001። ኤፍሬም'ውን ሓሙሽተ ዓመት ኣብ ትሕቲ ቀይዲ ጸኒሑ ተለቐቐ፣ ሚያዝያ 2006።

ኤፍሬም፡ ሓንቲ ሓብቱ ኣብ ወራር ወያነ ተሰዊኣ፡ ክልተ ብሕጋዊ መገዲ፡ ሓደ ብስግረ ዶብ ካብ ሃገር ብምውጻኦም ነታ ኣብ ሜርካቶ ትርከብ ትካሎም ካብ ጥፍሽና ከድሕና ላዕል ታሕትን በለ። ካብዝን ካብትን እናተለቀሐን ካብ ተሰነይ ኣቕሑት እናምጸአን ኣበራበረ። ድሕሪ ቀኑብ እዋን፡ ኣብ ተሰነይ ሓንቲ ናይ ጅምላ ድኳን ከፈተ። ዕዳኡ ከፊሉ ናብራኡ እንተ ተመሓየሸ'ኳ፡ ሓንቲ ሕልሚ ግና ነበረቶ፣ ኩነታት ብዓልቲ ቤቱን ንብረቱን ምፍላጥ።

ለካቲት 2015 እዩ። ብሃገር ደረጃ ኩሉ ኤርትራዊ ንሓደ ወርሒ ክዕለም መደብ ተሓንጸጸ፣ ኤፍሬም ድማ ከም ሰቡ ናብ ጋሕተላይ ወረደ፣ ተዓሊሙ ድማ ተመለሰ።

ኤፍሬም፡ እታ ንዓሰርተው ሽዱሽተ ዓመት ሃረር ዝበላ ዕለት መጽኣት። ሽዑ፡ ወዲ 50 ዓመት ኾይኑ ነበረ። ግቡኡ ብምፍጻሙ ክገይሽ ተፈቒደሉ፣ ፓስፖርት ኣውጺኡ፣ ናብ ዱባይ ገሸ። ኣብ ሚያዝያ 2016 ብካርቱም ኣቢሉ ናብ ኣዲስ ኣበባ ኣተወ። ኣዲስ ኣበባ ተቐየረቶ፣ ህንጻ ብህንጻ ኾይና ጸናሓቶ። ኩሉ ነገር ከም ቀደሙ ኣይኾነን፣ እታ ዝፈልጣ ሆቴል ብዓልቲ ቤቱ'ውን ከምኡ፣ ፈሪሳ ብዓልቲ ሓሙሽተ ደርቢ ኾይና ድኣ ነበረት።

"እዚኣ ንሳ ኣይኾነትን!" በለ ብውሽጡ፣ ኣትዩ ከይሓትት ነግ ፈረግ በለ፣ ልቡ

ኣንደጒዶጐት። ናብቲ ኣብ ጥቃ'ታ ሆቴል ዝርከብ እንዳ ካፈ ኣትዩ ዝስተ ኣዚዙ ኣብ ግዳም ኮፍ በለ። ሽጋራ፡ ነታ ሓንቲ ኣጥፊኡ ነታ ካልእ'ዩ ዝውልዕ፣ ከይተፈለጦ።

"ኤፍሬም፡ ኣጆኻ! እንታይ ከይመጽኣካ! ክንደይ ሓሊፍካን ተጻዊርካን እንዲኻ! እንተ ኸፊአ መሊስካ ኢኻ ክትዳኻን! ግና ዘልኣለማዊ ቅሳነት ክትረክብ ኢኻ!" እናበለ ደጋጊሙ ቡን ሰትዩ ኣዕሚቑ ኣስተንፊሱ ብድድ በለ፣ ናብ ሆቴል ካፒታል ጠኒኑ ኣተወ።

"ይቕሬታ! ሓንሳብ ክንፍትሽኩምዶ ምኽኣልና?"

ኤፍሬም ክልተ ኣእዳዉ ንላዕሊ ገይሩ ተፈቲሹ ልቡ እናኣንደጒዶጐት ናብቲ ካፈ ባር ኣትዩ ዳብል ኮኛክ ረሚን ማይን ኣዚዙ ንደቓይቕ ኮፍ በለ። ካብ ተርባጽ ዝተላዕለ፡ እናሻዕ ሰዓቱ ተመልከተ፣ ብርሑቕ ንዝርእዮ ብዓል ቈጸራ ዝደንነዮ እዩ ዝመስል።

"ኣያ፡ ሓንቲ ኮኛክዶ ትምጻኣልኩም?" ኣሳሳይት ምስ በለቶ'ዩ ካብ ሓሳቡ ተበራቢሩ ርእሱ ነውኒዉ ብዘይ ቃል ሕራይ ዝበላ፣ ሳልሰይቱ ኮኛክ ም'ዃና'ያ። ልክዕ ኣብታ ህሞት'ቲኣ፡ ሓደ ሓሳብ መጾ። ነታ ኣሳሳይት ተገልቢጡ ረኣያ፣ ነታ ዝኣዘዛ ኮኛክ ሒዛትሉ ክትመጽእ ርእዩ ፍሽኽ በላ።

"ንእሽቶ ዝብላዕ ክትእዝዙ እንተ ደሊኹም ግርም ዝኾነ ጥብሲ ኣሎና፡" በለቶ ተፈሺኻ።

"ቈጸራ ነይሩኒ፡ ግና ከምዚ ዝርእዮ ዘለኹ ተጠሊመ'የ'መስለኒ። ወይዘሮ እምባፍራሽ ሰዓት ክንደይ ድየን ዝኣትዋ?"

"ኣይርኣኹመንን ዲኹም? ኣብዚ'ኮ እየን ጸኒሐን፣ ምስኣን እንተ ኾይኑ ቈጸራኹም ናብ መእንገዲ ኣጋይሽ ኬድኩም ንገርዎም'ሞ ብስልኪ ከራኽቡኹም'ዮም፡" ኢላቶ ፍሽኽ ኢላ ኢድ ነሲኣ ከደት።

ኤፍሬም የማነ ጸጋም ኣቕለሕለሐ። ኣዒንቱ ይጥምታ ነይረን'ምበር፡ ኣእምሮኡስ ምስኡ ኣይነበረን፣ ኣብ ሓሳብ ይሕንብስ ስለ ዝነበረ።

"እዋእ! ከመይ ኢለ ዘይርኣኹዋ፡" ኢሉ ነተን ሕልፍ ኢሉ ዝርኣየን ወይዘራዝር በብሓደ ከዝክረን ፈተነ፣ በየን ከመጸሉ፣ ውዥብርብር በሎ።

ሃንደበት ብድድ ኢሉ ናብ መእንገዲ ኣጋይሽ ኸደ።

ኤፍሬም፡ ቀጢን፡ ነዊሕ፡ ኣከዳድናኡ ዘመናዊ፡ ተዋዛያይን ሰታይን'ኳ እንተኾነ፡ ልዕሊ ዓቕሙ ዝሰትን ገንዘብ ዝዘሩን ግና ኣይነበረን። ንእምባፍራሽ ካብ ልቢ የፍቅራ ብምንባሩ፡ ኣብቲ 15 ዓመት፡ ሓዳርን ውላድን ኣይገበረን።

"ከመይ ኣምሲኹም! ወይዘሮ እምባፍራሽ ክረኽበንዶ ምኽኣልኩ?" ሓተተ ከምስታ ኣሰንዩ።

"ወይዘሮ እምባፍራሽ ኣብ ኣኼባ'የን ዘለዋ፣ መልእኽቲ እንተለኩም ክቕበለኩም።"

"ካብ ዱባይ'የ መጺአ፣ ብስራሕ ስለ ዝደለኹወን ተሌፎነን ኣብታ ትማሊ፡ ይግረምኩም፡ ዝተሰረቐትኒ ሞባይል ብምንባራ ክድውለለን ኣይከኣልኩን።"

"ጋሻ ኣሎኒ ዝበላ ንዓኹም ድየን! እዛ ካርድ ገዲፈናልኩም ኣለዋ፡" ኢሉ ነታ ናይ ስራሕ ካርድ ኣቐበሎ። በቲ ኣጋጣሚ ተገሪሙ ነቲ ኣስተናጋዲ ከምስ ኢሉ ኣመስጊኑ ነታ ካርድ ተቐቢሉ ናብቲ ባር ከይዱ ሕሳቡ ኸፊሉ ካብቲ ሆቴል ወጺኡ ኸደ።

ኤፍሬም፡ ኣእምሮኡ ምስቅልቅል ኢሉዎ ናበይ ከም ዘብል ኣይፈለጠን፣ ንስለ ክኸይድ ዝነበሮ'ምበር፡ ኣእጋሩ እንታይ ይረግጻ ከም ዝነበራ ይፈልጥ ኣይነበረን። ኣብ ሓሳብ ጥሒሉ ንሸነኽ ላዕሊ ናብ *መገናኛ ሃያ ሁለት* ገጹ ብእግሩ ኣዝገመ። ከመቕጽበት

ንቐልቡ ዝስሕብ ነገር ርእዩ ሃንደበት ደው በለ፣ ብሸነኽ ጸጋሙ ናብ ዝነበረ ሆቴል ጠመተ፣ "ሆቴል ኣክሱም!" ኢሉ ርእሱ ነውነወ፣ ኣስናኑ ዓጽሚ ዝቐርቀራ ክመስላ ኣትሪረን ነኸሳ፣ ገጹ ተጨማደደ፣ ኣዒንቱ ኣስለምለማ ንብዓት ቋጸራ፣ ነቲ ዘስጉጎ መሳርሕቱ ዘኪሩ "እዚኦም!" ኢሉ ኣብ ዝነበሮ ንደቓይቕ ደሪቑ ደው በለ።

"ቆፎ ሞባይል! ቆፎ ሞባይል!" ዝብል ድምጺ ሰሚዑ ናብ ውኖኡ ተመሊሱ ነቲ ወዲ ትሽዓተ ዓመት ቈልዓ ቀው ኢሉ ጠመቶ።

"ኣያ! ቆፎ ሞባይል ብሑሱር ዋጋ፡" ኢሉ ሓጥያት ዘይብሉ ክምስታ ቈልዓ እናርኣየ ተመሻኸነ።

"ክንደይ'ዩ ዋግኡ?"

"እዚኣ 30 ብር።"

ኤፍሬም ነቲ ቈልዓ ብለውሃት ጸጕሪ ርእሱ ደሪዙ፣

"ክንደይ ክፍሊ ኢኻ ትመሃር?"

"ኣይመሃርን'የ።"

"ስድራ ኣለዉኻዶ?"

"ኣቦ የብለይን ኣይፈልጦን'የ፡ ኣደይ ድማ ሕምምቲያ!"

"በል እዚ ወደይ፡ እዛ ሚእቲ ብር ነዴኻ ሃባ፡ ንስኻ ድማ ሓደ መዓልቲ ከምዛ ኣብ ቅድሜና ዘላ ሆቴል ክትውንን ጻዕረኛ ኹን። በዚ ክትሓልፍ ከለኻ ኵሉ ግዜ ጠምታ፣ ከምኣ ክትውንን ከም ዘለካ ድማ ንኣእምሮኻ ኣእምኖ ኢኻ፡" ኢሉ ደጊሙ ጸጕሪ ርእሱ ደሪዙዎ መገዲ ቀጸለ።

እዋኑ፡ ምሸት ሰዓት ሸሞንተን ፈረቓ'ዩ ነይሩ። ኣብ ኣእምሮኡ ምስሊ እምባፍራሽ እናተመላለሶ ናበይ ከም ዝኸይድን እንታይ ከም ዝውስንን ሓርቢቱዎ ከይተፈለጠ ኣብ መስቀላዊ መገዲ መገናኛ *ሃያ ሁለት* በጽሐ።

ምዕራፍ 32

መገናኛ ሂያ ሁለት ፡ ካብ ስራሕ ወጺኡ ሚኒ ባስ፡ ኣውቶቡስን ታክሲን ዝጽበ፡ ክዛወርን ጨርቀ መርቂ ክገዝእን ዝወጽእን ብእግሩ ናብ ገዝኡ ዘዝግምን ሰብ ነቲ ጐደናታት ኣዕለቕሊቑዎን ኣነጾ ንስኺ ክሓልፍ ክሳዕ ዘብል ማካይን ንጽርግያ ኣጨኒቐነአን ነበረ። ኤፍሬም፡ እቲ ጫውጫውታ ካብ ሓሳቡ ኣበራቢሩ፡ "ንእምባፍራሽ ደውለላ! ደውለላ!" ዝብሎ ዘሎ መሰሎ፣ ርእሱ ነውነወ። ሓሳቡ ክጥርንፍ ናብታ ኣብ ቅድሚኡ ዝነበረት እንዳ ካፈ ኣላገሰ። ኣብቲ ኣብ ኣፋፌት'ቲ እንዳ ካፈ ዝነበረ መኰፈሊ ተቐሚጡ ኮካኮላ ኣዚዙ ነቲ ኣደናቒ ትዕይንቲ ብኣንኽሮ እናተመልከተ፡ "ብዝሒ ህዝብን ድኽነትን፡ እቲ ኣይምርቓ እቲ ኣይመርገም፡" ኢሉ ብኣግርሞት ክምስ በለ። ሽጋራ ወሊዑ ነቲ ዝደረቐ ጐረሮኡ ከተርክስ ነታ ዝመጸቶ ኮካኮላ ጠምጠም በላ፣ ነታ ክሳዕ ሽው ዘይረኣያ *ቢዝነስ ካርድ* ካብ ጁብኡ ኣውጺኡ ርእሱ እናነውነወ ደጋጊሙ ተመልከታ። ደጊሙ ሽጋራ ወለዐ፣ ኣዕሚቑ ንውሽጢ እናስሓበ ነቲ ትኪ ደጋጊሙ ኡፍ ኢሉ ነታ ሽጋራ ኣጥፊኡ ናብ ውሽጢ ኣተወ፣ ኣብ ሓንቲ ጸግዒ ከይዱ ኮፍ በለ'ሞ እታ ዝተኣዘዞ ኣኣንጋዲት፣

"ኣያ፡ እታ ኮካኮላ ናብዚዶ ከምጻኣልኩም?" ክትብል ሓተተቶ።

"ኣይፋልክን! ሓንቲ ኮኛክ ረሚ እንተ ሂብክኒ መመስገንኩ ነይረ!"

ኣይደንገየትን፡ ኣብ ካልኢታት ዘይመልእ ግዜ ሒዛትሉ መጽኣት'ሞ፣ "ዝብላዕ ክሰምዓኩምዶ?" እናበለት ነታ ኮኛክ ኣብታ ሰደቓ ኣንበረታ።

"ኮኛክ እኽልቲ'ያ፡ የቐንየለይ፡" ኢሉ ክምስ በላ።

ሞባይል ተሌፎን ኣብ ኢዱ'ያ ነይራ፣ ደጊሙ ደጋጊሙ ጠመታ። ቍጽርታት ክጥውቅ ግና ኣጻብዕቱ ምእዛዝ ኣበየኦ፣ ሓገዝ ደልየን ኣንፈጥፈጣ፣ ነታ ረሚ ኮኛክ ግልብጥ ኣበላ።

"ኤፍሬም፡ ቀደም ኢኻ ከሲርካ፣ ሕጂ እንታይ ትኸስሮ ኣለካ? እምባፍራሽ! . . ." ኢሉ ነታ ሞባይል ተኲሩ ጠመታ፣ 0914. . . ጠዋወቓ።

ሰለስተ ግዜ ደዊላ "ሃለው! መን ክብል?" ኣድመጽአት ተቐባሊት።

ኣየር ኣዕሚቑ ንውሽጢ ስሒቡ ኣስተንፈሰ።

"ወይዘሮ እምባፍራሽ፡ ከመይ ኣምሲኽን? ይቕሬታ ኣምስየ ብምድዋለይ!"

እምባፍራሽ እቲ ድምጺ ሰገጥ ኣበላ።

"መን ክብል?"

"ካብ ዱባይ ዝመጸእኩ ጋሻ'የ፣ ቍጽሪ ተሌፎንክን ካብ መአንገዲ ኣጋይሽ'የ ረኺበዮ። ከመይ ኣለኽን?"

ንኻልኢታት ስቕታ ሰፈነ።

"ጽቡቕ፡" በለት ብትሑት ድምጺ።

"ብሓደ ጉዳይ ማለት ብስራሕ ከዘራርበክን እንተዝኽእል ደስ ምበለኒ።"

"ኣነ'ውን ስምኩም እንተ ትነግሩኒ ደስ ምበለኒ፣ ዘይከኣል ድማ ኣይመስለንን፡" በለት ሕጂ'ውን ትፈልጦ ድምጺ ኾይኑ ተሰሚዕዋ ልባ እናንደጉደገት።

"ሓቂ'ዩ። ንስለ ክረኽበክን ኢለ ናይ ሕሶት ስም ክህበክን ጽቡቕ ኣይኾነን። እመናኒ፡ ምስ ርኣኽናኒ ክትፈልጣኒ ምኺንኽን ኣረጋግጸልክን፡" በለ ኤፍሬም ድምጹ ኣልዝብ ኣቢሉ።

"ሕራይ! ናብ ሆቴል ካፒታል ዘይትመጹ'ሞ።"

"ኣነ'ውን ካብ ናትክን ብዘይፍለ ደስ ምበለኒ። የግዳስ፡ ኣብ ሆቴል ሻራቶን እንተ ዝኾነለይ ደስታይ ኣይምኸኣልኩዎን።"

እምባፍራሽ ኣብታ ቀዳም ምሸት'ቲኣ ምስ ኣዳኖታታ ኣብቲ ሆቴል ንሰዓት ዓሰርተው ሓደ ተቛጺራ ብምንባራ፡ "ገለዶ ድኣ ቈጸራ ከም ዘለኒ ዝፈልጡ ክላግጹለይ ኢሎም ይኾኑ!" ብምባል እናስሓቐት፣

"ሕራይ፡ ኣብታ ቀዳመይቲ ላውንጅ። ግና፡ ቈጸራ ስለ ዘለኒ ሓጻር ርክብ ክትከውን ተስፋ እገብር።"

"ዓሰርተን ፈረቓን!"

"ኦከይ!" ኢላ ተሌፎን ዓጽያ "እዚ ድምጺ ኣበየ ዝፈልጦ?" ብምባል ዝን በለት።

እምባፍራሽ፡ ሓጻር፡ ከደረይቲ፡ ሓጺር ምሻጦ ጸጉሪ ርእሲ እተዘውትር፡ ምልኩዕ ኣከዳድና፡ ዕላልተኛን ዓው ኢላ ስሓቒትን፡ ብዙሕ መልክዕ ዘይተዓደለት ግና ማራኺ ኣንደበት ዘለዋ ትኲርቲ ጓል ኣንስተይቲ'ያ።

ካብ ኣዝዮም ድኻታት ስድራ ዝተወልደት እምባፍራሽ፡ ጓል ዓሰርተው ሸዱሽተ ዓመት ምስ ኣኸለት ሰሪሓ ስድራኣ ክትናቢ ወተሃደራዊ መንግስቲ ደርግ ቅድሚ ምውዳቑ ሓሙሽተ ዓመት ናብ ኣዲስ ኣበባ ከደት። እወ! ኣይ ካብ ትሕዝቶ ኣይ ካብ ፈላጢ ዕድላ ንፈጣሪ ሂባ እናነበዐት ካብ ስድራኣ ተፋነወት። ኣዲስ ኣበባ ኣትያ ሰራሕተኛ ገዛ ተቘጺራ ሓደ ዓመት ምስ ሰረሐት፡ ኣስራሒታ፡ ኣብቲ ትውንኖ ቤት ብልዒ ከም ኣሳሳይት ክተስርሓ ወሰነት።

እምባፍራሽ ዝተመነየቶ ተመሰለላ።

"ሕራይ እምበይተይ!" ኢላ ኣብ ሰሙኑ ስራሕ ጀመረት። ስርሓ ቡን ምፍላሕ ነበረ። ስሓቒትን ተዋዛይትን ብምንባራ እታ ቤት ብልዒ ዓመረት። ሓደ ነገር ተመነየት፣ ሓደ መዓልቲ ንእሽቶ ጸግዒ ረኺባ ብዓቕማ እተካይዳ እንዳ ቡን ክትከፍት።

እምባፍራሽ፡ ሓደ ብተደጋጋሚ ዝመጽእ ዓሚል ኣፍቀራ። ደጊሙ ደጋጊሙ ነቲ ስራሕ ገዲፋ ናይ ገዛእ ርእሳ እንዳ ቡን ክትካረ ክሕግዛ ከም ዝኽእል ኣእመና። ነታ ኣርባዕተ ዓመት ዘስርሓታን ከም ኣደ ዝሓብሓበታን ኣስራሒታ ግና ከመይ ኢላ ትንገራ! ጥልመት ኾይኑ ተሰመዓ። ተዋዛይትን ዓው ኢላ ስሓቒትን ዝነበረት ሓሳብ ከተደይብን ከተውርድን ዝን ብሃሊት ኮነት። ሓደ መዓልቲ፡ ኣስራሒታ ኣስተብሃለትላ'ሞ፡ ንኹፉእ ሃበታ።

"እዋእ! እዛ ቈልዓ፡ ድቓድ ድኣ ሒዛ ኾይና ዝን ኣብዚሓ?" ብምባል ተሻቐለት።

"እምባ! እንታይ ዝተፈጥረ ነገር ኣሎ'ዩ ዝን ትብሊ ዘለኺ። ኣደኺዶ ኣይኾንኩን! እንታይ'ዩ ኣጋጢሙኪ'ዛ ጓለይ?" ኢላ ብኣደኣዊ ለውሃት ሓተተታ።

እምባፍራሽ መስተርሆ ረኸበት፣ ብዘይ ሰጋእ መጋእ ምኽንታ ክትነግራ ወሰነት።

"እምበይተይ፡ ዝገበርክናለይ ኣይወሓደን፣ ልዕሊ ኩሉ ግና ልዕሊ ኣደ ኼንኽን ሓብሒብክናኒ። ሓንቲ ርእሰይ ዝኽእለላ ንእሽቶ እንዳ ቡን ክካረ ኣይምጸላእኩን፣ ግና ጥልመት ኾይኑ ተሰሚዑኒ ንምንጋርክን ተጸጊመ፡" በለታ ርእሳ ናብ ባይታ ደፊኣ።

"ኣብ ወርሒ ሓደ ሽሕ ክራይ፡ ምሕዳርኪ ምሳይ፡ መዋጸኣኪዶ?" ክትብላን ካብ መኰፈሊኣ ብድድ ኢላ ሓቝፋ ክትስዕማን ሓደ ኾነ፣ ንብዓት ሰዓራ፡ ብታሕጓስ ተነኽነኸት።

እምበኣርከስ፡ ብቡን ምፍላሕ ዝጀመረቶ ስራሕ ህወሓት ኣዲስ ኣበባ ምስ ኣተወ ድሕሪ ሓደ ዓመት ናይ ገዛእ ርእሳ ቤት ብልዒ ከፊታ ናብራኣ ኣመሓየሸት። እቲ ዝተመርዓዋ ዓሚል፡ ኣብ ሓይሊ ምድሪ ናይ ሻምበል መዓርግ ዝነበሮ ኣብ ኤርትራ ኣብ መጥቃዕቲ ተሰነይ 1984 ከቢድ መውጋእቲ ኣጋጢሙዎ ብጥሮታ ዝተኣልየ፡ ርኹባት ስድራ ቤቱ መትከል እግሪ ትካል መሸጣ ናውቲ ጽሕፈት ኣብ ካዛንችስ ዝኸፈቱሉ፡ ኣዝዩ ሰታይን ብዘይ መደቀሲ ኬኒና ክድቅስ ዘይኽእልን ነበረ። ሓዳር ምኽኒን ኣበያ፣ ዘይትዕድልቲ ኾይኑ ዝተበኮረቶ ውላድ ስንኩል ኾይኑ ተወለደ፣ ህይወት ዘይጽወር ኮና፣ ማሰነት።

ብዓል ቤታ ካብቲ ዝነበሮ ተወሳኺ ስነ ኣእምሮዊ ጭንቀት ኣማዕበለ። ሓደ ምሸት፡ ካብ ስራሕ ብግስ ክትብል፡ ሰለስተ ቤተ-ሰብ ብዓል ቤታ ኣርከቡዋ፣ ትርኢቶም ኣሰንበዳ። ካብ ዝሰንበደቶ ድማ ኣይወጸትን፣ ብዓል ቤታ ንእሽቶ ሓደጋ ኣጓኒፍዎ ምህላዉ ነጊሮም ናብ ቤታ ወሰድዋ። ብኽያትን ኣውያትን ካብ ማዕዶ ሰመዐት፣ ነብሳ ኣንፈጥፈጠ።

"ኣያ! ሻምበል ድሓንዶ ኣይኾነን?" ኢላ ከይወደአት ኣፍልበን ዝሃርማ ኣንስቲ ርእያ ኣእወየት። ጽቡቕ ዘስተማቕረት ሕሰም ዝተጻወረት ሰብ'ያ'ሞ፡ ነቲ ንሂወት ምጽዋር ስኢኑ ነብሱ ቅትለት ዝፈጸመ ብዓል ቤታ ኣልቀሰትሉ፣ ሓዘነትሉ፣ ጸጕራ ደርሚማ ጸሊም ልብሲ ለበሰትሉ። ኾይኑ ኸኣ፡ ነቲ ብሓገዝ ኣባል ፈጻሚ ሽማግለ ህወሓት ኣስመሮም ዝተወሃባ መሬት ናይ ባንክ ለቓሕ ረኺባ ካብ ቤት ብልዒ ናብ ዓሰርተ ክፍሊ ዘለዎ ሆቴልን መዘናግዒ ቦታን ከተዕብዮ ግዜ ኣይወሰደላን።

※ ※ ※

እዋኑ ክረምቲ 1995'ዩ። ሓንቲ ማኪና ኣብ ሓያል ውሕጅ ኣትያ ምንቕ ምባል ኣበየት። ድምጺ ህጥም በለ፣ ሞተር ጠፈአ። ትንፋስ፡ ንቬትሮ ግመ ዝለበሰ ኣምሰሎ። መራሒት ማኪና ረዳኢ ክትጽውዕ እናሻዕ ብጨርቂ ንቬትሮ ትጸርግ፡ ክኾነላ ኣይከኣለን፣ መስኮት ክትከፍት ፈተነት፡ እቲ ሓያል ዝናብ ምኽፋት ከለኣ። ኣብ ከምኡ ህሞት ከላ'ዩ ኤፍሬም ብወዝቢ ኣብታ ማኪና ሰብ ከምዘሎ ዘስተብሃለ፣ ማኪና ኣቖማ። "ጓል ኣንስተይቲ ድያ ወዲ ተባዕታይ፡" ኢሉ ደጊሙ ደጋጊሙ ናብታ ማኪና ኣቋመተ። ሓጺር ጸጕሪ ርእሲ ርእዩ ጾታ ናይቲ ሰብ ምፍላዩ ተጸገመ፣ ብድሕሪኡ ዝነበረ ብዓል ማኪና ጥሩምባ ብሓይሊ ነፈሐ፣ ኤፍሬም ኣይዓጀቦን ወሪዱ ናብታ ማኪና ኸደ፣ ዝተጸገመት ጓል ኣንስተይቲ ኾይና ረኸባ።

"እዚ ውሕጅ ሓደገኛ'ዩ! ማኪናኺ ድሮ ናብ ደረት ጽርግያ ተደፊኣ'ላ! ንዒ ውረዲ!"

"ሕራይ!" በለት፡ ትስማዕ ኣይትስማዕ ብምልክት።

ማዕጾ ከፈተ፣ ውሕጅ ናብ ውሽጢ ማኪና ኣተወ፣ ተጸጊማ እንተ'ወጸት'ኳ፡ ኣብቲ ውሕጅ ሰንደልደል በለት። ተሰኪሙ ናብታ በራኽ ሃይሉክስ ማኪናኡ ኣብጽሓ። ኣብ ሕቝፎኡ ኾይና ማዕጾ ድሕሪት ከፊታ ኣተወት፣ ኤፍሬም'ውን እንቃዓ እናስተንፈሰ ተደርገመ። ኣይግዳዳ ብሳሓቕ ፈለሐት፣ ንሱ ግና ዘስሕቕ ትንፋስ ኣይነበሮን። ነታ ወይዘሮ ልቡ እናንዶግዶገት ጠመታ።

"የቕንየለይ!" ኢላ ስሓቓ ገና ምእርናብ ኣበያ።

ዘንጸርጸሩ ሰብ ማካይን ጥሩምባ ሃረሙ፣ ኤፍሬም ተጸጊሙ ካብ ድሕሪት ናብ መኰፈሊ መራሒ ማኪና ሓሊፉ ማኪና ናብ ማርቻበዲ ሰቒሉ ነተን ብዓሰርተታት ዝቝጸራ ማካይን ኣሕለፈን።

ክሳዱ ናብ ድሕሪት ጠውዩ ተኲሩ ጠመታ፣ ገና ስሓቓ ኣይሃደኣላን።

"ኣንቲ! ንዓኺ'የ እዚ ኹሉ ጀብጂበ?"

"እሂ እንታይ ድየ ኣነ?"

"እንታይከ ዘይኮንኪ? ድቡልቡል!"

"እንታይ!?"

"ዱቡልቡል!" ክብላን ንሳ በታ ዝጠልቀየት መቕናዓት ኣፋ ሽፊና ንሱ ድማ ዓይኒ ዓይና እናጠመተ ብሰሓቕ ክትኳሱ ቀሩብ ተረፎም።

ሓደ መዓልቲ፡ እቶም ውሕጅ ዘፋለጦም ክልተ ተዋዘይቲ ንድራር ተቛጺሮም ናብ ሓደ ሆቴል ከዱ። እቲ ሆቴል፡ ብቕርጺ ፊደል በ ዝተሰረሐ መዳቕስ ክፍልታትን ኣብ ማእከሉ ሰፊሕ ባህላዊ ኣዳራሽን ዝነበሮ ኾይኑ፡ ብክራርን ጭራ ዋጣን ባህላዊ ደርፊ ዝጻወቱ ተላህይቲ ነበሮ።

ኤፍሬም፡ ነቲ ሆቴል ብወረ ይፈልጦ'ኳ እንተነበረ፡ ፋልማዩ'ዩ ኣትይዎ፣ ዝፈትዋ ናይ ወዲ ትኹል ደርፊ ተዝማዒ ነበረት፣ ባህታ ተሰመዖ።

ኣዘነጋሽ፡ ትግራወይቲ ጓል ራያ ዓዘቦ'ያ። ቛንቋኣ ትግሓርኛ'ዩ። ርጒዲ ገዲፍካ ወጅሂ ዘለዋ ተፈታዊት ጓል ኣንስተይቲ'ያ። ብዓል ቤታ፡ ቤተ-ሰብ'ታ ወናኒት ሆቴል እዩ። '78 ከጋደል ዝወጽአ ብዓል ሌተናን ኮሎኔል መዓርግ ኣዛዚ ብርጌድ'ዩ። ክልቲኣን መሓዙት፡ ዘቕንእ ፍቕሪ ዝነበረን፡ ፈተውቲ ምዝንጋዕ፡ ፈቃራትን ካብ ሓድሕድ ዘይተሓማመቓ ተዋዘይትን ነበራ። ኣዘነጋሽ፡ ዘይከም ወትሩ፡ ኣብታ ምሸት'ቲኣ እመጽእ ኣለኹ ክይበለት'ያ ንማሓዛኣ ደበኽ ኢላታ።

"እውይ መዓረይ! እመጽእ እንአኹ ዘይብሉ ጥብ! ከመይ ናፊቐኪ ውዒለ'መስለኪ!" ኢላ ሓቚፋ ስዒማ ነቲ ቈማት መንእሰይ ብርእሳ ኢድ ነሲኣ ሰላም በለቶ።

"ኤፍሬም ይበሃል፣ ብዓል ቤተይ ዓዲ ዓዲ ክገይሽ ንዓይ ዝኸውን ግዜ ብምስኣኑ ነዞ ምልኩዕ መንእሰይ ከዘናጋዓኒ'ዩ ቈጺሩለይ! ከም ትፈልጥዮ፡ ምሉእ ሰርቪስ!!"

"ከመይ ዘለ ለባምን ፈቃርን ሓውዩ'ምበር እንአኒ!"

"ዶ!!"

"እወ!!" ብምባል ትዋሕ በላ።

ኤፍሬም ሽሕ'ኳ ትግሓርኛአን ምሉእ ብምሉእ እንተ ዘይተረደአ፡ ላህጃአን ክምስ ክብል ደረኾ።

"ዝሓወይ፡ ተሰባሪት ከም ብርጭቆ'ያ'ሞ ተኸናኸና፡" ኢላ "በሊ ግርም ዝኾነት ጥብሲ ስጋ ጨል ከገብረልኩም'የ፣ ንው ኣብዞ መኲፈልየይ ምሳይ ተቐመጡ!" ብምባል ኮፍ ኣበለቶም።

"መቸም ብሕትው ኢለ ከውግዕ ዓይንኺ ኣይክእለልክን'ዩ!"

"ንሱስ ድሓር ተርክብሉ!" እናተባሃሃላ ክቀላለዳ ዝሰመዐ ኤፍሬም ስኑ ምኽዳን ስኣነ።

ኤፍሬም ከም ትርኢቱ ኣይኾነን፣ ተዋዛያይ ክንሱ ዘዋርን መግፍሒ ዓይኒን ኣይነበረን። እታ ፈለማ ዘፍቀራ ጓል ኣንስተይቲ ሓሊማ'ያ፣ ኾይኑ ግና ናይ ንእስነት ዓርኩ ብምንባራ ካብ ማስቲካ ገዛእኩላ፡ ኣብ ሓደ ጸግዒ ተሓቢእና ኣዕለልናን ሲነማ ኣተናን ዝሓልፍ ኣይነበረን። ምስ ምሕራር ከተማ ኣፍዓበት፡ ሓሊማ ናብ ህዝባዊ ግንባር ተጸምበረት፣ ናፍቖታ ምጽዋር ስኣኖ፣ ሽዑ ወዲ ዕስራን ሓደን ዓመት'ዩ ነይሩ። ብድሕሪኡ፡ ሓደ ክልተ እንተ ዘይኾኑ ተዓራሪኹ፡ ቀኑጡብ ባህሪ ዝነበሮ ወዲ ተባዕታይ'ዩ። ኾይኑ ድማ፡ ሓሊማ ካብቶም በጃ ህዝቦም ዝሓለፉ ሰማእታት ምዃና ኣብ ኣዲስ ኣበባ ከሎ'ዩ ሰሚዑ፣ ኣዝዩ ሓዘነ።

ኣብታ ምስ ኣዘነጋሽ ናብቲ ቤት ብልዒ ዝኣተወላ ምሸት ግና ክርደኦ ዘይከኣለ ስሚዒት ንልቡ ክትንኽፎ ተፈለጦ፣ ነታ ከም በርቂ ዝረኣያ ኣሳሳይት ወይ ኣካያዲት ስራሕ ኢሉ ዝሓሰባ መጺኣ ክርእያ ተሃወኸ፣ ናብዝን ናብትን ክትብል ካብ ኣዒንቱ ኣይፈለያን። እቲ ኣብ ነብሳ ጥብቕ ዝበለ ብዓል ገፊሕ እድያት ዙርያ ነቲ ብቕርጺ ጥርሙስ ኮካኮላ ዝተሰርሐ ማራኺ ኣካላታ ፍሉይ መልክዕ ሂቡዎ ነበረ።

"እዚ ሓወይ፡ ከተዘናጋዓኒ'ምበር፡ ደድሕሪ ምዓኮር መሓዛይ ክትርኢ'ኮ ኣይኰንካን ኣምጺኤኻኒ፡" ኢላ ካርካር በለት።

"እዋን! ብኽንደይ በጃካ ዘውጻእኽንስ ስልብጥ!"

"እታ በሪ ትርእያ እንኣኻ! ንዕምርኻ ኣብዙይ ከም ዘይትኣቱ ከይገብረካ!" እናተባሃሃሉ ክጫረቑ ንዝርእዮም ሰብ ናይ ነዊሕ እዋን ፍቕራዊ ዕርክነት ዘለዎም'ዮም ዝመስሉ።

"መዓረይ! ናታስ ድሓን! ክቡር ጋሻይ ገዲፈ ናብዝን ናብትንዶ ኣብዚሐ፣ እንታይ ክእዘዝ?"

ኣዘነጋሽ ከንፈራ ናብ ጸጋም ኣትሚማ የማናይ ኢዳ ንመንከሳ ኣደጊፋ "ክትክእልሉ!" ብዘስምዕ ኣጠማምታ ጠመተታ።

"ኢሂ መዓረይ! ኣይመቸወክን ድዩ?"

"እንታይ ክገብር ኢልክኒ፣ ካብዙ ዱቡልቡል ትብል ጸርፊ ዝሰማዕኩላ. . ." ክትብልን ኤፍሬም ክሳዕ ዝስርነቕ ትዋሕ ክብልን ሓደ ኾነ። ኣዘነጋሽ ኣይስሓቐትን፣ ዓይኒ ዓይኑ እናጠመተት ማዓንጣ ክብዱ ክሳዕ ዝቈስል ትም ኢላ ጠመተቶ፣ ንሳ'ውን ዓፊና ድኣ ሒዛቶ'ምበር፡ ብውሽጣስ ትስሕቕ ድኣ ነበረት። "ርእኺ መሓዛይ! ጸርፊ ድዩ ናእዳ እንድዒ፣ ዘይፈልጠካ ሰብ እሞ ኸዓ. . . " ኢላ ተፈንሸረት፣ ኤፍሬም'ውን ከምኣ።

"ኣንቲ እንታይ ቆንቆኛኡ'ዩ!" ኢላ ኣአንጋዲት ስሓቕ ክልቲኦም ገሪሙዋ እናስሓቀት ኣሳሳይት ኣብ ሃልሃልታ ዕንጨይቲ ዝተጠብሰ ስጋ ጤልን ሓንቲ ጥርሙስ ዊስኪ ብላክ ለበልን ኣብ ሰደቓ ኣንቢራ፣

"እምበይተይ ክቖድሕዶ?" ክትብል ሓተተት።

"ደሕና ሙዚት፡ የቐንየልና! ኣንታ ክርስትያን ዝጠበሖ ዘይትበልዕ ከይትኸውን!" ኢላ ማራኺ ፍሽኽታ እናርኣየት "ብሞተይ!" ኢላ ኣኾለሰቶ።

"እንታይ ይግበር ኾይኑ፡ ከይፈተኹ ኣኽስቲንክኒ!"

"ማዕተብ ዝገብር ኣስላማይ! ዕማመት ዝገብር ክስታናይ! እንታይ ክንብል! ዘመኑ ገሪሙና እንእ!"

"ዋእ!"

"ኤፍሬም ኢልካ ስም ድኣ እንአወ ድዩ?"

"ኣየ መሓዛይ! ሕነ ምፍዳይሲ መን ከማኺ ኺኢሉዎ!" በለት ኣዘነጋሽ ንኤፍሬም ብጎቦ ዓይና ስሪቓ እናጠመተት።

"በላ ሕሳበይ ንገራኒ'ሞ፡ ናብተን ኣብሊዐን ዝስዕማ ክኸይድ!"

"ወይለይ መሓዛይ! ብዓል ቤትኪ ኣቐዲሙ ሕሳብ ኣይከፈሎን ድዩ?" ክትብልን ኤፍሬም ብሳሓቕ ክትኮስን ሓደ ኾነ።

መስተ ተሰተየ፣ ዕላል ዓመረ፣ ደርፍታት ናይ ወዲ ዛግር፡ ወዲ ትኹል፡ ተፎኖ፡ ሰላሊዓ ኮታስ ወኒ ዝቕስቅስ ደርፍታት ህዝባዊ ግንባር ብምንባሩ፡ ኤፍሬም ክሳዕ ዝጅብጅብ ሳዕሰዐ፣ ምስተን ዋዘአንን ግልጹነተንን መለከዒ ዘይነበሮ ተፈተውቲ መሓዙት ምህላዉ ተፈሰሀ።

ፍርቂ ለይቲ ሓለፈ።

"እምባ! እዙ እንግዳና ለውጢ ዝደለየ እዩ'ሞ ዝመስል. . ." ኢላ ኢዱ እናሓሰየት ፍሽኽ በለቶ።

"በሊ! እዙ ልብሰይ ድርብይ ኣቢለያ ክመጽእኩም'የ ተዘናግዑ፡" ኢላ ብድድ በለት። ድሕሪ ፍርቂ ሰዓት ካብቲ ዝነበራ ቁንጅና፡ ቁንጅና ወሲኻትሉ መጽእት'ሞ፡ ኣነ'የ ዝኸፍል ኣነባ ክበሃሃሉ ጸንሑዋ።

"በሉ ርእየልኩም እንአኹ፣ እዝስ ሕሳበይ ድኣ፣ መን ምሉእ ለይቲ ክኽፍለልኩም ክሓድር! ሃየ ድኣ ንኺድ!" ኢላ ክኸዱ ብድድ በሉ።

※ ※ ※

ኤፍሬም፡ ነዝን ካልእን እናዘከረ ነብሱ ተሓጺቡ ዘምሕረሉ ክዳውንቲ ተኸዲኑ ናብ ሆቴል ሻራቶን ከይዱ ናብታ ላውንጅ ዝኣቱ ሰብ ከተማዕድወላ ተኽእል ቦታ መሪጹ መኰፈሊ ሓዘ። ኮኛክ ረሚ ኣዚዙ ሰዓቱ ተመልከተ፣ ሰዓት 22:25 ምህላዋ ርእዩ ቅንዕ

ክብል ሓንቲ ሓጺር ሽሮዋይ ቀሚሽ፡ ደሚቕ ሮዛ ጫማን ቦርሳን ዝሓዘት ወይዘሮ ክትኣቱ ርእዩ ልቡ ህርመታ ወሰኸት። ከቕበላ ሓፍ ክብል ፈተነ፡ ኣካላቱ ምእዛዝ ኣበዮ፣ ጕረርኡ ንእለቱ ደረቐ፣ ጥፍጣፍ ጐርዳዕ ክብል ደሪቑ ኣበዮ፣ ግና ተጋዲሉ ካብ መኰፈሊኡ ብድድ በለ።

እምባፍራሽ፡ ክኸውን'ዩ ኢላ ሓሲባቶ ዘይትፈልጥ ሰብ ኣብ ፊታ ደው ኢሉ ርእየት፣ "ኤፍሬም! ኤፍሬም! *ወይ እኔ! ወ እኔ! ወይ እኔ!*" እናበለት ብኽልቲኡ ኣእዳዋ ርእሳ ሒዛ ስድሪ ምስጓም ተሳኢኑዋ ደው በለት። ሰውነታ ምእዛዝ ኣበያ፡ ኣእዳዋ ኣንፈጥፈጠን ጠለማኣ፣ ቦርሳኣ ናብ ባይታ ወደቐ። ኣብራኻ ነቲ ብስሩዕ ዝተቐርጸ ኣካላታ ምጿር ስኣኖ፣ ረዝረዝ በላ። ኤፍሬም ነብሱ ተቘጻጺሩ ብቕስታ ስጕሚ ቐረባ፣ እምባፍራሽ ግና ኣብራኻ ጠሊሙዋ እናእወየት ኣብ ባይታ ሮፋዕ በለት። ኣጋይሽን ኣሳሰይትን በቲ ትእይንቲ ተማሪኾም ኣዒንቶም ኣበልጢጦም ይዕዘቡ ነበሩ።

ኤፍሬም፡ ብኽልተ ምናታ ሒዙ ሓፍ ኣበላ፣ ሰውነታ እናንፈርፈረ፡ ልባ እናንድግድገት ኣብ ሸምጡ ተሸጕጣ ተነኽነኸት። ክልተ ካብተን ነቲ ትእይንቲ ዝዕዘባ ዝነበራ ኣጋይሽ ኣኻእሎ ስኢነን ኣዒንተን ንብዓት ቋጺረን ናብኦም ቐረባ። እታ ሓንቲ ቕልጽማ ኣብ መንኰብ እምባፍራሽ ኣንቢራ ናብ ኣፍ ልባ ሓቐፋ፡ እታ ካልኣይቲ ድማ ንኤፍሬም ብምናቱ ሒዛ ኮፍ ኣበለኦም። ኤፍሬም፡ መዓጓጉርቱ ብንብዓት ተሓጺቡ ካብ ልሳኑ ቃል ምውጻእ ተሰኣኖ። ምስ መጻምዶምን ዓርኪ-መሓዛን ከዘናግው ዝመጽኡ ኣጋይሽ ተመሲጦም ይዕዘብዎም ነበሩ። እምባፍራሽ ርእሳ ኣቕነዐት፣ ነቲ ሕልሚ ከይኸውን ዝፈረሐቶ ኤፍሬም ክትሓቑፎ፡ ነቲ ጥዑም ጨናኡ ከተሽትቶ፡ ኣተን ልስሉሳት ከናፍሩ ክትስዕሞን ብድድ በለት፣ ክልቲኡ ቀላጽማ ኣብ ክሳዱ ጠምጢማ ኣብ ሰለፉ ኮፍ በለት።

እወ! ኤፍሬም ድሕሪ ኣስታት ዓሰርተው ሸውዓተ ዓመት ነታ ብልቢ ዘፍቀራ ብዓልቲ ቤቱ እምባፍራሽ ረኸባ።

※ ※ ※

ኣብታ ናብ ገዛ ከይተመልሰ ዝጠፋኣላ ለይቲ'ቲኣ፡ እምባፍራሽ፡ ኣብ ህይወታ ዳግም ከምኣ ለይቲ ከይተሕልፍ ወትሩ ምስ ጸለየት'ያ። ከም ዘይወግሕ የለን ወጊሑ፣ እቲ ዝኾነ ከይፈለጠት ናብ ከባቢኦም ዝነበረ መደበር ፖሊስ ከደት፣ ኣይሓገዛን። ኣጋ ምሸት ሓደ ሓሳብ ብልጭ በላ፣ ናብ ኣስመሮም ደወለት።

"ኣይትሻቐሊ፡ ብምርጫኡም ናብ ሻዕብያ ልኸዱ ዝደልዩ ማዕጾ ቢሮና ብምዅሕኳሕ ኣትኪሮምና እንአዉ። ምናልባት ካብቶም ብግዲ ናብ ሻዕብያ ስደዱና ዝብሉ ዘለዉ ከይኸውን። ዕርፍ በሊ'ሞ፡ ኣጣይቐ ጽባሕ ምሸት ክድውለልኪ'የ፡" ኢሉ ክምስ ብምባል ነቲ ኣብ ኢዱ ሒዝዎ ዝነበረ ዊስኪ ጕልጠሞ።

"ኣስመሮም! ኤፍሬም ከምኡ ይገብር'ዩ ኢለ ኣይኣምንን'የ! ትፈልጦ ኢኻ . . ."

"እምባ፡ ትዕቢት ሻዕብያ ኣይትፈልጥዮን ኢኺ፣ የዋህ ኣይትኹኒ።"

"እዋእ! ኣስመሮም! ነፈስ ጾር ምኺነይ ትፈልጥ ኢኻ! በጃካ! ነዛ ንዓይነይ ክርእዮን ካብ ልሳኑ ክሰምዖን ሓግዘኒ!" ኢላ እይ እይ በለት። ብኽያታ፡ ንማንም ሰብኣዊ ርህራህ ዝተዓደለ ሰብ ከረህርህ ዝኽእል'ኳ እንተ ነበረ፡ ኣስመሮም ግና ብቐደሙ'ውን ክርሑን ኣእምሮ ብምንባሩ፡ ኣይዓጠጦን።

እምባፍራሽ፡ ናብዝን ናብትን ደወለት፣ ዝረኸበቶ መልሲ ግና ንሳ ነበረት፣ ሰላዩ ሻዕብያ። ወጋሕታ ተሲኣ ናብቲ ኣውቶቡስ ተሰሪዐን ኤርትራውያን ይሳፈርወን ኣለዉ ዝተባህለ ቦታ ማኪና ኣልዒላ ከደት፣ ኣብ ኩለን ኣውቶቡሳት ከም ሰባ ተደፋፊኣ እናኣተወት፡ 'ኤፍሬም! ኤፍሬም!' እናበለት ጨደረት፣ 'ኤፍሬም ዝበሃል ምሳኻትኩም ይህሉዶ ይኸውን?' ኢላ ሓተተት፣ ኤፍሬም ግና ኣይተረኸበን።

"እዛ ሓውተይ፡ ሰለስተ ማካይን ድሮ ተበጊሰን ከይደን ኣለዋ፣ ምናልባት ኣብኣን ከይህሉ!" ሓደ ከምቲ ከምኣ በላ'ሞ፡ ምስቲ ኣቦይ፡ ኣደይ፡ ሓወይ፡ ሓውተይ እናበለ ናብዝን ናብትን ዝብል ዝነበረ ህዝቢ እናተጓነጸት ናብ ማኪናኣ በጽሐት። ማኪና ከተተስእ መፍትሕ ኣእተወት፣ ሞተር ዕጭ በለ። ብተርባጽ ደጋገመት፣ ባትሪ ህንኩት በለ። "*እባካችሁ እርዱኝ* ! (በጃኹም ሓግዚኒ!)" እናበለት ምስቲ ሰለም ከየበለት ዝሓደረቶ ተኻኢላ ኣይ! ኣይ! በለት። "*የልጀን እባት ወሰዱብኝ! እርጉዝ ነኝኮ ! እዩኝ፡ ኤፍሪም የልጀ እባትኮ ነው! ደርሳችሁ ከኣውቶቢስ ኣውርዱልኝ! እባካችሁ! እባካችሁ!* (ኣቦ ወላደይ ወሲዶሙለይ! ትፈልጡ ዲኹም ነፍሰ ጾር ምዃነይ? ረኣዩኒ'ሞ! ኣቦ ዕሸለይ'ኳ'ዩ ኤፍሬም! በጃኹም ኣርኪብኩም ኣውርዱለይ! በጃኹም! በጃኹም!)" ኢላ ጸጕራ ከትነጺ ቀኍሩብ ተረፋ። ዝረኣያ ዘበለ ናቱ ገዲፉ ደንገጸላ፣ ኣንስቲ ዝርንዝሕ ነበዓ፣ ሰብኡት ማኪና ደፊኦም ሞቶር ኣተስኡላ። እምባፍራሽ ግና መላእ ሰውነታ ኣንፈርፊሩ ኣእዳዋ ከመይ ኢለን መምርሒ ማኪና ከሕዛ፡ ኣንፈጥፊጠን ምእዛዝ ኣበያኣ። ከብድኻ ዝበልዕ ብኽያታ ነተን ከምኣ ሰብኣየን ውላደን ሓወን ዝተወሰደን ኣቦቕቦቕን፣ ኣይ! ኣይ! እናበላ ተደፊኣን ኣልቀሳ። ኣሰነይተን ጕረባብቲ፡ ብልቕሶ ኣምሓራ ደረተን ከሳዕ ዝምለጥ ሃረማ፣ ወየ! ወየ! በላ። ኤፍሬም ኾነ ካልኦት ግና ኣይተመልሱን፣ ኣብ ጥራይ ከብዶም ጕረሮኦም ብጽምኢ ማይ ቃዕ ኢሉ፡ ኣዒንቶም ድቃስ ተሓሪሙወን፡ ኣእምሮኦም ደንዚዙ ምሕሳብ ኣቛሪጹ ጕዕዞ ቀጸሉ።

እምበኣርከስ፡ እምባፍራሽ ነቲ ዘሕለፈቶ መሪር ሂወት ዘኪራ ንኤፍሬም ኣብ ከሳዱ ተጠምጢማ ምእባድ ኣበየት።

"እምባ! ብሂወት ክንራኸብ ዘወትር ጸሎተይ'ዩ ነይሩ፣ ፍቓድ እግዚኣብሄር ኾይኑ ተራኺብና። ርኣይኒ'ሞ! ከምታ ትፈልጥኒ'የ ዘለኹ፣ ሓንሳብ'የ ኣፍቂረ! ንሳ ኸኣ እምባፍራሽያ!" ኢሉ ምዕጉርቱ ኣብ እዝና ኣልጊቡ ንብዓት ካብ ኣዒንቱ እናዋሓዘ ናብ ደረቱ ኣጥቢቑ ሓቖፋ።

"ኤፍሬም፡ ኣነ ጠላም'የ! ጠሊመካ! ሎሚ መጺአ ጽባሕ ክብል ግዜ ነዊሑኒ! እንትሓርቅ ዘጸናናዓኒ፡ እንትነብዕ ዝእብደኒ፡ እንትቈርር ዘሙቕኒ ለዋህ ብዓል ቤተይ ጠሊመ!" እናበለት ካብ ሕቍፍኡ ወሪዳ ርእሳ ኣብ ሰደቓ ደፊኣ ተነኽነኸት፣ እተን ዝእብዳኣ ዝነበራ ኣይከኣላን፡ ከብደን ሓቦጭቦጭ ኢሉወን ነበዓ።

ኤፍሬም፡ ካብ መኰፈሊኡ ብድድ ኢሉ ደጊፉ ካብቲ ሆቴል ናብ ግዳም ሒዝዋ ወጸ።

ምዕራፍ 33

ኤፍሬም፡ ዓይኒ ሕብርኹም ባህ ኣይበለናን ተባሂሉ ንብረቱ ተመንዚዑ ምስ ተሰጐጐ፡ እምባፍራሽ ድሕሪ ኣርባዕተ ወርሒ ህያብ ዝሰመየቶ ምጩው ቈልዓ ተገላገለት። መልክዑ ቅምጥ ኢሉ ንኤፍሬም'ዩ ዝመስል። ፈቃር፡ ቆማት፡ ቀጢን፡ ዉዑይን ብትምህርቱ ብሉጽ ተማሃራይን ነበረ። ኣብ መበል ሓሙሽተ ዓመቱ ብድፍኢት መሓዙታን መቕርባን ይኾነኒ'ዩ ዝበለቶ ሰብኣይ ተመርዓወት። ነቲ ድሮ ኣብ ፍርቂ በጺሑ ዝነበረ ብዓል ሓሙሽተ ደርቢ ህንጻ ካብ ባንክ ብዝተዋህባ ለቓሕ ብሓደ ወገን፡ ብዓል ቤታ ብዝገበረላ ደገፍ ድማ በቲ ካልእ ኣብ ግንቦት 2008 ብዓል ሓሙሽተ ደርቢ ሆቴል ኣመረቐት። ኾይኑ ግና፡ ህርኩትትን ትኩርትን እምባፍራሽ ሓዳር ምኺን ኣበያ። ኣብተን ቀዳሞት ሰለስተ ዓመታት ኣታውን ወጻእን ስኒት እንተ ነበሮም'ኳ፡ ብዓል ቤታ፡ ሰታይ፡ ቁማርተኛን ዘማውን ኾይኑ ህይወታ ናብ ሲኦል ለወጦ። ኣብ ታሕሳስ 2014 ድማ ብዘጋጠሞ ሓደጋ ማኪና ካብዛ ዓለም ብሞት ተፈለየ። እዚ ከይኣክል ኣብ ወርሑ ካብ ሻምበል ዝተበኮረቶ መዋእል ዝሰመየቶ ውላዳ ኣብ መበል 23 ዓመት ዕድመኡ ብሕማም መንሸሮ ተሳቒዩ ዓረፈ።

እምባፍራሽ፡ መቕረት ህይወት ምርዳእ ተሰኣና። ሽሕ'ኳ ርኽብትን ዕውትትን እንተ ነበረት፡ እተሕልፎ ናብራ ግና ኣይከም ትርኢታን። ምዕርግቲ፡ ርኽብቲ፡ ሓወይ ሓውተይ ብሃሊት፡ ለጋስን ተቀዛይትን እምባፍራሽ ሂወት ምስትምቓር ተሳኢኑዋ ብውሽጣ ጕህይቲ ነበረት። ኣብ ከምቲ ህሞት ከላ'ዩ እምበኣር፡ ኤፍሬም፡ ብተኣምር ኣብ ሑቕፎኣ ጥብ ዝበለ፣ ተስፋን ፍርሀን ድማ ተፈራረቓ።

※ ※ ※

ኤፍሬም ካብቲ ሆቴል ናብ ግዳም ሒዝዋ ብምውጻእ ንፋስ ከም ትወስድ ገበረ። ቅልጽሙ ኣብ መንኲባ ኣንቢሩ ኣብቲ ቀጽሪ ናይቲ ሆቴል ኮፍ በሉ። እንታይ ከም ዝብሉ ጨነቖም፣ ስቕታ ሰፈነ።

ክትንኽነኽ ከም ዘይጸነሐት ሃንደበት፣ "ኤፍሬም፡ ኣበይ ኢኻ ኣዕሪፍካ ዘለኻ?" ሓተተቶ ብለዋሃት ዓይኑ ዓይኑ እናጠመተት።

"ይግረምኪ! ብዘይካ ሆቴል ኢትዮጵያ፡ ራስ፡ ሂልቶን፡ ኣምባሳደር ካልእ እንታይ ንፈልጥ ኔርና። ሎሚ ግና ቊጽሪ ዘይብሉን ኣስማቱ ንኽትሕዞ ዘሸግርን ሆቴላት እናከትርኢ ትግረም። ኣብ ሆቴል ኢትዮጵያ'የ ኣዕሪፈ ዘለኹ።"

"በል፡ እግዚኣብሄር ይኣኽለኪ ኢሉኒ እንትኾን ተስፋ እንኣኒ። ክልተ ብዓል ቤተይን ሓደ ውላደይን ብሞት፡ ሓደ ድማ ብመስጐጕቲ መንጢሉ ደጊም ነቲ ብሂወቱ ዝመንጠለኒ መሊሱለይ እንኦ። ልምንታይ ሓዘን ብኽያት! ክሓዝንን ናብ ድሕሪት ተመሊሰ ከስቌርቀ፦ርን ክቝዝምን ኣይደልን'የ! እንታይ ሒዝካለይ ከም ዝመጸኻን እንታይ ይጽበየኒን እንኣወ እንተይፈለጥኩ፡ እዙ ምሸት እዙይ ግና ክሕጐሸሉ ዝግባኣኒ ምሸት'ዩ። ሐዚ ክዳውንተይ ቀይረ ናብ ሆቴል ኢትዮጵያ ክመጽኣካ'የ፡" ኢላ ብድድ በለት።

ኤፍሬም ዝብሎ ጠፊኦ፣ ብድድ ኢሉ ዓይኒ ዓይና ጠመታ።

"ሓቕኺ እምባ፡ እንታይ ኢኺ ክትገብሪ ትደልዪ?"

እምባፍራሽ፡ ዓይና ንብዓት ቋጸረ። ከዘናግው ክወጹ ምስ ዝደልዩ፡ "እምባ እንታይ ክትገብሪ ኢኺ ትደልዪ? ናበይ ክትኸዲ'ዩ ድልየትኪ? እንታይ ክትበልዒ ትመርጺ ወይስ ኣነ ክመርጸልኪ?" እንተ ዘይኾነ፡ ናብዚ ንኺድ እዚ ንግበር ኢሎዋ ኣይፈልጥን'ዩ፣ ከመይሲ፡ ጽቡቕ ትፈልጥን ተስተማቕርን ብዓልቲ ቤት ስለ ዝነበረት።

"ኣይ ኤፍሬም፡" ኢላ ኣብ ሸምጡ ሸጐጥ በለት። ናብታ ዘመናዊት ቶዮታ ራቭ ፎር ማኪናኣ ብምኻድ ድማ ንቕድም ንዕኡ ኣብጺሓ ካብ መስቀል ኣደባባይ ብዙሕ ኣብ ዘይርሕቕ ገዛኣ ከይዳ ነብሳ ተሓጺባ ዘምሕረላ ጕዕዋይ ቀሚሽ፡ ካብ ቌርበት ገበል ዝተሰርሐ ጫማ ወድያን ንእሽቶ ናይ ኢድ ቦርሳ ሒዛን ድሕሪ ኣርባዓን ሓሙሽተን ደቒቕ ናብ ኤፍሬም ኣምረሐት።

ኤፍሬም፡ ዘምሕረሉ ብጫን ቐይሕን ዕምባባ ዝወደቖ ሓጺር እጅገኡ ቀጠልያ ካምቻ፡ ጸሊም ስረ፡ ጸሊም ጫማን ጸሊም ቁልፍን ወድዩ ናብ ታሕቲ ከይዱ ኣብ ባርን ካፈን ናይቲ ሆቴል ኮፍ በለ። እንትኾነ ግና፡ እተን ደቓይቕ ሰዓታት ኾይነን እናተሰምዐኦ ዓሰርተው ሓሙሽተ ደቒቕ ኣብ ዘይመልእ ንራብዓይ እዋን ናብ ግዳም ወጺኡ ሸጋራ ኣትከኸ። ንሸሙ ድኣሉ ዝውልዖ ነይሩ'ምበር፡ ኣትኪኹ ዝወደኦ ሸጋራስ ኣይነበረን፣ ኣፋሪቑ ደርቢይዎ ይኣቱ ነበረ።

እምባፍራሽ ደወለት፣ ኣብ ኣፍደገ ትጽበዮ ከም ዘላ ነገረቶ፣ ናብ ማኪና ተሳፊሩ ኣብ ምውጉርታ ስዒሙ ዓይኒ ዓይና እናጠመተ ከምስ በላ።

እምባፍራሽ፡ ጓል 46 ዓመት ምዕርግቲ ጓል ኣንስተይቲ'ያ። ነብሳ እትሕሉን እትኣልን ብምኻና ትርኢታ ጓል 35 ዓመት መንእሰይ'ያ ትመስል።

"ትዝክሮ ዲኻ፡ እንትርፎ ላበይ ክትኸዲ ትደልዩ'ምበይ ላብቲ ንኺድ ኢልካኒ ከም ዘይትፈልጥ!" ኢላ ነታ ኣብ ሰለፉ ኣንቢሩዋ ዝነበረ ኢዱ ኣልዒላ በተን ንኽትስዕመን ዘጐምጅዋ ልስሉሳት ከናፍራ ስዒማ ንብዓት ከይስዕራ ተቓለሰት።

"ናበይ ክትኸዲ ኢኺ ትደልዪ!" በላ'ሞ ብስሓቕ ትዋሕ በሉ።

※ ※ ※

ኣዘነጋሽ፡ ኣብ መቐለ ተወሊዳ ዝዓበየት ጓል ራያ ዓዘቦ'ያ። ስድራኣ ከም ብዙሓት ስድራ ቤታት ትግራይ ሰለስተ ደቆም ኣብ ህወሓት ዘሰለፉን ስእነት ዘጥቀየም ብምንባሮምን ኣብ ዓሰርተው ሸውዓተ ዓመታ ናብ መቐለ ከይዳ ኣብ ቤት መስተ ስራሕ ጀመረት። ህወሓት መቐለ ምስ ኣተወ እታ ጓል ጎንደር ወናኒት እቲ ባር ናብ ዓዳ ስለ ዝተሰጐጎት ነቲ ትካል ወረሰቶ። እግሪ እግሪ ሰበ ስልጣን ህወሓት ብምኻድ ኣብ ኣዲስ ኣበባ ኣብቲ ቺቺንያ ተባሂሉ ዝፍለጥ ቦታ ቤት መስተ ከፈተት። ኣይጸናሐትን፡ ነቲ ድሒሩ ብዓል ቤታ ዝኾነ ኮሎኔል ነጋ ውሽምነት ሒዛ ኣብ ቦሌ መድሃኒኣለም ባርን ለይታዊ ትልሂትን ከፈተት። ንሳ፡ ሓንቲ ካብተን ቀዳሞት ለይታዊ ትልሂት ዝኸፈታ ደቀ ኣንስትዮ ከይኮነት'ውን ኣይትተርፍን'ያ። እቲ ብኣካየድኣ ስራሕ ዝካየድ ትካላ፡ ካብተን ኣዝየን ህቡባት ለይታዊ ትልሂት ክኸውን ግዜ ኣይወሰደሉን፣ ብላዕለዎት መራሕቲ ህወሓት ግጥም በለ። እንትርፎ ጠራሙስ ዊስኪ፡ ብብኬሪ ዝእዝዝ ዓሚል ናብቲ ቦታ ተወስ ይብል ኣይነበረን። ስርሓ፡ ምስ ብዙሓት ሰበ ስልጣን ኣፋለጣ፣ እዚ ደልየ ትበል'ምበር፡ ንእለቱ ይፍጸመላ ነበረ። ስለ ዝኾነ ድማ፡ ከም እምባፍራሽ ኣብ 2003 ኣብ መገዲ መገናኛ ሃያ ሁለት ሰፈሕ ቦታ ተዋህባ'ሞ ብርከት ዝበለ ለቓሕ ረኺባ ብዓል ሽዱሽተ ደርቢ ሆቴል ኣስረሐት። ኣዝያ ተዋዛይት፡ ፈታዊት ሀይ ሀይን ቀዳም እንተ ዘይሳዕሰዐት እትሓምም፡ ዘይከም መሓዛኣ እምባፍራሽ፡ ሓዳር ቅድሚ ምግባራ ፈታዊት ኣስብኡት ነበረት።

ብዓል ቤታ፡ ኣዛዚ ሓንቲ ካብ በራጊድ ኣግኣዚ ዝነበረ ኣዝዩ ጨካን፡ ኣብ ልዕሊ ኣምሓራ፡ ኦሮሞን ደቂ ኦጋዴን ሶማልን ኣመና ትዕቢት ዘጥቅዖ፡ ኣብ እዋን ኲናት ኤርትሮ - ኢትዮጵያ ኤርትራውያ ንኽስጐጐ ካብ ጐደናታትን ኣባይትን ዝለቐመ ክርሑን ጽልኢ ኣብ ልዕሊ ኤርትራውያን ዝነበሮን'ዩ። ስለ ዝኾነ እዩ ድማ፡ እምባፍራሽ፡ ንኤፍሬም ምምርዓዋ ብፍጹም ዘይተቐበሎን ብፍሱህ ገጽ ርእይዎ ዘይፈልጥን ዝነበረ። ብዙሕ ዕድመ ግና ኣይጸንሐን፣ ኣብ መበል 41 ዓመቱ ኣብ ዓሰብ ኣብ ዝተኻየደ ኲናት 7 ሰነ 2000 ተቐተለ፣ ሬስኡ ድማ ጽሓይ ደንከል ተሳሃሎ።

ኣዘነጋሽ ሓዘና ደረት ስኣነትሉ። ሰለስተ ዓመት ጸሊም ቀሚሽ ለበሰትሉ፣ ካብ ኵሉ ተሓረመት። ህይወት ግና ናታ መስርሕ ኣለዋ። እምባፍራሽ፡ "ኣይፋልክን ይኣኽለኪ ሓዘን፡" ብምባል ተቛይቛ ቀሚሽ ከም ትቕይር ገበረት። ክትዘናጋዕ ክትወጽእ ጀመረት። ኣብ ሳልሳይ ዓመቱ ንኮሎኔል ነጋ፡ ንሓደ ኣባል ማእከላይ ሸማግለ ህወሓት ተወሸመት። ከምኡ ይኹን'ምበር፡ መኹምብያ ዘይብላ ጸሕሊ ኾይና፡ ደለይታ በርከቱ፣ ንሳ'ውን ኣይሓመቐትን፣ ንኹሎም በብዝመጽዎ ተኣንግዶም ነበረት። ሰለስቲኦም ደቃ ካብ ሰለስተ ሰብኡት ዝተወልዱ እዮም፣ እቲ ዝነኣሰ ድማ ወዲ ዓሰርተው ሰለስተ ዓመት ነበረ።

※ ※ ※

ኣብታ እምባፍራሽን ኤፍሬምን ዝተራኸቡላ ምሸት'ቲኣ፣ ኣዘነጋሽ፡ እምባፍራሽ ብምድንጓያ ጥራይ ዘይኾነ፡ ደዊላ ሞባይል ብዘይ ምልዓላ ኣዝያ ተሻቐለት፣ ዕላል ምምቃር ኣበያ፣ ተጨነቐት፣ ብድድ ኢልኪ ኪዲ መጸ። እንተኾነ ግና፡ ምስ ብዓል ኣስመሮም ብምንባራ ትዕግስቲ ከትገብር መረጸት። ፍርቂ ለይትን ፈረቓን ሞባይላ ደወለት፣ ኣዘነጋሽ'ያ።

"እምባ! ብድሓንኪ ዲኺ ደዊለ ምቕባል ኣቢኽኒ!"

"ኣዙ፡ ዘሕጉሸ ረኺበ እንታይ ኢለ ኣቃሊበላ ኢልክኒ።"

"ኣበይ እንአኺ?"

"ስምዕኒ! ኣነ ኣይከመጸክን'የ፣ እንትኽእሊ ግና ድሕሪ ሰዓት ሸሞንተ (ሰዓት ክልተ) ቅልቅል በልኒ፡" ኢላ ዘላቶ ቦታ ነጊራ ሞባይላ ዓጸወት።

"እምባ ንጽባሕ እንተ ዝኾነልና ኣይምሓሸን?"

"ኤፍሬመይ! ሓጐሸይ ድኣ'ሞ ምስ መን ክካፈሎ። ትፈልጥ ዲኻ፡ ምስ ተሰጕግካ ከመይ ከም ዝጓሃየት! ካባይ ከየተፈለየት ምሳይ በኺያ፡ ሓዚና፡ ከተምልሰካ ተጓይያ ግና ኣይኾነላን። ንሳ እንተ ዘይትነብር እንታይ ኮን ምኾንኩ? ልምንባር ትብዓት ዝሃበትኒ ሓብቲ-ማሓዛ'ኮ'ያ! እንታይ'ሞ ክብለካ'የ፡ ኲሉ ነገረይ'ያ! ፍርዝን ዝበለት ሰብ እንትርእያ፡ 'ኣንቺ ዱቡልቡል!' ክትብል ከላ ብሳሕቕ'ያ ትቐትለኒ፣ ክሻዕ ሎሚ'ውን ኣይገደፈቶን።"

"ኣዝያ ተቐዛይት'ያ ነይራ፣ ቍሩብከ ጉድልድልዶ ኢላ?"

"ይገርመካ'ዩ! ካባይ ትቐጥን!"

"ካባኺ!"

"ክትርእያ ኢኻ! ኣብ ሆቴል ጂም ስለ ዘለዋ ዘይከምዚ ከማይ፡ መዓልታዊ'ያ ነብሳ ትቈጻጸር። ሰብ ነብሱ ክንድኡ ከጉድል ይኽእል'ዩ ኢለ ኣሚነ ኣይፈልጥን'የ፣ ኣብ ኣዙ ግና ርእየዮ!" ኢላ ዝን ኢላ ጸኒሓ፡ "ኤፍሬመይ! ክትነግረንን ክሓተካን ኣይደልን'የ! ዝኾንካ ኹን፡ ክሻዕ ዘለኻ ካብ ጎነይ ክትፍለየኒ ግና ኣይደልን'የ፡" ብምባል ንኽልቲአን ኣእዳዉ ኣብ መንጎ ኣእዳዋ ቀርቂራ ዓይኒ ዓይኑ ጠመተቶ።

"ኣነ'ውን፡ ግና ሓደ ዝሳጽየኒ ጉዳይ ኣሎ፡" ክብላን ከናፍሩ ብኢዳ ዓቢሳ ርእሳ እናነውነወት፡ "ሐዚ ኣይትጽወየኒ!" ኢላ ንኽልቲአን ኣእዳዉ ስዒማ ብርጭቆኣ ኣልዒላ ምስቲ ናቱ ኣጋጭያ ዊስኪ ሺቫስ ጎጭ ኣቢላ ከተቐምጣ ክትብል ንኣዘነጋሽ ክትኣቱ ርኣየታ፣ ኣብዚ ኣሎና ክትብል ኢዳ ኣወዛወዘትላ።

ኣዘነጋሽ፡ ነቲኣ ስዒማ ነቲ ካልእ ሰላም ኢላ ናብ እምባፍራሽ ቀረበት።

"ኣቲ! ከምኡ እግበር! ብጥዕናኺ ኢንአኺ!" ኢላ ብኾፋ ስዓመታ። ንኤፍሬም ድማ ሰላም ብምባል ኢድ ነሲኣትሉ ተቐመጠት።

"ሓቅኺ ኣዙ! ዘይ ኣመለይ ገይረ፣ ግና ሓደ ልበይ ጠልጠል ዘብል ወዲ ተባዕታይ ረኺበ'ሞ እንታይ ክገብር። ኣነ ኣይኾንኩን ኣጥፊአ፡ እዚ ምልኩዕ ሰብኣይ'ዩ፡" ኢላ ካር ካር በለት።

ኤፍሬም ክሳዱ ናብ ሰደቓ ሰይሩ ንኣዘነጋሽ ቍሊሕ ኣይበላን፣ ንሳ'ውን ዓይና መሊኣ ኣይርኣየቶን። እቲ ዝነበሩዎ ቦታ ፒያኖ ባር'ዩ። እቲ ብመሳርሒ ሙዚቃ ዝጻወትዎ ባህላዊን ዘመናዊን ደርፍታት ኣዝዩ መሳጢ ንኽትሰምዖ ባህታ ዝፈጥር ነበረ። ብፍላይ እታ ናይ ጥላሁን ገሰሰ *"ምግብማ ምሊቷል"* ናይ ማሕሙድ *"ወይ ፍቅር"* ዝብላ ደርፍታት ክዝየማ ከለዋ ንኤፍሬም ፍሉይ ባህታ ይፈጥራሉ ነበራ፣ ኣዝዩ ስለ ዝፈትወን።

"ማዕረ ክንድኡ፡" ኢላ ኣዘነጋሽ ንኤፍሬም ጠመተቶ፣ ንሱ ግና ርእሱ ኣየቕነዐን።

"ኣዙ! ትዝክርዮዶ፡ ሓደ እዋን ኣዚኺ ጒሂኺ ዝነበርኩሉ እዋን ኣብ ገዛኺ ፒጃማ ለቢስና ኣብ ዓራትኪ ኮፍ ኢልና እናተላቐስና ዝጠየቕኩኺ?"

"ኣየ! ደይ ልበይ ክትጎድኢ ኢልኪኺ!"

"እምበርከ!"

"ሂወት ንድሕሪ ክትመልሳ ዝከኣል እንትኾን ናበየናይ እዋን ምመለሽክያ? ዝበልክኒ ኣይርስዓን'የ፡" ኢላ ነብሳ ከኽብዳ ተፈለጣ።

"እሞ!"

"ምስ ነጋ. . ." ኢላ መሊሳ ንኤፍሬም ጠመተቶ።

ኤፍሬም ከሳዱ ኣቕኒዑ ጠመታ።

"እዋእ!" ኢላ ብኽልተ ኣእዳዋ ኣፋ ኸደነት።

ኤፍሬም ፍሽኽ በለ።

"እምባ፡ ዝሞተ ሰብ ይትስእ እንተ ኾይኑ ናተይ ነጋ'ውን . . ." ኢላ ካብ መኲፈሊኣ ቀስ ኢላ ተሰአት፣ ኤፍሬም'ውን ከምኡ፣ ሰብ ክሳዕ ዝሰምዓ፣

"ኤፍሬመይ! ብዓል ቤተይ ነጋ፡ እቱ ኵሉ ዝሃበኒ፡ ብልቢ ዘፍቀርኩዎን ሓሳዊት ኾይነ ብዘይ ብእኡ ልነብር ዘይመስለኒ ዝነበረን ሰብኣየይ፡ ዓርከይ፡ ሓወይ፡ ሓመድ ኤርትራ በሊዕዎ። ንመኖም'የ ምለሱለይ ዝብሎም! በጃካ ኬድካ ሓመድ ኣብ ልዕሊኡ ኣልብሶ! እታ ጽሓይ ከይትመሮ። ትፈልጥ ዲኻ? እቱ ሓቑፈ ዘይጸገብኩዎ ነብሱ፡ እቱ ካብ ዓይነይ ዘይፍለ ወላህላህ ዝብል ቈርበት ሰውነቱን ጭዋዳታቱን ኣሞራ ክበልዕዎን ጽሓይ ዓሰብ ከተምክኾን እናተራኣየኒ ድቃስ ስኢነ ከም ዘለኹ፣ *እባክህ ኤፍሬምየ እርዳኝ፡ እባክህ!* (በጃካ ኤፍሬመይ ሓግዘኒ በጃካ!)" እናበለት እናበኸየት ንግዳም ሒዞማ ወጹ። ከም ሓድሽ ሓዘን ኣምሪራ ኣልቀሰት፣ እምባፍራሽ ተጸንበረታ፣ ኤፍሬም ምኽኣል ስኢኑ፣ ነበዐ። ኣዘነጋሽ ምእባድ ኣበየት። እምባፍራሽ ናብቲ ክለብ ተመሊሳ ሕሳብ ናብ ሆቴል ካፒታል ክሰዱላ ተላብያ ናይ ክልቲኦን ቦርሳ ኣልዒላ ወጸት፣ ኣዘነጋሽ ገና ትንኽነኽ ነበረት።

"በጃኺ ኣዙ! ንዕናይ ገዛና፡ ምሳይ ኢኺ ትሓድሪ!"

"እምባ! እግዛኣብሄር ሃብቲ ሂቡ ካብ ልቢ ዘፍቕሮ ብዓል ቤተይ መንጢሉኒ! እንታይ'የ በዲለዮ! ኣስናነይ እንተ ስሓቕ፡ መልሓሰይ እንተ ተዋዘየ፡ መንኰበይ ጓይላ ሰሚዑ እንተ ተወዛወዘ፡ ነቱ ሓደ ገዲፈ ነቲ ካልእ እንተ ሓቘፍኩ፡ ውሽጠይ ግና ባዶ'የ። ብዘይ ነጋ ባዶ!" ኢላ ተሓቛቝፈን ተላቐሳ። ኤፍሬም፡ ንመነን ከም ዝእብድን በጃኺ ዝብልን ሓርቢቱዎ ሓቝፉወን ንብዓቱ ጸረር በለ።

"እምባ፡ ናብ ሆቴል ውሰድኒ፡ ገዛይ ኣይከይድን'የ!" ኢላ ብድድ በለት፣ ማኪናኣ ኣብ ሻራቶን ገዲፎም ናብ ሆቴላ ከዱ። ናብቲ ንሳ ምስ ኣጋይሻ እትድቅሰሉ ብዓል ሰለስተ ክፍሊ ላውንጅ ከድይቡ ናብ ሊፍት ቅድሚ ምእታዎም፣

"እምባ፡ ኣዙ፡ ጽባሕ ክርእየክን ኣዕርፉ . . ."

"ኤፍሬመይ፡ እዚ ዝለመድኩዎ ብኽያት'ዩ፣ ኣይትገረም፡ ክትለምዶ ኢኻ፣ ሎሚ ምሳይ እኹም ትሓድሩ፡" ኢላ ኣዘነጋሽ ብኢዱ ሒዛ ናብቲ ሊፍ ኣተወት።

ሊፍት፡ ሻድሻይ ደርቢ በጺሕኩም ክትብል ኣመልከተት። ብሓባር ናብቲ ላውንጅ ኣተዉ። ከባኸያ ከም ዘይጸናሓ፡ "እምባ፡ እዛ ከብደይ ሃህ'ምበር ኢላ፣ ምናምን (ገለ) ኣዝዝልና!" ኢላታ ኮፍ ከይበለት ናብ መዳቕሶኣ ከይዳ ክዳውንታ ኣወላሊቓ ባኞ ኣትያ ንሰውነታ ማይ ኪዕያ፡ ክዳን ለይቲ ወድያ ፉኾስ ኢሉዋ ተመልሰት።

"ኤፍሬመይ፡ ስትይ ሓዲርና እግርና ምኻድ ኣብዩና መልሓስና ተቘሊፉ ኣብ ናይ 30 ብር ሆቴል ሰለስቴና ተጸፋጺፍና ክንሓድር ትዝክሮዶ?"

"እቲ ዝኸፈአ እቲ ዘጋጠመና'ዩ፣ ንስኽን ኣዋርቕክን ኣነ ስዓተይን ፖርቶ ፎልዮይን. . ."

"ልብስኻን ጫማኻን!" ኢለን ተለውሊወን ክሞታ ክሳዕ ዝብላ ስሓቓ።

"እንቋዕ ኣይቐተሉና፡ ስረን ማልያን ኣለቕሑኒ ኢለ'ኳ'የ ክይደ። ጥራይ ዝባነይ ገይሮምኒ'ኳ'ዮም ክይዶም፡" ኢሉ እናሰሓቐ ርእሱ ነውነወ።

ሓዘንን ቅዝማን ተረሰዐ፣ ክሳዕ ረፋድ ሰዓት ዓሰርተው ሓደ ጨፈሩ፣ ኣይርእዩ ኣይሰምዑ ኣብ ዓራት ተደርብዮም ውዓሉ።

ኤፍሬም፡ ሰዓት ሸዱሽተ ድሕሪ ቐትሪ ኣብ ደረቱ ግርምቲ ሰበይቲ ሓቝፉ ተበራበረ። ነቲ ክፍሊ በዒንቱ ኮሎሎ፣ ጸኒሑ ናብ እምባፍራሽ ጠመተ። እወ፡ ነታ ካብ ልቡ ዘፍቕራ ጓል ሄዋን'ዩ ሓቝፉ ተበራቢሩ። ሕልሚን ጋህድን ምፍላዩ ተጻገመ፣ ደጊሙ ደጋጊሙ ነቲ ቸኮላታ ዝመስል ሕብሪ ቈርበታ ደረዞ፣ ኣብ ግንባራ ስዓማ፣ ተበራበረት፣ ቛሕ ኢላ ጠሚታ ናብ ነብሳ ኣጥቢቓ ሓቝፉ፣ "ከመይ ሓዲርካ፣" ኢላ ኣብ ደረቱ ስዓመቶ።

"እታ መጀመርያ ዝተላለናላ ምሸት ትዝክርያ ዲኺ?"

"ሰብኣይ ብገንዘብ ዝግዛእ እንትኸውን፡ ንዓኻ ምገዛእኩኻ ነይረ።"

"እሞ እዛ ማሓዛኺ ብገንዘብ ትድለል ድያ?"

"ምፈተንኩዋ!"

"በሊ፡ እንኮ ድኣ ሓቂ ይኹን'ምበር፡ ባዕለይ ምኸፈልኩዋ!"

"ጠለቤዱ ምስ ሃዳኒኡ ተጎዝጒዙ ይድቅስ ድዩ?"

"እዋእ!"

"እወ ሃዳኒት ዋዕሮ ምኺነይ ፍለጥ፡" እናተባሃሃሉ እታ ዝተፋለጡላ ምሸት ዘኪሮም ብሰሓቕ ትዋሕ በሉ።

※ ※ ※

ሻምበል ካብ ዝመውት ዓመትን መንፈቕን ረጊጹ ነበረ። እምባፍራሽ ድማ ነታ ጸላም ቀሚሽ ካብ ነብሳ ካብ ትቕንጥጣ ወርሒ ኣይመለአትን። ኣዘነጋሽ ብዘይ ቌጸራ'ያ ናብ መሓዛኣ ከይዳ። ክራኸባ ሓሲበን'ኳ እንተነበራ፡ እምባፍራሽ ግና ኣይተዳለወትን ነበረት። ኣብ ዝተራኸባሉ እዋን ንድራር ወይ ምስ ሰብ ተቛጺረን ከዕልላ እንተ ዘይኾነ፡ እምባፍራሽ፡ ሓዘንተኛ ብምንባራ ናብ ክለብ ለይታዊ ትልሂት ከይደን ኣይፈልጣን'የን። እታ ምስ ኤፍሬም ዝወጸላ ምሸት ግና ንእምባፍራሽ ፍልይቲ'ያ ነይራ፣ እንተ ዝተዓቝረ ጾታዊ ስሚዒታ ሃዊጹዋ ወይ ሀነይነይታ፡ ንሳ ንዓናይ ንሳዕስዕ ክትብል ንሱ ኮፍ ምባል ክኽልኣን ኣፍ ንኣፍ ተዋሃሂቦም ጒጅም ክብሉን ክተሓቛቘፉን ወጋሐቶም።

"ስምዓኒ! ቅርሲ ምሳይ! ነዛ ዱቡልቡል ድማ . . ." በለት'ሞ ስሓቕም ኣቓልቦ ኣዘነጋሽ ስሓበ።

"ሕምየት ኣይወዳእኹምን ዲኹም?"

"ኣዙ፡ ቅርሲ ምሳይ!"

ክልቲኣን ኣዝየን ዝረዳድኣ፡ እታ ሓንቲ ናይታ ካልእ ድልየትን ቛንቋን እትርዳእ ናይ ልቢ ምሓዙት ብምኳነን እንታይ ማለታ ምኳኑ ኣይጠፍኣን።

"ደስ ምበለኒ፡ ንግሆ ዝመጸኒ ጋሻ ስለ ዘለኒ ነዚ ሓወይ እንተ ተኸናኸንኽዮ ዳርጋ ዘኾለስክኒ'የ ዝሓስቦ። ሰብኣየይ ዝኸፈሎ ግና ምለሸለይ፡" ኢላ ክርትም በለት።

"በሊ ካብ በልኪ ንሕና ክንኸይድ፣ እሂ ኤፍሬም!"

ኤፍሬም፡ ኵሉ ነገር ቀልጠፎ፣ ሕራይ ንምባል ርእሱ ላዕልን ታሕትን ነውነወ። እምባ ግዜ ኣይወሰደትን፣ ንመሓዛኣ ስዒማ ተፋንዮማ ከዱ።

እምባፍራሽ፡ ካብ ዓቕና ንላዕሊ'ያ መስተ ሰትያ ነይራ፣ ነቲ ነዊሕ ዝታኮኡ ጫማኣ ኣራግጻ ኣኸፈአትሉ፣ ብዘይ ደገፍ ስጕምቲ'ኳ ምኻድ ስኣነት፣ ኣብ ሽምጢ ኤፍሬም ተሸጒጣ ንግዳም ወጸት። ማኪና ገዲፎም ታክሲ ኣጸዊዖም ናብ ገዛኣ ከዱ። ማዕጾ ገዛ ከፊቶም ክኣትዉን እቲ ብውሽጣ ክህውጳ ዘምሰየ ጾታዊ ስሚዒት ደፊኡዋ መላጉም ካምቻኡ ፈቲሓ በተን ልስሉሳት ከናፍራ ካብ ደረቱ ክሳዕ ማዕጥቖኡ ስዒማ ኽዳውንታ ኣምላሊ.ቓ ኣጥባታ ኣብ ደረቱ እናሓሰየት ነጢራ ተሓቘፈቶ። ኣብ ሽምጡ ሰለፉ ጠምጠመተን፣ ከናፍሩ እናስዓመት ባህታ ፈጢ.ሩላ ኣዕጉምጎመት፣ ኣብ ሶፋ ተጋዲሞም ስሚዒቶም ኣርወዩ። እምባፍራሽ፡ ጾታዊ ስሚዒታ ጸሓይ ከም ዝረኸበት ዕምባብ ተኸፈተ፣ ጨደረት፣ ኣብ እዝኑ ኣሕሾኽሺኻ ዘፍ በለት። በታ ናይ ፈለማ ሌላኦም ዝጀመርዎ ምዉቕ ፍቕሪ ናብ ሓዳርን ውላድን በጽሑ፣ ግና ተኾለፉ። ተኾሊፎም ግና ኣይተረፉን፡ ተራኸቡ። ኣብ ዓራት ኾይኖም ተዘክሮታቶም ከዕልሉ ሓንሳብ ክነብዑ ጸኒሖም ከስሕቑ ምሸት ሰዓት ሸሞንተ ሞባይል ተሌፎን እምባፍራሽ ደወለት።

ኣዘነጋሽ'ያ።

"እምባ፡ ሰብ ከተጸብዪ ኣመል ድዩ ኾይኑኪ!"

"ኣዙ፡ ኣይ ጋዶ'ንድየ ረኺበ! ሰብኣይ ካብ ልዕለይ ምውራድ ኣብዩ!" ኢላ ካርካር በለት።

"ዝተኸፈተት ሕትሞ ዓድዋ'ባ ኼንኪ፣ በሊ ኣይተጸብይኒ ሰዓት ትሽዓተ ኣብ ቪኣይፒ፡" ኢላ እናስሓቀት ተሌፎን ዓጸወታ።

ኤፍሬም፡ ምስ እምባፍራሽ ምኡዝ ናይ ፍቕሪ ግዜ ኣብ ዘሕልፈሉ ዝነበረ እዋን፡ መንግስቲ ኢትዮጵያ፡ ብ 14 ግንቦት 2016 ኣብ ከባቢ ጾሮና ዝኸፈቶ ውግእ ሰራዊቱ ተሓምሺሹ ተረፈ። እቲ ስዕረት ንኣዘነጋሽ ልባ ኣቕሲሎ፣ ኣብታ ሰለስቲኦም ብሓባር ዝድረሩላ ዝነበሩ ምሸት ዘይኣመላ ጸርጸር በለት፣ ክይተፈለጣ ድማ "እዚኦም!" በለት።

"ኣዙ፡ ድሓን ዲኺ?"

"ሻዕብያ ከለዉ እንታይ ድሓን ክህሉ!" ክትብልን ኤፍሬም ገጹ ክኣስርን ሓደ ኾነ። እምባፍራሽ ሰንበደት፣ ንኤፍሬም ዓይኑ ዓይኑ ጠመተቶ፣ ኣይመለሰን፣ ዘመልስ'ውን ኣይነበሮን፣ ውግእ ጾሮና ባዕሉ መልሲ ስለ ዝነበረ።

ግና ኣስገጠ።

ምዕራፍ 34

መቐለ
ረቡዕ 17 ጥቅምቲ 2018
ሰዓት 19፡00

ወርሒ መስከረም 2018'ዩ። ኤርትራን ኢትዮጵያን ነቲ ኣብ መንጎአን ዝተፈጥረ ሰላም ክንዮ ሃገራተን ኣብ ቀርኒ ኣፍሪቃ ሃናጺ ጽልዋ ክህልዎ ዝኽእል ስጕምቲ ካብ ዝወሰዳ ካልኣይ ወርሒ ረጊጹ ነበረ። እቲ ኣብ መንጎ ኣሕዋት ጎረባብቲ ህዝቢ ተፈጢሩ ዝነበረ ህወሓት - ሰርሖ ሓጹር፡ ኤርትራ፡ ሰናይ ስጕምቲ ወሲዳ ናብ ኢትዮጵያ ዘእቱ ዶባት ኣርሓወት።

ኤፍሬም፡ ካብቲ ብስራሕ ቅድሚ ክልተ ወርሒ ገይሸዎ ዝነበረ ዓዲ ጥልያንን ቻይናን ናብ ዱባይ ብምምጻእ ምስ ብዓልቲ ቤቱ ሰለስተ ሳምንቲ ምኡዝ ናይ ፍቕሪ ግዜ ኣሕሊፎም ንሳ ናብ ኣዲስ ኣበባ ንሱ ድማ ናብ ኣስመራ ተመለሱ። ሽሕ'ኳ ኣብ ዝተፈላለየ እዋን ምስኣ ናብ መቐለ ክይዱ እንተ ነበረ፡ ኣይከምታ እዋን'ቲኣን። እቲ ንኽልቲኦም ህዝብታት ጋሪዱዎም ዝነበረ ሓጹር ምርሓዉ ዘሐጐሶ ኤፍሬም፡ ማኪና ኣልዒሉ ናብ መቐለ ተሓምበበ፣ ነታ ከተማ ብኸሉ መኣዝና ኮለላ። ኣብ ሳልስቱ እምባፍራሽ'ውን ናብ መቐለ ደበኽ በለት።

"ኤፍሬመይ፡ ትፈልጥ ዲኻ እንታይ ተመንየ ከም ዝመጻእኹ?" በሉቶ ብኽልቲኣን ኣእዳዋ የማናይ ምናቱ ሒዛ።

እታ ናይ ዕድመ ሰዓት ክሳዕ ትኣክል ብእግሮም'ዮም ኣብ ከተማ መቐለ ዝዛወሩ ነይሮም። ሃንደበት ደው በለ፣ ክልቲኣን ቀላጽሙ ኣብ መንኩባ ኣንቢሩ፣

"ይግረምኪ! ኣደይ ክትርእየኪ ኣዝያ ተሃዊኻ'ያ ዘላ፣ ምናልባት ጸሎታ'ውን ይኸውን ፍቑራት ዝኸውሎም መንደቕ ዘይብሎም ክራኸቡ ዶብ ዝተኸፍተ።"

"ኣዴኻ!"

"እወ! ምንጋራ ኣዝዩ ከቢዱኒ ምንባሩ ክሓብኣልኪ ኣይደልን'የ፣ ግና ክሳዕ መዓስ ሓቢአዮ ክኸይድ! ወሊደ'ኳየ! ውላደይ ክሓብእ!"

"እንታይ ድኣ በላ?" ኢላ መገዶም ቀጸሉ።

"ፋልማይ ኣይተቐበለቶን፣ ካብ ሰጐግትኻ ክትወልድ! ሰጐግትኻ ክትሓቑፍ!" እናበለት ኮፍ ምባል ከሊኣትኒ ነይራ። ዕርቀ - ሰላም ምስ ወረደ ግና ብመጠኑ ርግእ ኢላ ኣላ፣ ብፍላይ ነቲ ኣብ ተሰነይ ዘለኒ ትካል ዝገበርክለይ ሓገዝ ምስ ነገርኩዋ ሓሳባ ክትልውጥ ግዜ ኣይወሰደላን። ግና ዳል ሃገርካ ተመርዖ ካብ ምባል ኣየዕረፈትን፣ ምስ ርኣየትኪ ሓሳባ ከም ትቕይርን ከም ትፈትወክን ኣይጠራጠርን'የ፡" ኢሉ ናብ ነብሱ ኣጥቢቑ ሓቝፉ ስዓማ።

"ይርዳኣኒ'ዩ፣ ንሰን እንታይ ገይረን ግዜ'ዩ፡" ኢላ ዝን በለት።

"እምባ፡ ድሕሪ ሰለስተ መዓልቲ ኣብቲ ሓንቢስካ ዘይትመንዎ ማይ ክትሕንብሲን በሊዕካ ዘይትጸግቦ ዓሳ ቀይሕ ባሕሪ ክትበልዒን ኢኺ። ኣደይ ድማ ኣእዳዋ ዘርጊሓ ተቐቢላ ክትሓቑፈኪ'ያ፡" ኢሉ ፍቕሪ ብዘንጸባርቓ ኣዒንቲ ጠመታ።

"ንስለ ፍቕርኻ እቲ ዘይጽወር'ውን'ኮ ተጻዊረ'የ፡" ኢላ ኣብ ሸምጡ ተሸጐጠት።

ሰዓት ዕድመ ኣኸለ፣ ናብ እንዳ ኣስመሮም ኣምርሑ።

※ ※ ※

ኣስመራ

ወኪል ሃገራዊ ድሕነት ኤርትራ

ቤ/ጽ ስለያ ወጻኢ

ዓርቢ 19 ጥቅምቲ

ሰዓት 07፡25

ኵለን ትካላት ጸጥታ ኣብ ከቢድ ስራሕ ተጸሚደን ነበራ። ጐደናታት ኣስመራ ናይ ጽዕነት ማካይን ዝሓልፋሉን ዘይሓልፋሉን ክፈልዩ ዘይኽእሉ መራሕቲ ማኪና ትግራይ ኣጻበብዎ። ኣብ ፈቖዶ ጽርግያ ዝተዓሸጋ ማካይን ምስ ሪሜርከዮኣን መልክዕ ጐደናታት ደወነኦ። ብሕጊ ትራፊክ ኤርትራ ድሕሪ ሰዓት ሽዱሽተ ድሕሪ ቐትሪ ናይ ጽዕነት ማካይን ፍሉይ ፍቓድ ሃልይወን እንተዘይኾኑ፡ ኣብ ውሽጢ ከተማ ክንቀሳቐሳ ፍቑድ እንተዘይኾነ'ኳ፡ ማካይን ትግራይ ስርዓት ክሳዕ ዝሕዛ ሸለል ተባሂላ። ንሱ ጥራይ'ውን ኣይነበረን፣ እቶም ብኣሻሓት ዝቝጸሩ ዝተፈላለየ ሸቐጣ ሸቐጥ ከካይዱ ዝመጽኡ ዓሎም ወይም ኣብ ሆቴል ክሓድሩ ከቢርዎም ኣብ ማኪና ወይ ኣብ እግሪ ማኪና ወይ ኣብቲ ብመሽማዕ ኾነ ቴንዳ ሰሪሖም ሸቐጥ ዘካይድሉ ቦታ ግንቡው ይብሉ ብምንባሮም፡ ጸጥታ ሃገርን ጸጥታኦምን ከዋሓስ ነበሮ። ኣባላት ፖሊስን ጸጥታን ትንፋስ ኣብ ዘይህብ ስራሕ ተጸመዱ፣ እቲ ንቡር ናይ ሸሞንተ ሰዓታት ስራሖም ደረቱ ተጣሒሱ።

ኣስመራ፡ ኣብ ከምዚ ኩነታት ከላ፡ ኣብ ቤ/ጽ ስለያ ወጻኢ ሰዓት 07፡25 ሓደ መልእኽቲ በጽሐ። ኮሎኔል ርእሶም ነቲ መልእኽቲ ደጋጊሙ ኣንቢቡ ነተን ኣርባዕተ ስእሊ ተመልከተን። ኣብ ሓሳብ ተሸሚሙ ነታ ኣብ ኢዱ ሒዙዋ ዝነበረ ፒሮ ደጊሙ ደጋጊሙ ጠወቓ፣ ዝላሸወ ሞላ ቃዕ ኢላ ተሰበረት፣ ካብ ሓሳቡ ተበራበረ።

ልዓት ተሌፎን ኣልዒሉ ቍጽሪ ጠዋወቐ።

"ሃለው!"

"ጸጉ፡ ምጽኣኒ።"

ድሕሪ ዓሰርተ ደቒቕ ሜጀር ጸጉ ደበኽ በለ።

"ጸጉ፡ እስኪ እዘን ስእልታት ርአየን፡ ገለ ይብላኻዶ?"

ሜጀር ጸጉ ኣይፈለጥኩን ንምባል ርእሱ ነውነወ።

"ሓንቲ ፍንጪ ኣላ፣ እዚ ንፌሩዝ ብጺጋማ ዘሎ ሰብ ኤፍሬም ገብረዝጊ ይበሃል፣ ኣብ መስከረም 2001 ኣብ ትሕቲ ቀይዲ ኣትዩ ነይሩ፣ ሓሙሽተ ዓመት ተኣሲሩ ዝተለቀ'ዩ። ካልእ ሓበሬታ የብልናን፣ ኣሎ ዝበሃል ሓበሬታ ኣኪብካ ኣብ ዝሓጸረ እዋን ኣምጸኣለይ።"

09:45

ሜጀር ጸጉ ካብ ቤ/ጽ ኮሎኔል ርእሶም ወጺኡ ናብ ሓላፊ ቤ/ጽ ጸጥታ ውሽጢ ሃገር ጀነራል ካሕሳይ ኸደ፣ ጠንቂ ማእሰርቲ ኤፍሬም ሓተተ፣ ዝርዝር ሓበሬታ ተወሃቦ። ሰዓት 09:40 ናብ ቤ/ጽ ኮሎኔል ርእሶም ተመልሰ ።

"ብዛዕባ እቲ ሰብ እንታይ ሓድሽ ነገር ኣሎ?" ሓተተ ርእሶም።

"ክገርመካ፡ እዚ ሰብ ምስቶም ኣብ 2001 ብዝተፈላለየ ጉዳያት ኣብ ትሕቲ ቀይዲ ዝኣተዉ ጋዜጠኛታት ተቐይዱ ዝተለቀ፣ ኣብዚ እዋን'ዚ ኣብ ንግዳዊ ንጥፈት ተዋፊሩ ዝሰርሕ፣ ኣብ ተሰነይ መከፋፈሊ ሃለኽቲ ምግቢ ዘለዎ፣ ኣብ ኣስመራ ኣብ መርካቶ ባዕሉ ዘካይዶ ብስም ኣቡኡ ዝተመዝገበ ግሮሰሪን ብቐጻሊ ናብ ዱባይ ዝገይሽን'ዩ፡" ብምባል ጸብጻብ ሃበ።

ኮሎኔል ርእሶም በቲ ዝሰመዖ ተገሪሙ ርእሱ ነውነወ።

"በል፡ ምስ ተመልሰ ካብ ዓይንኹም ኣይትፍለይዎ፣ ደቂቕ ሓበሬታ ክሳዕ ዝመጸና ግና ብዝኾነ መገዲ ኣብ ጥቓኡ ከይትቐርቡ ዝኾነ ስጉምቲ ከይትወስዱ፡" ኢሉ ኣፋነዎ።

※ ※ ※

መቐለ
ረቡዕ 17 ጥቅምቲ
ሰዓት 19:00

እቲ ዕድመ ኣብ መንበሪ ገዛ ኣባል ፈጻሚ ሽማግለ ህወሓትን ባይቶ ኢትዮጵያን ኣስመሮም'ዩ፣ ወዱ ኣብ ወጻኢ ሃገር ቀዳማይ ዲግሪ ብምርካቡ ዘዳለዎ ድግስ ነበረ።

በላቸው፡ ብዓልቲ ቤቱ ናብ ዓዲ እንግሊዝ ተመሊሳ ብምንባራ፡ ምኽንያት ፈጢሩ ፌሩዝ ናብ መቐለ ከም ክትመጽእ ደወለላ። ንሳ፡ ምስ ብዓልቲ ቤቱ ዝነበሮ ዘይምርድዳእ ትፈልጥ ብምኻና፡ ድሕሪ ንውሕ ዝበለ ዕላል፣

"በል! ካብ ክልተ መዓልቲ ንላዕሊ ክጸንሕ ኣይኽእልን'የ! መገሻ ኣሎኒ! ተጠንቀቕ

እዚ ዶ እቲ እናበልካ ከይተዳናገየኒ!" በለቶ እናስሓቐት።

በላቸው፡ ንፌሩዝ ካብ ልቡ'ዩ ዝፈትዋን ዘድንቓን። ሚስጥራቱ ኣይሓብኣላን'ዩ፣ ዝኣምኖ እንኮ ሰብ እንተ ነይሩ ፌሩዝ'ያ። መማኽርቱ፡ ኣጸናንዒቱ፡ ንሳ'ያ። ካፕተን ኣብ ዘይህልወሉ እዋን፡ ኣብ ኣዲስ ኣበባ ኾነ መቐለ ካብ መዓርፎ ነፈርቲ ባዕሉ'ዩ ዝቕበላ፣ ዕላሎም ኣይውዳእን'ዩ፡ ወጋሕ'ያ ትብሎም።

ፌሩዝ፡ ምዕሩግ ናይ ድራር ቀሚሽ ላቢሳ ናብቲ በላቸው ረዳኢ ንሰዓት ሸሞንተ ዝተዓደሞ ዕድመ ኣሰነየቶ፣ ኤፍረም ድማ ንእምባፍራሽ። ካብ ሰማንያ ዘይውሕዱ ዕዱማት ነበሩ። ሰበ ስልጣን ህወሓት ምምጻእ ፌሩዝ ሃንደበት ኮኖም፣ ከካብ መንበሮም ተሲኦም ምዉቕ ሰላምታ ሃብዋ። ድሕሪ ቍሩብ ደቃይቕ፡ ምክትል ኣመሓዳሪ ትግራይ ነቲ ናይ ቡፌ ድራር ከፊቶ፡ ኩሎም በብተራ ሓዙ። ዊስኪ ተኸፈተ፣ ብዓል ጭራ ዋጣ ረሰነ፣ ሳዕስዒት ዓመረ። ፌሩዝ፡ እምባፍራሽ ጦብላሕ ኢላታ ምዉቕ ዕላል ሓዛ፣ ምስ ኤፍሬም'ውን ተላለየት። ኣብ ኤርትራ ከም ዝነብርን ነጋዳይ ምዃኑን ኣዕለላ።

ኤፍሬም፡ ብዛዕባ መንግስቲ ኤርትራ ጽቡቕ ዝዛረብ ሰብ ኣይነበረን። ስለ ዝኾነ ድማ፡ ብዝተሰባበረ እንግሊዘኛ ተኣሲሩ ድሕሪ ሓሙሽተ ዓመት ከም ዝተፈትሐን ዲሞክራሲ ከም ዘየለን ዝኣመሰሉ ዲቕ ዝበለ ዕላል ሓዙ።

እምባፍራሽ እናሻዕ እናተሰአት ምስቲ ክትሳኣል ነቲ ክትስእል ኮፍ ኣይበለትን። ምስ ፌሩዝን ኤፍሬምን ተሰኣለት፣ ንኽልቲኦም'ውን ሰኣለቶም። ኤፍሬም ብመሰነይታ እምባፍራሽ ምስ መብዛሕትኦም ሰበ ስልጣንን ዑዱማትን ተላለየን ስእሊ ተላዓለን፣ ብፍላይ በላቸው እናሻዕ ንሳዕስዕ ኣናበለ ኮፍ ምባል ከለአ።

ፌሩዝን እምባፍራሽን ኣብ ሞባይል ዝሰኣለኦን ዝተሳእለኦን *ብሸር ኢት* ተለዋወጣ፣ ኣድራሻ'ውን ተዋሃሃባ፣ ናብ ኣዲስ ኣበባ ምስ ተመልሳ ንድራር ክራኸባ ቃል ተኣታተዋ።

ፌሩዝ፡ ሓሙስ 18 ጥቅምቲ ናብ ኣዲስ ኣበባ ተመሊሳ ነቲ ስእልታት በብሓደ ርኣየቶ፣ ነቲ ኤፍሬም ምስ ዝተፈላለዩ ሰበ ስልጣን ህወሓት ዝተሳእሎ ስእሊ ደጋጊማ ተመልከተቶ። "ኣብ ኤርትራ ዝነብር ከንሱ፡ ከመይ ኢሉ ምስዞም ሰባት ተፋሊጡ?" ብዝብል ሓሳብ ተዋጠረት፣ ብቐረባ ክትላለዮ ወሰነት። ኣቐዲማ ግና ብዛዕብኡ ሓበሬታ ንምርካብ ናብ ኮሎኔል ርእሶም መልእኽቲ ሰደደት። እዛ ካብ ፌሩዝ ዝመጸት መልእኽቲ ኣብ ቤ/ጽ ወኪል ሃገራዊ ድሕነት ኤርትራ ዘሰንብድ ደወል ዘስመዐት።

※ ※ ※

ኣዲስ ኣበባ
ዓርቢ 19 ጥቅምቲ
ሰዓት 19፡20

ፌሩዝ ኣማስያ ናብ እምባፍራሽ ደወለት፣ መዓስ ከም ዝራኸባ ሓተተት።

ንጽባሒቱ ናብ ኣስመራ ክኸዱ ምዃኖም፡ ንምጽዋዕ ክትርእያ ተሃዊኻ ከም ዘላ፡ ድሕሪ ሓደ ሰሙን ከም ዝምለሱ ነጊራ ዕለት 30 ሰዓት ሸሞንተ ምሸት ኣብ ሆቴል ካፒታል ክራኸባ ተሰማምዓ።

"እሞ ካብ ባጽዕ ዛዕጎል ሒዝክለይ ክትመጺ ተስፋ እገብር፣ ብዓሓን ይምለስኩም፣ ንኤፍሬም ድማ ሰላም በልለይ፡" ኢላ ሞባይላ ዓጸወት።

ፈሩዝ፡ ብመስመር ዱባይ ኣቢላ ናብ ኮሎኔል ርእሶም ዝለኣኽ ህጹጽ መልእኽቲ ሰደደት። "እታ ሎሚ ንግሆ ዘፋለጥኩኻ መሓዛይን ብዓል ቤታን ሰኑይ ኣስመራ ክኣትዉ'ዮም፣ ናብ ባጽዕ ክኸዱ መደብ ኣለዎም'ሞ በጃኻ ኣዛውሮም ኢኻ፣ ምናልባት'ውን ትፋለጡ ኔርኩም ትኾኑ ኢኹም፣ ተሳኢልኩም ስደዱለይ። ምስ ተመለሱ ኣብ ኤርትራ ዘሕለፉዎ ጥውም ግዜ ከነዕልል ተቛጺርና ኣሎና፡" ትብል ነበረት።

※ ※ ※

ኣስመራ
ሰኑይ 22 ጥቅምቲ
ሰዓት 10፡40

ኮሎኔል፡ ንመልእኽቲ ፈሩዝ በብሓደ ተንተኖ። ሕመረት'ቲ መልእኽቲ፡ 'ንኤፍሬም ተኸታተልዎ ግና ዝኾነ ስጉምቲ ኣይትውሰዱ። ተኣሲሩ ነይሩ'ዩ፡' ምዃኑ ተረደአ። ብድድ ኢሉ ናብ ጀነራል ኣብራሃም ኸደ። ንኤፍሬም ኣመልኪቱ ዝተረኽበ ዝርዝራዊ ሓበሬታ ገለጸሉ።

"እንታይ ክትገብሩ ሓሲብኩም ኣለኹም?"

"ብኽልቲኡ ዶባትን ኣብ መዓርፎ ነፈርቲን ናትና ሰባት ሰዲድና ክንከታተሎ።"

"ምስ ኣተዉኸ?"

"ገና ምስ ብዓል ካሕሳይን ጸጉን ኣይተዘራረብናን ኣሎና።"

"ብዓል ካሕሳይ ነቲ ጉዳይ ኣብ ጸቢብ ዓንኬል ብምኩራት ሰባት ክከታተልዎ ንገሮ። ንግዚኡ ዝርዝር ሓበሬታ እንተ ዘይሃብካዮ'ውን ዝሓሸ'ዩ፣ እቲ ጉዳይ ተኣፋፊ ስለ ዝኾነ። መዓስ'ዮም ክኣትዉ?"

"ብማኪና'ዮም ክመጹ ዝብል ግምት ኣሎና፣ ድሮ'ውን ተበጊሶም ኣለዉ'የ ዝብል። ስለዚ፡ ናይ ብዓል ካሕሳይ ሰባት ኣብኡ ስለ ዘለዉ ሓበሬታ ክሰዱልና ክንውከሶም ኢና። ኣብ'ዚ ምስ መጹ ግና ብናትና ሰባት ክንከታተሎም ዝሓሸ'ዩ።"

"ማለት?"

"ብዓል ጸጉ እንተ ገበሩዎ ይምረጽ፣ ነገር ከይጋፋሕ።"

"ግደፉዎም ኣትዮም ይውጽኡ፣ ምስ ተመለሱ ምስ ፈሩዝ ክራኸቡ ስለ ዝኾኑ ካባኣ ንረኽቦ ሓበሬታ ንመደባትና ክውስኖ'ዩ፡" ኢሉ ኣፋነዎ።

ሰዓት 11፡35

ሜጀር ጸጉ ናብ ቤ/ጽ ኮሎኔል ርእሶም ተጸወዐ።

"ጸጉ፡ ናይ መቐለ ሰብና ንሓደ ሰሙን ኣብ ኤርትራ ኣጋይሽና ኾይኖም ክቐንዩ'ዮም። ሎሚ ካብ መቐለ ተበጊሶም ኣለዉ፣ ኣጋ ምሸት ክኣትዉ . . ." ኢሉ ንጸጉ ዓይኒ ዓይኑ እናጠመተ ትም በለ። ድሕሪ ካልኢታት ልዓት ተሌፎን ኣልዒሉ ናብ ኣዛዚ ፖሊስ ትራፊክ ደወለ።

"ሃለው፡" በለ ተቐባሊ።

"ኣንገሶም ከመይ ቀኒኻ? ርእሶም'የ።"

"ወዲ ጉዕሽ! ኣለኻ ዲኻ? ካን መርዓ ተዓዲምካ ህልም!"

"ንስኻ ኸኣ ኣርኪብካ፣ ነዛ ኣብ ኣፍና ነእትዋ እንጀራ ከነኩማስዓ ግዜ ስኢንና ዘለናስ መርዓ ወዲ መርዓ ክንዝክር። በልስኪ ከመይ ሓሊፉ? እንቋዕ ናብኡ ኣብጸሓካ!"

"ጽቡቅ ሓሊፉ፣ እንታይ ክሰምዓካ?"

"ኤፍረም ገብረዝጊ ዝተባህለ ዜጋ ማኪና ኣለዎ እንተኾነ ኣረጋጊጽካ ቍጽሪ ሰሌዳ፡ ዓይነት፡ ሕብሪን ብዝሒ ዘለወአ ማካይንን ብህጹጽ ባዕልኻ ኣምጽኣለይ።"

"ድሕሪ ቐትሪዶ ከምጽኣልካ።"

"ሕጂ፡" ኢሉ ተሌፎን ዓጽዩ ናብ ጸጉ ተመልሰ።

"እዚ ሰብ ንብዓልቲ ቤቱ ሒዙዋ ይመጽእ ኣሎ።"

"ኤርትራዊት ድያ?"

"ንፈልጦ ነገር የብልናን፣ ብስማ ከይንፈርድ፡ ኢትዮጵያ ዝባሃላ . . ." ኢሉ ንሓንቲ ብጸይቶም ዘኪሩ ካካ ካር በለ። "ኢትዮጵያ ናይ '75 ተጋዳሊት እያ። ብሰንኪ ስማ፡ ሳጓ ባዕላ'ያ መሪጻ ኣውጺኣ፣ ክሰምረላ ግና ኣይከኣለን፣ 'ኣደይ ፈትየን' ጠበቓታ፣ ክሳዕ ሎሚ ድማ "ኣደይ ፈትየን" ተባሂላ ትጽዋዕ ኣላ። ድሕሪ ናጽነት ስማ ክትቅይር ዝረኸበቶ ደይብ ውረድ ከተዕልለካ ከላ ኣብ ስሬኻ ክትሸይን ቍሩብ'ዩ ዝተርፈካ።"

"እሞ ቀይራዶ?" ኢሉ ጸጉ ክምስ በለ።

"ኣስመረት ተባሂላ ትጽዋዕ ኣላ። በል ናብቲ ዘምጻኣና ድኣ! እዚ ሰብ ነጋዳይ ይኹን እምበር ምስዞም ሰባት እንታይ ከም ዘራኽቦ ጽጹይ ሓበሬታ ክእከብ ኣለዎ፣ ተስፋና ካብ ፈሩዝ'ዩ። ድሕሪ ሰሙን ኣብ ኣዲስ ኣበባ ክራኸቡ'ዮም፣ ስለዚ፡ ምጽባይ'ዩ። ኣብዚ ናትካ ሰብ ጥራይ ክትከታተሎ'ያ። ኣብ ገዛኡ ኾነ ኣብ ትካላቱ ሓበሬታ ከይትሓቱ። እንትርፎ ብደገ ደገ ናበይ ይኸይድ? ምስ መን ይኸይድ? ምስ መን ይራኸብ? እንተ ዘይኾነ ካልእ ኣይትገደሱሉ። እንታይ ይዛረብ ክትጸናጸኑ ኣይትፈትኑ፡ ኣየገድሰናን'ዩ፣ ንግዚኡ!" ኢሉ መምርሒ እናሃበ ከሎ፡ ኣዛዚ ፖሊስ ትራፊክ ኮሎኔል ኣንገሶም፡ ኤፍሬም፡ ኣብ ቀረባ እዋን ዝዓደጋ ናይ 2015 ቶዮታ ሃይሉኩስን ናይ 2011 ቶዮታ ኮሮላን ከም ዘለዎኦ፡ ኣቐዲሙ ዝሸጣ ቶዮታ ሃይሉክስ ከም ዝነበረቶን ናብ መን ከም ዝተሸጠትን ዝሕብር ጽሑፍ ሰዓት 12፡45 ኣብጸሓሉ።

ኮሎኔል፡ ናብ ሓላፊ ክፍሊ ጸጥታ ጀነራል ካሕሳይ ደወለ። ካሕሳይ ንምሳሕ ክኸይድ ማዕጾ ቤት ጽሕፈቱ ክዓጹ መፍትሕ ኣእትው ከብል ተሌፎን ተዳሃየት፣ ተመሊሱ ኣልዒሉ "ሃለው" በለ።

"እዘን ቍጽሪ ሰሌዳ ማካይን ኣብ ሰርሓ ተመዝጊበን እንተኾና ብህጹጽ ርኣየለይ፣

እንተ ዘይኾነ ብጥብቂ ተኸታተልወን፣ ግና ዝኾነ ስጉምቲ ከይወስዱ ኣጠንቅቆም፡ ትም ኢሎም የሕልፉወን፣ ናትኩም ሰባት መድቡለን።"

"ጽንሓኒ በል፡" ኢሉ ተሌፎን ዓጽዩ ኣብ ኢሚግረሽን ሰርሓ ንዝነበረ ማእከልነት ኣባላቱ ደዊሉ ኣጻርዮም ብህጹጽ ከድውለሉ ሓበሮ። ድሕሪ ዓሰርተው ሓሙሽተ ደቓቕ ሞባይሉ ደወለት፣ ኣይሓለፋን ዝብል ነበረ እቲ መልሲ።

"ዝወጽኣትከ ኣላዶ?"

"እወ፡ ጻዕዳ ቶዮታ ሃይ ሉኩስ፡ ቊጽሪ ሰሌዳ ER 1 - C 41 . . .፡ 15 ጥቅምቲ ሰዓት 07፡10፣ መራሒ ማኪና ኤፍሬም ገብረዝጊ፣ ዋንነት መኪና ብስሙ።"

"በል ኣብ ምልሶታ ካብ ዓይንኹም ከይትፈልይዋ፣ ዝኾነ ሕቶ ከይተቐርቡ! ምሕላፉ ጥራይ ምሕባር ኣኻሊ'ዩ! ተጠንቀቕ! እቲ ጉዳይ ባዕልኻ ሓዞ! ሚስጢር ይተዓቀብ!" ኢሉ ናብ ኮሎኔል ርእሶም ደዊሉ እቲ ዝረኸቦ ሓበሬታ ኣመሓላለፈሉ።

ሰርሓ

ሰዓት 13፡55

ኤፍሬም ምስ ብዓልቲ ቤቱ ኣብ ዶብ ኤርትራ እትርከብ ኑቕጣ ኢሚግረሽን ሰርሓ በጽሑ። ካብ ማኪና ወሪዶም ከም ሰቦም ተመዝገቡ፣ ማኪናኦም ኣልዒሎም ጉዕዞኣም ናብ ኣስመራ ኣቕነዑ።

መልእኽቲ ናብ ጀነራል ካሕሳይ በጽሐ፣ ርእሶም ተሓበረ። ብሎኮ ኣስመራ-መንደፈራ-ደቀምሓረ ከልተ ሰባት፣ ኣስመራ-ምጽዋዕ ሓደ ሰብ፣ ማይ ሓባር-ነፋሲት ድማ ሓደ ሰብ ተመደበሉ፣ ጽኑዕ ምክትታል ክግበር መምርሒ ተዋሃበ። ዝኣትዉሉ ግዜ ኣብ መንጎ ሰዓት 17፡00 ን 19፡00 ን ክኸውን ከም ዝኽእል ተገመተ። ኬላታት፡ ገመድ ተገበረሉ፣ ትኣቱ ማኪና ኣብ ውሽጣ ዝተሳፈረ ሰብ መንነት ወረቓት ከርኢ መምርሒ ተመሓላለፈ። ነቲ ስራሕ ኣባላት ምክልኻል ከም ዘካይድዎ ተገበረ።

ሰዓት 16፡00

ኣብ ሰለስቲኣን ብሎኮታት ኣስመራ ወተሃደራት ተመደቡ፣ ወረቓት መንነት ምሕታት ጀመሩ።

ሰዓት 17፡47

ኣብ ብሎኮ ማይ ሓባር-ነፋሲት ER 1 - C 41 . . . ሓለፈት፣ ጽርግያ ነፋሲት-ኣስመራ ሒዛ ከም ዝኸደት መልእኽቲ በጽሐ። ኮሎኔል ርእሶም ኣዕሚቑ ኣስተንፈሰ።

"ጸጉ ጋሻና ብነፋሲት ገጹ ይመጽእ ኣሎ፣ ኣብ ብሎኮ ባዕልኻ ተቐበሎ።"

"ተረዲኣካ።"

ሜጀር ጸጉ፡ ናብ ብሎኮ ኣስመራ-ምጽዋዕ ከደ። ማኪና ሰዓት 18፡33 ብሎኮ ኣስመራ-ምጽዋዕ ሓለፈት፣ ሜጀር ጸጉ ማኪና ኣልዒሉ ተኸተላ። ጉደና ሓርነት ቈሪጻ ብጉደና ሰማእታት መገዳ ቀጸለት። ኣብ ፍያት ታሌሮ ንየማን ተጠውያ ናብ ቲራቮሎ ኣቕነዐት። ሜጀር ጸጉ ኣብ መንጉኡን ኣብ መንጎ'ታ ሃይ ሉክስ ክልተ ማኪና ከም ዝህልዋ

ገይሩ ተኸተላ። ኤክስፖ ሓሊፉ ናብ መዓርፎ ነፈርቲ ኣስመራ ኣምረሐት፣ ልክዕ ኣብ ሆቴል ኣስመራ ፓላስ ምስ በጽሐት ምልክት ኣርእያ ናብቲ ሆቴል ኣተወት። ጸጉ መገዱ ቀጺሉ ከሳብ ሆቴል ዓይባ ከይዱ ንኮሎኔል ደዊሉ ሓበሮ። ማኪና ዓሺጉ ብእግሩ ቅልጥፍ ቅልጥፍ እናበለ ናብቲ ሆቴል ተመሊሱ ኣብ መውጽኢ ኣፍደገ ደው በለ።

ሰዓት 19፡12

ኮሎኔል ርእሶም ምስ ካልኣዩ ናብቲ ሆቴል ከዱ፣ ኣብቲ ከባቢ ዘይርኦም ነታ ማኪና ረኺብዋ። ማኪና ዓሺጎም ናብቲ ሆቴል ኣተዉ። ኤፍረምን እምባፍራሽን ድሮ ከፍሊ ተዋሂቡዎም ኣትዮም ነበሩ። ርእሶም ሓሰበ፣ ንድራር ክወጹ ዝኽእሉሉ ግዜ ገመተ፣ ሰዓት 20፡30 ካብ ክፍሎም ክወርዱ'ዮም በለ። ግምቱ ጌጋ ኣይነበረን፣ 20፡47 ካብ ሊፍት ክወጹ ኣስተብሃለሎም። ተሓቛቚፎም ናብ ሽነኽ የማን እናኸዱ እምባፍራሽ ብዓይና ነቲ ሆቴል ኰለለቶ። ናብቲ ባር ካፈ ኣቕኒዖም ናብ በራንዳ ወጹ። ኮሎኔል ንሜጀር ጸጉ ሓበሮ፣ ፍረወይንን ሄኖክን ክከታተልዎም መምርሒ ሃቦ፣ ክልቲኦም ናብቲ ሆቴል ደበኽ በሉ።

ፍረወይኒ፡ ንኤፍሬም ከም ትፈልጦ ተረጋጊጹ ነበረ። ስድራኣ፡ ኣብ ፊት ግሮሰሪ እንዳ'ቦይ ገብረዝጊ ግሮሰሪ ኣለዎም። ንኤፍሬም ካብ ብህጻና ትፈልጦን ጽቡቕ ቅርበት ዘለዎምን ጓል 31 ዓመት መልክዐኛን ተዋዛይትን'ያ። 2007 ሃገራዊ ኣገልግሎት ፈጺማ ኣብ ሳዋ ተመዲባ ድሕሪ ምጽናሕ ናብ ኣስመራ ተሳሒባ ክልተ ዓመት ኣብ ሚኒስትሪ ፋይናንስ ክፍሊ ኮምፒተር ሰረሐት። ኣብ 2013 ኣብ ሃገራዊ ድሕነት ተመዲባ ግቡእ ስልጠና ዝወሰደት ትኩርቲ ጓል ኣንስተይቲ'ያ። ንኣገዳሲ ሓበሬታ እንተ ዘይኾይኑ፡ ዝተረፈ ግዜኣ ኣብ እንዳ ስድራኣ ግሮሰሪ'ያ ትሰርሕ።

ፍረወይኒ፡ ናብ ሆቴል ኣስመራ ፓላስ ቅድሚ ምኻዳ ካብ ሜጀር ጸጉ ሓበሬታ ተዋህባ። ወዲ 37 ዓመት ሄኖክ፡ ዓሰርተው ሓደ ዙርያ ሃገራዊ ኣገልግሎት ዝተዓለመ ኾይኑ፡ መደቡ ኣብ ሃገራዊ ድሕነት'ዩ። እታ ምሸት እቲኣ ንፍረወይኒ ሒዙዋ ክወጽእ'ምበር፡ ካልእ ሓበሬታ ኣይተዋህቦን። ክልቲኦም ብሓባር ናብቲ ሆቴል ከዱ፣ ፍቕራዊ ዕርክነት ዘለዎም'ዮም ዝመስሉ። ትኽ ኢሎም ናብ በራንዳ ኣምርሑ፣ መኰፈሊ መንበር ስሒቦም ኣብ መንጽር ብዓል ኤፍሬም ተቐመጡ። ድሕሪ ቍሩብ እዋን ምስ ኤፍሬም ዓይኒ ንዓይኒ ተራኸቡ፣ ኢዳ ኣወዛዊዛ ሰላም በለቶ።

ኤፍሬም ናብ ዓይኒ ምድሪ ከኸይድ እግረ መገዱ ሰላም ክብላ ናብኣ መጸ፣ ብድድ ኢላ ሓቝፋ ስዓመቶ።

"ኤፊ፡ ኣበይ ድኣልካ ተሸሪብካ! ነዊሕ ኣሎኒ ካብ ዘይርእየካ?"

"መገሻ በዚሑ፣ እቲኣ ድማ ብዓልቲ ቤተይ'ያ፣ ማለተይ ኣደ ወደይ'ያ። ካብ መቐለ ኣቐድም ኣቢልና ኢና ኣቲና፡" በላ ናብ እምባፍራሽ እናመልከተ።

"በል ምስ ተመለስካ ክላለያ ክመጽእ'የ።"

"ኦከይ፡" ኢሉዋ ዓይኒ ምድሪ በጺሑ ተመልሰ'ሞ ምስ እምባፍራሽ ኣላለያ።

"ስምዓኒ! ነዛ ምልክዕቲ ብዓልቲ ቤትካ ኣብ ዛራ ክጋብዛ ፍቐደለይ፣ ድሕሪ ድራር ብሓባር ክንኸይድ ኢና፡" ኢላ ንእምባፍራሽ ጕሩም ፍሽኽታ ኣርእያ ናብ ሄኖክ ተመለሰት ኣብ ዕላላ ኣተወት።

ብኸምቲ መገዲ፡ ኤፍሬም፡ ናበይ ይኸይድ ምስ መን ይራኸብ ተጸነዐ። ዝነበሮ ኣይነበሮን፣ ንጹህ ሰብ እዩ። ድሕሪ ሓሙሽተ መዓልቲ ምስ እምባፍራሽ ብሓባር ወዲ ሓወብኡ ንኤፍሬም ናብ መቐለ ኣብጸሖም፣ ንምሸቱ ድማ ብነፋሪት ኣዲስ ኣበባ ኣተዉ።

※ ※ ※

ኣዲስ ኣበባ
ሆቴል ካፒታል
ረቡዕ 30 ጥቅምቲ
ሰዓት 20:00

እምባፍራሽ፡ ኣብ ኤርትራ ምስ ኤፍሬም ዘሕለፈቶ ምቁር እዋን፣ ብቤተሰብ ዝተገበረላ ኣቀባብላ፣ ኣብ ከተማታት ኤርትራ ዘስተማቐረቶ ሰላም፣ ደቂ ኣንስትዮ ካብ ስራሕ ወጺኦን ምሸት ብዘይ ምዱቓ ናብ ገዛኣን ክኸዳ፣ ኣንስቲ ናብ መርዓ፡ ጥምቀትን ንግደትን ወርቂ ተወሪቐን ብዘይ ፍርሂ ኣብ ጐደና ሸናዕ እናበላ ከዝግማ ምርኣያ ተደነቐት።

ኣደ ኤፍሬም ሸሕ'ኳ ኣደ ወዲ ወደን ብምዃና ዝግባኣ መስተንግዶ እንተ ገበራላ፡ ብውሽጠን ግና ኣይተቐበላኣን፣ ሓወብኡ ግና ነዛ ንምርኣያ ኣበዩ። ኣሕዋቱ ተጸየኑዋ፣ ኤፍሬም ተቐርቀረ፣ ኣብ መወዳእታ ንፍቕሪ መረጸ፣ ውሳነኡ ኣፍለጠ፣ ኣይፈላለይን'የ በለ።

እወ፡ በሰላ ኲናት 1998 ኣብ ነብሲ ወከፍ ስድራ ቤት ኤርትራ ስምብራት ገዲፉ፣ ወለዲ ከቢድ ዋጋ ከፊሎም፣ ዓሎም ወዶም ንሃገር ተበጅዮም፣ ዝተረፉ ስግረ ዶብ ኸይዶም ገለን ኣብ ባሕሪ ገለን ድማ ኣብ ምድረበዳ ሱዳንን ሲናይን ጠፊኦም፣ ወድኹም ጓልኩም ከይቀተልናዮም ከለና መባደሊ ክፈሉ ተባሂሎም ሓግዞና ክብሉ ነጻላ ክዝርግሑ ተገዲዶም።

እምበኣር፡ ስድራ ቤት ኤፍሬም፡ ንሰብ፡ መንነቱ ኣይኾነን ጸሊኦም፣ እንታይ ድኣ፡ ተግባራቱ።

እምባፍራሽ፡ እቲ ኣብ ገጽ ሰባት፡ ብፍላይ ኣብ ስድራ ቤት እንዳ'ቦይ ገብረዝጊ ዝንበብ በሰላ ኣይተዓዘበቶን ማለት ኣይኾነን፣ ክትውሕጦ ግና ግድን ነበረ።

ድሮ 30 ጥቅምቲ ፈሩዝ ንእምባፍራሽ ደወለትላ፣ ኣብ ቈጸራኣን ምህላወን ኣረጋገጸ።

ንጽባሒቱ፡ ፈሩዝ ከም ወትሩ ተመላኺዓ ናብ ሆቴል ካፒታል ኣምረሐት። ቦርሳኣ ተፈትሻ ነብሳ ብኤክትሮኒክ መሳርሒ ተዳህሲሳ ምስ ሓለፈት ሓደ ኣስተናጋዲ ናብኣ ቅርብ ኢሉ፣

"ይቕሬታ፡ ወይዘሮ ፈሩዝ?"

"እወ፡" ኢላ ክምስ በለት።

"ወይዘሮ እምባፍራሽ ይጽበያኽን ኣለዋ፣ ተኸተላኒ፡" ኢሉ መሪሕዋ ንቕድም ንዓኣ ንሱ ድማ ብድሕሪኣ ናብ ሊፍት ኣትዩ ኣብ ሓሙሻይ ደርቢ በጺሖም ካብታ ሊፍት ወጹ፣ ማዕጾ ከፊቱ ናብ ሓደ ላውንጅ ኣእተዋ። እምባፍራሽ፡ ብውዕዉዕ

ኣቀባብላ ተንደርዲራ ከይዳ ብኸልተ ምናታ ሒዛ ስዓመታ፣ ፌሩዝ'ውን ከምዛ ድልዱል ናይ ነዊሕ እዋን ምሕዝነት ዘለወን'ሞ ከይተረኣኣያ ነዊሕ እዋን ዝገበራ፡ በተን ስብርባር ግና ንኽትርደአን ዘየጸግማ ትግርኛኣ፣

"እንኳእ ብደሃን መጸኩም፡" እናበለት ንኸልቲኦም ስዒማ ናብቲ ንኽብራ ተባሂሉ ዝተዳለወ ባህላዊ ምግቢ ቐረበት።

"እዚኣ ድማ ዝፈትዋ ሓውተይ፡ መሓዛይ ኩሉ ነገረይ'ያ፣ ኣዘነጋሽ ትብሃል፡" ብምባል ንሓድሕደን ኣፋለጠተን።

"ፌሩዝ፡ ብኣካል'የ ዘይፈልጠኪ'ምበይ ብማዕዶስ እፈልጠኪየ፡" ኢላ ሰላም በለታ።

ዕላሎም ብዛዕባ ኣስመራ፡ ብሓፈሻ ብዛዕባ ሰላምን ሰላም ከምጽኦ ዝኽእል ቀንጠባዊ ዕብየትን ነበረ። ፌሩዝ ነቲ ዕላል ካብ ትሰምዖ ዘይትሰምዖ እንተነበረት'ኳ፡ "Really!" እናበለት ምስሓቕ ኣይሓመቐትን።

"እቱ ኣዝዩ ዝገረመንን ዘቐናኣንን፡" በለት እምባፍራሽ፡ "ስርቂን ሌባን ዘይምህላዉ'ዩ። እዛ እዝነይ ትርእያኣ ዘለኹን፡ ኣብ ማኪና እንተለኹ'ዩ ሌባ ካብ እዝነይ ወርቂ ምንዝዕ ኣቢሉኒ ተመርቂፉ። ክገርመክን፡ ናብ መርዓ ኢና ንኸይድ ኔርና፣ እዛ ኩላ ዙርያይ ብደም'ያ ተሓጺባ። ካብኡ ንንየው ቶባ ደጊም ጎባጉብ ከይገብር ኢለ ንኣሽቱ ኣብ እዝኒ ጥብቕ ዝብላ ኩትሻየ ዝገብር። ኣብ ኤርትራ ድማ፡ ኣንስቲ ብወርቂ ተሰሊመን ኣብ ጐዳና ሽናዕ ይብላ፣ ቀሊሒ ኢሉ ዝጥመተን ድማ ዘይብለን፡" እናበለት ተደኒቓ ትዕዝብታ ከተዕልለን ኣምሰየት።

"እንተ ዘይተጋግየ፣ ፌሩዝ ብዙሕ እዋን ኣብ ማዕከናት ዜና ርእየኪ እንአኹ። ካብዞም ንሻዕብያ ዝዋወሙ ኢኺ፡ ልክዕ ድየ?" ሓተተት ኣዘነጋሽ።

"እወ! ካብቶም ዲሞክራሲ ከህሉ እንተኾይኑ ሻዕብያ ክእለ ኣለዎ ጥራይ ዘይኾነ ካብቶም ናይ ብሕቲ ጋዜጣ ክህሉ ኣለዎ ዝብሉ'የ፣ ብዛዕብኡ ኣብ ብዙሓት ጋዜጣታት ጽሒፈ ኣለኹ። ብኡ ምኽንያት'የ ናብ ኣስመራ ምስ ከድኩ ተኣሲረ ነይረ፡" በለት ብእንግሊዘኛ ከምስ ኢላ። ኤፍሬም ተርጎመለን። ኣልግብ ኣቢሉ፣

"እሞ ብዛዕባና ጺሒፍኪ ክትኾኒ ተስፉ እገብር፡" ሓተተ በተን ፌሩዝ ንኽትርደአን ዘይተጸገመት እንግሊዘኛኡ።

"Yes, i did." በሉቶ ተፈሸኻ።

ፌሩዝ፡ ሽሕ'ኳ ዕላል እምባፍራሽ ብዙሕ ዘይርደኣ እንተነበረ፡ ኣቃልቦኣ ናብ ኤፍሬም ገይራ ትሰምዕ ብምንባራ ነተን ኣገደስቲ ቃላት ምልቅም ግና ኣይሓመቐትን። ኤፍሬም'ውን ብጊድኡ ተዛረበ፣ ኣብ ነብሰይ ወሪዱ ዝበሎ ዘርዘረ፣ ብዕላማ ምስኣ ከም ዝሰማማዕን ሻዕብያ ክእለ ጽኑዕ ድልየት ከም ዘለዎን ቅድሚ ሽዑ ምስ ማንም ሰብ ተዛሪቡሉ ዘይፈልጥ ልቡ ከፊቱ ኣዕለላ። ፌሩዝ ዕላማኣ ሃረመት። ፍርቂ ለይቲ ሓሊፉ፡ ብዝተገበረላ እንግዶት ኣመስጊና ክትከይድ ተበገሰት። ሰለስቲኦም ክሳዕ ማኪናኣ ኣብጺሖም ተፋነውዋ።

※ ※ ※

ኣስመራ
ቤ/ጽ ስለያ ወጻኢ
ሓሙስ 1 ሕዳር
ሰዓት 15፡42

ኮሎኔል ርእሶም እቲ ካብ ፌሩዝ ዝጽበዮ ዝነበረ ብስእሊ ዝተሰነየ ሓበሬታ በጺሖ። ጕልባብ ኤፍሬም ተቐሊዑ፣ ብዙሕ ክምለሱ ዝግበኦም ሕቶታት ኣለዓዒሉ። ክግበሩ ኣለዎም ዝበሎም እማመታት ኣብ ወረቐት ኣስፊሩ ናብ ጀነራል ኣብርሃም ተሌፎን ደወለ።

"ኣብርሃም ክመጽኣካ እኽእል ድየ?"

"ድሕሪ ፍርቂ ሰዓት፡" ኢሉ ምስ ሓላፊ ሓለዋ መራሒ ሃገር ጀነራል ፎኣድ ኣል ሓሽም ሒዙዎ ዝነበረ ዝርርብ ወዲኡ ደወለሉ።

"ኣብርሃም፡ ንኤፍሬም ገብረዝጊ ዝገልጽ ሓበሬታ መጺኡና ኣሎ፡" ኢሉ ነተን ስእልታት ሃቦ።

"ኣንታ እንታይ ዝበለ ሽውሃት'ዩ ዘለወን፡" ኢሉ እናስሓቀ በብሓደ ተመልኪቱ ብዛዕባ መንነተን መብርሂ ሓተተ።

እተን ክልተ ደቀንስትዮ ተጋሩ ወነንቲ ብዓል ሓሙሽተ - ሽዱሽተ ደርቢ ሆቴል ምዃነን፡ እምባእፍራሽ ቤተሰብ ኣስመሮም፡ ኣዘነጋሽ ድማ ኣብ ኲናት ዓሰብ ንዝተቐትለ ኮሎኔል ነጋ ብዓልቲ ቤቱ ምዃናን ኤፍሬም መገዱ ስሒቱ ከም ዘሎን ገለጸሉ።

"እምበኣርከስ፡ እዚ ሰብ፡ ኣብ ዝደለዮ እዋን ካብ ናብ ኤርትራ ክኣቱን ክወጽእን ይገደፍ! ብዝኾነ ይኹን መገዲ ከይትከታተልዎ! ዝኾነ ይኹን ፍንጪ ክርኢ የብሉን። ኦርኒኩ ካብ ምክልኻል ኣምጽእዎ. . ."

"ኣገልግሎት ኣይገበረን፣ ለካቲት 2015 ግና ኣብ ጋሕተላይ ኣብ ህዝባዊ ሰራዊት ተዓሊሙ'ዩ።"

"ካብ ኢትዮጵያ ናብ ኤርትራ ብዘይ ጸቕጢ ክመላለስ ካብ ሰራዊት ኣፋንውዎ። ኣብ ደገ ከም ዝቕመጥ የመልክት'ሞ ናይ ሽውዓተ ዓመት መውጽኢ ቪዛ ይወሃቦ፣ ከይተሸቑረረ ምእንታን ክኣቱን ክወጽእን። ንሱ ክጥርጥሮ ዝኽእል ነገራት ኣወግዱ። እዚ ወድሓንካ!" ኢሉ ካብ መኰፈሊኡ ብድድ ኢሉ ኣፋነዎ።

ሰዓት 17፡15

ኮሎኔል፡ ንሜጀር ጸጉ ጸዊዑ መምርሒ ሃቦ። ድሕሪ ንውሕ ዝበለ ዘተ፣

"ንሱ ኣብ ዘይብሉ ተፋኒኻ ምባል ኣየጠርጥርን?" ሓተተ ሜጀር ጸጉ።

"ልክዕ ኣለኻ። ድሕሪ ሰለስተ መዓልቲ ነዲኡ ንሕክምና ናብ ዱባይ ክወስደን ክመጽእ ስለ ዝኾነ ተዳሊኹም ጽንሑ። ብመገዲ ፍረወይኒ ካብ ሰራዊት ክፋኖ መመልከቲ ከም ዘእቱን ናይ ሽውዓተ ዓመት መውጽኢ ቪዛ ከም ዝሓትትን ክንገብር ኢና።"

"ሕራይ፡ ካባና እንታዩ ዝድለ ዘሎ?"

"ምክትታልኩም ኣቛርጹ፣ ክሳዕ ዝሕበረኩም።"

ሜጀር፡ ንኤፍሬም ዝምልከት ካብ ምክልኻል፡ ኢሚግረሽን፡ ግምሩክ፡ ኣታዊ ውሽጢ ሃገርን ፖሊስን ሓበሬታ ኣከበ። ምንጪ ሃብቱ ስርሓት ኮንትሮባንዳ ምዃኑ ተረጋገጸ። ኩሉ ሓበሬታ ንኮሎኔል ርእሶም ተወሃበ፣ ኤፍሬም "ተደላዪ ሰብ" ተባሂሉ ኣብ መዝገብ ኮምፒተር ወኪል ሃገራዊ ድሕነት ኤርትራ ሰፈረ።

※ ※ ※

ድሕሪ ሰለስተ መዓልቲ

ኤፍሬም ካብ ኣዲስ ኣበባ ተመለሰ፣ ፍረወይኒ ከም ትረኽቦ ተገበረ።

ድሕሪ ሓጺር ዕላል።

"ኣፋንዉኒ ኢልካ ብቐሊሉ የፋንዉኻ ድዩም?" ሓተተ ብምግራም።

"ንስኻኮ ካብ ኣዲስ ኣበባ ተሰጉግካ ዝመጻኻ'ምበር ነባሪ ኤርትራ ኣይኮንካን፣ ሕጂ ድማ ምስ ብዓልቲ ቤትካን ውላድካን ተራኺብካ ኣብ ኣዲስ ኣበባ ትነበር ኣለኻ።"

"ናብ መን'ዩ'ኺ መመልከቲ ዝጸሓፍ?"

"ኣነ ናብ ኣብ ዓዲ ንፋስ ዝርከብ ምምሕዳር ሓይልታት ምክልኻል ኤርትራ'የ ጽሒፈ። ድሓን፡ ጽሓፍ'ሞ ከጣይቕልካ'የ። ናይ ጻዕረይ ጻማ ግና እንታይ ክትከፍለኒ ኢኻ?" ኢላ ብሳሓቕ ክርትም በለት።

"ፍሬታ! እንኮ ድኣ ይቕናዓኒ'ምበር ብዘይ ሕሶት 10 ሽሕ ናቕፋ ክህበኪ'የ።"

ፍረወይኒ ዘይተጸበየቶ ኮና፡ ንቐልዲ ዝሓሰበቶ ዘወናውን ገንዘብ መብጸዓ ተኣተወላ።

"ክንርኢ ኢና! በል ጽባሕ ተቐረብ ኢኻ ናብ ዓዲ ንፋስ ክንከይድ!" ኢላ ኣብ ምዕጉርቱ ስዒማቶ ከደት።

ኮሎኔል ርእሶም ሓበሬታ በጸሖ፣ ምስ ሓላፊ ምምሕዳር ሓይልታት ምክልኻል ኤርትራ ተዘራረቡ፣ ኩሉ ተዋደደ።

ኤፍሬም ብፍረወይኒ ተሰንዩ ናብ ዓዲ ንፋስ ኸደ። መንነት ወረቐት ኣርእዩ ንጀነራል ከዘራርቦ ዝኽእል እንተኾነ ንዋርድያ ሓተተ።

"ቈጸራ ኣለካ ድዩ?"

"እወ፡" መለሰት ፍረወይኒ።

"ሓንሳብ ኣብቲ ጽንሑ፡" ኢሉ ድሕሪ ዓሰርተ ደቒቕ ከኣቱ ኣመልከተሎም። መንነት ወረቐት ኣረኪቡ ምስ ፍረወይኒ ብሓባር ኣተዉ። ነታ ዝጸሓፋ መመልከቲ ኣብ ቤት መዝገብ ማሕተም ኣህሪሙ ናብ ጀነራል ኣተወ። ጀነራል ተመልኪቱ ኣብ ልዕሊ'ታ መመልከቲ ገለ ነገር ጽሓፈ።

"እዚኣ ናብ ክፍለ-ሰራዊት 59 ፊት ቤ/ጽ ኢሚግረሺን ውሰዳ፣ ንሶም ከስልጡልካ'ዮም፣ ደዊለ ክሕብሮም'የ፡" ኢሉ ነታ ደብዳቤ ዓሺጉ ብግሩም ክምስታ ኣፋነዎ።

ኤፍሬም ብታሕጓስ ዝብሎ ጠፊኦ፣ ማኪና ብዘይ ልቡ ኣሐምቢቡ ኣብ ቤ/ጽ ክፍለ-ሰራዊት 59 በጽሐ። ነታ ደብዳበ ንጸሓፊ ኣዛዚ ክፍለ-ሰራዊት ሃቦ፣ ኣንቢቡ

ንጽባሒቱ ንግሆ ሰዓት ሸሞንተ ክመጽእ ሓቢሩ ኣፋነዎ። ከም ዝተባህሎ ገበረ፣ ከም ዝተፋነወ መረጋገጺ ወረቐት ረኸበ። እቲ ዝተረፈ ናይ ኢሚግረሽን ጉዳይ ነበረ፣ ንሱ'ውን ሰሊጥዎ ናይ ሽውዓተ ዓመት መውጽኢ ቪዛ ረኸበ። ከም መብጽዓኡ ንፍረወይኒ 10 ሽሕ ናቕፋ ሃባ፣ ፍረወይኒ ንኮሎኔል ርእሶም ሓበረቶ።

"ጽጉ ኲሉ ከም ዝሓሰብናዮ ተሳሊጡ ኣሎ፣ ኤፍሬም ድሕሪ ሳልስቲ ነዲኡ ንሕክምና ናብ ዱባይ ክወስደን'ዩ። ምናልባት'ውን ብኡ ኣቢሉ ናብ ኣዲስ ኣበባ ይኸይድ ይኸውን።"

"ናይ ፍረወይኒ ጉዳይከ?"

"ማለት?"

"ገንዘብ፡ ንዝሓሰብ ኣእምሮ ይደፍን'ዩ። እዛ ሰብ 10 ሽሕ ናቕፋ ኣብ ኢዳ ኣሎ፣ ከይትሰድዕ ማለት ሓበሬታ ከይተስሉኽ ምጥንቃቕ ከድል'ዩ።"

"ኣይትጠራጠር፡ ፍረወይኒ ካብተን ነዊሕ ዓመት ኣብ ንጡፍ ስራሕ ዘለዋ ብሉጻት ሓንቲ እያ። ምስ ኣብራሃም ተዘራረብናሉስ እቲ ገንዘብ ክትወስዶ ፈቒድና ኣሎና። ኣብ ሓደ ውሳነ ኣይበጻሕናን'ምበር፡ ናብ ኣዲስ ኣበባ ከም ዝወስዳ ክንገብር'ውን ሓሲብና ኣሎና። ምኽንያቱ፡ ፌሩዝ ካባኡ ክትእለ ኣለዋ። ስለዚ እታ እንኮ ብዛዕብኡ ብቐረባ ሓበሬታ ክትህበና ትኽእል ፍረወይኒ'ያ።"

"ምጥንቃቕ ዝመስሉዎ ነገር ግና የለን።"

"ከይትሰድዕ እንተ ኾይኑ ፍርሃትካ፡ እሞ ገንዘብ እንተ ኾይኑ ንሰብ ዘስድዖ፡ ዝኣክል ፈሰስ ክንገብረላ ሓሲብና ኣሎና።"

"ጽቡቕ ኣንቢብካኒ። ኣብቲ እምባፍራሽ ትውንኖ ሆቴል ስራሕ ከም ትቑጸር እንተ ገበርና ዝበለጸ ምኾነ።"

"ግርም ሓሳብ! በል ምስ ኣብራሃም ክንዘራረበሉ ኢና፡" ኢሉ እናስሓቑ ብሓባር ክወጹ ብድድ በሉ።

※ ※ ※

29 ሕዳር

ኤፍሬም ነዲኡ ከሐክም ናብ ዱባይ ከይዱ ድሕሪ ዓሰርተው ሸሞንተ መዓልቲ ናብ ኤርትራ ተመልሰ። ኣብ ምልሶተን ናብ ኣዲስ ኣበባ ምኻድ ብምእባየን ቅር እንተበሎ'ኳ፡ ጓሂ ኣዲኡ ክርዳእ ኣይተጸገመን። ኾይኑ ድማ፡ ጽባሕ ናብ ኣስመራ ዝኣትወሉ ፍረወይኒ ከም ትረኽቦ ተገበረ።

"ትፈልጢ ዲኺ ፍሬታ! ኲሉ ቀልጢፉኒ ምእማኑ'የ ሲኢነ፣ እምባፍራሽ'ሞ ብታሕጓስ ትብሎ ጠፊኡዋ ንዕለቱ'ያ ናብ ዱባይ መጺኣ፣ ምሳና ኣርባዕተ መዓልቲ ገይራ ናብ ኣዲስ ኣበባ ተመሊሳ። ብምንታይ ከም ዘመስግነኪ ኣይፈልጥን'የ፣ እዚኣ ድማ እምባ ዝሰደደትልኪ ህያብ'ያ።"

እቲ ህያብ ወርቂ ኲትሻ፡ ናይ ክሳድን በናጅርን ከምኡ'ውን ቓነል ጨና ነበረ። ፍረወይኒ ብታሕጓስ ጭድድ ክትብል ቀኑብ ተረፋ።

"ኣንታ ኤፊ! ክንደይ ይጽብቕ'ዩ! እንታይዶ ገይረልካ'የ? ዘይ ጉቡእካ ኾይኑ'ዩ

"ምክትታልኩም ኣቛርጹ፣ ክሳዕ ዝሕበረኩም።"

ሜጀር፡ ንኤፍሬም ዝምልከት ካብ ምክልኻል፡ ኢሚግረሽን፡ ግምሩክ፡ ኣታዊ ውሽጢ ሃገርን ፖሊስን ሓበሬታ ኣከበ። ምንጪ ሃብቱ ስርሓት ኮንትሮባንዳ ምዃኑ ተረጋገጸ። ኩሉ ሓበሬታ ንኮሎኔል ርእሶም ተወሃበ፣ ኤፍሬም "ተደላዪ ሰብ" ተባሂሉ ኣብ መዝገብ ኮምፒተር ወኪል ሃገራዊ ድሕነት ኤርትራ ሰፈረ።

※ ※ ※

ድሕሪ ሰለስተ መዓልቲ

ኤፍሬም ካብ ኣዲስ ኣበባ ተመለሰ፣ ፍረወይኒ ከም ትረኽቦ ተገበረ።

ድሕሪ ሓጺር ዕላል።

"ኣፋንዉኒ ኢልካ ብቐሊሉ የፋንዉኻ ድዮም?" ሓተተ ብምግራም።

"ንስኻኮ ካብ ኣዲስ ኣበባ ተሰጕግካ ዝመጻኻ'ምበር ነባሪ ኤርትራ ኣይኮንካን፣ ሕጂ ድማ ምስ ብዓልቲ ቤትካን ውላድካን ተራኺብካ ኣብ ኣዲስ ኣበባ ትነበር ኣለኻ።"

"ናብ መን'ዩ'ኸ መመልከቲ ዝጸሓፍ?"

"ኣነ ናብ ኣብ ዓዲ ንፋስ ዝርከብ ምምሕዳር ሓይልታት ምክልኻል ኤርትራ'የ ጽሒፈ። ድሓን፡ ጽሓፍ'ሞ ከጣይቐልካ'የ። ናይ ጻዕረይ ጻማ ግና እንታይ ክትከፍለኒ ኢኻ?" ኢላ ብሳሓቕ ክርትም በለት።

"ፍሬታ! እንኮ ድኣ ይቕናዓኒ'ምበር ብዘይ ሕሶት 10 ሽሕ ናቕፋ ክህበኪ'የ።"

ፍረወይኒ ዘይተጸበየቶ ኮና፡ ንቐልዲ ዝሓሰበቶ ዘወናውን ገንዘብ መብጻዓ ተኣተወላ።

"ክንርኢ ኢና! በል ጽባሕ ተቐረብ ኢኻ ናብ ዓዲ ንፋስ ክንከይድ!" ኢላ ኣብ ምዕጕርቱ ስዒማቶ ከደት።

ኮሎኔል ርእሶም ሓበሬታ በጺሑ፣ ምስ ሓላፊ ምምሕዳር ሓይልታት ምክልኻል ኤርትራ ተዘራረቡ፣ ኩሉ ተዋደደ።

ኤፍሬም ብፍረወይኒ ተሰንዩ ናብ ዓዲ ንፋስ ኸደ። መንነት ወረቐት ኣርእዩ ንጀነራል ክዘራረቦ ዝኽእል እንተኾነ ንዋርድያ ሓተተ።

"ቈጸራ ኣለካ ድዩ?"

"እወ፡" መለሰት ፍረወይኒ።

"ሓንሳብ ኣብቲ ጽንሑ፡" ኢሉ ድሕሪ ዓሰርተ ደቒቕ ክኣቱ ኣመልከተሎም። መንነት ወረቐት ኣረኪቡ ምስ ፍረወይኒ ብሓባር ኣተዉ። ነታ ዝጸሓፋ መመልከቲ ኣብ ቤት መዝገብ ማሕተም ኣህሪሙ ናብ ጀነራል ኣተወ። ጀነራል ተመልኪቱ ኣብ ልዕሊ'ታ መመልከቲ ገለ ነገር ጽሓፈ።

"እዚኣ ናብ ክፍለ-ሰራዊት 59 ፊት ቤ/ጽ ኢሚግረሺን ውሰዳ፣ ንሶም ክስልጡልካ'ዮም፣ ደዊለ ክሕብሮም'የ፡" ኢሉ ነታ ደብዳበ ዓሺጉ ብግሩም ክምስታ ኣፋነዎ።

ኤፍሬም ብታሕጓስ ዝብሎ ጠፊኦ፣ ማኪና ብዘይ ልቡ ኣሐምቢቡ ኣብ ቤ/ጽ ክፍለ-ሰራዊት 59 በጽሐ። ነታ ደብዳበ ንጸሓፊ ኣዛዚ ክፍለ-ሰራዊት ሃቦ፣ ኣንቢቡ

ንጽባሒቱ ንግሆ ሰዓት ሸሞንተ ክመጽእ ሓቢሩ ኣፋነዎ። ከም ዝተባህሎ ገበረ፣ ከም ዝተፋነወ መረጋገጺ ወረቐት ረኸበ። እቲ ዝተረፈ ናይ ኢሚግረሽን ጉዳይ ነበረ፣ ንሱ'ውን ሰሊጥዎ ናይ ሸውዓተ ዓመት መውጽኢ ቪዛ ረኸበ። ከም መብጻዓኡ ንፍረወይኒ 10 ሽሕ ናቕፋ ሃባ፣ ፍረወይኒ ንኮሎኔል ርእሶም ሓበረቶ።

"ጾጉ ኩሉ ከም ዝሓሰብናዮ ተሳሊጡ ኣሎ፣ ኤፍሬም ድሕሪ ሳልስቲ ነዲኡ ንሕክምና ናብ ዱባይ ክወስደን'ዩ። ምናልባት'ውን ብኡ ኣቢሉ ናብ ኣዲስ ኣበባ ይኸይድ ይኸውን።"

"ናይ ፍረወይኒ ጉዳይከ?"

"ማለት?"

"ገንዘብ፡ ንዝሓሰብ ኣእምሮ ይደፍን'ዩ። እዛ ሰብ 10 ሽሕ ናቕፋ ኣብ ኢዳ ኣሎ፣ ከይትሰድዕ ማለት ሓበሬታ ከይተስሉኽ ምጥንቃቕ ከድል'ዩ።"

"ኣይትጠራጠር፡ ፍረወይኒ ካብተን ነዊሕ ዓመት ኣብ ንጡፍ ስራሕ ዘለዋ ብሉጻት ሓንቲ እያ። ምስ ኣብራሃም ተዘራረብናሉስ እቲ ገንዘብ ክትወስዶ ፈቒድና ኣሎና። ኣብ ሓደ ውሳነ ኣይበጻሕናን'ምበር፡ ናብ ኣዲስ ኣበባ ከም ዝወስዳ ክንገብር'ውን ሓሲብና ኣሎና። ምኽንያቱ፡ ፌሩዝ ካባኡ ክትእለ ኣለዋ። ስለዚ እታ እንኮ ብዛዕብኡ ብቐረባ ሓበሬታ ክትህበና ትኽእል ፍረወይኒ'ያ።"

"ምጥንቃቕ ዝመስሉዎ ነገር ግና የለን።"

"ከይትሰድዕ እንተ ኾይኑ ፍርሃትካ፡ እሞ ገንዘብ እንተ ኾይኑ ንሰብ ዘሰድዖ፡ ዝኣክል ፈሰስ ክንገብረላ ሓሲብና ኣሎና።"

"ጽቡቕ ኣንቢብካኒ። ኣብቲ እምባፍራሽ ትውንኖ ሆቴል ስራሕ ከም ትቈጸር እንተ ገበርና ዝበለጸ ምኾነ።"

"ግርም ሓሳብ! በል ምስ ኣብራሃም ክንዘራረበሉ ኢና፡" ኢሉ እናስሓቑ ብሓባር ክወጹ ብድድ በሉ።

※ ※ ※

29 ሕዳር

ኤፍሬም ነዲኡ ከሐክም ናብ ዱባይ ከይዱ ድሕሪ ዓሰርተው ሸሞንተ መዓልቲ ናብ ኤርትራ ተመልሰ። ኣብ ምልሶተን ናብ ኣዲስ ኣበባ ምኻድ ብምእባየን ቅር እንተበሎ'ኳ፡ ዓዲ ኣዲኡ ክርዳእ ኣይተጸገመን። ኾይኑ ድማ፡ ጽባሕ ናብ ኣስመራ ዝኣትወሉ ፍረወይኒ ከም ትረኽቦ ተገበረ።

"ትፈልጢ ዲኺ ፍሬታ! ኩሉ ቀልጢፉኒ ምእማኑ'የ ሲኢነ፣ እምባፍራሽ'ሞ ብታሕጓስ ትብሎ ጠፊኡዋ ንዕለቱ'ያ ናብ ዱባይ መጺኣ፣ ምሳና ኣርባዕተ መዓልቲ ገይራ ናብ ኣዲስ ኣበባ ተመሊሳ። ብምንታይ ከም ዘመስግነኪ ኣይፈልጥን'የ፣ እዚኣ ድማ እምባ ዝሰደደትልኪ ህያብ'ያ።"

እቲ ህያብ ወርቂ ኩትሻ፡ ናይ ክሳድን በናጅርን ከምኡ'ውን ቻነል ጨና ነበረ። ፍረወይኒ ብታሕጓስ ጭድድ ክትብል ቍሩብ ተረፋ።

"ኣንታ ኤፊ! ክንደይ ይጽብቕ'ዩ! እንታይዶ ገይረልካ'የ? ዘይ ጉቡእካ ኾይኑ'ዩ

ቀኒዑካ! የ. . .ቓንየለይ!!" ብምባል ብድድ ኢላ ቀላጽማ ኣብ ክሳዱ ጠምጢማ ስዓመቶ።

"በሊ፡ እዚኣ ድማ ናተይ እያ፡" ኢሉ ኣዝያ ክብርቲ ጨና ህያብ ሃባ፣ ተሓጕሰት።

"ኤፊ፡ ከምቲ ልብኻ ከፊትካ ተዕልለኒ ኣነ'ውን ትምኒተይ ክገልጸልካ። ኣነ ካብዚ ዓዲ ክወጽእ ካብ ዝሓስብ ነዊሕ ገይረ'የ። ዱባይ በጺሐ፡ ግና ንዓይ ዝኸውን ዓዲ ኣይኮነን። ሕጂ ግና ምስ ኢትዮጵያ ተዓሪቕና፣ ሰላም ኮይኑ፣ ሓሳበይ ናብ ኣዲስ ኣበባ ምኻድ'ዩ።"

"ናይ ብሓቂ!"

"እወ! ግና. . ."

"እንታይ ግና? መእተዊ ከይትስእኒ?"

"እንድዒ!"

"ስምዕኒ! ኣነ ባዕለይ ዝኸፍሎ ክራይ ገዛ ክረኽበልኪ'የ፣ ክሳዕ ሽዑ እንተ ደሊኺ ምስ እምባ ክትጸንሒ ትኽእሊ ኢኺ። እምባ'ውን ደስ ከም ዝብላ ኣይጠራጠርን'የ።"

"ንሱ ኣይኮነን! ካብ ብቑልዓይ ስራሕ ዝለመድኩ ብምኳነይ ኮፍ ኣይክኽእሎን'የ። ንሱ'ዩ ኸኣ ናብ ዝኾነ ይኹን ሃገር ከይኸይድ ዝዕንቅጸኒ። 'ዎልፈር' ድዮም ዝብልዎ እናበላዕኩ ክነብር! እንድዒ! ኣይክእሎን'የ!"

"ባዕለይ ኣለኹልኪ! ንእምባ መሓዛኣ ኣዘነጋሽ ትበሃል ኣላ፣ ኣብቲ ናታ ሆቴል ስራሕ ከም ትኣትዊ ክገብር'የ!"

"እንተ ተኻኢሉ፡ ምስ እምባፍራሽ ክሰርሕ ደስ ምበለኒ።"

"ጽባሕ ክፍልጠኪ'የ። መዓስ ክትኸዲ ኢኺ ሓሲብኪ ዘለኺ?"

"ኣነ ድኣ እንተ ኾይኑለይ ሎሚ'ኳ ምኸድኩ፡" ኢላ ትዋሕ በለት።

"ድሕሪ ኣርባዕተ መዓልቲ ክኸይድ'የ፣ ምሳይ ዘይትኸዲ!"

"ናይ ብሓቂ! ሕራይ! ንማማ ግና ባዕልኻ ከተእምና ኣለካ ምሳኻ ከም ዝኸይድ።"

"ጸገም የለን! ንማማ ትዕበ ባዕለይ ክዛረበን'የ፡" እናበሉ ኣብ ቤት ብልዒ መሶብ ከዕልሉ ኣምስዮም ናብ ገዛኣ ኣብጺሑዋ ኸደ።

ኮሎኔል ርእሶም ብስቱር ንፍረወይኒ ረኸባ። ኤፍሬም ከም ዝተሰማመዐን ኣብቲ ናይ እምባፍራሽ ሆቴል ስራሕ ከእትዋ ከም ዝተረዳድኡን ዝተዋህባ ህያብን ገለጸትሉ። መምርሒ ክህባ ድማ ንጽባሒቱ ኣብ መገዲ በለዛ ተቛጸሩ።

ኣብ ርክቦም፡ ፍረወይኒ ኮድ 12-13፡ መራኸቢ መስመራ ዱባይ ምኳኑ፡ ካብኡን ብኡን ሓበሬታን መምርሕን ከም ዝወሃባ ተነገራ። ዕማም ስርሓ፡ ኤፍሬም መዓስን ናበይ ከም ዝገይሽን ምሕባር ነበረ። ብወዝቢ ምስኡ ወይ ምስ ብዓልቲ ቤቱ ናብ መቐለ እንተ ኸደት ተባሂሉ ናይ ሽዱሽተ ሰባት ስእሊ ርእያ ከተለልዮም ተዋህባ። ብዘይካ ንስማቸው፡ ንኹሎም ትፈልጦም ምኳና ገለጸት። ኤፍሬም፡ ምስ ሓደ ካብኦም ምስ ዝራኸብ፡ ዕለቱን ሰዓቱን ብዝተመስጠረ ጽሑፍ፡ "ካብ 12-13 ን 11-07 ዝወሃብ፡" ኢላ ናብ ዱባይ ክትልእኽ፡ ኣብ ዘረባኣ ቀ"ጥብቲ፡ እንታይ ይብሉ ብዙሕ ከተቃልብ ከም ዘይብላን ንሳ ዘላቶ ምስ ሰበ ስልጣን ህወሓት ብወዝቢ ምስ ትሳኣል ክትሰድድን፡ ሓንቲ ብኻልእ ሰብ ሽም ዝወጸት ምስ ዱባይ ጥራይ ትራኸበላ ቀ"ጽሪ ተሌፎን ሞባይል ክትሕዝን ብዝተረፈ ንስርሓ ይጥዕም ዝበለቶ ኣካይዳ ባዕላ ክትውስን ተሓቢሩዋ ተፋነወት።

ኤፍሬም ኮድ 27-09 ተዋሂቡዎ ተመዝገበ፣ እቲ ኮድ ኣብ ትሕቲ ቀይዲ ዝኣተወሉ 27 መስከረም 2001 ዘመልክት ነበረ።

ፌሩዝ ንእለቱ ሓበሬታ በጻሓ፣ ካብ ኤፍሬም ክትርሕቕ ተነገራ።

ምዕራፍ 35

ኣስመራ
ቤ/ጽ ስለያ ወጻኢ
ድሕሪ ክልተ ዓመት
ሰኑይ 28 መስከረም 2020
ሰዓት 09፡40

ፍረወይኒ፡ ኮድ 12-13፡ ኣዲስ ኣበባ ኣትያ ከምቲ ዝተበሃለቶ ብስም ካልእ ሰብ ዝተመዝገበት ቊጽሪ ተሌፎን ሞባይል ኣውጺኣ ኣብ ክፍሊ ስለያ ወጻኢ ኤርትራ ከም ትምዝገብ ገበረት።

ኤፍሬም፡ ዘካይዶም መገሻታት፡ ናብ ኤርትራ ኣትዩ ዝወጽኣሉ፡ ናብ ዱባይ ኣብ ዝኸደሉ እዋን ምስ መን ይራኸብ ብሰለስተ ሸነኽ ብደቒቕ ይጽናዕ ነበረ። እታ ናይ 28 መስከረም 2020 መልእኽቲ ግና ፍልይ ዝበለት ነበረት።

"ሓወይ ኣብዚ ቐረባ መዓልታት ናብ ኣስመራ ክኸይድ ሓሲቡ ኣሎ፣ ኣሕዋተይ እንተ ዝተሓባበርዎ ማይ ጸሎት ምተሓጽበ ነይሩ። 12-13" ትብል ነበረት እታ መልእኽቲ።

እቲ እዋን'ቲ፡ ኮቪድ-19 ንምቊጽጻር ካብ ናብ ኤርትራ ዝግበር መገሻታት ተደሪቱ ነበረ።

ኣብ ኣዲስ ኣበባ፡ ብኣሽሓት ዝቝጸሩ ዜጋታት ኤርትራ ናብ ሃገሮም ክምለሱ ተርታ ሒዞም ይጽበዩ ነበሩ። ኤፍሬም፡ ናብ ቤ/ጽ ቆንስላዊ ጉዳያት ኤርትራ ኣዲስ ኣበባ ኸደ። ኣዲኡ ተወጺዐን ኣፈርኩቡ ተጸዊዑ ፍቓድ ክወሃቦ ንሓላፊ ቆንስላዊ ጉዳያት ሓተቶ። ከም ዘይከኣል ነጊሩ ንዝኾነ እንተታት ግና ተሌፎን ቊጽሪ ክገድፍ ነጊሩ ኣፋነዎ።

ኮሎኔል ርእሶም፡ ካብ 12-13 ዝተሰደደትሉ መልእኽቲ ሰኑይ ንግሆ'ዩ ረኺቡዋ፣ ናብ ሓላፊ ቆንስላዊ ጉዳያት ኣዲስ ኣበባ ደወለ።

"ርእሶም! ንሕና ምስዚ ናብ ኤርትራ ክምለስ ለይትን መዓልትን ዝውትውተና ዘሎ ህዝቢ ከመይ ጌርና ኢና ነዚ ትማሊ መጺኡ ዝሓተተና ፍቓድ ንህቦ? ቀኍሩብከ ሕልና የብልካን ድዩ? ሰብ ዘለዎ ክሰልጦ ዘይብሉ ኣብዚ ክዕስትኽ? ተርኡ ይጸበ!"

"ኣነ እቲን እዚን ኣይብለካን'የ፣ ንዘጋጥም ጉዳይ ግና ባዕልኻ ተሓታቲ ትኾነሉ፣ ካብኡ ሓሊፈ ክህበካ ዝኽእል ሓበሬታ የብለይን፣ ሕሰበሉ!" ኢሉ ልዓት ተሌፎን ኣንቢሩ ናብ ቆንስላዊ ጉዳያት ኣስመራ ሓላፊት መገሻታት ወጻኢ ሃገር ደወለ፣ ዝረኸቦ መልሲ ካብቲ ናይ ኣዲስ ኣበባ ዘይፍለ ነበረ። እቲ ዝነበረ ኣማራጺ ሓላፊ ወኪል ሃገራዊ ድሕነት ኤርትራ ጀነራል ኣብራሃም ባዕሉ ክድውል ነበረ፣ ደወለ ኸኣ። ትእዛዝ ብምንባሩ ብሸነኽ ኣዲስ ኣበባ ኾነ ኣስመራ ንእለቱ እቲ ትእዛዝ ተፈጸመ። ካልእ ኣዋጣሪ ጉዳይ ግና ኣጓነፈ፣ ኤፍሬም፡ ኣስመራ ምስ ኣተወ ክውሸብ ነይሩዎ። ኮሎኔል ርእሶም ደንጉዩ'ዩ ሓሲቡዎ፣ ናብ ሓላፊት መገሻታት ወጻኢ ሃገር ደወለ። እቲ ዝተረቐሐ ሰብ ሓንቲ ለይቲ ሓዲሩ ምርመራ ተኻይድሉ እንተ ወሓደ ዓሰርተ ሰባት ምስኡ ክወጹ፣ ናይቶም ዝወጹ ሰባት ዝርዝር ኣስማት፡ ተሌፎንን ምሉእ ኣድራሻን ክስደደሉን ምሉእ ሓላፍነት ባዕሉ ከም ዝስከምን ነገራ፣ ኣዝዩ ደንጸዋ፣ እቲ ዝመጽእ ሰብ እንታዋይ ስለ ዝኾነ'ዩ ኢላ።

※ ※ ※

ረቡዕ 30 መስከረም
ሰዓት 17:15

ኮሎኔል ርእሶም፡ "እቲ ቅድሚ ክልተ ዓመት ዘላለኽኒ ሰብኣይ መሓዛኺ ናብ ኣስመራ ክመጽእ ምዃኑ ነጊሩኒ ኣሎ፣ ባዕለይ ክቕበሎ'የ፣ ዝኣትወሉ ሰዓት ሓቲትኪ ንገርኒ፡" ትብል ዝሰደዳ መልእኽቲ ፌሩዝ ካብ ኣዲስ ኣበባ ናብ መቐለ እትው ምስ በለት ተቐበለታ። ነታ መልእኽቲ ፈቲሓ ናብ እምባፍራሽ ደወለት፣ ኤፍሬም ናብ ኣስመራ ክኸይድ ምዃኑ ኣረጋገጸት።

30 መስከረም ነፋሪት መገዲ ኣየር ኢትዮጵያ ኣብ መዓርፎ ነፈርቲ ኣስመራ ዓለበት፣ ኮሎኔልን ሜጀር ጸጉን ካብ ነፋሪት ዝወረዱ ገያሾ ይከታተሉ ነበሩ። ንኤፍሬም፡ ምስ ሓንቲ ኣደ ከዕልል ርኣይዎ። ናብ ኤርትራ ካብ ዘይመጽእ ዓመት ኾይኑዎ ነበረ። መስርሕ ቍጽጽር ሓሊፉ ናብ ኣውቶቡስ ተሳፊሩ ንውሸባ ናብ ሆቴል ኒያላ ኣምረሐ።

※ ※ ※

ሓሙስ 1 ጥቅምቲ

ኮሎኔል ሰለም ከየበለ ሓደረ፣ ናብ ሜጀር ጸጉ ደዊሉ ሰዓት ሸውዓተ ኣብ ቤት ጽሕፈቱ ክመጾ ነገሮ።

ልክዕ ኣብታ ህሞት'ቲኣ ጀነራል ኣብራሃም ተሌፎን ደዊሉ፡ "ርእሶም፡ ሰዓት 07፡ 30 ምጽኣኒ፡" ኢሉ ዓጸዋ። ኵሎም ድቃስ ኣይረኸቡን፣ ተርባጽ ዓሲሉዎም ነበረ።

ሰዓት 07፡00

ኮሎኔል ርእሶም፡ ሓደ ሰዓት ኣቐዲሙ ናብ ቤት ጽሕፈቱ ኣትዩ ኣድለይቲ ዝብሎም ሰባት ረቑሑ ኣብ መዘክር ደብተሩ ኣስፈረ። "ኤፍሬም ንምንታይ ኮን መጺኡ ይኸውን?" ኢሉ ኣዕሚቑ ሓሰበ። ንፌሩዝ ካብ ኤፍሬም ዘርሓቓ ልክዕ ውሳነ እንተነበረ'ኳ፡ ምሉእ ስእሊ ኤፍሬም ግና ኣይነበሮምን። እታ ሓንቲ ካብ ፍረወይኒን ካልእ ሸነኽን ዝረኽብዎ ዝነበሩ ሓበሬታ ኣብ መንጎ እምባፍራሽ፡ ኤፍሬምን ኣዘነጋሽን ዝነበረ ዝምድና፡ ኤፍሬም ብቐጻሊ ናብ መቐለ ይኸይድን ብፍቕሪ እምባፍራሽ ዝዓወረ ምንባሩን ጥራይ ዘይኮነ ኣብ ዱባይ'ውን ዝተረኽቦ ነገር ኣይነበሮን፣ ተጠራጠረ።

ከምኡ ይኹን'ምበር፡ ኣብ መስከረም 2020 ዝተኻየደ መረጻ ትግራይ ኣመልኪቱ ብ 15 መስከረም ዝተዳለወ ድግስ ስለስቲኦም ተዓዲሞም ኣብ ዝኸዱሉ፡ ፍረወይኒ'ውን ምሳኣቶም ከይዳ ነበረት፣ ብሰናይ ድልየት እምባፍራሽ።

ኤፍሬም፡ ኣብ መቐለ ፍልይ ዝበለ ዉዕዉዕ ኣቀባብላ ከም ዝተገበረሉ ዝሕብርን ብሓባር ምስ ዝተፈላለዩ መሪሕነት ህወሓት ዝተላዓልዎ ስእሊ ፍረወይኒ ኣቐድም ኣቢላ ሰዲዳ ብምንባራን፡ ኮሎኔል ነቲ ስእልታት ደጊሙ ደጋጊሙ ተመልከቶ። ፌሩዝ፡ በላቸው፡ ኣመሓዳሪ ክልል ትግራይ፡ ኣዛዚ ፍሉይ ስርሒታት ጀነራል ካሕሱ ኣየነው፡ ኤፍሬምን ካልኦትን ኣብ ሓደ ሰደቓ ኾይኖም ከዕልሉ ተመልከተ ስእሊ ግና ንኣቓልቦኡ ስሓቦ። እቲ ስእሊ እምባፍራሽ'ያ ብሞባይል ኣልዒላቶ። ፍረወይኒ፡ ብጌጋ'ውን እንተኾነ፡ ኣብ ዕድመ ኾነ ኤፍሬም ወይ እምባፍራሽ ምስ ሰበ ስልጣን ህወሓት ኣብ ዝራኸቡሉ ስእሊ ከይተልዕል ጥብቂ ትእዛዝ ተዋሂቡዋ ነበረ፣ ጥርጣረ ንምውጋድ። ስለዚ፡ እንኮ ምንጪ ሓበሬታኣ፡ እምባፍራሽ'ያ። ኾይኑ ድማ፡ እቲ ስእሊ ምስቲ ብሓባር ከስኣልኦ ዘምሰያ ብምንባሩ፡ ፍረወይኒ ዕድል ረኺባ ብ*ሸር ኢት* ናብ ሞባይላ ኣስገረቶ። ንእለቱ ብዱባይ ናብ ኣስመራ ሰደደቶ። ኮሎኔል ነቲ ስእልታትን ካብ ዝተፈላለየ ኵርናዕ ዝመጾ ሓበሬታን እናጋማደሐ ከሎ ማዕጾ ተኳሕኳሐ፣ ሜጀር ጸጉ'ዩ።

"ጸጉ፡ ነቶም ምስ ኤፍሬም ካብ ውሸባ ዝወጹ ማካይን ቐርበሎም፣ መጀመርያ ንኤፍሬም ናብ ገዝኡ ኣብጽሕዎ፣ ምስ ኣውረድኩሞ ንእለቱ *ሚሲድ ኮል* ግበሩለይ፡ እንታይ ከም ትገብሩ መምርሒ ክህበኩም'የ። ማካይን ካብ ኢሚግረሽን ውሰዱ፡ መራሕተን ካብቶም ናትካ ኣባላት ይኹኑ።"

"ክንደይ ማካይን ክንወስድ?"

ኮሎኔል ንኻልኢታት ሓሰበ፣ "ሰለስተ፡" ኢሉ ክምስ በለ።

"ብሰንኪ ኤፍሬም ዘይምርድዳእ ከይፍጠር ተሓሲቡሉ ድዩ?"

"ኣብራሃም ንሚኒስተር ቱሪዝምን ጥዕናን ባዕሉ ክድውለለን'ዩ፣ ንሓላፊት መገሻ ወጻኢ ሃገር ድሮ ነጊረያ ኣለኹ። ካልእ፡ እዞም ዝስዕቡ ሰባት ካብ ዘለውዎ ኣሃዱ ተሳሒቦም ኣብ ትሕቲ ናትካ ትእዛዝ ይጽንሑ፡" ኢሉ ዝርዝር ኣስማት ኣቐበሎ።

"ንመዓስ?"

"ትማሊ እንተ ዝኸውን ምፈተኹ፣ ዝኾነ ይኹን መግለጺ ምሃብ ኣየድልን'ዩ፡" ኢሉ ከፋንዎ ብድድ ምስ በለ፣

"ካብ ንያላ መዓስ'ዮም ክወጹ?"

"ድሕሪ ቐትሪ፣ ክሳዕ ሽው እቶም ሂበካ ዘለኹ ሰባት ኣኻኽቦም።"

ሰዓት 07:30

ኮሎኔል ርእሶም ማዕጾ ኳሕኲሑ ኣተወ።

"ርእሶም ኣብ ምንታይ በጺሕኩም?" ሓተተ ጀነራል ኣብራሃም።

"ኤፍሬም ኣብ ሆቴል ንያላ ኣትዩ'ሎ። ንጸጉ መምርሒ ተዋሂቡዎ ክሳዕ ሰዓት 16:00 ድልው ክኸውን ተነጊሩዎ'ሎ። ምስ ሓላፊት መገሻታት ወጻኢ ሃገር ተረዳዲእና ኣሎና። ኣኼባ ጠረጴዛታትን ክፍሊ ሓለዋ መራሒ መንግስትን ንሰዓት 14:00 ተጸዊዑ ኣሎ።"

"ንሓይሊ ዕማም ኮቪድ-19 ተሓቢሩዎም ድዩ?"

"ንስኻ እንተ ነገርካዮም ዝሓሸ'ዩ። ምኽንያቱ ናብ ተሰነይ ክኸይድ ክደሊ'ዩ፣ ውራይ ትካሉ ክገብር። ስለዚ፡ ናብ ዝኾነ ቦታ ብዘይ ናይ ሰዓት ገደብ ክንቀሳቐሶ ዝኽእል ፍቓድ ይወሃቦ ምእንታን ተልእኾ ኣለዎ እንተኾይኑ ክፍለጥ . . ." ኢሉ ከይወደአ ሞባይሉ ኣድመጽአት፣ ካብ ኣሕመድ ዜን'ያ።

"ሃለው፡"

"ወዲ ጉዕሽ : መልእኽቲ ኣላትካ ሕጂ ርኣያ።"

"ኮይስ፡" ኢሉ ንጀነራል ኣብራሃም ኣመንጉዩ ናብ ቤት ጽሕፈቱ ከይዱ መልእኽቲ ኢመይል ከፈተ። ዝመጾ መልእኽቲ ናብ ወረቐት ሓቲሙ ናብ ጀነራል ተመልሰ።

"ይግረምካ፡ ካብ ፈሩዝ መልእኽቲ መጺኣትና፣ ከንብበልካ፣ 'ሰብኣይ መሓዛይ ናይ መልእኽትኻ መልሲ ሒዙልካ ትማሊ ኣስመራ ኣትዩ ኣሎ። ምስታ ክሳብ ሕጂ ዘይተፋለጥና ቤተ ሰበይ ኣላልዩኒ። ኣነን ብዓል ቤተይን ናብ ኣስመራ ክንመጽእ ስለ ዝኾንና ዝካረ ገዛ ክደልየልና ነጊረዮ ኣለኹ። 21-06'" ኢሉ ነተን ዝሰደደትሉ ስእሊታት ኣቐቢሉ ዓይኒ ዓይኑ ተመልከቶ።

"እንታይ ማለታ'ዩ?"

"ቀስ ኢልና'ስኪ ክንሓስብ፣ ምስ ካፐተን ዘርይሁን ዘራኽብ ከም ዘለዎ ግና ዘጠራጥር ኣይኮነን።"

"እዚ ስእሊኸ?"

"እዚኣ ፍረወይኒ እያ፣ ናትና ሰብ'ያ። ቅድሚ ክልተ ዓመት ኢና ኣሱሊኽናያ፡" ኢሉ ሰዓቱ ርእዩ ብድድ በለ።

ፈሩዝ፡ ናይ ፍረወይኒ ስእሊ ዝሰደደትሉ ምኽንያት ከምቲ ብዛዕባ ኤፍሬም ዝሓሰበቶ "እንታወይቲ ኮን ትኸውን?" ካብ ዝብል ሓሳብ ንኮሎኔል ሓበሬታ ንምሃብን መንነታ ከጻርዩን ነበረ።

ምዕራፍ 36

መቐለ
ኣዳራሽ ሓወልቲ ስዉኣት
ቅድሚ ክልተ ሰሙን
ሰሉስ 15 መስከረም 2020
ሰዓት 19፡00

ትግራይ፡ መረጻ ኣካየደት፣ ህወሓት ብ99 ሚእታዊት ተዓወተ። ድግስ ኣብ ኣዳራሽ ሓወልቲ ስውኣት ተዳለወ።

ፌሩዝ ናይ ክብሪ ዕድምቲ ብምዃን ተዓደመት። ተመላኺዓ ናብቲ ዕድመ ምስ በላቸው ረዳኢ ከደት። ኣብቲ ንዕኦም ተባሂሉ ዝተሓዝአ መኰፈሊ መንበር ቅድሚ ምቕማጣ ነቶም ኣብቲ ሰደቓ ዝነበሩ በብሓደ ስዓመቶም። ብፍላይ ንኣመሓዳሪ ክልል ትግራይ፡ 'እንቛዕ ኣሐጐሰካ!' ኢላ ቅልጽማ ኣብ ክሳዱ ጠምጢማ ስዒማ ናብ መኰፈሊኣ ክትከይድ ሓደ ዘይተጸበየቶ ጋሻ ርኣየት፣ ኤፍሬም ገብረዝጊ። ንሱ፡ ናይ ክብሪ ዕዱም፡ እምባፍራሽን ኣዘንጋሽን ድማ ካብተን ንህወሓት ብርክት ዝበለ ወፈያ ዝገብራ ተባሂለን ብመገዲ በላቸው ረዳኢ ፍሉይ ዕድመ'ዩ ተገይርለን።

ፌሩዝ ምቕሉል ናይ ኢድ ሰላምታ ሃበቶ'ሞ፡ በላቸው መንበር ስሒቡ ኣቕመጣ።

"ብኸመይ ተዓዲሙ? ምስዞም ሰባትከ እንታይ ኣራኸቦ? ኣስመራ ትፈልጥዶ ትኸውን? ናትና ሰብዶ ይኸውን?" ዝብሉ ሕቶታት ንኣእምሮኣ ብሓቶ።

"ምስ ኤፍሬም ትፋለጡ ዲኹም?"

"እወ፡ ሓደ መዓልቲ ኣብ ሆቴል ካፒታል ብሓባር ተደሪርና። መንያ . . ."

"እምባፍራሽ፣"

"እወ! ከመይ ኣላ?"

"መጺኣ ኣላ፡" በላ በቲ ስብርባር እንግሊዘኛኡ።

ቡፌ፡ ብኣመሓዳሪ ክልል ትግራይ ተኸፊተ፣ ኩሉ በብተራ ወሰደ፣ ጠራሙስ ዊስኪ ቆራዕራዕ እናበለ ኣድመጽአ፣ ጓይላ ዓመረ።

በላቸው፡ ካብ ፌሩዝ ዘይሓይሽ ክልተ ናይ ጸጋም እግሪ'ዩ ዘለዎ፣ ሳዕስዒት ኣይናቱን'ያ፡ ብጸቱ ፎር ዊል'ዩም ዝብልዎ፣ ከስዕስዕ ኸሎ ኩሉ ኣካላቱ'ዩ ዝንቀሳቐስ። "ንዕናይ ንሳዕስዕ" ኢሉ ንፌሩዝ ኣተሰኣ፣ ንኤፍሬም'ውን ብኢዱ ሒዙ ወሰዶ።

ኤፍሬም ብዘይ እምባፍራሽ ሳዕስዒት ኣይብረሆን'ዩ፣ ሓንሳብ ኣኹዲዱ ናብ ቦታኡ ተመልሰ ።

"ኤፍሬምን እምባን ተመርዕዮምዶ? መቸም፡ ታሪኽም ምስ ኣዕለለትኒ ኣዝየ'የ ተደኒቐ!"

"ኣይተመርዓዉን! ኤፍሬም ሓያል ሰብ'ዩ፣ ናትና ሰብ'ዩ። ብቐረባ ከነፋልጠኩም ኢና፣ ብሓባር መታን ክትሰርሑ። ሻዕብያ ኣሳቕዩ'ዩ ካብ ካርሸሊ ኣውጺኡዎ . . ." ኢሉ ከይወደአ እምባፍራሽን ኣዘነጋሽን ንፌሩዝ መንጢለንአ ከዳ። ዕላለን፡ ኢድን ርእስን እናሓወስካ'ዩ፣ ብቛንቋ ስለ ዘይረዳድኣ። ግና ከም ደቂ ኣንስትዮ መጠን ክይተዛረባ ክረዳድኣ ኣይተጸገማን፣ ኵሕሊ፡ ኣዝማልቶ፡ ጨና፡ ክዳን፡ ጫማ የረዳድአን'ዩ። ሳዕሲዔን ድማ ናብ ቦታኣ መለሳኣ።

ፌሩዝ ብዛዕባ ኤፍሬም ክትሓትት ኣይደለየትን፣ ንጥርጣሬ መስኮት ከይተርሑ።

ኤፍሬም ምውቕውቕ ኢሉዎ ነበረ። ሓንሳብ ምስ እምባፍራሽን ኣዘነጋሽን ጸኒሑ ምስ በላቸውን ፌሩዝን ክስዕስዕን ምስ ዝተፈላለዩ ሰበ ስልጣን ክሳኣልን ኣምስየ።

ድግስ ተወደአ፣ ነናብ ቤቶም ኣምርሑ።

ኣብ ካልኣይ መዓልቲ ናይቲ ድግስ፡ ኤፍሬም ምስ መማጽእቱ ናብ ኣዲስ ኣበባ ተመልሰ ።

ፌሩዝ፡ ንእምባፍራሽ ክትቐርባ ሓሰበት፣ ግና ነግ ፈረግ በለት። ንኤፍሬም ኣይትቕረብዮ ትብል ትእዛዝ ቀይዳታ ኣስቀጠት።

ምዕራፍ 37

ኣስመራ
ወኪል ሃገራዊ ድሕነት ኤርትራ
ኣዳራሽ ኣኼባ
ሓሙስ 1 ጥቅምቲ 2020
ሰዓት 14፡00

ኮሎኔል ርእሶም ትንፋስ ዝኸልእ ዕማም'ዩ ተሰኪሙ፣ ንኹሎም ኣካላት ከወሃህድን መምርሒ ክህብን ኣኼባ ከውድብን። እቲ ናይ ሰዓት 14፡00 ኣኼባ፡ ኣዛዚ ጠቕላሊ ስታፍ ሓይልታት ምክልኻል፡ ሓላፊ ወኪል ሃገራዊ ድሕነት ጀነራል ኣብራሃም፡ ሓላፊ ጸጥታ ውሽጢ ሃገር ጀነራል ካሕሳይ፡ ሓላፊ ሓለዋ መራሒ መንግስቲ ጀነራል ፎኣድ፡ ኣብ ስለያ ወጻኢ ሓላፊ ሰደቓ ኤውሮጳ ኮሎኔል ፍጹም፡ ሓላፊ ሰደቓ ኣመሪካ ኮሎኔል እስማዒል ዝተረኽቡሉ ነበረ።

"ከም ትፈልጥዎ፡ እዚ ጉዳይ ካብ 2010 ኣትሒዝና ክንከታተሎ ብቐጻሊ ሓበሬታ ከዋሃበኩም ዝጸንሐን'ዩ። ከም እንርእዮ ዘለና፡ መርበብ ስለያ ወያነ ዝተፈላለየ ማስኬራ ለቢሱ ክንቀሳቐስ ጸኒሑን ኣሎን። እቲ ቀንዲ ድማ፡ ኣብ ወጻኢ ሃገር ዝግበር ውዳበ'ዩ። ሃሱሳት ኤርትራውያን ኣዋፊሩ፡ ደቂ ወጻኢ ዓሲቡ፡ ኣብ ዝተፈላለየ መጋበእያታትን ማዕከናት ዜናን ጋዜጣታትን ዘካይዶ ዝነበረ ምድዋን ምስሊ ኤርትራን ምስይጣን ሰበ ስልጣናታን ኣብ ሓጺር እዋን ከብቅዕ ኣለዎ። ልክዕ'ዩ፡ ጉዳይ ካፕተን ዘርይሁን ኣብ ጽብብ ዝበለ ዓንኬል ኢና ሒዝናዮ ዘለና፣ ከይጋፋሕን ስልኳ ሓበሬታ ክዕቀብን። ስለዚ፡ ኣብ ናይ መወዳእታ መድረኽ በጺሑ ስለ ዘሎ ርእሶም መብርሂ ክህበና'ዩ፡" ብምባል ጀነራል ኣብራሃም ነቲ ኣኼባ ከፈቶ።

"ብዙሕ መብርሂ ዘድልዮ እንተ ዘይኾነ'ኳ፡ ሓደ ሓድሽ ተርእዮ ግና ተኸሲቱ ኣሎ። ኤፍሬም ገብረዝጊ ዝተባህለ ልኡኽ ወያነ ሎሚ ንግሆ ኣስመራ ኣትዩ ኣሎ።

ተልእኾኡ እንታይ ምዃኑ ብሕጂ ኢና ክንርእዮ። ንምክትታሉ ዝኣክል ውዳበ ተገይሩ ኣሎ፣ ነተን ዝምልከተን ብፍላይ ክፍሊ ሓለዋ መራሒ ሃገር ጽኑዕ ሓለዋ ክካየድ መምርሒ ሂብና ኣሎና፣ ንኽፍሊ ጸጥታ ውሽጢ ሃገር'ውን ከምኡ። ምእንታን ሓድሕድ ምግጫው ከየስዕብን ሓበሬታ ከይሰልኽን ምክትታል ኤፍሬም ብኣባላትና ክካየድ'ዩ ተመዲቡ። ሓገዝ ምስ ዘድሊ ዝምልከተን ክፍልታት ኣብ ተጠንቀቕ ክጸንሓ ተሓቢርወን ኣሎ። እቲ ናይ ምክትታል መስርሕ ካብ ሎሚ ሰዓት 16፡00 ክጅምር'ዩ፣ ነቶም ዝምልከተኩም ሓለፍቲ በብእዋኑ ሓበሬታ ክዋሃበኩም'ዩ፡" ኢሉ ናብ ኣዛዚ ጠቕላሊ ስታፍ ሓይልታት ምክልኻል ጠመተ።

"ርእሶም፡ እዚ ጉዳይ ጽቡቕ ውዳበን ምክትታልን ጌርኩምሉ ከም ዘለኹም ዘጠራጥር የልቦን። ምስ ኩነታት ኮቪድ-19 ብኸመይ ኣሳኒኹሞ ኣለኹም?"

"እዚ ሰብ ምንቅስቓሳቱ ክድረት የብሉን፣ ኣብ ዝደለዮ ሰዓት ናብ ዝደለዮ ቦታ ክኸይድ ክንገድፎ ኢና። ንዕኡ ዝከታተሉ ኣባላት መዲብና ኣሎና። ኣብ ኣስመራ፡ ኣብ ፍሉያት ቦታታት ጽኑዕ ሓለዋ መዲብና ኣሎና፣ ከምኡ'ውን ሓለዋ መራሒ ሃገር። ካብቲ ካብ ነዊሕ እዋን ኣትሒዝና ብፍላይ ዕላማ ወያነ እንታይ ምዃኑ ዝሕብር ኣብ መወዳእታ ነሓሰን መጀመርያ መስከረምን ካብ ፈሩዝን ካልኦት ምንጭታትናን ዝረኸብናዮ ሓበሬታ ተመርኲስና፡ ምናልባት ምስ ካፐተን ዘርይሁን ምትእስሳር ከይህልዎ ኣብ ምክታታል ኣለና። ክኸደን ይኽእል'ዩ ኢልና ገሚትናየን ዘለና ከተማታት፡ ጎሊጅ፡ ተሰነይ፡ ዓዲ ቐይሕ፡ ደቀምሓረ፡ ዓዲ ኺላ፡ መንደፈራ፡ ማይ ሓባርን ባጽዕን'የን። ካብ ሎሚ ንግሆ ኣትሒዝና ናብዘን ከተማታት ሰባት ሰዲድና ኣሎና። ኣብ ኣስመራ ድልየታቱ ብቐረባ ዝከታተልን ዘድልዮ ነገራት ዝሕብረናን ሰብ ጌርናሉ ኣሎና። ፍቓድ መገሻ ምስ ዘድልዮ፡ ናበይ ከይዱ ክሓትት ከም ዘለዎ ክሕብሮ'ዩ። ስለዚ፡ ካብ ቍጽጽርና ወጻኢ ኣይኮነን ዘሎ።

"ሽሕ'ኳ ዘይትዕድልቲ እንተኾነ፡ ኮቪድ-19 ዓቢ ሓገዝ ኾይኑና ከም ዘሎ ርዱእ'ዩ፣ ማለት፡ ምንቅስቓሳቱ ብቐሊሉ ክንቈጻጸሮን እቲ ዝመጽእ ኵነታት ኣብ ትሕቲ ቁጽጽርና ከነእትዎን ምቹእ ሃዋሁው ፈጢሩልና ኣሎ። ከምቲ ጀነራል ገረዝጊሄር (ውጬ)፡ "ጻላኢ ዓሻ'ዩ! ካብዚ ገጢሙዎ ዘሎ ስዕረት ክማሃር ተስፋ ንገብር፣ እንተ ዘይኮነ ግና ባዕልና ንምህሮ!" ዝበሎ፡ ወያነ'ውን እቲ ኣብ ባይታ ዘሎ ውሁብ ኵነታት ኣንፈቱሉ ኢዱ ናብ ኤርትራ ዊጥ ካብ ምባል እንተ ተቘጠበ ጽቡቕ፣ ኣይኮነን ግና ኣጸብዕቱ ሓንሳብን ንሓዋሩን ክንንምደን ኢና፣ ንስኹም ድማ ግብኣተ መሬቱ ተርእዩና ትኾኑ፡" ምስ በለ ኵሎም ትዋሕ በሉ። እቲ ናይ ሓበሬታ ኣኼባ ሓጺር'ዩ ነይሩ። ጀነራል ኣብራሃም መዕጸዊ ዘረባ ኣስሚዑ ነናብ ውራዮም ከዱ።

ሰዓት 16፡00

ሜጀር ጸጉ፡ ኣድላዩ ዘበለ ምድላዋት ወዲኡ ነብሲ ወከፈን 15 ሰባት ዝሕዛ ሰለስተ ሚኒ ባስ ማካይን ኢሚግረሽን ናብ ሆቴል ንያላ ሰደደ። ዓሰርተ ሰባት ካብቲ ሆቴል ወጺኦም ኣብ ነብሲ ወከፈን ሰለስተ ገያሾ ተሳፈሩ። እታ ቀዳመይቲ ማኪና ተበገሰት፣ ሰኒታ በጺሓ ንኤፍረም ኣውረደቶ፣ ኣመስጊኑ ናብ ገዛኡ ኣተወ።

ማኪና ተበጊሳ ነዊሕ ከይኸደት ሞባይል መራሒ ማኪና ደወለት፣ መልእኽቲ

ተወሃቦ፣ ማኪና ናብ ሆቴል ንያላ መለሳ፣ እተን ክልተ'ውን ድሮ ተሳፈርቲ ከውርዳ ጸናሓ። ገያሾ ተደናገሩ፡ እንታይ ተረኺበ እናበሉ።

"ይቕሬታ፡ ካብ ሚኒስትሪ ጥዕና ሓበሬታ መጺኡና ኢና መሊስናኩም። ኣብታ ቅድሚኹም ዝኣተወት ነፋሪት ብኮቪድ-19 ዝተለኽፉ ስለ ዝተረኽቡ ንስለ ውሕስነትኩምን ውሕስነት ቤተ-ሰብኩምን ንቑሩብ እዋን ኣብዚ ክነጽናሓኩም ኢና፡" ኢሉ መራሕ ማኪና ኣውሪድዎም ተመርቀፈ።

ኣደይ ተመርጸ ወደን ብምርኣየን ዓለላ፣ ኤፍሬም ሩፍታ ተሰመዖ። ብዝነበሮ ተርባጽ ምሉእ ለይቲ ሰለም ስለ ዘየበለ ብኾፉ ግምስስ በለ።

※ ※ ※

ዓርቢ 02 ጥቅምቲ
ሰዓት 10:00

ኤፍሬም ሰዓት ሸውዓተ ካብ ድቃሱ ተበራቢሩ ነብሱ ተሓጺቡ ምስ ኣዲኡ ቡን እናሰተዩ ምቊር ዕላል ሒዞም ነበሩ። ሞባይሉ ደወለት፣ እምባፍራሽ'ያ።

"እምባ፡ ሓሲኻ ከይትብልኒ'ምበር ክድውለልኪ እዛ ሞባይል ካብ ኢደይ ኣይፈለኹዋን።"

"ፍቕረይ! ይኣምን'የ፣ ስኢነካ ምሉእ ለይቲ'የ ክገላበጥ ሓዲረ፣ ኣቕሪርካኒ።"

"ኣነ'ውን! ይግረምኪ ምስ ማማ ቡን እናሰተና ካብ ኣፍና ኣይፈለናክን።"

"ማማ ከመይ ኣለዋ? ከመይ ጸኒሖናኻ?"

"ዘሎ የብላን ዲዕዲዕ ትብል ኣላ! እንኪ ኣዛርብያ'ሞ ክድውለልኪ'የ።"

"ማማ ከምይ ኣለኽን?"

"ዋይ ጓለይ! ከመይ ኣለኺ? ኣንቲ እምባ! እንታይ ድኣ ንሀያብ ምስ ኣቡኡ ዘይምሰደድክዮ?"

"ኣብዚ ቐረባ እዋን ክንመጽእ ኢና ማማ፣ ጥዕና ትረኽባዶ ኣለኽን?"

"መስገኖ እምባ ጓለይ። ስድራኺኸ ድሓንዶ ኣለዉ?"

"ድሓን'ዮም ማማ።"

"ጽቡቕ'ዛ ጓለይ።"

"ማማ፡ ኣብዚ ምስ ወድኽንን ወዲ ወድኽንን ክትዛናግዓ ዘይትመጻ። ብዓል ስምኦን'ውን ከምኡ'ዮም ዝብሉ ዘለዉ።"

"ሓቅኺ! ወሊድካ ከም ዘይወለድካ ብጽምዋ ክትብላዕ መርገም'ዩ፣ እንታይ'ግበር ኾይኑ፡ ዓዲ'ማቶም ፈትዮም። ወሊድና ከም ዘይወለድና ኮይንና። እምባ ጓለይ፡ ሸሻይ ዓድኻ ገዲፍካስ ዓዲ ጓና!"

"ማማ፡ እዚ'ሞ መዓስ ዓዲ ጓና ኾይኑ፣ ዓድኽን እንድ'ዩ።"

"ሓቅኺ እዛ ጓለይ!" በላኣ ብዓል ቤተን ኣቦይ ገብረዝጊ ተሓባባሪ ወንበዴ ተባሂሎም ኣብ ማሕቡስ ዝወረዶም ኣሰቃቒ መግረፍቲን ዝበጽሖን ከልበትበትን ሓንቲ

ዓለን ኣብ ካልኣይ ወራር ኣብ ባድመ ዝተሰወአትን ተራእይወን ንብዓት ቛጸራ።

"እሞ ምስ ኤፍሬም ምጽኣ'ሞ፡ ምሳና ክትቅንያ።"

"ሕራይ'ዛ ዓለ! በሊ እንኪ ንኤፍሬም፡" ኢለን ብነጸላአን ኣዒንተንን ኣፍንጫአንን ክሕብሳ ዝርኣየን ኤፍሬም፣

"እምባ ጸኒሐ ክድውለልኪ'የ፡" ብምባል፡ "ማማ ናፊቕኪ ዲኺ!" ኢሉ ተሲኡ ሓቘፈን።

"ኤፍሬም ወደይ፡ ርእየካ ተሓጒሰ፣ የግዳስ ሓዳር ኣርሒቕካ፣ ዘይናትካ ፈቲኻ። እሞ . . ."

"ኣንቲ ማማ፡ ወሊደ'ሞ እንታይ ክገብር! ክድርብዮ?" እናበሉ ቡን ክሳዕ ሳልሳይ ሰትዮም ብድድ ክብሉ ፍረወይኒ ደወለት።

"ወይለይ! ተማኺርክን ዲኽን ትድውላ ዘለኽን!"

"እንታይ ድኣ ደሊኻ! ከመይ ኣቲኻ? ኣብ ውሽባ ዲኻ ዘለኻ?"

"ይግረምኪ! ዓሰርተ ሰባት ንኸውን መርሚሮም ኣውጺኦምና፣ እቶም ካልኦት'ውን ይወጹ ይኾኑ'ዮም። ትም ኢልካ ቤላ ቤለው'ዩ።"

"እንታይ ትብል? እሞ ተሰነይ ክትከይድ ኢኻ ማለት'ዩ!"

"ፍሉይ ፍቓድ የድልየካ'ዩ።"

"እዋእ፡ በል ዕጸዋ'ሞ ንሄኖክ ክሕግዘካ ክድውለሉ'የ፡" ኢላ ሞባይል ዓጸወት።

ሓበሬታ ናብ ኮሎኔል በጽሐ። ሄኖክ ናብ ቤ/ጽ ተጸወዐ፡ ክገብሮ ዘለዎ ሓበሬታ ተዋሃበ።

ድሕሪ ቍሩብ ደቓይቕ፡ ሞባይል ኤፍሬም ደወለት።

ሄኖክ'ዩ፣ ድሕሪ ከመይ መጺእኻ ዕላል፡ ፍቓድ ምንቅስቓስ ማኪና ዝረኽበሉ ተኽእሎ ተዛተዩ።

"ብዝኾነ፡ ድሕሪ ቐትሪ ንራኸብ'ሞ ኣብ ምምሕዳር ክንሓትት። እንተ ዘይኾነ ብቤ/ጽሕፈትና ደብዳበ ክንጽሕፈልካ።"

"እንታይ ዝብል?"

"ኣብ ተሰነይ ትካል ከም ዘለካ።"

"ብጣዕሚ ጽቡቕ! ከምኡ ዘይትገብር'ሞ።"

"በል ክመጽኣካ'የ'ሞ እታ መመልከቲ ብሓባር ክንጽሕፉ። መቸም ኣፍቃሪተይ ኣጥፊእካለይ ተቐይመካ ነይረ እንድየ፡ ትኽሕሰኒ ግዲ ትኸውን።"

"ቀልጢፍካ ምጻእ'ምበር ድላይካ ክኽሕስ'የ።"

※ ※ ※

መቐለ
ቅድሚ ዓሰርተው ሽዱሽተ መዓልቲ
ረቡዕ 16 መስከረም
ሰዓት 19፡00

ኤፍሬም፡ ምስታ ድሕሪ ኣስታት ዓሰርተው ሸውዓተ ዓመት ዝረኸባ እምባፍራሽ ንጹህ ፍቕሪ ነበሮ። ሽሕ'ኳ ኣዲኡ ጉሂይቲ እንተነበራ፡ ንፍቕሪ ኣቐዲሙ ዝጽወር ክጻወር ወሰነ።

በላቸው ረዳኢ ኣብ ድግስ 15 መስከረም ካብ ጎኒ ኤፍሬም ከይተፈልየ ኣምሰየ፣ ኣብ ትሕቲ ኣርባዕተ ኣዒንቲ ዝዘራረብሉ ጉዳይ ከም ዘለዎም ነጊሩ ንጽባሒቱ ሰዓት 19፡00 ኣብ መንበሪ ገዛኡ ንድራር ዓደሞ። እቲ ርኽብ ኣብ ትሕቲ ኣርባዕተ ኣዒንቲ ኣይነበረን፣ ሓላፊ ፍሉይ ስርሒታት ሜጀር ጀነራል ካሕሱ ኣየነው'ውን ነበረ። ኣብታ ናይ ድግስ ምሸት'ቲኣ፡ ጀነራል ካሕሱ ምስ ኤፍሬም ክዋዘይን ክስዕስዕን'ዩ ኣምስዩ፣ ኣብ እንዳ በላቸው ምርኻቦም ንኤፍሬም ሓድሽ ገጽ ኣይኰኖን። ድራር ተቐረበ፡ ሓፈሻዊ ዕላል ዓመረ።

"እወ። ኣብቲ እዋን'ቲ ዓቢ ጌጋ ከም ዝፈጸምና ድሒሩ'ዩ ተረዲኡና፣ ምስ ህዝቢ ኤርትራ ከም ዘቀያየመና ዘተሓላትት የብሉን፣ ንምኽሓሱ ድማ ድልዋት ኢና። ንኤርትራውያን፡ ኣብ ትግራይ ይኹን ኣብ ኣዲስ ኣበባ ሰሪሖም ክናበሩ ምሉእ መሰል ሂብናዮም ኣሎና። ትካል ከፊቶም ክንግዱ ዝኽልክሎም የለን። እረ ንገሊኣቶምሲ መትከል እግሪ ልቓሕ ሂብና ኣበጊስና ዝሃብተሙ ኣለዉ። ሽሕ'ኳ ግዜ እንተ በለዐ፡ እምባፍራሽ ምስ ነገረትና ንብረትካ ከም ዝምለሰልካ ተገይሩ ኣሎ። ክንኽሕሰካ ድማ ድልዋት ኢና፡" ዝብል ወለላ ማዓር ዘረባ በላቸው ልቡ ተንከፎ፣ ይቕረ ይኹንኩም ክብል ድልዊ ምዃኑ ገለጸ።

"እሞ ንሕና 300 ሽሕ ዶላር ኣብ ዝደለኻዮ ባንኪ ውሽጢ ሃገር ይኹን ኣብ ወጻኢ ከነእትወልካ ድሉዋት ኢና፡" በለ ጀነራል ክምስ ኢሉ።

ኤፍሬም ኣፉ ማይ መለአ።

"ካባይ እንታይ ትጽበዩ?"

"ንሕና ምስ ሻዕብያ ዕርቂ ክንገብር ንደሊ ኣሎና፣ ኣሕዋት ኢና፣ ብዘይ ሳልሳይ ኣካል ባድመ ክንህቦም'ውን ተሰማሚዕና ኣሎና። ስለዚ፡ ልኡኽ ናብ ኤርትራ ብስቱር መገዲ ክንሰድድ ስለ ዝኾንና ንዕኡም ዝኸውን መዕረፊ ገዛ ክትረኽበልና ኢና ንሓተካ፡" ኢሉ በላቸው ብርጭቆ ኣልዒሉ ምስ ናይ ክልቲኦም ኣጋጭዩ ነታ ዊስኪ ጉልጠማ።

"ጸገም የብሉን። ክንደይ መዳቕስ ዘለዎ ገዛ'ዩ ዝድለ?"

"ቪላ እንተኾነ ይምረጽ። ኣብ ምሩጽ ከባቢ ከም ቲራቮሎ፡ ካምቦ ቦሎ፡ ፐራዲዞ፡ ሰታንታ ኡቶ ወይ ራድዮ ማሪናዮ ማለት ገጀረት፣ ኮታስ ኣብ ጽቡቕ ከባቢ፡" በለ ጀነራል ካሕሱ ሽጋራ እናወለዐ።

"ክርከብ ይከኣል'ዩ!" ኢሉ ኤፍሬም ነታ ዝሰሓባ ሽጋራ ኡፍ ኢሉ ካብቲ ዊስኪ ጉልጠመ።

"ንምዃኑ ኣበየናይ ባንኪ ከነእትወልካ?"

"ኣነ'ኳ ክሳዕ ሕጂ መንበሪ ፍቓድ ስለ ዘይረኸብኩ ሕሳብ ባንክ የብለይን ብናይ እምባ'የ ዝጥቀም።"

"ናብ ኣዲስ ኣበባ መዓስ ኢኻ ትምለስ?"

"ጽባሕ።"

"ኣብዚ ኣብ ትግራይ ኣብ ባንክ ኣንበሳ ሕሳብ ክንከፍተልካ ኢና፣ ንግዜኡ 500 ሽሕ ብር ከነእትወልካ ኢና። ክሳዕ ዝኾነ ዝኸውን ግና ንእምባፍራሽ እንተ ዘይነገርካያ ዝተመርጸ'ዩ፣ ኣብ መንጐና ይትረፍ፡" ኢሉ በላቸው ክምስ ኢሉ ከፋንውዎ ብድድ በሉ።

ንጽባሒቱ ረፋድ ሰዓት ዓሰርተ'ዩ። በላቸው ናብ ኤፍሬም ደዊሉ ናብ ባንክ ኣንበሳ ከይዱ ግዛው ንዝተባህለ ሓላፊ ክረኽቦ ነጊሩ ተሌፎን ዓጸዋ። ኤፍሬም ናብቲ ባንክ ኸደ፣ ከምቲ ዝተባህሎ 500 ሽሕ ብር ዝሓዘ ተጠራቓሚ ሕሳብ ደብተር ባንክ ተወሃቦ፣ ስእሊ ጠበቐ፣ ኤፍሬም ተፈሸኹ ካብቲ ባንክ ወጺኡ ኸደ፣ ድሕሪ ቐትሪ ናብ ኣዲስ ኣበባ በረረ።

ኣብ ራብዕቱ፡ 21 መስከረም፡ በላቸው ረዳኢ ንኤፍሬም ናብ መቐለ ዓደሞ፣ ብነፋሪት ጠበቕ በለ። ተወሳኺ ገንዘብ ኣብ ባንክ ከእትውሉ ምኳኖም ነጊሩ ነቶም ናብ ኤርትራ ዝኸዱ ልኡኻት ካብቲ ዝኣትውዎ ከተማ ናብ ኣስመራ ከእትዎም ተወሳኺ ስራሕ ሃቦ፣ 20 ሽሕ ዶላር ድማ ምስኡ።

"ብዘይካ ናይ ትካል ኮድ 8፡ ማካይን ኣይንቀሳቐሳን'የን፣ ማኪና ክትረክብ ትኽእል ዲኻ?"

"ብገንዘብ ኩሉ ክግበር ይከኣል'ዩ፣ ትካረ ኣይክስእንን'የ፡" ኢሉ ክምስ በለ።

ድሕሪ ቐትሪ ከምቲ ብስቱር ዝመጸ፡ ብስቱር ድማ ናብ ኣዲስ ኣበባ ተመልሰ ።

ኤፍሬም፡ ነቲ ብበላቸው ረዳኢ ዝተዋህቦ ተልእኾ ክፍጽም 30 መስከረም ናብ ኣስመራ ኣተወ። ወኪል ሃገራዊ ድሕነት ምንቅስቓሳቱ ከይድረት ወሰነ። ኣብ ውሽጢ ሰለስተ መዓልቲ ዘድልዮ ፍቓድ መንቀሳቐሲ ተወሃቦ። ንደላሎ ህጡር ገንዘብ ሂቡ ኣብ ውሽጢ ሸውዓተ መዓልቲ ሰለስተ ቪላ ኣብ ሰለስተ ቦታ ከም ዝረኸብሉ ገበረ። ካብቲ ዝገመቶ ንላዕሊ ኩሉ ኣብ ውሽጢ ሓጺር እዋን ሰለጦ።

ምዕራፍ 38

ኣስመራ
ቤ/ጽ ወኪል ሃገራዊ ድሕነት
ሰኑይ 5 ጥቅምቲ 2020
ሰዓት 19፡00

ጽባሕ ኣኼባ 1 ጥቅምቲ፡ ኣዛዚ ጠቕላሊ ስታፍ ሓይልታት ምክልኻል ኤርትራ ዘማእከሎ ኣርባዕተ ሓለፍቲ ክፍልታት ዝርከብዎ ማእከል እ'ዚ ንፍሉይ ኩነታት ቆመ። ኣባላት ማእከል እ'ዚ ንፍሉይ ኩነታት ብሪጋደር ጀነራል ኣብራሃም ሓላፊ ወኪል ሃገራዊ ድሕነት ኤርትራ፡ ብሪጋደር ጀነራል ካሕሳይ ሓላፊ ቤ/ጽ ጸጥታ ውሽጢ ሃገር፡ ብሪጋደር ጀነራል ፎኣድ ኣል ሓሽም ሓላፊ ሓለዋ መራሒ መንግስቲን ኮሎኔል ርእሶም ሓላፊ ስለያ ወጻኢን እዮም።

"ወያነ ከበሮ ቅድሚ ምልዓሉ ቅድሚ ክልተ ዓመት፡ ኩናት ክህሉ ምዃኑ ብፖለቲከኛታት መቐለ ብግልጺ ከም ዝተነገረና ዝዝከር'ዩ። ከም ዝበሎ፡ ኣብ መቐለ ታቱላ ኩናት ይንፋሕ ኣሎ። ብወገንና፡ ዘለዎ ተርባጽ ኣዕሪና ንፈልጥ ብምዃንና ኣይገብር'ዩ ኢልና ኢድና ኣጣሚርና ኣይረኣናዮን፣ ኣይከንርእዮን ኢና ድማ። ግዜ ባዕሉ ከርእየና'ዩ። ወያነ፡ ቅድምን ድሕርን መረጸ ዘርእዮ ዘሎ ምጉብዕባዕ፡ ካብቲ ዕስራ ዓመት ዝተመኮርናሉ ዝፍለ'ዩ እንተ ዘይተባህለ'ኳ፡ እዚ ወጢንዎ ዘለዉ ግና ደረቱ ዝሓለፈ ዕንደራ ምዃኑ ካብቲ በጺሑና ዘሎ ሓበሬታ ክንዕዘብ ንኽእል። ስለዚ፡ ብኸመይ ክትሕዝዎ ኢኹም? እቲ ስርሒትከ እንታይ ኢልኩም ሰሚኹም ኣለኹም፡" ብምባል፡ ኣዛዚ ጠቕላሊ ስታፍ ነቲ ወያነ "ተልእኾ ኣስመራ" ኢሉ ሰምይዎ ዝነበረ ዕንደራ ክከታተል ሓላፍነት ዝተዋህቦ ክፍሊ ስለያ ወጻኢ ዘጋበአ ኣኼባ 5 ጥቅምቲ ከፈቶ።

ጀነራል ኣብራሃም ንኮሎኔል ርእሶም መግለጺ ክህብ ምልክት ገበረሉ።

ኮሎኔል ርእሶም፡ ኣዛዚ ጠቕላሊ ስታፍ እንታይ ማለቱ ምዃኑ ቆብ ኣበሎ፣ ዕምሪ

ህወሓት ክሓጽር ምኽኑ ኣይሰሓቶን።

"ዓሰርተ ዓመት ንድሕሪት ተመሊስና ክንርእዮ ከለና፡ እቲ ዝወሰድናዮ ስጉምቲ ቅኑዕ ከም ዝኾነ ብዝበለጸ ሎሚ ውጺኢቱ ርኢናዮ ኣሎና። ኣብዚ ህሞት'ዚ ክንበጽሕ ወሳኒ ግደ ካብ ዝተጻወቱ ኣባላትና ብቐዳምነት ትጥቀስ ፈሩዝ ስዒድ ዓሊ መኪ'ያ። ብዘይ ናታ ብልሒ ዝመለአ ኣስተዋጽኦ እንታይ ምገበርና ኢለ ኣይኾነን ክሓስቦ፡ ክግምት'ውን ኣይኽእልን'የ፣ ብፍላይ ንካፕተን ዘሪሁን ዝምልከት። ፈሩዝ ብርቀት ትሓስብ፡ ትውጥንን ተተግብርን ኣዝያ በላሕ ሰላዪት'ያ። ካብቶም ኣለዉና ንብሎም ኣባላት፡ ብፍሉይነት እትጥቀስ'ያ። እቲ ኣብ ውሽጢ ሃሱሳት ዘካየደቶ ስርሓት ንግዚኡ ንነኒ ገዲፍና፡ እቲ ኣብ ሕምብርቲ መቓለ ተኾይጣ ትፍጽሞ ዘላ ተልእኾ፡ 'ኣህጉራዊት ፕሮፈሽናል ሰላዪት ዘብላ'ዩ' ኢለ እንተ ገለጽኩዋ ዘብዛሕኩላ ኣይመስለንን፡" ምስ በል ኩሎም እናስሓቑ ኣጣቕዑሉ።

"*ኣዋር ማን ኢን ደማስቆ* (ናትና ሰብ ኣብ ደማስቆ) ትብል መጽሓፍ ትዝክርዋ ትኾኑ ኢኹም። ኣብ ሕምብርቲ ደማስቆ ብሞሳድ ዝተኻየደ ስለያ እያ ትገልጽ። እቲ ናይ እስራኤል ሰላዪ ክሳብ ምክትል ሚኒስተር ምክልኻል ሶርያ ምኽን'ዩ በጺሑ ነይሩ። ፈሩዝ'ውን ቀ'ሩብ እንተ ጸኒሓ፡ ምክትል ስማቸው ኣሰፋው ከም ትኸውን ኣይጠራጠርን'የ፡" ኢሉ ካርካር በለ'ሞ፡ ኩሎም እናጣቕዑ ትዋሕ በሉ።

"ስለ ዝኾነ ድማ፡ እቲ ስርሒት፡ "ሰላዪት ኣብ መቓለ" ኢልናዮ ኣሎና።

"ናብቲ ቀንዲ ጉዳይ ክኣቱ። ክምቲ ዝበልካዮ፡ ህወሓት፡ ሓንሳብን ንሓዋሩን ኣደብ ክገብር፡ ዕንደራ ዕስራ ዓመት ከብቅዕ ኣለዎ። ሽው'ያ ዓለም ተገዲዳ ኣብ ቀርኒ ኣፍሪቃ ዕዙዝ ፖለቲካዊ ተራ ዘበርከተትን እተበርክትን ኤርትራ ምኻና ዝስቆራ፡" ኢሉ ፍሽኽ ድሕሪ ምባል፣ "ከምቲ ዝገመትናዮ፡ ኤፍሬም ፍቓድ መገሻ ሓቲቱ ሂብናዮ፣ እዚ ዝኸውን ዘሎ ቀዳም 3 ጥቅምቲ'ዩ። ኣብተን ዝቐጸላ መዓልታት ናብ መን ይድውል ምስ መን ይራኸብን ናበይ ይኸይድን ኣብ ምክትታሉ ተጸሚድና ኣሎና። ስለዚ፡ ብወገንና ዝኣክል ውዳበ ጌርና ኣሎና፡" ኢሉ ናይቲ ስርሒት ኣፈጻጽማ በብሓደ ገለጸሎም፣ ኣኼባ ተዛዘመ።

※ ※ ※

ኮሎኔል ርእሶም፡ ኣብተን ኤፍሬም ክኸደን ይኽእል'ዩ ዝተባህላ ከተማታት ሰባት መደበ፣ ግና ሓደ ሕንቂል-ሕንቂሊተይ ዝኾነ መስገደል ገጠሞ። ኤፍሬም፡ እንትርፎ ናብ እምባፍራሽ፡ ካብ ኤርትራ ወጻኢ ብፍላይ ናብ መቓለ ወይ ኣዲስ ኣበባ ፈጺሙ ኣይድውልን'ዩ። እንተ ደውለ ድማ ናብ ዓርኪ-መሓዛ ወይ ብስራሕ ነበረ።

"ጸገ፡ እዛ መስገደል ክትፍታሕ ኣለዋ። ኤፍሬም ሰለስተ ቪላታት ምክራዩ ብዙሓት ሰባት ኣስሊኾም ከእትዉ ምኻኖም'ዩ ዝሕብረና። ነዞም ሰባት ባዕሉ ከቕበሎም ምኻኑ ርግጸኛታት ኢና፣ ግና ብኸመይ ኢዮም ክራኸቡ? ብራድዮ፡ ሞባይል፡ ቀዋሚ ስልኪ፡ ብልኡኽ?"

"ናይ ኣዲኡን ናይ ገዛን ተሌፎን ንከታተለን እንተ ሃለና'ኳ፡ ካልእ ቀ'ጽሪ ተሌፎን ሞባይል ከይህልዎ ከነረጋግጽ ኣሎና፣ ግና ብኸመይ?" ኢሉ ተኲሩ ጠመቶ።

"ብሄኖክ። ሄኖክ ኣብ እንዳ ኤፍሬም ኣታውን ወጻኢን ይኹን።"

"ኣነስ እንታይ ምበልኩ፡ ንኤፍሬም ክልተ መዓልቲ ማኪና ከየንቀሳቕስ ንኸልክሎ። ሽዑ ምስ ሄኖክ ክላዘብ ክግደድ'ዩ።"

ንጽባሒቱ እቲ ስጉምቲ ተወስደ። ሜጀር ጸጉ ዝገመቶ ልክዕ ኾነ፣ ኤፍሬም ናብ ሄኖክ ደወለ።

"እዋእ! እንታይ ተረኺቡ?" በለ ሄኖክ ብምግራም።

"ኣይፈለጥኩን። ካብ ቤ/ጽ ትራፊክ ፖሊስ ደዊሎም ነቲ ፍቓድ ወሲዶሞ።"

"ሕጂ ኣበይ ኣለኻ?"

"ኣብኡ።"

"መጻእኹ!"

ሄኖክ፡ ኣቐዲሙ ተሓቢሩዎ'ዩ፣ እንታይ ክገብር ከም ዘለዎ'ውን መምርሒ ተዋሂቡዎ'ዩ። ድሕሪ ዓሰርተ ደቒቕ ኣብቲ ቦታ በጽሐ። ብሓባር ናብ እንዳ ኤፍሬም ከዱ። ኣብ መንገ ዕላሎም፡ ንኤፍሬም ክልተ ሞባይል ከም ዘለዎ ኣስተብሃለ።

"ኤፍሬም ዓይኒ ምድሪ ኣበይ ኮን ይኸውን?" ኢሉ ናብ ዓይኒ ምድሪ ከይዱ፡ "ኤፍረም ክልተ ሞባይል ኣለወኦ፡" ትብል መልእኽቲ ናብ ሜጀር ጸጉ ሰደደ።

ኮሎኔል ርእሶም መልእኽቲ በጸሖ። ናብ ትራፊክ ፖሊስ ደዊሉ ጌጋ ሓበሬታ'ዩ ኢሎም ፍቓድ መንቀሳቐሲ ንኤፍሬም ክመልስሉ ሓበረ። ኤፍሬም ስልኪ ተደወሎ፣ ፍቓድ መንቀሳቐሲኡ መጺኡ ክወስዶ ተነገሮ፣ ምስ ሄኖክ ኸይዶም ወሰዱዎ።

"ኣይገርመካን! ድሕሪ ጽባሕ ንግደት ዓድና'ዩ። ኣደይ ዓዲ ካብ ዘይትኸይድ ነዊሕ ብምግባራ ደስ ከብላ ከብጽሓኪ'የ ኢለያ ነይረ።"

"እንታይ ጸገም'ሞ ኣለዎ ዘይተብጽሐን?"

"እወ ከብጽሓ እየ፣ ኣብኡ ሰሙን ክትገብር'ያ፡" ተባሃሂሎም ሄኖክ ተፋንይዎ ናብ ስራሑ ኸደ።

ሄኖክ ካብ እግሪ ኤፍሬም ከይፍለ ተነገሮ። እታ ኣብ ኤርትራ ዝጥቀመላ ቍጽሪ ሞባይል ተሌፎን ካብተን ክልተ ናይ ኣየነይቲ ሞባይል ምኳና ከረጋግጽን እታ ካልኣይቲ ሒዛቶ ዘላ ቍጽሪ ተሌፎን ብዝኾነ ይኹን መገዲ ክረኽባ ከም ዘለዎን መምርሒ ተወሃቦ። ነዚ ክገብር ናብ ዓዲ ከሰንዮ ነይርዎ፣ ብሓባር ድማ ከዱ።

ቍጽሪ ተሌፎን ናይታ ካልኣይቲ ሞባይል ተረኸበ። ሄኖክ ስራሑ ኣብቀዐ፡ ካብ ኤፍሬም ረሓቐ።

※ ※ ※

ሰኑይ 16 ጥቅምቲ
ሰዓት 08:40

ኤፍሬም ኣብታ ስትርቲ ተሌፎን ተደወሎ፣ "ኣጋይሽካ ከድዊሉልካ እዮም ተዓሊኻ ጽናሕ!" ዝብል መልእኽቲ ካብ መቐለ ተወሃቦ።

ኣብ 2008 ኣብ ክፍሊ ስለያ ዝተኸትበ ኣለሳንድሮ ኣሕመድ ሰፈሮ ኣብ ቢንቢና ዝተወልደ ወዲ 43 ዓመት'ዩ። ኣብ ሻሙናይ ዙርያ ሃገራዊ ኣገልግሎት ተዓሊሙ

ንከባቢ ትሽዓተ ዓመት ኣብ ወተሃደራዊ ስለያ ዘገልገለ ተባዕ መንእሰይ'ዩ። ስለያዊ ስርሓት ከካይድ ኣብ 2009 ሰሊኹ ናብ ትግራይ ብምእታው ንስራሑ ትምችው ሓንቲ መከፋፈሊ ሃለኽቲ ነገራት ዱካን ተኻረየ፣ ምስ ብዙሓት ብዝርዝር ዝሸጡ ነጋዶ ጥራይ ዘይኮነስ፡ ምስ ወተሃደራት'ውን ጽቡቕ ሌላ ፈጠረ። መደብ ስራሑ እ'ዚ ሰሜን ዓጢቕዎ ዝነበረ ኣጽዋር ምስላይን ምንቅስቓሳቱ ምጽናዕን ነበረ። 8 ነሓሰ 2020 ግና ካልእ ዕማም ተወሃቦ፣ ዝርርብ ተሌፎን ናይ ሓሙሽተ ላዕለዎት መሪሕነት ህወሓት ምጽንጻን። ንዑኡ እተካይድ ኣብ ኢትዮኮም መቐለ ኣብ ዳታ በይዝ እትሰርሕ ሚዛን ሃብተ ዝተባህለት ትግራወይቲ ከተበ።

ኣለሳንድሮ ኣሕመድ መልእኽቲ በጸሖ። እታ ብ 16 ጥቅምቲ ናብ ኤፍሬም ዝደወለት ቍጽሪ ተሌፎን ናይ መን ምዃና ከረጋግጽ ተነገሮ። ሚዛን ሃብተ ኣብ ዳታ በይዝ ኣትያ ክትርእየሉ ተወከሳ፣ ኣብ ቀረባ መዓልቲ ንጀነራል ካሕሱ ኣየነው ሓላፊ ፍሉይ ስርሒታት ዝተዋህበት ምዃና ተረጋገጸ።

ኮሎኔል፡ መልእኽቲ ኣለሳንድሮ በጸሖ፣ ንኹሎም ኣባላቱ ናይ ቀዳማይ ተጠንቀቕ መልእኽቲ ኣመሓላለፈ። ኣብ ብሎኮ ናይተን ከተማታት ጥብቂ ቁጽጽር ክግበር ተሓበረ። ካብ ቈንስላዊ ጕዳያት ኤርትራ ኣዲስ ኣበባ ናብ ኤርትራ ዝምለሱ ዜጋታት ዝርዝር ኣስማት ከም ዝለኣኽ ገበረ፣ ዝተተምየነ መንነት ወረቐት ወይ ናይ ዲፕሎማት ፓስፖርት ከይህሉ ናብ ቤ/ጽ ኢሚግረሽንን ዜግነትን ተላኣኸ። ኮሎኔል፡ ስእሊ ናይ ነፍሲ ወከፍ ሰብ ክስደደሉ ተላበወ፣ ተሰደደሉ፣ ኣብ ኮምፒተር ሰፈረ።

ኣብ መንጎ'ቲ ዝርዝር ኣስማት ሓደ ናይ ኢትዮጵያ ናይ ዲፕሎማት ፓስፖርት ዝሓዘ ተረኽበ። መንነት ናይቲ ሰብ ንምርግጋጽ ናብ ኤምባሲ ኢትዮጵያ ስልኪ ተደወለ፣ መንነቱ ተረጋገጸ፣ ሰራሕተኛ'ቲ ኤምባሲ'ዩ። ኾይኑ ኸኣ፡ ጥብቂ ክትትል ክግበረሉ ትእዛዝ ተዋህበ።

ኮሎኔል ርእሶም ክሳብ እታ ዕለት'ቲኣ እንትርፎ ኤፍሬም ኣብ ሰለስተ ቦታ ገዛ ምክራዩ'ምበር፡ መቐለ ክንደይ ሰባት ከተሰሉኽ ከም ዝሓሰበት ዝረኸቦ ሓበሬታ ኣይነበሮን፣ እቲ ብድሆ ድማ ኣብኡ ነበረ።

※ ※ ※

ሰሉስ 17 ጥቅምቲ
ሰዓት 10፡00

ኮሎኔል ፍጹም ናይ ዲፕሎማት ፓስፖርት ስለ ዝነበሮ በታ ፍልይቲ ነፋሪት ሰሉስ 17 ጥቅምቲ ሰዓት 10፡00 ቅድሚ ቐትሪ ብኣዲስ ኣበባ ኣቢሉ ካብ ዱባይ ኣስመራ መዓርፎ ነፈርቲ ኣተወ፣ ኮሎኔልን ሜጀር ጸጉን ተቐቢሎም ብቐጥታ ናብ ቤ/ጽ ሃ.ድ.ኤ ወሰድዎ። እታ ሓበሬታ ዝሓዘት ሜሞሪ ካርድ ናብ ኮምፒተር ኣተወት፣ ናብ ኤርትራ ክሰልኩ ዝተመደቡ ሰለስተ ሰባት ምኻኖም ሓበሬታ ተረኽበ።

ሰዓት 12፡30

ኣለሳንድሮ፡ ዝተመስጠረ መልእኽቲ በጺሖ፣ ናይቶም ክልተ ሰባት ስእሊ ከናዲ ተነገሮ። ናብ ቢሮ ኢሚግረሽን ክልል ትግራይ ኣምረሐ። ነቲ ከቲቡዎ ዝነበረ ካሳ በላይ ዝተባህለ ኣብ ኢሚግረሽን ኣብ ዳታ በይዝ ዝሰርሕ መንእሰይ፡ ብሓባር ክምስሑ ተቛጸሮ። ካሳ በላይ ኣብ ሰዓቱ መጽአ።

"ሓንቲ ክትገብረለይ ዝደለኹዋ ጉዳይ ኣላ፡" በሎ ኣለሳንድሮ ክምስ ኢሉ።

"እንታይ'ዩ?"

"ትፈልጥ እንዲኻ ብዙሓት ፈለጥቲ ኣዕሩኽ ከም ዘለዉኒ። ሓደ ምሸት ምሳና ኣምሲኻ ኣለኻ፣ ትዝክሮም ትኸውን ኢኻ፡" በሎ ኣለሳንድሮ ጥርጣረ ንምውጋድ።

"መን እዮም?"

ኣለሳንድሮ ስሞም ነገሮ፣ ካሳ ግና ክዝክሮም ኣይከኣለን።

"ብዝኾነ፡" በለ ኣለሳንድሮ ካብቲ ኣዕጽምቲ ኣልዒሉ እናግሃጸ። "ስእሊ ናይ ክልቲኦም ደልየ ነይረ፡" ኢሉ ኣብ ደብዳበ ዝተዓሸገ 10 ሽሕ ብር ሃቦ።

"ንመዓስ?"

"ሕጂ።"

"በል ቅልጥፍ ኢልና ንብላዕ'ሞ ደልየ ከምጽኣልካ።"

ካሳ ኣብ ዳታ በይዝ ኣትዩ ነተን ስእሊ ረኸበን። ናብ ኣለሳንድሮ ከይዱ ብ*ሸር ኢት* ኣብ ሞባይሉ ኣመሓላለፈሉ። ኣለሳንድሮ ክልቲአን ስእሊ ናብ ኮሎኔል ርእሶም ሰደደን።

ሰዓት 17፡50

ኣሕመድ ዜን፡ ካብ ጀማል ዝተረከቦ ስነዳትን ላፕቶፕ ካፕተን ዘርይሁንን ሒዙ ናብ ኣስመራ ኣተወ። ኮሎኔልን ሜጀር ጸጉን ተቐበሉዎ። ቤ/ጽ ኣትዮም ላፕቶፕ ካፕተን ክኸፍቱ መእተዊ ኣሃዝ (*ፓስዎርድ*) ሃቡዋ፣ ጌጋ መእተዊ ኣሃዝ (*ፓስዎርድ*) ኣመልከተት። ደጋገመ፣ ኣቐበጸት።

ካፕተን ዘርይሁን ንዝኾነ እንተታት ኢሉ ድሮ'ታ ዝነቐለላ ምሸት መእተዊ ኣሃዝ (*ፓስዎርድ*) ከም ዝቐየረ ፈፉዝ ኣይፈለጠትን።

ኮሎኔል ናብ ፈፉዝ ደወለ፣ ንሳ ምኳና ደጊማ ኣረጋገጸትሉ።

ተርባጽ ተፈጠረ።

ድሕሪ ቍሩብ ስቕታ፣

"ርእሶም ካብዞም ኣብ ቤ/ጽ ፕረዚደንት ዘለዉ ኪኢላታት ቴክኖሎጂ ሓበሬታ (*ኢንፎርመሽን ተክኖሎጂ*) ንጸውዕ። ንሳቶም ነቲ መእተዊ ኣሃዝ ክሰብርዎ ይኽእሉ'ዮም።"

"ወዲ ዜን ዝበሎ ጽቡቕ ሓሳብ'ዩ። እቲ ናትና ይምጻእ።"

ኮሎኔል ናብ ክፍሊ ኮምፒተር ደወለ፣ ንጉስ፡ ኪኢላ ኮምፒተር፡ ብህጹጽ ከም ዝመጽእ ተገበረ። ሓንቲ ንእሽቶ ኤለክትሮኒክ መሳርሒ'ያ፣ ኣብ ልዕሊ'ታ ላፕቶፕ

ኣንበራ፣ ካልኢታት ኣብ ዘይመልእ እዋን ፓስዎርድ ሃቢቶ፣ ላፕቶብ ተኸፊተተ፡ ጽጹይ ሓበሬታ ተረኸበ። ግና፡ ሕጂ'ውን ገና ዘይተፈትሐ ሕቶ ገጠሞም። ናብ ኢትዮጵያ ዘእቱ ዶባታ ብምኽንያት ኮቪድ-19 ዕጹው እዩ። እዞም ሰባት ድኣ በየን እዮም ክኣትዉ? ብኣድገ በቕሊ? ኣብ ኤርትራኸ ውዳቤታቶም ከመይ ይመስል? ክፍትሑ ዝነበሮም ሕቶታት'ዮም።

※ ※ ※

ሓሙስ 19 ጥቅምቲ
ሰዓት 10፡10

ኤፍሬም፡ ሰዓት 10፡00 ሞባይል ቴለፎኑ ደወለት። እታ ብመገዲ ኣለሳንድሮ ዝተረኸበት ናይ ጀነራል ካሕሱ ግና ኣይኾነትን። መልእኽቲ ናብ ኣለሳንድሮ በጽሐ፣ ዋንነት ናይታ ቍጽሪ ከጻሪ ተሓበረ። ሚዛን ሃብተ ናብ ዳታ በይዝ ኣተወት፣ ልባ ሰተት ክትብላ ቀኍሩብ ተረፋ፣ ናብ ኣለሳንድሮ ደወለት።

"ኣሌክ፡ ምጽኣኒ!" ነበረት ሓጻር መልእኽቲ።

ፍሉይ ሓይሊ፡ ሚሊሽያታትን በርጌስ ለቢሶም ብረት ዝዓጠቑን ብሓደ ወገን፡ ንዕኦም ዝምልከትን ኣጀኹም ዝብል ህዝብን ድማ በቲ ካልእ ጐደናታት መቐለ ኣዕለቕሊቖም ነበሩ። ነቶም ዝሃደሙ ወተሃደራት ክለቕሙ ፍሉይ ሓይሊ ትግራይ ላዕልን ታሕትን ይብሉ ነበሩ።

ኣለሳንድሮ ኣብቲ ስቱር መራኸቢ ቦታ በጽሐ፣ ንሚዛን ሃብተ ግና ክረኽባ ኣይከኣለን። ደጋጊሙ ሰዓቱ ርኣየ፣ ዓሰርተ ደቒቕ ሓለፈ። ደወለ፣ ተታሒዛ ከምዘላ ኣመልከተት። ድሕሪ ካልኢት ናቱ ደወለት፣ ሚዛን'ያ።

"ኣብታ ኣብ ፊትካ ትርእያ ዘለኻ ናይ ደገ እንዳ ቡን ምጸኣኒ፡ እርእየካ ኣለኹ።"

ኣለሳንድሮ ጽርግያ ሰጊሩ ናብታ እንዳ ቡን ቅርብ ምስ በለ ሚዛን ብድድ ኢላ ተበገሰት፣ ነጸላ'ያ ወድያ፣ ተኸተላ። ሚእቲ ሜትሮ ዝኸውን ምስ ከዱ ናብ ሓደ ካንሻሎ ኣትያ ነታ ማዕጾ ኣገፍቲና ገደፈታ፣ ኣለሳንድሮ ኣትዩ ዓጸዋ።

"ስምዓኒ! ንምንታይ ኢኻ እዚ ስራሕ ግበርለይ ኢልካኒ! ኣነ ዝፈልጦ ነገር የብለይን! ናይ ቢዝነስ ስራሕ ስለ ዝበልካኒ'ምበር፡ ከምኡ እንተ ዝኸውን ኣይምገበርኩዎን ነይረ! ኣብ ምንታይ ኣእቲኻኒ ከም ዘለኻ ትፈልጥ ዲኻ?"

"ርግእ'ሞ በሊ።"

"ከመይ ኢለ ክረግእ! ትርእዮ ዶ ኣየለኻን እንታይ ይካየድ ከም ዘሎ። እዞም ሰባት እንተ ፈሊጦም እንታይ ከም ዝገብሩኒ ትፈልጥ ዲኻ? ብዓል ቤተይ ቀቲሎምሲ ንዓይ ድማ ብሂወተይ ኣብ ሓዊ ክጠብሱኒ!"

"ኣነ'ውን'ኮ ከማኺ እየ፣ ዝፈልጦ ነገር የብለይን፣ ንገንዘብ ኢለ'የ ኣትየዮ። እመንኒ . . ." ኢሉ ሓደ ሓሳብ መጾ። "ጀነራል ካሕሱ'ዩ ነዚ ከገብር ገንዘብ ሂቡኒ። እታ ብኣምሆይ ዝሃብክኒ ሓበሬታ ምስ ሃብኩዎ ኣዝዩ'ዩ ተሓጒሱ።"

ሚዛን ርእሳ ጽርውርው በላ፣ ኣፍጢጣ ጠመተቶ።

"መን?"

"ጀነራል ካሕሱ። ከምዚ ዝመስለኒ፡ ሓበሬታ ዝሰሉኽን ዘይሰሉኽን ንምርግጋጽ ከይኸውን ኢለ እግምት። ንምኻኑ እታ ቊጽሪ ሞባይል ናይ መን እያ?"

"ኣነ ኣይነግረካን'የ! ዝፈልጦ የብለይን! ካልኣይ መዓልቲ ከይትድውለለይ! ኪደለይ!"

"ኣብ ጸገም ከይትወድቂ እምበር ሕራይ፡" ኢሉ ብግስ ክብል ብምናቱ ሒዛ፣

"ናይ ምንታይ ጸገም!?" በለቶ ገና ኣዒንታ ንብዓት ቋጺረን።

"ምትሕብባር ከም ዝኣበኺ ጀነራል ምስ ፈለጠ እንታይ ከም ዝገብር እንድዒ! እዚ ሃባ ኢሉ ዝሃበኒ ገንዘብ ክመልሰሉ'የ፣ ክሓተኒ ድማ ግድን'ዩ።"

"እቲ ገንዘብ ንሱ'ዩ ዝህበካ ነይሩ?"

"እወ። ኣነ ድኣ ናታቶም ቊጽሪ ሞባይል እንታይ ከገብረለይ? ስምዕኒ! ተተሓሒዝና ከይንጠፍእ እቲ ዝበለና ንግበር። ናይ መን'ያ እታ ቊጽሪ?" ኢሉ ጥማር ገንዘብ ካብ ጅቡኡ ኣውጺኡ ኣብ ኢዱ ሓዞ።

ሚዛን ትሕዞን ትጭብጦን ጠፈኣ፣ ኣጻብዕታ ቈራዕራዕ እናበለት ናብዝን ናብትን በለት፣ ኣለሳንድሮ ብትዕግስቲ ተጸበያ።

"ድሓርከ?"

"እሞ እንተ ተጠራጢርኪ ምስኡ ዘየራኽበኪ፣ ኣነ ድማ እዓርፍ። ፈትየ . . ."

"ኣይደልን። በጃካ ኣለሳንድሮ፡ ደቀይ ብዘይ ኣቦ'የ ዘዕቢ ዘለኹ፣ ካልኣይቲ መዓልቲ ኣይትሕተተኒ፣ ፈሪሀ፡" ኢላ ዝርንዝዕ ነበዐት።

"ናይ መን'ያ እታ ቊጽሪ።"

"ናይ በላቸው ረዳኢ።"

ኣለሳንድሮ ዝሰምበደ መሲሉ ብኽልተ ኣኣዳዉ ርእሱ ሓዘ።

"ኣብ ምንታይ ድዩ ኣእትዩና! ሙብጽዓ ይኹነኒ ካልኣይ መዓልቲ ከይሓተኪ። እንኪ እዚ 20 ሽሕ፡" ኢሉ ብደዋ ተፋንዩዋ ኸደ። ቊሩብ ስጉሙ ግና ግልብጥ ኢሉ ናብኣ ተመልሰ ።

"ሕጂ ጽን ኢልኪ ስምዕኒ፣ ኣነ ባዕለይ መጺአ ሓበሬታ ክሳብ ዝህበኪ ሓሚመ ኢልኪ ኣብ ገዛኺ ኮፍ በሊ። ክድውለልኪ'የ፣ ክልተ ግዜ ጭር ምስ በለት ዓጽየ መሊሰ ክድውለልኪ'የ ተቐበልኒ፡" ኢሉ ዓይኒ ዓይና ተኹሩ ጠሚትዋ ኸደ።

ኣለሳንድሮ ብዝተመስጠረ ኮድ መልእኽቲ ናብ ኮሎኔል ሰደደ።

※ ※ ※

ኣስመራ

ሰዓት 12፡05

መልእኽቲ ናብ ኣስመራ በጽሐ።

ኮሎኔል ኣዕሚቑ ኣስተንፈሱ ናብ ጀነራል ኣብራሃም ከይዱ ካብ መቐለ ዝተረኽበ ሓበሬታ መግለጺ ሃቦ።

"ርእሶም፡ ኣለሳንድሮ ሎሚ መዓልቲ ብህጹጽ ናብ ክልል ኣምሓራ ይስገር። እዛ ዓል ተሓባበሪትና ስለ ዝኾነት ድማ ንበይና ኣብ ጎልጎል ከይንገድፋ።"

"ኣማራጺ የብልናን፡ ክንኣልያ'ዩ ዝብል ዘሎ።"

"ኣብዚ ቐረባ መዓልታት ኩነታት ናበይ ከም ዝመርሓና ክንርእዮ ኢና። ዝገበረ ገይሩ ኣእሚኑ ናብቲ ናትና ስቱር ገዛ ይወስዳ። እንታይ ከም ዝገበረ ብህጹጽ ይሓብረና።"

"መዓስ?"

"ሕጂ!" በሎ ርእሱ እናነውነወ።

"እቶም ናይ ኢትዮጵያ ኣለዉንዶ።"

"ንናይ ክልቴና ረብሓ ምትሕብባሮም ጽቡቕ እንድዩ፡ ንምንታይ ግና ኣብኦም ንምርኮስ?"

"ልክዕ ኣለኻ።"

"ግዜ የለን ቀልጢፉ ስጉምቲ ይውሰድ!" ኢሉ ሓደ ነገር ከም ዝዘከረ ተኩሩ ጠመቶ'ሞ ፍሽኽ ኢሉ፡ "ዋላ ሓደ ኣይኾኑን'ዮም ተኣማመን፡" ኢሉ ከፉንዎ ብድድ በለ።

ኣለሳንድሮ መልእኽቲ በጸሐ፣ ንሚዛን ሃብተ ኣእሚኑ ናብቲ ዝተባህሎ ስቱር ገዛ ወሰዳ።

※ ※ ※

ዓርቢ 20 ጥቕምቲ
ወጋሕታ ሰዓት 06፡40

ኮሎኔል፡ መንበሪ ገዛ እንዳ ኣቶ ገብረዝጊን ኤፍሬም ዝተኻረዮ ቪላታትን 24 ሰዓት ብጥብቂ ክሕሎ መምርሒ ካብ ዝህብ ኣይሓጸረን። ክሳዕ እዛ ዕለት'ዚኣ፡ ናብተን ገዛውቲ ክኣቱ ዝተራእየ ሰብ ግና ኣይነበረን።

ኤፍሬም፡ ወጋሕታ ካብ ገዛ ክወጽእ ተራእየ። ብብሎኮ ኣስመራ-ደቀምሓረ ወጺኡ መገዱ ቐጸለ። ደቀምሓረ ከም ዝበጽሐ መልእኽቲ ናብ ኮሎኔል በጽሐ። ማኪናኡ ኣተሲኡ ናብ ኣልፋሮማዮ ኣምረሐ።

ሜጀር ጸጉ ንምሳሕን ድራርን እንተ ዘይኾይኑ ገዛኡ ካብ ዘይሓድር ሳልሳይ ሰሙኑ'ዩ፣ ኣብ ቤ/ጽሕፈቱ'ዩ ዝሓድር።

"ጸጉ እንታይ ሓድሽ ነገር ኣሎ?"

"ደቀምሓረ ኣትዩ ናብ ሲነማ ተጠውዩ ክሳብ መገጣጠሚ ማካይን ተስንማ ምስ ኣቕነዐ ናብ ጸረና'ዩ ዝኸውን ኢልና ስጊእና ኔርና፣ እታ መገዲ ኣብ ግምት ስለ ዘየእተናያ። ግና ካብኡ ተመሊሱ ንሰገነይቲ ኣምሪሑ ኣሎ።"

ኤፍሬም፡ ዓዲ ቐይሕ ሰዓት 09፡00 ኣትዩ ናብ ድኳን እንዳ ኣቶ ገረኪዳን ዘሙይ ከደ።

ካብ ዝርርብ መቐለን ኤፍሬምን ብዝተረኽበ ሓበሬታ፡ ነታ ኣብ ዓዲ ቐይሕ ኣትዩ ዝደወላ ቍጽሪ ሞባይል ናይ እንዳ ኣቶ ገረኪዳን ምኺና ተረጋጊጹ ነታ ገዛ ክልተ ተጸናጸንቲ ሰባት ተመደቡላ፣ ተሌፎን ኣቶ ገረኪዳን ድማ ኣብ ጽንጸና ኣተወት።

ተሌፎን ኣቶ ገረኪዳን ናብ ኣቶ ኣውዓሎም ሰንጋል ደወለት።

"ወዲ ሓወይ መጺኡ'ሎ፣ ንግሆ ናብ ኣስመራ ክኸይድ'ዩ እሞ ክማላኣካ ኣብ ጽርግያ ጽንሓኒ፡" ነበረት ሓጻር መልእኽቶም።

※ ※ ※

ቀዳም 21 ጥቕምቲ
ወጋሕታ ሰዓት 06፡10

ኤፍሬም ካብቲ ዝሓደረሉ ገዛ ወጺኡ ኣብ ማኪና ኮፍ በለ። ድሕሪ ቍሩብ ደቓይቕ ሓደ ዩኒፎርም ሓይልታት ምክልኻል ዝለበሰ ሰብ ካብ ሓደ ገዛ ክወጽእ ተራእየ፣ ኣቶ ገረኪዳን እዮም። ኣብ ልዳት ድኳኖም ኾይኖም ናብ ጽርግያ የማዕድዉ ነበሩ። ድሕሪ ቍሩብ ደቓይቕ ኣቶ ኣውዓሎም ሰንጋል ናብ ግዳም ወጺኦም ንየማነ ጸጋም ኣቋመቱ፣ ካብ ገዛኦም ሓደ ሰብ ወጽአ፣ ብሓባር ኣብ ጽርግያ ደው በሉ፣ ናብ ኣስመራ ዝማልኦም ሰብ ከናድዩ።

ኤፍሬም ማኪና ኣልዒሉ ኣብ ቦታኦም በጽሐ፣ ኣቶ ኣውዓሎም ቅርብ ኢሎም ነቲ ወዲ ሓወይ ዝበልዎ ክማልኦ ተማሕጸንዎ። ኤፍሬም ፍቓደኛ ኾነ፣ እቲ ሰብ ተሳፈረ። ኣብ መገዲ መንነት ወረቐት ተሓተተ፣ መንቀሳቐሲ ሓይልታት ምክልኻል እናርኣየን ብስራሕ ናብ ኣስመራ ይኸይድ ከም ዘሎ እናሓበረን ኣስመራ ኣተዉ። ንቤት ትምህርቲ ኣዱሊስ ሓሊፎም ኣብ ፊት መዓስከር ኣልጌን (ራድዮ ማሪናዮ) በጺሖም እቲ ሰብ ወረደ። ኣብ ሓደ ቪላ መፍትሕ ካንሸሎ ኣእትዩ ከፊቱ ኣተወ፣ ሰዓት 10፡18 ።

※ ※ ※

ሰኑይ 23 ጥቕምቲ
ወጋሕታ ሰዓት 05፡15

ኤፍሬም፡ መገዲ ኣስመራ ከረን ሒዙ መገዱ ቀጸለ፣ ኣብ ከረን ንሓጺር እዋን ኣዕሪፉ ተበገሰ። ተሰነይ ሰዓት 13፡20 ኣተወ። ናብ ትካሉ ከይዱ ምስ ኣካያዲት ትካል ወይዘሮ ኣልማዝ ተራኸበ። ብድኑኡ ሓቢሩዋ'ዩ፣ መስተንግዶ ኣዳልያ ተጸበየቶ።

※ ※ ※

ሰሉስ 24 ጥቕምቲ
ወጋሕታ ሰዓት 05፡20

ንጽባሒቱ፡ ኤፍሬም ናብ ኣስመራ ተበገሰ። ሓደ በርጌስ ዝተኸድነ ሰብ ተማላኣኒ

ከብል ሓተቶ። ፍቓደኛ ኾነ፣ እቲ ሰብ ተሳፈረ።

ሰዓት 14፡30 ናብ ኣስመራ ኣትዩ ነቲ ሰብ ኣብ ማይ ተመናይ ኣብ ኣፍደገ ሓደ ገዛ ኣውረዶ፣ መፍትሕ ካንሸሎ ኣእትዩ ከፊቱ ኣተወ። እቲ ሰብ፡ ኣብ ተሰነይ ኣብ እንዳ ወይዘሮ ይሕደጋ ስምኣቱ'ዩ ሓዲሩ። ኣብ ጉዕዞኦም ድማ መንቀሳቐሲ ሓይልታት ምክልኻል እናኣርኣየ'ዩ ኣስመራ በጺሑ።

※ ※ ※

ረቡዕ 25 ጥቅምቲ 15፡00

"ኤፍሬም፡ ብብሎኮ ኣስመራ-መንደፈራ ወጺኡ ሰዓት 16፡30 ዓዲ ኳላ ኣተወ። ድሕሪ ሓደ ሰዓት ንሓደ ሰብ ኣሳፊሩ ሰዓት 19፡05 ኣስመራ ኣትዩ ናብ ቲራ ቮሎ ኣምረሐ። እቲ ሰብ ካብ ማኪና ወሪዱ ከምቶም ዝቐደሙ ኣብ ፊት ቤተ ክርስትያን እንዳ ስላሰ ትርከብ ቪላ መፍትሕ ካንሸሎ ኣእትዩ ማዕጾ ከፊቱ ኣተወ። እቲ ሰብ ኣብ ዓዲ ኳላ ኣብ እንዳ ኣቶ ፍረዝጊ ወልደሃይማኖት'ዩ ኣትዩ፣ ካብኡ ድማ ተበጊሱ።

ኤፍሬም ኣብቲ ኩሉ ምንቅስቓሳቱ በታ ንስዉር ስርሓት ክጥቀመላ ብመቐለ ዝተዋሃበቶ ቍጽሪ ሞባይል'ዩ ዝጥቀም ነይሩ፣ ኣሰር ንምጥፋእ። እተን ዝደወለለን ቑጽርታት ድማ ንእለቱ ኣብ ጽንጸና ኣተዋ።

ሰዓት 19፡15

ኤፍሬም፡ ኣብ ኣፍደገ መንበሪ ገዝኡም ኣብ ትሕቲ ቀይዲ ኣተወ። ክልቲኤን ሞባይሉ ንእለቱ ተመንጢሉ ናብ ስቱር ገዛ ተወሰደ፣ ጥራይ ዝባኑ ኾይኑ ኩሉ ክዳውንቱ ብደቂቕ ተፈተሸ፣ ፓንት ጥራይ ወድዩ ናብ ሓደ ክፍሊ ተወሰደ።

ኮሎኔል ርእሶምን ሜጀር ጸጉን ብፍሕሹው ገጽ ተቐበልዎ።

"ከመይ ኣምሲኻ? እዚ ጉዳይ ኣካቢድካ ኣይትርኣዮ፣ ንሓደ ቀሊል ሕቶ ኢና ኣምጺእናካ፣ ከም ትተሓባበረና ድማ ኣይንጠራጠርን ኢና፡" ኢሉ ኮሎኔል ክምስ ኢሉ ዝልበስ ክዳውንቲ ሃቦ።

ኤፍሬም ኑብሱ ኣንፈርፊሩ ምእዛዝ ኣበዮ፣ ሰውነቱ ብራሃጽ ተሓጸበ፣ ጥፍጣፉ ደረቐ፡ ጐረርኡ ነቐጸ።

"ተረጋጋእ፣ እቲ ንሓተካ ብዘይ ሕሶት ክትነግረና ኢና ንመኽረካ፡" ኢሉ ወረቓቕቲ እናገናጸለ ታሪኽ ሂወቱ ከንብበሉ ጅምር ምስ ኣበለ፣

"ዝስተ . . . ማይ'ባ . . . ሃቡኒ፡" በለ ካብ ልሳኑ ዝወጽእ ድምጺ እናተቛራረጸ።

ማይ ተወሃቦ።

ኮሎኔል ንባቡ ቀጸለ።

ኤፍሬም እቲ ኩሉ ዝርዝራዊ ሓበሬታ ካበይ ረኺቦሞ ብምባል ተገረመ።

"እወ፡ እምባፍራሽ ትበሃል ብዓልቲ ቤት ነይራትኒ፣ ድሕሪ 17 ዓመት ተራኺብና ሓደ ውላድ ስለ ዘለና ብሓባር ንነብር ኣሎና። እቲ ትብሎ ዘለኻ ኩሉ ሓቂ እዩ። እዞም ዝጠቐስካዮም ሰበ ስልጣን ብፍላይ በላቸው ረዳእን ጀነራል ካሕሱን ብቐረባ እፈልጦም'የ።

ንስማቸው ኣሰፋው ግና ኣይፈልጠን'የ። እቲ ዝሃቡኒ ስራሕ ንገንዘብ ኢለ ዝኣተኹዎ እምበር ብዛዕባ እቲ ክገብርዎ ዝሓሰቡ እንዶ የብለይን፡" ብምባል ድሕሪ ሰዓታት ዝወሰደ ሕቶን መልስን ክተሓባበር ድልው ምዃኑ ኣረጋገጸ።

ኮሎኔል፡ ንጸጉ እንታይ ይመስለካ ዝብል ክመስል ተኲሩ ጠመቶ።

ሜጀር ጸጉ ተጠራጣሪ ባህሪ፡ ንነገራት ሸለል ዘይብል ኣዝዩ ትኩርን ተሪርን ሰብ'ዩ።

"ናይ መወዳእታ ሕቶ። ብምንታይ ንኣምነካን? ንምንታይከ ክትተሓባበረና ፍቓደኛ ኼንካ?" ኢሉ ፍሽኽ በለ።

"ኣነ ንስለ ገንዘብ ኢለ ዝገበርኩዎ'ዩ። ነቲ ምስ ተሰጕግኩ ዝወረሰዎ ገንዘበይ ክምልስ ኢለ'ምበር ካልእ ዕላማ ኣይነበረንን። በላቸው ረዳኢ'ውን ካብኡ ዝተፈለየ ነገር ኣይበለንን። ንሃገረይ ኣሕሊፈ ክህብ ኢለ ኣይኾንኩን።"

"ወተሃደር እንዲኻ?"

"እወ፡ ተፋንየ እየ።"

"ክትሕብር ግዴታ ነይሩካዶ ኣይኾነን። ንምንታይ ብእዋኑ ዘይሓበርካ?"

መልሲ ኣይነበሮን።

"ኣይመሓልካን ዲኻ?" ሓተተ ሜጀር ጸጉ።

ሕጂ'ውን መልሲ የለን።

ኤፍሬም ኣብታ ካልኣይቲ ሞባይል ተሌፎን ተመዝጊቡ ዝነበረ ቍጽሪ ተሌፎናት ናይ መነመን ምዃኑ በብሓደ ገለጸ። እቶም ናብ ኣስመራ ዘእተዎምን ኣብተን ከተማታት ዝደወለሎም ሰባትን መልክዖም ኾነ ስሞም ከም ዘይፈልጦምን እቲ ርክብ ኣብ ውሽጢ ኤርትራ ምዃኑ ጥራይ ከም ዝተሓበሮን ገለጸ'ሞ፡ ከዕርፍ ተነገሮ።

ዝርርብ መቐለን ኤፍሬምን ተጠሊፉ ተቐዲሑ ብምንባሩ፣

"ሓንቲ ናይ መወዳእታ ሕቶ። እዘን ድምጺ ናይ መነመን እየን?" ኢሉ ሜጀር ጸጉ ነታ ቴፕ ወለዓ፣ ናይ በላቸው ረዳኢን ሓላፊ ፍሉይ ስርሒታት ጀነራል ካሕሱ ኣየነውን ምዃኑ ገለጸ።

ካብ ኣለሳንድሮን ካልኦት ምንጭታትን ዝተረኽበ ሓበሬታ ልክዕነቱ ተረጋገጸ።

※ ※ ※

ሓሙስ 26 ጥቅምቲ ሰዓት 09፡00

ኤፍሬም፡ ሸሕ'ኳ ኣብ ምቾት ዝነበሮ ዓራት ደቂሱ እንተሓደረ፡ ሰለም ኣየበለን። ድልዱል ቁርሲ ተቐሪብሉ ንማለቱ ጥዒሙ ገደፎ፣ ሸጋራ ግና ዕረፍቲ ኣይነበሮን።

ሰዓት ትሽዓተ ሞባይሉ ደወለት። ደዋላይ፡ ልኡኽ ዓዲ ኿ላ ካፕተን ዘርይሁን ኣርኣያ እዩ። ናይ ፍቕረ ተሌፎን ከም ዝኣበየቶ ገሊጹ ሰዓት 09፡15 ናብ ራድዮ ማሪናዮ ክይዱ ንሻምበል ገብራይ ክወስዶ ተረዳዳኡ።

ኤፍሬም ኣብ ቈጸራኡ በጽሐ።

ሻምበል ገብራይ ብመገዲ ዓዲ ቐይሕ ዝኣተወ'ዩ፣ ማዕጾ ካንሸሎ ከፊቱ የማነ ጸጋም ጠሚቱ ናብታ ቶዮታ ሃይ ሉክስ ተሳፈረ። ካልኢታት ኣብ ዘይመልእ እዋን ማኪና

ኣባላት ጸጥታ ብሸነኽ ገጀረት መጺኣ ነታ ሃይ ሉክስ ዓገተታ፣ ሰለስተ ኣባላት ብቕጽበት ወረዱ። ሻምበል ማዕጾ ማኪና ከፊቱ ክወርድ ሃቐነ። ብረት ኣብ ግንባሩ ተተኸሎ፣ ኣብ ትሕቲ ቀይዲ ኣተወ፣ ክልተ ኣእዳዉ ንድሕሪት ብጻዕዳ መጥመሪ ገመድ ኤለክትሪክ ኣሰርወን።

እታ ካልኣይቲ ማኪና ካብ መዓስከር ኣልጌን - ራድዮ ማሪናዮ - ወጺኣ ደበኽ በለት። ንሻምበል ናብታ ላንድ ክሩዘር ኣሳፈሩዎ። ኩሉ ኣብ ካልኢታት ፍጥነት'ዩ ተፈጺሙ። እታ ላንድ ክሩዘር ማኪና ናብቲ ንዕኡ ተባሂሉ ዝተዳለወ መጽንሒ ገዛ ከተብጽሖ ተሓምበበት። ኤፍሬም ካብ ማኪናኡ ወሪዱ ናብታ ናይ ኣባላት ጸጥታ ተሳፈረ፣ ማኪናኡ ደድሕሪኡ ሰዓበት።

ሰዓት 10፡00

ወጋሕታ ሰዓት 06፡00 ናይ ካፒተን ዘርይሁንን ሜጀር ፍቕረ ገዘሀኝን መስመር ሞባይል ከም ዝዕጾ ተገይሩ ነበረ። ድሕሪ ርክብ ኤፍሬምን ካፒተንን ሰዓት 9፡05 መስመር ተኸፊቱ ኣባላት ጸጥታ ክጸናጸንዎም ጀመሩ።

ካፒተን ናብ ሜጀር ፍቕረ ደወለ።

መስመር ተቛሪጹ ከም ዝጸነሐን ንሻምበል ገብራይ ክድውለሉን እንተ ዘይረኸቦ ግና ናብ ኤፍሬም ክድውል ተረዳድኡ። እቲ ኣብ መንጎኦም ዝካየድ ዝነበረ ዝርርብ ተጠለፈ።

ሞባይል ሻምበል ገብራይ ተኸፊታ ግና ኣብ ንጻግ - *ሪጀክት*- ኣትያ ብምንባራ፡ ክትድውል ብዓል ኮሎኔል ርእሶም ኣስተብሃሉላ። ድሕሪ ቍሩብ ካልኢት ናይ ኤፍሬም ደወለት፣ ተቐበላ።

ደዋላይ ሜጀር ፍቕረ'ዩ።

ኤፍሬም፡ ምስ ሻምበል ገብራይ ብሓባር ከም ዘለዉን ናብ ካምቦ ቦሎ ከብጽሖ ይኸይድ ምህላዉን ድሕሪ ቍሩብ ደቓይቕ ክድውለሉ ነገሩ ናብ ካፒተን ደሃይ ክገብር ነገሮ።

ሜጀር ናብ ካፒተን ዘርይሁን ደዊሉ ምስ ኤፍሬም ምርኻቦም ሓበሮ።

ሰዓት 10፡20

ኤፍሬም ሞባይሉ ደወለት። ደዋሊ ካብ ተሰነይ ዝኣተወ ሜጀር ፍቕረ'ዩ። ሰዓት 10፡15 ኣብ ኣፍደገ ገዛ ክራከቡ ተረዳድኡ። መደቡ ናብ ዓዲ ኣቤቶ ከብጽሖ'ዩ።

እቲ ገዛ ካብ ጽርግያ ምሕድግ ዝበለ ብምኻኑ፡ ኮሎኔል፡ ማኪና ኤፍሬም ናብ ጽርግያ ውጽእ ምስ በለት እቲ ስርሒት ክፍጸም'ዩ ትእዛዝ ሂቡ።

ሰዓት 10፡20 ማኪና ናብ ጽርግያ ተቐልቀለት። ማካይን ኣባላት ጸጥታ ብኽልተ ሸነኽ ዓጸዋኣ፣ ሜጀር ፍቕረ ገዘሀኝ ኣብ ትሕቲ ቀይዲ ኣተወ። እንተኾነ ግና ናብቲ ንዕኡ ተባሂሉ ዝተዳለወ መዕረፊ ከበጽሕን ዓፊሩ ክዓርፍን ሓደ ኾነ። ድሕሪ ሕክምናዊ መርመራ ሳይናይድ ከኒና ምውሳዱ ተረጋገጸ።

ኤፍሬም ተሓተተ፣ ልክዕ ኣብታ ኢድካ ንላዕሊ ዝተባህለላ ህሞት፡ ኣብ ናይ ካልኢት ፍጥነት ኳሌታ ካምቻኡ ናብ ኣፉ ከእቱ ከም ዘስተብሃለሉ ሓበረ።

ኮሎኔል ተረበጸ፣ ካፐተን ከይሰልኮም ሰገአ፣ ቀ'ልጡፍ ስጉምቲ ክውሰድ ወሰነ።

ኣባላት ጸጥታ ንኤፍሬም ሒዞሞ ናብ ቲራ ቮሎ ተሓምበቡ። ትእዛዝ ክሳዕ ዝዋሃቦም ኣብ ሓደ ልጉስ ቦታ ማካይኖም ዓሺጎም ተጸበዩ።

ኮሎኔል፡ ዝቕጽል ስጉምቲ እንታይ ክኸውን ከም ዘለዎ ምስ ማእከል እ'ዚ ንፍሉይ ኵነታት ተረዳድአ።

ሰዓት 11:05

ኤፍሬም ኣብ ኣፍደገ ገዛ ካፐተን ዘርይሁን ኾይኑ ደወለ፣ ኣብ ልክዕ ቈጸራኡ'ዩ መጺኡ። ኣብ ደገ ይጽበዮ ከም ዘሎ ሓበሮ። ናብ ከባቢ ራድዮ ማሪናዮ ክብጽሖ እዩ መደቡ። ካፐተን፡ ዘይከም ሜጀር ፍቕረን ሻምበል ገብራይን ማዕጾ ካንሸሎ ኣርሒዩ ከይዓጸወ ናብ ግዳም ቅልቅል ኢሉ የማነ ጸጋም ጠመተ።

ሽጋራ ኣውጺኡ ወሊዑ ንኻልኢታት ደው በለ።

ኤፍሬም'ውን ካብ ማኪና ከይወረደ ሽጋራ ወለዐ።

ኮሎኔል ኣብ ሓደ ተራሶ ናይ ሓደ ቪላ ኮይኑ ብመዐየኒ መነጽር እናርኣየ'ዩ ዝከታተሎም ነይሩ። ናይ ክልቲኦም ሽጋራ ምሉኳስ ትርጉም ከይህልዎ ሰገአ። ካብቲ ዝበሎ ኣይወጸን፡ "ሰላም'ዩ" ዝብል ምልክት ነበረ።

ካፐተን፡ ማዕጾ ካንሸሎ ስሒቡ የማነ ጸጋም እናጠመተ ብመፍትሕ ዓጸዎ፣ ማዕጾ ማኪና ከፊቱ ንኤፍሬም ገለ ነገር ኢሉ ዓጸዎ።

ኤፍሬም ማኪና ኣልዒሉ ተበገሰ፣ ኣብ ጥቓ ሆቴል ኣላ ስካላ በጺሑ ደው በለ።

ካፐተን ብእግሩ ተበገሰ።

ኮሎኔል ካብቲ ዝነበሮ ተራሶ ብዘይ ልቡ ወሪዱ ናብ ማክናኡ ተሳፈረ። እንታይ ስጉምቲ ከም ዝወስድ ግና ሓርበቶ።

"ኤፍሬም ብምልክት ገለ ኢልዎ ኣሎ፡" ዝብል ጥርጣረ ንኣእምሮኡ በጽበጾ፣ ምስ ጸጉ ተረዳዲኦም ክውስኑ ግዜ ኣይነበረን።

ውሳነ ናብ ማእከል እ'ዚ ንፍሉይ ኵነታት ገደፍዎ፣ ካፐተን ብዝኾነ ዋጋ ብሂወት ክተሓዝ ትእዛዝ ተወሃቦም፣ ርእሲ ናይቲ ስርሒት ስለ ዝኾነ።

ኮሎኔል ርእሶም ክልተ ጸገም ቅድል በሎ፣ በቲ ሓደ ካፐተን በቲ ካልእ ኤፍሬም።

ተረበጸ፣ ሜጀር'ውን ከምኡ።

ካብ ሆቴል ኣላ ስካላ ናብ እንዳ የሱስ ቤተ ክርስትያን ዝወስድ ጽርግያ ብሸነኽ ጸጋም ሰለስተ *ብሎክ* ኣለዋ። ማካይን ኣባላት ጸጥታ ኣብ ቀዳማይን ካልኣይን *ብሎክ* ዓሺገን ነበራ፣ ነታ ቶዮታ ሃይ ሉክስ ቀርቂረን ደው ከብልኣ።

ካፐተን ብእግሩ ምስ ተበገሰ፡ ሓደ ዘይተሓሰበሉ ግና ሽዑ ዘስተብሃሎ ካልእ ጸገም ኣጓነፈ። ኣብ ፊት እታ ቀዳመይቲ ብሎክ ቤ/ጽ ኤምባሲ ከም ዘሎ ዘከረ፣ ናብኡ ከይኣቱ ሰግአ። እንተ ኾነ ግና ኣብ ህንጻ ጽርግያን ድልድላትን እትንርጥፍ ኮርፖረሽን ሲሸዋን ምዃን ሜጀር ጸጉ ኣረጋገጸሉ።

ካፐተን፡ እንዳ የሱስ ቤተ ክርስትያን ቅድሚ ምብጻሕካ ኣብ ኵርናዕ ትርከብ ኢንተርኔት ካፌ ሕልፍ ኢሉ ኣብታ ሳልሰይቲ ብሎክ ንሸነኽ የማን ኣቋሚቱ ደው በለ። ድሕሪ ካልኢታት መገዱ ቀጺሉ ናብ ሸነኽ ጸጋም ዘላ ብሎክ ከቘምት ተሳገረ፣ ድሕሪ ሓጺር ካልኢት መገዱ ቀጸለ። ኣብ መንጎ'ተን ኣባላት ጸጥታ ዓሺጎምለን ዝነበሩ ክልተ ብሎክ ኣተወ።

ኮሎኔል፡ ማካይን ኣልዒሎም ብኽልቲኡ ሸንኽ ከዓግትዎ ንጸጉ ቅጽበታዊ ትእዛዝ ሃቦ። ግና ኩሉ ነገር ካብ ትጽቢት ወጻኢ ኾነ፣ ካፕተን ዘርይሁን ኣባላት ጸጥታ ካብ ማኪና ክወርዱ ዕድል ከይሃበ ብዘደንቕ ፍጥነት ንቕድሚት ጎየየ። ብሆቴል ኣላ ስካላ ተጠውዩ ናብ ግሮሰሪ ኣልፋ ገጹ ተመርቀፈ። ኣባላት ጸጥታ ክትኩሱ ኣይከኣሉን፣ ካፕተን ብሂወት ክተሓዝ ነይሩዎ። ማኪና ኣልዒሎም ብግስ ክብሉ ክልቲኣን ማካይን ተጋጨዋ፣ ኣባላት ተሃሰዩ።

ካፕተን ዘርይሁን ጽርግያ ሰጊሩ ብጉያ ኣብ ፊት ኣልፋ ግሮሰሪ ዝርከብ መንበሪ ገዛ ቆንስል ካናዳ ዝነበረ ቪላ ዘሊሉ ኣተወ።

ኤፍሬም ካፕተን ክጎዩ ርእዩ ማኪና ኣልዒሉ ናብ የማን ተጠውዩ ተመርቀፈ።

ሜጀር ጸጉ ነቲ ዝተጎድአ ኣባሎም ኣውሪዱ ማኪና ኣልዒሉ ተኸተሎ።

ኤፍሬም ናብ ኤክስፖ ተጠውዩ ብናህሪ ተሓምበበ። ጽርግያ ኤክስፖ ወዲኡ መብራህቲ ትራፊክ ገጀረት ሕልፍ ምስ በለ ማኪና ስዒራቶ ምስ ዓንዲ መብራህቲ ተላተመ፣ ሜጀር ጸጉ ኣርከቦ። ኤፍሬም ኣዝዩ ተሃሰየ፣ ካብ ማኪና ኣውሪዱ ናብ ሆስፒታል ሓይሊ ኣየር (ኢናይል) ወሰዶ፣ ሓደ ሰብ ዝሕልዎ ኣብኡ ገዲፉ ብቕጽበት ናብ ኮሎኔል ርእሶም ተመለሰ፣ ነገራት ፋሕ ፋሕ ኢሉ ጸኒሑ።

※ ※ ※

ቤ/ጽ ሃገራዊ ድሕነት ኤርትራ
ሰዓት 11፡20

ናብ ማእከል እ'ዚ ንፍሉይ ኵነታት መልእኽቲ በጽሐ፣ ካፕተን ዘርይሁን ኣምሊጡ ከም ዝተሰወሮም፣ ኣባላት ከም ዝተጐድኡ፣ ኤፍሬም ብጽኑዕ ቈሲሉ ናብ ሆስፒታል ከም ዝተወሰደ።

ከቢድ ስቕታ ሰፈነ።

"ኣብ ዱባይን ኣዲስ ኣበባን ዘለዉ ኣባላትና ናብ ውሑስ ቦታ ክውሰዱ ኣለዎም፣ ዝመጽእ ሓደጋ ስለ ዘይፍለጥ፡" ብምባል ጀነራል ኣብራሃም ንሰለስቲኦም ዓይኒ ዓይኖም ጠሙቶም።

"ብኸምይ'ሞ ኣብ ሓደጋ ከወድቑ? እዚ ተሰዊሩ ዝብልዎ ዘለዉ ናበይ ከየምልጥ'ዩ ተሰጊኡ?" በለ ጀነራል ፎኣድ ኣል ሓሸም።

"ኣብቲ ኣካባቢ ዘለዋ መንበሪ ኣምባሳደራት ወጻኢ ከይኣቱ። እንተ ኣትዩ ናብ መቐለ መልእኽቲ ከም ዝሰድድ ፍሉጥ'ዩ፣ ድሮ'ውን ሰዲዱ ክኸውን ይኽእል'ዩ። ስለዚ፡ ናቶም መልሰ ግብረ እንታይ ክኸውን ከም ዝኽእል ፍሉጥ'ዩ። ንፌሩዝን ጀማልን ከሕቕቕዎም እዮም። ፍረወይኒ ድማ ኣብ ሓደጋ ክትወድቕ'ያ፡" ኢሉ መልሲ ከይተጸበየ ልዓት ተሌፎን ኣልዒሉ ናብ ቤ/ጽ ቆንስላዊ ጒዳያት ዱባይ ደወለ፣ ፌሩዝን ጀማልን ካብቲ ዘለውዎ ቦታ ብህጹጽ ናብ ቤ/ጽ ክውሰዱ መምርሒ ሃበ። ብተመሳሳሊ'ውን ናብ ኤምባሲ ኤርትራ ኣዲስ ኣበባ ደዊሉ ንፍረወይኒ ካብ ዘላቶ ናብ ውሑስ ገዛ (*ሰፍ ሃውስ*) ክትውሰድ ሓበረ።

※ ※ ※

መቐለ
ቢሮ ምሕደራ ጸጥታ ትግራይ
ሰዓት 11:25

እ'ዚ ሰሜን መጥቃዕቲ ወሪዱዎ ተበታቲኑ ነበረ። ጀነራላት ትግራይ ነቲ ዝቐጽል መጥቃዕቲ ንምውህሃድ ኣብ ኣኼባ ነበሩ።

ስማቸው ኣሰፋው፡ ሓላፊ ፍሉይ ስርሒታት ጀነራል ካሕሱ ኣየነው፡ ኣመሓዳሪ ክልል ትግራይ ኣቶ ግርማጽዮንን ኣፈኛ መንግስቲ ትግራይ በላቸው ረዳኢን ኣብ ምስጡር ቦታ ኣብ ኣኼባ እዮም ዝርከቡ። ስማቸው ድሕሪ ናብ መቐለ ምምጽኡ ንመጀመርያ እዋን'ዩ ምስዞም ሰባት ገጽ ንገጽ ተረኣእዩ። ኣብ ገጹ ናይ ሕዱር ሕማም ምልክት ይረአ ነበረ፣ ጥዕና ኣይረኸበን። ኣብቲ ርክብ፡ 'ተልእኾ ኣስመራ' ድሕሪ ምፍጻሙ ኣብ ኤርትራ እንታይ ኽገብሩ ምኧኖም ኣብ ምዝታይ ነበሩ። በላቸው እቲ ኩሉ ዓመታት ንካፕተን ዘርይሁን ከፈልጦ፡ ንተልእኾ ኣስመራ ከፍጽም ብስማቸው ኣሰፋው ዝተመልመለ ምኽኑ ሽዑ'ዩ ፈሊጡ። ሽሕ'ኳ በቲ ናይ ቅንጸላ ሓሳብ እንተ ተደነቐ፡ ከይደንጸዎ ግና ኣይተረፈን።

ኣብ መንጎ ዘተ፡ ሰዓት 11:25 ሞባይል ጀነራል ካሕሱ ደወለት፣ ነታ ትድውል ዝነበረት ቍጽሪ ሞባይል ተመልኪቱ ንሰለስቲኦም በብተራ ጠመቶም።

ደዋሊት ቍጽሪ፡ ኣብታ ነቲ ተልእኾ ንምክትታል ተባሂሉ ዝሓዛ ፍልይቲ ቍጽሪ ሞባይል ተሌፎን'ያ ደዊላ።

ናይ ስማቸው ኣሰፋውን ናቱን ሞባይል ተሌፎን ሽዱሽተ ናይ ኤርትራ ቍጽሪ ተሌፎን ዝሓዛ ኾይነን፡ እተን ቍጽርታት ንልኡኻት ኣስመራ ዝተዋህባ ነበራ። ከም መንነት ወረቐት፡ ዶብ ሰጊሮም ካብ ዝኣተዉ ኤርትራውያን ዝተመንጠላ ወይ ዝተሰርቃ ነበራ።

ንነብሲ ወከፍ ልኡኽ ክልተ ናይ ኤርትራ ሲም ካርድ ተዋሂቡዎ ነበረ። እታ ሓንቲ ምስ ኤፍሬም ተራኺቦም ኾይና ኣስመራ ክሳዕ ዝኣትዉን ጉዳዮም ዘጣጥሑን ዝግልገሉላ ነበረት። እታ ካልኣይቲ ግና፡ እቲ ሓደ ናይቲ ካልእ ኣይፈልጣን'ዩ፣ ኣብ ሓድሕዶም ዝራኸቡለን ስለ ዘይነበራ። ኣብ እዋን ሓደጋ ምስ ስማቸው ወይ ጀነራል ካሕሱ ክራኸቡለን እምበር፡ ነብሲ ወከፎም ብምስጢር ክሕዝወን ተነጊሩዎም'ዩ። እንተ በላቸው ረዳኢ ግና፡ ናይ ኤፍሬም ቍጽሪ ተሌፎን ሞባይል ጥራይ'ዩ ዝፈልጥ።

ስለ ዝኾነ ድማ፡ ሰለስቲኦም ልኡኻት ምስ ኤፍሬም ዘለዎም ጉዳይ ምስ ወድኡ ነታ ምስኡ ተራኺቦም ሲም ካርድ ከድርብይዋን ኣብ መንጎኦም ዝኾነ ይኹን ርክብ ከይህሉን መምርሒ ተዋሂቡዎም ነበረ። ምኽንያቱ፡ ኤፍሬም፡ ዓርቢ 27 ጥቅምቲ ናብ ሰንዓፈ ካብኡ ድማ ከይወዓለ ከይሓደረ ናብ መቐለ ክኣቱ'ሞ ክቕንጸል'ዩ ተመዲቡ። ንዑኡ ዘሳልጥ ሰብ ኣብ ሰንዓፈ ተዳልዩሉ ነበረ።

"ሃለው፡" በለ ጀነራል ካሕሱ።

"ተኸሽሕና!"

"እንታይ!?"

"ተኸሽሕና! ተልእኾ ፈሺሉ!" ነበረት እታ ሓጻር መልእኽቲ።

ጀነራል ካሕሱ ደጋጊሙ "ሃለው!" በለ ናብ ስማቸው ኣሰፋው ኣፍጢጡ እናጠመተ፣ መልሲ ኣይረኸበን፣ ተሌፎን ተዓጸወቶ።

"ካፕተን'ዩ! ተኸሺሕና! ተልእኾ ፈሺሉና! እዩ ዝብል ዘሎ!" ኢሉ ሽጋራ ወሊዑ ብድድ ኢሉ ናብ መስኮት ገጹ ሰጐመ።

ኣቶ ግርማጽዮንን በላቸው ረዳኢን እቲ ዘረባ ግእዝ ኾይኑዎም ሓድሕዶም ተጠማመቱ።

ስማቸውን ጀነራል ካሕሱን ናብ ካፕተን ዘርይሁን፡ ሜጀር ፍቕረ፡ ሻምበል ገብራይን ኤፍሬምን በብተራ ደጋጊሞም ደወሉ፣ "እዚ ኤሪተል'ዩ። ዝደወልኩምሉ ዓሚል ኣይተረኸበን። ብኽብረትኩም ጸኒሕኩም ደውሉ፡" ነበረ ዝረኸብዎ መልሲ።

※ ※ ※

ኣስመራ
ቤ/ጽ ስለያ ወጻኢ
ክፍሊ ምጽንጻን
ሰዓት 11፡18

ካብ ክፍሊ ምጽንጻን ናብ ጀነራል ካሕሳይ ተደወለ።

"ሰብና ናብ መቐለ ደዊሉ።"

"መኖም?"

"ኣብ መገዲ ዘሎ።"

"እንታይ'ዩ መልእኽቱ?"

"ተከሺሕና።"

"ቦታኡ ክትረኽብዎ ትኽእሉ ዲኹም?"

"ግዜ ክወስድ'ዩ፡ ግና ክንፍትን።"

ጀነራል ካሕሳይ ናብ ኮሎኔል ርእሶም ደወለ፣ ኮሎኔል ብመጠኑ ሩፍታ እንተተሰመዮ'ኳ፡ "ኣበይ ኾይኑ'ዩ ደዊሉ?" ዝብል ሕቶ ኣናወጾ።

ሰዓት 12፡10

ኮሎኔልን ሜጀር ጸጉን ዝሕዝዎን ዝጭብጥዎን ጠፊኦም፣ ነገራት ፋሕፋሕ ኢሉዎም ነበረ። ራድዮታት ርክብ ዋጭ ዋጭ በላ፣ ኩሎም ኣባላት ከካብ ዝነበርዎ መጺኦም ነቲ ከባቢ ክዓጽውዎን ነተን ኣብቲ ከባቢ ዘለዋ መንበሪ ኣባላት ኤምባስታት ኣብ ሓለዋ ከእትውወን ኮሎኔል ትእዛዝ ሃበ። ናብቲ ዘሊሉ ኣትዩ ዝተባህለ ቪላ ኣባላት ከም ዝኣትዉ ተገበረ፣ ወይከ! ካፕተን ዘርይሁን ኣይተረኸበን፣ ተሻርበ።

እቲ ከባቢ፡ መንበሪ ሰበ ስልጣን ኤርትራ፡ ኣምባሳደራት ወጻኢን ኣባላቶምን ብምዃኑ ነቲ ወጥሪ ኣጋደዶ። ክልተ ስግኣት ተኸስተ፣ እቲ ቀዳማይ ናብ ሓደ መንበሪ ገዛ ኣምባሳደር ወይ ኣባል ኤምባሲ ከይኣቱ፣ እቲ ካልኣይ ንገለ ሰበ ስልጣን ኤርትራ ከይልከም።

ኣብ ኣባላት ማእከል እ'ዚ ንፍሉይ ኩነታት ወጥሪ ሰፈነ።

ብኮሎኔል ርእሶም ዝምእከል ትእዛዝ ምዓንጡኡ ወጸ። ከም ኣብ ምስራሕ ዳስ ኩሉ 'በቲ ትኸላ በቲ ስሓባ፡ ከምቲኣ ትሓይሽ ከም'ቲኣባ' ዝብል፡ ጫቝጫቝ ኾነ።

ሓላፍ መገዲ ኣኣብ ዝነበሮ ቈመ፣ እንታይ ተረኺቡ ኢሉ ናብቶም ላዕልን ታሕትን ዝብሉ ዝነበሩ ኣባላት ጸጥታ ኣቛመተ።

ኮሎኔል ካልእ ዝኸፈአ ሲናርዮ ኣብ ኣእምሮኡ ቅጅል በሎ፣ ከኒና ሳይናይድ። ተሰፋ ቆረጸ፣ ካፕተን ነብሱ ከም ዘጥፍእ ሚእቲ ብሚእቲ ርግጸኛ ኾነ።

ከምኡ ይኹን'ምበር፡ ሓደ ስጉምቲ ክውሰድ ወሰነ፣ ኣብቲ ከባቢ ዝነብሩ ሰበ ስልጣን ካብ ስራሕ ናብ ገዛ ከይኣትዉ፡ ኣብ ገዛ ዘለዉ ከይወጹ።

ጀነራል ካሕሳይ ነቲ ሓላፍነት ክወስድ ተረዳድኡ፣ ኣብ ስራሕ ንዝነበሩ ብተሌፎን ሓበረ፣ ኣብ ገዛ ዝነበሩ ብኣባላት ጸጥታ ተሰንዮም ከም ዝወጹ ገበረ። ሩፍታ ዝህብ'ኳ እንተነበረ፡ ተርባጽ ግና ኣብ ቦታኡ ነበረ። ሰዓታት ዝወሰደ ዳህሳስ ተኻየደ። ወይከ! ሽው'ውን ንካፕተን ዘርይሁን ዝርኣየ ይመስክር ኾነ።

ጀነራል ካሕሳይ፡ ኣብ ኩለን ከተማታት ዝነበሩ ተሓባበርቲ 'ተልእኾ ኣስመራ' ከም ዝልቀሙ ገይሩ ካብ ክፍሊ ማእከል እ'ዚ ንፍሉይ ኩነታት ወጺኡ ናብ ኮሎኔል ርእሶም ኸደ፣ "ኣይትስጋእ፡ ብረት የብሉን፣ ነቲ ከባቢ ክዕዘብ'ምበር ንስርሒት ኣይወጸን፣ ከምቲ ዝቐደመ ነብሱ እንተጥፊኣ፡ እዚ ኣብ ኢድና ዘሎ ኣኻሊ'ዩ፣ ኣይትረበጽ፡" ኢሉ ኣጀኻ ብዘሰምዕ ንኮሎኔል ርእሶም መንኩቡ ጠፍጠፎ።

"ካሕሳይ፡ እቲ ርእሲ ካፕተን'ዩ፣ ንዕኡ እንተ ዘይሒዝና ወየንቲ ተዓዊተን ማለት'ዩ፣ ዝኸስረአ ነገር ስለ ዘይብለን።"

"ወያነ ውዳበታተን ብረቂቕ መገዲ'የን ሃኒጸናኦ። ኣብቲ እዞም ሰባት ዘዕረፉሉ ገዛውቲ ፈቲሽና ዝረኸብናዮ ነገር የለን። እቶም ሃሱሳት ሓደ ብሓደ ምስ ለቚምናዮም ግና ኣርባዕተ ስናይፐርን ሽዱሽተ ሳይለንሰር ዘለወን ካሊበር 38 ረኺብና። ዝገርም'ዩ፡ ዝተጠናነገ ውዳበ'ዩ ጸኒሕዎም። ክሳዕ ሕጂ 25 ዝበጽሖ ለቒምና ኣሎና። እቲ ምጽጻይ ገና ይቕጽል ኣሎ።"

"እንታይ? 25? ብዘይካ እቶም ዘሕደርዎም ካልእ ኸኣ ነይሮም እዮም?"

"ይገርመካ'ዩ! ድሓር ዝርዝር ፍጻመታት ክንዘራረበሉ ኢና። ንምኻኑ ነተን መንበሪ ኣምባሳደራት ሓለዋ ጌርኩምለንዶ?"

"እተን ዘለዋ ብኹሉ ሸነኽን ሰብ ጌርናለን ኣሎና፡" ኢሉ በቲ ዝሰመዖ ተገሪሙ ርእሱ ነውነወ።

※ ※ ※

መቐለ
ሰዓት 12:30

ስማቸው ምስቲ ዝነበሮ ናይ ጥዕና ጸገም እናተቓለሰ፡ "ነዚ ተልእኾ ሓንቲ ሰብ ጥራያ'ያ ከትፈልጦ ትኽእል፣ ፌሩዝ!" ክብልን በላቸው ረዳኢ ኣብ ግንባሩ ርሃጽ

ከንተፍትፍን ሓደ ኾነ። "ናብ ቻይና ከይደ ነተን ትካላት ከወሃህደን ዝኽእል ሶፍት ዌር ክገዝእ፣ ነፍስ ጾር'የ፣ ኣባልግነት ንዓኻ፣ ንዘርይሁን ከይትነግሮ፣" ዝብል ድምጺ ፌሩዝ ንኣእምሮኡ ኣናወጾ፣ ካብ መኩፈሊኡ ተሲኡ እንቃዓ እናስተንፈሰ ብየማናይ ኢዱ ግንባሩ እናደረዘ ናብዝን ናብትን በለ። ኣመሓዳሪ ትግራይ ኣቶ ግርማጼዮን ንሰለስቲኦም በብተራ ክጥምት ጋን ተሰረሐ።

"በላቸው! ፌሩዝ ኣብ ዝሃለወት ሃልያ ሓዝዋ!! ንጀማል'ውን ከምኡ!!" ኢሉ ስማቸው ነቲ ጠረጴዛ ብዕምኮ ብሓይሊ ሃረሞ።

በላቸው ዝብሎ ኣይነበሮን፣ ከመይሲ፡ ፌሩዝ፡ ኣብታ ካፕተን ዘርይሁን ዝተበገሰላ መዓልቲ ናብ ኣዲስ ኣበባ ካብኡ ናብ ዱባይ ከም ዝኸደት ስማቸው ኣይፈልጥን'ዩ። ስማቸው፡ ፌሩዝ ከም ናቶም ዓይኒ ሕብሪ ዘለዋ ገይሩ ካብ ዝጥምታ ኣይሓጸረን፣ ተኸታቲሉዋ፡ ዝረኸበላ ነገር ኣይነበረን። እንተ ኣብታ መዓልቲ'ቲኣ ግና ሻዕብያ ኣብ ሕምብርቶም ኣእትዩ ከም ዘፍሸሎም ተሰወጦ። ርእሲ ናይቲ ፍሽለት ንሳ ምኻና ተሰቆሮ፣ ርእሱ እናነውነወ ደጊሙ ነቲ ጠረጴዛ ብየማናይ ከብዲ ኢዱ ብሓይሊ ሃሪሙ ብድድ በለ።።

"እዛ ሰብ!" በለ ንየው ነጀው እናበለ። "ኣብ መዓንጣና ኣትያ ፈርስና ብማይ ዘሊላ ብመቐመጫና ከም ዝወጽእ ገይራቶ! ሻዕብያ ስርሑ ሰሪሑ!" እናበለ ነደረ፣ ከመጽእ ዝኽእል መልሰ-ግብሪ መንግስቲ ኤርትራ ኣብ ቅድሚኡ ቅጅል በሎ።

ድሕሪ ካልኢታት ሓንቲ ተስፋ ብልጭ በለቶ፡ ሰለስቲኦም ኬኒና ሳይናይድ ወሲዶም ነብሶም ኣጥፊኦም ክኾኑ።

ኣብቲ ህሞት'ቲ ከለዉ፡ በላቸው ናብ ዱባይ ደወለ።

ሞባይል ደዊላ ኣብቀዐት።

ደጋገመ፣ ፌሩዝ ግና ኣይተረኸበትን።

ኣርባዕቲኦም ሰብ መቐለ ተርባጾም ጥርዚ በጽሐ፣ ስማቸው ኣሰፋው ብድድ ኢሉ ጠንጢኑዎም ካብቲ ክፍሊ ወጺኡ ኸደ።

በላቸው፡ ንጀማል ካብ መቐለ ካብ ዘፋኑዎ ኣትሒዞ ብተሌፎን ኣይተራኸቡን። ናብታ ናይ ኢትዮጵያ ቍጽሪ ሞባይሉ ደወለሉ፣ "ዝደለኹሞ ዓሚል ኣይተረኸበን" ኣድመጽኣት። ከገይሽ'የ ኢሉዎ ዝነበረ ዘኪሩ ናብ ናይ ዓዲ እንግሊዝን ዱባይን ደወለ፣ ጀማል ግና ኣይተረኸበን።

ኣእምሮኡ ዝብርቕርቕ በሎ።

እንታይ ከምዝገብርን ዝብልን ጨነቖ።

※ ※ ※

ኣስመራ

ሰዓት 13፡25

ካብ መቐለ፡ ኣዲስ ኣበባን ዱባይን ናብ ኣስመራ መልእኽቲ ንእለቱ በጽሐ።ፌሩዝ፡ ጀማልን ፍረወይንን ኣብ ውሑስ ቦታ ምህላዎም ተሓበረ።

ካምቦ በሎ
ሰዓት 14፡13

ኮሎኔል ርእሶምን ጀነራል ካሕሳይን ኣብ ሓደ ኵርናዕ ኾይኖም ብራድዮ ርክብ ኩነታት ይከታተሉ፣ ኣባላት ጸጥታ ናብ ነብሲ ወከፍ ቪላ እናኣተዉ ይፍትሹ፣ ሰዓታት ተመርቀፈ፣ ደሃይ ካፕተን ዘርይሁን ግና ተሳኣነ።

"ስምዓኒ ካሕሳይ፡ እዚ ሰብ ናብ ሓንቲ ካብዘን መንበሪ ኣምባሳደራት ኣትዩ ኣሎ፣ እንታይ እንተገበርና ይሓይሽ፡" ኢሉ ዘረብኡ ከይወደአ፣

"ሽዕብ! ሰብና ብድሕሪት ካብ ዘለዋ ቪላታት ኣብ ጎኒ እንዳ ካራቺ ዛላ ቪላ ረኺብናዮ፣ ብሂወቱ፡" ሓደ ኣባል ክብሎን ከም ቈልዓ እናተሰራሰረ ንጀነራል ካሕሳይ ብቕልጽሙ ክጥምጠሞን ሓደ ኾነ።

ሰዓት ተመልከተ፣"ሰዓት 14፡13!" ተመልክት ነበረት።

ሰዓት 15፡40

ኮሎኔል ነቲ ዓሰርተ ዓመት ዝደለይዎ ሰብ ክርኢ ናብቲ ብኽብሪ ዓሪፉሉ ዝነበረ ውሑስ ገዛ (*ሰፍ ሃውስ*) ኣምረሐ።

ካፕተን፡ ለቢሱዎ ዝነበረ ክዳውንቲ ኣውጺኡ ሜጀር ጸጉ ዝሃቦ ሓጺር ስረን ማልያን ለቢሱ ነበረ። ኮሎኔል ፍሽኽ ኢሉ ናይ ኢድ ሰላምታ ሃቦ፣ ጀነራል ካሕሳይ'ውን ከምኡ።

ካፕተን፡ ሜጀር ፍቕረ ገዘሀኝን ሻምበል ገብራይ ኪዳነን ኣብ ትሕቲ ቀይዲ ምእታዎም ተነገሮ። እታ ኤፍሬም፡ "ኩሉ ሰላም'ዩ" ክብል ዝወለዓ ሽጋራ ዘኪሩ ብኣግርሞት ርእሱ እናነውነወ ፍሽኽ በለ፣ ንኤፍሬም ስለ ዝጠርጠረ። ምኽንያቱ፡ ኮሎኔል ስም ኤፍሬም ስለ ዘይጠቐሰ።

ካፕተን ዘርይሁን፡ ኣዝዩ ርጉእ ነበረ፣ ግና፡ እናሻዕ ርእሱ ንየማነ ጸጋም እናነውነወ ትዋሕ ኢሉ ይስሕቕ'ሞ፡ ደጋጊሙ 'ፈሩዝ' ኣድሚጹ ነታ ሓንቲ ከይወደአ ነታ ካልእ ሽጋራ ይውልዕ ነበረ።

"መን'ያ ፈሩዝ?" ሓተቶ ኮሎኔል ርእሶም ከምስ ኢሉ።

"መን ድኣ! እታ ሓቑፋትኒ ትሓድር ዝነበረት ኾነ ኢላ ትምዩን ጥንሲ ከም ዘለዋ ዝነገረትኒ ብዓልቲ ቤተይ ሰላዩት ሻዕብያ!"

"ማለት?" ሓተተ ኮሎኔል ከምስ ኢሉ።

"እቲ ጥንሲ፡ ኾነ ኢልካ ዝተማሕዘን ትምዩንን ስለ ዝነበረ፡" ኢሉ ርእሱ ናብ ባይታ ደፊኡ እናነውነወ ካርካር በለ።

※ ※ ※

ኣዲስ ኣበባ
ሰዓት 18፡00

እምባፍራሽ፡ ናይ ሰዓት 15፡00 ዝነበራ ኣኼባ ወዲኣ ቀኑብ ከተዕርፍ ናብ ላውንጅ ኣትያ ጫማኣ ኣውጺኣ ኣብቲ ጻዕዳ ሕብሪ ጸባ ሳሎን ተጋደመት። ድሕሪ ቀኑብ ደቓይቕ ሞባይላ ደወለት፣ ኣዘነጋሽ እያ።

"መዓረይ! ኣብ ኣኼባ ውዒለ ቑሩብ ቀም ከብል ምኽኣልኩዶ?"

"መን ምስ ከኣለ?"

"ካን!"

"እወ፣ ምሸት ድራር ከም ዘለና ከዘክረኪ ኢለ'የ።"

"ከገርመኪ፡ እንታይ ምዃኑ ኣይፈለጥኩን ኤፍሬም ካብ ዝኸይድ ብቕንያቱ ርብጽ ርብጽ'የ ዝብል ዘለኹ። ህያብ፡ እንታይ ከም ዝበለኒ ትፈልጢ ዲኺ? 'ናብ ኣስመራ ከኸይድ ምስ ቤተ-ሰብ ኣቦይ ከላለ፡' ኢሉ ህውኽ ኣቢሉኒ።"

"እንታይ'ሞ ኣለዎ'ዩ ዘይትሰድዮ?"

"ብምንታይ ከኸይድ? ኤፍሬም'ውን ዕድል ገይሩ'ምበር ናብ ኣስመራ ትኸይድ ነፋሪት ዘየላ፡" ኢላ ሰውነታ ቀዘሐ።

"ኣንቲ ንሱ ኸኣ'ባ ኣሎ'ዩ!"

"ኣዙ! እዛ ናይ ሎሚ ምሸት ድራር እንተ ትተርፈኒ ደስ ምበለኒ፣ ብሓቂ ደኺመ'የ ዘለኹ።"

"እምባ! ኩላትና ፍቕሪ ንፈልጥ ኢና'ኮ፣ እንታይ ኢኺ ሰሙን ከልተ ሰሙን ተፈሊዩኒ ኢልኪ ቀበጥበጥ ትብሊ! ሰዓት ሸውዓተ ክመጽእኪ'የ ተቐሪብኪ ጽንሕኒ፡" ኢላ ሞባይላ ዓጸወታ።

እምባፍራሽ ንፍረወይኒ ከትጽውዓ ልዓት ተሌፎን ኣልዕል ምስ ኣበለት፡ 'ዝገዛዛእ ኣሎኒ፡' ኢላ ኣፍቂዳታ ከም ዝወጽኣት ተዘኪሩዋ ልዓት ተሌፎን ኣንበረት።

ድሕሪ ካልኢት ተሌፎን ኣድሃየት።

"ወይዘሮ እምባፍራሽ፡ ብህጹጽ ከረኽቡኽን ዝደለዩ ኣጋይሽ ኣለዉ።"

እምባፍራሽ ጫማኣ ወድያ ናብ ሊፍት ኣትያ ናብ ታሕቲ ወሪዳ ናብ ቤት ጽሕፈታ ኣተወት። እቶም ኣጋይሽ ኣብ ማኪና ይጽበይዋ ከም ዘለዉ ተነገራ። ዘይልሙድ ኾይኑዋ ልባ እናንደጉዶጉት ናብታ ኣብ ጥቓ ማኪናኣ ዓሺጋ ዝነበረት ማኪና ቅርብ ኢላ ነቶም ክልተ ሰባት ሰላም በለቶም።

ካብ ኣስመላሽ ህጹጽ መልእኽቲ ከም ዘለዋ፡ የግዳስ ኣብኡ ኰይኖም ከዘራርቡዋ ከም ዘይኽእሉ ናብ ልግስ ዝበለ ቦታ ክኸዱ መራሒ ማኪና ተመቕሊሉ ሓተታ። ኣይተማተአትን፣ ቦርሳ ክሕዝ ከይበለት ማኪናኣ ኣልዒላ ተኸተለቶም።

ኣብ ክልተ ቦታ፡ ክልተ ደቀ ኣንስትዮ፡ እታ ሓንቲ ብሽጉጥ ተቐቲላ፡ እታ ኻልኣይቲ ከሳዳ ብናይ ኤለክትሪክ ገመድ ተሓኒቓ ኣኣብ ማኪናኣን ሞይተን ከም ዝተረኽባ ኣብ ናይ ሰዓት 18፡30 ዜና ተነገረ።

እምባፍራሽን ኣዘነጋሽን ናብ ገዘአን ኣይተመልሳን፣ ብዝወጽአ ተረፉ።

※ ※ ※

ምዕራፍ 39

ኣስመራ
ቤ/ጽ ወኪል ሃገራዊ ድሕነት ኤርትራ (ወ.ሃ.ድ.ኤ)
ማእከል እ'ዚ ንፍሉይ ኩነታት
ዓርቢ 27 ጥቅምቲ
ሰዓት 09:00

ኮሎኔል፡ ናይቲ ዝተኻየደ ስርሒት መብርሂ ክህብ ናብ ክፍሊ ማእከል እ'ዚ ንፍሉይ ኩነታት ኣተወ። ኩሎም ከካብ መንበሮም ተሲኦም ብሰላምታ ተቐበሉዎ። ወረቓቕቱ ገንጺሉ መብርሂ ሂቡ ወደአ። ንጀነራል ኣብራሃም እናጠመተ ኣየር ንውሽጢ ስሒቡ ኣስተንፈሰ። ኩሎም ካብ መኮፈሊኦም ተሲኦም ኣጣቕዑሉ።

ኣዛዚ ጠቕላሊ ስታፍ ሓይልታት ምክልኻል ኤርትራ ብድድ ኢሉ እናተጫረቐ ጨበጦ፣ ተመራሪሖም ድማ ወጹ።

ኮሎኔል ርእሶም፡ ናብ ቤት ጽሕፈቱ ከይዱ ንሜጀር ጸጉ ደዊሉ ጸወዖ።

ድሕሪ ዓሰርተ ደቒቕ፡ ሜጀር ጸጉ በራኺ ጠበቕ በለ።

"ትፈልጥ ዲኻ ጸጉ፡ እቲ ትማሊ ዘይተኸኣለ ድሕሪ ደጊም ከንቱ ምኻኑ።"

"ወዲ ጉዕሽ! እንታይ ቃሕ ኢሉኒ ከም ዘሎ ትፈልጥ ዲኻ?"

"ቦጅ ቦጅ ምስ ድሙ ድሙ፡" በለ'ሞ ኮሎኔል ርእሶም፡ እናሰሓቑ ካብ ቤት ጽሕፈት ወጺኦም ከዱ።

ካፕተን ዘርይሁን ኣርኣያ ቃለ ምስክርነቱ ክህብ ናብ ሓደ ስቱር ገዛ ተወሰደ።

ድሕሪ ክልተ ሰሙን፡ ኮሎኔል ርእሶም ዝመርሖ ሓንቲ መርማሪት ጉጅለ ቈመት። ኣባላት እታ ጉጅለ ካብ ሓለዋ መራሒ ሃገር፡ ኮሎኔል ሙኒር መሓመድ፣ ቤ/ት ጸጥታ ውሽጢ ሃገር፡ ኮሎኔል ዑመር ታእዛዝን ካብ ሃገራዊ ድሕነት ሜጀር ጸጉ በራኺን ነበሩ።

ማዕረ ማዕረ ተልእኾ ካፕተን ዘርይሁን፡ እ'ዚ ሰሜን ብፍሉይ ሓይሊ ክልል ትግራይ ብድነ ጸልማት መጥቃዕቲ ክፍነወሉ ውጥን ወጸ። ናይ ዜሮ ሰዓት ኣኺሉ

ተኹሲ ተኸፈተ። ኣብ መቐለ፡ ውቅሮ፡ ዳንሻ፡ ሰሜናዊን ምዕራብን ትግራይ ዝርከብ መዓስከራት መካናይዝድ ክፍለ ጦራት ተኸርደነ፣ ኣዘዝቱ ተኣሰሩ፣ ኣጽዋራቱ ተመንዚዐ፣ ሰራዊቱ ብጭካነ ተቐተለ፣ እቲ ዝተረፈ ከም ምሩኽ ኲናት ተሓሲቡ ተታሓዘ። ኣብ ዶባት ኢትዮጵያን ኤርትራን ዓሪዱ ዝነበረ ሰራዊት ኢትዮጵያ፡ ሹም ዝጠፈኦ ንህቢ ኾይኑ ዛሕ ዛሕ ኢሉ ናብ ኤርትራ ኣተወ። ህዝቢ ኤርትራ እኸለ ማይ ቀሪቡ ዓንጊሉ፡ ኣልቢሱን ኣዕጢቑን ዶብ ሃገሩ ኣስገሮ።

መጥቃዕቲ መሪሕነት ህወሓት በዚ ኣየብቀዐን፣ ነቲ ዝኣወጀ ኲናት ኣህጉራዊ መልክዕ ንኸትሕዞ ንከተማ ኣስመራ ብሮኬት ናብ ሓኹሙሽቲ ክቕይራ ምዃኑ ፈከረ። ማህበረሰብ ዓለም ተሰናበደ፣ ዳግማይ ኲናት 1998-2000 ከይርኢ ተማህለለ፣ ናይ ምግባር ዓቕሚ ወያነ ኣጋኒኑ ስለ ዝገመተ።

እ'ዚ ሰሜን ፈሪሱ ኣብ ትግራይ ኲናት ዝካየደሉ ዝነበረ እዩ፣ 4 ሕዳር 2020። ብምዕራብ ትግራይ ዝጀመረ ኲናት ናብ ሽረ እንዳስላሴ፡ ኣክሱም፡ ዓዲ ኣቡንን ዓዲ ግራትን ልሒሙ ኣብ ካልኣይ ሰሙን ርእሲ ከተማ ክልል ትግራይ መቐለ ተታሕዘት፣ ኲናት ኣብቀዐ፣ ህዝባዊ ወያነ ሓርነት ትግራይ ኣብ መበል 46 ዓመቱ ግብኣተ መሬቱ ተፈጸመ። በቃ!!

~ ተፈጸመ ~

ፌሩዝ ስዒድ ዓሊ መኪ፡ ውሕስነት ከትረኽበሉ ናብ እትኽእል ሓንቲ ካብ ሃገራት ዓረብ ከይዳ ሂወታ ትመርሕ ኣላ።

ኮሎኔል ርእሶም ሃብተስላሴ ገብረንጉስ፡ ናይ ብሪጋደር ጀነራል መዓርግ ተዋሂቡዎ ኣብ ቤ/ጽ ፕረዚደንት ኣማኻሪ ድሕነትን ጸጥታን ሃገር ኾይኑ ይሰርሕ ኣሎ።

ሜጀር ጸጉ በራኺ ወልደንኪኤል ናይ ሌተናን ኮሎኔል መዓርግ ተዋሂብዎ ሓላፊ ጠረጴዛ ኤውሮጳ ኮይኑ ይሰርሕ ኣሎ።

ጀማል ነስረዲን ዓሊ መኪ፡ ሰድራ ቤቱ ሒዙ ካብ ለንደን ናብ ሕቡራት መንግስታት ኣመሪካ ግዒዙ ይነብር ኣሎ።

ፍረወይኒ መልኣከ ገብረልኡል፡ ኣብ ሓንቲ ካብ ኤውሮጳ ሃገራት ትነብር ኣላ።

ህዝባዊ ወያነ ሓርነት ትግራይ፡ ኣብ መበል 46 ዓመት ዕድመኡ ኣብ ሕዳር 2020፣ ሰማቸው ኣሰፋው ድማ መጋቢት 2021 ግብኣተ መሬቶም ተፈጸመ። በላቸው ረዳኢ ግናና፡ ኣብ ዝኣተዎ ከይተፈልጠ ተረፈ።

Made in the USA
Middletown, DE
25 October 2023

41367618R00179